大 / 学 / 公 / 共 / 课 / 系 / 列 / 教 / 材

外文学经典
读与赏析

ZHONGWAI
WENXUEJINGDIAN
YUEDUYUSHANGXI

麦慧桦 袁洪福 刘威——主编

北京师范大学出版集团
BEIJING NORMAL UNIVERSITY PUBLISHING GROUP
北京师范大学出版社

图书在版编目（CIP）数据

中外文学经典阅读与赏析 / 麦慧铧，袁洪福，刘威主编. —北京：北京师范大学出版社，2020.6（2021.11 重印）

大学公共课系列教材

ISBN 978-7-303-25535-1

Ⅰ. ①中… Ⅱ. ①麦… ②袁… ③刘… Ⅲ. ①世界文学—文学欣赏—高等学校—教材 Ⅳ. ①I106

中国版本图书馆 CIP 数据核字（2020）第 016796 号

营 销 中 心 电 话 010-58807651
北师大出版社高等教育分社微信公众号 新外大街拾玖号

ZHONGWAI WENXUE JINGDIAN YUEDU YU SHANGXI

出版发行：北京师范大学出版社 www.bnup.com
北京市西城区新街口外大街 12-3 号
邮政编码：100088

印 刷：天津市宝文印务有限公司
经 销：全国新华书店
开 本：787 mm × 1092 mm 1/16
印 张：21.25
字 数：450 千字
版 次：2020 年 6 月第 1 版
印 次：2021 年11月第 3 次印刷
定 价：42.00 元

策划编辑：周劲含　　责任编辑：周劲含　李锋娟
美术编辑：李向昕　　装帧设计：李向昕
责任校对：康　悦　　责任印制：马　洁

目　　录

第一章　情系祖国

少年中国说

梁启超

日本人之称我中国也，一则曰老大帝国，再则曰老大帝国。是语也，盖袭译欧西人之言也。呜呼！我中国其果老大矣乎？任公曰：恶，是何言![1]是何言！吾心目中有一少年中国在。

欲言国之老少，请先言人之老少。老年人常思既往，少年人常思将来。惟思既往也，故生留恋心，惟思将来也，故生希望心。惟留恋也故保守，惟希望也故进取。惟保守也故永旧，惟进取也故日新。惟思既往也，事事皆其所已经者，故惟知照例。惟思将来也，事事皆其所未经者，故常敢破格。老年人常多忧虑，少年人常好行乐。惟多忧也，故灰心。惟行乐也，故盛气。惟灰心也，故怯懦。惟盛气也，故豪壮。惟怯懦也，故苟且。惟豪壮也，故冒险。惟苟且也，故能灭世界。惟冒险也，故能造世界。老年人常厌事，少年人常喜事。惟厌事也，故常觉一切事无可为者。惟好事也，故常觉一切事无不可为者。老年人如夕照，少年人如朝阳。老年人如瘠牛，少年人如乳虎。老年人如僧，少年人如侠。老年人如字典，少年人如戏文。老年人如鸦片烟，少年人如泼兰地酒[2]。老年人如别行星之陨石，少年人如大洋海之珊瑚岛。老年人如埃及沙漠之金字塔，少年人如西比利亚之铁路。老年人如秋后之柳，少年人如春前之草。老年人如死海之潴为泽[3]，少年人如长江之初发源。此老年人与少年人性格不同之大略也。任公曰：人固有之，国亦宜然。

任公曰：伤哉，老大也！浔阳江头琵琶妇，当明月绕船，枫叶瑟瑟，衾寒于铁，似梦非梦之时，追想洛阳尘中春花秋月之佳趣；[4]西宫南内[5]，白发宫娥，一灯如穗，三五对坐，谈开元、天宝间遗事[6]，谱《霓裳羽衣曲》[7]。青门种瓜人[8]，左对孺人，顾弄孺子，忆侯门似海珠履杂遝之盛事[9]。拿破仑之流于厄蔑[10]，阿剌飞之幽于锡兰[11]，与三两监守吏，或过访之好事者，道当年短刀匹马驰骋中原，席卷欧洲，血战海楼，一声叱咤，万国震恐之丰功伟烈，初而拍案，继而抚髀[12]，终而揽镜。呜呼，面皴齿尽，白发盈把，颓然老矣！若是者，舍幽郁之外无心事，舍悲惨之外无天地，舍颓唐之外无日月，舍叹息之外无音声，舍待死之外无事业，美人豪杰且然，而况寻常碌碌者耶？生平亲友，皆在墟墓；起居饮食，待命于人。今日且过，遑知他日？今年且过，遑恤明年[13]？普天下灰心短气之事，未有甚于老大者。于此人也，而欲望以拏云之手段[14]，回天之事功，挟山超海之意气[15]，能乎不能？

呜呼，我中国其果老大矣乎？立乎今日以指畴昔，唐虞三代，若何之郅治[16]；秦皇汉武，若何之雄杰；汉唐来之文学，若何之隆盛；康乾间之武功[17]，若何之烜赫。历史家所铺叙，词章家所讴歌，何一非我国民少年时代良辰美景赏心乐事之陈迹哉！而今颓然老矣！昨日割五城，明日割十城，处处雀鼠尽，夜夜鸡犬惊。十八省之土地财产[18]，已为人怀中之肉。四百兆之父兄子弟[19]，已为人注籍之奴[20]，岂所谓“老大嫁作商人妇”者耶？呜呼，凭君莫话当年事，憔悴韶光不忍看！楚囚相对[21]，岌岌顾影，人命危浅，朝不虑夕。国为待死之国，一国之民为待死之民。万事付之奈何，一切凭人作弄，亦何足怪。

任公曰：我中国其果老大矣乎？是今日全地球之一大问题也。如其老大也，则是中国为过去之国，即地球上昔本有此国，而今渐澌灭[22]，他日之命运殆将尽也。如其非老大也，则是中国为未来之国，即地球上昔未现此国，而今渐发达，他日之前程且方长也。欲断今日之中国为老大耶？为少年耶？则不可不先明国字之意义。夫国也者，何物也？有土地，有人民，以居于其土地之人民，而治其所居之土地之事，自制法律而自守之，有主权，有服从，人人皆主权者，人人皆服从者。夫如是，斯谓之完全成立之国。地球上之有完全成立之国也，自百年以来也。完全成立者，壮年之事也。未能完全成立而渐进于完全成立者，少年之事也。故吾得一言以断之曰：欧洲列邦在今日为壮年国，而我中国在今日为少年国。

夫古昔之中国者，虽有国之名，而未成国之形也。或为家族之国，或为酋长之国，或为诸侯封建之国，或为一王专制之国。虽种类不一，要之，其于国家之体质也，有其一部而缺其一部。正如婴儿自胚胎以迄成童，其身体之一二官支，先行长成，此外则全体虽粗具，然未能得其用也。故唐虞以前为胚胎时代，殷周之际为乳哺时代，由孔子而来至于今为童子时代。逐渐发达，而今乃始将入成童以上少年之界焉。其长成所以若是之迟者，则历代之民贼有窒其生机者也。譬犹童年多病，转类老态，或且疑其死期之将至焉，而不知皆由未完成未成立也。非过去之谓，而未来之谓也。

且我中国畴昔，岂尝有国家哉！不过有朝廷耳。我黄帝子孙，聚族而居，立于此地球之上者既数千年。而问其国之为何名，则无有也。夫所谓唐、虞、夏、商、周、秦、汉、魏、晋、宋、齐、梁、陈、隋、唐、宋、元、明、清者，则皆朝名耳。朝也者，一家之私产也。国也者，人民之公产也。朝有朝之老少，国有国之老少。朝与国既异物，则不能以朝之老少而指为国之老少明矣。文、武、成、康[23]，周朝之少年时代也；幽、厉、桓、赧[24]，则其老年时代也。高、文、景、武[25]，汉朝之少年时代也；元、平、桓、灵[26]，则其老年时代也。自余历朝，莫不有之。凡此者，谓为一朝廷之老也则可，谓为一国之老也则不可。一朝廷之老且死，犹一人之老且死也，于吾所谓中国者何与焉。然则，吾中国者，前此尚未出现于世界，而今乃始萌芽云尔。天地大矣，前途辽矣。美哉我少年中国乎！

玛志尼者[17]，意大利三杰之魁也。以国事被罪，逃窜异邦，乃创立一会，名曰少年意大利。举国志士，云涌雾集以应之，卒乃光复旧物，使意大利为欧洲之一雄邦。意大利者，欧洲第一之老大国也。自罗马亡后，土地隶于教皇，政权归于奥国，殆所谓老而濒于死者矣。而得一玛志尼，且能举全国而少年之，况我中国之实为少年时代者耶？堂堂四百余州之国土，凛凛四百余兆之国民，岂遂无一玛志尼其人者！

龚自珍氏之集有诗一章，题曰《能令公少年行》[28]。吾尝爱读之，而有味乎其用意之所存。我国民而自谓其国之老大也，斯果老大矣；我国民而自知其国之少年也，斯乃少年矣。西谚有之曰："有三岁之翁，有百岁之童。"然则，国之老少，又无定形，而实随国民之心力以为消长者也。吾见乎玛志尼之能令国少年也，吾又见乎我国之官吏士民能令国老大也。吾为此惧！夫以如此壮丽浓郁翩翩绝世之少年中国，而使欧西、日本人谓我为老大者何也？则以握国权者皆老朽之人也。非哦几十年八股，非写几十年白折[29]，非当几十年差，非捱几十年俸，非递几十年手本[30]，非唱几十年喏[31]，非磕几十年头，非请几十年安，则必不能得一官，进一职。其内任卿贰以上[32]，外任监司以上者[33]，百人之中，其五官不备者，殆九十六七人也。非眼盲，则耳聋，非手颤，则足跛，否则半身不遂也。彼其一身，饮食步履视听言语，尚且不能自了，须三四人左右扶之捉之，乃能度日，于此而乃欲责之以国事，是何异立无数木偶而使治天下也！且彼辈者，自其少壮之时，既已不知亚细、欧罗为何处地方，汉祖、唐宗是那朝皇帝，犹嫌其顽钝腐败之未臻其极，又必搓磨之，陶冶之，待其脑髓已涸，血管已塞，气息奄奄，与鬼为邻之时，然后将我二万里山河，四万万人命，一举而畀于其手[34]。呜呼！老大帝国，诚哉其老大也！而彼辈者，积其数十年之八股、白折、当差、捱俸、手本、唱喏、磕头、请安，千辛万苦，千苦万辛，乃始得此红顶花翎之服色[35]，中堂大人之名号[36]，乃出其全副精神，竭其毕生力量，以保持之。如彼乞儿，拾金一锭，虽轰雷盘旋其顶上，而两手犹紧抱其荷包，他事非所顾也，非所知也，非所闻也。于此而告之以亡国也，瓜分也，彼乌从而听之，乌从而信之！即使果亡矣，果分矣，而吾今年七十矣、八十矣，但求其一两年内，洋人不来，强盗不起，我已快活过了一世矣。若不得已，则割三头两省之土地，奉申贺敬，以换我几个衙门；卖三几百万之人民作仆为奴，以赎我一条老命，有何不可？有何难办？呜呼！今之所谓老后、老臣、老将、老吏者，其修身齐家治国平天下之手段，皆具于是矣。"西风一夜催人老，凋尽朱颜白尽头"[37]。使走无常当医生[38]，携催命符以祝寿，嗟乎痛哉！以此为国，是安得不老且死，且吾恐其未及岁而殇也。

任公曰：造成今日之老大中国者，则中国老朽之冤业也。制出将来之少年中国者，则中国少年之责任也。彼老朽者何足道？彼与此世界作别之日不远矣！而我少年乃新来而与世界为缘。如僦屋者然[39]，彼明日将迁居他方，而我今日始入此室处。将迁居者，不爱护其窗栊，不洁治其庭庑，俗人恒情，亦何足怪？若我少年者，前程浩浩，后顾茫茫。中国而为牛为马为奴隶，则烹脔鞭棰之惨酷，惟我少年当之。中国如称霸宇内，主盟地球，则指挥顾盼之尊荣，惟我少年享之。于彼气息奄奄与鬼为邻者何与焉？彼而漠然置之，犹可言也。我而漠然置之，不可言也。使举国之少年而果为少年也，则吾中国为未来之国，其进步未可量也。使举国之少年而亦为老大也，则吾中国为过去之国，其澌亡可翘足而待也[40]。故今日之责任，不在他人，而全在我少年。少年智则国智，少年富则国富；少年强则国强，少年独立则国独立，少年自由则国自由，少年进步则国进步，少年胜于欧洲，则国胜于欧洲，少年雄于地球，则国雄于地球。红日初升，其道大光；河出伏流[41]，一泻汪洋；潜龙腾渊，鳞爪飞扬；乳虎啸谷，百兽震惶；鹰隼试翼，风尘吸张；奇花初胎，矞矞皇皇[42]；干将发硎[43]，有作其芒；天戴其苍，地履其黄；纵有千古，横有八荒。前途似海，来日方长。美哉我少年中国，与天不老！壮哉我中国少年，与国无疆！

“三十功名尘与土，八千里路云和月。莫等闲白了少年头，空悲切！”此岳武穆《满江红》词句也。作者自六岁时即口受记忆，至今喜诵之不衰。自今以往，弃“哀时客”之名，更自名曰：“少年中国之少年”。作者附识。

注释：

①恶（wū）：感叹词，表示不赞同。《孟子·公孙丑上》：“恶，是何言也！”

②泼兰地酒：即白兰地酒的音译。

③死海：西亚著名的咸水湖。潴（zhū）：积水。

④出自白居易的《琵琶行》，其中洛阳应为长安，系作者误记。

⑤西宫南内：西宫，唐宫殿，又名太极宫，也称西内。南内，唐兴庆宫，在长安城东。安史之乱后唐玄宗返回长安居住在兴庆宫，唐肃宗惧其东山再起，将其迁至太极宫，近于变相软禁。

⑥元稹《行宫》：“寥落古行宫，宫花寂寞红。白头宫女在，闲坐说玄宗。”

⑦霓裳羽衣曲：原为印度《婆罗门曲》，据传由西凉节度使杨敬述所献，唐玄宗曾将乐曲加工润色后作歌辞，称为霓裳羽衣曲。

⑧青门：长安城东南门颜色青，被称为青门。种瓜人：召平原为秦东陵侯，秦亡后在汉初时于青门外种瓜。

⑨出自崔郊《赠姑婢诗》：“侯门一入深似海，从此萧郎是路人”。杂遝：纷纷聚集。

⑩厄蔑：即地中海中的厄尔巴岛，拿破仑在1814年被流放于此。

⑪阿剌飞：又译为阿拉比（约1839—1911），埃及民族解放运动领袖，1881年率军队推翻英法殖民统治，任新政府的陆军大臣，后抵御英军进攻，战败后被流放于锡兰（今斯里兰卡）。

⑫抚髀：抚摸着大腿。《三国志·蜀志·先主传》：“备曰：‘吾尝身不离鞍，

髀肉皆消，今不复骑，髀里生肉。日月若驰，老将至矣。’”

⑬遑恤：无暇顾念。

⑭拏云：即追云之意，喻雄心大志。李贺《致酒行》：“少年心事当拏云。”

⑮挟山超海：见《孟子·梁惠王上》：“挟泰山以超北海。”

⑯郅治：极治，盛世。

⑰此句指清康熙、乾隆年间在军事方面的功绩。康熙年间曾平定三藩、收复台湾、粉碎准格尔部首领格尔丹等掀起的分裂叛乱，并两次击败侵略黑龙江流域的沙俄军队；乾隆也曾平定新疆、西藏等地的准格尔部叛乱势力。

⑱十八省：康熙年间曾将中国划分为十八个省。

⑲兆：百万。四百兆即四亿。

⑳注籍之奴：古时为奴者的名字进入主人户籍，这里喻丧失独立性。

㉑楚囚相对：见《世说新语·言语》：“当共戮力王室，克复神州，何至作楚囚相对！”楚囚，出自《左传·成公九年》：“晋侯观于军府，见钟仪，问之曰：‘南冠而絷者谁也？’有司对曰：‘郑人所献楚囚也。’”后泛指俘虏、囚犯，这里比喻处境困难的人。

㉒澌灭：灭掉。

㉓文、武、成、康：周文王奠定灭商基础，周武王伐纣建立西周，周成王、周康王继承帝业使国家强盛，史称成康之治。

㉔幽、厉、桓、赧：周厉王防民之口甚于防川，暴虐无道，后被流放；周幽王宠褒姒，废申后，申侯怒而引西戎攻周，幽王被杀，西周灭亡；桓王、赧王时周王室沦为诸侯大国的附庸，赧王死后不久，周为秦所灭。

㉕高、文、景、武：汉高祖建立汉朝；汉文帝、汉景帝休养生息，发展生产，史称文景之治；汉武帝时国力强盛。

㉖元、平、桓、灵：元帝与平帝是西汉末期的帝王，他们在位时，外戚擅权，最终王莽称帝；桓帝与灵帝是东汉末期的帝王，他们在位时，大权旁落，最终东汉灭亡。

㉗玛志尼：即朱塞佩·马志尼（1805—1872），意大利资产阶级民主革命者，与加里波第、加富尔并称为“意大利三杰”，曾创立少年意大利同盟。

㉘龚自珍《能令公少年行》诗大意为老年勿自馁，只要放宽心胸，便能青春永驻。

㉙白折：清朝进士在授任官职前要进行朝考，考卷叫作白折。

㉚手本：明清两代下级觐见上级或学生晋见老师所用的名片，分红白两种，称为红禀和白禀。

㉛唱喏（rě）：古时人们见面时互相作揖，并口念颂词，称为唱喏。

㉜卿贰：古代官制中尚书与侍郎的合称，六部尚书为六卿，侍郎为卿之贰（辅助官）。

㉝监司：清朝官制中各省布政使、按察使、道员的通称。

㉞畀（bì）：给。

㉟红顶花翎：清代一、二品官员官帽为红顶，上缀孔雀羽毛，称作花翎。

㊱中堂：唐朝宰相办公的地方称作中堂，后代以此借指宰相。

㊲此句为梁启超自作诗。

㊳走无常：旧时迷信说法，若阴间的官吏不够会临时借用活人作鬼役勾人魂魄。

㊴僦屋：租借房屋。

㊵翘足：抬脚，比喻行动迅速。

㊶伏流：暗流。

㊷矞（yù）矞皇皇：形容万物逢春明盛的样子。

㊸干将发硎：干将，春秋时吴国铸剑名家，后代专指剑名。发硎，宝剑刚从磨刀石上磨出。

背景知识：

梁启超（1873—1929），字卓如，号任公，别署饮冰室主人，近代著名思想家、政治家、教育家、史学家、文学家。清同治十二年（1873）正月二十六日，梁启超出生于广东省新会县熊子乡茶坑村，他的祖父、父亲都为读书人，家教甚严，他从小便熟读八股文章，十二岁时到广州应试，中了秀才。接下来的几年内梁启超在广州几大书院求学，饱读经史子集。光绪十五年（1889），他在广州参加乡试中举，名列第八。第二年春，梁启超赴京师参加会试，不中，但在回程经过上海时，他读到了《瀛环志略》等介绍世界知识的书籍及一些翻译作品，并对此产生了浓厚兴趣。同年他经陈千秋结识了康有为，思想受到巨大震动，如梦方醒，于是执业为弟子，从此走上了经世致用、救国维新的道路。光绪二十一年（1895）春，康有为率梁启超等弟子上京赶考，此时正值清政府与日本侵略者签订丧权辱国的《马关条约》，消息传来，举国大哗，会试举子无不义愤满怀、引为奇耻大辱，梁启超受康有为之命，日夜奔走，号召联名上书论国事。同年四月初八，康有为、梁启超发动了著名的公车上书，揭开了维新运动的序幕。六月，康有为在北京创办《万国公报》（后改为《中外纪闻》），梁启超是该报的主要撰稿人。光绪二十二年（1896），梁启超应邀至上海担任《时务报》主笔，大力传播变法维新的思想。“百日维新”期间，各大臣关于变法的奏章，几乎全由康、梁代写。光绪二十四年（1898）戊戌变法失败后，梁启超和康有为逃到日本，创立了《清议报》《新民丛报》。在日本期间，梁启超开始大量学习西方理论，他发现民权、自由、进化之说为西方富强的三大支柱，便广泛地宣传介绍这些思想。这一时期，他与孙中山交往密切，思想上也倾向于革命。因与康有为的思想产生了很大分歧，康有为在不满之下要求梁启超离开日本去美国檀香山办理保皇会事务，几个月后梁启超的思想又变为反对革命。辛亥革命后，袁世凯就任临时大总统，梁启超回到中国，以宪党为基础组成进步党，任党内理事。1913 年 7 月，袁世凯任命进步党的熊希龄为内阁总理，9 月内阁组成，梁启超任司法总长，几个月后，袁世凯又改任他为币制局总裁，最终梁启超还是离开袁世凯政府，投身到反袁护国斗争中。他与蔡锷密谋，积极策划武力讨袁，在斗争中起到了突出作用。

1918 年年底，梁启超赴欧洲游历，至 1920 年春回国，此后便进入一个以著述讲学为主要内容的时期。在清华大学讲学之余，他将自己的研究成果整理成《清代学术概论》《中国近三百年学术史》《墨子学案》《中国历史研究法》等珍贵著作。在 1899—1902 年，梁启超接连提出政治革命、文界革命、道德革命、史学革命、诗界革命、小说界革命等口号，其中取得了最大成功的是文界革命。他提倡“新文体”，一方面要求文章的内容适应时代的需要；另一方面也要求文章的形式雄效隽快，平易畅达。他的新体散文流利畅达，感情丰富，独成一体，影响和改变了整整一代文风。梁启超的作品收录在《饮冰室合集》中。

导读：

《少年中国说》创作于 1900 年年初，发表在《清议报》上，后收录于《饮冰室合集》第十六卷。此文一经发布，便极大地鼓舞了中国的知识分子，国中青少年更为之热血沸腾。时值清末，中国国力衰微，被世界列强所蔑视，“老大帝国”更是讥讽之词，对此梁启超愤然加以驳斥，语如惊雷，震人心魄，百年后犹有不息之势。

全文共分为四个层次。第一段为第一层。在第一层中，作者先针对“老大帝国”的谬论驳为中国乃“少年中国”，从而提出全文的总论点。第二层为第二至第四段，文中用大量论据对比“人之老少”性格的不同，在对比中展现出“颓然老矣”的可悲可叹，也展现出少年如旭日东升，对未来充满希望与光明的美好，由此引出国之老矣，必将失去往日的良辰美景，变为待死之国，充分否定了中国之“旧”。第五至第七段为第三层，先具体解释了何为“老大之国”“少年之国”，又言中国有史以来，虽有国之名，却实未成国之形。这样说的依据是中国古代“不过有朝廷耳”，而国家与朝廷是不可等同的，朝廷不过是“一家之私产”，国家则是“人民之公产”。历史上的各个朝代都有自己的少年与老年时代，而中华大地上的国家“前此尚未出现于世界，而今乃始萌芽”。从而作者得出结论“我中国在今日为少年国”，前途壮志，不可限量。接下来的部分属于第四层，作者以马志尼之于意大利为例，论证豪杰对于国家的重要性，又用龚自珍的诗发人奋起。中国今日之所以落后，是由于掌握政权之人皆为濒于死亡之老朽，他们眼界既短，私心且重，因此国必“老且死”。要如何改变这一“冤业”呢？只有依靠中国之少年。国家与国民同在，美好的祖国与未来只有今日的少年亲手创造才会出现，中国之少年，应智、富、强、独立、自由、进步、胜于欧洲、雄于地球，一句句将少年中国之气势推向极致。“美哉我少年中国，与天不老！壮哉我中国少年，与国无疆！”既是对中国和中国少年的无限期望，同时也是一种鼓舞和激励。

文章洋洋数千言，文白参半，雅俗共赏，可谓气势磅礴，句如排炮，音节韵律，铿锵响亮，正显出梁启超所倡导的“新文体”的特点。文中的立论确有浮夸及偏颇之处，但这是作者为了雄辩而有意忽略的。全文的论辩思路非常清晰，一路论来，或怒发冲冠，或嬉笑怒骂，或纵横议论，无不酣畅淋漓，作者一腔热血激情喷涌而出，使人读后荡气回肠，深受感染。正如黄遵宪评价梁启超的文章所说：“惊心动魄，一字千金，人人笔下所无，却为人人意中所有，虽铁石人亦应感动。从古至今，文字之力之大，无过于此者矣。”这篇号召国民起来救国的民族宣言，在中国近代史上发生过巨大的启蒙作用，对于今天和今后的中国与中国少年，同样有着不可忽视的教育意义。

思考题：

1. 你读了《少年中国说》后有怎样的感受与思考？

2. 试着找找这篇文章在论证上的不当之处。

3. 一百多年过去了，你觉得今天的中国是什么年龄的国家呢？试写一篇议论文加以说明。

我爱这土地①

艾　青

假如我是一只鸟，
我也应该用嘶哑的喉咙歌唱：
这被暴风雨所打击着的土地，
这永远汹涌着我们的悲愤的河流，
这无止息地吹刮着的激怒的风，
和那来自林间的无比温柔的黎明……
——然后我死了，
连羽毛也腐烂在土地里面。
为什么我的眼里常含泪水？
因为我对这土地爱得深沉……

注释：

①本诗依据艾青：《北方》，中国文联出版公司1998年版。

背景知识：

1. 作者介绍

艾青（1910—1996），现代著名诗人。本名蒋海澄，笔名莪加、克阿、林壁等，浙江金华人。中华人民共和国成立后，他曾担任《人民文学》副主编、中国作家协会副主席等职。早期诗歌风格浑厚质朴，调子深沉忧郁。抗战时期的诗作，格调昂扬。中华人民共和国成立后，作品思想更趋成熟，感情深沉，富于哲理。成名作为《大堰河——我的保姆》。著有《大堰河》《北方》《向太阳》《黎明的通知》等诗集。诗人曾自称“悲哀的诗人”。在中国新诗发展史上，艾青是继郭沫若、闻一多等人之后又一位推动一代诗风，并产生过重大影响的诗人，在世界上也享有盛誉，1985年，法国授予艾青文学艺术最高勋章。

2. 创作背景

《我爱这土地》写于1938年11月17日，发表于同年12月桂林出版的《十日文萃》。1938年，日本侵略军连续攻占了华北、华东、华南的广大地区，所到之处疯狂肆虐，妄图摧毁中国人民的抗日意志。中国人民奋起反抗，进行了不屈不挠的斗争。1938 年 10 月，武汉失守。作者和当时文艺界许多人士一同撤出武汉，会集于桂林。作者满怀对祖国的挚爱和对侵略者的仇恨写下了这首诗。

导读：

“土地”是艾青常用的一个意象。《复活的土地》、《雪落在中国的土地上》、《北方》、《旷野》（又一章）、《冬天的池沼》等，汇集着他对土地的爱。在《我爱这土地》这首诗中，我们感受着那个苦难年代的爱国知识分子对祖国的最真挚的爱。全诗以“假如”领起，用“嘶哑”形容鸟的歌喉，接着写出鸟歌唱的内容，并由鸟生前的歌唱，转写鸟死后魂归大地，最后由鸟的形象代之以诗人自身形象，直抒胸臆，托出了诗人那颗真挚、炽热的爱国心。

意象是诗词形象构成的基本元素，是诗人的内在情思和生活的外在物象的统一，是诗人通过想象将“意”与“象”相融合所创造的可感可触的景象。《我爱这土地》作于国难当头、山河沦亡的抗战时期。它不可避免地带上了那个时代悲壮的氛围。因此，诗中的意象也就必然带有这种悲壮的色彩。诗人以鸟的形象自喻，以一只饱受磨难，拼尽全力用整个生命去歌唱的鸟的形象，寄寓了自己深爱这苦难的祖国以及愿为祖国献出一切的决心。而鸟所歌唱的对象：“土地”“河流”“风”“黎明”也都不再单纯是客观景物，而是灌注了作者主观情感的“象”。“被暴风雨所打击着”的“土地”意象展示了大地遭受苦难、山河破碎、国土沦丧的景象；“永远汹涌着”的“悲愤”的“河流”和无止息地吹刮着的“激怒”的“风”抒写了人民的悲愤和激怒，象征抗战力量的日渐壮大和那风起云涌的不屈不挠的抗争；那“来自林间的无比温柔”的“黎明”，是苦难人民的希望和抗战胜利的“黎明”。读完全诗，从“土地”“河流”“风”“黎明”这些意象中，我们不难品味出诗人所经历的坎坷、辛酸以及对祖国、对人民、对土地的那种深深的爱。

这首诗在抒情上也特色鲜明，不仅抒情方式巧妙，而且在感情表达上也做到分层强化。首先，诗歌运用比喻借物抒情，这是抒情方式的巧妙。其次，为了能久久拨动读者的心弦，诗人不断强化作品本身的感情。作品以“假如”开头，这是第一层强化；一反鸟声优美清脆，诗人以“嘶哑”来形容鸟声，这是第二层强化；诗人在“土地”“河流”“风”“黎明”这样的中心词前面特意加上“悲愤的”“激怒的” “温柔的”等修饰语，这是第三层强化。正当读者为作者不断的歌唱——顽强的生命力所折服、所吸引时，诗篇陡然来了一个大的转折，一个破折号之后突出“我死了”，让身躯肥沃土地。于是，生前和死后，形成了强烈的对比，而在这强烈的对比和反差中一以贯之的乃是“鸟”对土地的执着的爱，这便是生于斯、歌于斯、葬于斯，念兹在兹，至死不渝。至此，诗的感情达到了高潮，强烈地表达了诗人与土地生死相依、对土地忠贞不渝的强烈情感。

艾青在《诗论·服役》中说：“把忧郁与悲哀看成一种力！把弥漫在广大的土地上的渴望、不平、愤懑……集合拢来……伫望暴风雨来卷带了这一切，扫荡这整个古老的世界吧！”“叫一个生活在这年代的忠实的灵魂不忧郁，这有如叫一个辗转在泥色的梦里的农夫不忧郁，是一样的属于天真的一种奢望”。《我爱这土地》全诗表现出的正是这种“忧郁”的感情特色，这种“忧郁”是对灾难深重的祖国爱得深沉的内在感情的自然流露，它源自民族的苦难，因而格外动人。这首诗里有深刻的忧患意识，有博大的历史襟怀，有浓烈的爱国真情。

思考题：

1.《我爱这土地》中的鸟歌唱了哪些内容？这些内容又有什么象征意义？

2.诗人对土地、河流、风、黎明的描写，蕴含了他怎样的思想感情？

青春之歌（节选）①

杨　沫

第一部　第五章

沉沉的黑夜，海愤怒地冲击着岩石，发出惊心动魄然而又单调寂寞的声响。道静倒在大雨下面的沙滩上——她并没有死。当她正要纵身扑向大海时，一双温暖的臂膀抱住了她。

同时，一个低低的声音响在她的耳边：“别……别这样！……想……想办法。……”那个人浑身也在发抖。雨是这样的凶猛，好像要把他们冲跑掉，那个人就用力抱住了道静的上身，吃力地想把她举起来。

道静似乎处在一个可怕的噩梦中，——她为什么要死？是谁来挽救了她？……她疲惫的朦胧的意识已经分辨不清，只是下意识地从那个人的臂弯里挣脱出来，无力地倒在沙滩上。

“回去吧！这样大雨，冷……回去……”

那个人的声音又在道静耳边响起来。年轻人的，亲切的，又像是在梦中似的。

歇了一阵，道静清醒一些了。就着闪电一霎的光，她扭头看了看她旁边的人——黑瘦的脸，焦灼的闪着亮光的眼睛，那不是常在海边逡巡的青年吗，傍晚，他还对道静讲过话，谈过诗。

“他……”一道温暖的热流，缓缓地流过了道静冰冷的全身。她冻僵了的心遇见了这温热的抚慰，死的意念，突然像春天的冰山一样坍倒下来了。她慢慢爬起身来坐在沙子上，雨水顺着头发流到全身，她感到一阵彻骨的寒冷，浑身颤抖着，牙齿打着战，她勉强挣扎着站起身来，那个青年又说话了：“冷，你受不了，我送你回去。”

傍晚，欢笑着的海洋喷吐着白沫敲打着松软的沙滩，翱翔在空中的水鸟掠过薄暮的浮云，不时传来“啊，啊”的叫声。斜阳射在一大块嶙峋的岩石上，在它靠近海水的一小块平坦的地方，坐着林道静和余永泽。林道静低着头，看着闪闪发光的金色的海浪，思索着什么；余永泽则仰面望着海洋的远处，望着云水相连的淡淡的天边，还不时回过头来偷眼望望林道静。过了一会，他先说了话。听起来，他还是个善于词令的年轻人。“林……希望你能够相信我。我们虽然萍水相逢，可是我觉得你是个了不起的有意志的姑娘，所以从心底里……我的同情和钦佩使我忘掉一切地关心你。……我要求你留在这儿不要到别处去了，用我的人格担保绝不会有人敢再欺侮你。余敬唐已经答应你在这儿教书。三年级的级任你一定能做得绰绰有余。呵，可以吧？”

道静抬起头来，用愁郁的眼睛瞅着余永泽那黑黑的脸，说：“谢谢你，我知道。……我常想起高尔基的一句话：‘最光荣伟大的职务就是在世界上做一个人。’为了保持人的尊严，我不愿马马虎虎地活在世上。……”说着说着，她提高了声音，这羞涩的沉默的少女，突然激昂起来，那种天真的豪迈的神色，不禁使余永泽又吃了一惊。“假如为了贪图物质享受，我早就去做姨太太少奶奶，也就不这样颠沛流离了。可是，那叫什么生活！没有灵魂的行尸走肉！”

他惊异地看着她，半晌张口不得。两个人又都沉默了。半天，余永泽灵机一动，突然转了话题：“你喜欢文学？读过不少书吧？”

“喜欢。读的不多。——还没问你：你在北大读哪一系？”

“国文系。咱们喜欢的是一样。”

于是找到了很好的谈话题目，余永泽不慌不忙地谈起了文学艺术，谈起托尔斯泰的《战争与和平》，谈起雨果的《悲惨世界》，谈起小仲马的《茶花女》和海涅、拜伦的诗；中国的作家谈起曹雪芹、杜甫和鲁迅……他似乎知道得很多，记得也很熟。林道静睁大眼睛注意地听着从他嘴里慢慢流出的美丽动人的词句，和那些富有浪漫气息的人物和故事。渐渐，她被感动了，脸上不觉流露出欢欣的神色。说到最后，他把话题一转，又转到了林道静的身上：“林，你一定读过易卜生的《娜拉》；冯沅君写过一本《隔绝》你读过没有？这些作品的主题全是反抗传统的道德，提倡女性的独立的。可是我觉得你比她们还更勇敢、更坚决。你才十八岁是不是？林，你真是有前途的、了不得的人。……”他那薄薄的嘴唇，不慌不忙地滔滔说着，简直使得林道静像着迷似的听下来了。

上弦的月亮已经弯在天边，除了海浪拍打着岩石的声音，海边早已悄无人声，可是这两个年轻人还一同在海边的沙滩上徘徊着、谈说着。林道静的心里渐渐充满了一种青春的喜悦，一种绝处逢生的欣幸。对余永泽除了有着感恩、知己的激情，还加上了志同道合的钦佩。短短的一天时间，她简直把他看作理想中的英雄人物了。

第六章

突然，晴天一声霹雳，惊醒了麻木的乡村，也惊醒了林道静麻木、衰颓的心。

一九三一年的九月二十四日，这是一个难忘的日子。

从山海关外开进关里的火车忽然一辆辆全装满了哭哭叫叫逃难的人，靠近北戴河车站的杨庄群众，听说这个情况，已经有点儿惊奇了；接着又听说日本海军占领了秦皇岛，杨庄村里就沸腾起来了；从秦皇岛和秦皇岛附近村里逃到杨庄来的男男女女和小孩子再一拥塞在街头，杨庄的群众就更加人心惶惶。学校停了课，家在附近的教员回了家，就是本村的教员也不到学校来。关帝庙里冷清清地只剩下道静一个人。

午后，道静一人坐在教员休息室里。秋日的斜阳无力地照在东窗外面的葫芦架上，给黯旧的窗纸投上斑驳的叶影。她拿着一本小说，心不在焉地读着。她人虽在关帝庙里，心却不能不飞到乱糟糟的街上，飞到相离不过二十里、被日本海军占领了的秦皇岛上。

工友拿着报纸进来了。这就是道静刚来那天把她关在庙门外的醉老头。他蹒跚地哼唧着什么走进来，一见道静就喊道："林先生，糟啦！日本人占了东三省！"

道静吃惊地一把抢过报纸来。果然，赫然大字载着日军占领沈阳和东北各地的消息。她读着，读着，最后她捏住报纸跌坐在凳子上。

关帝庙里静悄悄的，教员休息室里静悄悄的，世界好像突然静止了。

"林先生，啥消息呀？国家大事怎样啦？"

道静吓了一跳。抬头一看，醉老头不知什么时候早就走了，站在她面前的是四十多岁的本村教员李芝庭。他悄悄走进屋来见林道静一个人捏着一叠报纸在发呆，不禁这样问了一声。

道静站起身把报纸递给李芝庭。她清澈的眼睛变红了。

李芝庭捧着《世界日报》，把头条消息看过几行，摇头叹气道："不好！不好！咱中国岂不眼看就要亡国了吗？唉，亡国！亡国！"

"李先生，您别这样说好不好？听着叫人怪难过！"平日很少讲话的林道静这时打断李芝庭的话，含着眼泪说，"我想，中国怎么也不会亡国的！国家兴亡匹夫有责，我们能叫它亡吗？……"

道静的话还没有说完，一个高个青年迈着沉稳的步子走进门来。他站在门边随便向道静点点头微微一笑："您说的很对，国家兴亡，匹夫有责。您是这儿的教员吗？"

"是呀！"道静一边回答这人的问话，一边惊异地看着李芝庭，仿佛在问他：这个坦率的青年人是干什么的？

"介绍介绍！"李芝庭笑着说，"这是我内弟卢嘉川，北京大学的学生。因为我岳母病了，他回家探母顺便来看他姐姐。一来到这里，他就闲不住，叫我领着他各处蹓跶。这位是林道静先生，本村教员，她也是北平的学生。"

那青年人笑着说："很好，北平的学生在乡村教小学……请坐，这几天形势很紧张呵！"

仿佛这青年身上带着一股魅力，他可以毫不费力地把人吸在他身边。果然，道静立刻被他那爽朗的谈吐和潇洒不羁的风姿吸引得一改平日的矜持和沉默，她仿佛问熟朋友似的问他："您从哪儿来？您知道日本占了东三省，中国倒是打不打呀？"

青年人并没有急于回答。他用聪明、和悦的眼睛微笑着看着面前的两个人，仿佛在考虑什么，又好像在等待什么。

李芝庭抽着纸烟，默默地望着他的内弟，似乎在等待他的回答。可是没等客人说话，他却先向林道静做了一个简短的说明："林先生，您不知道，我这位内弟可是专爱研究国家大事，说起中外古今全是一套一套的……好，嘉川，你就谈谈吧，看林先生为咱国家可愁的不行呢。"

"卢先生，那您给我们谈谈吧！"道静又催了一下。

"没有什么，报上全有了。"卢嘉川翻了一下桌上的报纸，抬起头来慢慢地说，"只有一点：蒋介石打内战很'勇敢'可是却指示东北的几十万军队绝对不许对外抵抗。所以日本不费一枪一弹就把全国最大的沈阳兵工厂和沈阳制炮厂、飞机场连同二百架飞机全一齐强占了。而且接着又向本溪、营口、长春等地进攻；听说吉林已经被占领，咱们这边秦皇岛也完了。……可是国民政府解决这奇耻大辱的办法只是给驻在日内瓦的施肇基打了个电报，要求'国联'替中国主持公道……"

说到这里，他突然把眼光盯着道静，严肃地问她道："您认为这样的梦想可以实现吗？中国自己要是不用武装斗争能够战胜日本吗？"

道静目不转睛地望着卢嘉川。在她被煽动起来的愤懑情绪中还隐隐含着一种惊异的成分。从来没有见过这样的大学生，他和余永泽可大不相同。余永泽常谈的只是些美丽的艺术和动人的缠绵的故事；可是这位大学生却熟悉国家的事情，侃侃谈出的都是一些道静从来没有听到过的话。

"我不知道！"想了想，道静率直地回答，并且惭愧地红了脸。

"但是，您既然关心国家的事，那就应当知道啊！"卢嘉川笑笑说。

"可是，……"林道静笑了。她不知道怎样回答这陌生的青年才好。

"嘉川，别处看看去。你不是还要打听秦皇岛上的事吗？走！"李芝庭是个好好先生，他见卢嘉川把初次见面的林道静问得怪窘的，就赶快要把他拉走。

卢嘉川同李芝庭向门外走去时，道静也送出他们来。一边走，卢嘉川还一边对两位教员说："国事如此，咱们谁也不能袖手旁观呵！"

"那可有啥办法？咱们白面书生，手无寸铁。……"李芝庭小声咕哝着，轻轻地摇头叹息。

"爱国不一定都拿枪打仗。进行宣传，唤起人心——像你们对学生们灌输爱国思想，这也是拿起了武器。"

李芝庭没有言声。道静也没有答话。可是她心里承认了这个陌生青年说的对。并且对这个人——奇怪的、不知哪一点和一般人不一样的人感到了尊敬。只不过短短十多分钟的谈话，可是他好像使道静顿开茅塞似的，忽然知道了好多事情。

在余永泽给她的来信中，她知道了北京大学的学生因为反对政府的不抵抗主义，反对把锦州划为中立区，许多同学都到南京请愿示威去了。余永泽说，他本来也想去，因为突然患感冒没有去成。他并且告诉她，他们示威团的副总指挥就是李芝庭的小舅子卢嘉川。

"卢嘉川？……"和余敬唐争吵之后，道静独自坐在自己的房间里愤然默想的时候，她忽然想起了那个偶然邂逅的卢嘉川。想到他正率领着大批学生奔向南京去找国民党算账的情景，她笑了。似乎这个小伙子替她出了口闷气，她感激地低声地念起他的名字来。

第十二章

黎明前，道静回到自己冷清的小屋里。疲倦、想睡，但是倒在床上却怎么也睡不着。除夕的鞭炮搅扰着她，这一夜的生活，像突然的暴风雨袭击着她。她一个个想着这些又生疏又亲切的面影，卢嘉川、罗大方、许宁、崔秀玉、白莉苹……都是多么可爱的人呵，他们都有一颗热烈的心，这心是在寻找祖国的出路，是在引人去过真正的生活。……想着这一夜的情景，想着和卢嘉川的许多谈话，她紧抱双臂，望着发白的窗纸忍不住独自微笑了。

二踢脚和小挂鞭响的正欢，白莉苹的小洋炉子也正旺，时间到了夜间两点钟，可是这屋子里的年轻人还有的在高谈，有的在玩耍，许宁和小崔跑到院子里放起鞭炮；罗大方和白莉苹坐在床边小声谈着、争论着，他似乎在劝说白莉苹什么，白莉苹哭了。罗大方的样子也很烦闷。后来他独自靠在床边不再说话，白莉苹就找许宁他们玩去了。听说罗大方原是白莉苹的爱人，不知怎的，他们当中似乎发生了不愉快的事情，因此两个人都显得怪别扭。

道静和卢嘉川两个人一直同坐在一个角落里谈着话。从短短的几个钟点的观察中，道静竟特别喜欢起她这个新朋友了。他诚恳、机敏、活泼、热情。他对于国家大事的卓见更是道静从来没有听见过的。他们坐在一块，他对她谈话一直都是自然而亲切。他问她的家庭情况，问她的出身经历，还问了一些她想不到的思想和见解。她呢，她忽然丢掉了过去的矜持和沉默，一下子，好像对待老朋友一样把什么都倾心告诉了他。尤其使她感觉惊异的是：他的每一句问话或者每一句简单的解释，全给她的心灵开了一个窍门，全能使她对事情的真相了解得更清楚。于是她就不知疲倦地和他谈起来。

“卢兄（她跟许宁一样地这样称呼他），你可以告诉我吗？红军和共产党是怎么回事？他们真是为人民为国家的吗？怎么有人骂他们——土匪？”

卢嘉川坐在阴影里，面上浮着一丝调皮的微笑。他慢慢回过头来，睁着亮亮的大眼睛看着她，说：“偷东西的人最喜欢骂别人是贼；三妻四妾的道德家，最会攻击女人不守贞操；中国的统治者自己杀害了几十万青年，却说别人是杀人放火的强盗和土匪……这些你不明白吗？”道静笑了。这个人多么富有风趣呀！她和他谈话就更加大胆和自由了。“卢兄，”道静又发问道，“你刚才说青年人要斗争、要反抗才有出路，可是，我还有点不大相信。”卢嘉川稍稍惊异地睁大了眼睛：“怎么，你以为要当顺民才有出路么？”道静低着头，摆弄着一条素白麻纱手绢。好像有些难过，她低声说：“你不知道，……我斗争过，我也反抗过，可是，我并没有找到出路。”卢嘉川突然挥着手笑起来了。他笑得那么爽朗、诚恳，像对熟朋友一般地更加亲切和随便。

“原来如此！来，小林，我来给你打个比方。……”他看看一屋子喝酒畅谈的青年人都在一边说着、吃着，就用手比划着对道静说起来。“小林，这么说吧，一个木字是独木，两个木就成了你那个林，三个木变成巨大的森林时，那么，狂风再也吹不倒它们。你一个人孤身奋斗，当然只会碰钉子。可是当你投身到集体的斗争中，当你把个人的命运和广大群众的命运联结在一起的时候，那么，你，你就再也不是小林，而是——而是那巨大的森林啦。”

林道静忍不住地笑了起来：“卢兄，你说话真有意思。过去，我是只想自己该有一个高尚的灵魂，别的事我真很少去想。今夜里，听了你们那些谈话，我忽然觉得自己好像……”

“好像什么？”

“好像个糊涂虫！”林道静天真地迸出了这句话，自己也不禁为在一个刚刚认识的男子面前竟放肆地说出这种话而吃惊了。

卢嘉川还是随便地笑道：“大概，这是你在象牙之塔里住得太久的缘故。小林，在这个狂风暴雨的时代，你应当赶快从个人的小圈子走出来，看看这广大的世界——这世界是多么悲惨，可是又是多么美好……你赶快走出来看看吧！”

多么热情地关心别人，多么活泼洒脱，多么富于打开人的心灵的机智的谈话呵……道静越往下回忆，心头就越发快活而开朗。

“小林，你很纯洁、很直爽。”后来他又那么诚恳地赞扬了她，“你想知道许多各方面的事，那很好。我们今晚一下谈不清，我过一两天给你送些书来——你没有读过社会科学方面的书吧？可以读一读。还有苏联的文学著作也很好，你喜欢文艺，该读读《铁流》《毁灭》，还有高尔基的《母亲》。”

第一次听到有人鼓励自己读书，道静感激地望着那张英俊的脸。

他们谈得正高兴，白莉苹忽然插进嘴来：“老卢，小林真是个诚实、有头脑的好孩子，可是咱们必须替她扔掉那块绊脚石。一朵鲜花插在牛粪上，真把她糟蹋啦。”道静闹了个大红脸。她向白莉苹瞟了一眼，她真不喜欢有人在这个时候提到余永泽。

第二部　第十八章

在“五一”这个伟大的纪念日那天，她又被卢嘉川招呼着去参加了游行示威。开始，她和几个临时集合在一起的人隐藏在天桥附近的小胡同里，卢嘉川先来交给他们一卷传单，检查他们是否带来了小旗和石灰粉，当得到了肯定的答复，他立刻转身走开了。剩下他们在小胡同里又串游了一会。当负责联络的交通员走来告诉他们即刻到天桥大马路上去集合时，一阵风似的，他们从小胡同里蹿了出来；同时，别的小胡同里也蹿出了许多人。于是人群迅急汇合成了昂奋的队伍。

道静总想靠近卢嘉川，靠近他就觉得安心，好像有保障似的。可是他特别忙，一转眼他又跑到前面去了。她正在人群中拥挤着前进，突然一面红色的大旗灿烂地招展在空中，好像阴霾中升起了鲜红的太阳。她仰头望见大旗上面的黑字：全世界无产阶级联合起来！她的心忍不住怦怦地乱跳了。热烈地高喊着的口号，向空中抛撒着的传单，挥舞着的拳头，和无数迎风飘动的红旗，这一切使大地好像突然震动起来了……可是，这种情况不过持续几分钟，接着又是尖厉的警笛，又是飞奔的摩托，又是砰砰的枪声，全副武装的军警又从四面八方包围上来。

……

道静捏住小布片蹙起眉头。卢嘉川英俊的面孔，这时又清楚地显现在她的眼前。军警冲散了人群，捕捉着人们，他是负责保卫扛大旗的同志的，当大旗被折断，打大旗的同志即将被捉走时，他突然跳上去狠狠地给了那个刽子手一拳，同时把石灰粉奋力一撒，在硝烟弥漫中扛大旗的同志趁机跑走了，几个军警就转身追起他来。林道静是跟着他跑的——他曾挥手叫她走开，但是她不。她飞跑着，朝他跑的方向跑。他刚要跑进一个小胡同里，一个穿灰衣的宪兵向他头上连着射了两枪，并且眼看就追上了他。他猛地回过身来又把一个小包用力向外一抖，空中立时弥漫起一阵呛人的白烟。石灰粉发挥了它奇妙的效果，趁着军警们睁不开眼睛的一霎间他逃跑了。道静学习了他的办法，那包石灰粉也救了她，她也逃脱了。最后她按照事先的约定，在陶然亭那儿又遇见了他，他挽着她的手臂，好像一对爱人似的，但他们只说了几句话就迅速分开了。当他们一起走着的时候，她看见他的口袋缝里还夹着一片撕碎的红旗，她就拿了过来，留作这个伟大日子的珍贵纪念品。

"呵，他是多么勇敢、多么能干呵！"一想到卢嘉川在"三一八"和"五一"这两个日子里的许多表现，她心里油然生出一种钦佩、爱慕、甚至比这些还更复杂的情感。她自己也说不上是什么，只是更加渴望和他见面，也更加希望从他那儿汲取更多的东西。

午后，余永泽上课去了，她见白莉苹在家，就到她屋里去闲坐。

"小林，昨天'五一'你去参加游行啦？"白莉苹挤挤眼皮顽皮地一笑。

"去啦。白姐姐，你怎么没去？"

"我么？有别的工作呀。"白莉苹急忙岔开了话，把手臂搭在道静的肩膀上笑着，"小林，昨晚，又跟你那老夫子吵架啦？嘿，傻孩子，你为什么老跟这样的人凑在一块儿？难道找不出比他可爱的男人来？"白莉苹看着余永泽总穿着长袍大褂像个学究，就一直称呼他老夫子。

"不用你操心！"道静露着两排洁白的牙齿也笑了，"谁像你这个样儿：见一个爱一个，见两个爱一双——恋爱专家。"

"得啦，你不要倒打一耙！我真是为你好。你看他那酸溜溜的样儿有什么爱头呢？嘿，小林，你看老卢怎么样？活泼、勇敢、又能干又漂亮，你要同意，我给你俩介绍介绍好不好？"

道静的心突突地跳起来了。她想不到白莉苹在玩笑中，竟把自己的名字和这样可敬可爱的人的名字连到了一起。她红着脸，呆呆地睁大眼睛看着她。白莉苹趁势抱住她的肩膀，把脸挨在她耳旁，吃吃地笑着，说："好孩子，犹豫什么？

‘新的恋爱不起，旧的恋爱不会消灭。’这是哪个文学家的话呀？你那个老夫子可真不值得爱，还是大胆地创造新生活吧！”

“不，他爱我，我怎么能忍心离开他。”道静感到不能再开玩笑了，白莉苹是在真心实意地和她谈话。于是她摇着头低声回答。

“等着余永泽给你挂节孝牌吧！”白莉苹的脸色变庄重了，嘴角带着一丝讥讽的笑意，“你还想革命哩，连这么一点芝麻粒大的事情——私人的事情算得什么？——都不敢革，还说别的！”

轻轻的一句话，可把道静刺痛了。她放松了白莉苹的手，低着头坐在椅子上不再出声。她知道她和余永泽之间已经有了一道不可弥补的裂痕，这裂痕随着她对于新生活的奔赴，是在日益加深。可是她可怜他，这种感情，像千丝万缕绊着她，同时，她又认为革命者是不应该关心个人的问题的，于是她忍住了矛盾的痛苦，忍住了一切的不满，希望就这样和余永泽凑合下来。可是白莉苹的这句“芝麻粒大的事情”使她恍然若有所悟，她朦胧地意识到自己不是对于个人问题看得太轻，而是过重；是在一种“不必关心”的掩饰下的苟且偷安。

她迷惘地望着窗外蓝色的天空，沉默着。白莉苹却以为她生了自己的气，她歪头对她观察了一下，就抱住她，哄小孩似的：“好啦，小林，别生气啦！既然你那老余这么可爱，你就去爱吧！我可不敢拆散你们。不过，我告诉你一件事，”她松开道静的手站起身来，神气很严肃，“你不是知道崔秀玉到东北义勇军里去了吗？当初她希望许宁和她一同去——他们的感情已经怪深的了。可是许宁——你不是也知道他讲起话来一套套挺漂亮吗，可是办起事来就不大带劲了。他不去，舍不得妈妈，舍不得学业——当然也怪我，我也把他拉住了。可是不能不佩服小崔，她正上着学，也正恋着许宁，可是为了革命事业她一甩袖子就走了。小林，你别学许宁，也别学我，还是学小崔——你大概不知道，她是朝鲜人呢。”

“朝鲜人！……”

道静看着白莉苹的嘴唇一张一合地动着，微微惊讶地重复了一句，就再没有话说了。

她回到自己房里后，心情烦恼，一头倒在床上，陷入纷乱的思潮中。

天黑下来了，她连晚饭也忘了做。

“静，你多美！真像海棠春睡的美人儿……”余永泽不知什么时候走进屋里来了，他瞅着侧卧着的林道静，悄悄地说。

道静没有理他，拿起一本书盖上了脸。他就走上去拿下书本，顺便向书皮望了一眼——《资本论》。他微微蹙蹙眉头笑道：“马克思先生的大弟子，您又在研究什么问题哪？”

“干吗讽刺人！”她对他的脸看了一会儿，忽然感到：她所爱的那个余永泽早已不存在了；这个人已经变得多么庸俗可厌了呀。于是一种失望的气恼冲上心头，她不由得又冲口说道：“马克思的弟子总比胡适之的弟子强！”

“你说什么?”余永泽也有点恼火,“胡适之的弟子有什么不好?”

“好极啦!专门拍统治阶级的马屁,拍帝国主义的马屁,帮蒋介石来统治学生,那怎么会不好呢?”道静把书本向床上一丢,轻蔑地扭转了身子。

余永泽两手抱住头倚在桌子上。他竭力忍耐着,终于还是抬头冷笑道:“革命呀,奋斗呀,说说漂亮话多么好听呀!可是我就没见过几个革命的少爷、小姐下过煤窑。因为这总比喊几句什么普罗列塔利亚、布尔乔亚之类的字眼要不舒服得多!”

“不许你胡说!”道静跳下床来,激忿地盯着他喊道,“你已经叫我受够了,请你发发慈悲叫我走吧!”

一句话就把紧张的空气冲散了。余永泽变得像秋虫儿一样可怜了。他嘶哑着嗓子哀求着:“亲爱的!我的生命,你不能走!”

临睡前,两人才和好了。余永泽看着道静,高兴地说:“今天我回来的时候本来挺高兴,想赶快告诉你一个好消息,不想咱们又闹了个误会吵起来。静,以后咱们不要吵了……不说这些了。你知道毕了业,我的职业不成问题啦,这不是好消息吗?”

“什么职业?离毕业还有两三个月呢。”

“但是要早一点准备呀!一个饭碗你知道有多少人在抢?”

余永泽带着胜利者的骄傲,又带着怕惹动道静的惶悚,轻声说,“李国英跟胡适很熟——别生气,我不是崇拜他,只不过是为咱们的生活……这样托李介绍,把我的一篇考证论文给胡适看了,不想胡先生倒很欣赏,叫李国英带我去见他。今天我真就见了他,他鼓励我一番,教我还要好好用功,又讲了些治学的方法,末了,答应毕业后,职业由他负责……静!”

他使劲握住道静的手,小眼睛闪烁着快活的光芒,“听说哪个学生要叫他赏识了,那么,那个人的前途、事业可就大有希望呢。”

“嗯。”道静咬着嘴唇望着他那沾沾自喜的神色,“那么,你真正成了胡博士的大弟子了!”

“亲爱的!”余永泽用巴掌按在道静的嘴巴上,装着庄严的口吻,“静,你不要总被那些革命的幻想迷惑了,现实总是现实呀。胡适是‘五四’以来的大学者,他还能害咱们青年人吗?这两年,你跟着我也够苦了,我心里常常觉得对不起你。有的同学都说我:‘老余,看你的她长的倒不错,为什么不给她打扮得漂亮一点?’真是,毕业后,要是弄个好职位,我第一个心愿就是给你缝两件丝绒袍子,做几件好料子的绸纱衫,再做件漂亮的大衣——你喜欢什么颜色的?亲爱的,我可最喜欢你穿咖啡色的或者淡绿色的,那显得又年轻、又大方。那时,叫人们看看我的静是个、是个惊人的漂亮的姑娘……”他说得兴奋了,猛地把道静推到电灯底下,自己跳到屋子的另一角,好像第一次发现她,他歪着脑袋,眯缝着眼睛,得意地欣赏起她的美貌来。“静,你哪儿都好,就是肩膀宽一点,嘴大一点。古时的美人都是削肩、小口。你还记得‘樱桃樊素口，杨柳小蛮腰’这两句诗吗？怎么？你又生气啦？为什么皱起眉头？来，咱们睡吧，打我一顿也可以，就是不要老生气。”

道静本来又要翻脸的。她怎么能够忍受这些无聊的、拿她当玩艺儿的举动呢？但是她疲乏了，浑身松软得没有一点力气了，终于没有出声。刚一睡下，她就被许多混沌的噩梦惊醒来。在黑暗中她回过身来望望睡在身边的男子，这难道是那个她曾经敬仰、曾经热爱过的青年吗？他救她，帮助她，爱她，哪一样不是为他自己呢？蓦然，白莉苹的话跳上心来。——卢……革命，勇敢……“他，这才是真正的人。”想到这儿她微笑了。窗外的树影在她跟前轻轻摇摆，“他，知道我是多么敬佩他么？……”这时她的心里流过了一股又酸又甜的浆液，她贪婪地吸吮着，觉得又痛苦又快乐。

这夜里她做了一个奇怪的梦。

在阴黑的天穹下，她摇着一叶小船，飘荡在白茫茫的波浪滔天的海上。风雨、波浪、天上浓黑的云，全向这小船压下来、紧紧地压下来。她怕，怕极了。在这可怕的大海里，只有她一个人，一个人呵！波浪像陡壁一样向她身上打来；云像一个巨大的妖怪向她头上压来。她惊叫着、战栗着。小船颠簸着就要倾覆到海里去了。她挣扎着摇着橹，猛一回头，一个男人——她非常熟悉的、可是又认不清楚的男人穿着长衫坐在船头上向她安闲地微笑着。她恼怒、着急，“见死不救的坏蛋！”她向他怒骂，但是那个人依然安闲地坐着，并且掏出了烟袋。她暴怒了，放下橹向那个人冲过去。但是当她扼住他的脖子的时候，她才看出：这是一个多么英俊而健壮的男子呵，他向她微笑，黑眼睛多情地充满了魅惑的力量。她放松了手。这时天仿佛也晴了，海水也变成蔚蓝色了，他们默默地对坐着，互相凝视着。这不是卢嘉川吗？她吃了一惊，手中的橹忽然掉到水中，卢嘉川立刻扑通跳到海里去捞橹。可是黑水吞没了他，天又霎时变成浓黑了。她哭着、喊叫着，纵身扑向海水……

她醒来的时候，余永泽轻轻在推她：“静，你怎么啦？喊什么？我睡不着，正考虑我的第二篇论文。把它写出来再交给胡先生，我想暑假后的位置会更好一点。”

道静在迷离的意境中，还在追忆梦中情景，这时，她翻了个身含糊应道：“睡吧，困极啦！”

但是和余永泽一样，她也在想着自己的心事，一夜都失了眠。

第十九章

三天以后。

道静从严重的创伤中苏醒过来了。她微微睁开眼睛呻吟一下，脑子里朦胧地、混沌地浮现出各种梦幻似的景象。

“我还活着吗？……”她这样想了一下，就又昏迷过去了。

当她真的清醒过来时，努力思考一下、观察一下，她才明白她是被捕了、受刑了，这是在监狱的一间囚房里。

一个温柔亲切的声音轻轻地飘到她耳边：“醒过来啦？真叫人急坏啦。”

道静向送过声音的那面侧过头去，在黯黑的发着霉臭的囚房里，就着铁窗外透过来的薄暗的微光，她看见她旁边的床上躺着一个苍白而消瘦的女人。

道静拚着肺腑里的力气，微弱地说道：“我还活着吗？你是……”

那个女人一见道静能够讲话了，且不答应她，却冲着窗外用力喊道：“来人！来人啊！这屋里受伤的人醒过来啦！”她冲着窗外喊罢了，这才回过头来对道静带着鼓动的热情低声说，“叫他们来给你治疗——我们要争取活下去！”

道静目不转睛地凝视着那张苍白热情的脸。这时，她才看出，这是个非常美丽的女人。年纪约莫二十六七岁。她的脸色苍白而带光泽，仿佛大理石似的；一双眼睛又黑又大，在黯淡的囚房中，宝石似的闪着晶莹的光。

“希腊女神……”一霎间，道静的脑子里竟闪过这个与现实非常不调和的字眼。她衰弱、疼痛得动也不能动，只能勉强对这个同屋难友轻轻说道：“谢谢！不要治啦——反正活不了……”

看守打开门上的铁锁进来了。后面跟着一个长头发也像犯人似的狱医。他走近道静身边，脱下她的粘满污血、打得破烂了的衣服。那痛，奇痛呵！一下子使得道静又失掉了知觉。

当她再度醒来时，那同屋的女人躺在她旁边的床上还在热情地注视着她；长头发的狱医拿着一个小药箱也还站在她床前。他看着道静，对那个女人说：“这次也许不至于再昏迷了。放心！她的身体还挺不错……”他回过头又对道静笑了笑，“他们叫我给你治，我就治吧。没有伤到骨头，你会很快好起来的。”

第二十章

午后三个人都疲惫地睡觉了。道静在睡梦中被推醒。郑瑾低声对她说：“林道静同志，我必须告诉你两句话，我也许活不过今天了。请你以后有机会转告党：我真名是林红，去年十月间从上海调来北平工作。不幸叛徒告密，刚刚工作没有多久就被捕了。我没有辱没党，尽我一切力量斗争到最后……我希望党百倍扩大红军，加紧领导抗日斗争，胜利一定是我们的。亲爱的同志，也希望你坚决斗争到底，争取做个坚强的布尔塞维克党员……”林红美丽的大眼睛在薄暗的囚房里闪着熠熠耀人的光辉，多么明亮、多么热烈呵。她不像在谈死——在谈她生命中的最后时刻，而仿佛是些令人快乐、令人兴奋和最有意思的事使她激动着。她疲惫地闭着眼睛喘了几口气休息了一会，忽然又睁开那热情的大眼睛问道静：“林，你保证能够把我的话带给组织吗？”

道静不能再说一句话。她流着泪使劲点着头。然后伸过双手紧握住林红雪白的手指，久久不动地凝视着那个大理石雕塑的绝美的面庞……她的血液好像凝滞不流了，这时只有一个朦胧的梦幻似的意像浮在她脑际："这样的人也会死吗？……"

夜晚，临睡觉时，林红脱下穿在身上的一件玫瑰色的毛背心递给道静："小林，你身体很坏，把这件背心穿在身上吧。"她又拿着枕边一把从上海带来的精美的化学梳子对小俞笑笑，"小妹妹，你喜欢这把梳子吗？我想送给你留做纪念。"

小俞已经意识到事情的不妙，她和道静两个同时哭了。夜是这样黑暗、阴沉，似乎要起暴风雨。多么难挨的漫漫长夜呵！

夜半时分，铁门开了。林红被用一扇门板抬了出去。临出门口，她在门板上向两个难友伸出手来，虽然握不到她们的手，却频频热情地说："告别啦，小妹妹们！好好保重！"

门板刚刚抬出病囚房，一阵急雨似的声音，猛然激荡在黑暗的监狱的屋顶，激荡在整个监狱的夜空，"打倒反动的国民党！"

"中国共产党万岁！"

"共产主义是不可战胜的！"

"同志们，为我们报仇呀！"

注释：

①本文依据杨沫《青春之歌》，中国青年出版社 2004 年版。

背景知识：

1. 作者介绍

杨沫（1914—1995），原名杨成业，笔名杨君默、杨默。祖籍湖南湘阴，出生于北京。她曾就读于温泉女中，因家庭破产而失学，当过小学教员、家庭教师和书店店员。中华人民共和国成立后任北京市妇联宣传部副部长。1963 年调北京市文联从事专业创作，先后任作协北京分会副主席，北京市文联副主席、主席。她是中国作协理事、第五届全国人大常委会委员。1934 年出版的《热南山地居民生活素描》带有自传色彩。1950 年，她发表描写抗日战争的中篇小说《苇塘纪事》。代表作品为"青春三部曲"：长篇小说《青春之歌》（1958）、《芳菲之歌》（原名《东方欲晓》，1986）、《英华之歌》（1990）。结集出版的作品有《杨沫小说选》《杨沫散文选》《杨沫文集》（7 卷本）。《青春之歌》被译成英、法、德、俄、日、朝鲜等 10 多种文字，累计发行 500 万册，成为中华人民共和国印刷逾百万册的佳作。1959 年 9 月，《青春之歌》被改编成电影，在庆祝中华人民共和国成立 10 周年时上映，成为最优秀的影片之一，对几代青年产生了良好影响。

2. 创作背景

中华人民共和国成立至 1966 年，是我国长篇小说创作出版的一个高潮期。十余年间，有大批作品问世，其中数十部影响广泛，极一时之盛。这些作品坚持社会主义现实主义创作原则，以满腔热忱和质朴的表现方法，讴歌了土地革命战争、抗日战争、解放战争及社会主义建设等不同历史时期我国人民艰苦卓绝的奋斗历程和蓬勃向上的精神风貌，代表了那一时期我国长篇小说创作的最高成就，在中国当代文学史上占有极其重要的地位。它们以特有的魅力，影响了几代读者，经历了时间的淘洗，流传至今。杨沫出身于北京一个没落的官僚地主家庭，曾在河北省定县等地教书，后又在北京做过家庭教师和书店店员，在此期间接触了马列主义思想，并加入了共产党。这种个人的生活经历对她的小说创作有很大的影响。《青春之歌》正是以九一八到一二·九这一历史时期为背景，以爱国学生运动为主线，成功地塑造了林道静这一在20世纪30年代觉醒、成长的革命青年的典型形象。

导读：

《青春之歌》是当代文学史上第一部描写学生运动、塑造革命知识分子形象的优秀长篇小说，是一部充满理想、激情昂扬的红色经典文学作品。和以往男性作家以启蒙姿态探寻女性的解放道路不同，这部小说用女性之笔书写女性的解放，它是一部女性对个体成长道路自我审视与总结的完美之作。

小说以九一八到一二·九这一历史时期为背景，以爱国学生运动为主线，描写了一群爱国青年所走的革命道路，谱写了一曲中国知识分子的青春之歌。小说塑造了林道静这个从个人反抗走上革命道路的知识青年的艺术典型，描述了在阶级矛盾、民族矛盾日益尖锐的动荡年代，知识分子的觉醒和分化，表现了中国一代青年在党的领导教育下的成长历程，歌颂了革命者的青春。主人公林道静是一个逐渐觉醒成长的人物：从对待世俗的超然冷漠到投身革命的热血沸腾；从反对封建统治到抗击日本帝国主义侵略，并在共产党领导下，最终积极投身于无产阶级革命洪流中。小说着重描写了林道静向无产阶级革命战士攀登过程中的三个阶段：第一次是与封建家庭决裂，以求得个人解放；第二次是为争取民族解放，与小家庭决裂；第三次是为整个无产阶级的解放，与"旧我"决裂。从林道静身上，我们可以看出共产党才是青年的保护者和革命的引路人；知识分子只有把个人命运同国家民族命运联系在一起，才能够真正有前途，才能够"永葆其美妙之青春"。这正是《青春之歌》塑造林道静这一典型人物形象的社会意义。

小说还刻画了卢嘉川、余永泽、江华等众多人物形象，将那个时代青年人的个人命运和广阔的社会现实联系起来。余永泽是北京大学的学生，穿的是传统知识分子的长袍大褂，他读线装书，把自己的心同古人联系在一起。而他不同于有着强烈爱国情怀的中国传统知识分子，亦不同于近代有担当的知识分子。他赞同胡适的知识救国观点，称"有自己的救国方式"，这显然是对现实世界的逃避，显示出与兼济天下的知识分子身份不符的狭隘。与林道静大胆追求信仰不同，余永泽追求的仅仅是循规蹈矩地过安稳日子，他对国家大事漠不关心，认为革命只是政府的事，与他们无关。对革命袖手旁观以及独善其身的态度反映出的是他的性格的软弱甚至是懦弱。这种“老夫子”式的知识分子在当时有一定的典型性。卢嘉川也是北京大学的学生，他年轻有为，有理想、有责任、有担当，是一个坚定的共产主义者，是优秀的共产党员。他身上有着学者的儒雅和谦逊，但是骨子里他是一个勇敢、执着，可以用生命追求理想的斗士。他深爱着自己的祖国和人民，坚信只有中国共产党才能救中国，在极其黑暗的环境下，仍然勇敢地与反动统治作斗争。他可以为革命毅然决然地付出自己的生命。在他的引领和帮助下，林道静走上了光明的革命道路。他是一股强大的正能量，他代表着无悔青春的选择，他传达出了勇于斗争和无畏牺牲的革命精神。江华其实是卢嘉川的一种升华，他不失成熟男性的坚韧与沉稳，但同时也拥有革命者的激情。江华稳重成熟，拥有出色的革命工作能力。在林道静的革命历程中，江华的地位是举足轻重的。江华是一位非常优秀的共产党员，一位坚定的共产主义战士，他在革命的道路上不停地给予林道静支持和帮助，并且不断地鼓舞林道静。在杨沫的笔下，江华是一个有血有肉的人，而不是一个抽象的革命工作者。在林道静最困难的日子里，江华来到她身边，给了她极大的帮助。江华成熟稳重，工作能力强，并且体贴善良，是一个坚定的无产阶级战士。

《青春之歌》规模庞大，但繁而不乱，广阔的现实生活，众多的人物，复杂的事件，时空的变迁全都通过林道静一人的经历贯穿起来，使得全书内容丰富而线索鲜明。对比映衬手法的使用，使各种人物的形象更鲜明，人物内心世界更是如窗洞开，作品因而具有感人的艺术魅力，小说中革命青年的光辉理想和勇于献身的革命热情，有着强大的促人奋发的感染力。

思考题：

1. 如何理解林道静革命加爱情的人生理想？
2. 结合林道静的成长经历评价其婚恋观。
3. 课后观看电影《青春之歌》，完成一次“影评”作业：我读《青春之歌》。

菲菲小姐①

［法］莫泊桑

普鲁士军队的指挥官，少校冯·法尔斯贝格伯爵，刚看完他的邮件。他仰坐在绒绣的大扶手椅上，两只穿着靴子的脚搁在精致的大理石壁炉台上。他占据迪维尔城堡已经三个月。三个月来壁炉台已经被他的马刺磨出两条凹坑，而且一天比一天深。

一杯咖啡放在独脚小圆桌上，冒着热气。细木镶嵌的桌面上有利口酒的酒迹、雪茄烟烧过的焦痕，还有小摺刀的刻痕。这位打了胜仗的少校削着削着铅笔，有时候会停下来，随心所欲地用小摺刀在这件珍贵的家具上刻出一些数目字或者图形。

他看完信件，又翻阅了军邮上士刚送来的德国报纸。他立起身，朝炉火里扔了三四大块青木柴；这些老爷们为了取暖，正一点一点地砍伐大花园里的树木。随后他走到窗子跟前。

大雨滂沱。这是一场诺曼底的大雨，简直就像有一只手在发疯般地往下泼；一场密密麻麻的斜雨，形成了一道斜条纹的厚墙；一场冲洗大地、溅起泥浆、淹没一切的暴雨；一场地地道道的鲁昂四郊这只法国尿盆的大雨。

军官长久地望着被水淹没的草坪；望着远处的昂台勒河，河水暴涨，溢出了两岸。他用手指敲打玻璃窗，敲的是一支莱茵河的华尔兹舞曲，忽然听到一个声音，回过头去，原来是他的副手冯·克尔魏因格斯坦男爵，军衔是上尉。

少校是个巨人，肩膀宽阔，长胡子像扇子似的铺在胸前。他个儿高大魁梧，使人想到一只全副武装的孔雀，只不过把展开的尾巴挂在下巴上了。一双蓝眼睛，冷淡而又镇静；脸颊上有一道伤疤，那还是在奥地利战争中被马刀砍的。据说他是个正直的人，也是一个英勇的军官。

上尉个儿矮小，赤红脸，大肚子，腰带束得紧紧的，红胡子齐根剪短，在一定的光线照射下，闪着亮光，叫人还以为是他脸上涂了一层磷。两只门牙糊里糊涂说不清是怎样在一个纵酒的夜晚落掉的，说起话来含糊不清，常常叫人听不懂。像受过剃发礼的修道士一样，只有头顶心上秃了一块；围着这块圆圆的秃顶，长着浓密鬈曲的短头发，金黄色，闪闪发亮。

指挥官和他握握手，把那杯咖啡（从早上起已经是第六杯了）一口气喝光，听着部下逐件报告在执勤中发生的事；随后他们两人又走到窗前，嘴里说着日子过得真不快活。少校是个好静的人，在国内已经成家，对什么都能将就。但是男爵上尉贪酒好色，过惯了放荡生活，三个月来在这个边远的驻防地点，迫不得已地过着清心寡欲的日子，心里十分恼恨。

有人轻轻敲门，指挥官喊了一声进来，于是他们手下那些机器人似的士兵中有一个出现在门口，他不开口，仅仅用他的出现来报告中饭已经准备好了。

他们在饭厅里遇见三个级别比较低的军官：一个中尉：奥托·冯·格罗斯林；两个少尉：弗里茨·朔伊瑙堡格和威廉·冯·艾里克侯爵，一个金黄头发的小矮个儿，对士兵傲慢粗暴，对战败者冷酷无情，性子像火药一样，十分暴躁。

自从他进入法国以后，他的同事们一直叫他“菲菲小姐”。给他起这么一个绰号，一是因为他身段漂亮，腰身纤细，看上去好像用了女人的紧身褡；二是因为他刚刚长胡子，脸色苍白；三是因为他对人对事表示极端蔑视时，养成了一个习惯，经常使用法国短语：“菲，菲”[②]，说的时候还带着一点儿嘘嘘的哨音。

迪维尔城堡的饭厅是一间富丽堂皇的长形房间；古老的玻璃砖镜子被子弹打出一个个星状的窟窿眼儿，高高的弗兰德勒挂毯被马刀划出一道道口子，有些地方还一条条挂了下来，这都是菲菲小姐在空闲时候干的好事。

墙上有三幅家传的肖像，一个是披盔带甲的军人，一个是红衣主教，一个是法院院长，他们都抽着长长的瓷烟斗，另外还有一个胸脯束得紧紧的贵夫人，在年深日久褪了色的镀金画框里，傲慢地翘着两大撇用木炭画的胡子。

在这间被糟蹋得不像样子的屋子里，军官们几乎是默不作声地吃着他们的午餐。外面下着大雨，屋里很暗，吃了败仗的外表使人看了伤心。古老的橡木地板脏得像小酒馆的烂泥地。

他们吃完饭，在抽烟的时候，开始喝酒，像每天一样谈到他们的烦闷无聊。一瓶又一瓶的白兰地和利口酒传来传去，他们仰着身子坐在椅子上，一小口一小口不停地喝，同时嘴角上始终叼着烟斗，烟斗柄又长又弯，下面是一个卵形的粗瓷斗，颜色花里胡哨，好像是为了引诱霍屯督人[③]似的。

他们杯子一空，就立刻无可奈何地用一个疲乏的手势把它斟满。但是菲菲小姐一连几次不断地把酒杯掼碎，他一掼碎，马上就有一个士兵替他另外送上一只杯子。

呛人的烟雾罩住他们；他们都好像陷入一种没精打采、愁眉不展的醉态里，百无聊赖的人的那种闷闷不乐的酩酊大醉里。

这时男爵一下子突然发作，立起来大声嚷道：“他妈的，再不能这样下去了，应该想个主意才成。”

中尉奥托和少尉弗里茨具有德国人的典型相貌，迟钝、严肃，他们回答：“什么，上尉？”

他思索了几秒钟，然后说：“什么？应该举行一次酒宴，如果指挥官允许的话。”

少校取下烟斗，问："什么酒宴，上尉？"

男爵走过去，说，"我的指挥官，由我负责一切。我把'勤务'派到鲁昂去，让他带几个姑娘回来。我知道上哪儿去找。我们在这儿准备一顿晚餐，况且什么也不缺。至少我们可以痛痛快快过一个晚上。"

冯·法尔斯贝格伯爵耸耸肩膀，笑着说："您疯了，我的朋友。"但是所有的军官都立起来，围着他们的指挥官要求："让上尉去办吧，指挥官，这儿太闷啦。"

最后少校让了步。"好吧。"他说。男爵立刻派人去叫"勤务"。这是一个上了年纪的老军士，从来没有人见他笑过，但是长官们的命令，不管是什么命令，他都盲目地执行。

他站着，脸上毫无表情，听完男爵吩咐，走了出去。五分钟以后，一辆很大的辎重车，罩着油布篷子，在倾盆大雨中，由四匹马拉着急驶而去。

一眨眼他们精神振作起来了，疲惫的身子挺直，脸上露出喜色。他们开始交谈。

虽然暴雨仍旧哗哗下着，少校却断言天色不像刚才那么暗，奥托中尉也肯定地说天就要晴了。菲菲小姐也好像坐立不安，一会儿站起来，一会儿又坐下去。他那双明亮而冷酷的眼睛在寻找一样好打碎的东西。突然这个金黄头发的年轻人盯住长了八字胡的那位夫人，掏出了手枪。

"你看不见那个了。"他说。他没有离开座位，举枪瞄准，砰砰两枪把肖像的两只眼睛打穿了。

接着他嚷道："咱们来放地雷！"谈话一下子都停住了，仿佛有什么新奇有趣的事把大家吸引住似的。

放地雷是他的新发明，是他的破坏方法，是他最喜爱的消遣。

合法的业主，费尔朗·达莫阿·迪维尔伯爵，离开城堡时太仓猝，除了把一些银器埋在墙洞里，什么也来不及带走，什么也来不及藏起来。他非常富，花钱又大手大脚，因此他那间和饭厅有一扇门相通的大客厅，在主人仓猝逃走以前，看上去简直就像是博物馆的一间陈列大厅。

墙壁上挂的是名贵的油画、素描和水彩画；台子上、架子上和精致的玻璃橱里有数不清的摆设：彩瓷花瓶，小塑像，萨克森瓷人，中国瓷人，古代的象牙雕刻和威尼斯玻璃制品，这些珍贵稀罕的东西充满了这间大厅，真是琳琅满目，美不胜收。

现在剩下的已经不多了，并不是遭到过抢劫，那是少校冯·法尔斯贝格伯爵绝对不会允许的。但是菲菲小姐不时要放一次地雷；遇到那个日子，所有军官也确实可以得到五分钟的乐趣。

年轻的侯爵到客厅里去找他需要的东西，他带回来一只浅红釉的中国小茶壶，在里面装满火药，再从壶嘴里慢慢塞进一根很长的火绒。他把火绒点燃以后，连忙带着这个爆炸装置奔进隔壁屋子。

接着他又很快回来，把门关上。所有的德国人都站着等待，像孩子似的露出好奇的笑容；轰的一声震得整座城堡都晃动，爆炸刚一过去，他们就一起冲过去。

菲菲小姐头一个冲进去，在一座赤陶维纳斯像前发疯般地拍手，维纳斯的头终于在这一次炸掉了。每个人都拾起一些碎瓷片，欣赏缺口的奇怪形状；他们检查这一次造成的破坏，有人说有一些是上次爆炸造成的，于是发生了争论。少校用慈父般的眼光望着这间遭到尼禄式的霰弹破坏，遍地都是艺术品碎片的大厅。他头一个出来，一边走一边亲切地说："这一次很成功。"

但是滚滚的浓烟进来，和饭厅里烟草的烟雾混在一起，使人无法呼吸。指挥官打开窗子，军官们回来喝最后一杯白兰地，都走到了窗前。

潮湿的空气涌进屋里，挟来粉末般的水花粘在胡子上，还带进一股河水泛滥的气味。他们望着被大雨淋得耷拉着脑袋的大树，望着从低垂的乌云里降下的雨水笼罩着的宽广山谷，望着远处教堂钟楼高耸在倾盆大雨之中的灰色尖顶。

自从他们来到以后，钟楼就没有打过钟。这还是侵略者在附近一带遇到的仅有反抗，钟楼的反抗。本堂神父在供应普鲁士士兵吃住上，有求必应，从来没有拒绝过；甚至有几次还接受敌人指挥官的邀请在一起喝一瓶啤酒或者波尔多葡萄酒。敌人的这位指挥官也常常找他出面做友好的居间人。但是要他打一下钟，那是绝对办不到的，他宁可让人枪毙。这是他对侵略者的抗议方式，和平的抗议，沉默的抗议，他说，这是适合传教士这种温和的人，而不是杀人成性的人的唯一的一种抗议方式。在十法里方圆之内，人人都赞扬商塔瓦纳神父的坚定和英勇，他敢于让他的教堂保持顽强的沉默态度，来宣告全国一致的哀悼。

全村的人都受到这种反抗的鼓舞，准备对他们的神父支持到底，准备冒一切危险，因为他们认为这种沉默的抗议是维护国家的荣誉。在乡亲们看来，他们这样做对祖国的贡献比贝尔福和斯特拉斯堡[4]还要大，他们做出的榜样具有同等价值，他们这个小村子将因此而名垂千古。除了这一点以外，不论战胜的普鲁士人提出什么要求，他们都不拒绝。

这种无害的勇敢态度指挥官和手下的军官们都付之一笑；况且当地人又都对他们很殷勤，很顺从。他们因此也就很乐意地容忍了当地人的沉默的爱国行为。

只有那个年轻的威廉侯爵主张下命令强迫打钟。他的上司对教士采取圆滑的迁就态度，使他感到气愤，每一天他都请求指挥官让他去当当地打一次钟，哪怕只是为了让大伙乐乐，也得让他去打一次。他请求的时候，像猫一般亲热，像女人一般阿谀，像想要什么想得发了疯的情妇那样娇声娇气，但是指挥官寸步不让，菲菲小姐为了寻找安慰，只好在迪维尔城堡里放"地雷"。

这五个男人聚在那儿，呼吸着潮湿的空气，待了几分钟。最后少尉弗里茨嘿嘿笑了两声，说："这些肖（小）姐楚（出）门艮（肯）定不会有喝（好）天气了。"

接着他们就分手，各人去干各人的公事，上尉为了准备晚餐，有许多事要做。

天黑，他们又聚在一起，看见一个个都像在检阅的日子里一样，打扮得漂漂亮亮，都笑起来了。他们头上擦了油，身上洒了香水，容光焕发。指挥官的头发似乎没有上午那么灰白了，上尉刮了脸，只在鼻子底下留了一撮小胡子，像火苗一样。

尽管下雨，他们还是让窗子开着，不时有人跑过去听听。六点十分，男爵说他听到远处有隆隆的车声。大家都奔过去，不久以后那辆大车急驶而来，四匹马在路上不停地飞奔，泥浆一直溅到背上，浑身冒着热气，呼呼直喘。

五个女的在台阶边上下来。“勤务”曾经拿了上尉的名片去找他的一个朋友，这是经过这个人仔细挑选出来的五个漂亮妓女。

她们一口就答应了，一方面她们相信会付给她们很多钱，另一方面她们跟普鲁士人打了三个月交道，深知他们的为人，而她们对人对事又都是逆来顺受惯了。“干了这行，有什么办法!”她们在路上对自己说，毫无疑问这是为了回答还剩下的那一点良心暗中的谴责。

她们立刻走进饭厅。饭厅遭到破坏，一副惨相，在灯光照耀下更显得阴森森的。桌子上摆着肉食，贵重的餐具和从墙洞里找到的银器，使得这个地方看上去仿佛是一伙强盗抢劫归来吃饭的小酒馆。上尉兴高采烈，像用熟了的日常用品似的，毫不客气地把女人都揽到自己身边，他欣赏她们，吻她们，闻她们，从对妓女所要求的角度来估量她们。那三个年轻人每人都想挑一个，他断然反对。他主张由他按照级别公正地分配，丝毫不打乱等级制度。

为了避免发生争执，为了避免让人疑心有偏袒，他叫她们按高矮排列，用命令的口气对最高的一个说：“你叫什么?”

她提高嗓音回答：“帕梅拉。”

于是他宣布：“第一号，名叫帕梅拉，归指挥官。”

接下来他拥抱第二号布隆迪娜，表示归他所有。他把肥胖的阿芒达分给中尉奥托，把“西红柿”夏娃分给少尉弗里茨。他把最矮的一个拉歇尔，分给了最年轻的军官，瘦弱的威廉·冯·艾里克侯爵。拉歇尔非常年轻，棕色头发，眼睛黑得像两点墨水迹，是一个长着狮子鼻的犹太女人，对凡是犹太人都长着一个鹰钩鼻这条规律来说，倒是个例外。

再说，她们都很漂亮，都很丰满，相貌上没有什么明显的差别，由于每天操皮肉生涯和在妓院里过着共同生活，她们的身段和肤色都完全相同。

三个年轻人想立刻把他们分到的女人带走，借口是给她们找把刷子，找块肥皂，好好让她们洗洗脸，刷刷身上的衣服。但是上尉有先见之明，坚决反对。他说她们挺干净，完全可以上桌吃饭，而且上楼的人下楼以后一定希望交换，那就会把原来的分配打乱了。他的经验占了上风。在等待期间仅仅是接吻，接许多吻。

突然间，拉歇尔透不过气来，她咳得直淌眼泪，从鼻孔里冒出一些烟。侯爵趁着和她接吻的时候，喷了一口烟在她嘴里。她没有生气，也没有吭声，但是她盯着她的占有者，黑眼睛里已经有一股怒火点燃了。

大家坐下来。指挥官也好像非常高兴，他让帕梅拉坐在他的右边，布隆迪娜坐在他的左边；他打开折好的餐巾，说："你的主意真妙，上尉。"

中尉奥托和少尉弗里茨像跟上流社会妇女在一起似的，彬彬有礼，反倒使得坐在他们身边的女人有点难为情。可是冯·克尔魏因格斯坦男爵贪酒好色，真是如鱼得水，他喜笑颜开，说了许多轻薄话，他头上的那一圈红头发使他看上去就跟着了火一样。他用莱茵河的法语献着殷勤；他的那些下等酒馆里的恭维话，从缺了两个门牙的窟窿里冒出来，随着四溅的唾沫，送到姑娘们的耳朵里。

不过她们一句也听不懂。只有在他说猥亵话，说粗话的时候，她们好像开了窍，尽管他发音不准，她们也能够领会。于是她们一个个都发疯似的笑起来，倒在身边男人的肚子上，学着男爵说的话。到后来男爵为了引她们说淫秽话，故意把话说得走了腔。她们不住口地学着说，刚喝头几瓶葡萄酒就已经醉了。她们积习难改，恢复了本来面目，一会儿吻右边男人的唇髭，一会儿又吻左边男人的唇髭；她们拧他们的胳膊，发出狂叫，喝所有杯子里的酒，唱法国歌，也唱从每天跟敌人交往中学来的几段德国歌。

女人的肉体陈列在鼻子底下、手跟前，男人们也很快地为这些女人的肉体所陶醉。他们发疯，大喊大叫，打碎餐具；在他们背后呢，立着几个毫无表情的士兵伺候他们。

只有指挥官一个人还能够克制自己。

菲菲小姐抱着拉歇尔坐在他的膝上；他十分兴奋，可是外表冷静，他时而发疯般地吻着她颈子上乌木一般颜色的鬈发，鼻子伸进衣服和皮肤之间去嗅她暖烘烘的体温和身上发出来的气味；时而受到残暴的兽性支配，受到破坏的欲念左右，狠狠地隔着衣服拧她，拧得她直嚷嚷。他还常常把她拉到怀里，紧紧搂住不放，好像要让她跟自己合成一个人似的；他把嘴唇长久地压在犹太女人的娇嫩的嘴上，吻得她透不过气来；但是他又突然使劲地咬她，咬得那么深，只见一缕血顺着她的下巴淌下来，滴到胸口上。

她又一次瞪着眼睛，盯住他。她把血揩干净，低声说："哼，这笔账是要还的。"他笑了，一种冷酷无情的笑。"我会还的。"他说。

吃餐后点心时，开始斟香槟酒。指挥官立起来，用他举杯敬祝奥古斯塔皇后[⑤]健康时相同的声调说：

"为在座的夫人们干杯！"大家纷纷祝酒，是丘八、醉汉向女人献殷勤时的那种祝酒，其中夹杂着淫猥的玩笑话，由于对语言的无知，这些玩笑话更加显得粗鲁。

他们一个接着一个地站起来，在脑海里搜寻俏皮话，尽力想显得滑稽有趣。女人们每一次都疯狂地鼓掌，她们眼神发呆，嘴里发黏，已经醉得要躺倒了。

上尉大概是想为这次狂饮增添一些风流多情的气氛，他再次举起酒杯，说：

“为我们征服女人的心干杯!”

奥托中尉简直像一头黑森林[6]里的狗熊，他喝得醉醺醺，这时候十分激动地立起来。他在醉后的一阵爱国心的激发下，高声喊道：“为我们征服法国而干杯!”

几个女的尽管喝醉了，都保持沉默。拉歇尔浑身哆嗦，转过身来说：“得啦，我见过许多法国人，在他们面前你就不敢这么说。”

但是年轻的侯爵笑了，他一直抱着她坐在他的膝头上；喝了酒以后他变得快活起来。“哈！哈！哈！我还从来没有见到过。我们一到，他们就溜了!”

那个姑娘勃然大怒，冲着他的脸嚷道：“你胡说，坏蛋!”

有一秒钟的时间，正像他盯住他用手枪打穿的那些画像一样，他的浅色眼睛盯住她，然后他笑开了：“哈哈！好吧，让我们来谈谈那些人，美人儿！他们如果勇敢，我们怎么会来到这里!”他越说越兴奋。“我们是他们的主人！法国属于我们!”

她猛地一挣，从他的膝头上滑下来，坐在椅子上。他立起来，把酒杯一直伸到桌子当中，继续说：“法国和法国人，法国的树林、田野和房舍都属于我们!”

其余的男人都已经喝得酩酊大醉。他们突然在一股军人的热情的鼓舞下，兽性大发，抓起酒杯，大声狂叫：“普鲁士万岁!”然后一口把杯子里的酒喝干。

姑娘们没有提出抗议，她们心里害怕，只能保持沉默。拉歇尔也一声不响，因为她没有办法回答。

这时候，年轻的侯爵把重新斟满的一杯香槟酒，搁在犹太姑娘的头上，嚷道：“所有的法国女人也属于我们!”

她猛地站起来，晶质玻璃酒杯翻倒，像施洗礼一样，黄澄澄的香槟酒全部倒在她的黑头发里，接着酒杯掉到地上，摔得粉碎。她双唇发抖，瞪圆眼睛望着仍在笑着的军官，怒不可遏，连喉咙都哽得发不出声音，她结结巴巴地说：“这，这，这，不是真的，哼，你们得不到法国女人。”

他为了能够笑个痛快，坐了下来。他模仿巴黎口音说：“她说得倒好，她说得倒好。那么，小乖乖，你怎么会到这儿来的?”

她心情激动，一时之间没有听懂，所以愣住没有回答；等到她明白他说的是什么意思以后，顿时怒火中烧，声色俱厉地冲着他嚷道：“我！我！我不是一个女人，我是一个妓女！普鲁士人需要的正是这个!”

没等她说完，他就抡起胳膊打了她一个耳光。但是当他再一次举起手来的时候，她已经气得发了疯，从桌上抓起一把吃餐后点心用的银刀身的小刀，谁也没有注意就一下子笔直地刺进了他的脖子，正好在胸口以上的那个凹陷部分。

他正说着的一句话卡在嗓子里，没能说完。他张着嘴发愣，眼睛里露出可怕的神色。

所有的军官都大声叫喊，乱纷纷地站起来，于是她把椅子朝奥托中尉腿上扔过去，奥托中尉扑通一声绊倒在地上。她乘机朝窗口跑去，在被人抓住以前，已经打开窗子，跳进仍然下着雨的茫茫黑夜。

两分钟以后，菲菲小姐死了。弗里茨和奥托拔出刀想杀死跪在他们面前苦苦哀求的女人。少校好不容易才阻止了这场屠杀，叫人把那四个吓傻了的姑娘关在一间卧室里，由两个士兵看守。然后如同布置一次战斗，他下命令追捕逃跑的女人，他相信一定能够把她抓回来。

五十名士兵在威胁恫吓之下，被派到大花园里去，还有两百人搜索树林和山谷里的人家。

顷刻之间餐具撤掉，饭桌变成了灵床。四个军官态度威严，酒已经醒了，脸上露出军人在执行作战任务时的那种冷酷表情。他们一直站在窗口，探测着黑夜。

倾盆大雨继续下着。黑暗中充满连续不断的哗哗声，由降落的水、流动的水、滴下的水和溅起的水合成的一片飘忽不定的轻微响声。

突然间传来一下枪声，接着从很远的地方又传来一声。在四个小时之内就这样断断续续地有枪声传来，忽而远，忽而近；还有集合的喊声，用喉音发出的怪里怪气的嚷声，听上去像是在互相打招呼。

早上所有的人都回来了。在打猎的热情中，在这次夜间追捕的慌乱中，有两名士兵被自己人打死，还有三名被自己人打伤。

拉歇尔却没有找到。

于是居民们处在恐怖统治之下，住宅被翻得乱七八糟，整个地区都被踏遍，寻遍，搜遍。那个犹太姑娘仿佛没有留下一点踪迹。

将军接到报告后，为了避免在军队里树立坏榜样，他命令把这件事包起来暗中了结。他给予少校纪律处分，少校也处分了他的下级。将军曾经说："我们打仗可不是为的找乐子，玩姑娘。"冯·法尔斯贝格伯爵恼羞成怒，决心要向当地人报仇。

他需要找一个借口，好随心所欲地进行严厉惩罚；他把本堂神父找来，命令他在冯·艾里克侯爵举行葬礼时打钟。

完全出乎意料，教士态度很温顺，很谦恭，而且满怀敬意。菲菲小姐的尸体由几名士兵抬着，离开迪维尔城堡送到公墓去，尸体的前后左右都布满了士兵，他们荷枪实弹朝前走。这时候那口钟第一次敲响了丧钟，节奏轻松愉快，真像有一只亲切友爱的手在轻轻抚摸它似的。

晚上钟又响了，第二天也响，以后每天都响，而且叮叮当当你要它怎么打，它就怎么打。有时候甚至在夜间不知什么缘故它突然醒来，怀着令人惊奇的欢乐心情，自己晃动起来，轻轻地把两三下叮当声送进黑暗之中。当地的乡亲们都说它中了邪魔。除了本堂神父和圣器管理人，没有人再走近钟楼。

原来有一个可怜的姑娘住在钟楼上面，过着忧愁和孤独的生活，由这两个人偷偷给她送饭吃。

她在上面一直待到德国军队离开。后来，有一天晚上，本堂神父向面包师傅借来了敞篷马车，亲自赶车，把她这个关在钟楼上的女囚徒送到鲁昂城门口。到了那里，神父拥抱她，她下车以后，匆匆走回妓院。妓院的老板娘还以为她已经死了呢。不久以后，一个爱国者帮助她离开了妓院。这个爱国者没有偏见，爱她的英勇行为，后来进一步爱上了她本人，娶她做了妻子，使她变成一个和别的许多夫人一样值得敬重的夫人。

注释：

①本文依据《莫泊桑短篇小说精选》，郝运、王振孙译，上海译文出版社2003年版。

②法国短语“fi，fidonc”的音译，意思是“呸，呸”。

③霍屯督人：非洲南部的部落集团。

④普法战争中法国人曾在这两个地方抵抗普鲁士军队。

⑤奥古斯塔皇后是普法战争期间德意志帝国威廉一世的皇后。

⑥黑森林：德意志联邦共和国境内的大森林，在莱茵河上游的右岸。

背景知识：

居伊·德·莫泊桑（1850—1893），法国批判现实主义作家，也是法国最负盛名的中短篇小说作家。莫泊桑生于法国西北部诺曼底省一个没落贵族家庭，他的母亲很有文学修养，而且家族与福楼拜家有多年的交往。莫泊桑很小的时候父母即分居，他和弟弟由母亲带到埃特雷塔抚养，他也由此从庄园来到海滨生活。1863年，莫泊桑到伊夫托修道院办的学校读书，那里让他感到窒息，他多次企图逃走，后来被学校开除，母亲教导他完成了高中二年级的课程，后来他在鲁昂中学读完高中。期间，莫泊桑与舅舅青少年时期的两位好友——法国诗人、戏剧家路易·布耶和文坛巨匠居斯塔夫·福楼拜有了更多的交往，这两人带给他终身的影响，他曾这样回忆：“两个人，通过他们纯朴而又明智的教诲，给了我永远奋进的力量：路易·布耶和居斯塔夫·福楼拜。我首先结识布耶，甚为亲密。两年后，我又博得了福楼拜的友谊。”1869年布耶猝然离世，福楼拜在悲伤之余毅然担起了培育莫泊桑的担子。这一年莫泊桑来到巴黎攻读法律，但第二年普法战争爆发，他被征召入伍，奔赴前线。虽然一直到战争结束莫泊桑都盼望着法军能够胜利，但他得到的只是普军势如破竹、法军节节败退的消息。1871年战争结束，莫泊桑回到巴黎，战争中的经历为他日后的一些优秀短篇小说提供了情节和形象。1872年，在父亲的安排下，莫泊桑开始了他的公务员生涯，在他所谓的“办公牢房”中度过的八年使他深受无聊的折磨，但也使他对此类生活有了更多的了解。闲暇时，他在塞纳河上划船，这种活动也为他提供了很多素材。他将这些从现实中提取的材料用于创作，同时受到福楼拜的悉心指导，在福楼拜家中，他还结识了屠格涅夫、都德、左拉、爱德蒙·龚古尔等作家。几年的时间里，莫泊桑写出了大量习作，也发表了其中的一部分，有的作品也受到了福楼拜的赞赏，但福楼拜一再告诫他不要急于发表小说作品："小伙子，这样的东西还是不要发表为好。这是学布耶的……这是学大仲马的……要把一切都忘掉……不要拜倒在任何人面前……不要操之过急!"1880 年，莫泊桑发表了他第一部有分量的作品《羊脂球》，福楼拜读后在给亲人的信中大作夸奖："《羊脂球》，我的弟子的这篇小说，是一部杰作。今天早晨读了校样后，我坚持用'杰作'这个词。这是一部结构精妙、富于喜剧性和观察力的杰作。"从此，莫泊桑进入了他的创作高峰期，爱德华·梅尼亚勒说："1880—1890 年，莫泊桑的生活史也不过就是他的创作史。"十年中，莫泊桑发表了六部长篇小说，包括《漂亮朋友》《一生》等；十六卷短篇小说集，包括《一家人》《泰利埃公馆》《绳子》《小酒桶》《项链》《我的叔叔于勒》《一个诺曼底人》等；此外还有大量报刊文章。

从 1883 年开始，莫泊桑的眼病逐渐加重了，1889 年他出现了幻觉情况，这之后他的健康状况急转直下，精神状态也越加恶化。1891 年以后莫泊桑已经难以继续写作了，1893 年年初，他全身瘫痪的病象已非常严重。同年 7 月 6 日，莫泊桑去世，7 月 8 日他被葬于巴黎蒙帕那斯墓地，左拉、塞阿尔、小仲马等人参加了他的葬礼，左拉在墓前发表了演说，他提到这样一件事："莫泊桑在 15 年中发表了将近 20 卷作品，如果他活着，毫无疑问，他还可以把这个数字扩大 3 倍，他一个人的作品就可以摆满一个书架。可是让我说什么呢？面对我们时代卷帙浩繁的产品，我有时真有点忧虑不安。诚然，这些都是长期认真写作的成果。……不过，对于荣誉来说这也是十分沉重的包袱，人们的记忆是不喜欢承受这样的重荷的。那些规模庞大的系列作品，能够留传后世的从来都不过是寥寥几页。谁敢说获得不朽的作品不可能是一篇三百行的小说，是未来世纪的小学生们当作无懈可击的完美的典范、口口相传的寓言或者故事呢？"事实证明了这一点，莫泊桑正是以他在短篇小说方面的才华被全世界所铭记，他与俄国的契诃夫、美国的欧·亨利并称为世界三大短篇小说巨匠。

导读：

普法战争是 1870—1871 年发生在普鲁士王国和法兰西第二帝国之间的一场战争。因西班牙王国王位继承问题，普鲁士与法兰西之间的矛盾越发尖锐，1870 年 7 月 14 日，普鲁士首相俾斯麦篡改了普鲁士国王发给法国的电报，使之充满挑衅性，被激怒的法国于 7 月 19 日对普鲁士宣战，但傲慢的理想主义使法国军队在战斗中处于绝对的劣势，到 9 月 2 日，被围困在色当的法皇拿破仑三世便带领近十万军队投降了。消息传到巴黎，愤怒的人民于 9 月 4 日起义推翻了第二帝国政府，宣布成立共和国，但这并未能阻止普军的长驱直入，1871 年 1 月 18 日，普鲁士国王威廉一世在法国凡尔赛宫加冕为皇帝，成立了德意志帝国，标志着德国的统一。新成立的法国资产阶级政府请求停战，双方在 5 月 10 日签署了正式和约，普法战争结束了。这场战争对西方乃至世界历史进程影响深远，对每一个亲身经历过的人而言，更是无法从记忆中抹去的印记。莫泊桑带着满腔爱国热情参军，战争的结果却使他无比失望。在这几年中，他印象最深刻的除了法国军队的无能卑劣，便是普通民众在国难当头时表现出的崇高与忠诚了，尤其是那些平日里毫不引人注目的下层人民，他们用自己的方式与普军对抗。在日后的创作中，普法战争是莫泊桑着力开掘的一个重要题材。他的笔下，有揭露法军腐败无能和普军惨无人道的力透纸背的佳品，更有讴歌人民抗敌斗争的脍炙人口的华章。除了他的成名作《羊脂球》，《菲菲小姐》也是写一名底层女性反抗普军的故事的短篇佳作，充满了对侵略者的强烈憎恶和对人民爱国精神的歌颂。

小说取材于真实生活，在普法战争中，普鲁士军队入侵法国，外号叫“菲菲小姐”的普鲁士少尉艾里克是一个性子火暴的战争狂人。占领军的军官们在枯燥无聊的军队生活中为了寻找刺激，在少校的特许下，派人到里昂的妓院挑来了五个妓女寻欢作乐，在宴会上，菲菲小姐出言不逊，流露出了对法国的蔑视，最后被法国妓女拉歇尔刺死，少校派出了二百五十多名士兵，把当地居民的住房搜了个底朝天，也没有找到跳窗逃跑的拉歇尔。原来拉歇尔在神父的帮助下，顺利地逃过了普鲁士军队的捕杀，她躲在钟楼上每日敲钟，直至德国军队离开，后来，一个爱国者爱上了她，并娶了她做妻子，她成了和别的夫人一样值得尊重的夫人。这篇小说里的“菲菲小姐”艾里克少尉虽然在5个军官中最为年轻，却最为残暴，对法国的人民和财产不存任何敬畏之心，肆无忌惮地以各种手段加以破坏甚至折磨，他纤细、苍白、青春的外表之下隐藏的是一颗冷酷残忍的心。拉歇尔不过是个妓女，她和同伴们之所以明知受到的邀请来自侵略者也欣然前行，是因为她们早已在风尘中被磨损得放弃了自尊和理想，习惯了逆来顺受。可以说，这是一群看似离大义最为遥远的人，也是最不可能反抗侵略者的人。但即使是这样的底层女性也仍然保留着对祖国赤诚的爱恋，在宴会上拉歇尔被艾里克少尉肆意侮辱，逐渐激起了心中的血性，在听到祖国也被轻侮后，她无法遏制狂怒，刺死了少尉，这是一个充满爱国激情的女英雄的形象。在刺杀少尉后拉歇尔灵敏地逃走，两百多名士兵在追击中一无所获，甚至还自损数人，这里爱国者和侵略者再次形成了鲜明的对比。这之后，本堂神父对普鲁士人作出前所未有的让步，表面上看，他们只是屈服于侵略者淫威的懦弱百姓，但当小说结尾，拉歇尔被藏在钟楼上的事实揭开，人们才明白这些手无寸铁的当地人是用这样的方式对侵略者表现他们心中的愤怒和抵抗的。

莫泊桑的作品来源于生活，却高于生活，他将真实的普法战争以一种艺术的形式带到了小说中，经过分析、加工、创造给人以耐人寻味的效果。比如他没有直接写战争的正面战场，而是独具匠心地选取了侵略军军官的一个生活片段，从而展现出法国人民的爱国情怀。在人物描写上也是一样，莫泊桑从不给自己笔下的正面人物加上神圣的光环，只是让他们保持自身的平凡自然，读者看到的是一群平凡的人，但这些人又具备不平凡的特点。莫泊桑最大的创作特点就是善于“隐藏”自己，但是又在隐藏的同时传达给读者自己的观点，给予读者教育和启迪。莫泊桑是法国文学史上的一位语言大师，这得益于福楼拜对他的严格教导，福楼拜说：“我们无论描写什么事物，要说明它，只有一个名词；要赋予它运动，只有一个动词；要区别它的性质，只有一个形容词。我们必须不断地推敲，直到获得这个名词、动词、形容词为止。不能老是满足于差不多，不能逃避困难，用类似的语句去敷衍了事。”莫泊桑掌握了这种高超的技艺，这使得他的短篇小说成为以小见大、言简意赅、高度精练的艺术典范，他把现实主义短篇小说的艺术提高到了一个前所未有的境界。

思考题：

1. 你认为这篇小说为何取名为《菲菲小姐》？
2. 你是如何理解小说中法国人民的爱国之情的？
3. 你还读过莫泊桑的哪些小说？谈谈自己的心得体会。
4. 你认为莫泊桑的短篇小说最大的特点是什么？

第二章　眷恋故土

诗经·王风·黍离

彼黍离离[①]，彼稷之苗[②]。行迈靡靡[③]，中心摇摇[④]。知我者，谓我心忧，不知我者，谓我何求。悠悠苍天[⑤]！此何人哉？

彼黍离离，彼稷之穗[⑥]。行迈靡靡，中心如醉[⑦]。知我者，谓我心忧，不知我者，谓我何求。悠悠苍天！此何人哉？

彼黍离离，彼稷之实。行迈靡靡，中心如噎[⑧]。知我者，谓我心忧，不知我者，谓我何求。悠悠苍天！此何人哉？

注释：

①黍（shǔ）：一种农作物。离离：繁茂貌。

②稷（jì）：谷子，一说高粱。黍的一个变种，散穗，子实不黏或黏性不及黍者为稷。

③行迈：复合词，即行。靡靡：迟迟，指行走缓慢。

④中心：心中。摇摇：心神不宁的样子。

⑤悠悠：遥远的样子。

⑥穗：穗子。

⑦醉：心中忧愁犹如醉酒一样。

⑧噎：喉咙闭塞，不能喘息，这里指哽咽。

背景知识：

《诗经》是我国第一部诗歌总集，也是儒家“六经”之一。《诗经》收入自西周初年至春秋中叶五百多年的诗歌305篇，先秦称为《诗》，或取其整数称《诗三百》，西汉时被尊为儒家经典，始称《诗经》，并沿用至今。《诗经》分为“风”“雅”“颂”三部分，都因音乐得名。“风”指地方歌曲、民谣，“国风”是各地区的民歌，“风”共收录包括周南、召南、邶、鄘、卫、王、郑、齐、魏、唐、秦、陈、桧、曹、豳15个地方的民歌160篇；“雅”即正，指朝廷正乐，分为大雅、小雅，共105篇，多为贵族所作的乐章；“颂”是用于宗庙祭祀的乐歌，分为周颂、鲁颂、商颂，共40篇。

《诗经》的作者，绝大部分已经无法考证。《诗经》所涉及的地域，主要是黄河流域，西起山西和甘肃东部，北到河北省西南，东至山东，南及江汉流域。《诗经》的内容丰富，涵盖深广，它立足于现实生活，内容涉及当时的政治、经济、军事、文化以及世态人情、民俗风习等社会生活的各个方面，全面地展示了周代的社会生活，真实地反映了中国奴隶社会从兴盛到衰败的历史面貌。《诗经》开创了我国现实主义诗歌的传统，是我国现实主义文学的源头。

在艺术形式上，《诗经》的句式，以四言为主，兼有杂言。二节拍的四言句式使诗句韵律整齐，节奏简约明快。四字句虽使诗歌节奏鲜明但略显短促，而重章叠句的运用不仅使节奏舒缓下来，而且使诗歌情致回环往复，加强了抒情效果，加深了诗中思想情感的表达。《诗经》运用赋、比、兴的表现手法，开启了我国古代诗歌创作的基本手法。关于赋、比、兴的意义，历来说法不尽相同。简而言之，赋就是铺陈直叙，即诗人把思想感情及与其有关的事物平铺直叙地表达出来。比就是比方，以彼物比此物，诗人有本事或情感，借一个事物来作比喻。兴则是触物兴词，客观事物触发了诗人的情感，引起诗人歌唱，所以兴大多在诗歌的发端。在诗歌创作中，赋、比、兴的表现手法，往往交相使用，共同创造了诗歌的艺术形象，抒发了诗人的情感。《诗经》的语言生动形象，简练深厚，音韵优美，意味深长，充满了音乐美。《诗经》是我国文学的光辉起点，它的出现以及在内容、思想和艺术上的巨大成就，是我国文学发达很早的标志，对我国的文学发展产生了极其深远的影响，在我国乃至世界文化史上都占有极高的地位。

《诗经》在秦代被焚毁后，至汉时复传。汉代传授的《诗经》有辕固生的齐诗、申培的鲁诗、韩婴的韩诗、毛苌的毛诗四家。前两者取国名，后两者取人名，简称齐、鲁、韩、毛四家。齐、鲁、韩三家为今文经学，早已亡佚，仅存《韩诗外传》。毛诗为古文经学，盛行于东汉以后。流传至今的《诗经》就是毛诗。

导读：

关于《黍离》一诗的主旨，长期以来争议不断。《毛诗序》称：“《黍离》，闵宗周也。周大夫行役，至于宗周，过故宗庙宫室，尽为禾黍，闵周室之颠覆，彷徨不忍去，而作是诗也。”这种解说在后世得到了普遍认可与接受，因而后人将此诗作为悲悼故国的代表作。但《诗序》这种带有政治色彩的“美刺”之说也引起了后世学者的质疑，如《朱子语类》说：“大率古人作诗，与今人作诗一般，其间亦自有感物道情，吟咏性情，几时尽是讥刺他人。”又如《清邃阁论诗》所说：“只缘诗序者之例，篇篇要作美刺说，将诗人的意思尽凿穿坏了。”因此，今人对此诗主旨又有了新的见解，如旧家族悲伤自己的破产、流浪者陈述他的哀思、爱国志士忧国怨战、家园难舍，等等。出现这么多新的解读，恰好说明本诗具有朦胧、意蕴深远、耐人寻味的特点。

本诗之所以具有朦胧多义性，主要就在于：第一，诗人用笔含蓄，诗作本身并未点出诗歌创作的具体背景。全诗共分三章，每章十句。每章开头两句以茂盛的黍稷借景起兴；三、四句直接写诗人行走的姿态和内心的感受；五至八句转换视角，从他人的不同评价道出诗人忧心忡忡的内心世界；最后两句呼唤苍天，感叹自身。从诗作本身出发，我们可以感受到，全诗反复传达出的是诗人内心的忧伤苦闷之情。第二，诗中的“我”是谁，“忧”所为何，“求”所为何，皆指向模糊，使诗歌具有朦胧多义的可能性。正是这种指向模糊，为诗歌创造了很强的内在张力。正所谓“诗无达诂”，无论是故国之悲，抑或是旧家败落之悲、流浪者之忧、家园难舍之伤，甚至是物是人非之感、知音难觅之憾、世事沧桑之叹，读者都可以根据自己的不同理解从中找到与心灵相契合的感情共鸣点。虽然人们对《黍离》的主旨有所争议，但我们只要通过诗歌去感受诗中所蕴含的那份因时世变迁而引起的忧思就可以了。

本诗在艺术上颇具特色，第一，采用了重章叠句的结构形式。所谓重章叠句，就是指章与章之间句式重复，字面大体相同，只在关键处更换个别字。重章叠句是《诗经》惯用的结构章法。本诗三章仅换了六个字。各章第二句尾，稷由“苗”而至“穗”再至“实”，不仅起到分章换韵的作用，而且通过稷由“苗”到“实”的生长状态的变化，反映出时序的迁移，时光的流逝。与景物变化相应，诗人的心绪也从“中心摇摇”到“中心如醉”再到“中心如噎”，不断地深化，这三处变化，显示了诗人内心逐渐加重的悲伤。而每章后半部分“知我者，谓我心忧，不知我者，谓我何求。悠悠苍天！此何人哉?”的感叹和呼号，虽然在形式上完全一样，但在一次次的反复中加深了沉郁之气，淋漓尽致地抒发了诗人强烈的悲愤之情。正如方玉润《诗经原始》中所赞：“三章只换六字，而一往情深，低回无限。”第二，本诗大量运用叠字，使诗的节奏舒缓悠扬。如“离离”写田地茂盛；“悠悠”写苍天遥远，描摹景物具体生动；“靡靡”“摇摇”用叠字写出诗人行动迟缓的状态和心中的恍惚忧伤，既是人物外在行貌的体现，也是诗人心态的展示。这些叠字的使用不仅为全诗营造了婉转的音韵之美，而且增强了诗歌的艺术感染力。

思考题：

1. 有的诗内容十分确定，有的诗可有多种理解。请结合本诗分析其中原因。
2. 本诗所采用的重章叠句的结构形式与表现的思想情感之间有什么关联？
3. 现当代文艺作品有没有采用重章叠句这种方式表达情感的？请举几例。

呼兰河传（节选）①

萧　红

第三章

一

呼兰河这小城里边住着我的祖父。

我生的时候，祖父已经六十多岁了，我长到四五岁，祖父就快七十了。

我家有一个大花园，这花园里蜂子、蝴蝶、蜻蜓、蚂蚱，样样都有。蝴蝶有白蝴蝶、黄蝴蝶。这种蝴蝶极小，不太好看。好看的是大红蝴蝶，满身带着金粉。

蜻蜓是金的，蚂蚱是绿的，蜂子则嗡嗡地飞着，满身绒毛，落到一朵花上，胖圆圆的就和一个小毛球似的不动了。

花园里边明晃晃的，红的红，绿的绿，新鲜漂亮。

据说这花园，从前是一个果园。祖母喜欢吃果子就种了果园。祖母又喜欢养羊，羊就把果树给啃了。果树于是都死了。到我有记忆的时候，园子里就只有一棵樱桃树，一棵李子树，为因樱桃和李子都不大结果子，所以觉得他们是并不存在的。小的时候，只觉得园子里边就有一棵大榆树。

这榆树在园子的西北角上，来了风，这榆树先啸，来了雨，大榆树先就冒烟了。太阳一出来，大榆树的叶子就发光了，它们闪烁得和沙滩上的蚌壳一样了。

祖父一天都在后园里边，我也跟着祖父在后园里边。祖父戴一个大草帽，我戴一个小草帽，祖父栽花，我就栽花；祖父拔草，我就拔草。当祖父下种，种小白菜的时候，我就跟在后边，把那下了种的土窝，用脚一个一个地溜平，哪里会溜得准，东一脚的，西一脚的瞎闹。有的把菜种不单没被土盖上，反而把菜子踢飞了。

小白菜长得非常之快，没有几天就冒了芽了。一转眼就可以拔下来吃了。

祖父铲地，我也铲地；因为我太小，拿不动那锄头杆，祖父就把锄头杆拔下来，让我单拿着那个锄头的“头”来铲。其实哪里是铲，也不过爬在地上，用锄头乱勾一阵就是了。也认不得哪个是苗，哪个是草。往往把韭菜当做野草一起地割掉，把狗尾草当做谷穗留着。

等祖父发现我铲的那块满留着狗尾草的一片，他就问我，“这是什么？”

我说：“谷子。”

祖父大笑起来，笑得够了，把草摘下来问我：“你每天吃的就是这个吗？”

我说："是的。"

我看着祖父还在笑，我就说："你不信，我到屋里拿来你看。"

我跑到屋里拿了鸟笼上的一头谷穗，远远地就抛给祖父了。说：

"这不是一样的吗？"

祖父慢慢地把我叫过去，讲给我听，说谷子是有芒针的。狗尾草则没有，只是毛嘟嘟的真像狗尾巴。

祖父虽然教我，我看了也并不细看，也不过马马虎虎承认下来就是了。一抬头看见了一个黄瓜长大了，跑过去摘下来，我又去吃黄瓜去了。

黄瓜也许没有吃完，又看见了一个大蜻蜓从旁飞过，于是丢了黄瓜又去追蜻蜓去了。蜻蜓飞得多么快，哪里会追得上。好在一开初也没有存心一定追上，所以站起来，跟了蜻蜓跑了几步就又去做别的去了。

采一个倭瓜花心，捉一个大绿豆青蚂蚱，把蚂蚱腿用线绑上，绑了一会，也许把蚂蚱腿就绑掉，线头上只拴了一只腿，而不见蚂蚱了。

玩腻了，又跑到祖父那里去乱闹一阵，祖父浇菜，我也抢过来浇，奇怪的就是并不往菜上浇，而是拿着水瓢，拼尽了力气，把水往天空里一扬，大喊着："下雨了，下雨了。"

太阳在园子里是特大的，天空是特别高的，太阳的光芒四射，亮得使人睁不开眼睛，亮得蚯蚓不敢钻出地面来，蝙蝠不敢从什么黑暗的地方飞出来。是凡在太阳下的，都是健康的、漂亮的，拍一拍连大树都会发响的，叫一叫就是站在对面的土墙都会回答似的。

花开了，就像花睡醒了似的。鸟飞了，就像鸟上天了似的。虫子叫了，就像虫子在说话似的。一切都活了。都有无限的本领，要做什么，就做什么。要怎么样，就怎么样。都是自由的。倭瓜愿意爬上架就爬上架，愿意爬上房就爬上房。黄瓜愿意开一个谎花，就开一个谎花，愿意结一个黄瓜，就结一个黄瓜。若都不愿意，就是一个黄瓜也不结，一朵花也不开，也没有人问它。玉米愿意长多高就长多高，他若愿意长上天去，也没有人管。蝴蝶随意的飞，一会从墙头上飞来一对黄蝴蝶，一会又从墙头上飞走了一个白蝴蝶。它们是从谁家来的，又飞到谁家去？太阳也不知道这个。

只是天空蓝悠悠的，又高又远。

可是白云一来了的时候，那大团的白云，好像翻了花的白银似的，从祖父的头上经过，好像要压到了祖父的草帽那么低。

我玩累了，就在房子底下找个阴凉的地方睡着了。不用枕头，不用席子，就把草帽遮在脸上就睡了。

二

祖父的眼睛是笑盈盈的，祖父的笑，常常笑得和孩子似的。

祖父是个长得很高的人，身体很健康，手里喜欢拿着个手杖。嘴上则不住地抽着旱烟管，遇到了小孩子，每每喜欢开个玩笑，说："你看天空飞个家雀。"

趁那孩子往天空一看，就伸出手去把那孩子的帽给取下来了，有的时候放在长衫的下边，有的时候放在袖口里头。他说："家雀叼走了你的帽啦。"

孩子们都知道了祖父的这一手了，并不以为奇，就抱住他的大腿，向他要帽子，摸着他的袖管，撕着他的衣襟，一直到找出帽子来为止。

祖父常常这样做，也总是把帽放在同一的地方，总是放在袖口和衣襟下。那些搜索他的孩子没有一次不是在他衣襟下把帽子拿出来的，好像他和孩子们约定了似的："我就放在这块，你来找吧！"

这样的不知做过了多少次，就像老太太永久讲着"上山打老虎"这一个故事给孩子们听似的，哪怕是已经听过了五百遍，也还是在那里回回拍手，回回叫好。

每当祖父这样做一次的时候，祖父和孩子们都一齐地笑得不得了。好像这戏还像第一次演似的。

别人看了祖父这样做，也有笑的，可不是笑祖父的手法好，而是笑他天天使用一种方法抓掉了孩子的帽子，这未免可笑。

祖父不怎样会理财，一切家务都由祖母管理。祖父只是自由自在地一天闲着；我想，幸好我长大了，我三岁了，不然祖父该多寂寞。我会走了，我会跑了。我走不动的时候，祖父就抱着我；我走动了，祖父就拉着我。一天到晚，门里门外，寸步不离，而祖父多半是在后园里，于是我也在后园里。

我小的时候，没有什么同伴，我是我母亲的第一个孩子。

我记事很早，在我三岁的时候，我记得我的祖母用针刺过我的手指，所以我很不喜欢她。我家的窗子，都是四边糊纸，当中嵌着玻璃，祖母是有洁癖的，以她屋的窗纸最白净。别人抱着把我一放在祖母的炕边上，我不加思索地就要往炕里边跑，跑到窗子那里，就伸出手去，把那白白透着花窗棂的纸窗给捅了几个洞，若不加阻止，就必得挨着排给捅破，若有人招呼着我，我也得加速的抢着多捅几个才能停止。手指一触到窗上，那纸窗像小鼓似的，嘭嘭地就破了。破得越多，自己越得意。祖母若来追我的时候，我就越得意了，笑得拍着手，跳着脚的。

有一天祖母看我来了，她拿了一个大针就到窗子外边去等我去了。我刚一伸出手去，手指就痛得厉害。我就叫起来了，那就是祖母用针刺了我。

从此，我就记住了，我不喜她。

虽然她也给我糖吃，她咳嗽时吃猪腰烧川贝母，也分给我猪腰，但是我吃了猪腰还是不喜她。

在她临死之前，病重的时候，我还会吓了她一跳。有一次她自己一个人坐在炕上熬药，药壶是坐在炭火盆上，因为屋里特别的寂静，听得见那药壶骨碌骨碌地响。祖母住着两间房子，是里外屋，恰巧外屋也没有人，里屋也没人，就是她自己。我把门一开，祖母并没有看见我，于是我就用拳头在板隔壁上，咚咚地打了两拳。我听到祖母"哟"的一声，铁火剪子就掉了地上了。

我再探头一望，祖母就骂起我来。她好像就要下地来追我似的。我就一边笑着，一边跑了。

我这样地吓唬祖母，也并不是向她报仇，那时我才五岁，是不晓得什么的。也许觉得这样好玩。

祖父一天到晚是闲着的，祖母什么工作也不分配给他。只有一件事，就是祖母的地榇上的摆设，有一套锡器，却总是祖父擦的。这可不知道是祖母派给他的，还是他自动的愿意工作，每当祖父一擦的时候，我就不高兴，一方面是不能领着我到后园里去玩了，另一方面祖父因此常常挨骂，祖母骂他懒，骂他擦的不干净。祖母一骂祖父的时候，就常常不知为什么连我也骂上。

祖母一骂祖父，我就拉着祖父的手往外边走，一边说："我们后园里去吧。"

也许因此祖母也骂了我。

她骂祖父是"死脑瓜骨"，骂我是"小死脑瓜骨"。

我拉着祖父就到后园里去了，一到了后园里，立刻就另是一个世界了。决不是那房子里的狭窄的世界，而是宽广的，人和天地在一起，天地是多么大，多么远，用手摸不到天空。而土地上所长的又是那么繁华，一眼看上去，是看不完的，只觉得眼前鲜绿的一片。

一到后园里，我就没有对象地奔了出去，好像我是看准了什么而奔去了似的，好像有什么在那儿等着我似的。其实我是什么目的也没有。只觉得这园子里边无论什么东西都是活的，好像我的腿也非跳不可了。

若不是把全身的力量跳尽了，祖父怕我累了想招呼住我，那是不可能的，反而他越招呼，我越不听话。

等到自己实在跑不动了，才坐下来休息，那休息也是很快的，也不过随便在秧子上摘下一个黄瓜来，吃了也就好了。

休息好了又是跑。

樱桃树，明是没有结樱桃，就偏跑到树上去找樱桃。李子树是半死的样子了，本不结李子的，就偏去找李子。一边在找，还一边大声地喊，在问着祖父："爷爷，樱桃树为什么不结樱桃？"

祖父老远的回答着："因为没有开花，就不结樱桃。"

再问："为什么樱桃树不开花？"

祖父说："因为你嘴馋，它就不开花。"

我一听了这后，明明是嘲笑我的话，于是就飞奔着跑到祖父那里，似乎是很生气的样子。等祖父把眼睛一抬，他用了完全没有恶意的眼睛一看我，我立刻就笑了。而且是笑了半天的工夫才能够止住，不知哪里来了那许多的高兴。把后园一时都让我搅乱了，我笑的声音不知有多大，自己都感到震耳了。

后园中有一棵玫瑰。一到五月就开花的。一直开到六月。

花朵和酱油碟那么大。开得很茂盛，满树都是，因为花香，招来了很多的蜂子，嗡嗡地在玫瑰树那儿闹着。

别的一切都玩厌了的时候，我就想起来去摘玫瑰花，摘了一大堆把草帽脱下来用帽兜子盛着。在摘那花的时候，有两种恐惧，一种是怕蜂子的勾刺人，另一种是怕玫瑰的刺刺手。好不容易摘了一大堆，摘完了可又不知道做什么了。忽然异想天开，这花若给祖父戴起来该多好看。

祖父蹲在地上拔草，我就给他戴花。祖父只知道我是在捉弄他的帽子，而不知道我到底是在干什么。我把他的草帽给他插了一圈的花，红通通的二三十朵。我一边插着一边笑，当我听到祖父说："今年春天雨水大，咱们这棵玫瑰开得这么香。二里路也怕闻得到的。"

就把我笑得哆嗦起来。我几乎没有支持的能力再插上去。

等我插完了，祖父还是安然的不晓得。他还照样地拔着垄上的草。我跑得很远的站着，我不敢往祖父那边看，一看就想笑。所以我借机进屋去找一点吃的来，还没有等我回到园中，祖父也进屋来了。

那满头红彤彤的花朵，一进来祖母就看见了。她看见什么也没说，就大笑了起来。父亲母亲也笑了起来，而以我笑得最厉害，我在炕上打着滚笑。

祖父把帽子摘下来一看，原来那玫瑰的香并不是因为今年春天雨水大的缘故，而是那花就顶在他的头上。

他把帽子放下，他笑了十多分钟还停不住，过一会一想起来，又笑了。

祖父刚有点忘记了，我就在旁边提着说："爷爷……今年春天雨水大呀……"

一提起，祖父的笑就来了。于是我也在炕上打起滚来。

就这样一天一天的，祖父，后园，我，这三样是一样也不可缺少的了。

刮了风，下了雨，祖父不知怎样，在我却是非常寂寞的了。去没有去处，玩没有玩的，觉得这一天不知有多少日子那么长。

尾声

呼兰河这小城里边，以前住着我的祖父，现在埋着我的祖父。

我生的时候，祖父已经六十多岁了，我长到四五岁，祖父就快七十了。我还没有长到二十岁，祖父就八十岁了。祖父一过了八十，祖父就死了。

从前那后花园的主人，而今不见了。老主人死了，小主人逃荒去了。

那园里的蝴蝶，蚂蚱，蜻蜓，也许还是年年仍旧，也许现在完全荒凉了。

小黄瓜，大倭瓜，也许还是年年地种着，也许现在根本没有了。

那早晨的露珠是不是还落在花盆架上，那午间的太阳是不是还照着那大向日葵，那黄昏时候的红霞是不是还会一会工夫会变出来一匹马来，一会工夫会变出来一匹狗来，那么变着。

这一些不能想象了。

听说有二伯死了。

老厨子就是活着年纪也不小了。

东邻西舍也都不知怎样了。

至于那磨房里的磨倌，至今究竟如何，则完全不晓得了。

以上我所写的并没有什么幽美的故事，只因他们充满我幼年的记忆，忘却不了，难以忘却，就记在这里了。

一九四〇年十二月二十日香港完稿

注释：

①本文依据萧红《呼兰河传》，四川人民出版社 2017 年版。

背景知识：

萧红（1911—1942），原名张迺莹，笔名萧红、悄吟，出身于黑龙江呼兰一个地主家庭，幼年丧母。1930 年，为了反对包办婚姻，萧红逃离家庭，困窘间向报社投稿，并因此结识萧军，两人相爱，萧红也从此走上写作之路，两人一同完成散文集《商市街》。1933 年两人自费出版第一本作品合集《跋涉》。1934 年萧红到上海，与鲁迅相识，同年完成长篇小说《生死场》。次年在鲁迅的帮助下该书作为“奴隶丛书”之一出版。萧红由此取得了在现代文学史上的地位。《生死场》是最早反映东北人民在日本帝国主义统治下生活和斗争的作品之一，引起当时文坛的重视。鲁迅为之作序，给予热情鼓励。抗日战争全面爆发后，萧红投入抗日救亡运动。后应李公朴之邀到山西临汾，在民族革命大学任教。1940 年去香港。萧红的代表作品有长篇小说《马伯乐》，回忆性长篇小说《呼兰河传》，以及一系列回忆故乡的中短篇如《牛车上》《小城三月》等。

导读：

萧红于 1940 年 12 月 20 日写完《呼兰河传》，在香港《星岛日报》副刊连载，1941 年由桂林河山出版社出版。

1940 年春，萧红来到香港，在漂泊和磨难中的她，身体状况越来越差，咳嗽、失眠常伴随着她。一个在人生路上跋涉 29 年的她，一个渴求爱抚、温暖、尊重、安宁的她，已渐渐被病魔逼到生命的尽头。在这种悲凉孤寂的境遇中，萧红更加思念自己的故乡——呼兰小城。她在小说中流露出故园之恋，她笔下的小城并不大，长满了高大的树木，总有马车从街面疾驰而过。大户人家的院落长满蒿草，有蝴蝶、蜻蜓飞过梢头，有荒凉的烟雨声。特别是在第三章里她用欢快的笔触再现儿时“我，祖父和后花园”的片片回忆，那是短暂而幸福的时光，也是小说中令人感到温暖的描述。也许，正是在对现实无尽的失望中，萧红将自己唯一的抚慰转向了对故乡的回忆与思念。

萧红在文坛上引起震动与关注，始于她的长篇小说《生死场》，那时她才 23 岁。她以一种极其酷烈的创作情绪，写出了启蒙视角下的民间悲剧。正像尼采所说："血写的文学"。写作《呼兰河传》时她的境况有了很大的变化，在经历了人生内在和外在的种种变故和波折之后，故乡——她曾经逃离的陷阱，现在却是她情感的寄寓之地。故乡虽是单调刻板、寂寞荒凉的，甚至有着原始的野蛮蒙昧，但也是包容的，真善美和爱恨仇尽在其中。我们看到在叙写中她一改"坚强"和"挣扎"的形象，以浓重抒情的笔调表达自己与故乡的血肉相连之情，表现出她成熟的艺术感受以及艺术笔法。

《呼兰河传》无论从内容上还是形式上都呈现出萧红创作的独特风格，反映了充满个性和主体意识的美学追求。她在与聂绀弩的谈话中这样表述自己的"小说观"："有一种小说学，小说有一定的写法，一定要具备某几种东西，一定写得像巴尔扎克或契诃夫的作品那样。我不相信这一套。有各式各样的作者，就有各式各样的小说。"

《呼兰河传》的创作打破了成规，在结构上，以各自可以独立的片段连缀起来，在一个主题下追忆童年，总合起来看是一个整体。全书分七章，以作者对小城中人与事的浓厚感情为线索，把各章人物和事串起来。小说在叙述视角上，用第一人称深情地回忆自己的家乡，以自己的生活为叙事基础，用女性细腻灵动的笔触，描绘了一幅北国小城的风景和风俗画卷。小说以多样化的形式表达着作者的情感，时而借景抒情，时而融抒情于叙事，可以说是小说的抒情化。正如锡金所说："一直在抒情，对乡土的思念是那样深切，对生活的品味是那样细腻，情意悲凉，好像写不尽似的；人物迟迟的总不登场，情节也迟迟的总不发生……"小说在叙事的笔调上，没有故事情节，没有完整结构，没有固定不变的人物，只用一种率真的真实，直接叙述。

本文节选的第三章一、二两节，就是以一个天真无邪小女孩的视角讲述祖父、"我"和后花园所构筑的自由和快乐的世界。文中写道："我拉着祖父就到后园里去了，一到了后园里，立刻就另是一个世界了。决不是那房子里的狭窄的世界，而是宽广的，人和天地在一起，天地是多么大，多么远，用手摸不到天空。而土地上所长的又是那么繁华，一眼看上去，是看不完的，只觉得眼前鲜绿的一片。"

在尾声她写道："从前那后花园的主人，而今不见了。老主人死了，小主人逃荒去了。"透过这苍凉的文字，我们似乎触摸到萧红在温馨的回忆之后留下的无限伤感之情。正如茅盾所说："读一下这部书的寥寥数语的'尾声'，就想得见萧红在回忆她那寂寞的幼年时，她的心境是怎样的寂寞的。"

思考题：

1. 试体会《呼兰河传》的写作风格。

2. "从前那后花园的主人，而今不见了。老主人死了，小主人逃荒去了。"试体会文中这段话寄予了作者怎样的情感。

3. 请尝试写一篇回忆性的文章。

白狗秋千架①

莫　言

高密东北乡原产白色温驯的大狗，绵延数代之后，很难再见一匹纯种。现在，那儿家家养的多是一些杂狗，偶有一只白色的，也总是在身体的某一部位生出杂毛，显出混血的痕迹来。但只要这杂毛的面积在整个狗体的面积中占的比例不大，又不是在特别显眼的部位，大家也就习惯地以“白狗”称之，并不去循名求实，过分地挑毛病。有一匹全身皆白、只黑了两只前爪的白狗，垂头丧气地从故乡小河上那座颓败的石桥上走过来时，我正在桥头下的石阶上捧着清清的河水洗脸。农历七月末，低洼的高密东北乡燠热难挨，我从县城通往乡镇的公共汽车里钻出来，汗水已浸透衣服，脖子和脸上落满了黄黄的尘土。洗完脖子和脸，又很想脱得一丝不挂跳进河里去，但看到与石桥连接的褐色田间路上，远远地有人在走动，也就罢了这念头，站起来，用未婚妻赠送的系列手绢中的一条揩着脸和颈。时间已过午，太阳略偏西，一阵阵东南风吹过来。冰爽温和的东南风让人极舒服，让高粱梢头轻轻摇摆，飒飒作响，让一条越走越大的白狗毛儿耸起，尾巴轻摇。它近了，我看到了它的两个黑爪子。

那条黑爪子白狗走到桥头，停住脚，回头望望土路，又抬起下巴望望我，用那两只浑浊的狗眼。狗眼里的神色遥远荒凉，含有一种模糊的暗示，这遥远荒凉的暗示唤起内心深处一种迷蒙的感受。

求学离开家乡后，父母亲也搬迁到外省我哥哥处居住，故乡无亲人，我也就不再回来，一晃就是十年，距离不短也不长。暑假前，父亲到我任教的学院来看我，说起故乡事，不由感慨系之。他希望我能回去看看，我说工作忙，脱不开身，父亲不以为然地摇摇头。父亲走了，我心里总觉不安。终于下了决心，割断丝丝缕缕，回来了。

白狗又回头望褐色的土路，又仰头看我，狗眼依然浑浊。我看着它那两个黑爪子，惊讶地要回忆点什么时，它却缩进鲜红的舌头，对着我叫了两声。接着，它蹲在桥头的石桩上，跷起一条后腿，习惯性地撒尿。完事后，竟也沿着我下桥头的路，慢慢地挪下来，站在我身边，尾巴耷拉进腿间，伸出舌头，一下一下地舔着水。

它似乎在等人，显出一副喝水并非因为口渴的消闲样子。河水中映出狗脸上那种漠然的表情，水底的游鱼不断从狗脸上穿过。狗和鱼都不怕我，我确凿地嗅到狗腥气和鱼腥气，甚至产生一脚踢它进水中抓鱼的恶劣想法。又想还是“狗道”些吧，而这时，狗卷起尾巴，抬起脸，冷冷地瞅我一眼，一步步走上桥头去。我看到它把颈上的毛耸了耸，激动不安地向来路跑去。土路两边是大片的穗子灰绿的高粱。飘着纯白云朵的小小蓝天，罩着板块相连的原野。我走上桥头，拎起旅行袋，想急急过桥去，这儿离我的村庄还有12里路吧，来前没给村里的人们打招呼，早早赶进去，也好让人家方便食宿。正想着，就看到白狗小跑步开路，从路边的高粱地里，领出一个背着大捆高粱叶子的人来。

我在农村滚了近二十年，自然晓得这高粱叶子是牛马的上等饲料，也知道褪掉晒米时高粱的老叶子，不大影响高粱的产量。远远地看着一大捆高粱叶子蹒跚地移过来，心里为之沉重。我很清楚暑天里钻进密不透风的高粱地里打叶子的滋味，汗水遍身胸口发闷是不必说了，最苦的还是叶子上的细毛与你汗淋淋的皮肤接触。我为自己轻松地叹了一口气。渐渐地看清了驮着高粱叶子弯曲着走过来的人。蓝褂子，黑裤子，乌脚杆子黄胶鞋，要不是垂着的发，我是不大可能看出她是个女人的，尽管她一出现就离我很近。她的头与地面平行着，脖子探出很长。是为了减轻肩头的痛苦吧？她用一只手按着搭在肩头的背棍的下头，另一只手从颈后绕过去，把着背棍的上头。阳光照着她的颈子上和头皮上亮晶晶的汗水。高粱叶子葱绿、新鲜。她一步步挪着，终于上了桥。桥的宽度跟她背上的草捆差不多，我退到白狗适才停下记号的桥头石旁站定，看着它和她过桥。

我恍然觉得白狗和她之间有一条看不见的线，白狗紧一步慢一步地颠着，这条线也松松紧紧地牵着。走到我面前时，它又瞥着我，用那双遥远的狗眼，狗眼里那种模糊的暗示在一瞬间变得异常清晰，它那两只黑爪子一下子撕破了我心头的迷雾，让我马上想到她，她的低垂的头从我身边滑过去，短促的喘息声和扑鼻的汗酸永留在我的感觉里。猛地把背上沉重的高粱叶子摔掉，她把身体缓缓舒展开。那一大捆叶子在她身后，差不多齐着她的胸乳。我看到叶子捆与她身体接触的地方，明显地凹进去，特别着力的部位，是湿漉漉揉烂了的叶子。我知道，她身体上揉烂了高粱叶子的那些部位，现在一定非常舒服；站在漾着清凉水气的桥头上，让田野里的风吹拂着，她一定体会到了轻松和满足。轻松、满足，是构成幸福的要素，对此，在逝去的岁月里，我是有体会的。

她挺直腰板后，暂时地像失去了知觉。脸上的灰垢显出了汗水的道道。生动的嘴巴张着，吐出一口口长长的气。鼻梁挺秀如一管葱。脸色黝黑。牙齿洁白。

故乡出漂亮女人，历代都有选进宫廷的。现在也有几个在京城里演电影的，这几个人我见过，也就是那么个样，比她强不了许多。如果她不是破了相，没准儿早成了大演员。十几年前，她亭亭如一枝花，双目皎皎如星。

“暖。”我喊了一声。

她用左眼盯着我看，眼白上布满血丝，看起来很恶。

“暖，小姑。”我注解性地又喊了一声。

我今年29，她小我两岁，分别十年，变化很大，要不是秋千架上的失误给她留下的残疾，我不会敢认她。白狗也专注地打量着我，算一算，它竟有12岁，应该是匹老狗了。我没想到它居然还活着，看起来还蛮健康。那年端午节，它只有篮球般大，父亲从县城里我舅爷家把它抱来。12年前，纯种白狗已近绝迹，连这种有小缺陷，大致还可以称为白狗的也很难求了。舅爷是以养狗谋利的人，父亲把它抱回来，不会不依仗着老外甥对舅舅放无赖的招数。在杂种花狗充斥乡村的时候，父亲抱回来它，引起众人的称羡，也有出30块钱高价来买的，当然被婉言回绝了。即便是那时的农村，在我们高密东北乡那种荒僻地方，还是有不少乐趣，养狗当如是解。只要不逢大天灾，一般都能足食，所以狗类得以繁衍。

我19岁，暖17岁那一年，白狗四个月的时候，一队队解放军，一辆辆军车，从北边过来，络绎不绝地过石桥。我们中学在桥头旁边扎起席棚给解放军烧茶水，学生宣传队在席棚边上敲锣打鼓，唱歌跳舞。桥很窄，第一辆大卡车悬着半边轮子，小心翼翼开过去了。第二辆的后轮压断了一块桥石，翻到了河里，车上载的锅碗瓢盆砸碎了不少，满河里漂着油花子。一群战士跳下河，把司机从驾驶楼里拖出来，水淋淋地抬到岸上。几个穿白大褂的军人围上去。一个戴白手套的人，手举着耳机子，大声地喊叫。我和暖是宣传队的骨干，忘了歌唱鼓噪，直着眼看热闹。后来，过来几个很大的首长，跟我们学校里的贫下中农代表郭麻子大爷握手，跟我们校革委会刘主任握手，戴好手套，又对着我们挥挥手，然后，一溜儿站在那儿，看着队伍继续过河。郭麻子大爷让我吹笛，刘主任让暖唱歌。暖问："唱什么?"刘主任说："唱《看到你们格外亲》。"于是，就吹就唱。战士们一行行踏着桥过河，汽车一辆辆涉水过河。（小河里的水呀清悠悠，庄稼盖满了沟。）车头激起雪白的浪花，车后留下黄色的浊流。（解放军进山来，帮助咱们闹秋收。）大卡车过完后，两辆小吉普车也呆头呆脑下了河。一辆飞速过河，溅起五六米高的雪浪花；一辆一头钻进水里，嗡嗡怪叫着被淹死了，从河水中冒出一股青烟。（拉起了家常话，多少往事涌上心头。）"糟糕!"一个首长说。另一个首长说："他妈的笨蛋！让王猴子派人把车抬上去。"（吃的是一锅饭，点的是一灯油。）很快的就有几十个解放军在河水中推那辆撒了气的吉普车，解放军都是穿着军装下了河，河水仅仅没膝，但他们都湿到胸口，湿后变深了颜色的军衣紧贴在身上，显出了肥的瘦的腿和臀。（你们是俺们的亲骨肉，你们是俺们的贴心人。）那几个穿白大褂的人把那个水淋淋的司机抬上一辆涂着红十字的汽车。（党的恩情说不尽，见到你们总觉得格外亲。）首长们转过身来，看样子准备过桥去，我提着笛子，暖张着口，怔怔地看着首长。一个戴着黑边眼镜的首长对着我们点点头，说："唱得不错，吹得也不错。"郭麻子大爷说："首长们辛苦了。孩子们胡吹瞎咧咧，别见笑。"他摸出一包烟，拆开，很恭敬地敬过去，首长们客气地谢绝了。一辆轱辘很多的车停在河对岸，几个战士跳上去，扔下几盘粗大的钢丝绳和一些白色的木棒。戴黑边眼镜的首长对身边一个年轻英俊的军官说："蔡队长，你们宣传队送一些乐器呀之类的给他们。”

队伍过了河，分散到各村去。师部住在我们村。那些日子就像过年一样，全村人都激动。从我家厢房里扯出了几十根电话线，伸展到四面八方去。英俊的蔡队长带着一群吹拉弹唱的文艺兵住在暖家。我天天去玩，和蔡队长混得很熟。蔡队长让暖唱歌给他听。他是个高大的青年，头发蓬松着，眉毛高挑着。暖唱歌时，他低着头拼命抽烟，我看到他的耳朵轻轻地抖动着。他说暖条件不错，很不错，可惜缺乏名师指导。他说我也很有发展前途。他很喜欢我家那只黑爪子小白狗，父亲知道后，马上要送给他，他没要。队伍要开拔那天，我爹和暖的爹一块来了，央求蔡队长把我和暖带走。蔡队长说，回去跟首长汇报一下，年底征兵时就把我们征去。临别时，蔡队长送我一本《笛子演奏法》，送暖一本《怎样演唱革命歌曲》。

“小姑，”我发窘地说，“你不认识我了吗？”

我们村是杂姓庄子，张王李杜，四面八方凑起来的，各种辈分的排列，有点乱七八糟。姑姑嫁给侄子，侄子拐跑婶婶的事时有发生，只要年龄相仿，也就没人嗤笑。我称暖为小姑是从小惯成的叫法，并无一点血缘骨肉的情分在内。十几年前，当把“暖”与“小姑”含混着乱叫一通时，是别有一番滋味在心头的。这一别十年，都老大不小，虽还是那样叫着，但已经无滋味了。

“小姑，难道你真的不认识我了吗？”说完这句话，我马上谴责了自己的迟钝。她的脸上，早已是凄凉的景色了。汗水依然浸洇着，将一绺干枯的头发粘到腮边。黝黑的脸上透出灰白来。左眼里有明亮的水光闪烁。右边没有眼，没有泪，深深凹进去的眼眶里，栽着一排乱纷纷的黑睫毛。我的心拳拳着，实在不忍看那凹陷，便故意把目光散了，瞄着她委婉的眉毛和在半天阳光下因汗湿而闪亮的头发。她左腮上的肌肉联动着眼眶的睫毛和眶上的眉毛，微微地抽搐着，造成了一种凄凉古怪的表情。别人看见她不会动心，我看见她无法不动心……

十几年前的那个晚上，我跑到你家对你说：“小姑，打秋千的人都散了，走，我们去打个痛快。”你说：“我打盹呢。”我说：“别拿一把啦！寒食节过了八天啦，队里明天就要拆秋千架用木头。今早晨把势对队长嘟哝，嫌把大车绳当秋千绳用，都快磨断了。”你打了一个呵欠，说：“那就去吧。”白狗长成一个半大狗了，细筋细骨，比小时候难看。它跟在我们身后，月亮照着它的毛，它的毛闪烁银光，秋千架竖在场院边上，两根立木，一根横木，两个铁吊环，两根粗绳，一个木踏板。秋千架，默立在月光下，阴森森，像个鬼门关。架后不远是场院沟，沟里生着绵亘不断的刺槐树丛，尖尖又坚硬的刺针上，挑着青灰色的月亮。

“我坐着，你荡我。”你说。

“我把你荡到天上去。”

“带上白狗。”

“你别想花花点子了。”

你把白狗叫过来，你说：“白狗，让你也悠悠悠悠。”

你一只手扶住绳子，一只手揽住白狗，它委屈地嘤嘤着。我站在踏板上，用双腿夹住你和狗，一下一下用力，秋千渐渐有了惯性。我们渐渐升高，月光动荡如水，耳边习习生风，我有点儿头晕。你格格地笑着，白狗呜呜地叫着，终于悠平了横梁。我眼前交替出现田野和河流，房屋和坟丘，凉风拂面来，凉风拂面去。我低头看着你的眼睛，问：“小姑，好不好？”

你说：“好，上了天啦。”

绳子断了。我落在秋千架下，你和白狗飞到刺槐丛中去，一根槐针扎进了你的右眼。白狗从树丛中钻出来，在秋千架下醉酒般地转着圈，秋千把它晃晕了……

“这些年……过得还不错吧？”我嗫嚅着。

我看到她耸起的双肩塌了下来，脸上紧张的肌肉也一下子松弛了。也许是因为生理补偿或是因为努力劳作而变得极大的左眼里，突然射出了冷冰冰的光线，刺得我浑身不自在。

“怎么会错呢？有饭吃，有衣穿，有男人，有孩子，除了缺一只眼，什么都不缺，这不就是‘不错’吗？”她很泼地说着。

我一时语塞了，想了半天，竟说：“我留在母校任教了，据说，就要提我为讲师了……我很想家，不但想家乡的人，还想家乡的小河、石桥、田野、田野里的红高粱、清闲的空气、婉转的鸟啼……趁着放暑假，我就回来啦。”

“有什么好想的，这破地方。想这破桥？高粱地里像他妈×的蒸笼一样，快把人蒸熟了。”她说着，沿着漫坡走下桥，站着把那件泛着白碱花的男式蓝制服褂子脱下来，扔在身边石头上，弯下腰去洗脸洗脖子。她上身只穿一件肥大的圆领汗衫，衫上已烂出密密麻麻的小洞。它曾经是白色的，现在是灰色的。汗衫扎进裤腰里，一根打着卷的白绷带束着她的裤子，她再也不看我，撩着水洗脸洗胳膊。最后，她旁若无人地把汗衫下摆从裤腰里拽出来，撩起来，掬水洗胸膛。汗衫很快就湿了，紧贴在肥大下垂的乳房上。看着那两个物件，我很淡地想，这个那个的，也不过是那么回事。正像乡下孩子们唱的：没结婚是金奶子，结了婚是银奶子，生了孩子是狗奶子。我于是问：

“几个孩子了？”

“三个。”她拢拢头发，扯着汗衫抖了抖，又重新塞进裤腰里去。

“不是说只准生一胎吗？”

“我也没生二胎。”见我不解，她又冷冷地解释，“一胎生了三个，吐噜吐噜，像下狗一样。”

我缺乏诚实地笑着。她拎起蓝上衣，在膝盖上抽打几下穿到身上去，从下往上扣着纽扣。趴在草捆旁边的白狗也站起来，抖擞着毛，伸着懒腰。

我说：“你可真能干。”

“不能干有什么法子？该遭多少罪都是一定的，想躲也躲不开。”

“男孩儿女孩儿都有吧？”

“全是公的。”

“你可真是好福气，多子多福。”

“豆腐！”

“这还是那条狗吧？”

“活不了几天啦。”

“一晃儿就是十几年。”

“再一晃儿就该死啦。”

“可不，”我渐渐有些烦恼起来，对坐在草捆旁边的白狗说，“这条老狗，还挺能活！”

“噢，兴你们活就不兴我们活？吃米的要活，吃糠的也要活；高级的要活，低级的也要活。”

“你怎么成了这样？”我说，“谁是高级？谁是低级？”

“你不就挺高级的吗？大学讲师！”

我面红耳热，讷讷无言，一时觉得难以忍受这窝囊气，搜寻着刻薄词儿想反讥，又一想，罢了。我提起旅行袋，干瘪地笑着，说：“我可能住到我八叔家，你有空儿就来吧。”

“我嫁到了王家丘子，你知道吗？”

“你不说我不知道。”

“知道不知道的，没有大景色了。”她平平地说，“要是不嫌你小姑人模狗样的，就抽空儿来耍吧，进村打听‘个眼暖’家，没有不知道的。”

“小姑，真想不到成了这样……”

“这就是命，人的命，天管定，胡思乱想不中用。”她款款地从桥下上来，站在草捆前说，“行行好吧，帮我把草掀到肩上。”

我心里立刻热得不行，勇敢地说：“我帮你背回去吧！”

“不敢用！”说着，她在草捆前跪下，把背棍放在肩头，说，“起吧。”

我转到她背后，抓住捆绳，用力上提，借着这股劲儿，她站了起来。

她的身体又弯曲起来，为了背着舒适一点儿，她用力地颠了几下背上的草捆，高粱叶子沙沙啦啦地响着。从很低的地方传上来她瓮声瓮气的话：

“来耍吧。”

白狗对我吠叫几声，跑到前边去了。我久久地立在桥头上，看着这一大捆高粱叶子在缓慢地往北移动，一直到白狗变成了白点儿，人和草捆变成了比白点儿大的黑点儿，我才转身往南走。

从桥头到王家丘子 7 里路。

从桥头到我们村 12 里路。

从我们村到王家丘子 19 里路，八叔让我骑车去。我说算了吧，十几里路走着去就行。八叔说：现在富了，自行车家家有，不是前几年啦，全村只有一辆半辆车子，要借也不容易，稀罕物儿谁不愿借呢。我说我知道富了，看到了自行车满街筒子乱窜，但我不想骑车，当了几年知识分子，当出几套痔疮，还是走路好。八叔说：念书可见也不是件太好的事，七病八灾不说，人还疯疯癫癫的。你说你去她家干么子，瞎的瞎，哑的哑，也不怕村里人笑话你。鱼找鱼，虾找虾，不要低了自己的身份啊！我说八叔我不和您争执，我扔了二十数三十的人啦，心里有数。八叔悻悻地忙自己的事去了，不来管我。

我很希望能在桥头上再碰到她和白狗，如果再有那么一大捆高粱叶子，我豁出命去也要帮她背回家；白狗和她，都会成为可能的向导，把我引导到她家里去。城里都到了人人关注时装、个个追赶时髦的时代了；故乡的人，却对我的牛仔裤投过鄙夷的目光，弄得我很狼狈。于是解释：处理货，3 块 6 毛钱一条——其实我花了 25 块钱。既然便宜，村里的人们也就原谅了我。王家丘子的村民们是不知道我的裤子便宜的，碰不到她和狗，只好进村再问路，难免招人注意。如此想着，就更加希望碰到她，或者白狗。但毕竟落了空。一过石桥，看到太阳很红地从高粱棵里冒出来，河里躺着一根粗大的红光柱，鲜艳地染遍了河水。太阳红得有些古怪，周围似乎还环绕着一些黑气，大概是要落雨了吧。

我撑着折叠伞，在一阵倾斜的疏雨中进了村。一个仄楞着肩膀的老女人正在横穿街道，风翻动着长大的衣襟，风使她摇摇摆摆。我收起伞，提着，迎上去问路。“大娘，暖家在哪儿住？”她斜斜地站定，困惑地转动着昏暗的眼。风通过花白的头发，翻动的衣襟，柔软的树木，表现出自己来；雨点大如铜钱，疏可跑马，间或有一滴打到她的脸上。“暖家在哪住？”我又问。“哪个暖家？”她问。我只好说“个眼暖家”。老女人阴沉地瞥我一眼，抬起胳膊，指着街道旁边一排蓝瓦房。

站在甬道上我大声喊：“暖姑在家吗？”

最先应了我的喊叫的，是那条黑爪子老白狗。它不像那些围着你腾跃咆哮、仗着人势在窝里横咬不死你也要吓死你的恶狗，它安安稳稳地趴在檐下铺了干草的狗窝里，眯缝着狗眼，象征性地叫着，充分显示出良种白狗温良宽厚的品质来。

我又喊，暖在屋里很脆地答应了一声，出来迎接我的却是一个满腮黄胡子两只黄眼珠的剽悍男子。他用土黄色的眼珠子恶狠狠地打量着我，在我那条牛仔裤上停住目光，嘴巴歪歪地撇起，脸上显出疯狂的表情。他向前跨一步——我慌忙退一步——，翘起右手的小拇指头，在我眼前急遽地晃动着，口里发出一大串断断续续的音节。我虽然从八叔的口里知道了暖姑的丈夫是个哑巴，但见了真人狂状，心里仍然立刻沉甸甸的。独眼嫁哑巴，弯刀对着瓢切菜，按说也并不委屈着哪一个，可我心里仍然立刻就沉甸甸的。

暖姑，那时我们想得美。蔡队长走了，把很大的希望留给我们。他走那天，你直视着他，流出的泪水都是给他的。蔡队长脸色灰白，从衣袋里摸出一把牛角小梳子递给你。我也哭了，我说："蔡队长，我们等你来招我们。"蔡队长说："等着吧。"等到高粱通红了的深秋，听说县城里有招兵的解放军，咱俩兴奋得觉都睡不稳了。学校里有老师进县城办事，我们托他去人武部打听一下，看看蔡队长来没来。老师去了。老师回来了。老师对我们说：今年来招兵的解放军一律黄褂蓝裤，空军地勤兵，不是蔡队长那部分。我失望了，你充满信心地对我说："蔡队长不会骗我们！"我说："人家早就把这码事忘了。"你爹也说："给你们个棒槌，你们就当了针。他是拿你们当小孩哄怂着玩哩，好人不当兵，好铁不打钉，混混毕了业，回家来拉弯弯铁，别净想俏事儿。"你说："他可没把我当小孩子。他决不能把我当小孩子。"说着，你的脸上浮起浓艳的红色。你爹说："能得你。"我惊诧地看着你变色的脸，看着你脸上那种隐隐约约的特异表情，语无伦次地说："也许，他今年不来后年来，后年不来大后年来。"蔡队长可真是个仪表堂堂的美男子啊！他四肢修长，面部线条冷峭，胡楂子总刮得青白。后来，你坦率地对我说，他在临走前一个晚上，抱着你的头，轻轻地亲了一下。你说他亲完后呻吟着说："小妹妹，你真纯洁……"为此我心中有过无名的恼怒。你说："当了兵，我就嫁给他。"我说："别做美梦了！倒贴上200斤猪肉，蔡队长也不会要你。""他不要我，我再嫁给你。""我不要！"我大声叫着。你白我一眼，说："烧得你不轻！"现在回想起来，你那时就很有点儿样子了。你那花蕾般的胸脯，经常让我心跳。

哑巴显然瞧不起我，他用跷起的小拇指表示着对我的轻蔑和憎恶。我堆起满脸笑，想争取他的友谊，他却把双手的指头交叉在一起，弄出很怪的形状，举到我的面前。我从少年时代的恶作剧中积累起来的知识里，找到了这种手势的低级下流的答案，心里顿时产生了手捧癞蛤蟆的感觉。我甚至都想抽身逃走了，却见三个同样相貌、同样装束的光头小男孩从屋里滚出来，站在门口用同样的土黄色小眼珠瞅着我，头一律往右倾，像三只羽毛未丰、性情暴躁的小公鸡。孩子的脸显得很老相，额上都有抬头纹，下颚骨阔大结实，全都微微地颤抖着。我急忙掏出糖来，对他们说："请吃糖。"哑巴立即对他们挥挥手，嘴里蹦出几个简单的音节。男孩们眼巴巴地瞅着我手中花花绿绿的糖块，不敢动一动。我想走过去，哑巴挡在我面前，蛮横地挥舞着胳膊，口里发着令人发怵的怪叫。

暖把双手交叠在腹部，步履略有些踉跄地走出屋来。我很快明白了她迟迟不出屋的原因，干净的阴丹士林蓝布褂子，褶儿很挺的灰的确良裤子，显然都是刚换的。士林蓝布和用士林蓝布缝成的李铁梅式褂子久不见了，乍一见心中便有一种怀旧的情绪怏怏而生。穿这种褂子的胸部丰硕的少妇别有风韵。暖是脖子挺拔的女人，脸型也很清雅。她右眼眶里装进了假眼，面部恢复了平衡。我的心为她良苦的心感到忧伤，我用低调观察着人生，心弦纤细如丝，明察秋毫，并自然地颤栗。不能细看那眼睛，它没有生命，它浑浊地闪着磁光。她发现了我在注视她，便低了头，绕过哑巴走到我面前，摘下我肩上的挎包，说："进屋去吧。"

哑巴猛地把她拽开，怒气冲冲的样子，眼睛里像要出电。他指指我的裤子，又跷起小拇指，晃动着，嘴里嗷嗷叫着，五官都在动作，忽而挤成一撮，忽而大开大裂，脸上表情生动可怖。最后，他把一口唾沫啐在地上，用骨节很大的脚踩了踩。哑巴对我的憎恶看来是与牛仔裤有直接关系的，我后悔穿这条裤子回故乡，我决心回村就找八叔要一条肥腰裤子换上。

"小姑，你看，大哥不认识我。"我尴尬地说。

她推了哑巴一把，指指我，跷跷大拇指，又指指我们村庄的方向，指指我的手，指指我口袋里的钢笔和我胸前的校徽，比划出写字的动作，又比划出一本方方正正的书，又伸出大拇指，指指天空。她脸上的表情丰富多彩。哑巴稍一愣，马上消失了全身的锋芒，目光温顺得像个大孩子。他犬吠般地笑着，张着大嘴，露出一口黄色的板牙。他用手掌拍拍我的心窝，然后，跺脚，吼叫，脸憋得通红。我完全理解了他的意思，感动得不行。我为自己赢得了哑兄弟的信任感到浑身的轻松。那三个男孩子躲躲闪闪地凑上来，目不转睛地看着我手中的糖。

我说："来呀！"

男孩们抬起眼看着他们的父亲。哑巴嘿嘿一笑，孩子们就敏捷地蹿上来，把我手中的糖抢走了。为争夺掉在地上的一块糖，三颗光脑袋挤在一起攒动着。哑巴看着他们笑。暖发出一声轻轻的叹息，她说：

"你什么都看到了，笑话死俺吧。"

"小姑……我怎么敢……他们都很可爱……"

哑巴敏感地看着我，笑笑，转过身去，用大脚板儿几下子就把厮缠在一起的三个男孩儿踢开。男孩儿们咻咻地喘着气，汹汹地对视着。我摸出所有的糖，均匀地分成三份，递给他们，哑巴嗷嗷地叫着，对着男孩儿打手势。男孩儿都把手藏到背后去，一步步往后退。哑巴更响地嗷了一阵，男孩儿便抽搐着脸，每人拿出一块糖，放在父亲关节粗大的手里，然后呼号一声，消逝得无影无踪。哑巴把三块糖托着，笨拙地看了一会，就转眼对着我，嘴里啊啊手比划着。我不懂，求援地看着暖。暖说："他说他早就知道你的大名，你从北京带来的高级糖，他要吃块尝尝。"我做了一个往嘴里扔食物的姿势。他笑了，仔细地剥开糖纸，把糖扔进口里去，嚼着，歪着头，仿佛在聆听什么。他又一次伸出大拇指，我这次完全明白他是在夸奖糖的高级了。很快地他又吃了第二块糖。我对暖说，下次回来，一定带些真正的高级糖给大哥吃。暖说："你还能再来吗？"我说一定来。

哑巴吃完第二块糖，略一想，把手中那块糖递到暖的面前。暖闭眼，"嗷——"哑巴吼了一声。我心里抖着，见他又把手往暖眼前伸，暖闭眼，摇了摇头。"嗷——嗷——"哑巴愤怒地吼叫着，左手揪住暖的头发，往后扯着，使她的脸仰起来，右手把那块糖送到自己嘴边，用牙齿撕掉糖纸，两个手指捏着那块沾着他黏黏口涎的糖，硬塞进她的嘴里去。她的嘴不算小，但被他那两根小黄瓜一样的手指比得很小。他乌黑的粗手指使她的双唇显得玲珑娇嫩。在他的大手下，那张脸变得单薄脆弱。

她含着那块糖，不吐也不嚼，脸上表情平淡如死水。哑巴为了自己的胜利，对着我得意地笑。

她含混地说："进屋吧，我们多傻，就这么在风里站着。"我目光巡睃着院子，她说："你看什么？那是头大草驴，又踢又咬，生人不敢近身，在他手里老老实实的。春上他又去买那头牛，才下了犊一个月。"

她家院子里有个大敞棚，敞棚里养着驴和牛。牛极瘦，腿下有一头肥滚滚的牛犊在吃奶，它蹬着后腿，摇着尾巴，不时用头撞击母牛的乳房，母牛痛苦地弓起背，眼睛里闪着幽幽的蓝光。

哑巴是海量，一瓶浓烈的"诸城白干"，他喝了十分之九，我喝了十分之一。他面不改色，我头晕乎乎。他又开了一瓶酒，为我斟满杯，双手举杯过头敬我。我生怕伤了这个朋友的心，便抱着电灯泡捣蒜的决心，接过酒来干了。怕他再敬，便装出不能支持的样子，歪在被子上。他兴奋得脸通红，对着暖比划，暖和他对着比划一阵，轻声对我说："你别和他比，你十个也醉不过他一个。你千万不要喝醉。"他用力盯了我一眼。我跷起大拇指，指指他，跷起小拇指，指指自己。于是撤去酒，端上饺子来。我说："小姑，一起吃吧。"暖征得哑巴同意，三个男孩儿便爬上炕，挤在一簇，狼吞虎咽。暖站在炕下，端饭倒水伺候我们，让她吃，她说肚子难受，不想吃。

饭后，风停云散，狠毒的日头灼灼地在正南挂着。暖从柜子里拿出一块黄布，指指三个孩子，对哑巴比划着东北方向。哑巴点点头。暖对我说："你歇一会儿吧，我到乡镇去给孩子们裁几件衣服。不要等我，过了晌你就走。"她狠狠地看我一眼，夹起包袱，一溜风走出院子，白狗伸着舌头跟在她身后。

哑巴与我对面坐着，只要一碰上我的目光，他就咧开嘴笑。三个小男孩儿闹了一阵，侧歪在炕上睡了，他们几乎是同时入睡。太阳一出来，立刻便感到热，蝉在外面树上聒噪着。哑巴脱掉褂子，裸出上身发达的肌肉，闻着他身上挥发出来的野兽般的气息，我害怕，我无聊。哑巴紧密地眨巴着眼，双手搓着胸膛，搓下一条条鼠屎般的灰泥。他还不时地伸出蜥蜴般灵活的舌头舔着厚厚的嘴唇。我感到恶心、燥热，心里想起桥下粼粼的绿水。阳光透过窗户，晒着我穿牛仔裤的腿。我抬腕看表。"噢噢噢！"哑巴喊着，跳下炕，从抽屉里摸出一块电子手表给我看。我看着他脸上祈望的神情，便不诚实地用小拇指点点我腕上的表，用大拇指点点他的电子表。他果然非常地高兴起来，把电子手表套在右手腕子上，我指指他的左手腕子，他迷惘地摇摇头。我笑了一下。

"好热的天。今年庄稼长得挺好。秋天收晚田。你养的那头驴很有气度。三中全会后，农民生活大大提高了。大哥富起来了，该去买台电视机。'诸城老白干'到底是老牌子，劲儿冲。"

“噢噢，噢噢。”他脸上充满幸福感，用并拢的手摸摸头皮，比比脖子。我惊愕地想，他要砍掉谁的脑袋吗？他见我不解，很着急，手哆嗦着，“噢噢噢，噢噢噢！”他用手指着自己的右眼，又摸头皮，手顺着头皮往下滑，到脖颈处，停住。我明白了。他要说暖什么事给我知道。我点点头。他摸摸自己两个黑乎乎的乳头，指指孩子，又摸摸肚子。我似懂非懂，摇摇头。他焦急地蹲起来，调动起几乎全部的形体向我传达信息，我用力地点着头，我想应该学学哑语。最后，我满脸挂汗向他告辞，这没有什么难理解的，他脸上显出孩子般的真情来，拍拍我的心，又拍拍自己的心。我干脆大声说：“大哥，我们是好兄弟！”他三巴掌打起三个男孩儿来，让他们带着眵目糊给我送行。在门口，我从挎包里摸出那把自动折叠伞送他，并教他使用方法。他如获至宝，举着伞，弹开，收拢，收拢，弹开，翻来覆去地弄。三个男孩儿仰脸看着忽开忽合的伞，颚骨又索索地抖起来。我戳了他一下，指指南去的路。“噢噢。”他叫着，摆摆手，飞步跑回家去。他拿出一把拃多长的刀子，拔出牛角刀鞘，举到我的面前。刀刃上寒光闪闪，看得出来是件利物。他踮起脚，拽下门口杨树上一根拇指粗细的树枝来，用刀去削，树枝一节节落在地上。

他把刀子塞到我的挎包里。

走着路，我想，他虽然哑，但仍不失为一条有性格的男子汉，暖姑嫁给他，想必也不会有太多的苦吃，不能说话，日久天长习惯之后，凭借手势和眼神，也可以拆除生理缺陷造成的交流障碍。我种种软弱的想法，也许是犯着杞人忧天的毛病了。走到桥头间，已不去想她那儿的事，只想跳进河里洗个澡。路上清静无人。上午下那点儿雨，早就蒸发掉了，地上是一层灰黄的尘土。路两边窸窣着油亮的高粱叶子，蝗虫在蓬草间飞动，闪烁着粉红的内翅，翅膀剪动空气，发出“喀哒喀哒”的响声。桥下水声泼刺，白狗蹲在桥头。

白狗见到我便呜叫起来，龇着一嘴雪白的狗牙。我预感到事情的微妙。白狗站起来，向高粱地里走，一边走，一边频频回头呜叫，好像是召唤着我。脑子里浮现出侦探小说里的一些情节，横着心跟狗走，并把手伸进挎包里，紧紧地握着哑巴送我的利刃。分开茂密的高粱钻进去，看到她坐在那儿，小包袱放在身边。她压倒了一边高粱，辟出了一块高间，四周的高粱壁立着，如同屏风。看我进来，她从包袱里抽出黄布，展开在压倒的高粱上。一大片斑驳的暗影在她脸上晃动着。白狗趴到一边去，把头伏在平伸的前爪上，“哈达哈达”地喘气。

我浑身发紧发冷，牙齿打战，下颚僵硬，嘴巴笨拙：“你……不是去乡镇了吗？怎么跑到这里来……”

“我信了命。”一道明亮的眼泪在她的腮上汩汩地流着，她说，“我对白狗说，‘狗呀，狗，你要是懂我的心，就去桥头上给我领来他，他要是能来就是我们的缘分未断’，它把你给我领来啦。”

“你快回家去吧。”我从挎包里摸出刀，说，“他把刀都给了我。”

“你一走就是十年，寻思着这辈子见不着你了。你还没结婚？还没结婚……你也看到他啦，就那样，要亲能把你亲死，要揍能把你揍死……我随便和哪个男人说句话，就招他怀疑，也恨不得用绳拴起我来。闷得我整天和白狗说话，狗呀，自从我瞎了眼，你就跟着我，你比我老得快。嫁给他第二年，怀了孕，肚子像吹气球一样胀起来，临分娩时，路都走不动了，站着望不到自己的脚尖。一胎生了三个儿子，四斤多重一个，瘦得像一堆猫。要哭一齐哭，要吃一齐吃，只有两个奶子，轮着班吃，吃不到就哭。那二年，我差点瘫了。孩子落了草，就一直悬着心，老天，别让他们像他爹，让他们一个个开口说话……他们七八个月时，我心就凉了。那情景不对呀，一个个又呆又聋，哭起来像擀饼柱子不会拐弯。我祷告着，天啊，天！别让俺一窝都哑了呀，哪怕有一个响巴，和我做伴说话……到底还是全哑巴了……”

我深深地垂下头，嗫嚅着：“姑……小姑……都怨我，那年，要不是我拉你去打秋千……”

“没有你的事，想来想去还是怨自己。那年，我对你说，蔡队长亲过我的头……要是我胆儿大，硬去队伍上找他，他就会收留我，他是真心实意地喜欢我。后来就在秋千架上出了事。你上学后给我写信，我故意不回信。我想，我已经破了相，配不上你了，只叫一人寒，不叫二人单，想想我真傻。你说实话，要是我当时提出要嫁给你，你会要我吗？”

我看着她狂放的脸，感动地说：“一定会要的，一定会。”

“好你……你也该明白……怕你厌恶，我装上了假眼。我正在期上……我要个会说话的孩子……你答应了就是救了我了，你不答应就是害死我了。有一千条理由，有一万个借口，你都不要对我说。”

……

注释：

①本文依据吴义勤：《中国当代文学经典必读 1985 中篇小说卷》，百花洲文艺出版社 2017 年版。

背景知识：

莫言，原名管谟业，1955 年出生于山东高密，第一个获得诺贝尔文学奖的中国籍作家。莫言自 20 世纪 80 年代以一系列乡土作品崛起，他刻画的是发生在山东高密东北乡的传奇，作品大多充满着“怀乡”以及“怨乡”的复杂情感，因此，他被归类为“寻根文学”作家。莫言的作品深受魔幻现实主义的影响，代表作品有长篇小说《酒国》《天堂蒜薹之歌》《丰乳肥臀》《檀香刑》《蛙》，中篇小说《红高粱》《透明的红萝卜》《民间音乐》，短篇小说《枯河》《白狗秋千架》等。1985 年莫言因《透明的红萝卜》一举成名。2011 年莫言凭借小说《蛙》荣获茅盾文学奖。2012年莫言获得诺贝尔文学奖，获奖理由是：通过幻觉现实主义将民间故事、历史与当代社会融合在一起。迄今为止，莫言的作品被翻译成40多种语言，受到中外读者的广泛好评。

导读：

在正值青春的大学生眼中，爱情是鲜艳美丽的花朵，是芳纯甘甜的蜜汁，是绵长醇厚的美酒。然而，现实生活里经历过“风雨”洗礼的爱情，令人感受更为深刻：也许是雨后见彩虹的喜悦，也许是品尝咖啡苦涩后的甘甜，也许是热恋后留下的深深的伤痕，也许是难以释怀的痛楚。读完莫言的《白狗秋千架》，相信你对于爱情会有更深刻的理解。

《白狗秋千架》讲述的是主人公“我”（井河）与暖的爱情故事。“我”和暖自小生活在一个村子里，青梅竹马，两小无猜。可是，“我”与暖因为生活轨迹的变化，演绎出了截然不同的人生：“我”努力学习考上了大学又留校教书，而“暖”因为残疾没能实现梦想，不得不留守农村。右眼残疾给暖留下心理阴影，“只叫一人寒，不叫二人单”，暖为了不连累“我”而嫁给了邻村的哑巴，并在世俗的爱情观念里痛苦地生活着。作者以“我”的回乡见闻为显性叙事结构：还乡赎罪——描述暖的现状——赢得哑巴尊重——沉重告别；以暖的命运变化为隐性叙事结构：伤痛的初恋——瞎眼后的眷恋——重拾“旧情”、畸形留恋。作者充满着“怀乡”以及“怨乡”的复杂情感，书写了20世纪80年代由乡而城的一部分知识分子的情感历程。作者在小说中既有对农村生活艰辛得近乎残酷的揭露，也有对乡人质朴情感的细腻描写。女主人公暖身上集中了人性的自然和美丽。在情节安排上，暖的自然美丽与她生活的灰暗现实沉重地交织在一起，从而产生了触动人心的艺术感染力。暖的丈夫是一个哑巴，暗喻着农村的落后和愚昧。而暖和哑巴生下的三胞胎个个都是小哑巴，则是强烈地暗示这种落后与愚昧仍在顽强而执着地自然延续。当遇见男主人公“我”之后，暖唤醒了她那孕育在心底的对美好生活的憧憬。暖希望要一个健康的孩子，一个能够陪她说话的孩子，期待自己不幸的生活最终能有个寄托；她甚至想通过“借种”这一有悖传统伦理的方式来繁衍子嗣，“暖”的畸形凄凉心理与她温暖的名字形成了强烈的反差！“借种”这一颠覆传统伦理的情节安排既出乎读者意料，又在情理之中。井河能答应暖的要求吗？或许暖的期待不会落空吧！情节发展至此戛然而止，留给读者无限的想象空间。

莫言的小说在创作艺术上表现出丰富的想象力，擅长构想外在生活场景；在行文上淡化情节，淡化人物，以感觉化的描写方式，追求小说的诗化效果。他的小说叙事角度多元化，尝试了复合第一人称的叙事、多重第一人称视角、多角度第三人称叙事等多种手法。几乎每篇小说都有独特的结构，使结构本身成了一种有意味的形式；几乎每部作品都有一套独特的语汇系统和句子架构手法，形成了别具一格的文风。莫言的作品强烈关注现存的社会问题，具有较强的社会政治价值；但是没有明确的是非观，缺乏劝善戒恶的教化功能。他的小说语言个性鲜明、风格独特，善用修辞式语言与色彩词，既幽默诙谐，又富有浓郁的乡土气息。

思考题：

1. 分析《白狗秋千架》中“暖”的形象。
2. 小说中有哪些意象？请选择其中一个意象具体分析。
3. 怎样理解井河“怀乡”与“怨乡”的矛盾情感？

听听那冷雨[①]

余光中

惊蛰一过，春寒加剧。先是料料峭峭，继而雨季开始，时而淋淋漓漓，时而淅淅沥沥，天潮潮地湿湿，即连在梦里，也似乎有把伞撑着。而就凭一把伞，躲过一阵潇潇的冷雨，也躲不过整个雨季。连思想也都是潮润润的。每天回家，曲折穿过金门街到厦门街迷宫式的长巷短巷，雨里风里，走入霏霏令人更想入非非。想这样子的台北凄凄切切完全是黑白片的味道，想整个中国整部中国的历史无非是一张黑白片子，片头到片尾，一直是这样下着雨的。这种感觉，不知道是不是从安东尼奥尼[②]那里来的。不过那一块土地是久违了，二十五年，四分之一的世纪，即使有雨，也隔着千山万山，千伞万伞。二十五年，一切都断了，只有气候，只有气象报告还牵连在一起，大寒流从那块土地上弥天卷来，这种酷冷吾与古大陆分担。不能扑进她怀里，被她的裾边扫一扫也算是安慰孺慕之情吧。

这样想时，严寒里竟有一点温暖的感觉了。这样想时，他希望这些狭长的巷子永远延伸下去，他的思路也可以延伸下去，不是金门街到厦门街，而是金门到厦门。他是厦门人，至少是广义的厦门人，二十年来，不住在厦门，住在厦门街，算是嘲弄吧，也算是安慰。不过说到广义，他同样也是广义的江南人，常州人，南京人，川娃儿，五陵少年。杏花春雨江南，那是他的少年时代了。再过半个月就是清明。安东尼奥尼的镜头摇过去，摇过去又摇过来。残山剩水犹如是，皇天后土犹如是。纭纭黔首、纷纷黎民从北到南犹如是。那里面是中国吗？那里面当然还是中国永远是中国。只是杏花春雨已不再，牧童遥指已不再，剑门细雨渭城轻尘也都已不再。然则他日思夜梦的那片土地，究竟在哪里呢？

在报纸的头条标题里吗？还是香港的谣言里？还是傅聪[③]的黑键白键马思聪[④]的跳弓拨弦？还是安东尼奥尼的镜底勒马洲[⑤]的望中？还是呢，故宫博物院的壁头和玻璃柜内，京戏的锣鼓声中太白和东坡的韵里？

杏花，春雨，江南。六个方块字，或许那片土就在那里面。而无论赤县也好神州也好中国也好，变来变去，只要仓颉的灵感不灭，美丽的中文不老，那形象那磁石一般的向心力当必然长在。因为一个方块字是一个天地。太初有字，于是汉族的心灵他祖先的回忆和希望便有了寄托。譬如凭空写一个“雨”字，点点滴滴，滂滂沱沱，淅淅沥沥，一切云情雨意，就宛然其中了。视觉上的这种美感，岂是什么 rain 也好 pluie[⑥] 也好所能满足？翻开一部《辞源》或《辞海》，金木水火土，各成世界，而一入“雨”部，古神州的天颜千变万化，便悉在望中，美丽的霜雪雲霞，骇人的雷電霹雹，展露的无非是神的好脾气与坏脾气，气象台百读不厌门外汉百思不解的百科全书。

听听，那冷雨。看看，那冷雨。嗅嗅闻闻，那冷雨，舔舔吧，那冷雨。雨在他的伞上，这城市百万人的伞上、雨衣上、屋上、天线上，雨下在基隆港在防波堤海峡的船上，清明这季雨。雨是女性，应该最富于感性。雨气空而迷幻，细细嗅嗅，清清爽爽新新，有一点点薄荷的香味，浓的时候，竟发出草和树林之后特有的淡淡土腥气，也许那竟是蚯蚓的蜗牛的腥气吧，毕竟是惊蛰了啊。也许地上的地下的生命，也许古中国层层叠叠的记忆皆蠢蠢而蠕，也许是植物的潜意识和梦景，那腥气。

第三次去美国，在高高的丹佛他山居住了两年。美国的西部，多山多沙漠，千里干旱，天，蓝似安格罗·萨克逊[⑦]人的眼睛；地，红如印第安人的肌肤；云，却是罕见的白鸟，落基山簇簇耀目的雪峰上，很少飘云牵雾。一来高，二来干，三来森林线以上，杉柏也止步，中国诗词里“荡胸生层云”或是“商略黄昏雨”的意趣，是落基山上难睹的景象。落基山岭之胜，在石，在雪。那些奇岩怪石，相叠互倚，砌一场惊心动魄的雕塑展览，给太阳和千里的风看。那雪，白得虚虚幻幻，冷得清清醒醒，那股皑皑不绝一仰难尽的气势，压得人呼吸困难，心寒眸酸。不过要领略“白云回望合，青霭入看无”[⑧]的境界，仍须来中国。台湾湿度很高，最饶云气氤氲雨意迷离的情调。两度夜宿溪头，树香沁鼻，宵寒袭肘，枕着润碧湿翠苍苍交叠的山影和万籁都歇的岑寂，仙人一样睡去。山中一夜饱雨，次晨醒来，在旭日未升的原始幽静中，冲着隔夜的寒气，踏着满地的断柯折枝和仍在流泻的细股雨水，一径探入森林的秘密，曲曲弯弯，步上山去。溪头的山，树密雾浓，蓊郁的水汽从谷底冉冉升起，时稠时稀，蒸腾多姿，幻化无定，只能从雾破云开的空处，窥见乍现即隐的一峰半壑，要纵览全貌，几乎是不可能的。至少入山两次，只能在白茫茫里和溪头诸峰玩捉迷藏的游戏。回到台北，世人问起，除了笑而不答心自闲，故作神秘之外，实际的印象，也无非山在虚无之间罢了。云缭烟绕，山隐水迢的中国风景，由来予人宋画的韵味。那天下也许是赵家的天下，那山水却是米家的山水。而究竟，是米氏父子[⑨]下笔像中国的山水，还是中国的山水上纸像宋画，恐怕是谁也说不清楚了吧?

雨不但可嗅，可亲，更可以听。听听那冷雨。听雨，只要不是石破天惊的台风暴雨，在听觉上总是一种美感。大陆上的秋天，无论是疏雨滴梧桐，或是骤雨打荷叶，听去总有一点凄凉，凄清，凄楚，于今在岛上回味，则在凄楚之外，再笼上一层凄迷了，饶你多少豪情侠气，怕也经不起三番五次的风吹雨打。一打少年听雨，红烛昏沉[⑩]。再打中年听雨，客舟中，江阔云低。三打白头听雨的僧庐下，这更是亡宋之痛，一颗敏感心灵的一生：楼上，江上，庙里，用冷冷的雨珠子串成。十年前，他曾在一场摧心折骨的鬼雨中迷失了自己。雨，该是一滴湿漓漓的灵魂，窗外在喊谁。

雨打在树上和瓦上，韵律都清脆可听。尤其是铿铿敲在屋瓦上，那古老的音乐，属于中国。王禹偁的黄冈，破如椽的大竹为屋瓦。据说住在竹楼上面，急雨声如瀑布，密雪声比碎玉，而无论鼓琴，咏诗，下棋，投壶，共鸣的效果都特别好。这样岂不像住在竹和筒里面，任何细脆的声响，怕都会加倍夸大，反而令人耳朵过敏吧。

雨天的屋瓦，浮漾湿湿的流光，灰而温柔，迎光则微明，背光则幽暗，对于视觉，是一种低沉的安慰。至于雨敲在鳞鳞千瓣的瓦上，由远而近，轻轻重重轻轻，夹着一股股的细流沿瓦槽与屋檐潺潺泻下，各种敲击音与滑音密织成网，谁的千指百指在按摩耳轮。“下雨了”，温柔的灰美人来了，她冰冰的纤手在屋顶拂弄着无数的黑键啊灰键，把晌午一下子奏成了黄昏。

在古老的大陆上，千屋万户是如此。二十多年前，初来这岛上，日式的瓦屋亦是如此。先是天暗了下来，城市像罩在一块巨幅的毛玻璃里，阴影在户内延长复加深。然后凉凉的水意弥漫在空间，风自每一个角落里旋起，感觉得到，每一个屋顶上呼吸沉重都覆着灰云。雨来了，最轻的敲打乐敲打这城市。苍茫的屋顶，远远近近，一张张敲过去，古老的琴，那细细密密的节奏，单调里自有一种柔婉与亲切，滴滴点点滴滴，似幻似真，若孩时在摇篮里，一曲耳熟的童谣摇摇欲睡，母亲吟哦鼻音与喉音。或是在江南的泽国水乡，一大筐绿油油的桑叶被啮于千百头蚕，细细琐琐屑屑，口器与口器咀咀嚼嚼。雨来了，雨来的时候瓦这么说，一片瓦说千亿片瓦说，说轻轻地奏吧沉沉地弹，徐徐地叩吧挞挞地打，间间歇歇敲一个雨季，即兴演奏从惊蛰到清明，在零落的坟上冷冷奏挽歌，一片瓦吟千亿片瓦吟。

在日式的古屋里听雨，听四月，霏霏不绝的黄梅雨，朝夕不断，旬月绵延，湿黏黏的苔藓从石阶下一直侵到舌底，心底。到七月，听台风台雨在古屋顶上一夜盲奏，千哼（编者注：英寻的旧称）海底的热浪沸沸被狂风挟来，掀翻整个太平洋只为向他的矮屋檐重重压下，整个海在他的蝎壳上哗哗泻过。不然便是雷雨夜，白烟一般的纱帐里听羯鼓一通又一通，滔天的暴雨滂滂沛沛扑来，强劲的电琵琶忐忐忑忑忐忐忑忑，弹动屋瓦的惊悸腾腾欲掀起。不然便是斜斜的西北雨斜斜刷在窗玻璃上，鞭在墙上打在阔大的芭蕉叶上，一阵寒潮泻过，秋意便弥漫日式的庭院了。

在日式的古屋里听雨，春雨绵绵听到秋雨潇潇，从少年听到中年，听听那冷雨。雨是一种单调而耐听的音乐，是室内乐是室外乐，户内听听，户外听听，冷冷，那音乐。雨是一种回忆的音乐，听听那冷雨，回忆江南的雨下得满地是江湖，下在桥上和船上，也下在四川，在秧田和蛙塘，下肥了嘉陵江，下湿布谷咕咕的啼声，雨是潮潮润润的音乐下在渴望的唇上，舔舔那冷雨。

因为雨是最最原始的敲打乐从记忆的彼端敲起。瓦是最最低沉的乐器灰蒙蒙的温柔覆盖着听雨的人，瓦是音乐的雨伞撑起。但不久公寓的时代来临，台北你怎么一下子长高了，瓦的音乐竟成了绝响。千片万片的瓦翩翩，美丽的灰蝴蝶纷纷飞走，飞入历史的记忆。现在雨下下来下在水泥的屋顶和墙上，没有音韵的雨季。树也砍光了，那月桂，那枫树，柳树和擎天的巨椰，雨来的时候不再有丛叶嘈嘈切切，闪动湿湿的绿光迎接。鸟声减了啾啾，蛙声沉了咯咯，秋天的虫吟也减了唧唧。七十年代的台北不需要这些，一个乐队接一个乐队便遣散尽了。要听鸡叫，只有去诗经的韵里找。现在只剩下一张黑白片，黑白的默片。

正如马车的时代去后，三轮车的时代也去了。曾经在雨夜，三轮车的油布篷挂起，送她回家的途中，篷里的世界小得多可爱，而且躲在警察的辖区以外，雨衣的口袋越大越好，盛得下他的一只手里握一只纤纤的手。台湾的雨季这么长，该有人发明一种宽宽的双人雨衣，一人分穿一只袖子，此外的部分就不必分得太苛。而无论工业如何发达，一时似乎还废不了雨伞。只要雨不倾盆，风不横吹，撑一把伞在雨中仍不失古典的韵味。任雨点敲在黑布伞或是透明的塑胶伞上，将骨柄一旋，雨珠向四方喷溅，伞缘便旋成了一圈飞檐。跟女友共一把雨伞，该是一种美丽的合作吧。最好是初恋，有点兴奋，更有点不好意思，若即若离之间，雨不妨下大一点。真正初恋，恐怕是兴奋得不需要伞的，手牵手在雨中狂奔而去，把年轻的长发和肌肤交给漫天的淋淋漓漓，然后向对方的唇上颊上尝凉凉甜甜的雨水。不过那要非常年轻且激情，同时，也只能发生在法国的新潮片里吧。

大多数的雨伞想不会为约会张开。上班下班，上学放学，菜市来回的途中。现实的伞，灰色的星期三。握着雨伞。他听那冷雨打在伞上。索性更冷一些就好了，他想。索性把湿湿的灰雨冻成干干爽爽的白雨，六角形的结晶体在无风的空中回回旋旋地降下来。等须眉和肩头白尽时，伸手一拂就落了。二十五年，没有受故乡白雨的祝福，或许发上下一点白霜是一种变相的自我补偿吧。一位英雄，经得起多少次雨季？他的额头是水成岩削成还是火成岩？他的心底究竟有多厚的苔藓？厦门街的雨巷走了二十年与记忆等长，一座无瓦的公寓在巷底等他，一盏灯在楼上的雨窗子里，等他回去，向晚餐后的沉思冥想去整理青苔深深的记忆。前尘隔海。古屋不再。听听那冷雨。

——1974 年春分之夜

注释：

①本文依据《余光中精选集》，北京燕山出版社 2016 年版。

②安东尼奥尼：米开朗基罗·安东尼奥尼（1912—2007），意大利导演，主要电影作品有《奇遇》《春光乍现》《中国》《云上的日子》等。

③傅聪：（1034—　），著名钢琴演奏家，翻译家、文艺评论家傅雷之子，1954 年赴波兰留学，1955 年获第五届肖邦国际钢琴比赛第三名，1958 年移居英国。

④马思聪：（1912—1987），著名作曲家、小提琴演奏家，1923 年和 1930 年两

次赴法国学习音乐，1950 年任中央音乐学院首任院长，并兼任中国音乐家协会副主席。1966 年离开中国，后移居美国。

⑤勒马洲：即落马洲。

⑥rain：英语的“雨”字。pluie：法语的“雨”字。

⑦安格罗·萨克逊：即盎格鲁-撒克逊（Anglo-Saxons），古代日耳曼人中的盎格鲁、撒克逊、朱特等部落集团分布在北欧日德兰半岛、丹麦诸岛、德国西北沿海一带，5—6 世纪，各有相当多的人口渡过北海移居大不列颠岛，盎格鲁和撒克逊两部在 7—10 世纪结合成一个民族。这一名词近代常被用来泛指英吉利人、苏格兰人以及他们在北美、澳大利亚、南非等地的移民。

⑧诗出唐代诗人王维《终南山》：“太乙近天都，连山接海隅。白云回望合，青霭入看无。分野中峰变，阴晴众壑殊。欲投人处宿，隔水问樵夫。”

⑨米氏父子：指北宋时的米芾、米友仁父子，二者皆为著名书画家。米芾与蔡襄、苏轼、黄庭坚合称为“宋四家”。

⑩这段话形容的是宋末元初时期著名词人蒋捷的《虞美人·听雨》：“少年听雨歌楼上，红烛昏罗帐。壮年听雨客舟中，江阔云低，断雁叫西风。而今听雨僧庐下，鬓已星星也。悲欢离合总无情，一任阶前、点滴到天明。”

背景知识：

余光中（1928—2017），祖籍福建永春，生于南京。他抗战时期在四川读中学，后曾在金陵大学与厦门大学的外文系求学，1952 年毕业于台湾大学外文系。余光中在学生时代就开始发表文学作品，1954 年参与创立了蓝星诗社，1959 年获美国爱荷华大学艺术硕士学位。他先后任教于台湾东吴大学、台湾师范大学、台湾大学、台湾政治大学。其间两度应美国国务院邀请，赴美国多家大学任客座教授。1974—1985 年，他任香港中文大学中文系主任。1985—2017 年，他任台湾“国立中山大学”教授及讲座教授。20 世纪 90 年代以来，他曾受聘于厦门大学、浙江大学、北京大学等高校担任客座教授。

余光中一生从事诗歌、散文创作及评论、翻译工作。现已出版诗集《莲的联想》《白玉苦瓜》《隔水观音》等 21 种，散文集《左手的缪斯》《焚鹤人》《记忆像铁轨一样长》等 11 种，评论集 5 种，翻译集 13 种，共 40 余种。尤为一般读者所熟知的是他的诗歌和散文，梁实秋曾赞誉他“右手写诗，左手写散文，成就之高，一时无两。”余光中是个多产的作家，各个时期创作风格多变。他曾经调侃自己“对阿波罗忙不过来而派下的九个缪斯各个都去追求”，是“艺术上的多妻主义者”。余光中曾主编过《文星》《现代文学》等多种重要诗文刊物，在当代文学界享有盛誉。

导读：

余光中的诗人身份一向最为大陆的读者所熟知，因为众多诉说乡愁情怀的诗歌，他还被冠以“乡愁诗人”的名号。中国传统文人常以“诗文双绝”为傲，追求文学创作领域内的全面胜利，在这一点上，余光中完全赞同古人，他说“散文与诗是我的双目，任缺其一，世界就不成立体。正如佛洛斯特所言：‘双目合，视乃得’。”在散文的创作上，他的写作既延续了古老传统，又汲取了诸多现代元素，形成的风格可谓感性与知性兼备、幽默与庄重并重。他崇尚散文的自然、随意，同时也追求汉语自身的精致、准确与神韵。余光中的散文观是“白以为常，文以应变，俚以见真，西以求新。文体富于弹性，散文家才能呼风唤雨”。余光中散文“弹性”的表现之一便在于篇幅，他的散文大多不限于小品，可以长达六七千字。在这样的容积之内，他可以不急不缓地娓娓道出心之所思，眼之所见，还有耳之所听。

《听听那冷雨》是余光中散文的代表作之一，台湾的春分时节是雨季，作者撑伞行走在冷雨之中，游子的思乡之情油然而生。文章开篇就紧扣一个“冷”字和一个“雨”字，字里行间流露出远离故土四分之一世纪的浓郁的孤独感。他渴盼思乡之情得到满足，在这种情境之下，这来自古大陆的寒流竟也能带来一丝暖意了，由此，文章随作者的思路延伸下去，进入故乡，进入祖国，更进入传统文化的深处，唤醒每一个中国人烙印在血脉里的文化认同感。余光中曾长年生活在海外，但故土的文化早已深深濡染了他，无论走到哪里，他总不忘自己是个游子，是在思乡的人，他承认，“日后的欧风美雨都不能夺走我的汉魂唐魄。我在诗文中所以呼喊着、狂吼着黄河长江，无非是努力为自己招魂”。

雨不仅可听，更可嗅可尝。雨声、雨气与雨的凉意交织，全方位地作用于读者的每一个感官。由于视觉、听觉、嗅觉和触觉描写的有机结合，再加上穿插其中的作者的回忆与思索，文中的情与景都显得那么鲜活，时间与空间的跨度完全不成为阻隔，而是如在眼前般生动。雨中有凄楚，也有情趣。这都是由作者极高的写作技巧处理而成的。“以诗为文”从来是受人赞许的艺术手法，余光中深谙诗歌创作之道，在本篇散文中，他就将诗的韵律、句法带入其中，形成了绵远悠长的艺术回味。余光中曾提出“散文革命”的口号，强调现代散文应该注意语言的密度、弹性与质料。他将自己的文化之根深植于中国古典文学，又长年从西方文化中吸取养分，因此得以广纳众家之长，自成一体。他这样分析自己写作风格的形成：“我取法的典范首先是中国的古典，其次才是五四以来的新文学与西方文学。古文教我如何掌握凝练、整洁，白话教我如何做到自然、亲切，英文教我如何经营层次井然、长而不乱、富而不杂的复合句法。……我相信只要得法，混血更美，合金更贵。”

作者有深厚的古典文化底蕴，所以行文时大量诗词典故被信手拈来，融入得不留痕迹。尤为引人注目的是被大量使用的复叠手法，本文中共出现了 90 多例，平均 40 字左右便有一例。这些词语中很多都是作者独创的，如“天潮潮地湿湿”“湿漓漓”“滂滂沛沛”“细细琐琐屑屑”等，再加上一些双声叠韵词，整篇文章读来节奏有致，余音袅袅。这是一篇散文，也是一首优美的诗。

思考题：

1. 同是写乡愁，余光中的诗《乡愁》和这篇散文《听听那冷雨》相比较有什么异同？

2. 试着在这篇文章中找出五种以上的修辞手法，并举出例子。

3. 余光中的这篇散文引用、化用了大量中国古典文学作品与文化典故，你能从中找出多少个？

第三章　亲恩难忘

祭妹文

袁　枚

乾隆丁亥冬，葬三妹素文于上元之羊山[1]，而奠以文曰：

呜呼！汝生于浙，而葬于斯，离吾乡七百里矣；当时虽觭梦幻想[2]，宁知此为归骨所耶[3]？

汝以一念之贞，遇人仳离[4]，致孤危托落[5]，虽命之所存，天实为之[6]；然而累汝至此者[7]，未尝非予之过也。予幼从先生授经[8]，汝差肩而坐[9]，爱听古人节义事；一旦长成，遽躬蹈之[10]。呜呼！使汝不识诗书，或未必艰贞若是。

予捉蟋蟀，汝奋臂出其间；岁寒虫僵，同临其穴。今予殓汝葬汝[11]，而当日之情形，憬然赴目[12]。予九岁，憩书斋，汝梳双髻，披单缣来[13]，温《缁衣》一章[14]；适先生奓户入[15]，闻两童子音琅琅然，不觉莞尔，连呼"则则"[16]，此七月望日事也[17]。汝在九原[18]，当分明记之。予弱冠粤行[19]，汝掎裳悲恸[20]。逾三年，予披宫锦还家[21]，汝从东厢扶案出，一家瞠视而笑[22]，不记语从何起，大概说长安登科、函使报信迟早云尔。凡此琐琐[23]，虽为陈迹，然我一日未死，则一日不能忘。旧事填膺[24]，思之凄梗[25]，如影历历，逼取便逝。悔当时不将嫛婗情状[26]，罗缕纪存[27]；然而汝已不在人间，则虽年光倒流，儿时可再，而亦无与为证印者矣。

汝之义绝高氏而归也[28]，堂上阿奶[29]，仗汝扶持；家中文墨，眣汝办治[30]。尝谓女流中最少明经义、谙雅故者[31]。汝嫂非不婉嫕[32]，而于此微缺然。故自汝归后，虽为汝悲，实为予喜。予又长汝四岁，或人间长者先亡，可将身后托汝[33]；而不谓汝之先予以去也！前年予病，汝终宵刺探，减一分则喜，增一分则忧。后虽小差[34]，犹尚殗殜[35]，无所娱遣；汝来床前，为说稗官野史可喜可愕之事[36]，聊资一欢[37]。呜呼！今而后，吾将再病，教从何处呼汝耶？

汝之疾也，予信医言无害，远吊扬州；汝又虑戚吾心[38]，阻人走报；及至绵惙已极[39]，阿奶问："望兄归否？"强应曰："诺。"已予先一日梦汝来诀，心知不祥，飞舟渡江，果予以未时还家，而汝已辰时气绝[40]；四支犹温[41]，一目未瞑，盖犹忍死待予也。呜呼痛哉！早知诀汝，则予岂肯远游？即游，亦尚有几许心中言要汝知闻，共汝筹画也。而今已矣！除吾死外，当无见期。吾又不知何日死，可以见汝；而死后之有知无知，与得见不得见，又卒难明也[42]。然则抱此无涯之憾，天乎人乎！而竟已乎！

汝之诗，吾已付梓[43]；汝之女，吾已代嫁[44]；汝之生平，吾已作传[45]；惟汝之窀穸，尚未谋耳[46]。先茔在杭[47]，江广河深[48]，势难归葬，故请母命而宁汝于斯，便祭扫也。其傍，葬汝女阿印；其下两冢[49]：一为阿爷侍者朱氏[50]，一为阿兄侍者陶氏。羊山旷渺[51]，南望原隰[52]，西望栖霞[53]，风雨晨昏，羁魂有伴[54]，当不孤寂。所怜者，吾自戊寅年读汝哭侄诗后，至今无男[55]；两女牙牙，生汝死后，才周晬耳[56]。予虽亲在未敢言老，而齿危发秃[57]，暗里自知；知在人间，尚复几日？阿品远官河南，亦无子女[58]，九族无可继者[59]。汝死我葬，我死谁埋？汝倘有灵，可能告我？

呜呼！生前既不可想，身后又不可知；哭汝既不闻汝言，奠汝又不见汝食。纸灰飞扬，朔风野大[60]，阿兄归矣，犹屡屡回头望汝也。呜呼哀哉！呜呼哀哉！

注释：

①素文：袁枚三妹，名机，字素文，别号青琳居士。上元：旧县名，在今南京市。羊山：在今南京市东。

②觭梦：奇怪的梦，这里是做梦的意思。

③宁知：怎么知道。归骨：埋葬骨骸。

④仳（pǐ）离：夫妻分离。特指妻子被丈夫遗弃。

⑤孤危：孤单困苦。托落：即落拓，孤独不遇。

⑥虽命之所存，天实为之：虽然是你命中注定，但实际上也是老天安排的结果。

⑦累：连累。

⑧授经：指读儒家的“四书五经”。

⑨差（cī）肩：比肩，肩挨肩。语出《管子·轻重甲》。

⑩遽：骤然，立即。躬：亲自。蹈：踏，踩，这里指实践，实行。

⑪殓（liàn）：入殓，给尸体穿衣下棺。

⑫憬然赴目：清晰地来到眼前。憬然，醒悟的样子。

⑬单缣（jiān）：这里指用缣制成的单层衣衫。缣，双丝织成的浅黄色细绢。

⑭温：温习。《缁衣》：《诗经·郑风》篇名。

⑮适：刚好。奓（zhà）户：开门。

⑯则则：犹“啧啧”，赞叹声。

⑰望日：阴历每月十五，日月相对，月亮圆满，所以称为“望日”。

⑱九原：春秋时晋国卿大夫的墓地。后泛指墓地，亦指九泉、黄泉等。

⑲弱冠：出自《礼记·曲礼上》，“二十曰弱，冠。”古代男子二十岁行冠礼，以示成人，困体犹未壮，故称“弱冠”。后因以“弱冠”表示男子进入成年期的年龄。粤行：到广东去。袁枚二十一岁时经广东到了广西他叔父袁鸿那里。袁鸿是广西巡抚金鉷的幕客。金鉷器重袁枚的才华，举荐他到北京考博学鸿词科。

⑳掎（jǐ）：拉住。恸：大哭。

㉑披宫锦：指袁枚于1739年（乾隆四年）考中进士，选授翰林院庶吉士，请假南归省亲的事。宫锦，宫廷作坊特制的丝织品。这里指用这种锦制成的宫袍。因唐代李白曾待诏翰林，着宫锦袍，后世遂用以称翰林的朝服。

㉒瞠视而笑：瞪眼看着笑，形容惊喜激动的情状。

㉓凡此琐琐：所有这些细小琐碎的事。

㉔填膺：充满胸怀。

㉕凄梗：悲伤凄切，心头像堵塞了一样。

㉖婴娓（yī ní）：婴儿，幼年时期。

㉗罗缕纪存：详细记录并保存。罗缕，详细。纪存，记录保存。

㉘义绝：断绝情谊。这里指离婚。

㉙阿奶：指袁枚的母亲章氏。

㉚眣（shùn）：用眼色示意。这里作"期望"解。

㉛尝：曾经。明经义：明白儒家经典的含义。谙雅故：了解古书古事。谙，熟闻熟知。

㉜婉嫕（yì）：温顺娴静。

㉝身后：死后的一应事务。

㉞小差：病情稍有好转。差（chài），同"瘥"，病愈。

㉟殗殜（yè dié）：病不太重，时卧时起的样子。

㊱稗（bài）官野史：指私人编定的笔记、小说之类，与官方编写的"正史"相对而言。愕：惊骇。

㊲聊资一欢：姑且作为一时的快乐。

㊳虑戚吾心：顾虑着怕我心里难过。戚，忧愁。

㊴绵惙（chuò）：病势危急。

㊵未时：相当于下午一时至三时。辰时：相当于上午七时至九时。

㊶支：同"肢"。

㊷又卒难明：最终难以明白。卒，终于。

㊸付梓：付印。素文的遗稿，题为《素文女子遗稿》。袁枚为它写了跋文。

㊹代嫁：指代妹妹做主把外甥女嫁出去。

㊺传：即《女弟素文传》。

㊻窀穸（zhūn xī）：墓穴。这句是说：只有你的墓穴，还没有筹划措办罢了。

㊼先茔（yíng）：祖先的墓地。

㊽江广河深：言地理阻隔，交通不便。

㊾冢（zhǒng）：坟墓。

㊿阿爷：袁枚的父亲袁滨。侍者：这里指妾。

51旷渺：空旷辽阔。

52原隰（xí）：平广与低湿之地，亦泛指原野。高而平的地方叫原，低湿的地方为隰。

㊿栖霞：山名。一名摄山。在今南京市东。

⑭羁魂：飘荡在他乡的魂魄。

⑮男：儿子。袁枚于1758年丧子。袁枚写这篇祭文的时候还没有儿子。再后两年，至六十三岁，其妾钟氏才生了一个儿子，名阿迟。

⑯周晬（zuì）：周岁。

⑰齿危：牙齿摇摇欲坠。

⑱阿品远官河南，亦无子女：袁枚的堂弟袁树，字东芗，号芗亭，小名阿品，由进士任河南正阳县县令。当时也没有子女。

⑲九族：指高祖、曾祖、祖父、父亲、本身、儿子、孙子、曾孙和玄孙。这里指血缘关系较近的许多宗属。无可继者：没有可以传宗接代的人。

⑳朔风野大：旷野上，北风显得更大。

背景知识：

袁枚（1716—1798），清代诗人、散文家、文学评论家。字子才，号简斋，晚年自号随园老人、仓山居士。钱塘（今浙江杭州）人。乾隆四年（1739）进士，授翰林院庶吉士，乾隆七年（1742）改放外任于江苏溧水、江浦、沭阳、江宁等地任县令，颇有政绩。乾隆十四年（1749），33岁的袁枚辞官，侨居江宁（今江苏南京），在小仓山上修筑园林，取名“随园”，在此度过了近50年的闲居生活，他一面从事诗文著述，一面广交天下文友，世称“随园先生”。袁枚诗论主张书写性情，倡导“性灵说”，与赵翼、蒋士铨合称为“乾隆三大家”，又与赵翼、张问陶并称“性灵派三大家”，为“清代骈文八大家”之一。文笔与大学士纪昀齐名，时称“南袁北纪”。主要传世的著作有《小仓山房诗文集》《随园诗话》《随园食单》《子不语》《续子不语》等。

导读：

《祭妹文》是清代文学家袁枚的一篇散文，是我国古代祭悼文章中的名篇。王文濡《清文评注读本》中评价《祭妹文》：“韩昌黎《祭十二郎文》，欧阳修《泷冈阡表》皆古今有数文字，得此（指《祭妹文》）乃鼎足而立。”文章既没有铺排，也没有张扬，作者善于融抒情、议论于叙事之中，在对与亡妹童年及成年后的许多生活琐事的叙述中，表现出对妹妹深切的怀念和痛惜，感人肺腑。

袁素文是袁枚的三妹，她在袁枚诸姊妹中最有才情，与袁枚感情最深，但命运悲苦，成为封建礼教的牺牲品。素文不足周岁便被指腹为婚许配给江苏如皋高氏子高绎祖。高绎祖“有禽兽行”，且屡教不改，其父曾提出与素文解除婚姻。但素文为了固守封建礼教的“一念之贞”，坚持嫁给了高绎祖。婚后，她受尽虐待，仍委曲求全，恪守妇道。后在要被丈夫卖掉以抵赌债的万般无奈之下才归家侍母。

自离婚后，她“长斋，衣不纯采，不髮鬌，不闻乐。有病不治，遇风晨花朝，辄背人而泣”（袁枚《女弟素文传》）。不幸的婚姻使素文终日郁郁寡欢，年仅四十便香消玉殒，这使兄长袁枚深感悲痛与惋惜。时隔八年，在安葬亡妹之际，袁枚又勾起了对亡妹的悲悼之情，写下这篇声泪俱下的《祭妹文》。

文章起笔先交代亡妹所葬之地、祭奠时间，接着用“呜呼”一词转折，以第二人称“汝”直呼亡妹，奠定了全文哀伤凄婉的基调，抒发了对亡妹生于浙江葬于异乡的悲慨。第三段中，“以一念之贞，遇人仳离，致孤危托落”，简要概括了亡妹不幸的一生。袁枚将亡妹悲剧一生的根本原因归咎于“识诗书”，而“识诗书”又是和自己“伴读”所致，从而将过失推究到自己身上，表达了对妹妹为封建礼教所毒害的痛心和自己作为兄长的自责、悔恨、悲痛之情。以下便按照时间顺序，撷取日常生活琐事，表现兄妹之间的亲密关系。第四段追忆幼年与青年时兄妹感情笃深。幼时兄妹俩一起捉蟋蟀，一起玩耍；一起温《缁衣》，相伴学习。兄成年后远行，妹“掎裳悲恸”，依依不舍；兄衣锦还乡，妹“从东厢扶案出”，兄妹手足情深，跃然纸上。第五段直叙妹妹归家后的情况，扶持阿奶，治办文墨，终宵刺探兄病。袁枚回忆当年自己生病时三妹终宵刺探的情形，“减一分则喜，增一分则忧”，当袁枚病情有所好转时，妹恐兄“无所娱遣”，“为说稗官野史可喜可愕之事，聊资一欢”。常情小事不仅体现了妹对兄的关爱之情，更寄托着兄对亡妹刻骨铭心的思念和哀痛。第六段描述三妹病危与去世时的情景，作者的悲悼之情至此达到了顶点。这段记载了三件事：怕兄担心“阻人走报”；“及至绵惙已极”，乃望兄归；“一目未瞑”，忍死待兄。可见三妹对兄之情义至死未消。而面对未及相见，从此却天人永隔的无情现实，作者声泪俱下地痛呼：“呜呼痛哉！早知诀汝，则予岂肯远游?”“然则抱此无涯之憾，天乎人乎！而竟已乎！”可见兄对妹的情之真、悔之深、思之切。第七段叙亡妹身后事，付梓诗稿，代嫁其女，传其生平，谋其窀穸，以慰其在天之灵，并抒发自己孤苦无后、身后悲凉之感。祭文的最后，写祭奠完毕时葬地的景象及作者屡屡回头不舍的情景，在凄切悲凉的环境中，表达了袁枚无限悲凉、哀伤的心境。

祭文作为一种传统文体，古已有之。古人写祭文常有一套固定的格式，内容多为对死者生平的追述和赞颂，形式多为骈文或四言韵文。《祭妹文》却一破常规，在内容上通篇追述自己与亡妹共同的生活琐事，表现兄妹手足情深，抒发对亡妹的哀悼追思之情，语言平实，感人肺腑。在形式上，《祭妹文》运用第一人称、第二人称叙事、抒情。全篇用了 48 个“汝”字称呼其妹，好像三妹并没有死，正坐在对面听他倾诉衷肠；又好像三妹虽死，但其亡魂还可以听到他的家常絮语。这种对话形式，具有极为浓厚的感情色彩和抒情意味，极大地增强了文章的感染力。在语言上，《祭妹文》以散文句式为主，行文中频繁使用语气助词，如运用“呜呼”“哉”“乎”等词在文章中穿插缀合使人读来抑扬顿挫，强烈的情感随着这些感叹词形成如惊涛骇浪般的疑问句和感叹句，以此来宣泄自己浓烈的情感。如："然则抱此无涯之憾，天乎人乎！而竟已乎！"这样强烈的感叹句式，使我们仿佛看到一个呼天抢地、声泪俱下的兄长对自己未尽兄长之责的无限悔恨。而"汝死我葬，我死谁埋？汝倘有灵，可能告我？"这样的疑问，又由失妹之痛联想到自己年岁老大，而家族却后继无人，更将悲哀之情推向了顶点。真的是字字珠玑，满目血泪。

袁枚是"性灵说"的倡导者，主张为文要有真情。全文在亡妹生前身后事的客观叙述中，融入了作者强烈的内心感受，字里行间溢满真情；在对亡妹童年及成年后的许多生活琐事的叙述中，寄寓哀痛，将痛惜、哀伤、悔恨、无可奈何等情感有机地融合在一起，不但恰切地表达了对亡妹的深切哀悼之思，而且实践了袁枚"文以情生，未有无情而有文者"的文学主张。也正是这字字血、声声泪的真情打动了无数读者的心，为后世祭文写作树立了典范。

思考题：

1. 仔细品读文本，逐层分析本文所蕴含的复杂情感。

2. 后人认为《祭妹文》是韩愈《祭十二郎文》的接踵之作，通过比较两文，你能否找出祭文佳作的一些共同之处？

3. 谈谈你对亲情的感悟。

白雪的墓园[①]

迟子建

父亲去世的日子离除夕仅有一月之差。父亲没能过去年，可我们必须要过这个年。要排解对一个人的哀思，尤其是父亲，三十天的日子未免太短太短了。我们办完丧事后连话都很少说，除非到了非说不可的时候。谁还有心情去忙年呢？然而年就像盘在人身上的毒蛇一样怎么也摆脱不掉，打又打不得，拂又拂不去，只能硬挨着。

天非常寒冷，我站在火炉旁不停地往里面添柴。炉盖有烧红的地方了，可室内的一些墙角还挂着白霜。我的脸被炉火烤得发烫。我握着炉钩子[②]，不住地捅火。火苗像一群金发小矮人一样甩着胳膊有力地踏着脚跳舞，好像它们生活在一个原始部落中一样，而火星则像蜜蜂一样嗡嗡地在炉壁周围飞旋。炉火燃烧的声音使我非常怀念父亲。

我不愿意离开火炉，我非常恐惧到外面去，那些在苍白的寒气中晃来晃去的人影大都是紧张忙年的人们，碰上他们的满面喜气该怎么办呢？火炉砌在厨房的西北角，它走两面火墙，可以给两个房间供暖。厨房有一条长长的走廊，直通向门口，因为厨房里没有另开窗户，所以只能借着走廊尽头门上端的几块玻璃见见天光。光线艰难地沿着走廊爬行，往往爬到火炉边缘就精疲力竭了，所以火炉周围很少能接受一天光的爱抚；但炉火的光亮却弥补了这一缺憾，火炉周围的墙和炉壁以及那一块青色的水泥地，在冬季里总是微微地泛着炉火乳黄的光晕，好像它们被泡在黄昏中一样。

母亲躺在她的屋子里，炕很暖和，但我知道她没有睡着。她还不到五十，头发仍是乌色的，看见她的头发我就心酸。全家人中最痛苦的莫过于她了，可她并不像其他失去丈夫的女人一样大放悲声。她很少哭，有时哭也是无声的，这种沉重的不愿外露的哀思使我们非常害怕。在我年幼的时间，年前的这段时光中，母亲常常是踏着缝纫机为我们做新衣裳，那种好听的“嗒嗒嗒”的声音就像割麦子一样。那时候厨房里总是热气腾腾，一会儿蒸年糕了，一会儿又用大锅烧水洗衣裳了，乳白的水汽云雾般地涌动，晃得人眼神恍惚。往往是父亲撞上了我们，或者我们撞上了母亲，无论谁撞了谁都要乐一阵子。

姐姐从靠近火炉的房间中歪着身子出来咳了几声，从她的咳声中我知道她刚才哭过。她是我们家老大，父亲的去世使她的担子更重了一些。她哑着嗓子问我：

“你老是站在炉子这儿干吗?”“烧火。”我说。“烧火用不着看着，让它自己着。”姐姐说完就回屋了。

我站在火炉前茫然若失。我的心很空，眼前总是闪现出山上墓园的情景。父亲睡在墓园里，现在那里是白雪的墓园。父亲现在睡着的地方是我小时候进山最害怕的地方，那时候我去采都柿[③]和越橘总是绕过那片地方，因为那里使我有一种莫名的忧伤。现在那里终于成为父亲的墓园，我才明白悬了多少年的心只是因为那里会成为收留我亲人的地方。现在它成了父亲的墓园，我才不害怕经过那里，我才心平气和地第一次认真观察那里的景色：那里地势较高，背后有一个平缓的山坡，山坡上长着稀疏的樟子松。而坡下，也就是墓园四周却是一大片清一色的落叶松，它们全都直直地卧在丰盈的白雪之上，是一片十分年轻的树木。再过百年，这些树木蔚为壮观的时候可能会使墓园看上去十分古老，它们的环绕将使灵魂越来越宁静。站在墓园朝山下望，可以看见小路和平缓下降的山势。树木好像在一点点地矮下去，矮到尽头的时候就出现了房屋和草滩，以及草滩尽头的太阳和月亮。

炉火越来越旺了，我仿佛看见父亲正推开走廊尽头的门，微笑着朝我走来。从他去世的那时起，这种幻觉就一直存在。他走到我面前了，他伸出手抚了抚我的肩膀。我握着炉钩子的手抖了一下，墓园的情景又锐利地再现。我知道父亲根本不在这间房子里，可我又像是每时每刻都见到他似的。死亡竟是这般盛气凌人。墓园，我这样想着回头望了望幽暗的走廊，你现在真的成了我父亲的安乐窝了吗?

弟弟从火炉西侧最小的一间房子里走出来，走到我身旁。他黑着脸，一声不吭地争着抢我手中的炉钩子，他也想来烧火。我把炉钩子让给他，他站在火炉那儿，用炉钩子轻轻地敲着炉盖。他对我说：“你进屋吧，我来烧火。”“烧火用不着看着。”我重复姐姐对我说过的话。他抬头看看我，我知道他也不愿意待在屋子里，他也要找一种活儿来排遣哀思，我就再也没有多说什么。

我走进姐姐的房间。从这个房间的窗口可以望见后菜园。天色仍然灰白，有几只鸟在菜园边缘的障子上跳来跳去。

“咱妈还没起来?”姐姐恹恹地问我。

“没有。”我说。

“这个年怎么过呢?”姐姐叹息了一声。

“是啊。”我一筹莫展。

“你说咱妈过年那天会不会哭呢?”她很担忧地问。

“不会吧，她是知书达礼的。”我虽然这样说，但心里还是没底。

“我们单位的李洪玲，她爸爸和咱爸一样得同样的病死了，比咱爸早死五天。她妈妈现在天天在家哭，动不动就冲李洪玲喊：‘快去车站接你爸爸回家，你爸爸回来了!’弄得全家人都神经紧张。”姐姐说。

“咱妈不会的。”我说，“她是个明白人。”

“可她今天连话都不愿意说。”

“过几天就会好的。”我站在窗前，朝菜园望着。园子中的雪因为一个冬天都无人涉足，所以显得格外宁静。雪地之外用障子间隔而成的小路上，偶尔可见一两个人影晃来晃去。路后面的几幢房屋的门前已经有挂灯笼的人家了，忙年的气氛越来越浓了。我的眼前又一次地出现墓园的情景，那里的白雪、树木和天空中的云霓，那里的风和墓前的供桌，一切都那么使人梦魂萦绕。我很想再回到厨房的火炉那儿去烧火，因为那里的温暖和光线很适宜回首往事。

我转回身，朝厨房走去。这时我突然听见母亲的房门响动的声音，接着我听见弟弟扔炉钩子的声音，他似乎是追着母亲出去了。他怕她出去想不开，我们都怕这样，所以母亲一出门总得有人装作无意地出去跟踪。我的心绞了一下。我站在弟弟刚才站过的地方，捡起炉钩子，掀开炉盖，看看炉子里全是一块块火红的木炭，就又添了几块柴火，炉膛里便迅速地响起一串噼里啪啦燃烧的声音。火苗旺盛得不住地舔着炉盖，使炉盖微微颤动，炉盖被烧红的面积越来越大了，好像炉子在不停地喝酒，渐渐地醉了似的。

我心事重重地等待母亲和弟弟快点回来，这种等待像锥心一样地难受。不一会儿，弟弟先开门回来了，他手里提着一只竹筐，里面装满了碗和盘子。他神色有些喜悦，把竹筐放在墙角后神秘地走过来对我说：“咱妈想过年了，她去仓房里收拾过年用的东西。”我如释重负。果然，母亲很快从门外进来了，她的一只手里提着袋面粉，另一只手里拿着一捆被冻得又白又直的生葱，她把它们放在锅台前，一副要大大忙年的姿态。

我赶紧把水壶添满水，掀开炉圈，将水壶坐上去。我知道忙年最不可缺少的就是温水，这种懂事的做法会使母亲欣慰的。

母亲把我们姐弟几个叫到一起，向我们布置忙年的工作。弟弟因为腿勤，大多是搞“采买”，酱油、醋、筷子、香、鸡蛋、猪肉等东西一律归他来买；而姐姐要搞“内务”，拆洗被褥、扫尘、抹玻璃、蒸年糕、炒花生瓜子，等等；我虽说是个女孩，但干细活大多不精，所以就只能做挑水、倒脏水、打扫院子、劈柈子、归置仓房中的杂物这一类粗活。好在我有一身的力气，又是最不怕寒冷的，所以这些户外的活于我来讲还是一种奖赏呢。母亲一旦活起来，我们也就跟着活起来了。母亲吩咐活儿的时候她的左眼里仍然嵌着圆圆的一点红色，就像一颗红豆似的。那是父亲咽气的时候她的眼睛里突然生长出来的东西。我总觉得那是父亲的灵魂，父亲真会找地方。父亲的灵魂是红色的，我确信他如今栖息在母亲的眼睛里。

布置完活儿，母亲又对弟弟说：“往年当买的鞭炮、挂钱、对联和纸灯笼今年一律不买了。”“我知道。”弟弟低下头沉沉地说。死了主人的人家要在三年之内忌讳招摇这些喜庆色彩太浓的东西，我们从小的时候就知道这种不同寻常的风俗。看来有父亲和没父亲就是不一样，我的心陡地凄凉了一下，鼻子竟又酸了，又不好在母亲面前落泪，只能干憋着，痴痴地想着山上的墓园，墓园的白雪和那种无法形容的宁静之气。一定是我的神色引起母亲的注意了，她唤了一声我的乳名，然后对我们说：

"从现在起谁也不许再掉一滴眼泪。我和你爸爸生活了二十几年，感情一直很好，比别人家打着闹着在一起一辈子都值得，我知足了。伤心虽是伤心，可人死了，怎么也招不回来，就随他去吧。你们都大了，可以不需要父亲了，将来的路都得自己走。你们爸爸活着时待你们都不薄，又不是没受过父爱，也该知足了。"母亲说完话，就返身进厨房干活去了。我们姐弟三人互相看了一眼，就赶紧行动起来。

我担着铁桶朝水井走去。水井在我们家的西北方向，选择最近的路线也要绕过七八幢房屋才能到达那里。路上的雪可不像园子中的那么丰厚和完整，由于人来人往的缘故，雪东一块西一块像补丁一样显眼地贴在路上，路上还有牲口的粪便和劈柈子人家留下的碎木片。走在这样的路上心里有一种百无聊赖的感觉。天色非常苍白，如果不到黄昏时刻，连西边天上那一带隐隐约约的晚霞也看不到。我垂头走着，因为这一带路线我熟悉得闭着眼睛都可以行走，偶尔碰上两三个长辈的大娘和婶子，她们大都一开口就唤着我的乳名直直地问："你妈有心过年吗?""有心。"我稍稍抬头望一望她们，接着又垂头朝前走。绕到井台时，才发现那里挑水的人比往日多了。挑水的大多是男人，他们很自觉地排着队，但是见我来了，他们全都热情地让我先打。我执拗地谢绝着，因为我觉得他们是在可怜我刚刚没了父亲，我不愿意接受这种同情，所以我怎么也不肯站到最前面去。我站在这些男人身后默默排着队，我的脚下是厚厚的冰，冰呈现着一种乳黄的色彩，我就像踩着一大块奶酪一样。我不敢看这些男人的脸，因为他们容易使我想起父亲。父亲在世时，也是排在他们身后的一员。那时候这些男人在一起时有说有笑，现在因为我排在后面，他们都沉默无语。我只听见吱吱的摇水声和哗哗的倒水声以及许多男人的脚步像蚂蚁一样慢吞吞前移的微妙的摩擦声，其他我感受到的就是这单调的动荡之下潜藏着的深深的寂静和寒冷。

这真是一个漫长的冬天。我又忆起了母亲眼里那颗鲜润的红豆。这时我脚边的两只水桶突然发出一阵狂饮的声音，原来前面的人把水先倒进我桶里了，我只好退出队伍，担起两只桶摇摇晃晃地离开井台。离人群远了的时候，我才敢掉出眼泪。我哭是因为他们狠狠地同情了我，我受不了。由于哭泣我的倔劲就给提上来了，倔劲一上来力气也就壮了起来，所以我很快走到家门口了。我把水担进厨房，厨房里有雾蒙蒙的水汽，母亲正守着一只大盆洗涮碗碟，而姐姐蒙着一块头巾站在一把椅子上扫尘。母亲吩咐我把水倒进缸里后抱一些柴火进来，因为炉子里的火不多了。我鼻音浓重地应着。母亲便问："没出息的，又偷着出去哭了?""他们非要我先打水，我受不了。"我说。"过了年他们就不会这样了。何况，你一定是见着他们不吭不响了，所以人家才可怜你。"母亲淡淡地说。

年已经像一个许多天没吃东西的大肚罗汉一样气喘吁吁地走到门槛了，只要稍稍开一下门，它就会饥肠辘辘地进来。再有两天就是年三十，我们要依照风俗去山上请爸爸回家过年。一大早，母亲就起来忙着煎鱼、炒鸡丝和摊鸡蛋，她做这些都是上坟用的，而我们姐弟三人则在屋里为父亲打纸钱。为了让父亲在那边最富有，所以我们总是用面值一百元的钱币来打纸钱。心细的姐姐说票子都是大的父亲买东西怕找不开，所以我们才又打了一些角角分分的零钱。等一切都准备停当我们将要出发的时候，母亲突然说："让我也去吧。"母亲垂下手，很自然地征求我们的意见。我和弟弟同时看了看姐姐，因为她最具有发言权。姐姐说："你别去了，我们去就行了。""可我还一次也没去过呢。"母亲很有些委屈地说，好像我们剥夺了她探望丈夫的权利似的。"可你一去又得哭了。"姐姐直率地说。"我保证不哭。"母亲几乎是有些流露出女孩子气了，她飞快地摘掉围裙，冲进里屋去找围巾和手套。姐姐仍然心有余悸地问我："你猜她去了会哭吗？""我想会的。"我说。"肯定要哭。"弟弟补充说。"那就不让她去了。"姐姐说完，我们姐弟三人趁她还没出来就先溜出家门。我们像小偷一样飞速地沿着障子边东拐西拐地蹿上公路，很快就把母亲甩掉了。她不知道父亲墓园的确切位置，而且她发现我们是故意摆脱她之后，是绝对不会再追赶我们的。

天气极其寒冷，连空中乱响的爆竹声也是寒冷的。进山之后，我们的目光不停地朝父亲居住的地方眺望，好像久别归家似的那么望眼欲穿。有几只大鸟在墓地上面的树梢盘桓，像墓园守望者一样。我们到达父亲身边时就像看见上帝一样一齐跪下，我们做着最古老的祭奠。纸钱焚化时的氤氲烟雾使我仿佛看见了父亲的双手，他的确隔绝了我们，这双手我们再也牵不到了。这时我忍不住又想起了母亲，她若站在这里会怎样呢？

告别墓园走回家时已近晌午。厨房里很温暖，炉火很旺。母亲头也不抬地守着一只盆子刮鱼，看来她是生了气了，她很少这样对我们生气。我们洗过手后赶紧各就各位地忙自己分内的活，这时母亲突然直直地问：

"你们招呼你爸爸回家过年了吗？"

"招呼了。"弟弟心惊胆战地说。

"怎么招呼的？"母亲抬起头，我望见她的眼圈是红的，她一定哭过。

"我们说，家里什么东西都准备好了，爸爸你回家过年吧。"弟弟说这话时声音微妙极了。

"再没说别的？"

"我说了让他保佑弟弟今年考上大学。"我惴惴地补充。

"你还想让他这么操心？"母亲不留情面地挤对我，只能说明刚才不让她去墓园她不痛快。

"我不是故意的。"我说着，眼泪似乎又要流出来了，我赶紧走到火炉那去捅火。

"没事了，你们都该干啥就干啥去吧。"母亲叹息了一声，不再追究了。

年三十，按照母亲的吩咐姐姐必须回婆家过年，她不愿意因为失去丈夫而滞留女儿在家陪着自己，那么只有我和弟弟同她共度除夕之夜了。为了不惹她伤心，我们在那一天都表现得出奇的勤快，而且都装出很高兴的样子。午夜之时，外面的爆竹声连成一片，像地震似的。我们家虽然没放爆竹却也仿佛放了似的，从院子四周不停地传来噼噼啪啪的声音。母亲像往年一样以家庭主妇的身份站在灶前煮饺子，而我和弟弟则马不停蹄地往桌子上摆菜、筷子、酒杯和食碟。这是一个最难熬的时刻，只要过了除夕，年也就算过去，生活又会平稳起来。外面的夜是黑的，空气是冷的，没有雪花降临预兆来年是个丰年。我们无法抗拒地看着年的到来。年走了世世代代，已经苍老了，疲惫了，似乎它的每一个脚步都是迟暮的。我的眼前又闪现出山上墓园的情景，现在那里是白雪的墓园，星光一定像萤火虫似的飞向那里。

我们坐在桌前举起酒杯为新年做着陈旧的祝福。母亲神情极其镇静。当我祝福她长寿，而弟弟依照惯例跪下磕头为她祈求万福的时候，她的慈祥就像阳春三月的植物一样丰满地复苏了。母亲也同样祝福我们，说着那些我们晚辈人很少能享受到的吉祥话，这使我们觉得这个年里我们将与众不同。自始至终，她没有落一滴泪，她的眼睛里收留着那个柔软的孩子般地栖息在她眼底的灵魂——那枚鲜红的亮点同母亲的目光一起注视着他们在这个世界上创造的共同的孩子。这是一个温暖的略带忧伤气息的除夕，它伴着母亲韧性的生气像船一样驶出港口了。我大大地松了口气。那天夜晚，炉火十分温存，室内优柔的气氛使我们觉得春天什么时候偷偷溜进屋里来了。

初一的时候天忽然下起漫无边际的大雪。冬天的早晨本来就来得晚，雪天的早晨就更像凌晨之时的天色了，所以我很迟才从梦中醒来。从床上爬起来，觉得屋子里暖洋洋的，用手试试火墙，才知母亲早已起来生过火炉了，我忽然有一种要哭的欲望。窗外十分宁静，菜园之外的道路上没有忙年的人影，年已经过去了，大家似乎都在沉沉地休息，整个小镇像瘫痪了似的。我披好衣裳，下地，走进厨房。先看了看炉膛中的火，添了些柴，然后就穿过黄昏似的走廊去母亲的房间。可我突然发现母亲不在房间里，她的房间收拾得十分干净。我的心沉了一下，慌慌地去弟弟的房间把他从床上摇醒，问他："妈妈去哪儿了?""不知道。"他睡眼惺忪地回答。"她不见了。"我说。"不会走远吧。"弟弟很自信地穿衣起来跑到屋外的院子里去找母亲。他先去了厕所，然后又进了仓房，但怎么也没能找到。"会不会去挑水了呢?"弟弟问。"不会，水桶都在家里。"我们急得几乎要放声哭了。正在这时，姐姐和姐夫回门来了，姐姐一进来就感觉到气氛不正常，她焦急地问我："咱妈怎么了?""昨晚她还在，早晨醒来时她不见了，她是生了炉子后走的。"我说。"你们怎么不好好看着她?"姐姐埋怨着我们，眼里噙满泪花。

母亲会不会因为一时思念成疾而真的抛下我们呢？我的眼前突然闪现出山上墓园的情景。现在那里是白雪的墓园，母亲会不会去那里了呢？没等我来得及把这个可怕的想法告诉姐姐，母亲突然推门而入了。她一定是走了很远的路，她的身上落着许多雪，她围着一条黑色的头巾，脸色比较鲜润，目光又充满了活力。

"你去哪儿了，急死我们了。"姐姐说。

母亲摘下围巾，上上下下地拍打着她身上的雪花，有些不好意思地笑笑，好像她到别人家的园子偷花去了。她轻轻地告诉我们：“我看你爸爸去了。”

“你找到地方了吗?”我们问她。

“我一上山就找到了。”她垂下眼睑低声地说，“我见到他的坟时心里跳得跟见到其他的坟不一样，我就知道那是你爸爸。”我们全都垂下头来，真后悔那天没有带她去墓园。“他那里真好。”母亲有些迷醉地说，“有那么多树环绕着，他可真会找地方。春天时，那里不知怎么好看呢。”她说完走进里屋把围巾手套放置好，又重新走回厨房，戴上围裙。我见她发丝乌亮，她看上去精神多了，而我的眼前再一次出现墓园的情景。现在那里是白雪的墓园，雪稠得像一片白雾，父亲被罩在这清芬的白雾中。

母亲掀开炉圈去看炉膛的火，这时我才吃惊地发现她的眼睛如此清澈逼人是因为那颗红豆已经消失了！看来父亲从他咽气的时候起就不肯一个人去山上的墓园睡觉，所以他才藏在母亲的眼睛里，直到母亲亲自把他送到住处，他才安心留在那里。他留在那里了，那是母亲给予他的勇气，那是母亲给予他的安息的好天气。窗外的大雪无声而疯狂地漫卷着，我忽然明白母亲是那般富有，她的感情积蓄将使回忆在她的余生中像炉火一样经久不息。这时母亲温和地转过身来问我们：“早饭你们想吃点什么?”

注释：

①本文依据《迟子建：与水同行》，中国青年出版社 2002 年版。

②炉钩子：北方农村俗语。用一根较粗的铁条做成的一端有一个把手的工具。在烧炉子时，用于把炉灶内的炉灰等弄干净或者捅动以助燃。

③都柿：又名蓝莓，是黑龙江省大、小兴安岭的特产。此种植物属杜鹃花科越橘属，其果实富含维生素，以及铁、锰等微量元素。

背景知识：

迟子建，女，1964 年出生于北极村，汉族，乳名迎灯。1983 年开始写作，至今已发表以小说为主的文学作品五百余万字，出版四十余部单行本。主要作品有长篇小说《伪满洲国》《额尔古纳河右岸》，小说集《逝川》《雾月牛栏》《清水洗尘》，散文随笔集《伤怀之美》《我的世界下雪了》等。《雾月牛栏》获第一届鲁迅文学奖，《清水洗尘》获第二届鲁迅文学奖，《世界上所有的夜晚》获第四届鲁迅文学奖、全国优秀中篇小说奖、澳大利亚“悬念句子奖”等多种文学奖项。作品有英、法、日、意等海外译本。迟子建是当今文坛一颗耀眼的明星，她是唯一一位三次获得鲁迅文学奖，两次获得冰心散文奖，同时还获得过庄重文文学奖、澳大利亚悬念句子文学奖和茅盾文学奖的作家。迟子建的小说在选材上关注民间大众的凡俗生活，注重对自然与人性美的倾情表达，其作品带有诗性和神性的审美品格，语言清新、质朴，带有浓郁的乡土气息。

导读：

迟子建可谓当代作家中卓尔不群的一位。她以东北女作家特有的淳朴、沉静，创作出了几十部具有较高艺术价值的文学作品。其作品无论是小说还是散文，多以“生命残缺的温情化书写”为主题，每一个故事都抒发着人世间那份凄美伤怀的温情与悲悯。作者始终坚守民间立场，将芸芸大众辛酸的幸福呈献给读者，让人们感受艰难人生中那份尚存的脉脉温情！她笔下的白山黑水美丽神奇，呈现出浓郁的东北边塞风情；她作品里的人物善良可爱，闪耀着人性的光辉。她是在写人物的苦难生活，更是在张扬北方人民身上的一种坚韧与顽强精神！著名评论家谢冕在第二届“北京文学·中篇小说月报奖”颁奖会上，这样宣读迟子建的小说《世界上所有的夜晚》的授奖词：“向后退，退到最底层的人群中去，退向背负悲剧的边缘者；向内转，转向人物最忧伤最脆弱的内心，甚至命运的背后。然后从那儿出发倾诉并控诉，这大概是迟子建近年来写作的一种新的精神高度。”

人生最痛苦的事莫过于亲人的离世。《白雪的墓园》主要描述了除夕前“我”父亲的辞世带给全家人无尽悲痛的生活感受。但作者并不是就悲痛写悲痛，而是透过父亲离世所带来的悲苦阴霾，投射出一缕满溢着人性关爱的阳光——写一家人在痛失亲人这一人生苦难面前的相亲相爱。作者从儿童视角叙写“侍弄火炉”“忙年”和“祭奠父亲”等系列事件，表现出“丧父”的孩子与“丧夫”的女人的人生大哀痛。情景描写细腻真实，催人落泪。其中，“祭奠父亲”一事的叙写饱含情感的波澜，流淌着生命的气息，处处体现出东北独特的地域风情！母亲对父亲的真挚情感于此处纤毫毕见！“红豆”的意象带有神秘的色彩，它成了“我们”与父亲联系的纽带，也是父亲关注挚爱妻儿的最佳注脚。红豆从母亲眼中的消失喻示着父亲亡灵的安息和“我们”生活的归于平静。文中孩子的情感始终随着母亲情感的变化而变化。从蒙受“丧夫”打击“卧炕不起”，到支撑门户“张罗过年”，一个坚强的母亲形象屹立在孩子们的心中！在母亲的感召下，“我们”不再畏惧生活的苦难，姐姐、弟弟、“我”，每个人都挑起了家的担子。相信，那颗藏于母亲眼中的红豆，也一定会感受得到这苦难人生里洋溢在亲人间的脉脉温情！

这篇小说语言清新、质朴，情感表达细腻、厚重，又沧桑、深沉；辛酸的人生故事里处处呈现着作者悲天悯人的情怀。细腻感人的描写中饱含着温润的亲情，艰辛悲苦的生活表述里彰显着一个女作家善意的人文关怀。

思考题：

1. 试分析文中“红豆”意象的深刻寓意。
2. “火炉”的意象贯穿行文始终，它对于本文主旨的表达有何作用？
3. 请试写一篇感念亲情的文章。

母亲的鼾歌①

从维熙

母亲的鼾歌，对我这个年过五十的儿子来说，仍然是一支催眠曲。

在我的记忆里，她的鼾声是一支生活的晴雨表。那个年月，我从晋阳劳改队回来，和母亲、儿子躺在那张吱呀吱呀作响的旧床板上，她没有打过鼾。她睡得很轻，面对着我侧身躺着，仿佛一夜连身也不翻一下；唯恐把床弄出声响，惊醒我这个远方游子的睡梦。夜间，我偶然醒来，常常看见母亲在睁着眼睛望着我，她可能是凝视我眼角上又加深了的鱼尾纹吧！

“妈妈，您怎么还没睡?”

“我都睡了一觉了。”她总是千篇一律地回答。

我把身子翻转过去，把脊背甩给了她。当我再次醒来，像向日葵寻找阳光那样，在月光下扭头打量母亲多皱纹的脸庞时，她还在睁着酸涩的眼睛。

“妈妈，您……”

“我刚刚睡醒。”她不承认她没有睡觉。

我心里清楚，在我背向她的时候，母亲那双枯干无神的眼睛，或许在凝视儿子黑发中间钻出来的白发，一根、两根……

我真无法计数，一个历经苦难的普通中国女性，她体躯内究竟蕴藏着多少力量。年轻时，爸爸被国民党追捕，肺病复发而悲愤地离去。她带着年仅四岁的我，开始了女人最不幸的生活。我没有看见过她的眼泪，却听到过她在我耳畔唱的摇篮曲：

狼来了，
虎来了，
马猴背着鼓来了！

风摇晃着冀东平原上的小屋，树梢像童话中的怪老人，发出尖厉而又显得十分悠远的声响。我在这古老的童谣中闭合了眼帘，到童年的梦境中去遨游：

骑竹马。
摘野花。
放鞭炮。
过家家。
……

她呢！我的妈妈！也许只有我在梦中憩睡的时刻，她才守着火炭早已熄灭的冷火盆独自神伤吧?!

我不曾忘记，在那滴水成冰的严冬，母亲怕我钻冷被窝，总是把我的被褥先搬到炕头上；她怕被窝儿热度不够，久久地坐在我铺好的棉被上，直到焐热了被窝为止。我年幼，不理解母亲那颗痴心，死活不睡热炕头；她只好把被窝又搬回到炕的那一边去，催我趁热躺下。炎阳似火的夏季，母亲怕我和小伙伴们到河里去玩水时淹死，不断吓唬过我：河里可有水鬼，专拉住小孩的腿不放。除此之外，她还发明了检查我是否下河去游泳了的土办法。她用指甲在我赤裸着的脊梁上滑一下，如果在我黧黑的皮肉上划出明显的白道道，就要抓起扫炕用的扫帚疙瘩——但是那扫帚疙瘩从没落到过我的身上。

我不是一个听话的孩子。下河洗澡，摔跤“打仗”……干的都是一件件让母亲忧心的事情：和小伙伴们在墙头上追逐，掉下来摔死了过去；和小伙伴们玩“攻城”游戏，石头砸伤了我的左眉骨，再往下移上一寸，我就变成了独眼少年。为了给“野马”拴上笼头，更为了让我上学求知，当我十几岁时，一辆带布篷的马车，连夜把我送到了唐山——我生平第一次坐上了火车，从唐山来到了北平。母亲像影子一样跟随我来了，为了交付学费，她卖掉了婚嫁时的首饰，在内务部街，二中斜对过的一家富户当洗衣做饭的保姆。当我穿着戴有二中领章的干净制服，坐在课堂上学习的时候，同学们不知道我的母亲，此时此刻正汗流浃背地为太太小姐们洗脏衣裳呢！母亲也想象不到，她靠汗水供养的儿子，并不是个好学生——他辜负了母亲的含辛茹苦，因为在代数课上常常偷看小说，考试分得过“鸡蛋”。在学校布告栏上，寥寥几个因一门理科考试不及格而留级的学生中，他就是其中的一个。我不是为苦命的妈妈解忧，而是增加她额头上的皱纹。回首少年时光，这是儿子对母亲最严酷的打击！

她没有为此垂泪，也没有过多地谴责我，只是感叹父亲去世太早，她把明明是儿子的过失，又背在自己的肩上：“怨我没有文化，大字识不了几升；你爸爸当年考北洋工学院考了个第一，如果他还活在人间的话，你……”啊！妈妈，当我今天回忆起这些话时，我的眼圈立刻潮湿了——我给你苦涩的心田里，又增加了多少辛酸呵！

可是母亲一如既往，洗衣、做饭、刷碟、扫地……两只幼小就缠足了的脚，支撑着苦难的重压，在命运的回肠小路上，默默地走着她无尽的长途。星期六的晚上，我照例离开二中宿舍，和她在一起度过周末，母子俩挤在厨房间的一个小床上安息。记得那时，她从不打鼾，我还在幽暗的灯光下看小说，她就睡着了。母亲呼吸匀称，面孔恬淡安详，似乎她不知道人生的酸甜苦辣，也没意识到她心灵上的沉重负荷……

母亲！这就是母亲的一幅肖像。她心里有的只是自我牺牲，而没有任何索取。北京解放那年，那家阔佬带着家眷去了台湾。母亲和我从北京来到通县（当时我叔叔在通县教书），怎奈婶婶不能容纳我母亲立足，在一个飘着零星小雪的冬晨，她独自返回冀东故里去了。

十六岁的我，送母亲到十字街头。在这离别的一瞬间，我第一次感到母亲的可贵，第一次意识到她的重量。我惜别地拉着她的衣袖说：

“妈妈！您……”

“甭为我担心。”她用手抚去飘落在我头上的雪花，“你要好好用功，像你爸爸那样。”

“嗯。”我低垂下头来。

“快回去吧！你们该上第一堂课了！”

“不，我再送您一程！”我仰起头来。

她用手掌抹去我眼窝上的泪痕，又系上我的棉袄领扣，叮咛我说：“逢年过节，回村里去看看妈就行了。妈生平相信一句话，没有趟不过去的河。你放心吧！”

我固执地要送她到公共汽车站。

她执意地要我马上回到学校课堂。

我服从了。但我三步一回头，两步一张望，直到母亲的身影，湮没在茫茫的雾幕之中，我才突然像失掉了什么最珍贵的东西一样，返身向公共汽车站疯了似的追去。

车，开了。轮子下扬起一道雪尘。

从这天起，我好像一下子变得成熟了。像幼雏脱掉了待食的嫩黄嘴圈，像小鸟长出丰满的羽毛——我提前迈进了青年人的门槛。当时，我经常做着一个十分类似的梦，不是我背着母亲过河，就是梦见我背着她爬山过岭；更奇怪的是，我有时还梦见我变成了姥姥家那匹白骡子，驮着母亲在乡间的古道上往前走。一句话——我内心萌生了对母亲的强烈内疚。

新中国的春阳给予了我温暖。我逐渐理解到母亲所承受的痛苦，不是她一个人的痛苦，而是旧社会年轻丧夫的妇女命运的一个缩影。儿时，我听我姨姨们告诉我，我母亲在姐妹中排行第三，是姐妹中最漂亮的；脾气么！外柔内刚。我这时似乎充分认识了母亲的韧性；她为了抚养我，舍弃了她所有的一切。我发奋地读书，我如饥似渴地学习知识——当我在1950年秋天，背着行囊离开古老的通州城，到北京师范学校去报到后马上给她寄了一封信。第一个寒假，我就迫不及待地回故乡去探望母亲。

踏过儿时嬉闹的村南小河的渡石，穿过儿时摇头晃脑背诵过“人、手、口、刀、牛、羊”的大庙改成的学堂，在石墙围起的一个院落东厢房里，我看见了阔别了两年多的母亲，和儿时差点把我变成“独眼少年”的小伙伴们。

在母亲那间屋子，人声喧沸：

“哎呀！丫头（我的乳名）回来了！”

“变成‘洋’学生啦!”

“在北京见到过毛主席吗?”

“多在老家住几天吧! 你妈想你想坏了!”

母亲只是微微笑着，仿佛我回访故土给她带来了什么荣誉似的。我仔细凝视着我的母亲，她比前两年显得更健壮了些。故乡的风，故乡的水，抚去她眼角上的细碎皱纹，洗净了她寄人篱下为炊时脸上的烟灰。尽管她也曾是地主家庭中的一员，乡亲们深知她丧夫后在家庭中的地位，更感叹她的命运坎坷，因而给她定了个中农成分。乡亲们又看她孑然一身，生活充满了艰辛，要她加入了变工的互助组。母亲做一手好针线活，在互助组内她为组员拆拆补补，乡亲为她种那四亩山坡地。

更深，油灯亮着豆粒大的火苗，我和母亲躺在滚烫的热炕上，说着母子连心的话儿：

“妈妈，我让您受苦了。”这句早该说的话，说得太晚了。

“没有又留级吧?”显然，我留了一级的事情，给她心灵上留下伤疤。

“不但没有留级，我还在报纸上开始发表文章了呢!”我从草黄色的破旧背包里，拿出来刊登我处女作的《新民报》和《光明日报》，递给了她。

至今我都记得母亲当时的激动神色。她把油灯挑得亮了一些，从炕上半翘起身子，神往地凝视着那密密麻麻的铅字。

“妈妈! 您把报纸拿倒了。”

她笑了。

在我的记忆中，这是我第一次看见她欣慰的微笑。这笑容不是保姆应酬主人的微笑，也不是为了使儿子高兴强作出来的微笑，而是从她心底漾起的笑波，浮上了母亲的嘴角眉梢。

她是带着微笑睡去的。不知为什么，我心里却充满了酸楚之感——我第一次把童贞的泪水，献给了我苦命的妈妈。特别是在静夜里，我听见她轻轻的鼾声，我无声地哭了。可是当我第二天早晨，问妈妈为什么打鼾时，她回答我说：“我打鼾不是由于劳累，而是因为心安了!”

从师范学校毕业之后，我被调到《北京日报》当了记者、编辑。第一件事，就是把母亲从故乡接进北京。果真像她说得那样，由于心神安定，她几乎夜夜都发出微微的鼾声。久而久之，我也养成了一种心理上的条件反射，似乎只有听到母亲的鼾声，我才能睡得更踏实，连梦境仿佛也随着她的鼾歌而变得更为绚丽。

只可惜好景不长。1957 年后我再难以听到她的鼾声了。我和我爱人踏上了风雪凄迷的漫漫驿路，家里只剩下她和我那个刚刚落生的儿子。她的苦难重新开始，像孑然一身抚养我那时一样，抚养她的孙子。“文革”期间，我偶然得以从劳改队回来探亲，母亲再也不打鼾了，她像哺乳幼雏的一只老鸟，警觉地环顾着四周；即使是夜里，她也好像彻夜地睁着眼睛。

挂上牌子去串巷扫街。

拐着两只缠足小脚去挖防空洞。

她苍老了。白发披头，衣衫褴褛。但她用心血抚养的第二代——却是衣衫整洁品学兼优的挺拔少年。

“妈妈。”在夜深人静时，我安慰她说，“我怕您……怕您……支撑不住，突然……”

“没有趟不过去的河。”她还是这样回答。

“您把我拉扯大了，又拉扯孙子……”

“只要你在井下（当时我在山西一个劳改矿山挖煤）能平平安安，家里的事你就不用操心了。”

母亲确实坚强得出奇。有时我要替她去扫街，她总是从我手里抢过扫帚，亲自去干扫街的活儿。她的腰弓得很低很低，侧面看去就像一个大大的“?”号。那样子像是在叩问大地，这个岁月哪一天才能结束?！这污迹斑斑曲折的路，哪儿才是它的尽头?！

1979年的元月6日，我终于回到了北京。如同鬼使神差一般，她从那一天起又开始打鼾了。我住在上铺，静听着母亲在下铺打的鼾歌，内心翻江倒海，继而为之泪落。后来，我们从十平方米的小屋搬到了团结湖，我常常和母亲同室而眠，静听她像摇篮曲一样的鼾歌。

说起来，也真令人费解，我怕听别人的鼾声，却非常爱听母亲的鼾歌。八二年我去石家庄开会，同室的刘绍棠鼾声大作，半夜我逃到流沙河的房子里去逃避鼾声；哪知流沙河打鼾的本事也很高明，我只好逃到另一间屋去睡觉。我一夜三迁，彻夜未能成眠。

只有母亲的鼾声，对我是安眠剂。尽管她的鼾声，和别人没有任何差别，但我听起来却别有韵味；她的鼾声既是儿歌，也是一首迎接黎明的晨曲。她似乎在用饱经沧桑人的鼾歌，赞美着这个来之不易的太平盛世……

注释：

①本文依据谢冕：《亲情无限》，山东人民出版社2014年版。

背景知识：

从维熙（1933—2019），河北玉田县人，曾担任作家出版社社长兼总编辑。1950年入北京师范学校学习，在校期间开始文学创作。1954年调入北京日报社，两年内出版了《七月雨》和《曙光升起的早晨》两本短篇小说集。1956年加入中国作家协会。1957年出版了反映农业合作化的长篇小说《南河春晓》，成为“荷花淀派”的代表性作家之一。同年被错划为右派，到底层长期劳动，在极其艰苦的境遇中仍坚持写作。1976年调入临汾地区文联。1978年重新提笔，发表《大墙下的红玉兰》《远去的白帆》，它们分别获全国第一、第二届优秀中篇小说奖。电影文学剧本《第十个弹孔》获1981年优秀故事片奖。评论《论联想》获海燕文学奖。由于他率先写“大墙”之内的监狱和劳改生活，反映极“左”路线造成的危害，一时出现了一批这样的作品，文坛赞誉他为“大墙文学之父”。1985年出版的长篇小说《北国草》获全国优秀文学奖。1986年出版的长篇小说《断桥》获优秀文学畅销奖。1988年出版的回忆录《走向混沌》引起强烈反响。以后，他又完成了《裸雪》《酒魂西行》《逃犯》三部长篇小说的创作。此外，他还发表了不少短篇小说、散文和文学评论等类作品。从维熙是一位勤奋耕耘的作家。有些作品已被译成英、法、德、日以及塞尔维亚文。20世纪80年代后期，他被载入英国剑桥编撰的《世界名人录》和《国际名人传》。

导读：

“谁用遒劲的手臂为我撑起一片无邪的天空？没有风，也没有雨。谁赠与我翱翔的翅膀搏击长空？而我，始终飞不出那一双牵挂的眼神……”父母的爱是一本深奥的书，需要我们用心去品读；父母的爱是一杯甘醇的酒，需要我们细细品味。

中华民族历来重视家庭，重视团圆，重视言传身教。尊老爱幼、妻贤夫安、母慈子孝、耕读传家、勤俭持家等传统家庭美德，是支撑中华民族生生不息、薪火相传的重要精神力量，是家庭文明建设的宝贵精神财富。本文讲述了一位平凡的母亲含辛茹苦，奉献自我，把孩子抚养成人成才，并伴儿成长的故事。文章以“母亲的鼾声”为叙事线索，巧妙地把“精心育儿”“顽皮怠学”“伴子读书”“车站送别”“回乡探母”“劳改探亲”“品味鼾声”等事件串联起来，处处彰显母爱的宽厚、温暖、坚强、伟大。鼾声是一家人生活的晴雨表，是母亲紧张不安情绪的减压阀，更是她内心世界波澜起伏的奏鸣曲。“我”幼年丧父，母亲哼唱的童谣和入眠的鼾声，是“我”安稳入睡的“摇篮曲”；少年时“我”的顽皮怠学阻断了母亲的鼾歌，令她尝尽了人生的酸甜苦辣；“我”的作品见报、“我”学有所成，母亲心神安宁，夜夜响起“鼾歌”；1957年到“文化大革命”期间，“我”遭遇人生磨难，母亲牵挂儿子，又照顾孙子，夙兴夜叹，没了“鼾声”；“劳改后返京”，“我”又听到了母亲如摇篮曲般美妙的“鼾歌”。

这鼾歌承载着母亲的喜怒哀乐，这鼾歌呈现着一家人命运的波澜起伏，这鼾歌也诠释着母子连心的浓浓亲情。时有时无、起伏变化的鼾声表现了母亲对儿子的牵挂与关爱。作者以鼾声来解读母爱，用自己大半生的经历（年过五十岁）来感知母爱。他说：“我怕听别人的鼾声，却非常爱听母亲的鼾歌”，“她的鼾声既是儿歌，也是一首迎接黎明的晨曲”。“我”回到家中与母亲共处一室入眠，既表现了“我”牵挂照顾母亲的心理，又表达出“我”对母亲的深深依恋。

“鸦有反哺之义，羊有跪乳之恩。”年已半百的儿子躺在床铺上静听母亲的鼾歌时，内心翻江倒海，继而为之落泪。“谁言寸草心，报得三春晖。”母亲的恩情怎么能够回报得尽呢？读到此处，作为子女，我们都会为之心酸、动容、落泪！是啊，母爱的表现有千万种，或许是一声叮咛，或许是一次送别，或许是时有时无的鼾声，母爱的细节包含着太多太多的内容，真的需要我们做子女的去慢慢地细细地品读。

这篇散文语言平实质朴，又深沉含蓄，心理描写细腻生动，神态描写形象逼真。行文构思巧妙，倒叙等结构安排令情节叙述波澜起伏，为读者增添了阅读兴趣。文中比喻修辞和对比、象征手法的运用恰到好处，生动形象地诠释了母爱的内涵。

思考题：

1. 本篇文章的叙事线索是什么？作者是怎样围绕线索展开叙事的？

2. 文中多次写到“我”因听到母亲的鼾歌而落泪，请分析“我”落泪的原因。

3. 结合朱德的《我的母亲》和史铁生的《合欢树》，谈谈你对母爱的理解。

驿站长[1]

[俄] 普希金

谁不诅咒驿站长十四级文官，驿站的主宰。——维亚泽姆斯基公爵[2]，谁没有和他们吵过架？谁不在盛怒的时刻向他们讨取那本要命的簿子，把自己因受冒犯、粗暴对待和怠慢而产生的徒然的怨恨统统记上去？谁不把他们当作从前那些刀笔吏，或者至少是牟罗马[3]森林里的强盗那样的万恶之徒？可是只要我们公正一点，设身处地为他们想一想，那么，在我们责备他们的时候，也许就会宽容得多。驿站长是什么样的人呢？不折不扣的第十四等受苦人，凭着自己的官职只能免遭殴打，而且未必总能这样幸运（希望读者能扪心自问）。维亚泽姆斯基戏称他们为主宰者，他们的职责是什么呢？难道不是真正的服苦役吗？他们日夜不得安宁。旅客们往往把因旅途寂寞而产生的怒气发泄在他们头上。天气恶劣，道路坎坷，车夫固执，马匹乏力——这全是驿站长的过错。旅客一走进他那简陋的屋子，就像对仇人一样盯着他；如果他能把不速之客赶快打发掉，那总算他幸运，但是，如果碰巧没有马呢？……天哪！那就会有什么样的谩骂，什么样的威胁劈头盖脸落在他头上！他得冒雨踏着泥泞挨家挨户去跑；在暴风雨中，在三九严寒里，他只好躲到门廊里，避开盛怒的借宿旅客的吼叫和推撞，稍稍歇一口气。要是来了一位将军，战战兢兢的驿站长就把仅有的两辆三套马车调给他，其中一辆是信差专用的。将军走了，连谢谢也不说一声。过了五分钟，又响起来车的铃声！……信差把驿马使用证往桌上一扔！……我们把这一切都仔细想一想，我们的心中就会充满真挚的同情，而不是愤怒。我想再说几句：二十年来我连续不断地跑遍了俄罗斯的东西南北，几乎所有的驿道我都熟悉，几代车夫我都认识，难得有一个驿站长我觉得面生，我不曾与之打交道的驿站长也很少。我很想于短时间内把我在旅行中观察到的趣事整理出版，而现在我只想说一点：公众对驿站长这种人的看法是非常错误的。这些受尽诽谤的驿站长一般说来都是些很和气的人，天生殷勤周到，容易相处，对荣誉极少要求，对钱财也不过分贪婪。从他们的谈话中（过往的老爷们偏偏忽视这些话），可以汲取许多有趣和有益的东西。至于我呢，老实说，我宁可听他们的谈话，也不愿听任何一个因公出差的六级文官的言论。

大家不难猜到，在驿站长这一类可敬的人当中有我的朋友。事实上，有一位驿站长留给我的回忆，我是很珍惜的。从前我们有机会接近过，现在我想把他的事讲给亲爱的读者们听听。

1816年9月，我曾经顺着一条现在已经废弃的驿道经过某省。我官职卑微，只能搭每站都得换乘的驿车，付两匹马的租费。因此驿站长们对我都很不客气，我往往得费九牛二虎之力才能争取到在我看来我有权得到的待遇。我年轻，暴躁，每当站长把为我准备的三匹马套到某个官老爷的四轮马车上时，我对站长的卑劣行径和怯懦都深为愤慨。同样，在省长举行的宴会上，势利的仆人常常绕过我先给别人送菜，对此我也很久不能习惯。现在我觉得这些都是正常现象。事实上，如果不按照做官的尊敬做官的这样一条公认的准则，而代之以聪明人尊敬聪明人这种原则行事，那我们的社会将变成什么样子？将会产生什么样的争吵？仆人送菜时该先送给谁呢？不过我们还是言归正传吧。

那是一个大热天，在离某驿站三里路时稀稀落落地下起雨来了，过了一会儿，便降下了瓢泼大雨，把我淋得浑身透湿。一到驿站，我头一件事就是赶快换衣服，其次是要一杯茶。“喂，杜妮亚！”站长叫道，“生好茶炊，再去拿些鲜奶油。”话音刚落，一个十四岁模样的小姑娘从隔板后面走出来，跑进门廊里去。她的美貌使我深为吃惊。“这是你的女儿？”我问驿站长。“是小女，”他非常得意地回答，“她是那么聪明，那么伶俐，完全像她过世的妈妈。”这时他动手登记我的驿马使用证，我便欣赏他那些用来布置简朴而整洁的房间的图画。这些图画画的是一个浪子的故事，第一幅画的是一个可敬的老人，他头戴睡帽，身穿晨衣，正在送走一个不安分的青年，那青年匆匆接受老人的祝福和钱袋。第二幅用鲜明的笔触画着年轻人的放荡行为：他坐在桌旁，身边围着一群虚伪的朋友和无耻的女人。接着一幅是，挥霍殆尽的年轻人穿着破衣烂衫，戴着三角帽，正在放猪，与猪争食，脸上露出深深悲痛和悔恨的神色。最后一幅画的是儿子回到父亲身边，善良的老人仍戴着睡帽，穿着晨衣，正跑出去迎接儿子。那浪子跪在地上；后面，一个厨师正在宰肥牛犊，哥哥在询问仆人为什么这样高兴。在每一幅画下面我都读到一首相应的德文诗。所有这一切也像那一盆盆的凤仙花、挂着花布帐子的床以及我周围的其他物品一样，至今仍铭记在我的头脑中。就像在眼前一样，我还清清楚楚地记得那位五十来岁、面色红润、精神矍铄的主人，记得他那件绿色的长礼服，上面别着三枚缀在褪色缎带上的奖章。

我还在给那老车夫付钱的时候，杜妮亚已经端着茶炊回来。这机灵姑娘从第二眼起就看出她给了我什么印象。她垂下那对浅蓝色的大眼睛，我便和她聊起天来，她像一个见过世面的姑娘那样，一点都不害羞地回答我的问题。我请她父亲喝一杯潘趣酒，递给杜妮亚一杯茶，我们三个人就像老朋友一样闲聊起来。

马早就准备好了，可我一直不愿同站长及他的女儿分手。我终于和他们告别；父亲祝我一路平安，女儿送我到马车旁。走到门廊时，我停了步，请求她允许我吻她一下；杜妮亚同意了……

自从我那样做了以后，我可以数得出许多次接吻，但没有一次能给我留下如此长久、如此愉快的回忆。

几年以后，我又有机会经过那条街道，来到那些地方。我想起老站长的女儿，一想到又能见到她，感到很高兴。但我想，老站长也许已经卸任，杜妮亚大概出嫁了。我头脑中也闪过其中一个人已经不在人世的想法，于是我带着悲伤的预感向某驿站走去。

马匹在驿站的小屋旁停住。一走进房间，我立即认出那几幅画着浪子故事的图画；桌子和床铺仍摆在老地方，但窗台上已经没有花；一切都凋敝而零乱。站长在睡觉，身上盖着皮袄，我的到来把他吵醒了。他欠起身……这正是萨姆松·维林，可他衰老得多厉害！他在动手登记我的驿马使用证时，我瞧着他的白发，瞧着他那好久未刮的脸上出现的深深的皱纹，瞧着他那驼了的背——仅仅三四年时间，他竟从一个精力充沛的男子汉变成一个干瘪的老头，这不能不使我感到震惊。“你还认得我吗？”我问他，“我们可是老相识了。”“也许是吧，”他忧郁地答道，“这是一条大路，我这儿来来往往的旅客多着哪。”“你的杜妮亚好吗？”我接着问，老人皱起眉头。“谁知道，”他回答。“这么说，她出嫁了？”我说。老人装作没听见我的问话，继续轻轻念着我的驿马使用证。我不再问他，叫他给我送茶来。我真想知道究竟是怎么回事，心里好不焦急，于是指望潘趣酒能打开我这位老相识的话匣子。

我没有想错：老人没有拒绝喝酒。我发觉朗姆酒驱散了他脸上的乌云。喝到第二杯，他的话就多起来了。他记起或者装作记起了我的样子，于是我从他那儿听到一个当时使我极感兴趣，又使我深深感动的故事。“这么说，您认识我的杜妮亚？”他开始说，“其实还有谁不认识她呀？唉，杜妮亚，杜妮亚！她原是个多好的姑娘啊！过去，不管谁到这儿来，都要夸奖她，没有一个人会责备她。太太们常常送东西给她，有的送一块手帕，有的送一对耳环。过路的老爷们故意留下来，似乎是为了吃一顿午饭或晚饭，其实只是为了多看她几眼。往往有这种情况：来了个老爷，不管他脾气多大，只要她在场，他就会安静下来，心平气和地和我谈话。先生，信不信由您，那些信差、信使和她一谈就是半个小时。这个家全靠她撑着：收拾屋子，准备个什么，她都弄得舒舒齐齐。可我这个老傻瓜，对她总是看不够，疼不够。我还能不爱我的杜妮亚吗？我能不疼自己的孩子吗？难道她的日子还过得不快活吗？可是不，灾难是躲也躲不了的，在劫难逃啊！”于是他就详详细细地向我诉起苦来。——三年前，一个冬天的傍晚，站长正在一本新簿册上面画线，女儿在隔板后面缝衣服，这时来了一辆三套马车，那旅客戴着契尔克斯帽，穿着军大衣，裹着围巾，走进来要马。那时所有的马都派出去了。那旅客一听到这消息就提高嗓门，扬起了鞭子。可是见惯了这种场面的杜妮亚从隔板后面跑出来，亲切地问来人：他要不要吃点什么？杜妮亚的出现产生了与往常一样的效果。旅客的气消了，他答应等候马匹，还定了一桌晚饭。旅客摘下湿漉漉的长毛帽子，解下围巾，脱下军大衣，原来是个身姿挺拔，蓄着两撇黑胡子的年轻骠骑兵。他在站长身边坐下，和站长父女俩快快活活地谈起话来，晚饭端上来了，同时，马匹也回来了，站长便吩咐不必喂马，立即把马匹套到来客的马车上。可是站长回到房间里来的时候，却看见那年轻人躺在长凳上，几乎失去了知觉。那年轻人感到身体不舒服，头痛得厉害，无法动身……怎么办！站长把自己的床铺让给他，并决定，病人的病情如不见好转，明天一早便派人到C城去请医生。

第二天骠骑兵病得更重了。他的仆人骑上马，进城去请医生。杜妮亚用一块浸醋的手帕敷在他的额头上，坐在他的床边缝衣服。病人在站长面前呻吟着，几乎没说过一句话，可是喝了两杯咖啡，还哼哼着要了一份午饭。杜妮亚寸步不离地守着他。他不时要水喝，杜妮亚总是给他端来一大杯亲手做的柠檬水。病人只用嘴唇沾了一下，每次把杯子还给杜妮亚时都要用那只虚弱的手握握杜妮亚的手，表示感谢。午饭前，医生来了。他按按病人的脉搏，用德语和他谈了一会儿话，然后用俄语说，病人只需静养，过两天就可以上路了。骠骑兵付给他二十五卢布诊金，并邀请他吃午饭；医生同意了。两人吃得津津有味，还喝了一瓶葡萄酒，最后高高兴兴地分手了。

又过了一天，骠骑兵的病完全好了。他格外高兴，不停地和杜妮亚或站长开玩笑，用口哨吹着曲子，和旅客聊天，把他们的驿马使用证登记在驿站记事本上，就这样讨得了善良的驿站长的欢心，到第三天早晨，站长和这位可爱的房客分别时便感到依依不舍了。那天是礼拜天，杜妮亚打算去做礼拜。骠骑兵的马车套好了。他和站长道别，慷慨地酬谢了他的留宿和招待；他也和杜妮亚道别，主动表示要送她到村头的教堂去。杜妮亚不知如何是好……“你怕什么呀?”父亲对她说，“他老爷又不是狼，不会把你吃掉的，你就乘车上教堂去吧。”杜妮亚坐在骠骑兵身边，仆人登上驭座，车夫打了一声唿哨，马匹就飞跑起来了。

可怜的站长弄不懂，他怎么能亲自允许杜妮亚和骠骑兵一起乘车去，他怎么会这样糊涂，当时他的理智一下哪儿去了。不到半个小时，他心里便愈来愈烦闷，焦急得坐立不安，他终于忍耐不住，亲自到教堂去了。他走近教堂时，发现做礼拜的人都走了，但是杜妮亚既不在院子里，也不在教堂门口。他慌忙走进教堂，神父正从祭坛后面走出来，教堂管事在吹灭蜡烛，两个老太婆还在角落里祈祷，可是杜妮亚却不在教堂里。可怜的父亲好容易下定决心去问那个管事，杜妮亚来做过礼拜没有。管事说她没有来过。站长半死不活地回到家里。他剩下一个希望：杜妮亚年轻好动，也许想起要到下一站她教母那里去。他心急如焚地等待她乘坐的那辆三套马车回来，车夫没有回来。傍晚前他终于独自醉醺醺地回来，带来一个叫人悲痛欲绝的消息：“杜妮亚和骠骑兵又从那一站往前走了。”

老人经不起这样的打击，他立即倒在年轻的骗子头天睡过的那张床上。这时站长回想起这两天的情况，明白骠骑兵的病是假装的。可怜的老人发起高烧来，他被送到C城去看病，他的工作暂时由别人代替。给他看病的就是那个给骠骑兵看过病的医生。他肯定地对站长说，年轻人完全没有病，还说，他当时就猜到那骠骑兵的险恶用心，但他慑于他的鞭子，不敢作声。不管德国人说的是真话，还是想炫耀他有先见之明，都丝毫不能安慰可怜的病人。驿站长身体刚刚康复，就向C城的邮政局长请了两个月假，没跟任何人吐露自己的打算，步行去找女儿。他从驿马使用证上知道，骑兵上尉明斯基是从斯摩棱斯克到彼得堡去的。给他赶过车的车夫说，杜妮亚一路上都在哭，虽然看样子她是自愿跟他走的。站长想："也许我能把我那迷途的羔羊带回家吧。"他就带着这个想法来到彼得堡，住在伊兹玛伊洛夫团的驻地他的老同事，一个退伍军士的家里，并开始寻找他的女儿。不久他就打听到，骑兵上尉明斯基在彼得堡，住在杰姆特旅馆，站长决定去找他。

驿站长一大清早就来到明斯基的前厅，请求禀报老爷，说有个老兵要见他，勤务兵刷着一只上着楦头的皮靴，对他说，主人在睡觉，不到十一点钟不接见任何人。站长走了，到规定的时间又来求见。明斯基穿着晨衣，戴着红色小圆帽亲自出来见他，"老兄，你有什么事？"他问道。老人的心激动起来，泪水在眼眶里滚动，声音颤抖着，只说了句："老爷！……您行行好吧！……"明斯基迅速地瞥了他一眼，脸刷地红起来，他抓住老人的手，把他带进书房，随手关上门。"老爷，"老人继续说，"泼出去的水收不回来了，您至少得把我苦命的杜妮亚还给我。您已经把她玩够了，您别白白糟蹋了她。""木已成舟，无可挽回了，"年轻人狼狈不堪地说，"我对不起你，愿意请求你的宽恕。不过你不要以为我会扔掉杜妮亚，她会过上好日子的，我向你保证。你要她干什么？她爱我，她已经不习惯过原来那种生活了。你也好，她也好，都不要忘了已经发生的事情。"接着他把一卷东西往站长袖子里一塞，打开房门，站长自己也不明白是怎么回事，已经站在街上了。

他呆呆地站了好久，后来发现翻袖口上有一卷纸。他拿出来展开一看，是几张揉皱的五卢布和十卢布钞票。泪水又一次在他的眼眶里滚动，这是愤怒的泪水。他把钞票捏成一团，扔在地上，用鞋跟狠狠地跺了几下，走了……他走了几步，停下，想了想……转回去……但钞票已经不见了。一个穿着体面的年轻人看见他，立刻向一辆马车跑去，慌忙上了车，喊了声："走！……"站长没去追他。他决定回驿站去，但走以前想见见可怜的杜妮亚，哪怕只见一面也好。为此，过了两天，他又到明斯基那里去，但勤务兵板着脸对他说，主人谁也不见，便挺起胸脯，把他从前厅里挤出去，当着他的面砰的一声关上门。站长站着站着，最后只好走了。

就在这天晚上，他刚在"一切穷苦人的福音"教堂做完祷告，走上铸造厂大街。突然一辆豪华的四轮马车从他面前疾驰而过，站长认出乘车的是明斯基。马车在一座三层楼房的大门口停下来，那骠骑兵跑上了台阶。站长头脑里闪过一个想碰碰运气的念头。他折了回来，走到马车夫身旁，问道："老哥，这是谁的马车？是明斯基的吧？""正是，"车夫回答，"你有什么事？""是这么回事：你家老爷叫我送封信给他的杜妮亚，可我忘记他的杜妮亚住在哪儿了。""就住在这里，在二楼。可你的信已经送得太晚，这会儿他本人已经在她那儿了。""没关系，"站长心里有说不出的激动，说，"谢谢你的指点，不过我还是得去交差。"说着便登上了楼梯。

门紧锁着，他拉了拉铃，焦急不安地等了几秒钟。响起开锁声，门开了。“阿芙多季娅·萨姆松诺夫娜[4]住在这儿吗？”他问道。“住在这儿，”一个年轻的女仆回答，“你找她有什么事？”站长没答话就走进大厅。“不行，不行！”女仆在他后面叫起来，“阿芙多季娅·萨姆松诺夫娜有客人。”但站长毫不理会，径自往前走。头两个房间黑咕隆咚的，第三个房间有灯光。他走到一扇开着的门前面站住。在这个布置得十分豪华的房间里，明斯基坐在那儿沉思默想，杜妮亚穿着华丽时髦的服装坐在他那把圈椅的扶手上，就像一个坐在英国式马鞍上的女骑士。她含情脉脉地望着明斯基，把他乌黑的鬈发绕在自己凝脂般的手指上。苦命的驿站长！他从来没有觉得女儿长得这么漂亮，便不由自主地欣赏起她来。“谁在那儿？”她没有抬起头，问道。他仍旧默不作声。杜妮亚没有听到回答便抬头起……接着大叫一声倒在地毯上。明斯基吃了一惊，跑过去扶她，突然他看见老站长站在房门口，便放下杜妮亚，走到他跟前，愤怒得浑身颤抖。“你要干什么？”他咬牙切齿地对老站长说，“你干吗像强盗似的处处跟着我？你是不是想杀了我？滚出去！”他用一只有力的手抓住老人的衣领，把他推下楼梯。

老人回到住所。朋友劝他去上告，但站长想了想，把手一挥，决定就此罢手。过了两天，他从彼得堡回到驿站，重新干他的差使。“杜妮亚走后，我孤零零的一个人过日子，这已经是第三年了，”最后他说，“她一点消息也没有，是活是死，只有上帝知道了。什么事都会发生的。被过路的浪荡鬼拐骗的，杜妮亚不是头一个，也不是最后一个，这些姑娘给玩弄了一阵就被扔掉了。这样的人在彼得堡很多，都是些年轻的傻姑娘，今天她们穿的是绸缎丝绒，明天呢，你瞧，她们就得和小酒馆里的穷光蛋一起去扫马路了。有时，我一想到杜妮亚可能也会沦落在那里，就不由得起了罪恶的念头，觉得她还是死了好……”

这就是我的朋友老驿站长讲的故事。在讲故事的过程中，他总是泣不成声，常常把故事打断，令人感动地用衣襟擦去眼泪，就像德米特里耶夫那首优美的叙事诗中的真诚的捷连季奇一样。这些眼泪在某种程度上是由于他在讲故事的过程中喝了五杯潘趣酒引起的，但不管怎么说，还是使我十分感动。和他分手后，我久久不能忘记老站长，久久地怀念着可怜的杜妮亚……

不久前，我路过某地的时候，又想起我的朋友；我听说，他管理的那个驿站已经撤销了。我问过许多人：“老站长还健在吗？”可是谁也不能给我满意的回答。我决定去看看我熟悉的那个地方，我在当地租了几匹马，到 H 村去。

这是秋天的事。灰蒙蒙的云层遮满了天空，寒风从收割过的田野上吹来，卷走树上的红叶和黄叶。夕阳西斜时我来到了村里，在驿站那所旧房子前面停下来。一个胖女人走到门廊里（苦命的杜妮亚曾在那里吻过我），她回答我的问话说，老站长去世快一年了，他的房子里现在住着一个酿酒师傅，她就是那人的妻子。我有些后悔，因为白白跑了一趟，还花掉七个卢布。“他是怎么死的？”我问酿酒师傅的妻子。“喝酒喝死的，老爷，”她回答。“他葬在哪儿？”“在村外，埋在他老伴旁边。”“能带我到他的坟地上看看吗”“怎么不能？喂，凡卡！别再跟猫玩了。带这位老爷到坟地上去，把站长的坟指给他看。”

话声刚落，一个衣衫褴褛、栗色头发的独眼男孩跑了过来，立即把我带出村子。

“你认识那个死去的站长吗？”路上我问他。

“怎么不认识？他还教我做过笛子呢。从前（但愿他早日进入天国）他从酒店里出来，我们就跟在他后面叫：‘老爷爷，老爷爷，给我们胡桃！’他就把胡桃分给我们。他总是跟我们在一块儿玩。”

“旅客中有人问起他吗？”

“这会儿旅客很少了，只有陪审官顺便来过，可他顾不上死人的事。夏天来过一个太太，她倒是问起过老站长，还到他坟上去过。”

“什么样的太太？”我好奇地问。

“一个非常漂亮的太太，”男孩回答，“她坐着六匹马拉的轿式马车，带着三个小少爷和一个奶妈，还有一条黑色的哈巴狗。她一听说老站长死了，马上哭起来，对孩子们说：‘你们乖乖地待在这里，我到坟上去一下。’我本想带她去，可太太说：‘我自己认得路。’她给了我一个五戈比的银币，真是个好心的太太……”

我们来到坟地，这是个荒凉的地方，没有围墙，竖着一个个木头的十字架，连一棵能给这些十字架遮阴的小树也没有。我从来没有见过这般凄凉的坟地。“这就是老站长的坟，”小孩对我说，他跳上一个坟堆，那上面竖着一个镶着铜神像的黑色十字架。

“太太到这儿来过吗？”我问道。

“来过，”凡卡回答。“我远远地看着她。她倒在这儿，躺了很久。后来太太到村里去，叫来神父，给他一些钱就坐车走了，她给了我一个五戈比的银币——真是个好太太！”

我也给小孩五戈比，不再懊悔走了一趟，花费了七个卢布。

注释：

①本文依据《普希金小说集》，冯春译，安徽人民出版社 1982 年版。

②题词引自俄国诗人维亚泽姆斯基的诗《驿站》。

③牟罗马：9—12 世纪居住于奥卡河下游的一个部族。牟罗马森林是强盗出没的地方。

④阿芙多季娅是杜妮亚的本名，萨姆松诺夫娜是父称。

背景知识：

亚历山大·谢尔盖耶维奇·普希金（1799—1837），是19世纪俄罗斯伟大的民族诗人，俄国积极浪漫主义文学的主要代表和俄国现实主义文学的奠基人。普希金出生在莫斯科一个古老的贵族家庭。他小时候被交给农奴出身的奶妈照料，经常听奶妈讲民间故事和传说，从小就受到民间口头创作的熏陶。1811年，他进入贵族子弟学校皇村学校学习，在那里受到了法国资产阶级启蒙思想的影响，并和十二月党人接近。在学生时代，普希金就开始写诗，他写了不少反对专制暴政、歌颂自由的政治抒情诗。如《自由颂》（1817）、《童话》（1818）、《致恰达耶夫》（1818）、《致普柳斯科娃》（1818）、《乡村》（1819）等，都具有积极浪漫主义精神，反映了十二月党人的革命理想和决心。普希金的政治诗在进步的贵族青年中间广泛流传，引起了沙皇的惊恐。普希金因此被放逐到俄国南部，从1820年起，在那里生活了四年。期间，他同十二月党人的联系更加密切了，不仅结识了“南社”的领导人彼斯杰尔，还参加他们的秘密集会，并写了号召反对农奴制、杀死暴君的著名诗篇《短剑》（1821）。此外，他还写了不少浪漫主义抒情诗，如《囚徒》（1822）、《致大海》（1824）等，以及一组叙事长诗，包括《高加索俘虏》（1822）、《强盗兄弟》（1822）、《巴赫奇萨拉伊的泪泉》（1824）、《茨冈》（1824）。这些诗篇表达了诗人渴望自由的思想感情，反映了进步贵族青年寻求社会出路的情绪，充满着对上流社会的愤懑和对纯朴的山民与茨冈人的同情。1824年普希金因和南俄总督发生冲突，被放逐到父亲的领地米哈依洛夫斯科耶村，过了两年幽禁的生活。在那里他钻研俄国历史，搜集民歌、故事和童话，深入接触民间创作，从而大大丰富了创作的内容和民族特点，这对于他的现实主义创作方法的形成有极大的帮助。

1825年12月14日，十二月党人起义爆发，但很快就被镇压了。刚即位的新皇尼古拉一世为了收买人心而把普希金召回了莫斯科，普希金也曾一度对沙皇抱有幻想，希望沙皇对十二月党人能采取宽大措施，但后来他还是抛弃了幻想，写出《致西伯利亚的囚徒》（1827）等著名诗篇。1830年9月普希金到波尔金诺村住了三个月，这是他在创作上的重大收获期。在这里他完成了被称为俄国批评现实主义文学奠基作的长篇诗体小说《叶甫盖尼·奥涅金》，还写了《别尔金小说集》、四个小悲剧（《石客》《吝啬的骑士》《莫扎特和萨利耶里》《瘟疫流行时的宴会》）和近30首抒情诗等。19世纪30年代，普希金又创作了许多作品，如抒情诗《我又重新造访》（1835）、童话诗《渔夫和金鱼的故事》（1833）、短篇小说《黑桃皇后》（1834）等。此外，他还写了一些文学论文。他的叙事长诗《青铜骑士》与长诗《波尔塔瓦》（1828）等合成一组歌颂彼得大帝的作品。他还在1836年创办了文学杂志《现代人》，该刊后来成了进步思想的喉舌。19世纪30年代的黑暗统治使普希金更加关注现实问题，并通过创作加以反映。除了有反映现实生活的《别尔金小说集》外，他还有通过历史题材反映农民问题的小说，如《杜布洛夫斯基》

(1835）和《上尉的女儿》(1837)。

1831年2月，普希金与娜·尼·冈察罗娃结婚，随后迁居彼得堡，重入外交部任职。家庭生活对他的创作有着不良的影响，诗人去世前几年生活得很不愉快，政府加剧了对他的迫害，后来更怂恿法国公使馆流氓丹特士调戏诗人的妻子，从而引发了一场不可避免的冲突。普希金于1837年2月8日和丹特士决斗，因负重伤而于当月10日逝世。普希金的创作在俄国解放运动中起过重要作用，在俄国文学史上占有光辉的地位。高尔基赞誉普希金是“俄国文学之始祖”，是“伟大的俄国人民诗人”。

导读：

1830年9月，普希金在他父亲的领地波尔金诺村住了三个月，在文学创作上获得了重大的收获，在那里他不仅完成了《叶甫盖尼·奥涅金》、四个小悲剧和几十首抒情诗，还有一部别开生面的短篇小说集《别尔金小说集》。

《别尔金小说集》因作者以伊凡·彼得罗维奇·别尔金为笔名发表而得名，书中共有五篇短篇小说，即《射击》《暴风雪》《棺材店老板》《驿站长》和《打扮成农家姑娘的小姐》，《驿站长》是其中影响最大的一篇。它讲述了一个忠厚善良的小人物维林辛酸悲惨的一生：他身为低微的十四级文官，要终日为过往的旅客操劳，还要遭到官吏们的欺凌。在他灰暗的生活中唯一的光彩就是自己单纯美丽的女儿。女儿被拐走后，他想尽办法去寻找，却被狠心的军官拒之门外，维林孤独地回去后不久就悲愤而死。《驿站长》是普希金短篇小说中最为脍炙人口的一篇，它将一个俄国沙皇时代备受欺压凌辱的小人物的悲惨命运淋漓尽致地呈现在人们眼前。普希金在小说中塑造了一个诚实善良、温顺博爱、逆来顺受、委曲求全的驿站长形象，为人们展现了一幅沙皇专制统治下贵族地主与人民大众鲜明对立的画面。小说首次塑造了俄国被侮辱与被损害的小人物形象，“开创了俄国文学史中的现实主义”(高尔基语)。对这个社会底层小人物的命运，作者怀着满腔的同情，而且在写到他们的工作与生活时，更表现出发自内心的理解与尊敬。这种态度在之前的俄国文学中是没有的，这篇作品开启了俄罗斯文学中描写“小人物”的先河，果戈理、陀思妥耶夫斯基、契诃夫等作家使这一主题得到了长足的发展，并使之成为俄罗斯文学中的一大特色。普希金的作品之所以成为俄罗斯社会生活的一面镜子，正是因为他关注当时普通人民的苦难，对各种社会问题进行了严肃而深刻的思索，并对以沙皇为代表的统治者的残暴专制进行了猛烈的抨击与批判。

此外，小说还用《圣经》中“浪子回头”的典故与现实中维林一家的遭遇构成互文，维林盲目的担忧导致其死亡，这与杜妮亚的幸福构成对比，而女儿出走后的美好生活又与典故中浪子的悲惨遭遇构成对比，浪子最终领悟了生活的真理，回到了家中向老父亲忏悔，而杜妮亚和明斯基自私地弃老站长于不顾，杜妮亚最终只能在老父的墓前忏悔。

这篇作品高度凝练，不枝不蔓，人物言行刻画准确生动，生活气息浓郁。它以简洁明快的艺术风格、深刻的社会内容和进步的民主思想，冲击了当时俄国文坛追求华丽词藻、粉饰太平的风气，奠定了俄国近代现实主义文学的思想基础和发展道路。普希金小时候由农奴出身的奶妈照料，经常听奶妈讲民间故事和传说，从小就受到了民间口头创作的熏陶。他的小说就像在讲一个个生动、亲切的故事，紧紧地吸引着读者。由于没有多余的笔墨，所以哪怕是他的短篇小说也具有丰富的大容量。朴素、简练、真实、亲切是普希金小说的美学特色。

思考题：

1. 普希金对底层人民的态度在作品中是如何表现的？

2. 你认为杜妮亚是因为怎样的理由而拒绝父亲的？

3. 作为现代标准俄语的创始者，普希金的语言风格是怎样的？结合你读过的作品谈一谈。

第四章　爱的真谛

无　题

李商隐

来是空言去绝踪，月斜楼上五更钟。
梦为远别[①]啼难唤，书被催成墨未浓。
蜡照半笼金翡翠[②]，麝熏[③]微度绣芙蓉。
刘郎[④]已恨蓬山远，更隔蓬山一万重。

注释：

①梦为远别：因为远别而成梦。

②蜡照半笼金翡翠：以金线绣成的翡翠鸟图案的帏帐，上部为烛光所不及，所以说“半笼”。

③麝熏：麝香熏染。

④刘郎：相传东汉人刘晨入天台山采药迷路，遇仙女相邀至山洞，返回故乡时子孙已七世，后重入天台山访仙女已不见踪迹。事见刘义庆《幽明录》。

背景知识：

李商隐（约813—约858），晚唐著名诗人，字义山，号玉溪（谿）生，又号樊南生，原籍怀州河内（今河南沁阳），祖辈迁荥阳（今河南荥阳市）。李商隐因被卷入朋党之争，被人排挤，潦倒终生。他虽有“欲回天地入扁舟”的抱负，却“一生襟抱未曾开”，40多岁便郁郁而终。李商隐是晚唐乃至整个唐代，为数不多的刻意追求诗美的诗人。他擅长诗歌写作，骈文的文学价值也很高，和杜牧合称“小李杜”，与温庭筠合称“温李”。他的诗有独特的艺术成就，构思新巧，词藻华美，想象丰富，格律严整，风格深情绵邈，浓丽缠绵；善于运用象征和幻想等手法，表现深沉绵密的情感和独特的生活感受，形成深沉迷离、婉曲朦胧的特色。但有的作品伤感情绪浓重，用典过多，隐晦迷离，难于索解，后人有“诗家总爱西昆好，独恨无人作郑笺”之叹。他以无题诗最为著名，无题诗具有朦胧的特点，旨意隐秘，却令人回味无穷，在艺术上有巨大魅力。有《李义山诗集》。

导读：

李商隐的诗歌可分为政治诗、咏史诗和无题诗，其中以无题诗最具特色。这些诗歌情致缠绵，诗象迷离，含义深邈，词藻瑰丽，闪耀着迷人的艺术光彩。自宋以来，无数学者对李商隐《无题》诗有过种种揣测，许多考究。关于李商隐的无题诗学界并无定论，一般认为，以《无题》为题的诗十五首，仿效《诗经》以首句二字为题的近三十首，这些诗歌统称为无题诗。关于这类诗李商隐自己解释说："为芳草以怨王孙，借美人以喻君子"（《谢河东公和诗启》），又说："巧啭岂能无本意"（《流莺》），"楚雨含情皆有托"（《梓州罢吟寄同舍》）。加之李商隐这类诗歌，典丽有余，明快不足，读后余味无穷，而认真解释却很困难，因此，对于李商隐的无题诗，历来就有政治诗和爱情诗两种解释。到了清代，屈复又在政治诗和爱情诗的观点之外，提出"凡诗有所寄托，有可知者，有不可知者。如'月中霜里斗婵娟'、'终遣君王怒偃师'诸篇，寄托明白，且属泛论，此可知者。若《锦瑟》《无题》《玉山》诸篇，皆男女慕悦之词，知其有寄托而已，若必求其何事何人以实之则凿矣。今但就诗论诗，不敢附会牵扯。"李商隐的无题诗总是以意传情，虚多实少，看似意象繁多，细寻起来却是处处云遮雾绕。正如冯浩评价李商隐的诗："总因不肯吐一平直之语，幽咽迷离，或彼或此，忽断忽续，所谓善于埋没意绪者。"诗人淡化了时间，淡化了地点，淡化了事件，却突出了一种情绪，一种思慕至深而杳远难寻的失落。曲折的结构、精美绮丽的语言、含蓄朦胧的意境，让人似懂非懂，只觉情深缈缈，韵味深长。诗歌的张力在这知与不知之间凸现。这正是李商隐无题诗的魅力所在。

《无题》（来是空言去绝踪）究竟是写爱情的，还是别有寄托，历来说法不一。这首诗具体在写什么难以确认，但这并不妨碍诗歌本身的动人，浓厚的感伤从字里行间倾泻而出，似乎是在抒写着爱情的失意、哀怨、感伤与幻灭。意境之朦胧，达到只可意会不可言传的程度。诗歌当中没有具体的故事，更多的是传达一种情绪，不存在其实可考的场景，只有一种缥缈、难以把握的情境。首句"来是空言去绝踪"，凌空而起，下笔不凡，次句"月斜楼上五更钟"宕开写景，两句若即若离。这要和"梦为远别啼难唤"联系起来，方能领略它的神情韵味。远别经年，会合无缘，夜来入梦，两人忽得相见，一觉醒来，却踪迹杳然。但见朦胧斜月空照楼阁，远处传来悠长而凄清的晓钟声。梦醒后的空寂更证实了梦境的虚幻。它省略了一切情节和背景，将抒情主人公的内心感受直接呈现在读者面前——梦醒后的失望、孤寂和惆怅。本来此诗写一男子对远隔天涯的所爱女子的思念，"梦为远别"是全诗的眼目。但是诗人并没有按照远别——思念——入梦——梦醒的顺序来写，而是用逆挽法，先从梦醒时的情景写起。颔联用细节描写表现出诗人梦醒后刻骨的相思之情。先追溯梦中情景，因为远别，故只能在梦境中欢聚，而美梦惊醒后则是更深的思念。强烈的思念促使抒情主人公不及等待墨汁磨浓就急匆匆地奋笔疾书给对方写信。梦醒书成之际，残烛的余光半照着用金线绣成翡翠鸟图案的帷帐，芙蓉褥上似乎还浮动着麝熏的幽香，这使诗人怀疑爱人是否真的来过这里，自己是否还在梦中。这种亦真亦幻的笔触，很好地传达出诗人对爱情的矛盾心态。颈联通过对室内氛围的细致刻画，用往昔爱情生活的美好来反衬如今室空人散的孤寂与落寞。尾联借刘晨重寻仙侣不遇的故事，点醒爱情阻隔，“已恨”“更隔”，层递而进，突出了阻隔之无从度越。“蓬山”是中国神话中的三座仙山之一，是可望而不可即的地方，诗人用此表达了远别之恨。本已是阻隔不通，难以会合，而对方却又走得更远，远隔万重的蓬山，相见更成了遥不可及的梦。作者在这里叹息的是爱情的隔阻以及由此带来的种种浓厚悲伤的情绪。好的作品要不说破，留有余韵。所以有时作品的具体内容缺失或混乱，会产生更为强烈的艺术效果，引发读者多方面的感受进而产生联想。

思考题：

1. 诗人在描写爱情时会采取不同的方法，试以李商隐的《无题》（来是空言去绝踪）与白居易的《长恨歌》作比较，说说两者在艺术表现手法上有什么异同。

2. 李商隐的《无题》诗为何喜欢用典？有何作用？

3. 你还知道李商隐哪些具有朦胧美的诗歌？

钗头凤[①]

陆　游

红酥手[②]，黄縢酒[③]。满城春色宫墙柳[④]。东风恶[⑤]，欢情薄。一怀愁绪，几年离索[⑥]。错，错，错。

春如旧，人空瘦。泪痕红浥鲛绡透[⑦]。桃花落，闲池阁。山盟虽在[⑧]，锦书难托[⑨]。莫，莫，莫！

注释：

①钗头凤：词牌名，原名《撷芳词》。《钦定词谱》卷十引《古今词话》："政和间，京师妓之姥，曾嫁伶官。常入内教舞，传禁中《撷芳词》以教其妓。人皆爱其声，又爱其词，类唐人所作。张尚书帅成都，蜀中传此词，竞唱之，却于前段下添'忆忆忆'三字，后段下添'得得得'三字。又名《摘红英》，殊失其义，不知禁中有撷芳园，故名《撷芳词》也。"陆游填此词因无名氏词中有"可怜孤似钗头凤"之句，遂以《钗头凤》为此词调名。

②酥：酥油，形容皮肤润泽细腻。红酥手即红润白嫩的手。

③黄縢酒：又名黄封酒，因宋代官酒以黄纸封口得名。縢，封。

④宫墙柳：宫墙边的柳树，亦暗喻离异之妻已改嫁他人，如宫墙内之柳树可望而不可即。绍兴在春秋时曾为越国都城，宋高宗时也曾为行都，故陆游称此地为宫墙。

⑤东风恶：春风威猛，暗喻母亲迫使夫妻离异的威势。恶，猛。

⑥离索：离散。《礼记·檀弓上》："吾离群而索居，亦已久矣。"郑玄注："索，犹散也。"

⑦泪痕红：红泪，指女子的眼泪。王嘉《拾遗记》载，魏文帝时，美女薛灵芸离别父母入宫，"至升车就路之时，以玉唾壶承泪，壶则红色。既发常山，及至京师，壶中泪凝如血。"浥：沾湿。鲛绡：传说中海里的鲛人所织的丝绢，后指手帕。任昉《述异记》："南海出鲛绡纱，泉先潜织，一名龙纱。"

⑧山盟：盟约。古人盟约多指山河为誓。

⑨锦书：表达情意的书信。《晋书·窦滔妻苏氏传》载，前秦秦州刺史窦滔被徙流沙，其妻苏氏织锦为回文旋图诗以赠，共800多字，宛转循环读之皆成意。

背景知识：

陆游（1125—1210），字务观，自号放翁，越州山阴（今浙江绍兴）人。陆家为江南藏书世家，陆游的高祖陆轸是大中祥符年间进士，官至吏部郎中；祖父陆佃，师从王安石，精通经学，官至尚书右丞；父亲陆宰，通诗文，有节操，北宋末年出仕，南渡后因主张抗金受主和派排挤，遂居家不仕。南宋高宗绍兴二十三年（1153），陆游赴京城临安参加锁厅考试（现任官员及恩荫子弟的进士考试），主考官陈子茂阅卷后取为第一，因名列秦桧的孙子秦埙名前，遭到秦桧忌恨，又因“喜论恢复”，被除名。次年（1154），陆游参加礼部考试，秦桧指示主考官不得录取陆游，陆游因被秦桧忌恨，仕途不畅。绍兴二十八年（1158），秦桧病逝，陆游初入仕途，任福州宁德县（现宁德市）主簿，不久调入京师，任敕令所删定官。绍兴三十二年（1162），孝宗赵昚即位，任命陆游为枢密院编修官，赐进士出身，后陆游因触怒孝宗，改任为镇江府通判、建康府通判、隆兴府通判。乾道元年（1165），适逢抗金战事失利，陆游以“结交谏官、鼓唱是非，力说张浚用兵”被罢免官职。乾道五年（1169）十二月，朝廷征召陆游为夔州通判，陆游携家眷入蜀。乾道七年（1171）王炎为四川宣抚使，聘陆游为幕府干办公事，拟驱逐金人收复中原的战略计划，陆游作《平戎策》，赴南郑前线参与御金军旅事务。十月，朝廷否决《平戎策》，调王炎回京，幕府解散，出师北伐的计划毁于一旦。其后几年，陆游在蜀中一带任职。淳熙二年（1175），范成大由桂林调至成都，任四川制置使，举荐陆游为锦城参议，主和势力诋毁陆游“不拘礼法”“燕饮颓放”，范成大迫于压力将陆游免职。对于主和派“颓放”“狂放”的攻击，陆游自号“放翁”以反击。后来，陆游诗名日盛，孝宗特意召见，先后任命他为福州、江西提举常平茶盐公事，后因受弹劾，忿然辞官，重回山阴。闲居五年之后，他被重新起用为严州知州。淳熙十五年（1188）七月，陆游任满，升为军器少监，再次入京。淳熙十六年（1189）二月，孝宗禅位于光宗赵惇，陆游升为礼部郎中兼实录院检讨官，因他“喜论恢复”，被弹劾为“不合时宜”，主和派群起攻之，朝廷最终以“嘲咏风月”为名将其削职罢官，陆游再次离开京师，愤而将自宅题为“风月轩”。绍熙五年（1194），光宗被废，宁宗赵扩立。嘉泰二年（1202）陆游入京，担任同修国史、实录院同修撰一职，主持编修孝宗、光宗《两朝实录》和《三朝史》，不久陆游又兼任秘书监。至嘉泰三年（1203）四月，国史编撰完成，宁宗升陆游为宝章阁待制，陆游遂以此致仕，回到山阴，时年七十九岁。开禧二年（1206），韩侂胄请宁宗下诏，出兵北伐，陆游闻讯欣喜若狂，但第二年北伐即以失败告终，这使他悲愤不已。嘉定二年（1209）秋，陆游忧愤成疾，入冬后病情加重，卧床不起，最终于十二月二十九日与世长辞，享年八十五岁。

陆游具有多面文学才能，诗作留存九千多首，多以抗金复国为主题，满怀爱国激情。其他诗歌也多“托兴深微，遣词雅隽”（《四库全书总目提要》）之作。陆游写诗早年曾学江西诗派，后随着阅历的增加及创作感受的加深，主张“功夫在诗外”，他的诗兼有李白之激情与杜甫之深刻，自然清新又雄浑奔放，古体、近体兼擅，以七言诗成就最高，七律尤工。陆游词存一百四十余首，也有相当大的成就，此外他在散文、史学、书法上都有极高造诣。作品有《渭南文集》《剑南诗稿》《放翁词》传世。

导读：

《钗头凤》描述了陆游自己的一段爱情悲剧，关于这段往事的记述最早见于南宋陈鹄《耆旧续闻》卷十：“余弱冠客会稽，游许氏园，见壁间有陆放翁题词，笔势飘逸，书于沈氏园，辛未三月题。放翁先室内琴瑟甚和，然不当母夫人意，因出之。夫妇之情，实不忍离。后适南班士名某，家有园馆之胜。务观一日至园中，去妇闻之，遣遗黄封酒果馔，通殷勤。公感其情，为赋此词。其妇见而和之，有‘世情薄，人情恶’之句，惜不得其全阕。未几，怏怏而卒，闻之者怆然。此园后更许氏。”后来丁传靖《宋人轶事汇编》引《香东漫笔》记此事时说唐氏名琬。从这些笔记故事中可知，陆游与发妻唐琬本是一对情投意合的恩爱夫妻，但因陆母的阻碍被迫分开，他日偶遇，陆游百感交集，于是乘着酒意于园壁上题得一首词，记述了这次相遇，也抒发了心中的眷恋与怨愤之情。

词的上片前三句写二人此次相遇的情景，“红酥”“黄滕”“春色”“宫墙柳”，明快的景物描写构成了一幅鲜艳的春光图，但美景中暗含悲伤与无奈：唐琬身已如墙中之树，可望而不可即。“东风”猛地袭来，正如封建家长的威势使人无力招架，美满姻缘被拆散，只留给人满怀愁怨，一连三个“错”字，道尽作者心中的沉痛，但究竟错在哪里？词中无法言明，只能留给读者去细细体会。词的下片第一句“春如旧”便承载了作者心中多少对往事的怀念与今日的感伤，接下来的两句写出二人的憔悴痛苦，“空”字更突出了旧梦难圆带来的无限悲伤。“桃花落，闲池阁”既是写眼前被东风所伤的春景，也是写被折磨得日益消瘦的唐琬。最后几句直转抒情，山海般的深情犹在，但能怎样表达呢？情丝难断，又终难以为继，心中的爱恋、悲哀、无奈无法诉说，只能化作一句悲叹，三个“莫”字如哽咽之声，荡气回肠。词中多处用了对比，形成强烈的落差，充分表现出陆游与唐琬被迫分离的凄楚心境。全词句式整齐又错落有致，与一吐为快而又婉转顿挫的沉痛情感相适应，上下片结句的两次叠字感叹更是一字重于一字，一声深于一声，声情相辅，血泪交和。

这段悲恋使得陆游在一生中始终未曾释怀，在余下的五十年人生中，他偶尔也会将心中的悲痛形诸篇章，庆元五年（1199），距离沈园的那次邂逅已有四十余年了，七十五岁的陆游写下了《沈园二首》：

城上斜阳画角哀，沈园非复旧池台，伤心桥下春波绿，曾是惊鸿照影来。

梦断香消四十年，沈园柳老不吹绵。此身行作稽山土，犹吊遗踪一泫然。

直到八十多岁时，他还在《禹祠》中写出“故人零落今何在，空吊颓垣墨数行”，在《春游》中写出“也信美人终作土，不堪幽梦太匆匆”那样的诗句，这份深情永远在他的心中回荡。情真所以感人至深，近代学者陈衍在《宋诗精华录》中评论《沈园》：“无此绝等伤心之事，亦无此绝等伤心之诗。就百年论，谁愿有此事？就千秋论，不可无此诗！”陆游与唐琬的这段哀婉恋情已化作文坛上的一首凄美绝唱，传诵至今。

思考题：

1. 这首《钗头凤》在音律上有怎样的特点？试着分析一下。
2. 你认为造成陆游这段爱情悲剧的根本原因是什么？
3. 你还知道哪些取材于真实事例的爱情诗词？与大家分享一下。

罗密欧与朱丽叶（节选）①

[英] 莎士比亚

第二幕　第二场

罗密欧上。

罗密欧　没有受过伤的才会讥笑别人身上的创痕。（朱丽叶自上方窗户中出现）轻声！那边窗子里亮起来的是什么光？那就是东方，朱丽叶就是太阳！起来吧，美丽的太阳！赶走那妒忌的月亮，她因为她的女弟子比她美得多，已经气得面色惨白了。既然她这样妒忌着你，你不要忠于她吧；脱下她给你的这一身惨绿色的贞女的道服，它是只配给愚人穿的。那是我的意中人；啊！那是我的爱；唉，但愿她知道我在爱着她！她欲言又止，可是她的眼睛已经道出了她的心事。待我去回答她吧；不，我不要鲁莽，她不是对我说话。天上两颗最灿烂的星，因为有事他去，请求她的眼睛替代它们在空中闪耀。要是她的眼睛变成了天上的星，天上的星变成了她的眼睛，那便怎样呢？她脸上的光辉会掩盖了星星的明亮，正像灯光在朝阳下黯然失色一样；在天上的她的眼睛，会在太空中大放光明，使鸟儿误认为黑夜已经过去而唱出它们的歌声。瞧！她用纤手托住了脸，那姿态是多么美妙！啊，但愿我是那一只手上的手套，好让我亲一亲她脸上的香泽！

朱丽叶　唉！

罗密欧　她说话了。啊！再说下去吧，光明的天使！因为我在这夜色之中仰视着你，就像一个尘世的凡人，张大了出神的眼睛，瞻望着一个生着翅膀的天使，驾着白云缓缓地驰过了天空一样。

朱丽叶　罗密欧啊，罗密欧！为什么你偏偏是罗密欧呢？否认你的父亲，抛弃你的姓名吧；也许你不愿意这样做，那么只要你宣誓做我的爱人，我也不愿意再姓凯普莱特了。

罗密欧　（旁白）我还是继续听下去呢，还是现在就对她说话？

朱丽叶　只有你的名字才是我的仇敌；你即使不姓蒙太古，仍然是这样的一个你。姓不姓蒙太古又有什么关系呢？它又不是手，又不是脚，又不是手臂，又不是脸，又不是身体上任何其他的部分。啊！换一个姓名吧！姓名本来是没有意义的；我们叫做玫瑰的这一种花，要是换了个名字，它的香味还是同样的芬芳；罗密欧要是换了别的名字，他的可爱的完美也决不会有丝毫改变。罗密欧，抛弃了你的名字吧；我愿意把我整个的心灵，赔偿你这一个身外的空名。

罗密欧　那么我就听你的话，你只要叫我爱，我就重新受洗，重新命名；从今以后，永远不再叫罗密欧了。

朱丽叶　你是什么人，在黑夜里躲躲闪闪地偷听人家的话？

罗密欧　我没法告诉你我叫什么名字。敬爱的神明，我痛恨我自己的名字，因为它是你的仇敌；要是把它写在纸上，我一定把这几个字撕成粉碎。

朱丽叶　我的耳朵里还没有灌进从你嘴里吐出来的一百个字，可是我认识你的声音；你不是罗密欧，蒙太古家里的人吗？

罗密欧　不是，美人，要是你不喜欢这两个名字。

朱丽叶　告诉我，你怎么会到这儿来，为什么到这儿来？花园的墙这么高，是不容易爬上来的；要是我家里的人瞧见你在这儿，他们一定不让你活命。

罗密欧　我借着爱的轻翼飞过园墙，因为砖石的墙垣是不能把爱情阻隔的；爱情的力量所能够做到的事，它都会冒险尝试，所以我不怕你家里人的干涉。

朱丽叶　要是他们瞧见了你，一定会把你杀死的。

罗密欧　唉！你的眼睛比他们二十柄刀剑还厉害；只要你用温柔的眼光看着我，他们就不能伤害我的身体。

朱丽叶　我怎么也不愿让他们瞧见你在这儿。

罗密欧　朦胧的夜色可以替我遮过他们的眼睛。只要你爱我，就让他们瞧见我吧；与其因为得不到你的爱情而在这世上挨命，还不如在仇人的刀剑下丧生。

朱丽叶　谁叫你找到这儿来的？

罗密欧　爱情怂恿我探听出这一个地方；他替我出主意，我借给他眼睛。我不会操舟驾舵，可是倘使你在辽远辽远的海滨，我也会冒着风波寻访你这颗珍宝。

朱丽叶　幸亏黑夜替我罩上了一重面幕，否则为了我刚才被你听去的话，你一定可以看见我脸上羞愧的红晕。我真想遵守礼法，否认已经说过的言语，可是这些虚文俗礼，现在只好一切置之不顾了！你爱我吗？我知道你一定会说“是的”；我也一定会相信你的话；可是也许你起的誓只是一个谎，人家说，对于恋人们的寒盟背信，天神是一笑置之的。温柔的罗密欧啊！你要是真的爱我，就请你诚意告诉我；你要是嫌我太容易降心相从，我也会堆起怒容，装出倔强的神气，拒绝你的好意，好让你向我婉转求情，否则我是无论如何不会拒绝你的。俊秀的蒙太古啊，我真的太痴心了，所以也许你会觉得我的举动有点轻浮；可是相信我，朋友，总有一天你会知道我的忠心远胜过那些善于矜持作态的人。我必须承认，倘不是你乘我不备的时候偷听去了我的真情的表白，我一定会更加矜持一点的；所以原谅我吧，是黑夜泄漏了我心底的秘密，不要把我的允诺看作无耻的轻狂。

罗密欧　姑娘，凭着这一轮皎洁的月亮，它的银光涂染着这些果树的梢端，我发誓——

朱丽叶　啊！不要指着月亮起誓，它是变化无常的，每个月都有盈亏圆缺；你要是指着它起誓，也许你的爱情也会像它一样无常。

罗密欧　那么我指着什么起誓呢？

朱丽叶　不用起誓吧；或者要是你愿意的话，就凭着你优美的自身起誓，那是我所崇拜的偶像，我一定会相信你的。

罗密欧　要是我的出自深心的爱情——

朱丽叶　好，别起誓啦。我虽然喜欢你，却不喜欢今天晚上的密约；它太仓猝、太轻率、太出人意外了，正像一闪电光，等不及人家开一声口，已经消隐了下去。好人，再会吧！这一朵爱的蓓蕾，靠着夏天的暖风的吹拂，也许会在我们下次相见的时候，开出鲜艳的花来。晚安，晚安！但愿恬静的安息同样降临到你我两人的心头！

罗密欧　啊！你就这样离我而去，不给我一点满足吗？

朱丽叶　你今夜还要什么满足呢？

罗密欧　你还没有把你的爱情的忠实的盟誓跟我交换。

朱丽叶　在你没有要求以前，我已经把我的爱给了你了；可是，我倒愿意重新给你。

罗密欧　你要把它收回去吗？为什么呢，爱人？

朱丽叶　为了表示我的慷慨，我要把它重新给你。可是我只愿意要我已有的东西：我的慷慨像海一样浩渺，我的爱情也像海一样深沉；我给你的越多，我自己也越是富有，因为这两者都是没有穷尽的。（乳媪在内呼唤）我听见里面有人在叫；亲爱的，再会吧！——就来了，好奶妈！——亲爱的蒙太古，愿你不要负心。再等一会儿，我就会来的。（自上方下）

罗密欧　幸福的，幸福的夜啊！我怕我只是在晚上做了一个梦，这样美满的事不会是真实的。

（朱丽叶自上方重上）

朱丽叶　亲爱的罗密欧，再说三句话，我们真的要再会了。要是你的爱情的确是光明正大，你的目的是在于婚姻，那么明天我会叫一个人到你的地方来，请你叫他带一个信给我，告诉我你愿意在什么地方、什么时候举行婚礼；我就会把我的整个命运交托给你，把你当作我的主人，跟随你到天涯海角。

乳媪　（在内）小姐！

朱丽叶　就来。——可是你要是没有诚意，那么我请求你——

乳媪　（在内）小姐！

朱丽叶　等一等，我来了。——停止你的求爱，让我一个人独自伤心吧。明天我就叫人来看你。

罗密欧　凭着我的灵魂——

朱丽叶　一千次的晚安！（自上方下）

罗密欧　晚上没有你的光，我只有一千次的心伤！恋爱的人去赴他情人的约会，像一个放学归来的儿童；可是当他和情人分别的时候，却像上学去一般满脸

懊丧。（退后）

（朱丽叶自上方重上）

朱丽叶　嘘！罗密欧！嘘！唉！我希望我会发出呼鹰的声音，招这只鹰儿回来。我不能高声说话，否则我要让我的喊声传进厄科[2]的洞穴，让她的无形的喉咙因为反复叫喊着我的罗密欧的名字而变成嘶哑。

罗密欧　那是我的灵魂在叫喊着我的名字。恋人的声音在晚间多么清婉，听上去就像最柔和的音乐！

朱丽叶　罗密欧！

罗密欧　我的爱！

朱丽叶　明天我应该在什么时候叫人来看你？

罗密欧　就在九点钟吧。

朱丽叶　我一定不失信；挨到那个时候，该有二十年那么长久！我记不起为什么要叫你回来了。

罗密欧　让我站在这儿，等你记起了告诉我。

朱丽叶　你这样站在我的面前，我一心想着多么爱跟你在一块儿，一定永远记不起来了。

罗密欧　那么我就永远等在这儿，让你永远记不起来，忘记除了这里以外还有什么家。

朱丽叶　天快要亮了；我希望你快去；可是我就好比一个淘气的女孩子，像放松一个囚犯似的让她心爱的鸟儿暂时跳出她的掌心，又用一根丝线把它拉了回来，爱的私心使她不愿意给它自由。

罗密欧　我但愿我是你的鸟儿。

朱丽叶　好人，我也但愿这样；可是我怕你会死在我的过分的爱抚里。晚安！晚安！离别是这样甜蜜的凄清，我真要向你道晚安直到天明！（下）

罗密欧　但愿睡眠合上你的眼睛！
　　　　但愿平静安息我的心灵！
　　　　我如今要去向神父求教，
　　　　把今宵的艳遇诉他知晓。（下）

注释：

①本文依据《莎士比亚戏剧选》，朱生豪译，长江文艺出版社 2008 年版。

②厄科（echo）：希腊神话中的仙女，因恋爱美少年那耳喀索斯不遂而形消体灭，化为山谷的回声。

背景知识：

威廉·莎士比亚（1564—1616），英国著名剧作家、诗人，欧洲文艺复兴时期的代表作家之一。他出身于英国斯特拉福镇的一个富裕市民家庭。他的父亲经营着皮革制造、谷物买卖等生意，1565 年任镇上的民政官，几年后还被选为“市政厅首脑”，相当于镇长。莎士比亚小时候常有剧团来小镇巡回演出，他由此喜爱上了戏剧。作为家中长子，莎士比亚被送到文法学校学习拉丁文和古代历史、哲学、逻辑、修辞等，但 14 岁时因家道中落不得不离开学校，回家给父亲当助手。他还从事过其他几种工作。1582 年莎士比亚同安·哈瑟维结婚。

1586 年，莎士比亚随一个戏班步行到伦敦，开始在剧院工作。刚开始他只是负责照看马匹，为剧院打杂，但他抓紧一切机会熟悉戏剧工作，坚持自学文学、历史、哲学等课程，还自修了希腊文和拉丁文，渐渐地他得到了一些配角的演出机会，并成为剧团的正式演员。当时一出戏剧的演出非常看重观众的反应，如果反响不好就会立即停演，所以剧团对新剧本的需求非常迫切。根据当时的各种记述来看，莎士比亚大概不算是非常出色的演员，但他勤奋好学，善于思考，在演出之余，开始尝试自己创作剧本。他首先从英国历史题材着手，创作了历史剧《亨利六世》三部曲，该剧一上演便大受欢迎，由此莎士比亚开始在伦敦戏剧界站稳了脚跟。他成了剧团的股东，结识了一些青年新贵族和大学生，增加了自己的生活经验，也进一步接触到古代文化、意大利文艺复兴带来的文化和人文主义思想，基础越来越丰厚。1595 年，莎士比亚创作了悲剧《罗密欧与朱丽叶》，一时轰动全城，他也随之名震伦敦，据说伊丽莎白女王也曾来过他的剧场。由于戏剧活动的成功，莎士比亚积累起了可观的财富，不仅在伦敦富人区买了房子，还在家乡斯特拉福镇买地置产，并为自己的家庭取得了世袭乡绅的身份。1590—1600 年是莎士比亚创作的第一个时期，被称为历史剧、喜剧时期，他在这一时期还创作了《亨利五世》《仲夏夜之梦》《威尼斯商人》《第十二夜》等剧本。

从 1601 年开始到 1607 年，莎士比亚的思想发生了变化，詹姆斯一世继位后政治环境更加动荡，叛乱和起义层出不穷，莎士比亚的朋友也因此被处以极刑。在愤怒和悲痛之下他将对现实的批判流于笔下，创作出《哈姆雷特》《奥赛罗》《李尔王》《麦克白》《雅典的泰门》等著名悲剧作品，所以这一时期被称为莎士比亚的悲剧时期。

1608 年前后，莎士比亚回到故乡定居，远离宫廷争斗和愈加庸俗的伦敦戏剧界，将自己的创作重心转向传奇剧。在被称为传奇剧时期的五年里，他写出了历史剧《亨利八世》和《暴风雨》等三部传奇剧，将对未来的希望寄托于年青一代。他的一生共留下了 37 个剧本、154 首十四行诗和两部叙事长诗。

1616 年 4 月 23 日，莎士比亚因病去世，葬于斯特拉福镇的三一教堂，他的墓碑上刻着这样的铭文：“看在上帝的面上，请不要动我的坟墓，妄动者将遭到诅咒，保护者将受到祝福。”巧合的是，4 月 23 日也是他出生的日子，所以英国人将

4月23日定为“莎士比亚日”，每年都会举行盛大的庆祝活动和戏剧演出。莎士比亚的作品是全人类的宝贵文化遗产，他的作品被译成的语言之多仅次于《圣经》，“莎学”已成为一门世界性的学问。

导读：

14世纪以后，特别是在15、16世纪，随着资本主义在欧洲的发展，一场新的反封建的思想文化运动——文艺复兴运动波澜壮阔地展开了。这一时期形成的资产阶级的人文主义和人道主义是欧洲文学的主导思想，而英国表现出这种思想的文学巨人便是莎士比亚。

莎士比亚一生的戏剧创作可分为三个时期，《罗密欧与朱丽叶》是他第一时期的代表作品。此时的英国繁盛强大，再加上莎士比亚还真诚地相信人文主义理想可以在现实中得到实现，所以他这一时期的创作充满了乐观愉快的浪漫色彩。这种两名出身敌对家族的青年男女的悲剧爱情故事远在古罗马时期就已开始流传，在其后的一千多年里，不同国家的不同作家按照自己的方式对之进行了多次书写，16世纪中期，爱好意大利的风气正在伦敦流行，罗密欧与朱丽叶的故事也被几位英国作家译成推广。他们在谈论这个令人心碎的爱情悲剧时都将悲剧的原因归结为青年男女的放荡和盲目，进而将故事主题定为对青年的规劝教育，充满陈腐气息。莎士比亚在自己的改编剧本中对此作出了新的解释。莎士比亚在早期的喜剧作品中主要是正面宣扬人文主义的生活理想，如个性解放、爱情自由等，以适应新兴资产阶级力求摆脱宗教禁欲主义和封建伦理道德束缚的要求。他将青年人的爱情与整个城市的和平安宁联系在一起，旨在说明封建世仇和无谓纷争既造成了城市的不幸，也摧毁了青年人之间美好的爱情与友谊。在莎士比亚看来，这个悲剧充满了新旧两种思想的斗争，而不是什么情欲过度而遭到毁灭，他笔下的男女主人公实际上可说是具有人文主义理想的英国进步青年的代表——罗密欧与朱丽叶为了追求自由爱情、捍卫理想，敢于反抗家族的束缚，甚至不惜牺牲性命，这不能不说是一种反抗封建旧势力的进步行为。由于双方家族的世仇，这对青年恋人无法结合，最终牺牲。悲剧以两家的械斗开始，以主人公之死换来的两家和好结束。所以《罗密欧与朱丽叶》虽是一部悲剧，但无论主题思想还是艺术风格都和莎翁这一时期的喜剧接近。这对恋人虽然牺牲了性命，但他们的死使腐朽的旧制度得以埋葬，使更多的青年投入创造新生活之中。这不能不令人为之感叹，这是他们伟大的贡献。莎士比亚之后数百年，仍有作家继续在这个古老的故事上发挥自己的才华，但至今仍只有莎士比亚的《罗密欧与朱丽叶》常演常新、盛传不衰，其中的原因就是莎翁此剧主题深刻，人物鲜活，场景与情节充满诗情画意和青春活力，而他的剧本语言更是精妙绝伦，使人百看不厌、回味无穷。

莎士比亚是语言大师，他的语言丰富而富于形象性。他的戏剧主要用无韵诗体写成，又结合了散文、有韵诗句和抒情歌谣等，不同文体在剧中起着不同的作用。他按照人物身份与处境使用不同的语言，富有个性。他在作品中还广泛采用了民间语言，大量运用了比喻、引用及双关语。马克思和恩格斯都给予莎士比亚高度赞誉，马克思还将古希腊悲剧诗人埃斯库罗斯和莎士比亚并称为人类两个最伟大的戏剧天才。

思考题：

1. 有的西方评论家曾说过“罗密欧与朱丽叶的激情烧毁了他们自己”，对此你有怎样的看法？

2. 你认为罗密欧与朱丽叶的结局是不是彻底的悲剧？理由是什么？

3. 试着谈谈莎士比亚早期的语言特色在本文中是如何表现的。

致橡树[1]

舒 婷

我如果爱你——
绝不像攀援的凌霄花，
借你的高枝炫耀自己；
我如果爱你——
绝不学痴情的鸟儿，
为绿荫重复单调的歌曲；
也不止像泉源，
常年送来清凉的慰藉；
也不止像险峰，
增加你的高度，衬托你的威仪。
甚至日光。
甚至春雨。
不，这些都还不够！
我必须是你近旁的一株木棉，
作为树的形象和你站在一起。
根，紧握在地下，
叶，相触在云里。
每一阵风过，
我们都互相致意，
但没有人
听懂我们的言语。
你有你的铜枝铁干，
像刀，像剑，
也像戟；
我有我红硕的花朵，
像沉重的叹息，
又像英勇的火炬。
我们分担寒潮、风雷、霹雳；

我们共享雾霭、流岚、虹霓，
仿佛永远分离，
却又终身相依，
这才是伟大的爱情，
坚贞就在这里：
爱——
不仅爱你伟岸的身躯，
也爱你坚持的位置，足下的土地。

注释：

①本诗依据《舒婷的诗》，人民文学出版社2000年版。

背景知识：

1. 作者介绍

舒婷（1952— ），原名龚佩瑜，福建人。当代著名女诗人、朦胧诗派代表人物之一。现任厦门市文联主席。她从小随父母定居于厦门，1969年下乡插队，1972年返城当工人，1979年开始发表诗歌作品，1980年至福建省文联工作，从事专业写作。舒婷的诗充盈着浪漫主义和理想的色彩，表达了一代青年在动乱及转折期对青春和国家命运的忧患意识，对理想的追求，对爱情的思考。她的诗擅长运用比喻、象征、联想等艺术手法表达内心感受，在朦胧的氛围中流露出理性的思考，朦胧而不晦涩。虽与北岛、顾城齐名，但事实上，她的诗歌更接近上一代载道意味较浓的传统诗人。舒婷的诗优雅端丽，情感真挚，意蕴深刻，耐人寻味，深受读者喜爱。她著有诗集《双桅船》《会唱歌的鸢尾花》《始祖鸟》，散文集《心烟》《秋天的情绪》《硬骨凌霄》《露珠里的“诗想”》《今夜你有好心情》等。诗歌《祖国啊，我亲爱的祖国》获1980年全国中青年优秀诗歌作品奖；诗集《双桅船》获全国首届新诗优秀诗集奖、1993年庄重文文学奖；散文《真水无香》获第六届华语文学传媒盛典“年度散文家奖”。2008年，舒婷获得《诗选刊》杂志社主办的“中国2008年度十佳诗人”荣誉。

2. 朦胧诗介绍

朦胧诗出现于20世纪70年代末，一改新诗“明白如话”的特点，内容含蓄隽永。它强调诗人的自我意识，以内在精神世界为主要表现对象，往往借助象征、比喻、错觉、幻觉等手法，变诗的单一形象为多层次的意象叠加，给诗蒙上了一层朦胧的色彩，使诗意隐约含蓄、富含寓意，给人以独特的审美感受。朦胧诗是伴随着文学全面复苏而出现的一个新的诗歌艺术潮流，代表诗人有舒婷、北岛、顾城、江河、杨炼等。

导读：

《致橡树》是舒婷的代表作之一，创作于1977年3月，在1979年4月的《诗刊》上一经发表，便引起了轰动，成为朦胧诗的代表作之一。这是一首爱情的颂歌，更是新的爱情观的庄严宣言。在诗中，诗人没有流于狭小的爱情圈子，而是以新颖的方式表达了自己的爱情观。全诗运用拟物化的艺术手法，通过木棉树对橡树的“告白”，来否定传统的、世俗的、不平等的爱情观，提出了建立在自由、平等、独立人格基础上的比肩而立、各自独立又深情相对的爱情观。诗歌大胆喊出了爱情中男女平等、心心相印的口号，发出新时代女性的独立宣言。

现代诗人吴晓认为，诗歌的本质是意象组合。《致橡树》以整体象征的手法构造鲜明的意象，使得抽象的人生哲理、爱情观念得以在具体可感的形象中生发。

开篇诗人便以六个比喻句直接列出六个否定的意象：攀援的凌霄花，为了炫耀自己，只知“攀援”依附而带有功利性；为绿荫重复单调歌曲的痴情的鸟儿，只知依附在橡树的阴影之中，却不愿飞出橡树的庇护，不愿飞向属于自己的自由天空，痴情而缺少独立意识；泉源只知道“送去慰藉”，险峰只是做了“陪衬”，而日光和春雨只知道爱抚，这是一种“一味奉献”的爱情，这样的爱情好像忽略了被对方爱的权利。诗人用“绝不像”“绝不学”“也不止”否定、批判了这种攀附别人、依赖别人、失去自我的爱情观。

接着诗人以拥有“铜枝铁干”的橡树和“红硕的花朵”的木棉这两种高大壮美的乔木象征男性美和女性美，用它们比邻而居、并肩站立的形象来象征男女之间的理想爱情。真正的爱情应该建立在平等、独立的基础之上，都以“树”的形象出现。“根，紧握在地下，叶，相触在云里。每一阵风过，我们都互相致意，但没有人听懂我们的言语。”爱情应该是彼此独立而又相互依存，心心相印而又志同道合的。“我们分担寒潮、风雷、霹雳；我们共享雾霭、流岚、虹霓”，爱情中的男女不但要保有独立的人格与自我，而且要风雨同舟，同甘共苦。“这才是伟大的爱情，坚贞就在这里：爱——不仅爱你伟岸的身躯，也爱你坚持的位置，足下的土地。”爱情的坚贞不仅表现在使自己忠实于对方的“伟岸的身躯”，达到外貌的倾慕和形体的结合，而且要更进一步，把对方的工作岗位、信念和理想也纳入自己的爱情怀抱，站在同一阵地，有着同一种生活信念。至此，诗人通过“木棉”的自白，表达了一种独立平等、互依互助、坚贞热烈，既尊重对方存在，又珍视自身价值的新时代崭新的爱情观。

温锁林教授曾评论：“分离”是外在的、表象的，“相依”则是内在的、本质的。人生是一门艺术，爱情更像是这一艺术中最精彩的华章；爱情是一种哲学，唯有用生命体悟这门哲学的女性，才能洞悉其全部奥妙。这就是舒婷《致橡树》阐发的尖锐深刻的诗化哲理，也是这首诗弥足珍贵的思想价值与艺术价值。纵观全诗，诗人按照先破后立的艺术构思，否定了种种世俗的爱情观，在强调独立平等的基础上，提出了自己的理想的爱情观。这首诗一改新诗明白如话的特点，意蕴深厚而不求显露，给读者留下了广阔的想象空间和无限的回味余地。

思考题：

1. 诗人在诗中表达了怎样的爱情观？

2. 分析《致橡树》一文的艺术风格。

3. 假如你是那棵橡树，你又会向木棉说些什么？请以《致木棉》为题，写一首诗或一篇文章。

第五章　友谊万岁

王六郎

蒲松龄

许姓，家淄之北郭[①]。业渔。每夜携酒河上，饮且渔。饮则酹酒于地[②]，祝云[③]：“河中溺鬼得饮。”以为常。他人渔，迄无所获，而许独满筐。一夕，方独酌，有少年来，徘徊其侧。让之饮，慨与同酌。既而终夜不获一鱼，意颇失。少年起曰：“请于下流为君驱之[④]。”遂飘然去。少间，复返，曰：“鱼大至矣。”果闻唼呷有声[⑤]。举网而得数头，皆盈尺。喜极，申谢[⑥]。欲归，赠以鱼，不受，曰：“屡叨佳酝[⑦]，区区何足云报。如不弃，要当以为长耳[⑧]。”许曰：“方共一夕，何言屡也？如肯永顾，诚所甚愿，但愧无以为情。”询其姓字，曰：“姓王，无字[⑨]，相见可呼王六郎。”遂别。明日，许货鱼，益沽酒[⑩]。晚至河干[⑪]，少年已先在，遂与欢饮。饮数杯，辄为许驱鱼。

如是半载。忽告许曰：“拜识清扬[⑫]，情逾骨肉。然相别有日矣。”语甚凄楚。惊问之。欲言而止者再，乃曰：“情好如吾两人，言之或勿讶耶？今将别，无妨明告：我实鬼也。素嗜酒，沉醉溺死，数年于此矣。前君之获鱼，独胜于他人者，皆仆之暗驱，以报酹奠耳。明日业满[⑬]，当有代者，将往投生。相聚只今夕，故不能无感。”许初闻甚骇；然亲狎既久，不复恐怖。因亦欷歔，酌而言曰：“六郎饮此，勿戚也。相见遽违，良足悲恻。然业满劫脱[⑭]，正宜相贺，悲乃不伦[⑮]。”遂与畅饮。因问：“代者何人？”曰：“兄于河畔视之，亭午[⑯]，有女子渡河而溺者，是也。”听村鸡既唱，洒涕而别。明日，敬伺河边，以觇其异[⑰]。果有妇人抱婴儿来，及河而堕。儿抛岸上，扬手掷足而啼。妇沉浮者屡矣，忽淋淋攀岸以出，藉地少息，抱儿径去。当妇溺时，意良不忍，思欲奔救；转念是所以代六郎者，故止不救。及妇自出，疑其言不验。抵暮，渔旧处。少年复至，曰：“今又聚首，且不言别矣。”问其故。曰：“女子已相代矣；仆怜其抱中儿，代弟一人，遂残二命，故舍之。更代不知何期。或吾两人之缘未尽耶？”许感叹曰：“此仁人之心，可以通上帝矣。”由此相聚如初。数日，又来告别。许疑其复有代者。曰：“非也。前一念恻隐[⑱]，果达帝天。今授为招远县邬镇土地[⑲]，来朝赴任。倘不忘故交，当一往探，勿惮修阻[⑳]。”许贺曰：“君正直为神，甚慰人心。但人神路隔，即不惮修阻，将复如何？”少年曰：“但往，勿虑。”再三叮咛而去。

许归，即欲治装东下。妻笑曰：“此去数百里，即有其地，恐土偶不可以共语[㉑]。”许不听，竟抵招远。问之居人，果有邬镇。寻至其处，息肩逆旅[㉒]，问祠所在。主人惊曰："得无客姓为许？"许曰："然。何见知？"又曰："得勿客邑为淄？"曰："然。何见知？"主人不答，遽出。俄而丈夫抱子，媳女窥门，杂沓而来，环如墙堵。许益惊。众乃告曰："数夜前，梦神言：淄川许友当即来，可助以资斧[23]。祇候已久[24]。"许亦异之，乃往祭于祠而祝曰："别君后，寤寐不去心[25]，远践曩约。又蒙梦示居人，感篆中怀[26]。愧无腆物[27]，仅有卮酒[28]；如不弃，当如河上之饮。"祝毕，焚钱纸。俄见风起座后，旋转移时，始散。至夜梦少年来，衣冠楚楚，大异平时。谢曰："远劳顾问[29]，喜泪交并。但任微职，不便会面，咫尺河山[30]，甚怆于怀。居人薄有所赠，聊酬夙好[31]。归如有期，尚当走送。"居数日，许欲归。众留殷勤，朝请暮邀，日更数主。许坚辞欲行。众乃折柬抱幞[32]，争来致赆[33]，不终朝[34]，馈遗盈橐。苍头稚子毕集[35]，祖送出村[36]。欻有羊角风起[37]，随行十余里。许再拜曰："六郎珍重！勿劳远涉。君心仁爱，自能造福一方，无庸故人嘱也。"风盘旋久之，乃去。村人亦嗟讶而返。许归，家稍裕，遂不复渔。后见招远人问之，其灵应如响云[38]。或言：即章丘石坑庄。未知孰是。

异史氏曰："置身青云[39]，无忘贫贱，此其所以神也。今日车中贵介[40]，宁复识戴笠人哉[41]？余乡有林下者[42]，家綦贫[43]。有童稚交[44]，任肥秩[45]。计投之必相周顾。竭力办装，奔涉千里，殊失所望；泻囊货骑[46]，始得归。其族弟甚谐，作月令嘲之云：'是月也，哥哥至，貂帽解，伞盖不张，马化为驴，靴始收声。'[47]念此可为一笑。"

注释：

①郭：外城，这里指城郊。

②酹（lèi）：把酒浇在地上，表示祭奠。

③祝：祷告。

④下流：河的下游。

⑤唼呷（shà xiā）：鱼吞吸食物的声音。

⑥申谢：道谢。申，陈述，表示。

⑦叨（tāo）：承受，用于对受人恩惠及礼物表示感谢的谦词。

⑧要当以为长：意思是将经常为他驱鱼。长，通"常"。

⑨字：表字。古时男子幼时起名，二十岁左右行冠礼，据本名相应之义另起别名，称"字"。

⑩益沽酒：多买些酒。益，增加。沽，买。

⑪河干：河岸。

⑫清扬：对人容颜的颂称，犹言丰采。

⑬业满：佛家语，谓业报已满。业，业报，谓所行善恶，必将得到相应的报应。此指恶业，受苦、为善与之相抵，即业满。

⑭劫脱：劫难得以脱免。

⑮不伦：谓当喜而悲，不合情理。

⑯亭午：正午，中午。

⑰觇：观，窥视。

⑱一念恻隐：一点同情之心。恻隐，同情，怜悯。

⑲土地：土地神，古称“社神”。旧俗村民祭祀土地神，祈求年丰岁熟。

⑳勿惮修阻：不要怕路远难往。惮，怕。修阻，路远难行。

㉑土偶：泥塑神像。

㉒息肩逆旅：住在旅馆里。息肩，放下肩上的担子，指止息。逆旅，迎客止宿之处，即旅店。逆，迎。

㉓资斧：路费。

㉔祇候：恭候。

㉕寤寐不去心：犹言日夜思念。寤，醒来时。寐，睡着时。

㉖感篆中怀：感激之情，铭记于心。篆，刻。中，心。

㉗腆物：丰厚的礼物。腆，丰厚。

㉘卮酒：酒一卮。卮，一种盛酒的器皿。

㉙顾问：亲临看望。

㉚咫尺河山：近在咫尺，如隔河山。

㉛夙好：旧交，指昔日交好之情。

㉜折柬抱幞：拿着礼帖，抱着礼品。柬，通“简”。折简，即折半之简，意为便笺，以之书写礼帖。后指裁纸写信。此指裁纸。幞，包袱，此指礼品包裹。

㉝致赆：送行赠礼。赆，以财物赠行者。

㉞不终朝（zhāo）：不出一个早晨。朝，早晨。

㉟苍头：这里指老者。

㊱祖送：饯行送别。祖，祭祀名，出行以前祭祀路神。引申为敬酒饯行。

㊲羊角：旋风。迷信以为鬼神驾旋风而行，此指六郎在隐形送行。

㊳灵应如响：意思是十分灵验，有求必应。响，应声、回响。

㊴置身青云：此处指王六郎高升为土地之神。青云，指高空，喻指高官显位。

㊵贵介：地位高贵的大人物。介，大。

㊶戴笠人：指贫贱时结交的故人。戴笠，指处于贫贱的地位。

㊷林下者：指乡居不仕之人。

㊸綦贫：十分贫穷。綦，甚。

㊹童稚交：幼年时结交的朋友。

㊺肥秩：肥缺。秩，旧指官吏的俸禄，也指官位品级。

㊻泻囊货骑：花空钱袋，卖掉坐骑。囊，指钱袋。

㊼“作月令”几句：月令，《礼记》篇名，记述每年农历十二个月的时令、行政及相关事物。这里模拟“月令”的文式，写这位林下者的可笑遭遇，是诙谐讽

世的游戏笔墨。“貂帽解，伞盖不张”，指羞惭丧气，不再摆排场。“马化为驴”，指盘缠不足，只好卖掉马，换头驴骑回来。“靴始收声”，指从此收心，不再着靴外出干求了。

背景知识：

1. 作者介绍

蒲松龄（1640—1715），字留仙，一字剑臣，号柳泉居士，世称“聊斋先生”。山东淄川（今山东省淄博市）人，清代著名的小说家、文学家。蒲松龄出身于一个逐渐没落的书香家庭，但功名不显。蒲松龄 19 岁应童子试，接连考取县、府、道三个第一，名震一时。但此后屡试不第。他在科举道路上挣扎了大半生，直至 71 岁时才援例取得了岁贡生的科名，几年后就与世长辞了。蒲松龄一生位卑家贫。他虽锐意攻读，但为生活所迫，除了做过一年幕僚之外，大半生都在缙绅人家坐馆做塾师。读书、教书、写书，舌耕笔耘，直至 70 岁方撤帐归家。他于 1715 年正月病逝，享年 75 岁。他用大半生时间创作出著名的文言短篇小说集《聊斋志异》。此外，他还有文集、诗集、杂著、通俗俚曲等。后经人搜集编定为《蒲松龄集》。

2. 作品简介

《聊斋志异》简称《聊斋》，是由清代著名小说家蒲松龄创作的一部文言短篇小说集。“聊斋”是蒲松龄的书斋名称，“志”是记述的意思，“异”指奇异的故事，“聊斋志异”的意思是在书房里记录奇异的故事。全书共有文言短篇小说近五百篇。作者“用传奇法，而以志怪”，通过虚拟的狐鬼花妖的故事来讽喻世情、刺贪刺虐，揭露封建统治的黑暗，抨击科举制度的腐朽，反抗封建礼教的束缚，具有丰富深刻的思想内容。其中描写爱情主题的作品数量最多，成就最高，也最能体现它的特色。这些作品通过人与花妖狐魅的恋爱，赞美了爱情和婚姻的自主，表现了强烈的反封建礼教的精神；并成功地塑造了一系列敢说、敢笑、敢于冲破封建礼教束缚、大胆追求爱情、按自己的意志行事的美丽、热情、聪明的少女形象。《聊斋志异》语言简洁典雅而又平易活泼，情节生动离奇而又合乎情理，人物形象生动超凡而又富有人情味，无论在内容还是艺术上，都被认为是文言短篇小说的一个总结。

导读：

蒲松龄在《聊斋自志》中说：“集腋为裘，妄续幽冥之录；浮白载笔，仅成孤愤之书。”蒲松龄借虚拟的狐鬼花妖的故事来讽喻世情，抒发对现实的感受，采用幻想形式以寄托忧愤，传达对现实世界的关注。

友情泛指朋友之间的亲密感情，是人在社会化过程中遇到的情感支持。友情是人生的重要内容和人性的必然要求。人人渴望“置身青云，无忘贫贱”的真挚友情，而现实往往是“今日车中贵介，宁复识戴笠人哉”的世态炎凉。正是现实社会中人性的异化、友情的淡薄，从反面催化了《聊斋志异》中跨物类友情故事的诞生。《聊斋志异》描摹了大量的突破人类界限的友情，这些神奇绚丽的情感历程体现了强有力的情感逻辑和人类心灵的无比广阔。《王六郎》正是通过对正直善良的水鬼王六郎和渔人许氏相知相契的真挚友情的描写，讽刺了现实社会中人情的冷漠，表达了对友情的赞颂和渴望。

在我国古代，“水鬼与渔夫”类的民间故事早已广为流传。只不过，这些故事的着眼点多在于“溺鬼得代却不忍代而后得以成神”的情节表述，其目的在于宣扬“为善者，终必有报”，以达到“劝人为善”的教化目的。蒲松龄在创作《王六郎》的故事时并不局限于劝善的格局，而是在民间故事的基础上，加以丰富的想象和创造，削弱了因果报应的因素，将王六郎与渔夫许氏之间的人鬼情谊重加笔墨，表现了人与鬼之间真挚的友情。

故事写淄川许姓渔夫因为在晚间打鱼饮酒时每每以酒酹地，并祷告“河中溺鬼得饮”，引来河中溺鬼王六郎，二者建立了友谊。故事的前半部分，写王六郎为鬼时，二者友谊不以生死相隔，不以异类见猜。这一人一鬼由于对酒的共同嗜好而结缘，他们每日饮酒、驱鱼，友谊渐深。虽然是一人一鬼，但他们彼此认可，彼此欣赏，以心相见。当王六郎告知渔夫自己的身份并说明“明日业满，当有代者，将往投生”时，渔夫没有惧怕，更多的是表现出对友人的不舍和对朋友即将重生的欣喜。生死攸关之时，王六郎因“怜其抱中儿，代弟一人，遂残二命”而甘愿放弃投胎复生的机会，渔夫更是钦佩地赞叹：“此仁人之心，可以通上帝矣。”他们更成为“情逾骨肉”的知己之交。正因为王六郎有“仁人之心”，被上帝任命为远隔数百里的招远县邬镇土地。故事的后半部分，则写王六郎为神时，他们的友谊并未因远隔数百里而中断，更不以身份地位的改变而有所变化。临别不舍，王六郎盛情邀请渔夫前往探望。渔夫信守承诺前往探视故友，虽在亲人看来此行荒诞虚妄，但渔夫一诺千金如约而至。王六郎上任后，虽已成神，但对贫贱之交仍情深意厚，热情招待，不但梦中相会以表思念，而且托梦当地百姓资助渔夫“资斧”来改善渔夫的生活。在渔夫离别之际，王六郎更是幻化为羊角风“随行十余里”，真是依依不舍，情深意长。由此可见，二人的友情是无色、无欲、不言志、不言道的，是建立在对对方的认同、信任和关爱的基础上的。这才是真正的朋友之情，是“置身青云，无忘贫贱”，是超越生死、地位和金钱利益的友谊。

老舍先生称《聊斋志异》：“鬼狐有性格，笑骂成文章。”本文正是通过跌宕起伏的故事情节来刻画人物形象、展示人物性格的。王六郎与渔夫结交不隐瞒自己“水鬼”的身份，可谓待人真诚；“得饮”而“驱鱼”，使得“他人渔，迄无所获，而许独满筐”，可谓知恩图报；上任后不忘故交，资助以“资斧”，可谓有情有义；而放弃妇人代死，更体现出他具有仁人之心，具有舍己为人、善良高尚的精神品质。而渔夫许氏也是一个率直豪爽、信守承诺、重情好义的性情中人。

本篇虽取材于民间故事，却能脱其窠臼，加以改制、点染。除了主题的变化，其中生动的细节描写也为故事增色不少。如在代者堕河的情节中，文中写道："果有妇人抱婴儿来，及河而堕。儿抛岸上，扬手掷足而啼。妇沉浮者屡矣，忽淋淋攀岸以出，藉地少息，抱儿径去。"这里婴儿的"扬手掷足而啼"，使本应重生的王六郎心生不忍；"妇沉浮者屡矣"一个"屡"字正是王六郎内心波澜起伏、痛苦挣扎的外在反映，而"忽淋淋攀岸以出"的"忽"又让我们感受到经过一番纠结思索后王六郎作出了最终的抉择。这处细节描写细腻而生动，使王六郎舍己为人、善良高尚的形象更加真实可信。王六郎送别渔夫时"欻有羊角风起，随行十余里"的细节，表现出王六郎对朋友依依惜别的深情，其真诚待人、有情有义的性格也跃然纸上。

王士祯为《聊斋志异》题诗："姑妄言之姑听之，豆棚瓜架雨如丝。料应厌作人间语，爱听秋坟鬼唱诗。"蒲松龄通过《王六郎》的故事来写人鬼之交，表达对真挚友情的渴望。鬼尚且可以有情有义，何况有血有肉的人呢？这是作者留给我们的值得深思的问题。

思考题：

1. 本文是如何运用多种手法塑造王六郎这一人物形象的？请具体分析。
2. 请根据文章内容，试分析作者通过文章所要表达的思想感情。
3. 谈谈你对友情的感悟。

岁寒三友①

汪曾祺

这三个人是：王瘦吾、陶虎臣、靳彝甫。王瘦吾原先开绒线店，陶虎臣开炮仗店，靳彝甫是个画画的。他们是从小一块长大的。这是三个说上不上，说下不下的人。既不是缙绅先生，也不是引车卖浆者流。他们的日子时好时坏。好的时候桌上有两个菜，一荤一素，还能烫二两酒；坏的时候，喝粥，甚至断炊。三个人的名声倒都是好的。他们都没有做过伤天害理的事，对人从不尖酸刻薄，对地方的公益，从不袖手旁观。某处的桥坍了，要修一修；哪里发现一名“路倒”，要掩埋起来；闹时疫的时候，在码头路口设一口瓷缸，内装药茶，施给来往行人；一场大火之后，请道士打醮禳灾……遇有这一类的事，需要捐款，首事者把捐簿伸到他们的面前时，他们都会提笔写下一个谁看了也会点头的数目。因此，他们走在街上，一街的熟人都跟他们很客气地点头打招呼。

“早！”

“早！”

“吃过了？”

“偏过了，偏过了！”

王瘦吾真瘦。瘦得两个肩胛骨从长衫的外面都看得清清楚楚。他年轻时很风雅过几天。他小时开蒙的塾师是邑中名士谈甓渔，谈先生教会了他作诗。那时，绒线店由父亲经营着，生意不错，这样他就有机会追随一些阔的和不太阔的名士，春秋佳日，文酒雅集。遇有什么张母吴太夫人八十寿辰征诗，也会送去两首七律。瘦吾就是那时落下的一个别号。自从父亲一死，他挑起全家的生活，就不再做一句诗，和那些诗人们也再无来往。

他家的绒线店是一个不大的连家店。店面的招牌上虽写着“京广洋货，零趸批发”，所卖的却只是：丝线、绦子、头号针、二号针、女人钳眉毛的镊子、刨花、抿子（涂刨花水用的小刷子）、品青、煮蓝、僧帽牌洋蜡烛、太阳牌肥皂、美孚灯罩……种类很多，但都值不了几个钱。每天晚上结账时都是一堆铜板和一角两角的零碎的小票，难得看见一块洋钱。

这样一个小店，维持一家生活，是困难的。王瘦吾家的人口日渐增多了。他上有老母，自己又有了三个孩子。小的还在娘怀里抱着。两个大的，一儿一女，已经都在上小学了。不用说穿衣，就是穿鞋也是个愁人的事。

儿子最恨下雨。小学的同学几乎全部在下雨天都穿了胶鞋来上学，只有他穿了还是他父亲穿过的钉鞋。钉鞋很笨，很重，走起来还嘎啦嘎啦的响。他一进学校的大门，同学们就都朝他看，看他那双鞋。他闹了好多回。每回下雨，他就说："我不去上学了！"妈都给他说好话："明年，明年就买胶鞋。一定！"——"明年！您都说了几年了！"最后还是嘟着嘴，挟了一把补过的旧伞，走了。王瘦吾听见街石上儿子的钉鞋愤怒的声音，半天都没有说话。

女儿要参加全县小学秋季运动会，表演团体操，要穿规定的服装：白上衣、黑短裙。这都还好办。难的是鞋，——要一律穿白球鞋。女儿跟妈要。妈说："一双球鞋，要好几块钱。咱们不去参加了。就说生病了，叫你爸写个请假条。"女儿不像她哥发脾气，闹，她只是一声不响，眼泪不停地往下滴。到底还是去了。这位能干的妈跟邻居家借来一双球鞋，比着样子，用一块白帆布连夜赶做了一双。除了底子是布的，别处跟买来的完全一样。天亮的时候，做妈的轻轻地叫："妞子，起来！"女儿一睁眼，看见床前摆着一双白鞋，趴在妈胸前哭了。王瘦吾看见妻子疲乏而凄然的笑容，他的心酸。

因此，王瘦吾老想发财。

这财，是怎么个发法呢？靠这个小绒线店，是不可能有什么出息的。他得另外想办法。这城里的街，好像是傍晚时的码头，各种船只，都靠满了。各行各业，都有个固定的地盘，想往里面再插一只手，很难。他得把眼睛看到这个县城以外，这些行业以外。他做过许多不同性质的生意。他做过虾籽生意，醉蟹生意，腌制过双黄鸭蛋。张家庄出一种木瓜酒，他运销过。本地出一种药材，叫做蓋，他收过，用木船装到上海（他自己就坐在一船高高的药草上），卖给药材行。三叉河出一种水仙鱼，他曾想过做罐头……他做的生意都有点别出心裁，甚至是想入非非。他隔个把月就要出一次门，四乡八镇，到处跑。像一只饥饿的鸟，到处飞，想给儿女们找一口食。回来时总带着满身的草屑灰尘；人，越来越瘦。

后来他想起开工厂。他的这个工厂是个绳厂，做草绳和钱串子。蓑衣草两股，绞成细绳，过去是穿纸钱用的，所以叫做钱串子。现在不使制钱了，店铺里却离不开它。茶食店用来包扎点心，席子店捆席子，卖鱼的穿鱼鳃。绞这种细绳，本来是湖西农民冬闲时的副业，一大捆一大捆挑进城来兜售。因为没有准人，准时，准数，有时需用，却遇不着。有了这么个厂，对于用户方便多了。王瘦吾这个厂站住了。他就不再四处奔跑。这家工厂，连王瘦吾在内，一共四个人。一个伙计搬运，两个做活。有两架"机器"，倒是铁的，只是都要用手摇。这两架机器，摇起来嘎嘎的响，给这条街增添了一种新的声音，和捶铜器、打烧饼、算命瞎子的铜铛的声音混合在一起。不久，人们就习惯了，仿佛这声音本来就有。

初二、十六的傍晚，常常看到王瘦吾拎了半斤肉或一条鱼从街上走回家。

每到天气晴朗，上午十来点钟，在这条街上，就可以听到从阴城方向传来爆裂的巨响："砰——磅！"

大家就知道，这是陶虎臣在试炮仗了。孩子们就提着裤子向阴城飞跑。

阴城是一片古战场。相传韩信在这里打过仗。现在还能挖到一种有耳的尖底陶瓶，当地叫做“韩瓶”，据说是韩信的部队所用的行军水壶。说是这种陶瓶冬天插了梅花，能结出梅子来。现在这里是乱葬岗，不知道从什么时候起叫做“阴城”。到处是坟头、野树、荒草、芦荻。草里有蛤蟆、野兔子、大极了的蚂蚱、油葫芦、蟋蟀。早晨和黄昏，有许多白颈老鸦。人走过，就哑哑地叫着飞起来。不一会，又都纷纷地落下了。

这里没有住户人家。只有一个破财神庙，里面住着一个侉子。这侉子不知是什么来历。他杀狗，吃肉，——阴城里野狗多的是，还喝酒。

这地方很少有人来。只有孩子们结伴来放风筝，掏蟋蟀。再就是陶虎臣来试炮仗。

试的是“天地响”。这地方把双响的大炮仗叫“天地响”，因为地下响一声，飞到半空中，又响一声，炸得粉碎，纸屑飘飘地落下来。陶家的“天地响”一听就听得出来，特别响。两响之间的距离也大——蹿得高。

“砰——磅！”

“砰——磅！”

他走一二十步，放一个，身后跟着一大群孩子。孩子里有胆大的，要求放一个，陶虎臣就给他一个：“点着了快跑！——崩疼了可别哭！”

其实是崩不着的。陶虎臣每次试炮仗，特意把其中的几个的捻子加长，就是专为这些孩子预备的。捻子着了，嗤嗤地冒火，半天，才听见响呢。

陶家炮仗店的门口也是经常围着一堆孩子，看炮仗师傅做炮仗。两张白木的床子，有两块很光滑的木板。把一张粗草纸裹在一个钢钎上，两块木板一搓，吱溜——，就是一个炮仗筒子。

孩子们看师傅做炮仗，陶虎臣就伏在柜台上很有兴趣地看这些孩子。有时问他们几句话：“你爸爸在家吗？干吗呢？”

“你的痄腮好了吗？”

孩子们都知道陶老板人很和气，很喜欢孩子，见面都很愿意叫他：

“陶大爷！”

“陶伯伯！”

“哎，哎。”

陶家炮仗店的生意本来是不错的。

他家的货色齐全。除了一般的鞭炮，还出一种别家不做的鞭，叫做“遍地桃花”。不但外皮，连里面的筒子都一色是梅红纸卷的。放了之后，地下一片红，真像是一地的桃花瓣子。如果是过年，下过雪，花瓣落在雪地上，红是红，白是白，好看极了。

这种鞭，成本很贵，除非有人定做，平常是不预备的。

一般的鞭炮，陶虎臣自己是不动手的。他会做花炮。一筒大花炮，能放好几分钟。他还会做一种很特别的花，叫做“酒梅”。一棵弯曲横斜的枯树，埋在一个磁盆里，上面串结了许多各色的小花炮，点着之后，满树喷花。火花射尽，树枝上还留下一朵一朵梅花，蓝荧荧的，静悄悄地开着，经久不熄。这是棉花浸了高粱酒做的。

他还有一项绝技，是做焰火。一种老式的焰火，有的地方叫做花盒子。

酒梅、焰火，他都不在店里做，在家里做。因为这有许多秘方，不能外传。

做焰火，除了配料，关键是串捻子。串得不对，会轰隆一声，烧成一团火。弄不好，还会出事。陶虎臣的一只左眼坏了，就是因为有一次放焰火，出了故障，不着了，他搭了梯子爬到架上去看，不想焰火忽然又响了，一个火球迸进了瞳孔。

陶虎臣坏了一只眼睛，还看不出太大的破相，不像一般有残疾的人往往显得很凶狠。他依然随时是和颜悦色的，带着宽厚而慈祥的笑容。这种笑容，只有与世无争，生活上容易满足的人才会有。

但是他的这种心满意足的神情逐年在消退。鞭炮生意，是随着年成走的。什么时候风调雨顺，国泰民安，什么时候炮仗店就生意兴隆。这样的年头，能够老是有么？

“遍地桃花”近年很少人家来定货了。地方上多年未放焰火，有的孩子已经忘记放焰火是什么样子了。

陶虎臣长得很敦实，跟他的名字很相称。

靳彝甫和陶虎臣住在一条巷子里，相隔只有七八家。谁家的火灭了，孩子拿了一块劈柴，就能从另一家引了火来。他家很好认，门口钉着一块铁皮的牌子，红地黑字：“靳彝甫画寓”。这城里画画的，有三种人。

一种是画家。这种人大都有田有地，不愁衣食，作画只是自己消遣，或作为应酬的工具。他们的画是不卖钱的。求画的人只是送几件很高雅的礼物。或一坛绍兴花雕，或火腿、鲥鱼、白沙枇杷，或一套讲究的宜兴紫砂茶具，或两大盆正在茁箭子的建兰。他们的画，多半是大写意，或半工半写。工笔画他们是不耐烦画的，也不会。

一种是画匠。他们所画的，是神像。画得最多的是“家神菩萨”。这“家神菩萨”是一个大家族：头一层是南海观音的一伙，第二层是玉皇大帝和他的朝臣，第三层是关帝老爷和周仓、关平，最下一层是财神爷。他们也在玻璃的反面用油漆画福禄寿三星（这种画美术史家称之为“玻璃油画”），作插屏。他们是在制造一种商品，不是作画。而且是流水作业，描花纹的是一个人（照着底子描），“开脸”的是一个人，着色的是另一个人。他们的作坊，叫做“画匠店”。一个画匠店里常有七八个人同时做活，却听不到一点声音，因为画匠多半是哑巴。

靳彝甫两者都不是。也可以说是介乎两者之间的那么一种人。比较贴切些，应该称之为“画师”，不过本地无此说法，只是说“画画的”。他是靠卖画吃饭的，但不像画匠店那样在门口设摊或批发给卖门神“欢乐”的纸店，他是等人登门求画的（所以挂“画寓”的招牌）。他的画按尺论价，大青大绿另加，可以点题。来求画的，多半是茶馆酒肆、茶叶店、参行、钱庄的老板或管事。也有那些闲钱不多，送不起重礼，攀不上高门第的画家，又不甘于家里只有四堵素壁的中等人家。他们往往喜欢看着他画，靳彝甫也就欣然对客挥毫。主客双方，都很满意。他的画署名（画匠的作品是从不署名的），但都不题上款，因为不好称呼，深了不是，浅了不是，题了，人家也未必高兴，所以只是简单地写四个字：“彝甫靳铭”。若是佛像，则题“靳铭沐手敬绘”。

靳家三代都是画画的。家里积存的画稿很多。因为要投合不同的兴趣，山水、人物、翎毛、花卉，什么都画。工笔、写意、浅绛、重彩不拘。

他家家传会写真，都能画行乐图（生活像）和喜神图（遗像）。中国的画像是有诀窍的。画师家都藏有一套历代相传的“百脸图”。把人的头面五官加以分析，定出一百种类型。画时端详着对象，确定属于哪一类，然后在此基础上加减，画出来总是有几分像的。靳彝甫多年不画喜神了。因为画这种像，经常是在死人刚刚断气时，被请了去，在床前对着勾描。他不愿看死人。因此，除了至亲好友，这种活计，一概不应。有来求的，就说不会。行乐图，自从有了照相馆之后，也很少有人来要画了。

靳弊甫自己喜欢画的，是青绿山水和工笔人物。青绿山水、工笔人物，一年能收几件呢？因此，除了每年端午，他画几十张各式各样的钟馗，挂在巷口如意楼酒馆标价出售，能够有较多的收入，其余的时候，全家都是半饥半饱。

虽然是半饥半饱，他可是活得有滋有味，他的画室里挂着一块小匾，上书“四时佳兴”。画室前有一个很小的天井。靠墙种了几竿玉屏萧竹。石条上摆着茶花、月季。一个很大的钧窑平盘里养着一块玲珑剔透的上水石，蒙了半寸厚的绿苔，长着虎耳草和铁线草。冬天，他总要养几头单瓣的水仙。不到三寸长的碧绿的叶子，开着白玉一样的繁花。春天，放风筝。他会那样耐烦地用一个称金子用的小戥子约着蜈蚣风筝两边脚上的鸡毛（鸡毛分量稍差，蜈蚣上天就会打滚）。夏天，用莲子种出荷花。不大的荷叶，直径三寸的花，下面养了一二分长的小鱼。秋天，养蟋蟀。他家藏有一本托名贾似道撰写的《秋虫谱》。养蟋蟀的泥罐还是他祖父留下来的旧物。每天晚上，他点一个灯笼，到阴城去掏蟋蟀。财神庙的那个侉子，常常一边喝酒、吃狗肉，一边看这位大胆的画师的灯笼走走，停停，忽上，忽下。

他有一盒爱若性命的东西，是三块田黄石章。这三块田黄都不大，可是跟三块鸡油一样！一块是方的，一块略长，还有一块不成形。数这块不成形的值钱，它有文三桥刻的边款（篆文不知叫一个什么无知的人磨去了）。文三桥呀，可着全中国，你能找出几块？有一次，邻居家失火，他什么也没拿，只抢了这三块图章往外走。吃不饱的时候，只要把这三块图章拿出来看看，他就觉得对这个世界没有什么可抱怨的了。

这一年，这三个人忽然都交了好运。

王瘦吾的绳厂赚了钱。他可又觉得这个买卖货源、销路都有限，他早就想好了另外一宗生意。这个县北乡高田多种麦，出极好的麦秸，当地农民多以掐草帽辫为副业。每年有外地行商来，以极便宜的价钱收去。稍经加工，就成了草帽，又以高价卖给农民。王瘦吾想：为什么不能就地制成草帽呢？这钱为什么要给外地人赚去呢？主意已定，他就把两台绞绳机盘出去，买了两架扎草帽的机子，请了一个师傅，教出三个徒弟，就在原来绳厂的旧址，办起了一个草帽厂。城里的买卖人都说：王瘦吾这步棋看得准，必赚无疑！草帽厂开张的那天，来道喜和看热闹的人很多。一盘草帽辫，在师傅手里，通过机针一扎，哒哒地响，一会儿工夫，哎，草帽盔出来了！——又一会，草帽边！——成了！一顶一顶草帽，顷刻之间，摞得很高。这不是草帽，这是大洋钱呀！这一天，靳彝甫送来一张“得利图”，画着一个白须的渔翁，背着鱼篓，提着两尾金鳞赤尾的大鲤鱼。凡看了这张画的，无不大笑：这渔翁的长相，活脱就是王瘦吾！陶虎臣特地送来一挂遍地桃花满堂红的一千头的大鞭，砰砰磅磅响了好半天！

陶虎臣从来没有做过这么大的焰火生意。这一年闹大水。运河平了灌。西北风一起，大浪头翻上来，把河堤上丈把长的青石都卷了起来。看来，非破堤不可。很多人家扎了筏子，预备了大澡盆，天天晚上不敢睡，只等堤决水下来时逃命。不料，河水从下游泻出，伏汛安然度过，保住了无数人畜。秋收在望，市面繁荣，城乡一片喜气。有好事者倡议：今年放放焰火！东西南北四城，都放！一台七套，四七二十八套。陶家独家承做了十四套，——其余的，他匀给别的同行了。

四城的焰火错开了日子，——为的是人们可以轮流赶着去看。东城定在八月十六。地点：阴城。

这天天气特别好。万里无云，一天皓月。阴城的正中，立起一个四丈多高的架子。有人早早吃了晚饭，就扛了板凳来等着了。各种卖小吃的都来了。卖牛肉高粱酒的，卖回卤豆腐干的，卖五香花生米的、芝麻灌香糖的，卖豆腐脑的，卖煮荸荠的，还有卖河鲜——卖紫皮鲜菱角和新剥鸡头米的……到处是“气死风”的四角玻璃灯，到处是白蒙蒙的热气、香喷喷的茴香八角气味。人们寻亲访友，说短道长，来来往往，亲亲热热。阴城的草都被踏倒了。人们的鞋底也叫秋草的浓汁磨得滑溜溜的。

忽然，上万双眼睛一齐朝着一个方向看。人们的眼睛一会儿睁大，一会儿眯细；人们的嘴一会儿张开，一会儿又合上；一阵阵叫喊，一阵阵欢笑；一阵阵掌声。——陶虎臣点着焰火了！

这种花盆子是有一点简单的故事情节的。最热闹的是“炮打泗州城”。起先是梅、兰、竹、菊四种花，接着是万花齐放。万花齐放之后，有一个间歇，木架子下面黑黑的，有人以为这一套已经放完了。不料一声炮响，花盆子又落下一层，照眼的灯球之中有一座四方的城，眼睛好的还能看见城门上“泗州”两个字（不知道为什么是泗州而不是别的城）。城外向里打炮，城里向外打，灯球飞舞，砰磅有声。最有趣的是“芦蜂追瘌子”，这是一个喜剧性的焰火。一阵火花之后，出现一个人，——一个泥头的纸人，这人是个瘌痢头，手里拿着一把破芭蕉扇。霎时间飞来了许多马蜂，这些马蜂——火花，纷纷扑向瘌痢头，瘌痢头四面躲闪，手里的芭蕉扇不停地挥舞起来。看到这里，满场大笑。这些辛苦得近于麻木的人，是难得这样开怀一笑的呀。最后一套是平平常常的，只是一阵火花之后，扑鲁扑鲁吊下四个大字：“天下太平”。字是灯球组成的。虽然平淡，人们还是舍不得离开。火光炎炎，逐渐消隐，这时才听到人们呼喊：

“二丫头，回家咧！”

“四儿，你在哪儿哪？”

“奶奶，等等我，我鞋掉了！”

人们摸摸板凳，才知道，呀，露水下来了。

靳彝甫捉到一只蟹壳青蟋蟀。消息很快就传开了。每天有人提了几罐蟋蟀来斗。都不是对手，而且都只是一个回合就分胜负。这只蟹壳青的打法很特别。它轻易不开牙，只是不动声色，稳稳地站着。突然扑上去，一口就咬破对方的肚子（据说蟋蟀的打法各有自己的风格，这种咬肚子的打法是最厉害的）。它嚯嚯地叫起来，上下摆动它的触须，就像戏台上的武生耍翎子。负伤的败将，怎么下“探子”，也再不敢回头。于是有人怂恿他到兴化去。兴化养蟋蟀之风很盛，每年秋天有一个斗蟋蟀的集会。靳彝甫被人们说得心动了。王瘦吾、陶虎臣给他凑了一笔路费和赌本，他就带了几罐蟋蟀，搭船走了。

斗蟋蟀也像摔跤、击拳一样，先要约约运动员的体重。分量相等，才能入盘开斗。如分量低于对方而自愿下场者，听便。

没想到，这只蟋蟀给他赢了四十块钱。——四十块钱相当于一个小学教员两个月的薪水！靳彝甫很高兴，在如意楼定了几个菜，约王瘦吾、陶虎臣来喝酒。

（这只身经百战的蟋蟀后来在冬至那天寿终了，靳彝甫特地打了一个小小的银棺材，送到阴城埋了。）

没喝几杯，靳彝甫的孩子拿了一张名片，说是家里来了客。靳彝甫接过名片一看：“季匋民！”

“他怎么会来找我呢？”

季匋民是一县人引为骄傲的大人物。他是个名闻全国的大画家，同时又是大收藏家，大财主，家里有好田好地，宋元名迹。他在上海一个艺术专科大学当教授，平常难得回家。“你回去看看。”

“我少陪一会。”

季匋民和靳彝甫都是画画的，可是气色很不一样。此人面色红润，双眼有光，浓黑的长髯，声音很洪亮。衣着很随便，但质料很讲究。

“我冒进宝府，唐突得很。”

“哪里哪里。只是我这寒舍，实在太小了。”

“小而雅，比大而无当好！”

寒暄之后，季匋民说明来意：听说彝甫有几块好田黄，特地来看看。靳彝甫捧了出来，他托在手里，一块一块，仔仔细细看了。“好，——好，——好。匋民平生所见田黄多矣，像这样润的，少。”他估了估价，说按时下行情，值二百洋。有文三桥边款的一块就值一百。他很直率地问靳彝甫肯不肯割爱。靳彝甫也很直率地回答：“不到山穷水尽，不能舍此性命。”

“好！这像个弄笔墨的人说的话！既然如此，匋民绝不夺人之所爱。不过，如果你有一天想出手，得先尽我。”“那可以。”

“一言为定。”

“一言为定。”

买卖不成，季匋民倒也没有不高兴。他又提出想看看靳彝甫家藏的画稿。靳彝甫祖父的，父亲的。——靳彝甫本人的，他也想看看。他看得很入神，拍着画案说：“令祖，令尊，都被埋没了啊！吾乡固多才俊之士，而皆困居于蓬牖之中，声名不出于里巷，悲哉！悲哉！”他看了靳彝甫的画，说：“彝甫兄，我有几句话……”

“您请指教。”

“你的画，家学渊源。但是，有功力，而少境界。要变！山水，暂时不要画。你见过多少真山真水？人物，不要跟在改七芗、费晓楼后面跑。倪墨耕尤为甜俗。要越过唐伯虎，直追两宋南唐。我奉赠你两个字：古，艳。比如这张杨妃出浴，披纱用洋红，就俗。用朱红，加一点紫！把颜色搞得重重的！脸上也不要这样干净，给她贴几个花子！——你是打算就这样在家乡困着呢？还是想出去闯闯呢？出去，走走，结识一些大家，见见世面！到上海，那里人才多！”

他建议靳彝甫选出百十件画，到上海去开一个展览会。他认识朵云轩，可以借他们的地方。他还可以写几封信给上海名流，请他们为靳彝甫吹嘘吹嘘。他还嘱咐靳彝甫，卖了画，有了一点钱，要做两件事：读万卷书，行万里路。最后说：“我今天很高兴。看了令祖、令尊的画稿，偷到不少的东西。——我把它化一化，就是杰作！哈哈哈哈……”

这位大画家就这样疯疯癫癫，哈哈大笑着，提了他的筇竹杖，一阵风似的走了。

靳彝甫一边卷着画，一边想：季匋民是见得多。他对自己的指点，很有道理，很令人佩服。但是，到上海、开展览会，结识名流……唉，有钱的名士的话怎么能当得真呢！他笑了。

没想到，三天之后，季匋民真的派人送来了七八封朱丝栏玉版宣的八行书。

靳彝甫的画展不算轰动，但是卖出去几十张画。那张在季匋民授意之下重画的杨妃出浴，一再有人重订。报上发了消息，一家画刊还选了他两幅画。这都是他没有想到的。王瘦吾和陶虎臣在家乡看到报，很替他高兴：“彝甫出了名了！”

卖了画，靳彝甫真的按照季匋民的建议，“行万里路”去了。一去三年，很少来信。

这三年啊！

王瘦吾的草帽厂生意很好。草帽没个什么讲究，买的人只是一图个结实，二图个便宜。他家出的草帽是就地产销，省了来回运费，自然比外地来的便宜得多。牌子闯出去了，买卖就好做。全城并无第二家，那四台哒哒作响的机子，把带着钱想买草帽的客人老远地就吸过来了。

不想遇见一个王伯韬。

这王伯韬是个开陆陈行的。这地方把买卖豆麦杂粮的行叫做陆陈行。人们提起陆陈行，都暗暗摇头。做这一行的，有两大特点：其一，是资本雄厚，大都兼营别的生意，什么买卖赚钱，他们就开什么买卖，眼尖手快。其二，都是流氓——都在帮。这城里发生过几起大规模的斗殴，都是陆陈行挑起的。打架的原因，都是抢行霸市。这种人一看就看得出来。他们的衣着和一般的生意人就不一样。不论什么时候，长衫里面的小褂的袖子总翻出很长的一截。料子也是老实商人所不用的。夏天是格子纺，冬天是法兰绒。脚底下是黑丝袜，方口的黑纹皮面的硬底便鞋。王伯韬和王瘦吾是同宗，见面总是“瘦吾兄”长，“瘦吾兄”短。王瘦吾不爱搭理他，尽可能地躲着他。

谁知偏偏躲不开，而且天天要见面。王伯韬也开了一家草帽厂，就在王瘦吾的草帽厂的对门！他新开的草帽厂有八台机子，八个师傅，门面、柜台，一切都比王瘦吾的大一倍。

王伯韬真是不顾血本，把批发、零售价都压得极低。王瘦吾算算，这样的定价，简直无利可图。他不服这口气，也随着把价钱落下来。

王伯韬坐在对面柜台里，还是满脸带笑，“瘦吾兄”长，“瘦吾兄”短。

王瘦吾撑了一年，实在撑不住了。

王伯韬放出话来：“瘦吾要是愿意把四台机子让给我，他多少钱买的，我多少钱要！”

四台机子，连同库存的现货，辫子，全部倒给了王伯韬。王瘦吾气得生了一场重病。一病一年多。卖机子的钱，连同小绒线店的底本，全变成了药渣子，倒在门外的街上了。

好不容易，能起来坐一坐，出门走几步了。可是人瘦得像一张纸，一阵风吹过，就能倒下。

陶虎臣呢？

头一年，因为四乡闹土匪，连城里都出了几起抢案，县政府和当地驻军联名出了一张布告：“冬防期间，严禁燃放鞭炮。”炮仗店平时生意有限，全指着年下。这一冬防，可把陶虎臣防苦了。且熬着，等明年吧。

明年！蒋介石搞他娘的“新生活”，根本取缔了鞭炮。城里几家炮仗店统统关了张。陶虎臣别无产业，只好做一点“黄烟子”和蚊烟混日子。“黄烟子”也像是个炮仗，只是里面装的不是火药而是雄黄，外皮也是黄的。点了捻子，不响，只是从屁股上冒出一股黄烟，能冒半天。这种东西，端午节人家买来，点着了扔在床脚柜底熏五毒；孩子们把黄烟屁股抵在板壁上写“虎”字。蚊烟是在一个皮纸的空套里装上锯末，加一点芒硝和鳝鱼骨头，盘成一盘，像一条蛇。这东西点起来味道很呛，人和蚊子都受不了。这两种东西，本来是炮仗店附带做做的，靠它赚钱吃饭，养家活口的，怎么行呢？——一年有几个端午节？蚊子也不是四季都有啊！

第三年，陶家炮仗店的铺闼子门下了一把牛鼻子铁锁，再也打不开了。陶家的锅，也揭不开了。起先是喝粥，——喝稀粥，后来连稀粥也喝不成了。陶虎臣全家，已经饿了一天半。

有那么一个缺德的人敲开了陶家的门。这人姓宋，人称宋保长，他是什么事都干得出来，什么钱也敢拿的。他来做媒了。二十块钱，陶虎臣把女儿嫁给了一个驻军的连长。这连长第二天就开拔。他倒什么也不挑，只要是一个黄花闺女。陶虎臣跳着脚大叫：“不要说得那么好听！这不是嫁！这是卖！你们到大街去打锣喊叫：我陶虎臣卖女儿！你们喊去！我不害臊！陶虎臣！你是个什么东西！陶虎臣！我操你八辈祖奶奶！你就这样没有能耐呀！”女儿的妈和弟弟都哭。女儿倒不哭，反过来劝爹：“爹！爹！您别这样！我愿意！——真的！爹！我真的愿意！”她朝上给爹妈磕了头，又趴在弟弟的耳边说了一句话。这一句话是：“饿的时候，忍着，别哭。”弟弟直点头。女儿走到爹床前，说了声：“爹！我走啦！您保重！”陶虎臣脸对墙躺着，连头都没有回，他的眼泪哗哗地往下淌。

两个半月过去了。陶家一直就花这二十块钱。二十块钱剩得不多了，女儿回来了。妈脱下女儿的衣服一看，什么都明白了：这连长天天打她。女儿跟妈妈偷偷地说：“妈，我染上了他的脏病。”

岁暮天寒，彤云酿雪，陶虎臣无路可走，他到阴城去上吊。

他没有死成。他刚把腰带拴在一棵树上，把头伸进去，一个人拦腰把他抱住，一刀砍断了腰带。这人是住在财神庙的那个侉子。

靳彝甫回来了。他一到家，听说陶虎臣的事，连脸都没洗，拔脚就往陶家去。陶虎臣躺在一领破芦席上，拥着一条破棉絮。靳彝甫掏出五块钱来，说：“虎臣，我才回来，带的钱不多，你等我一天！”

跟脚，他又奔王瘦吾家。瘦吾也是家徒四壁了。他正在对着空屋发呆。靳彝甫也掏出五块钱，说：“瘦吾，你等我一天！”

第三天，靳彝甫约王瘦吾、陶虎臣到如意楼喝酒。他从内衣口袋里掏出两封洋钱，外面裹着红纸。一看就知道，一封是一百。他在两位老友面前，各放了一封。

“先用着。”

“这钱——？”

靳彝甫笑了笑。

那两个都明白了：彝甫把三块田黄给季匋民送去了。靳彝甫端起酒杯说：“咱们今天醉一次。”

那两个同意。

"好，醉一次！"

这天是腊月三十。这样的时候，是不会有人上酒馆喝酒的。如意楼空荡荡的，就只有这三个人。

外面，正下着大雪。

一九八零年八月二十日初稿

十一月二十日二稿

注释：

①本文依据《汪曾祺小说》，浙江文艺出版社 2009 年版。

背景知识：

汪曾祺（1920—1997），江苏高邮人。中国当代著名作家、小说家、散文家、戏剧家，京派作家的代表人物。1939 年考入西南联大中国文学系。1950 年任北京市文联主办的《北京文艺》编辑。被誉为"抒情的人道主义者，中国最后一个纯粹的文人，中国最后一个士大夫"。汪曾祺在短篇小说创作上颇有成就，对戏剧与民间文艺也有深入研究。1961 年冬，他用毛笔写出了《羊舍一夕》。1963 年，《羊舍的夜晚》正式出版。1981 年 1 月，《异秉》在《雨花》发表。1996 年 12 月，在中国作家协会第五次全国代表大会上他被推选为顾问。他的代表作品有短篇小说《受戒》《大淖记事》《岁寒三友》《鸡鸭名家》《异秉》《羊舍一夕》，小说集《邂逅集》《晚饭花集》《茱萸集》《初访福建》，散文集《逝水》《蒲桥集》《孤蒲深处》《人间草木》《旅食小品》《矮纸集》《汪曾祺小品》，京剧《范进中举》《沙家浜》。汪曾祺的小说在选材上具有明显的民间地域性特点，描写对象大多是民间的市井人物，向读者展示一种独特的民间原生态，充溢着传统乡村的"中国味儿"。小说在结构上呈现散文化特色，弱化故事情节，较少构造带有戏剧性的矛盾冲突，意在向读者展示原生状态下的民俗风情画卷。语言表达少浮辞、不渲染，清新、质朴、洁净，意蕴丰富，带有诗意性和画面感，可谓"诗中有画"。

导读：

汪曾祺的小说"平中显奇，淡中有味"，受到众多读者的真心喜爱，在国内外产生越来越广泛的影响。剧作家沙叶新评价汪曾祺的作品是"字里行间有书香味，有江南的泥土芳香"。20 世纪 40 年代，汪曾祺师从"京派"大师沈从文，继承并发扬了"京派文学"远离政治、关注平民性，追求静穆艺术境界的"为人生而艺术"的文学传统，书写现实生活中的真实人性。汪曾祺的小说作品以乡村的生活经历为依托，描写的大多是故乡高邮的风土人情，他笔下的故乡没有宗法的约束，没有现代文明的喧嚣与挤压，是一片没有权力浸染的纯净又和谐的乡土。小说着力构建一个个自然原生态的世俗生活场景，人物率性自然，少见功利色彩，重俗趣，尚平淡，表达对“生”的关注，对“爱”的尊重，对“美”的追求。“人生最幸福的事莫过于得二三知己”。

友情是什么？友情是黑暗中的明灯，是快乐时的分享，是忧伤时的抚慰！中国小说有重友情的传统。《三国演义》写桃园三结义，《水浒传》写梁山兄弟的生死与共，但都侧重在侠义上，是写英雄的侠义。而汪曾祺笔下的这三位市井之人，所体现出来的相濡以沫的暖意，在今天对市侩之风也是冷冷的批判。汪曾祺的小说始终充满了对人性温暖的表现，始终为善良的心灵礼赞。当然，这也表现了汪曾祺对生活的乐观主义态度，喝酒对岁寒，是御寒取暖，也是人生的达观和乐观。

《岁寒三友》没有主要人物，虚构的三个人物平行发展，平均用力，分头叙述，最后命运交叉在一起。这种写法显然受到了司马迁史传文学的影响，文章内在的联系是草蛇灰线，暗含其中。《岁寒三友》更像《刺客列传》，《刺客列传》写了五位刺客，《岁寒三友》写了王瘦吾、陶虎臣、靳彝甫的人生命运。王瘦吾开绒线店，陶虎臣开炮仗店，靳彝甫是个画画的。他们是从小一块长大的街坊朋友，平常做点小生意，日子时好时坏。好的时候喝酒，坏的时候喝粥，甚至断炊。两个小商人，一个小文人，他们的日子过得不是很稳定，也时常为钱所困扰，但在金钱面前他们表现出来的人格和美好人性，是全篇的亮点。这是一篇有温度的小说，作者一开始叙述三个人物的命运，用“不上不下、时好时坏”来概括，叙述的温度可以说是常温偏低，叙述的口吻偏低沉，中间三个人突然交了好运，叙述变得热烈起来，语言的节奏也趋向明快，尤其是那段写放焰火的场景，可谓余热触手可及，其中有一句“人们摸摸板凳，才知道，呀，露水下来了”，露水是带着寒意和冷意的，但在此，你能感受到的是温暖和热乎。从“这三年啊”开始，小说的节奏变得冷意横生，叙述的语气变得滞重而沉痛，写到陶虎臣被迫嫁女，上吊自杀时，寒意逼人，节奏停滞。之后，三人在小酒馆相聚“醉一次”，节奏又舒缓荡开，人性的热度，友情的温暖，在叙述的语调中自然呈现。最后，小说结束在“这天是腊月三十”上，岁寒三友，人间友情温暖如火。

本篇小说，语言浅显简约，流畅自然；但又雅致精巧，意蕴深远。辛酸的人生故事里处处呈现着作者对人性美德的颂扬，王、陶、靳三人虽没有松竹梅的傲然筋骨，但是在凛冽的寒风中，表现出“同甘苦、共患难”的真挚友情，这才是摧磨不掉的人性之美。这温暖的人性之火，在最凄苦的日子里照亮人心，令我们备感温暖。人生中有了这样的友谊，谁还会感到孤独呢？

思考题：

1. 分析小说的叙事结构。
2. 小说塑造的三个人物与松竹梅的意象有关系吗？试简要分析。
3. 试写一篇关于友情的文章。

谈交友①

钱锺书

假使恋爱是人生的必需，那末，友谊只能算是一种奢侈；所以，上帝垂怜阿大（Adam）的孤寂，只为他造了夏娃，并未另造个阿二。我们常把火焰来比恋爱，这个比喻有我们意想不到的贴切。恋爱跟火同样的贪滥，同样的会蔓延，同样的残忍，消灭了坚牢结实的原料，把灰烬去换光明和热烈。像拜伦，像哥德，像缪塞，野火似的卷过了人生一世，一个个白色的，栗色的，棕色的情妇（缪塞的妙句）的血淋淋的红心，白心，黄心（孙行者的神通），都烧炙成死灰，只算供给了燃料。情妇虽然要新的才有趣，朋友还让旧的好。时间对于友谊的磨蚀，好比水流过石子，反把它洗琢得光洁了。因为友谊不是尖利的需要，所以在好朋友间，极少发生那厌倦的先驱，一种餍足的情绪，像我们吃完最后一道菜，放下刀叉，靠着椅背，准备叫侍者上咖啡时的感觉，还当然不可一概而论，看你有的是什么朋友。

西谚云："急需或困乏时的朋友才是真正的朋友"，不免肤浅。我们有急需的时候，是最不需要朋友的时候。朋友有钱，我们需要他的钱；朋友有米，我们缺乏的是他的米。那时节，我们也许需要真正的朋友，不过我们真正的需要并非朋友。我们讲交情，揩面子，东借西挪，目的不在朋友本身，只是把友谊作为可利用的工具，顶方便的法门。常时最知情识趣的朋友，在我们穷急时，他的风趣，他的襟抱，他的韵度，我们都无心欣赏了。两袖包着清风，一口咽着清水，而云倾听良友清谈，可忘饥渴，即清高到没人气的名士们，也未必能清苦如此。此话跟刘孝标所谓势交利交的一派牢骚，全不相干。朋友的慷慨或吝啬，肯否排难济困，这是一回事；我们牢不可破的成见，以为我和某人既有朋友之分，我有困难，某人理当扶助，那是另一回事。尽许朋友疏财仗义，他的竟算是我的，在我穷急告贷的时节，总是心存不良，满口亲善，其实别有作用。试看世间有多少友谊，因为有求不遂，起了一层障膜；同样，假使我们平日极瞧不起、最不相与的人，能在此时帮忙救急，反比平日的朋友来得关切，我们感激之余，可以立刻结为新交，好几年积累的友谊，当场转移对象。在困乏时的友谊，是最不值钱了——不，是最可以用钱来估定价值了！我常感到，自《广绝交论》以下，关于交谊的诗文，都不免对朋友希望太奢，批评太刻，只说做朋友的人的气量小，全不理会我们自己人穷眼孔小，只认得钱类的东西，不认得借未必有、有何必肯的朋友。古尔斯密（Goldsmith）的东方故事《阿三痛史》（The Tragedy of Asem），颇少人知，1877年出版的单行本，有一篇序文，中间说，想创立一种友谊测量表（Philometer），以朋友肯借给他的钱多少，定友谊的高下。这种沾光揩油的交谊观，甚至雅人如张船山，也未能免除，所以他要怨什么“事能容俗犹嫌傲，交为通财渐不亲”。《广绝交论》只代我们骂了我们的势利朋友，我们还需要一篇《反绝交论》，代朋友来骂他们的势利朋友，就是我们自己。《水浒》里写宋江刺配江州，戴宗向他讨人情银子，宋江道：“人情，人情，在人情愿!”真正至理名言，比刘孝标、张船山等的见识，高出万倍。说也奇怪，这句有“恕”道的话，偏出诸船火儿张横所谓“不爱交情只爱钱”，打家劫舍的强盗头子，这不免令人摇头叹息了：第一叹来，叹惟有强盗，反比士大夫辈明白道理！然而且慢，还有第二叹；第二叹来，叹明白道理，而不免放火杀人，言行不符，所以为强盗也！

从物质的周济说到精神的补助，我们便想到孔子所谓直谅多闻的益友。这个漂白的功利主义，无非说，对于我们品性和智识有利益的人，不可不与结交。我的偏见，以为此等交情，也不甚巩固。孔子把直谅的益友跟“便辟善柔”的损友反衬，当然指那些到处碰得见的，心直口快，规过劝善的少年老成人。生就斗蟋蟀般的脾气，一拥一跳，护短非凡。为省事少气恼起见，对于喜管闲事的善人们，总尽力维持着尊敬的距离。不过，每到冤家狭路，免不了听教训的关头，最近涵养功深，子路闻过则喜的境界，不是区区夸口，颇能做到。听直谅的“益友”规劝，你万不该良心发现，哭丧着脸；他看见你惶恐觳觫的表情，便觉得你邪不胜正，长了不少气势，带骂带劝，说得你有口难辩，然后几句甜话，拍肩告别，一路上忻然独笑，觉得替天行道，做了无量功德。反过来，你若一脸堆上浓笑，满口承认；他说你骂人，你便说像某某等辈，不但该骂，并且该杀该剐，他说你刻毒，你就说，岂止刻毒，还想下毒，那时候，该他拉长了像烙铁熨过的脸，哭笑不得了。大凡最自负心直口快，喜欢规过劝善的人，同时最受不起别人的规劝。因此，你不大看见直谅的人，彼此间会产生什么友谊；大约直心肠颇像几何学里的直线，两条平行了，永远不会接合。照我想来，心直口快，无过于使性子骂人，而这种直谅的“益友”从不骂人，顶反对你骂人。他们找到他们认为你的过失，绝不痛痛快快的骂，只是婆婆妈妈的劝告，算是他们的大度包容。骂是一种公道的竞赛，对方有还骂的机会；劝却不然，先用大帽子把你压住，无抵抗的让他攻击，卑怯不亚于打落水狗。他们喜欢规劝你，所以，他们也喜欢你有过失，好比医生要施行他手到病除的仁心仁术，总先希望你害病。这样的居心险恶，无怪基督教为善男信女设立天堂。真的，没有比进天堂更妙的刑罚了；设想四周围都是无瑕可击，无过可规的善人，此等心直口快的“益友”无所施其故技，心痒如有臭虫叮，舌头因不用而起铁锈的苦痛。泰勒（A. E. Taylor）《道学先生的信仰》（Faith of Moralist）书里说，读了但丁《神曲·天堂篇》，有一个印象，觉得天堂里空气沉闷，诸仙列圣只希望下界来个陌生人，谈话消遣。我也常常疑惑，假使天堂好玩，何以但丁不像乡下人上城的东张西望，倒失神落魄，专去注视琵雅德丽史的美丽的眼睛，以至受琵雅德丽史婉妙的数说：“回过头去罢！我的眼睛不是唯一的天堂（che non pur ne' miei occhi è paradiso）。”天堂并不如史文朋（Swinburne）所说，一个玫瑰花园，充满了浪上人火来的姑娘（A rose garden full of stunners），浪上人火来的姑娘，是裸了大腿，跳舞着唱“天堂不是我的份”的。史文朋一生叛教，哪知此中底细？古法文传奇《乌开山与倪高来情史》（Aucassin et Nicolette）说，天堂里全是老和尚跟残废的叫化子；风流武侠的骑士反以地狱为归宿。雷诺（Renan）《自传续编》（Feuilles detachees）序文里也说，天堂中大半是虔诚的老婆子（Vieills devotes），无聊得要命；雷诺教士出身，说话当然靠得住。假使爱女人，应当爱及女人的狗，那末，真心结交朋友，应当忘掉朋友的过失。对于人类应负全责的上帝，也只能捏造——捏了泥土创造，并不能改造，使世界上坏人变好；偏是凡夫俗子倒常想改造朋友的品性，真是岂有此理。一切罪过，都是一点未凿的天真，一角消毁不尽的个性，一条按压不住的原始的行动，脱离了人为的规律，归宁到大自然的老家。抽象地想着了罪恶，我们也许会厌恨；但是罪恶具体地在朋友的性格里衬托出来，我们只觉得他的品性产生了一种新的和谐，或者竟说是一种动人怜惜的缺陷，像古瓷上一条淡淡的裂缝，奇书里一角缺页，使你心窝里涌出加倍的爱惜。心直口快的劝告，假使出诸美丽的异性朋友，如闻裂帛，如看快刀切菜，当然乐于听受。不过，照我所知，美丽的女郎，中外一例，说话无不打着圈儿拐了弯的；只有身段缺乏曲线的娘们，说话也笔直到底。因此，直谅的“益友”，我是没有的，我也不感到“益友”的需要。无友一身轻，威斯娄（Whistler）的得意语，只算替我说的。

多闻的“益友”，也同样的靠不住。见闻多、记诵广的人，也许可充顾问，未必配做朋友，除非学问以外，他另有引人的魔力。德白落斯（président de Brosses）批评伏尔泰道：“别人敬爱他，无非为他做的诗好。确乎他的诗做得不坏，不过，我们只该爱他的诗（Mais cesont ses vers qu'il fauta dmiter）”——言外之意，当然是，我们不必爱他的人。我去年听见一句话，更为痛快。一位男朋友怂恿我为他跟一位女朋友撮合，生平未做媒人，好奇的想尝试一次。见到那位女朋友，声明来意，第一项先说那位男朋友学问顶好，正待极合科学方法的数说第二项第三项，那位姑娘轻冷地笑道：“假使学问好便该嫁他，大学文科老教授里有的是鳏夫。”这两个例子，对于多闻的“益友”，也可应用。譬如看书，参考书材料最丰富，用处最大，然而极少有人认它为伴侣的读物。颐德（André Cide）《日记》（Pages de Journal 1929—1932）有个极妙的测验；他说，关于有许多书，我们应当问：这种书给什么人看（Qui peut leslire）？关于有许多人，我们应该问：这种人能看什么书（Que peu-vent-ils lire）？照此说法，多闻的“益友”就是专看参考书的人。多闻的人跟参考书往往同一命运，一经用过，仿佛挤干的柠檬，嚼之无味，弃之不足惜。并且，打开天窗说亮话，世界上没有一个人不在任何方面比我们知道得多，假使个个要攀为朋友，哪里有这许多情感来分配？伦敦东头自告奋勇做向导的顽童，巴黎夜半领游俱乐部的瘪三，对于垢污的神秘，比你的见闻来得广博，若照多闻益友的原则，几个酒钱，还够不上朋友通财之谊。多闻的“多”字，表现出数量的注重。记诵不比学问；大学问家的学问跟他整个的性情陶融为一片，不仅有丰富的数量，还添上个别的性质；每一个琐细的事实，都在他的心血里沉浸滋养，长了神经和脉络，是你所学不会，学不到的。反过来说，一个参考书式的多闻者（章实斋所谓“横通”），无论记诵如何广博，你总能把他吸收到一干二净。学校里一般教师，授完功课后的精神的储蓄，缩挤得跟所发讲义纸一样的扁薄了！普通师生之间，不常发生友谊，这也是一个原因。根据多闻的原则而产出的友谊，当然随记诵的增减为涨缩，不稳固可想而知。自从人工经济的科学器具发达以来，“多闻”之学似乎也进了一个新阶段。唐李渤问归宗禅师云：“芥子何能容须弥山？”师言：“学士胸藏万卷书，此心不过如椰子大，万卷书何处著？”记得王荆公《寄蔡天启诗》、袁随园《秋夜杂诗》，也有类似的说法。现在的情形可大不相同了，时髦的学者不需要心，只需要几只抽屉，几百张白卡片，分门别类，做成有引必得的“引得”，用不着头脑更去强记。但得抽屉充实，何妨心腹空虚。最初把抽屉来代替头脑，久而久之，习而俱化，头脑也有点木木然接近抽屉的质料了。我敢预言，在最近的将来，木头或阿木林等谩骂，会变成学者们最尊敬的称谓，“朴学”一个名词，将发生新鲜的意义。

这并不是说，朋友对于你毫无益处；我不过解释，能给你身心利益的人，未必就算朋友。朋友的益处，不能这样拈斤播两的讲。真正的友谊的形成，并非由于双方有意的拉拢，带些偶然，带些不知不觉。在意识层底下，不知何年何月潜伏着一个友谊的种子；咦！看它在心里面透出了萌芽。在温暖固密，春夜一般的潜意识中，忽然偷偷的钻进了一个外人，哦！原来就是他！真正友谊的产物，只是一种渗透了你的身心的愉快。没有这种愉快，随你如何直谅多闻，也不会有友谊。接触着你真正的朋友，感觉到这种愉快，你内心的鄙吝残忍，自然会消失，无需说教似的劝导。你没有听过穷冬深夜壁炉烟囱里呼啸着的风声么？像把你胸怀间的郁结体贴出来，吹荡到消散，然而不留语言文字的痕迹、不受金石丝竹的束缚。百读不厌的黄山谷《茶词》说得最妙：“恰如灯下故人，万里归来对影；口不能言，心下快活自省”。以交友比吃茶，可谓确当，存心要交“益友”的人，便不像中国古人的品茗，而颇像英国人下午的吃茶了：浓而苦的印度红茶，还要方糖牛奶，外加面包牛油糕点，甚至香肠肉饼子，干的湿的，热闹得好比水陆道场，胡乱填满肚子完事。在我一知半解的几国语言里，没有比中国古语所谓“素交”更能表出友谊的骨髓。一个“素”字把纯洁真朴的交情的本体，形容尽致。素是一切颜色的基础，同时也是一切颜色的调和，像白日包含着七色。真正的交情，看来像素淡，自有超越死生的厚谊。假使交谊不淡而腻，那就是恋爱或者柏拉图式的友情了。中国古人称夫妇为“腻友”，也是体贴入微的隽语，外国文里找不见的。所以，真正的友谊，是比精神或物质的援助更深微的关系。蒲伯（Pope）对鲍林白洛克（Bolingbroke）的称谓，极有斟酌，极耐寻味："哲人，导师，朋友"（Philosopher，Guide，Friend）。我有大学时代五位最敬爱的老师，都像蒲伯所说，以哲人导师而更做朋友的；这五位老师以及其他三四位好朋友，全对我有说不尽的恩德；不过，我跟他们的友谊，并非由于说不尽的好处，倒是说不出的要好。孟太尼（Montaigne）解释他跟拉白哀地（La Boetie）生死交情的话，颇可借用："因为他是他，因为我是我"，没有其他的话可说。素交的素字已经把这个不着色相的情谊体会出来了；"口不能言"的快活也只可采取无字天书的作法去描写罢。

本来我的朋友就不多，这三年来，更少接近的机会，只靠着不痛快的通信。到欧洲后，也有一二个常过往的外国少年，这又算得什么朋友？分手了，回到中国，彼此间隔着"惯于离间的大海"（Estranging seas），就极容易的忘怀了。这个种族的门槛，是跨不过的。在国外的友谊，在国外的恋爱，你想带回家去么？也许是路程太远了，不方便携带这许多行李；也许是海关大严了，付不起那许多进出口税。英国的冬天，到一二月间才来，去年落不尽的树叶，又簌簌地随风打着小书室的窗。想一百年前的穆尔（Thomas Moore）定也在同样萧瑟的气候里，感觉到"故友如冬叶，萧萧四落稀"的凄凉。对于秋冬萧杀的气息，感觉顶敏锐的中国诗人自卢照邻、高蟾，直到沈钦圻、陈嘉淑早有一般用意的名句。金冬心的"故人笑比庭中树，一日秋风一日疏"，更觉染深了冬夜的孤寂。然而何必替古人们伤感呢！我的朋友个个都好着，过两天是星期一，从中国经西伯利亚来的信，又该到牛津了，包你带来朋友的消息。

一九三七年一月三十日

注释：

①本文依据吴孝成：《大学语文》，南京大学出版社 2002 年版。

背景知识：

钱锺书（1910—1998），字默存，号槐聚，江苏无锡人，中国著名作家、学者。钱锺书是古文学家钱基博之子。1929 年考上清华大学外文系，毕业后赴上海光华大学任教。后考取庚子赔款公费留学资格，留学英国牛津大学。从牛津大学毕业后任教于多所高校，后就职于中国社会科学院。1998 年逝世，享年 88 岁。当年清华大学外文系有龙虎狗"三杰"之说，狗是翻译家颜毓蘅，虎是剧作家曹禺，龙则是钱锺书。代表作品有短篇小说集《人・兽・鬼》，散文集《写在人生边上》，长篇小说《围城》，学术著作《谈艺录》《管锥编》。他于 1941 年完成《谈艺录》，于 1957 年完成《宋诗选注》。《宋诗选注》被列入中国古典文学读本丛书，在学术界引起巨大反响。1972 年，62 岁的钱锺书开始写作《管锥编》。1976 年，他参与翻译《毛泽东诗词》英译本。1982 年，他出版《管锥编增订》。夏志清说钱锺书“才气高，语言犀利、隽永，幽默、讽刺；为人谦虚，但恃才傲物”。其小说幽默精辟，犀利隽永；散文及学术文章旁征博引，文化底蕴丰厚。创作主题多表现为“对人性弱点和人生困境的探索”，敢于对自己所属知识阶层的文化人格作出深刻的心理审视与道德批判。

导读：

鲁迅在谈及朋友时说：“人生得一知己足矣，斯世当同怀视之。”“知己”这一美丽的名词，闪耀着人性的光辉。在生活中我们渴望得到他人的认同，渴望收获“伯牙子期”式的友情。可以说，对友谊的需求是全人类的普遍现象。然而，在不同的国度、不同的历史时期，人们对友情的认知也不尽相同。中国古代《论语》有言：“道不同，不相为谋。”朋友间追求“志同道合”，于是才有刘关张桃园结义、水泊梁山“歃血结盟”的故事。西方人则认为，广交朋友可以扩大自己的交际范围，能为自己未来的发展预留机遇和空间。

在实际生活中，现代的美国人在择友上更加开放与随性，很有一点“速溶咖啡”的味道——朋友交得快，忘得也快。而当下中国人的友情观有些西化的倾向，更多人愿意结识位高权重的人，借朋友之名，编织关系网，为自己求学或工作谋利益……崇尚“君子之交淡如水”的人古已有之，但现实生活里并不多见。但是，无论西方还是东方，似乎各民族都把“患难见真交”作为衡量朋友间是否存在真正友情的标准。然而，患难中援助的“真情”是什么呢？是钱财的支持，还是精神层面的鼓励慰藉呢？博学睿智的国学大师钱锺书先生就有与众不同的见解。

在钱锺书看来，友情与爱情一样可贵，可以怡神悦性，让我们感受到生活的充实与幸福。他认为，西方“急需或困乏时的朋友才是真正的朋友”的友情观过于肤浅，中国式的“直谅多闻”的益友则是漂白的功利主义，古代的“素交”才更能表现出友谊的真髓。真正的交情，看来素淡，自有超越生死的厚谊。

全文共分为四个部分。第一部分：开篇类比设喻，友情像饭后的一杯咖啡，能带给人一种美妙满足的感受。第二部分：患难之交，在作者看来算是一种友情，但这种友情，或多或少带有一些“功利色彩”，只能算是一种“肤浅”的友谊。第三部分：作者分析同“直谅多闻”的人交往，也并不能收获真正的友情。好朋友间应该“求同存异”，尊重对方性格里的自然缺憾，忘掉朋友的过失。朋友间应当享受精神层面的愉悦，而不是絮絮叨叨地直言规劝。同时，他指出“多闻”的“益友”可充当顾问，未必适合做朋友。参考书式的多闻者，授完功课后的精神储蓄缩挤得跟所发讲义纸一样的扁薄了！而大学问家的学问跟他整个的性情陶融为一片，不仅有丰富的数量，还添上个别的性质；每一个琐细的事实，都在他的心血里沉浸滋养，长了神经和脉络，是你所学不会，学不到的。由此可说，“直谅多闻”的朋友对于我们的品性和智识有一定益处，不可不与之结交。但此等交情，不甚巩固，它带有漂白的功利主义色彩。第四部分：作者引用黄山谷的《茶词》，并巧用生活里自然事物作比喻，阐明朋友间友情的本真状态在于“素交”——真正的友谊的形成，并非由于双方有意的拉拢，带些偶然，带些不知不觉。好朋友是那个在不知不觉的潜意识下走进你的生活的人。在平淡的交往中，其言谈举止能令你身心放松，给你带来愉悦，令你快活。这种素交带给人的快活，“口不能言”，也只可采取无字天书的做法去描写啦！

作者行文，旁征博引，借助古今中外的名人生活讲述了不同种类的友情，对不同的友情观或对比赞叹或揶揄，说理条分缕析，逻辑性强，语言诙谐幽默、讥诮嘲讽。读者认真读罢，自然会对“朋友”有一个清晰的认知。

思考题：

1. 试问刘峻的《广绝交论》与朱穆的《绝交论》之关系如何。

2. 文中对于形形色色的“利交”作了精细入微的刻画，请简括之。

3. 除了对各种“利交”进行归类描述外，本文还进一步指出了这种社会现象所造成的种种危害，试概括之。

论友谊[1]

[英] 培 根

有些人之所以宁愿孤独，是因为他们在没有友谊和仁爱的人群中生活，那种苦闷正犹如一句古代拉丁谚语所说的："一座城市如同一片旷野。"人们的面目淡如一张图案，人们的语言则不过是一片噪音，使得他们宁可逃避也不愿进入。

由此可以看出，人与人的友情对人生是何等重要。得不到友谊的人将是终身可怜的孤独者。没有友情的社会则是片繁华的沙漠。因此那种乐于孤独的人，其性格不是属于人而是属于兽的。

当你遭遇挫折而感到愤闷抑郁的时候，向知心挚友倾诉可以使你得到开导。否则这种积郁会使人致病。医学告诉我们，"沙沙帕拉"可以理通肝气，磁铁粉可以理通脾气，硫黄粉可以理通气，海狸胶可以治疗头昏。然而除了一个知心挚友外，却没有任何一种药物可以舒通心灵的郁闷。只有对于朋友，你才可以尽情倾诉你的忧愁与欢乐、恐惧与希望、猜疑与劝慰。总之，那沉重地压在你心头的一切，通过友谊的肩头都被分担了。

正因为如此，连许多高高在上的君王也不能没有友谊。以至许多人宁愿降低自己的身份去追求它。

本来君王是不能享受友谊的。因为友谊的基本条件是平等，而君王与臣民的地位太悬殊了。于是许多君王便不得不把他所宠爱的人擢升为"宠臣"或"近侍"，以便能与他们亲近。罗马人称这种人为"君王的分忧者"，这种称呼恰如其分地道出了他们的作用。实际上，不仅那些性格脆弱敏感的君王曾这样做，就连许多性格坚毅、智勇过人的君王，也不能不在他的臣属中选择朋友。而为了结成这种关系，他们是需要尽量地忘记自己原来高贵的身份的。

罗马的大独裁者苏拉[2]曾与庞培[3]结交。有一次苏拉竟容忍了庞培言语上的冒犯。庞培曾当面夸耀自己说："崇拜朝阳的人自然多于崇拜落日的人。"伟大的恺撒大帝也曾经与布鲁图斯结为密友，并把他立为继承人之一，结果这人恰好成为诱使恺撒堕入圈套而被谋杀的人。难怪安东尼后来把布鲁图斯称为"恶魔"，仿佛他诱惑恺撒的魅力是来自一种妖术似的。

毕达哥拉斯[4]曾说过一句神秘的格言——"不要损伤自己的心"。确实，如果一个人有心事却无法向朋友诉说，那么他必然成为损伤自己心的人。实际上，友谊的一大奇特的作用是：如果你把快乐告诉一个朋友，你将得到两个快乐；而如果你把忧愁向一个朋友倾吐，你将被分掉一半忧愁。所以友谊对于人生，真像炼金术士要寻找的那种“点金石”。它能使黄金加倍，又能使黑铁成金。实际上，这也是一种很自然的规律。在自然界中，物质通过结合可以得到增强。而人与人难道不也是如此吗？

如果以上所说已证明友谊能够调剂人的感情的话，那么友谊的又一种作用则是能增进人的智慧。因为友谊不但能使人走出暴风骤雨的感情世界而进入和风细雨的春天，而且能使人摆脱黑暗混乱的胡思乱想而走入光明与理性的思考。这不仅是因为一个朋友能给你提出忠告，而且因为任何一种平心静气的讨论都能把搅扰着心头的一团乱麻，整理得井然有序。当人把一种设想用语言表达出来的时候，他也就渐渐看到了它们可能招来的后果。有人曾对波斯王说：“思想是卷着的绣毯，而语言则是张开的绣毯”。所以有时与朋友作一小时的促膝交谈可以比一整天的沉思默想更能令人聪明。

其实即使没有一个能对你提出忠告的朋友，人也可以通过语言的交流而增长见识。讨论犹如砺石，思想好比锋刃。两相砥砺将使思想更加锐利。对一个人来说，与其把一种想法紧锁在心头，倒不如把它倾吐出来，哪怕它倾吐给一座雕像，也是多少有点益处的。

赫拉克利特⑤曾说过：“初射之光最亮。”但实际上，一个人自身所发出的理智之光，往往受到感情、习惯、偏见的影响而不那么明亮。俗话说：“人总是乐于把最大的奉承留给自己”，而友人的逆耳忠言恰好可以治疗这个毛病。朋友之间可以从两个方面提出忠告，一是关于品行的，一是关于事业的。

就前者而言，朋友的良言劝诫是一味最好的药。历史上的许多伟人，往往由于在紧要关头听不到朋友的忠告，而做出后悔莫及的错事。人尽管也可以自己规戒自己，但毕竟如圣雅各所说：“虽然照过镜子，可终究是忘了原形。”

就事业而言，有些人认为两双眼睛看到的未必比一双眼睛看到的更多，或者以为一个发怒的人未必没有一个沉默的人聪明，或者以为毛瑟枪⑥不论是扛在自己肩上，还是支在一个支架上会打得一样准。总之，他们认为有没有别人的帮助结果都一样。但这些其实是十分骄傲而愚蠢的说法。在听取意见时，有人喜欢一会儿问问这个人，一会儿又问问那个人。这当然比不问任何人好。但也要注意，在这种情况下会有两种危险。一是这种零敲碎打来的意见可能是一些不负责任的看法，因为最好的忠告只能来自诚实而公正的友人。另外这些不同来源的意见还可能会互相矛盾，使你莫衷一是，不知所从。比如你有病求医，这位医生虽会治这种病却不了解你的身体情况，结果服了他的药这种病虽然好了，却又使你得了另一种病。所以最可靠的忠告，也还是只能来自最了解你事业情况的友人。

友谊对于人除了以上所说这些益处外，还有许多其他方面的益处，这些益处多得如同一个石榴里的籽粒，难以一一细数。如果一定要说的话，那么只能这样说：只要你想想一个人一生中有多少事务是不能靠自己去做的，就会知道友谊有多少种益处了。所以古人说：朋友是人的第二个“我”。但这句话的容量其实还不够，因为朋友的作用比这又一个“我”要大得多！

人生是有限的。有多少事情人来不及做完就死去了。但一位知心的挚友，却能承担你所未做完的事。因此有一个好朋友实际上是使你获得了又一次生命。人生中又有多少事，是一个人由自己出面所不便去办的。比如人为了避免自夸之嫌，因此很难由自己讲述自己的功绩。人的自尊心又使人在许多情况下无法低首下心去恳求别人。但是如果有一个可靠而忠实的朋友，这些事就可以很妥当地办到。又比如在儿子面前，你要保持父亲的身份；在妻子面前，你要考虑丈夫的脸面；在仇敌面前，你要维护自己的尊严。但作为朋友，就可以全然不计较这一切，而就事论事、实事求是地替你出面主持公道。

由此可见，友谊对人生是何等重要。它的好处可是无穷无尽的。总而言之，当一个人面临危难的时候，如果他平生没有任何可信托的朋友，那么我只能告诉他一句话——那就自认倒霉好了！

注释：

①本文依据《培根论人生成就》，中国商业出版社 2016 年版。

②苏拉：（前 138—前 78），古罗马著名的政治家、军事家、执政官。

③庞培：（前 106—前 48），古代罗马共和国末期著名的军事家和政治家。勇悍善战，为人正直，于前三头同盟中势力最强。庞培被恺撒打败之后逃到埃及，被阿基拉斯刺死，终年 58 岁。

④毕达哥拉斯：（前 580 至 570 之间—约前 500），古希腊哲学家、数学家和音乐理论家。早年曾游历埃及、巴比伦等地。为了摆脱暴政，他移居意大利半岛南部的克罗顿（今属意大利），并组织了一个政治、宗教、数学合一的秘密团体。后在政治斗争中失败，被杀害。

⑤赫拉克利特：（约前 540—约前 480 与 470 之间），古希腊著名哲学家。他主张“万物皆动”“万物皆流”。赫拉克利特是当时具有朴素辩证法思想的“流动派”的卓越代表。

⑥毛瑟枪：19 世纪 60 年代由德国著名枪械专家彼得·保尔·毛瑟发明的一类枪支。毛瑟枪在 1871 年为德军正式采用，由于其闭锁与击发机构平稳可靠，在近代步枪中得到广泛运用。

背景介绍：

弗朗西斯·培根（1561—1626），英国文艺复兴时期重要的散文家、哲学家。他是现代实验科学的创始人，也是近代归纳法的创始人，还是将科学研究程序逻辑组织化的先驱。培根被马克思誉为“英国唯物主义和整个近代实验科学的真正始祖”。他的主要著作有《新工具》《论科学的价值和发展》《培根随笔》《学术的伟大复兴》《谈读书》等。他的唯物主义哲学对近代哲学的发展有很大影响。培根的整个世界观是现世的而不是宗教的（虽然他坚信上帝）。他是一位理性主义者而不是迷信的崇拜者，是一位经验论者而不是诡辩学者；在政治上，他是一位现实主义者而不是理论家。他曾说过："知识就是力量。"培根的随笔是英国散文随笔的滥觞，在英国文学史甚至思想史上有重要的一席之地，内容涉及哲学、伦理、处世之道等，有一种高屋建瓴、充满哲理的大气。大都系劝世箴言式的短文，对世态人情剖析入微，影响颇大。他的散文文笔紧凑，老练锐利，说理透彻，警句迭出。

导读：

培根的随笔有两大特点：一是在立意上具有"世界书"的高度和深度，它"不是为一国而作，乃是为万国而作的；不是为一个时代，而是为一切时代"；二是在语言上有"简约体"和"格言体"的风格。品鉴哲人培根的文章，我们对于人生、亲情、友情会有更深刻的认知。

"知音难觅，友谊珍贵。"古今中外，诠释友谊的故事数不胜数：伯牙子期之遇，桃园结义之情，羊左脱衣共粮，梁山歃血结盟，马克思恩格斯之互助……我们慨叹友情的无价。真挚的友谊能帮我们渡过各种难关，但"成也萧何，败也萧何"的友情也令人唏嘘不已。

早在四百多年前，英国散文家培根就在《论友谊》一文里道出了古今中外友情的可贵。选文从多方面论述了友谊对人生的影响，健康的友谊能够调剂感情，增进智慧，健全心灵，提出忠告，拓展事务。行文思路清晰，论证结构严密。全文以拉丁谚语开篇描述缺失友谊与仁爱者的孤独苦闷的生活现状，继而提出论点：友谊（友情）对人生是非常重要的。然后从友谊的作用这一角度分四个层次具体展开论述：第一，友谊能调剂人的感情，分享快乐，分担忧愁；第二，友谊能增进人的智慧，使人摆脱黑暗走入光明；第三，友谊能给人提出忠告，健全心灵，有益于事业的发展；第四，友谊能拓展事务，使人获得第二次生命。文章旁征博引，举例典型，比喻形象生动，富有有说服力，处处彰显着作者渊博的知识储备与深刻的思想认识。比如用独裁者苏拉与庞培、恺撒与布鲁图斯结交等例子论证友谊调剂感情的重要性；引用名言"思想是卷着的绣毯，而语言则是张开的绣毯"论说友谊在增进智慧上的作用，等等。

全文语言简约凝练、睿智隽永，每一段落所引用的名言警句意蕴丰富，哲理深刻，体现了作者对人生、社会的深刻洞察，启人深思，发人深省。可以说，《论友谊》是培根"简约体"和"格言体"风格随笔散文的典范之作。

思考题：

1. 培根的《论友谊》写于400多年前的英国，当用一个当代中国青年的眼光来重新审视培根的观点时，你认为它过时了吗？有没有值得修正、补充和发展的地方呢？请以“谈培根的友谊观”为题写一篇议论文。

2. 作者从哪些方面论述了友谊对人生的影响？试举例具体分析。

3. 摘录关于友谊的名人名言，如：“人与人的友情对人生是何等重要。得不到友谊的人将是终身可怜的孤独者。没有友情的社会则只是一片繁华的沙漠。”

第六章　生命哲思

渔父

《楚辞》

屈原既放[①]，游于江潭，行吟泽畔，颜色憔悴[②]，形容枯槁[③]。渔父见而问之曰："子非三闾大夫与[④]？何故至于斯？"屈原曰："举世皆浊我独清，众人皆醉我独醒，是以见放。"渔父曰："圣人不凝滞于物，而能与世推移[⑤]。世人皆浊，何不淈其泥而扬其波[⑥]？众人皆醉，何不餔其糟而歠其酾[⑦]？何故深思高举，自令放为？"屈原曰："吾闻之，新沐者必弹冠，新浴者必振衣。安能以身之察察[⑧]，受物之汶汶者乎[⑨]？宁赴湘流，葬于江鱼之腹中，安能以皓皓之白[⑩]，而蒙世俗之尘埃乎？"渔父莞尔而笑，鼓枻而去[⑪]。歌曰："沧浪之水清兮，可以濯吾缨[⑫]；沧浪之水浊兮，可以濯吾足。"遂去，不复与言。

注释：

①放：放逐，流放。

②颜色：脸色。

③形容：形体和容貌。

④三闾大夫：战国时期楚国的官职。主管楚国屈、景、昭三姓王族的事务。

⑤与世推移：随着世俗进退转移。

⑥淈（gǔ）其泥而扬其波：意为把水进一步搅浑。淈，搅浑。

⑦餔：食。糟：酒滓。歠：同"啜"，饮。酾（lí）：薄酒。

⑧察察：清晰的样子，这里指清洁。

⑨汶汶：不明的样子，这里指污秽。

⑩皓皓：洁白的样子。

⑪鼓枻（yì）：敲打船桨。枻，船桨。

⑫濯：洗涤。缨：冠之系带。

背景知识：

1. 作者介绍

屈原（约前 340—约前 278），名平，字原。战国时期楚国著名文学家、政治家。屈原出身贵族，学识渊博，善于辞令，有很高的文学和政治才能。在楚怀王时期，曾任左徒、三闾大夫等职。他具有远大的政治理想，主张对外联齐抗秦，对内举贤授能，改革政治，变法图强。其主张遭到保守势力的反对，楚怀王听信谗言，疏远了屈原，又将他流放汉北。顷襄王即位后，他又被流放江南沅湘一带。最终，屈原因对楚国政治感到绝望，投汨罗江而死。

屈原留存下来的作品，一般认为有《离骚》《天问》《招魂》《卜居》《渔父》各一篇，《九歌》十一篇，《九章》九篇，共计二十五篇。在这些诗篇中，诗人用积极浪漫主义的精神和绚丽的色彩，抒发了对祖国的深挚热爱，表现了他对美好理想的不懈追求和为此九死不悔的献身精神。诗歌中运用了大量的神话传说和新奇的比喻，想象丰富，构思巧妙，词藻华丽，是我国古代积极浪漫主义诗歌的典范。

屈原是中国文学史上第一位伟大的诗人，他创立了“楚辞”这种文体，为中国古代的诗歌创作开辟了一片新天地。后人也因此将《楚辞》与《诗经》并称为“风骚”。“风骚”是中国诗歌史上现实主义和浪漫主义两大优良传统的源头，对我国文学的发展产生了极其深远而广泛的影响。

2. 文体介绍

“楚辞”是战国时期以屈原为代表的楚国作家创造的一种具有浓厚地方色彩的新型诗体，它运用楚地的方言声韵，叙写楚地的山川人物、历史风情，具有浓厚的楚国地域文化色彩。它感情奔放，想象奇特，构思巧妙，善于运用比喻、夸张的手法和神话故事表现思想感情，具有浓郁的浪漫主义色彩。句子参差不齐，形式自由活泼，多用“兮”字以助语势，具有音乐美。

导读：

《渔父》一文存有两大疑问。其一，关于作者，历来说法不一。东汉王逸的《楚辞章句》曾明确指出“《渔父》者，屈原之所作也。”但又说：“楚人思念屈原，因叙其辞以相传焉。”其言前后矛盾，从此众说纷纭，或认为是屈原所作，或认为是楚人悼念屈原所作。今人一般认为此文并非屈原所作。但无论作者是谁，本文都不失为一篇展现屈原伟大人格的力作。其二，关于文章的内容，可以理解为真有其事，但也可能是通过自设问答的形式表现屈原内心的矛盾。

全文开篇即点明屈原“既放”的现实处境和“江潭”“泽畔”的周边环境，通过屈原流放、行吟的生活状态和憔悴、枯槁的形体容貌描写，使读者明显感觉到此时的屈原内心正经历着极大的矛盾与痛苦。接着屈原与渔父展开对话。第一次问答，阐释了屈原被放逐的原因。“举世皆浊”“众人皆醉”表明世道是如此黑暗，世人是如此昏聩；而“我独清”“我独醒”则表明屈原深思高举、苏世独立的高洁品行和对社会的清醒认识。第二次问答，屈原首先否定了渔父“圣人不凝滞于物，而能与世推移”的处世态度，再用“弹冠”“振衣”的比喻表明自己不愿同流合污，洁身自好，坚守理想的志向；而“宁赴湘流，葬于江鱼之腹中”的誓言，则暗示他以身殉志、至死不渝的决心。最后，文章以渔父唱着“沧浪歌”离去结束，给读者留下了无尽的想象空间。

屈原和渔父的对话实际上反映了两种不同的人生态度，展现了两种不同的价值观。一个深思高举，苏世独立；一个与世推移，随遇而安。一个洁身自好，坚守理想；一个和光同尘，顺天应人。一个宁赴湘流，以身殉国；一个避世隐身，全身远害。二者的对比映衬，更凸显了屈原志尚高洁、不随流俗、忠贞为国、至死不渝的崇高品格。

虽然文中屈原、渔父两个形象形成了强烈的对比，作者在二者之间也有自己明确的选择，但对于渔父所持的人生态度作者并未给予否定和批判。《渔父》的价值在于相当准确地写出了屈原的思想性格，同时，还成功地塑造了一位高蹈遁世的隐者形象。后世众多诗赋词曲作品中吟啸烟霞的渔钓隐者形象，从文学上溯源，都不能不使我们联想到楚辞中的这篇《渔父》。“渔父”意象寄托着中国文人对这种与世无争的超然生活的向往。渔父是真正的隐者，他留给世界的是一个飘逸的背影，他乘扁舟漂游水上，自然，惬意，无拘无束，得意时出仕兼济天下，失意后归隐吟风啸月，是中国文人千载不变的人生轨迹。因此，在后世文人面临挫折时，“渔父”意象总能够触发他们的情思，让他们吟咏不绝。

本文在语言上，主要以对话形式展开，以便于陈事说理、直抒胸臆，这似乎开启了赋体主客问答、抑客伸主的基本表达形式。在句式上以散句为主，多用对偶、排比修辞手法，不仅凝练概括，充满哲理意味，而且节奏规律，音韵抑扬顿挫，读起来起伏有致，朗朗上口。

全文仅二百余字，却融记叙、议论、抒情于一体，既富于哲理意味又充盈着浓浓的诗意，不愧为千古名篇。

思考题：

1.《渔父》一文的修辞有何特征？这种修辞具有怎样的艺术表达效果？

2. 在屈原的执着与渔父的旷达之间，你更欣赏哪一个？理由是什么？

3.《渔父》一文通过自设问答的形式表现内心矛盾，优点是什么？

命若琴弦①

史铁生

莽莽苍苍的群山之中走着两个瞎子，一老一少，一前一后，两顶发了黑的草帽起伏攒动，匆匆忙忙，像是随着一条不安静的河水在漂流。无所谓从哪儿来，也无所谓到哪儿去，每人带一把三弦琴，说书为生。

方圆几百上千里的这片大山中，峰峦叠嶂，沟壑纵横，人烟稀疏，走一天才能见一片开阔地，有几个村落。荒草丛中随时会飞起一对山鸡，跳出一只野兔、狐狸或者其他小野兽。山谷中常有鹞鹰盘旋。

寂静的群山没有一点阴影，太阳正热得凶。

“把三弦子抓在手里，”老瞎子喊，在山间震起回声。

“抓在手里呢。”小瞎子回答。

“操心身上的汗把三弦子弄湿了。弄湿了晚上弹你的肋条？”

“抓在手里呢。”

老少二人都赤着上身，各自拎了一条木棍探路。缠在腰间的粗布小褂已经被汗水洇湿了一大片。蹚起来的黄土干得呛人。这正是说书的旺季。天长，村子里的人吃罢晚饭都不呆在家里；有的人晚饭也不在家里吃，捧上碗到路边去，或者到场院里。老瞎子想赶着多说书，整个热季领着小瞎子一个村子一个村子紧走，一晚上一晚上紧说。老瞎子一天比一天紧张、激动，心里算定：弹断一千根琴弦的日子就在这个夏天了，说不定就在前面的野羊坳。

暴躁了一整天的太阳这会儿正平静下来，光线开始变得深沉。

远远近近的蝉鸣也舒缓了许多。

“小子！你不能走快点吗？”老瞎子在前面喊，不回头也不放慢脚步。

小瞎子紧跑几步，吊在屁股上的一只大挎包叮啷哐啷地响，离老瞎子仍有几丈远。

“野鸽子都往窝里飞啦。”

“什么？”小瞎子又紧走几步。

“我说野鸽子都回窝了，你还不快走！”

“噢。”

“你又鼓捣我那电匣子呢。”

“噫——！鬼动来。”

“那耳机子快让你鼓捣坏了。”

“鬼动来！”

老瞎子暗笑：你小子才活了几天？“蚂蚁打架我也听得着，”老瞎子说。

小瞎子不争辩了，悄悄把耳机子塞到挎包里去，跟在师父身后闷闷地走路。无尽无休的无聊的路。

走了一阵子，小瞎子听见有只獾在地里啃庄稼，就使劲学狗叫，那只獾连滚带爬地逃走了，他觉得有点开心，轻声哼了几句小调儿，哥哥呀妹妹的。师父不让他养狗，怕受村子里的狗欺负，也怕欺负了别人家的狗，误了生意。又走了一会，小瞎子又听见不远处有条蛇在游动，弯腰摸了块石头砍过去，“哗啦啦”一阵高粱叶子响。老瞎子有点可怜他了，停下来等他。

“除了獾就是蛇，”小瞎子赶忙说，担心师父骂他。

“有了庄稼地了，不远了。”老瞎子把一个水壶递给徒弟。

“干咱们这营生的，一辈子就是走，”老瞎子又说。“累不？”

小瞎子不回答，知道师父最讨厌他说累。

“我师父才冤呢。就是你师爷，才冤呢，东奔西走一辈子，到了没弹够一千根琴弦。”

小瞎子听出师父这会儿心绪好，就问：“什么是绿色的长乙（椅）?”

“什么？噢，八成是一把椅子吧。”

“曲折的油狼（游廊）呢?”

“油狼？什么油狼?”

“曲折的油狼。”

“不知道。”

“匣子里说的。”

“你就爱瞎听那些玩艺儿。听那些玩艺儿有什么用？天底下的好东西多啦，跟咱们有什么关系?”

“我就没听您说过，什么跟咱们有关系。”小瞎子把“有”字说得重。

“琴！三弦子！你爹让你跟了我来，是为让你弹好三弦子，学会说书。”

小瞎子故意把水喝得咕噜噜响。

再上路时小瞎子走在前头。

大山的阴影在沟谷里铺开来。地势也渐渐地平缓，开阔。

接近村子的时候，老瞎子喊住小瞎子，在背阴的山脚下找到一个小泉眼。细细的泉水从石缝里往外冒，淌下来，积成脸盆大的小洼，周围的野草长得茂盛，水流出去几十米便被干渴的土地吸干。

“过来洗洗吧，洗洗你那身臭汗味。”

小瞎子拨开野草在水洼边蹲下，心里还在猜想着“曲折的油狼”。

“把浑身都洗洗。你那样儿准像个小叫花子。”

“那您不就是个老叫花子了?”小瞎子把手按在水里，嘻嘻地笑。

老瞎子也笑，双手掬起水往脸上泼。“可咱们不是叫花子，咱们有手艺。”

“这地方咱们好像来过。”小瞎子侧耳听着四周的动静。

“可你的心思总不在学艺上。你这小子心太野。老人的话你从来不着耳朵听。”

“咱们准是来过这儿。”

“别打岔！你那三弦子弹得还差着远呢。咱这命就在这几根琴弦上，我师父当年就这么跟我说。”

泉水清凉凉的。小瞎子又哥哥呀妹妹的哼起来。

老瞎子挺来气：“我说什么你听见了吗？”

“咱这命就在这几根琴弦上，您师父我师爷说的。我都听过八百遍了。您师父还给您留下一张药方，您得弹断一千根琴弦才能去抓那付药，吃了药您就能看见东西了。我听您说过一千遍了。”

“你不信？”

小瞎子不正面回答，说：“干吗非得弹断一千根琴弦才能去抓那付药呢？”

“那是药引子。机灵鬼儿，吃药得有药引子！”

“一千根断了的琴弦还不好弄？”小瞎子忍不住嗤嗤地笑。

“笑什么笑！你以为你懂得多少事？得真正是一根一根弹断了的才成。”

小瞎子不敢吱声了，听出师父又要动气。每回都是这样，师父容不得对这件事有怀疑。

老瞎子也没再作声，显得有些激动，双手搭在膝盖上，两颗骨头一样的眼珠对着苍天，像是一根一根地回忆着那些弹断的琴弦。盼了多少年了呀，老瞎子想，盼了五十年了！五十年中翻了多少架山，走了多少里路哇，挨了多少回晒，挨了多少回冻，心里受了多少委屈呀。

一晚上一晚上地弹，心里总记着，得真正是一根一根尽心尽力地弹断的才成。现在快盼到了，绝出不了这个夏天了。老瞎子知道自己又没什么能要命的病，活过这个夏天一点不成问题。“我比我师父可运气多了，”他说，“我师父到了没能睁开眼睛看一回。”

“咳！我知道这地方是哪儿了！”小瞎子忽然喊起来。

老瞎子这才动了动，抓起自己的琴来摇了摇，叠好的纸片碰在蛇皮上发出细微的响声，那张药方就在琴槽里。

“师父，这儿不是野羊岭吗？”小瞎子问。

老瞎子没搭理他，听出这小子又不安稳了。

“前头就是野羊坳，是不是，师父？”

“小子，过来给我擦擦背，”老瞎子说，把弓一样的脊背弯给他。

“是不是野羊坳，师父？”

“是！干什么？你别又闹猫似的。”

小瞎子的心扑通扑通跳，老老实实地给师父擦背。老瞎子觉出他擦得很有劲。

“野羊坳怎么了？你别又叫驴似的会闻味儿。”

小瞎子心虚，不吭声，不让自己显出兴奋。

“又想什么呢？别当我不知道你那点心思。”

“又怎么了，我？”

“怎么了你？上回你在这儿疯得不够？那妮子是什么好货！”老瞎子心想，也许不该再带他到野羊坳来。可是野羊坳是个大村子，年年在这儿生意都好，能说上半个多月。老瞎子恨不能立刻弹断最后几根琴弦。

小瞎子嘴上嘟嘟囔囔的，心却飘飘的，想着野羊坳里那个尖声细气的小妮子。

“听我一句话，不害你，”老瞎子说，“那号事靠不住。”

“什么事？”

“少跟我贫嘴。你明白我说的什么事。”

“我就没听您说过，什么事靠得住。”小瞎子又偷偷地笑。

老瞎子没理他，骨头一样的眼珠又对着苍天。那儿，太阳正变成一汪血。

两面脊背和山是一样的黄褐色。一座已经老了，嶙峋瘦骨像是山根下裸露的基石。另一座正年青。老瞎子七十岁，小瞎子才十七。

小瞎子十四岁上父亲把他送到老瞎子这儿来，为的是让他学说书，这辈子好有个本事，将来可以独自在世上活下去。

老瞎子说书已经说了五十多年。这一片偏僻荒凉的大山里的人们都知道他：头发一天天变白，背一天天变驼，年年月月背一把三弦琴满世界走，逢上有愿意出钱的地方就拨动琴弦唱一晚上，给寂寞的山村带来欢乐。开头常是这么几句：“自从盘古分天地，三皇五帝到如今，有道君王安天下，无道君王害黎民。轻轻弹响三弦琴，慢慢稍停把歌论，歌有三千七百本，不知哪本动人心。”于是听书的众人喊起来，老的要听董永卖身葬父，小的要听武二郎夜走蜈蚣岭，女人们想听秦香莲。这是老瞎子最知足的一刻，身上的疲劳和心里的孤寂全忘却，不慌不忙地喝几口水，待众人的吵嚷声鼎沸，便把琴弦一阵紧拨，唱道：“今日不把别人唱，单表公子小罗成。”或者：“茶也喝来烟也吸，唱一回哭倒长城的孟姜女。”满场立刻鸦雀无声，老瞎子也全心沉到自己所说的书中去。

他会的老书数不尽。他还有一个电匣子，据说是花了大价钱从一个山外人手里买来，为的是学些新词儿，编些新曲儿。其实山里人倒不太在乎他说什么唱什么。人人都称赞他那三弦子弹得讲究，轻轻漫漫的，飘飘洒洒的，疯癫狂放的，那里头有天上的日月，有地上的生灵。老瞎子的嗓子能学出世上所有的声音，男人、女人，刮风下雨，兽啼禽鸣。不知道他脑子里能呈现出什么景象，他一落生就瞎了眼睛，从没见过这个世界。

小瞎子可以算见过世界，但只有三年，那时还不懂事。他对说书和弹琴并无多少兴趣，父亲把他送来的时候费尽了唇舌，好说歹说连哄带骗，最后不如说是那个电匣子把他留住。他抱着电匣子听得入神，甚至没发觉父亲什么时候离去。

这只神奇的匣子永远令他着迷，遥远的地方和稀奇古怪的事物使他幻想不绝，凭着三年朦胧的记忆，补充着万物的色彩和形象，譬如海，匣子里说蓝天就像大海，他记得蓝天，于是想象出海；匣子里说海是无边无际的水，他记得锅里的水，于是想象出满天排开的水锅。

再譬如漂亮的姑娘，匣子里说就像盛开的花朵，他实在不相信会是那样，母亲的灵柩被抬到远山上去的时候，路上正开遍着野花，他永远记得却永远不愿意去想。但他愿意想姑娘，越来越愿意想；尤其是野羊坳的那个尖声细气的小妮子，总让他心里荡起波澜。直到有一回匣子里唱道，“姑娘的眼睛就像太阳”，这下他才找到了一个贴切的形象，想起母亲在红透的夕阳中向他走来的样子，其实人人都是根据自己的所知猜测着无穷的未知，以自己的感情勾画出世界。每个人的世界就都不同。

也总有一些东西小瞎子无从想象，譬如“曲折的油狼”。

这天晚上，小瞎子跟着师父在野羊坳说书，又听见那小妮子站在离他不远处尖声细气地说笑。书正说到紧要处——“罗成回马再交战，大胆苏烈又兴兵。苏烈大刀如流水，罗成长枪似腾云，好似海中龙吊宝，犹如深山虎争林。又战七日并七夜，罗成清茶无点唇……”老瞎子把琴弹得如雨骤风疾，字字句句唱得铿锵。小瞎子却心猿意马，手底下早乱了套数……

野羊岭上有一座小庙，离野羊坳村二里地，师徒二人就在这里住下。石头砌的院墙已经残断不全，几间小殿堂也歪斜欲倾百孔千疮，唯正中一间尚可遮蔽风雨，大约是因为这一间中毕竟还供奉着神灵。

三尊泥像早脱尽了尘世的彩饰，还一身黄土本色返朴归真了；认不出是佛是道。院里院外、房顶墙头都长满荒藤野草，蓊蓊郁郁倒有生气。

老瞎子每回到野羊坳说书都住这儿，不出房钱又不惹是非。小瞎子是第二次住在这儿。

散了书已经不早，老瞎子在正殿里安顿行李，小瞎子在侧殿的檐下生火烧水。去年砌下的灶稍加修整就可以用。小瞎子撅着屁股吹火，柴草不干，呛得他满院里转着圈咳嗽。

老瞎子在正殿里数叨他：“我看你能干好什么。”

“柴湿嘛。”

“我没说这事。我说的是你的琴，今儿晚上的琴你弹成了什么。”

小瞎子不敢接这话茬，吸足了几口气又跪到灶火前去，鼓着腮帮子一通猛吹。“你要是不想干这行，就趁早给你爹捎信把你领回去。老这么闹猫闹狗的可不行，要闹回家闹去。”

小瞎子咳嗽着从灶火边跳开，几步蹿到院子另一头，呼蚩呼蚩大喘气，嘴里一边骂。

“说什么呢?”

“我骂这火。”

“有你那么吹火的?”

“那怎么吹?”

“怎么吹? 哼,”老瞎子顿了顿,又说:“你就当这灶火是那妮子的脸!”

小瞎子又不敢搭腔了,跪到灶火前去再吹,心想:真的,不知道兰秀儿的脸什么样。那个尖声细气的小妮子叫兰秀儿。

“那要是妮子的脸,我看你不用教也会吹。”老瞎子说。

小瞎子笑起来,越笑越咳嗽。

“笑什么笑!”

“您吹过妮子脸?”

老瞎子一时语塞。小瞎子笑得坐在地上。“日他妈。”老瞎子骂道,笑笑,然后变了脸色,再不言语。

灶膛里腾的一声,火旺起来。小瞎子再去添柴,一心想着兰秀儿。

才散了书的那会儿,兰秀儿挤到他跟前来小声说:“哎,上回你答应我什么来?”师父就在旁边,他没敢吭声。人群挤来挤去,一会儿又把兰秀儿挤到他身边。“噫,上回吃了人家的煮鸡蛋倒白吃了?”兰秀儿说,声音比上回大。这时候师父正忙着跟几个老汉拉话,他赶紧说:“嘘——,我记着呢。”兰秀儿又把声音压低:“你答应给我听电匣子你还没给我听。”“嘘——,我记着呢。”幸亏那会儿人声嘈杂。

正殿里好半天没有动静。之后,琴声响了,老瞎子又上好了一根新弦。他本来应该高兴的,来野羊坳头一晚上就又弹断了一根琴弦。

可是那琴声却低沉、零乱。

小瞎子渐渐听出琴声不对,在院里喊:“水开了,师父。”

没有回答。琴声一阵紧似一阵了。

小瞎子端了一盆热水进来,放在师父跟前,故意嘻嘻笑着说:“您今儿晚还想弹断一根是怎么着?”

老瞎子没听见,这会儿他自己的往事都在心中,琴声烦躁不安,像是年年旷野里的风雨,像是日夜山谷中的流溪,像是奔奔忙忙不知所归的脚步声。小瞎子有点害怕了:师父很久不这样了,师父一这样就要犯病,头疼、心口疼、浑身疼,会几个月爬不起炕来。

“师父,您先洗脚吧。”

琴声不停。

“师父,您该洗脚了。”小瞎子的声音发抖。

琴声不停。

“师父!”

琴声戛然而止,老瞎子叹了口气。小瞎子松了口气。

老瞎子洗脚，小瞎子乖乖地坐在他身边。

“睡去吧，”老瞎子说，“今儿个够累的了。”

“您呢?”

“你先睡，我得好好泡泡脚。人上了岁数毛病多。”老瞎子故意说得轻松。

“我等您一块儿睡。”

山深夜静。有了一点风，墙头的草叶子响。夜猫子在远处哀哀地叫。听得见野羊场里偶尔有几声狗吠，又引得孩子哭。月亮升起来，白光透过残损的窗棂进了殿堂，照见两个瞎子和三尊神像。

“等我干吗，时候不早了。”

“你甭担心我，我怎么也不怎么。”老瞎子又说。

“听见没有，小子?”

小瞎子到底年轻，已经睡着。老瞎子推推他让他躺好，他嘴里咕囔了几句倒头睡去。老瞎子给他盖被时，从那身日渐发育的筋肉上觉出，这孩子到了要想那些事的年龄，非得有一段苦日子过不可了。唉，这事谁也替不了谁。

老瞎子再把琴抱在怀里，摩挲着根根绷紧的琴弦，心里使劲念叨：又断了一根了，又断了一根了。再摇摇琴槽，有轻微的纸和蛇皮的摩擦声。唯独这事能为他排忧解烦。一辈子的愿望。

小瞎子做了一个好梦，醒来吓了一跳，鸡已经叫了。他一骨碌爬起来听听，师父正睡得香，心说还好。他摸到那个大挎包，悄悄地掏出电匣子，蹑手蹑脚出了门。

往野羊坳方向走了一会儿，他才觉出不对头，鸡叫声渐渐停歇，野羊坳里还是静静的没有人声。他愣了一会儿，鸡才叫头遍吗?灵机一动扭开电匣子。电匣子里也是静悄悄。现在是半夜。他半夜里听过匣子，什么都没有。这匣子对他来说还是个表，只要扭开一听，便知道是几点钟，什么时候有什么节目都是一定的。

小瞎子回到庙里，老瞎子正翻身。

“干吗哪?”

“撒尿去了。”小瞎子说。

一上午，师父逼着他练琴。直到晌午饭后，小瞎子才瞅机会溜出庙来，溜进野羊坳。鸡也在树荫下打盹，猪也在墙根下说着梦话，太阳又热得凶，村子里很安静。

小瞎子踩着磨盘，扒着兰秀儿家的墙头轻声喊：“兰秀儿——兰秀儿——”

屋里传出雷似的鼾声。

他犹豫了片刻，把声音稍稍抬高：“兰秀儿——！兰秀儿——！”

狗叫起来。屋里的鼾声停了，一个闷声闷气的声音问：“谁呀?”

小瞎子不敢回答，把脑袋从墙头上缩下来。

屋里吧唧了一阵嘴，又响起鼾声。

他叹口气，从磨盘上下来，快快地往回走。忽听见身后嘎吱一声院门响，随即一阵细碎的脚步声向他跑来。

“猜是谁？”尖声细气。小瞎子的眼睛被一双柔软的小手捂上了。

——这才多余呢。兰秀儿不到十五岁，认真说还是个孩子。

“兰秀儿！”

“电匣子拿来没？”

小瞎子掀开衣襟，匣子挂在腰上。“嘘——，别在这儿，找个没人的地方听去。”

“咋啦？”

“回头招好些人。”

“咋啦？”

“那么多人听，费电。”

两个人东拐西弯，来到山背后那眼小泉边。小瞎子忽然想起件事，问兰秀儿：“你见过曲折的油狼吗？”

“啥？”

“曲折的油狼。”

“曲折的油狼？”

“知道吗？”

“你知道？”

“当然。还有绿色的长椅。就是一把椅子。”

“椅子谁不知道。”

“那曲折的油狼呢？”

兰秀儿摇摇头，有点崇拜小瞎子了。小瞎子这才郑重其事地扭开电匣子，一支欢快的乐曲在山沟里飘荡。

这地方又凉快又没有人来打扰。

“这是‘步步高’。”小瞎子说，跟着哼。

一会儿又换了支曲子，叫“旱天雷”，小瞎子还能跟着哼。兰秀儿觉得很惭愧。

“这曲子也叫‘和尚思妻’。”

兰秀儿笑起来：“瞎骗人！”

“你不信？”

“不信。”

“爱信不信。这匣子里说的古怪事多啦。”小瞎子玩着凉凉的泉水，想了一会儿。“你知道什么叫接吻吗？”

“你说什么叫？”

这回轮到小瞎子笑，光笑不答。兰秀儿明白准不是好话，红着脸不再问。

音乐播完了，一个女人说，“现在是讲卫生节目。”

“啥?”兰秀儿没听清。

“讲卫生。”

“是什么?”

“嗯——，你头发上有虱子吗?”

“去——，别动!”

小瞎子赶忙缩回手来，赶忙解释：“要有就是不讲卫生。”

“我才没有。”兰秀儿抓抓头，觉得有些刺痒。“噫——，瞧你自个儿吧!”兰秀儿一把搬过小瞎子的头。“看我捉几个大的。”

这时候听见老瞎子在半山上喊：“小子，还不给我回来！该做饭了，吃罢饭还得去说书!”他已经站在那儿听了好一会儿了。

野羊坳里已经昏暗，羊叫、驴叫、狗叫、孩子们叫，处处起了炊烟。野羊岭上还有一线残阳，小庙正在那淡薄的光中，没有声响。

小瞎子又撅着屁股烧火。老瞎子坐在一旁淘米，凭着听觉他能把米中的砂子拣出来。

“今天的柴挺干。”小瞎子说。

“嗯。”

“还是焖饭?”

“嗯。”

小瞎子这会儿精神百倍，很想找些话说，但是知道师父的气还没消，心说还是少找骂。

两个人默默地干着自己的事，又默默地一块儿把饭做熟。岭上也没了阳光。

小瞎子盛了一碗小米饭，先给师父：“您吃吧。”声音怯怯的，无比驯顺。

老瞎子终于开了腔：“小子，你听我一句行不?”

“嗯。”小瞎子往嘴里扒拉饭，回答得含糊。

“你要是不愿意听，我就不说。”

“谁说不愿意听了？我说‘嗯’!”

“我是过来人，总比你知道的多。”

小瞎子闷头扒拉饭。

“我经过那号事。”

“什么事?”

“又跟我贫嘴!”老瞎子把筷子往灶台上一摔。

“兰秀儿光是想听听电匣子。我们光是一块儿听电匣子来。”

“还有呢?”

“没有了。”

“没有了?”

“我还问她见没见过曲折的油狼。”

“我没问你这个!”

“后来，后来，”小瞎子不那么气壮了。“不知怎么一下就说起了虱子……”

“还有呢?”

“没了。真没了!”

两个人又默默地吃饭。老瞎子带了这徒弟好几年，知道这孩子不会撒谎，这孩子最让人放心的地方就是诚实、厚道。

“听我一句话，保准对你没坏处。以后离那妮子远点儿。”

“兰秀儿人不坏。”

“我知道她不坏，可你离她远点儿好。早年你师爷这么跟我说，我也不信……”

“师爷？说兰秀儿?”

“什么兰秀儿，那会儿还没她呢。那会儿还没有你们呢……”

老瞎子阴郁的脸又转向暮色浓重的天际，骨头一样白色的眼珠不住地转动，不知道在那儿他能“看”见什么。

许久，小瞎子说：“今儿晚上您多半又能弹断一根琴弦。”想让师父高兴些。

这天晚上师徒俩又在野羊坳说书。“上回唱到罗成死，三魂七魄赴幽冥，听歌君子莫嘈嚷，列位听我道下文。罗成阴魂出地府，一阵旋风就起身，旋风一阵来得快，长安不远面前存……”老瞎子的琴声也乱，小瞎子的琴声也乱。小瞎子回忆着那双柔软的小手捂在自己脸上的感觉，还有自己的头被兰秀儿搬过去时的滋味。

老瞎子想起的事情更多……

夜里老瞎子翻来覆去睡不安稳，多少往事在他耳边喧嚣，在他心头动荡，身体里仿佛有什么东西要爆炸。坏了，要犯病，他想。头昏，胸口憋闷，浑身紧巴巴的难受。他坐起来，对自己叨咕：“可别犯病，一犯病今年就甭想弹够那些琴弦了。”他又摸到琴。要能叮叮当当随心所欲地疯弹一阵，心头的忧伤或许就能平息，耳边的往事或许就会消散。可是小瞎子正睡得香甜。

他只好再全力去想那张药方和琴弦：还剩下几根，还只剩最后几根了。那时就可以去抓药了，然后就能看见这个世界——他无数次爬过的山，无数次走过的路，无数次感到过她的温暖和炽热的太阳，无数次梦想着的蓝天、月亮和星星……还有呢？突然间心里一阵空，空得深重。就只为了这些？还有什么？他朦胧中所盼望的东西似乎比这要多得多……

夜风在山里游荡。

猫头鹰又在凄哀地叫。

不过现在他老了，无论如何没几年活头了，失去的已经永远失去了，他像是刚刚意识到这一点。七十年中所受的全部辛苦就为了最后能看一眼世界，这值得吗？他问自己。

小瞎子在梦里笑，在梦里说：“那是一把椅子，兰秀儿……”

老瞎子静静地坐着。静静地坐着的还有那三尊分不清是佛是道的泥像。

鸡叫头遍的时候老瞎子决定，天一亮就带这孩子离开野羊坳。否则这孩子受不了，他自己也受不了。兰秀儿人不坏，可这事会怎么结局，老瞎子比谁都“看”得清楚。鸡叫二遍，老瞎子开始收拾行李。

可是一早起来小瞎子病了，肚子疼，随即又发烧。老瞎子只好把行期推迟。

一连好几天，老瞎子无论是烧火、淘米、捡柴，还是给小瞎子挖药、煎药，心里总在说：“值得，当然值得。”要是不这么反反复复对自己说，身上的力气似乎就全要垮掉。“我非要最后看一眼不可。”“要不怎么着？就这么死了去？”“再说就只剩下最后几根了。”后面三句都是理由。老瞎子又冷静下来，天天晚上还到野羊坳去说书。

这一下小瞎子倒来了福气。每天晚上师父到岭下去了，兰秀儿就猫似的轻轻跳进庙里来听匣子。兰秀儿还带来熟的鸡蛋，条件是得让她亲手去扭那匣子的开关。“往哪边扭？”“往右。”“扭不动。”

“往右，笨货，不知道哪边是右哇？”“咔哒”一下，无论是什么便响起来，无论是什么俩人都爱听。

又过了几天，老瞎子又弹断了三根琴弦。

这一晚，老瞎子在野羊坳里自弹自唱：“不表罗成投胎事，又唱秦王李世民。秦王一听双泪流，可怜爱卿丧残身，你死一身不打紧，缺少扶朝上将军……”

野羊岭上的小庙里这时更热闹。电匣子的音量开得挺大，又是孩子哭，又是大人喊，轰隆隆地又响炮，嘀嘀哒哒地又吹号。月光照进正殿，小瞎子躺着啃鸡蛋，兰秀儿坐在他旁边。两个人都听得兴奋，时而大笑，时而稀里糊涂莫名其妙。

“这匣子你师父哪买来？”

“从一个山外头的人手里。”

“你们到山外头去过？”兰秀儿问。

“没。我早晚要去一回就是，坐坐火车。”

“火车？”

“火车你也不知道？笨货。”

“噢，知道知道，冒烟哩是不是？”

过了一会儿兰秀儿又说：“保不准我就得到山外头去。”语调有些恓惶。

“是吗？”小瞎子一挺坐起来：“那你到底瞧瞧曲折的油狼是什么。”

“你说是不是山外头的人都有电匣子？”

“谁知道。我说你听清楚没有？曲、折、的、油、狼，这东西就在山外头。”

“那我得跟他们要一个电匣子。”兰秀儿自言自语地想心事。

“要一个？”小瞎子笑了两声，然后屏住气，然后大笑：“你干吗不要俩？你可真本事大。你知道这匣子几千块钱一个？把你卖了吧，怕也换不来。”

兰秀儿心里正委屈，一把揪住小瞎子的耳朵使劲拧，骂道：“好你个死瞎子。”

两个人在殿堂里扭打起来。三尊泥像袖手旁观帮不上忙。两个年青的正在发育的身体碰撞在一起，纠缠在一起，一个把一个压在身下，一会儿又颠倒过来，骂声变成笑声。匣子在一边唱。

打了好一阵子，两个人都累得住了手，心怦怦跳，面对面躺着喘气，不言声儿，谁却也不愿意再拉开距离。

兰秀儿呼出的气吹在小瞎子脸上，小瞎子感到了诱惑，并且想起那天吹火时师父说的话，就往兰秀儿脸上吹气。兰秀儿并不躲。

“嘿，”小瞎子小声说：“你知道接吻是什么了吗？”

“是什么？”兰秀儿的声音也小。

小瞎子对着兰秀儿的耳朵告诉她。兰秀儿不说话。老瞎子回来之前，他们试着亲了嘴儿，滋味真不坏……

就是这天晚上，老瞎子弹断了最后两根琴弦。两根弦一齐断了。

他没料到。他几乎是连跑带爬地上了野羊岭，回到小庙里。

小瞎子吓了一跳：“怎么了，师父？”

老瞎子喘吁吁地坐在那儿，说不出话。

小瞎子有些犯嘀咕：莫非是他和兰秀儿干的事让师父知道了？

老瞎子这才相信：一切都是值得的。一辈子的辛苦都是值得的。

能看一回，好好看一回，怎么都是值得的。

“小子，明天我就去抓药。”

“明天？”

“明天。”

“又断了一根了？”

“两根。两根都断了。”

老瞎子把那两根弦卸下来，放在手里揉搓了一会儿，然后把它们并到另外的九百九十八根中去，绑成一捆。

“明天就走？”

“天一亮就动身。”

小瞎子心里一阵发凉。老瞎子开始剥琴槽上的蛇皮。

“可我的病还没好利索，”小瞎子小声叨咕。

“噢，我想过了，你就先留在这儿，我用不了十天就回来。”

小瞎子喜出望外。

“你一个人行不？”

“行！”小瞎子紧忙说。

老瞎子早忘了兰秀儿的事。“吃的、喝的、烧的全有。你要是病好利索了，也该学着自个儿去说回书。行吗？”

“行。”小瞎子觉得有点对不住师父。

蛇皮剥开了，老瞎子从琴槽中取出一张叠得方方正正的纸条。

他想起这药方放进琴槽时，自己才二十岁，便觉得浑身上下都好像冷。

小瞎子也把那药方放在手里摸了一会儿，也有了几分肃穆。

“你师爷一辈子才冤呢。”

“他弹断了多少根？”

“他本来能弹够一千根，可他记成了八百。要不然他能弹断一千根。”

天不亮老瞎子就上路了。他说最多十天就回来，谁也没想到他竟去了那么久。

老瞎子回到野羊坳时已经是冬天。

漫天大雪，灰暗的天空连接着白色的群山。没有声息，处处也没有生气，空旷而沉寂。所以老瞎子那顶发了黑的草帽就尤其蹭动得显著。他蹒蹒跚跚地爬上野羊岭。庙院中衰草瑟瑟，蹿出一只狐狸，仓惶逃远。

村里人告诉他，小瞎子已经走了些日子。

“我告诉他我回来。”

“不知道他干吗就走了。”

“他没说去哪儿？留下什么话没？”

“他说让您甭找他。”

“什么时候走的？”

人们想了好久，都说是在兰秀儿嫁到山外去的那天。

老瞎子心里便一切全都明白了。

众人劝老瞎子留下来，这么冰天雪地的上哪儿去？不如在野羊坳说一冬书。老瞎子指指他的琴，人们见琴柄上空荡荡已经没了琴弦。老瞎子面容也憔悴，呼吸也孱弱，嗓音也沙哑了，完全变了个人。他说得去找他的徒弟。

若不是还想着他的徒弟，老瞎子就回不到野羊坳。那张他保存了五十年的药方原来是一张无字的白纸。他不信，请了多少个识字而又诚实的人帮他看，人人都说那果真就是一张无字的白纸。

老瞎子在药铺前的台阶上坐了一会儿，他以为是一会儿，其实已经几天几夜，骨头一样的眼珠在询问苍天，脸色也变成骨头一样的苍白。有人以为他是疯了，安慰他，劝他。老瞎子苦笑：七十岁了再疯还有什么意思？他只是再不想动弹，吸引着他活下去、走下去、唱下去的东西骤然间消失干净。就像一根不能拉紧的琴弦，再难弹出赏心悦耳的曲子。老瞎子的心弦断了。现在发现那目的原来是空的。老瞎子在一个小客店里住了很久，觉得身体里的一切都在熄灭。他整天躺在炕上，不弹也不唱，一天天迅速地衰老。

直到花光了身上所有的钱，直到忽然想起了他的徒弟，他知道自己的死期将至，可那孩子在等他回去。

茫茫雪野，皑皑群山，天地之间蹭动着一个黑点。走近时，老瞎子的身影弯得如一座桥。他去找他的徒弟。他知道那孩子目前的心情、处境。

他想自己先得振作起来，但是不行，前面明明没有了目标。

他一路走，便怀恋起过去的日子，才知道以往那些奔奔忙忙兴致勃勃的翻山、赶路、弹琴，乃至心焦、忧虑都是多么欢乐！那时有个东西把心弦扯紧，虽然那东西原是虚设。老瞎子想起他师父临终时的情景。他师父把那张自己没用上的药方封进他的琴槽。

“您别死，再活几年，您就能睁眼看一回了。”说这话时他还是个孩子。他师父久久不言语，最后说：“记住，人的命就像这琴弦，拉紧了才能弹好，弹好了就够了。”……不错，那意思就是说：目的本来没有。老瞎子知道怎么对自己的徒弟说了。可是他又想：能把一切都告诉小瞎子吗？老瞎子又试着振作起来，可还是不行，总摆脱不掉那张无字的白纸……

在深山里，老瞎子找到了小瞎子。

小瞎子正跌倒在雪地里，一动不动，想那么等死。老瞎子懂得那绝不是装出来的悲哀。老瞎子把他拖进一个山洞，他已无力反抗。

老瞎子捡了些柴，打起一堆火。

小瞎子渐渐有了哭声。老瞎子放了心，任他尽情尽意地哭。只要还能哭就还有救，只要还能哭就有哭够的时候。

小瞎子哭了几天几夜，老瞎子就那么一声不吭地守候着。火头和哭声惊动了野兔子、山鸡、野羊、狐狸和鹞鹰……

终于小瞎子说话了：“干吗咱们是瞎子！”

“就因为咱们是瞎子。”老瞎子回答。

终于小瞎子又说：“我想睁开眼看看，师父，我想睁开眼看看！”哪怕就看一回。

“你真那么想吗？”

“真想，真想——”

老瞎子把篝火拨得更旺些。

雪停了。铅灰色的天空中，太阳像一面闪光的小镜子。鹞鹰在平稳地滑翔。

“那就弹你的琴弦，”老瞎子说，“一根一根尽力地弹吧。”

“师父，您的药抓来了？”小瞎子如梦方醒。

“记住，得真正是弹断的才成。”

“您已经看见了吗？师父，您现在看得见了？”

小瞎子挣扎着起来，伸手去摸师父的眼窝。老瞎子把他的手抓住。

“记住，得弹断一千二百根。”

“一千二？”

“把你的琴给我，我把这药方给你封在琴槽里。”老瞎子现在才弄懂了他师父当年对他说的话——咱的命就在这琴弦上。

目标虽是虚设的，可非得有不行，不然琴弦怎么拉紧，拉不紧就弹不响。

“怎么是一千二，师父？”

“是一千二，我没弹够，我记成了一千。”老瞎子想：这孩子再怎么弹吧，还能弹断一千二百根？永远扯紧欢跳的琴弦，不必去看那张无字的白纸……

这地方偏僻荒凉，群山不断。荒草丛中随时会飞起一对山鸡，跳出一只野兔、狐狸，或者其他小野兽。山谷中鹞鹰在盘旋。

现在让我们回到开始：莽莽苍苍的群山之中走着两个瞎子，一老一少，一前一后，两顶发了黑的草帽起伏蹿动，匆匆忙忙，像是随着一条不安静的河水在漂流。无所谓从哪儿来、到哪儿去，也无所谓谁是谁……

一九八五年四月二十日

注释：

①本文依据史铁生：《秋天的怀念》，华夏出版社 2018 年版。

背景知识：

史铁生（1951—2010），中国作家、散文家。1951 年出生于北京。1967 年毕业于清华大学附属中学，1969 年去延安一带插队。因双腿瘫痪于 1972 年回到北京。历任中国作家协会全国委员会委员、北京作家协会副主席、中国残疾人联合会副主席。自称职业是生病，业余在写作。2010 年 12 月 31 日凌晨 3 时 46 分因突发脑溢血逝世，享年 59 岁。他著有短篇小说《午餐半小时》《我的遥远的清平湾》《奶奶的星星》《命若琴弦》《别人》《老屋小记》；中篇小说《关于詹牧师的报告文学》《插队的故事》《礼拜日》《原罪·宿命》；长篇小说《务虚笔记》《我的丁一之旅》；散文《好运设计》《我与地坛》《墙下短记》《病隙碎笔》等。史铁生的作品先后获全国优秀短篇小说奖、鲁迅文学奖，以及多种全国文学刊物奖。他的《病隙碎笔》作为 2002 年度中国文学最为重要的收获，一如既往地思考着生与死、残缺与爱情、苦难与信仰、写作与艺术等重大问题，并解答了“我”如何在场、如何活出意义来这些普遍性的精神难题。史铁生用残缺的身体，说出了最为健全且丰满的思想。他体验到生命的苦难，表达出的却是存在的明朗和欢乐，他睿智的言辞，照亮的反而是我们日益幽暗的内心。

中国著名哲学家、批评家邓晓芒这样评价史铁生：史铁生完成了许多身体正常的人都做不到的事，对于人的命运和现实生活的冲突，他没有停留在表面进行思考，而是去拷问存在的意义。

导读：

“微笑着，去唱生活的歌谣。不要抱怨生活给予了太多的磨难，不必抱怨生活中有太多的曲折。”微笑着从容地弹奏弦乐，去面对挫折，去接受幸福，去品味孤独，去战胜忧伤。对生命以及生命意义的探索是史铁生小说永恒的主题，《命若琴弦》就是史铁生创作的一部抗争荒诞命运、追求生命意义的作品。在小说《命若琴弦》中，史铁生将朴素的语言与深刻的哲思结合起来，以寓言的方式讲述了老瞎子和小瞎子的生命故事。一老一少拿着三弦琴走乡串户，靠说书为生。在老瞎子的琴槽中有一张他师父留下的药方，在弹断一千根琴弦时取出药方，依方抓药，就可以双眼复明。在老瞎子弹断一千根琴弦时，他取出了那张珍藏几十年的药方，但上面什么也没有。老瞎子的生活目标轰然倒塌，坚持了一辈子的理想在瞬间破灭。他曾沮丧不已，可是为了小瞎子，他把目标虚设到更远，给小瞎子也开了药方：弹断一千二百根琴弦。靠着这个脆弱的信念，他们依然顽强地踏上了人生之路。

《命若琴弦》以老瞎子的情感变化与小瞎子的命运经历为双重线索展开故事情节。

老瞎子的内心情感变化过程：未断弦——期盼、充实；千弦断——兴奋、激动；抓药方——失落、绝望。

小瞎子的命运经历：从师说书——谋得安身立命的职业；邂逅爱情——结识兰秀儿；失恋——爱情失去后的痛苦绝望。

史铁生通过这个简单的寓言故事揭示了深刻的人生哲理。第一，生命过程离不开目标。人生需要目标与希望，目标可能是虚无的、渺茫的，但它能引导真实的生活。“一根琴弦需要两个点才能拉紧，心弦也要两个点——一头是追求，一头是目标，你才能在中间这紧绷绷的过程中弹响心曲”，“目标虽是虚设的，可非得有不行，不然琴弦怎么拉紧，拉不紧就弹不响。”第二，生命的意义在于过程。残疾人也好，健康人也罢，其实人的生命困境是无法逃避的，生命的意义在于过程，而不在于结果。既然生存困境是永恒的、不可逃避的，那么人们应当如何面对生存困境实现生命的超越呢？史铁生给出的答案就是用过程取代目的，体验苦难，超越苦难，坦然面对人与现实世界的冲突，以洒脱的态度对待人生的虚无和无尽的生命苦难，在追求中获取生命的意义和生活的幸福。

人生的困境无处不在。因此，每个人在追求自己人生目标的道路上就要有实现理想的坚定信念，有了信念的支撑，人生的过程才能够充实，生命本身才能更加充盈。在小说《命若琴弦》中，史铁生以诗意的语言抒写了生命的悲怆，表达了对生命终极意义的探寻和对人类生存状态的深切关怀，为人们漂泊的灵魂找到了心灵的归宿。

思考题：

1. 小说中的老瞎子有哪些特征？请简要分析。

2. 这篇小说题目叫《命若琴弦》，结合小说主旨与情节等方面，联系现实，谈谈你对题目意蕴的理解。

《老人与海》(节选)[①]

[美] 海明威

这条鲨鱼的出现不是偶然的。当那一大片暗红的血朝一英里深的海里下沉并扩散的时候，它从水底深处上来了。它窜上来得那么快，全然不顾一切，竟然冲破了蓝色的水面，来到了阳光里。它随即掉回海里，嗅到了血腥气的踪迹，就顺着那小帆船和鱼所走的路线游来。

有时候它失去了这气味的线索。但是它总会重新嗅到，或者只嗅到那么一点儿，就飞快地使劲跟上。那是条很大的灰鲭鲨，生就一副好体格，能游得跟海里最快的鱼一般快，周身的一切都很美，除了的上下颚。它的背部和剑鱼的一般蓝，肚子是银色的，鱼皮光滑而漂亮。它长得和剑鱼一般，除了那张正紧闭着的大嘴，它眼下就在水面下迅速地游着，高耸的脊鳍像刀子般地划破水面，一点也不抖动。在它紧闭着的上下颚的双唇里面，八排牙齿全都长得朝里倾斜。它们和大多数鲨鱼的牙齿不同，不是一般的金字塔形的。它们像爪子般蜷曲起来的人的手指。它们几乎跟这老人的手指一般长，两边都有刀片般锋利的快口。这种鱼生就拿海里所有的鱼当食料，它们游得那么快，那么壮健，武器齐备，以致所向无敌。它闻到了这新鲜的血腥气，此刻正加快了速度，蓝色的脊鳍划破了水面。

老人看见它在游来，看出这是条毫无畏惧而坚决为所欲为的鲨鱼。他准备好了鱼叉，系紧了绳子，一面注视着鲨鱼向前游来。绳子短了，缺了他割下用来绑鱼的那一截。

老人此刻头脑清醒正常，充满了决心，但并不抱着多少希望。光景太好了，不可能持久的，他想。他注视着鲨鱼在逼近，抽空朝那条大鱼望上一眼。这简直等于是一场梦，他想。我没法阻止它来袭击我，但是也许我能弄死它。登多索鲨[②]，他想。你他妈交上噩运吧。

鲨鱼飞速逼近船艄，它袭击那鱼的时候，老人看见它张开了嘴，看见它那双奇异的眼睛，它朝前咬住鱼尾巴上面一点儿的地方，牙齿嘎吱嘎吱地响。鲨鱼的头露出在水面上，背部正在出水，老人听见那条大鱼的皮肉被撕裂的声音，这时他用鱼叉朝下猛地扎进鲨鱼的脑袋，正扎在它两眼之间的那条线和从鼻子笔直通到脑后的那条线的交叉点上。这两条线实在是并不存在的。只有那沉重、尖锐的蓝色脑袋，两只大眼睛和那嘎吱作响、吞噬一切的突出的两颚。但那儿正是脑子的所在，老人便直朝它扎去。他使出全身的力气，用糊着鲜血的双手，把一支好鱼叉向它扎去。他扎它，并不抱着希望，但是带着决心和满腔的恶意。

鲨鱼翻了个身，老人看出它眼睛里已经没有生气了，跟着它又翻了个身，自行缠上了两道绳子。老人知道这鲨鱼快死了，但它还是不肯认输。它这时肚皮朝上，尾巴扑打着，两颚嘎吱作响，像一条快艇般地划破水面。海水被它的尾巴拍打起一片白色浪花，它四分之三的身体露出在水面上，这时绳子给绷紧了，抖了一下，啪地断了。鲨鱼在水面上静静地躺了片刻，老人紧盯着它。然后它慢慢地沉下去了。

“它咬掉了约莫四十磅肉，”老人说出声来。它把我的鱼叉也带走了，还有整条绳子，他想，而且现在我这条鱼又在淌血，其他鲨鱼也会来的。

他不忍心再朝这死鱼看上一眼，因为它已经被咬得残缺不全了。鱼挨到袭击的时候，他感到就像自己挨到袭击一样。

可是我杀死了这条袭击我的鱼的鲨鱼，他想。而它是我见到过的最大的登多索鲨。天知道，我见过好些大的哪。

光景太好了，不可能持久的，他想。但愿这是一场梦，我根本没有钓上这条鱼，正独自躺在床上铺的旧报纸上。

“然而人不是为失败而生的，”他说。“一个人可以被毁灭，但不能给打败。”然而我很痛心，把这鱼给杀了，他想。现在倒霉的时刻要来了，可我连鱼叉也没有。这条登多索鲨是残忍、能干、强壮而聪明的。但是我比它更聪明。也许并不，他想。也许我仅仅是武器比它强。

“别思索啦，老家伙，”他说出声来。“顺着这航线行驶，事到临头再对付吧。”

但是我一定要思索，他想。因为我只剩下这件事可干了。这件事，还有棒球赛可想。不知道那了不起的迪马吉奥可会喜欢我那样击中它的脑子？这不是什么了不起的事儿，他想。任何人都做得到。但是，你可以为我这双受伤的手跟骨刺一样是个很大的不利条件？我没法知道。我的脚后跟从没出过毛病，除了有一次在游水时踩着了一条海鳐鱼，被它扎了一下，小腿麻痹了，痛得真受不了。

“想点开心的事儿吧，老家伙，”他说。“每过一分钟，你就离家近一步。丢了四十磅鱼肉，你航行起来更轻快了。”

他很清楚，等他驶进了海流的中部，会发生什么事。可是眼下一点办法也没有。

“不，有办法，”他说出声来。“我可以把刀子绑在一支桨的把子上。”

于是他胳肢窝里夹着舵柄，一只脚踩住了帆脚索，就这样干了。

“行了，”他说，“我照旧是个老头儿。不过我不是没有武器的了。”

这时风刮得强劲些了，他顺利地航行着。他只顾盯着鱼的上半身，恢复了一点儿希望。

不抱希望才蠢哪，他想。再说，我认为这是一桩罪过。别想罪过了，他想。麻烦已经够多了，还想什么罪过。何况我根本不懂这个。

我根本不懂这个，也说不准我是不是相信这个。也许杀死这条鱼是一桩罪过。我看该是罪过，尽管我是为了养活自己并且给许多人吃用才这样干的。不过话得说回来，什么事都是罪过啊。别想罪过了。现在想它也实在太迟了，而且有些人是拿了钱来干这个的。让他们去考虑吧。你天生是个渔夫，正如那鱼天生就是一条鱼一样。圣彼德罗[3]是个渔夫，跟那了不起的迪马吉奥的父亲一样。

但是他喜欢去想一切他给卷在里头的事，而且因为没有书报可看，并且没有收音机，他就想得很多，只顾想着罪过。你不光是为了养活自己、把鱼卖了买食品才杀死它的，他想。你杀死它是为了自尊心，因为你是个渔夫。它活着的时候你爱它，它死了你还是爱它。如果你爱它，杀死它就不是罪过。要不是更大的罪过吧？

“你想得太多了，老家伙，”他说出声来。

但是你很乐意杀死那条登多索鲨，他想。它跟你一样，靠吃活鱼维持生命。它不是食腐动物，也不像有些鲨鱼那样，只知道游来游去满足食欲。它是美丽而崇高的，见什么都不怕。

“我杀死它是为了自卫，”老人说出声来。“而且杀得很利索。”

再说，他想，每样东西都杀死别的东西，不过方式不同罢了。捕鱼养活了我，同样也快把我害死了。那男孩使我活得下去，他想。我不能过分地欺骗自己。

他把身子探出船舷，从鱼身上被鲨鱼咬过的地方撕下一块肉。他咀嚼着，觉得肉质很好，味道鲜美。又坚实又多汁，像牲口的肉，不过不是红色的。一点筋也没有，他知道在市场上能卖最高的价钱。可是没有办法让它的气味不散布到水里去，老人知道糟糕透顶的时刻就快来到。

风持续地吹着。它稍微转向东北方，他明白这表明它不会停息。老人朝前方望去，不见一丝帆影，也看不见任何一只船的船身或冒出来的烟。只有从他船头下跃起的飞鱼，向两边逃去，还有一摊摊黄色的马尾藻。他连一只鸟也看不见。

他已经航行了两个钟点，在船艄歇着，有时候从大马林鱼身上撕下一点肉来嚼，努力休息，保持精力，这时他看到了两条鲨鱼中首先露面的那一条。

“Ay，”他说出声来。这个词儿是没法翻译的，也许不过是一个响声，就像一个人觉得钉子穿过他的双手、钉进木头时不由自主地发出的声音。

“加拉诺鲨[4]，”他说出声来。他看见另一片鳍在第一片的背后冒出水来，根据这褐色的三角形鳍和甩来甩去的尾巴，认出它们正是铲鼻鲨。它们嗅到了血腥味，激动起来，因为饿昏了头，激动得一会儿迷失了臭迹，一会儿又嗅到了。可是它们始终在逼近。

老人系紧帆脚索，卡住了舵柄。然后他拿起上面绑着刀子的桨。他尽量轻巧地把它举起来，因为他那双手痛得不听使唤了。随后他把手张开，再轻轻捏住了桨，让双手松弛下来。他紧紧地把手合拢，让它们忍受着痛楚而不致缩回去，一面注视着鲨鱼在过来。他这时看得见它们那又宽又扁的铲子形的头，和尖端呈白色的宽阔的胸鳍。它们是恶毒的鲨鱼，气味难闻，既杀害其他的鱼，也吃腐烂的死鱼，饥饿的时候，它们会咬船上的桨或者舵。正是这些鲨鱼，会趁海龟在水面上睡觉的时候咬掉它们的脚和鳍状肢，如果碰到饥饿的时候，也会在水里袭击人，即使这人身上并没有鱼血或黏液的腥味。

“Ay,”老人说。“加拉诺鲨。来吧，加拉诺鲨。”

它们来啦。但是它们来的方式和那条灰鲭鲨的不同。有一条鲨鱼转了个身，钻到小帆船底下不见了，等它用嘴拉扯死鱼时，老人觉得这小帆船在晃动。另一条用它一条缝似的黄眼睛注视着老人，然后飞快地游来，半圆形的上下颚大大地张开着，朝鱼身上被咬过的地方咬去。它褐色的头顶以及脑子跟脊髓相连处的背脊上有道清清楚楚的纹路，老人把绑在桨上的刀子朝那交叉点扎进去，拔出来，再扎进这鲨鱼的黄色猫眼。鲨鱼放开了咬住的鱼，身子朝下溜，临死时还把咬下的肉吞了下去。

另一条鲨鱼正在咬啮那条鱼，弄得小帆船还在摇晃，老人就放松了帆脚索，让小帆船横过来，使鲨鱼从船底下暴露出来。他一看见鲨鱼，就从船舷上探出身子，一桨朝它戳去。他只戳在肉上，但鲨鱼的皮紧绷着，刀子几乎戳不进去。这一戳不仅震痛了他那双手，也震痛了他的肩膀。但是鲨鱼迅速地浮上来，露出了脑袋，老人趁它的鼻子伸出水面挨上那条鱼的时候，对准它扁平的脑袋正中扎去。老人拔出刀刃，朝同一地方又扎了那鲨鱼一下。它依旧紧锁着上下颚，咬住了鱼不放，老人一刀戳进它的左眼。鲨鱼还是吊在那里。

“还不够吗?”老人说着，把刀刃戳进它的脊骨和脑子之间。这时扎起来很容易，他感到它的软骨折断了。老人把桨倒过来，把桨片插进鲨鱼的两颚之间，想把它的嘴撬开。他把桨片一扭，鲨鱼松了嘴溜开了，他说：“走吧，加拉诺鲨。溜到一英里深的水里去吧。去找你的朋友，也许那是你的妈妈吧。”

老人擦了擦刀刃，把桨放下。然后他摸到了帆脚索，张起帆来，使小船顺着原来的航线驶去。

“它们一定把这鱼吃掉了四分之一，而且都是上好的肉，”他说出声来。“但愿这是一场梦，我压根儿没有钓上它。我为这事感到抱歉，鱼啊。这把一切都搞糟啦。”他顿住了，此刻不想朝鱼望了。它流尽了血，被海水冲刷着，看上去像镜子背面镀的银色，身上的条纹依旧看得出来。

“我原不该出海这么远的，鱼啊，”他说。“对你对我都不好。我感到抱歉，鱼啊。”

得了，他对自己说。留意看看绑刀子的绳子，看看有没有断。然后把你的手弄好，因为还有鲨鱼要来。

“但愿有块石头可以磨磨刀，”老人检查了绑在桨把子上的刀子后说。“我原该带一块磨石来的。”你应该带来的东西多着哪，他想。但是你没带来，老家伙啊。眼下可不是想你缺乏什么东西的时候，想想你用手头现有的东西能做什么事儿吧。

“你给了我多少忠告啊，”他说出声来。“我听得厌死啦。”

他把舵柄夹在胳肢窝里，把双手都浸在水里，小船朝前驶去。

“天知道最后那条鲨鱼咬掉了多少鱼肉，”他说。“这船现在可轻得多了。”他不愿去想那鱼残缺不全的肚子。他知道鲨鱼每次猛地撞上去，总要撕去一点肉，还知道鱼此刻给所有的鲨鱼留下了一道臭迹，宽得像条公路，穿过海面。

这条鱼可以供养一个人整整一冬，他想。别想这个啦。还是休息休息，把你的手弄弄好，保护这剩下的鱼肉吧。水里的血腥气这样浓，我手上的血腥气就算不上什么了。再说，这双手上出的血也不多。给割破的地方都算不上什么。出血也许能使我的左手不再抽筋。

我现在还有什么事可想？他想。什么也没有。我必须什么也不想，等待下一条鲨鱼来。但愿这真是一场梦，他想。不过谁说得准呢？也许结果会是圆满的。

接着来的鲨鱼是条单独的铲鼻鲨。看它的来势，就像一头猪直奔饲料槽，如果说猪能有这么大的嘴，你可以把脑袋伸进去的话。老人让它咬住了鱼，然后把桨上绑着的刀子扎进它的脑子。但是鲨鱼朝后猛地一扭，打了个滚，刀刃啪的一声断了。

老人坐定下来掌舵。他都不去看那条大鲨鱼在水里慢慢地下沉，它起先是原来那么大，然后渐渐小了，然后只剩一丁点儿了。这种情景总叫老人看得入迷。可是这会他看也不看一眼。

“我现在还有那根鱼钩，”他说。“不过它没什么用处。我还有两把桨和那个舵把和那根短棍。”

它们如今可把我打垮了，他想。我太老了，不能用棍子打死鲨鱼了。但是只要我有桨和短棍和舵把，我还要试试。

他又把双手浸在水里泡着。下午渐渐过去，快近傍晚了，他除了海洋和天空，什么也看不见。空中的风比刚才大了，他指望不久就能看到陆地。

“你累乏了，老家伙，”他说。“你骨子里累乏了。”

直到快日落的时候，鲨鱼才再来袭击它。

老人看见两片褐色的鳍正顺着那鱼必然在水里留下的很宽的臭迹游来。它们竟然不用到处来回搜索这臭迹。它们并肩笔直地朝小帆船游来。

他卡住了舵把，系紧帆脚索，伸手到船艄下去拿棍子。它原是个桨把，是从一支断桨上锯下的，大约两英尺半长。因为它上面有个把手，他只能用一只手有效地使用，于是便弯起了右手，好好攥住了它，同时望着鲨鱼在过来。两条都是加拉诺鲨。

我必须让第一条鲨鱼好好咬住了才打它的鼻尖，或者直朝它头顶正中打去，他想。

两条鲨鱼一起紧逼过来，他一看到离他较近的那条张开嘴咬进那鱼的银色胁腹，就高高举起棍子，重重地打下去，砰的一声打在鲨鱼宽阔的头顶上。棍子落下去，他觉得好像打在坚韧的橡胶上。但也感觉到坚硬的骨头，他就趁鲨鱼从那鱼身上朝下溜的当儿，再重重地朝它鼻尖上打了一下。

另一条鲨鱼刚才窜来后就走了，这时又张大了嘴扑过来。它一头撞在鱼身上，闭上两颚，老人看见一块块白色的鱼肉从它嘴角漏出来。他抡起棍子朝它打去，只打中了头部，鲨鱼朝他看看，把咬在嘴里的肉一口撕下。老人趁它溜开去把肉咽下时，又抡起棍子朝它打下去，只打中了那厚实而坚韧的橡胶般的地方。

“来吧，加拉诺鲨，”老人说。“再过来吧。”

鲨鱼冲上前来，老人趁它合上两颚时给了它一下。他结结实实地打中了它，是把棍子举得尽量高才打下去的。这一回他感到打中了脑子后部的骨头，于是朝同一部位又是一下，鲨鱼呆滞地撕下嘴里咬着的鱼肉，从鱼身边溜下水去。

老人守望着，等它再来，可是两条鲨鱼都没有露面。接着他看见其中的一条在海面上绕着圈儿游着。他没有看见另外一条的鳍。

我没法指望打死它们了，他想。我年轻力壮时能行。不过我已经把它们俩都打得受了重伤，它们中哪一条都不会觉得好过。要是能用双手抡起一根棒球棒，我准能把第一条打死。即使现在也能行，他想。

他不愿朝那条鱼看。他知道它的半个身子已经被咬掉了。他刚才跟鲨鱼搏斗的时候，太阳已经落下去了。

“马上就要断黑了，”他说。“那时候我将看见哈瓦那的灯火。如果我往东走得太远了，我会看见一片新开辟的海滩上的灯光。”

我现在离陆地不会太远，他想。我希望没人为此大大地担心。当然啦，只有那男孩会担心。可是我相信他一定会有信心。好多老渔夫也会担心的。还有不少别的人，他想。我住在一个好镇子里啊。

他不能再跟这鱼说话了，因为它给糟蹋得太厉害了。接着他头脑里想起了一件事。

“半条鱼，”他说。“你原来是条完整的。很抱歉我出海太远了。我把你我都毁了。不过我们杀死了不少鲨鱼，你跟我一起，还打垮了好多条。你杀死过多少啊，好鱼？你头上长着那只长嘴，可不是白长的啊。”

他喜欢想这条鱼，想它要是在自由地游着，会怎样去对付一条鲨鱼。我应该砍下它这长嘴，拿来跟那些鲨鱼斗，他想。但是没有斧头，后来又弄丢了那把刀子。

但是，如果我把它砍下了，就能把它绑在桨把上，该是多好的武器啊。这样，我们就能一起跟它们斗啦。要是它们夜里来，你该怎么办？你又有什么办法？

“跟它们斗，”他说。“我要跟它们斗到死。”

但是，在眼下的黑暗里，天际没有反光，也没有灯火，只有风在刮着，那船帆在稳定地拉曳着，他感到说不定自己已经死了。他合上双手，感到掌心贴在一起。这双手没有死，他只消把它们开合一下，就能感到生之痛楚。他把背脊靠在船艄上，知道自己没有死。这是他的肩膀告诉他的。

我许过愿，如果逮住了这条鱼，要念那么许多遍祈祷文，他想，不过我现在太累了，没法念。我还是把麻袋拿来披在肩上。

他躺在船艄掌着舵，注视着天空，等着出现反光。我还有半条鱼，他想。也许我运气好，能把这前半条带回去。我总该多少有点运气吧。不，他说。你出海太远了，把好运给冲掉啦。

“别犯傻了，”他说出声来。“还是保持清醒，掌好舵。你也许还有很大的好运呢。”

“要是有什么地方卖好运，我倒想买一些，”他说。

我能拿什么来买呢？他问自己。能用一支弄丢了的鱼叉、一把折断的刀子和两只受了伤的手吗？

“也许能，”他说。“你曾想拿在海上的八十四天来买它。人家也几乎把它卖给了你。”

我不能胡思乱想，他想。好运这玩意儿，往往以许多不同的形式出现，谁认得准啊？可是不管什么形式的好运，我都要一点儿，要多少代价就给多少。但愿我能看到灯火的反光，他想。我的想望太多了。但眼下只想望这一个。他竭力坐得舒服些，好好掌舵，因为感到疼痛，知道自己并没有死。

看来在夜里十点左右，他看见了城市的灯火映在天际的反光。起初只能依稀看出，就像月亮升起前天上的微光。然后一步步地看清楚了，就在此刻正被越来越大的风刮得波涛汹涌的海洋的另一边。他驶进这反光的圈子，他想，要不了多久就能驶到湾流的边缘了。

这下子可结束了，他想。但它们也许还会再来袭击我。不过，一个人在黑夜里，没有武器，怎么能对付它们呢？

他这时身子僵硬、疼痛，在夜晚的寒气里，他的伤口和身上所有用力过度的地方都在作痛。我希望不必再斗了，他想。我真希望不必再斗了。

但是快到午夜时分，他又搏斗了，而这一回他明白搏斗也是徒劳。它们是成群袭来的，朝那鱼直扑，他只看见它们的鳍在水面上划出的一道道线，还有它们身上的磷光。他朝它们的头打去，听到上下颚啪地咬住的声音，还有它们在船底下咬住了鱼使船摇晃的声音。他看不清目标，只能感觉到，听到，就不顾死活地挥棍打去，他感到什么东西攫住了棍子，它就此丢了。

他把舵把从舵上猛地扭下，用它又打又砍，双手攥住了一次次朝下戳去。可是它们此刻都在前面船头边，一条接一条地窜上来，成群地一起来，咬下一块块鱼肉，当它们转身再来时，这些鱼肉在水面下发亮。

最后，有条鲨鱼朝鱼头扑来，他知道这下子完了。他把舵把朝鲨鱼的脑袋抡去，打在它咬住厚实的鱼头的两颚上，那儿的肉咬不下来。他抡了一次，两次，又一次。他听见舵把啪的断了，就把断下的把手向鲨鱼扎去。他感到它扎了进去，知道它很尖利，就把它再往里扎。鲨鱼松了嘴，一翻身就走了。这是来袭的这群鲨鱼中最末的一条。它们再也没有什么可吃的了。

老人这时简直喘不过气来，觉得嘴里有股怪味儿。这味儿带着铜腥气，甜滋滋的，他一时害怕起来。但是这味儿并不太浓。

他朝海里啐了一口说："把它吃了，加拉诺鲨。做个梦吧，梦见你杀了一个人。"

注释：

①本文依据海明威：《老人与海》，吴劳等译，上海译文出版社 2003 年版。

②登多索鲨：原文为 Dentuso，西班牙语，意为"牙齿锋利的"，这是当地对灰鲭鲨的俗称。

③圣彼得罗：耶稣刚开始传道时，在加利利海边所收的最早的四个门徒之一彼得。

④加拉诺鲨：原文为 Galano，西班牙语，意为"豪侠、优雅"，在这里又可解作"杂色斑驳的"，也是一种鲨鱼的俗称。

背景知识：

欧内斯特·米勒尔·海明威（Ernest Miller Hemingway，1899—1961），美国作家、记者。他出生在芝加哥附近的奥克帕克，父亲是当地著名医生，为了培养孩子们的男子汉性格常带他们去狩猎、钓鱼和运动，母亲则喜爱音乐和绘画，这些都深深影响了海明威的兴趣和性格。第一次世界大战期间海明威未能如愿入伍，便在中学毕业后去《堪萨斯城明星报》社当见习记者，报社对文体"简短明快""避免使用形容词"的严格要求对他日后文风的形成有很大影响。1918 年海明威虚报年龄到意大利前线担任救护车队司机，在枪林弹雨中抢救回伤员，自己也身负重伤，战争结束后他被意大利政府授予三枚勋章。这次战争经历使他创作出了《太阳照常升起》（1926）、《永别了，武器》（1929）等作品。1921 年，海明威以某报驻欧记者的身份开始长驻巴黎，在这里他结识了诗人庞德，作家斯泰因、乔伊斯等人，在创作上受到了很多帮助和启发，也成为"迷惘的一代"的代表作家。在欧洲期间海明威到过很多国家，采访过墨索里尼等各类人物，为自己的文学创作积累了丰富的素材。1927 年海明威离开欧洲，后迁居古巴。几年后他去非洲围猎，根据自己的见闻创作了游记《非洲的青山》（1935）、小说《乞力马扎罗的雪》（1936）等作品。20 世纪 30 年代，海明威与"迷惘的一代"分道扬镳，参加了左翼文艺运动。在西班牙内战期间，他任美国友人组织医疗部救护车队委员会主席，并以北美报业联盟记者的名义先后四次奔赴前线，这期间还创作了剧本《第五纵队》（1938）以赞扬共和战士。抵抗运动失败后，他和最后一批国际纵队人员一起撤离西班牙，回到古巴，并以这段战争为背景创作了长篇小说《丧钟为谁而鸣》（1940）。

第二次世界大战爆发后，海明威将自己的游艇改装成潜艇，在海上搜寻纳粹潜艇的踪迹，为当局提供情报。后来他担任随军记者来到前线，随美国第四步兵师在法国诺曼底登陆，并率领一支游击队深入敌后侦察，在盟军攻打巴黎时，他先于正规军入城。在战场上他多次受伤，因为功勋，他于 1947 年获得铜星勋章。20 世纪 50 年代，海明威又回到打猎、捕鱼的探险生活中，因为乘坐的飞机、汽车接连失事，他还曾在医院的病床上读到了自己的讣告。在他的创作晚期，最重要的作品是中篇小说《老人与海》(1952)，1953 年这部作品获得了普利策奖。1954 年，“因为他精通于叙事艺术，突出地表现在其近著《老人与海》之中；同时也因为他对当代文体风格之影响”，海明威获得诺贝尔文学奖。由于晚年饱受多种病痛的折磨，也因为悲观的人生观，1961 年 7 月 20 日海明威用猎枪自杀身亡。

导读：

在海明威去世时，时任美国总统的约翰·肯尼迪说：“几乎没有哪个美国人比欧内斯特·海明威对美国人民的感情和态度产生过更大的影响。”《纽约时报》也曾这样评价他：“海明威本人及其笔下的人物影响了整整一代甚至几代美国人，人们争相仿效他和他作品中的人物，他就是美国精神的化身。”美国人民之所以仿效追随海明威，最大的原因恐怕就是他是一个“硬汉”，一个真正的强者。

海明威的一生，就是不断搏斗的一生，他搏斗的对象，有时是独裁政府，有时是法西斯势力，有时是自然猛兽，有时是衰老和病痛，他不仅用肉体、武器去与这些有形或无形的敌人对抗，甚至连用笔写作的过程也被他形容为一场激烈的战斗：“我开始写作并没有大叫大嚷，可是我超过了屠格涅夫先生。接着我严格训练自己，又超过了莫泊桑先生。我和司汤达先生打了两回平局，我自己觉得在第二回合里我占了上风。可是谁也没法拖我到拳击场上去和托尔斯泰先生比个高低，除非我疯了，或是我的水平还在不断提高。”他视自己为写字台前的角斗士，“小说家得打满九局，即使这样会送掉他的命”（《海明威肖像》）。多年积累的伤病大大透支了海明威的身体本钱，第二次世界大战结束后世界格局的平静也让他一段时间内没有了可以厮杀的敌人，在 20 世纪 40 年代他没有写出重要的作品，很多人认为海明威已经老了，才思枯竭，他却在积蓄力量后出人意料地打出了一记漂亮的反杀，这就是发表于 1952 年的《老人与海》。

与其说《老人与海》是一部情节小说，不如说它更像一部寓言。老渔夫桑提亚哥一生贫困，缺吃少穿，他孤身出海捕鱼，在海上漂荡了八十四天，第八十五天终于捕到了一条十八英尺（约为 5.49 米）长的马林鱼，两天两夜，老人靠着不服输的“硬汉性格”坚持下来，赢得了胜利。可回程途中，猎物又被成群而来的鲨鱼吃掉，老人顽强地搏斗，最终也只能带回一具巨大的骨架。这几乎是人与命运搏斗之后宿命的悲剧结局，但故事中展现出的不是悲哀，而是老人在强大的压力下所表现出的风度。老人对他的对手充满敬意，大马林鱼之死简直充满了英雄般的悲怆之美。在与马林鱼和鲨鱼搏斗时，老人多次觉得自己要垮了，可他还是决定再试一试，因为“人不是为失败而生的，一个人可以被毁灭，但不能给打败”。海明威将世界看作一个竞技场，歌颂场上的英雄行为，所以他特别推崇和热爱这种打不败的精神。在海明威的生活中，他敢于正视挑战，也敢于主动向生活挑战，每时每刻，他都要证明自己是一个强者，《老人与海》的故事是他在二十多年前就得到的素材，经过多年的思索沉淀，他将这篇小说写成了自己的精神自传。在故事的结尾，他安排老人身边又有了孩子的陪伴，而这个孩子所能继承的显然就是这种打不败的精神。

《老人与海》在文字上充分展现了海明威的“冰山理论”，他说：“冰山在海里移动很是庄严宏伟，这是因为它只有八分之一露出水面。”报社的训练使他在创作时语言总要尽可能地简明纯粹，让作品富有值得回味的含蓄。而且他还在这篇小说中综合运用了写实、象征、意识流手法，甚至还有电影艺术中的蒙太奇、绘画艺术中的点染等手法，这使得整篇作品色彩瑰丽、意境深邃、韵味隽永。海明威在《老人与海》之后再也没发表过重要的作品了，从这个角度来说，这篇小说也可称作他一生的绝唱。

思考题：

1. 你认为老人捕鱼的结果应该算是成功还是失败呢？理由是什么？
2. 海明威笔下的“硬汉”具备怎样的素质？结合这篇作品谈一谈。
3. 你认为生活中的“硬汉”应该是怎样的？说说你的想法。

我的精神家园[①]

王小波

我十三岁时，常到我爸爸的书柜里偷书看。那时候政治气氛紧张，他把所有不宜摆在外面的书都锁了起来，在那个柜子里，有奥维德的《变形记》[②]，朱生豪译的莎翁戏剧，甚至还有《十日谈》。柜子是锁着的，但我哥哥有捅开它的方法。他还有说服我去火中取栗的办法：你小，身体也单薄，我看爸爸不好意思揍你。但实际上，在揍我这个问题上，我爸爸显得不够绅士派，我的手脚也不太灵活，总给他这种机会。总而言之，偷出书来两人看，挨揍则是我一人挨，就这样看了一些书。虽然很吃亏，但我也不后悔。

看过了《变形记》，我对古希腊着了迷。我哥哥还告诉我说：古希腊有一种哲人，穿着宽松的袍子走来走去。有一天，有一位哲人去看朋友，见他不在，就要过一块涂蜡的木板，在上面随意挥洒，画了一条曲线，交给朋友的家人，自己回家去了。那位朋友回家，看到那块木板，为曲线的优美所折服，连忙埋伏在哲人家左近，待他出门时闯进去，要过一块木板，精心画上一条曲线……当然，这故事余下的部分就很容易猜了：哲人回了家，看到朋友留下的木板，又取一块蜡板，把自己的全部心胸画在一条曲线里，送给朋友去看，使他真正折服。现在我想，这个故事是我哥哥编的。但当时我还认真地想了一阵，终于傻呵呵地说道：这多好啊。时隔三十年回想起来，我并不羞愧。井底之蛙也拥有一片天空，十三岁的孩子也可以有一片精神家园。此外，人有兄长是好的。虽然我对国家的计划生育政策也无异议。

长大以后，我才知道科学和艺术是怎样的事业。我哥哥后来是已故逻辑大师沈有鼎先生的弟子，我则学了理科；还在一起讲过真伪之分的心得、对热力学的体会，但这已是我二十多岁时的事。再大一些，我到国外去旅行，在剑桥看到过使牛顿体会到万有引力的苹果树，拜伦拐着腿跳下去游水的“拜伦塘”，但我总在回想幼时遥望人类智慧星空时的情景。千万丈的大厦总要有片奠基石，最初的爱好无可替代。所有的智者、诗人，也许都体验过儿童对着星光感悟的一瞬。我总觉得，这种爱好对一个人来说，就如性爱一样，是不可少的。

我时常回到童年，用一片童心来思考问题，很多烦难的问题就变得易解。人活着当然要做一番事业，而且是人文的事业；就如有一条路要走，假如是有位老学究式的人物，手执教鞭戒尺打着你走，那就不是走一条路，而是背一本宗谱。

我听说苏联就是这么教小孩子的：要背全本的普希金、半本莱蒙托夫，还要记住俄罗斯是大象的故乡（肖斯塔科维奇[3]在回忆录里说了很多）。我们这里是怎样教孩子的，我就不说了，以免得罪师长。我很怀疑会背宗谱就算有了精神家园，但我也不想说服谁。安徒生写过《光荣的荆棘路》，他说人文的事业就是一片着火的荆棘，智者仁人就在火里走着。当然，他是把尘世的嚣嚣都考虑在内了，我觉得用不着想那么多。用宁静的童心来看，这条路是这样的：它在两条竹篱笆之中。篱笆上开满了紫色的牵牛花，在每个花蕊上，都落了一只蓝蜻蜓。这样说固然有煽情之嫌，但想要说服安徒生，就要用这样的语言。维特根斯坦[4]临终时说：告诉他们，我度过了美好的一生。这句话给人的感觉就是：他从牵牛花丛中走过来了。虽然我对他的事业一窍不通，但我觉得他和我是一头儿的。

我不大能领会下列说法的深奥之处：要重建精神家园，恢复人文精神，就要灭掉一切俗人——其中首先要灭的，就是风头正健的俗人。假如说，读者兜里的钱是有数的，买了别人的书，就没钱来买我的书，所以要灭掉别人，这个我倒能理解，但上述说法不见得有如此之深奥。假如真有这么深奥，我也不赞成——我们应该像商人一样，严守诚实原则，反对不正当的竞争。让我的想法和作品成为嚣嚣尘世上的正宗，这个念头我没有，也不敢有。既然如此，就必须解释我写文章（包括这篇文章）的动机。坦白地说，我也解释不大清楚，只能说：假如我今天死掉，恐怕就不能像维特根斯坦一样说道：我度过了美好的一生；也不能像司汤达一样说：活过，爱过，写过。我很怕落到什么都说不出的结果，所以正在努力工作。

注释：

①本文依据王小波：《我的精神家园》，长江文艺出版社 2013 年版。

②《变形记》：公元前后的古罗马诗人奥维德最有代表性的作品。诗歌取材于古希腊古罗马神话，以编年体的形式，将古希腊古罗马神话集于一体。根据古希腊哲学家毕达哥拉斯的“灵魂轮回”理论，用变形，即人由于某种原因被变成动物、植物、星星、石头等这一线索贯穿全书。

③肖斯塔科维奇：20 世纪苏联最重要的作曲家之一，被誉为“20 世纪的贝多芬”。

④维特根斯坦：生于奥地利，在纳粹吞并奥地利后转入英国籍，他是 20 世纪最有影响力的哲学家之一。

背景知识：

王小波（1952—1997），当代学者、作家。王小波出身于北京一个知识分子家庭，父亲王方早年参加过革命运动，后成为中国人民大学逻辑学教授。1968 年，王小波来到云南兵团劳动，在此期间开始尝试写作。1971 年他到母亲老家山东省青虎山插队，后来做过一段时间的民办教师。1973 年，王小波回到北京，先后在牛街教学仪器厂和北京西城区半导体厂工作。1977 年与在《光明日报》社做编辑的李银河相识相恋，并于 1981 年结婚。1978 年高考制度恢复后，王小波考入中国人民大学贸易经济系商品学专业，大学毕业后，成为中国人民大学一分校的教师。1984 年，王小波来到美国匹兹堡大学，在学校的东亚研究中心做研究生，毕业回国后，先后在北京大学、中国人民大学任教，与此同时，陆续出版了多部作品。到 1992 年 9 月，为更好地进行创作，他辞掉教职，成为一名自由撰稿人。

王小波的第一部小说集《唐人秘传故事》发表于 1989 年，此后又有多部小说集、散文集、报告文学出版，他最有代表性的作品当属中长篇小说集《黄金时代》《白银时代》《青铜时代》（合称为《时代三部曲》）。另有杂文集《思维的乐趣》，随笔集《沉默的大多数》，剧本《东宫·西宫》等。

1997 年 4 月 11 日，王小波在家中工作时，因心脏病猝发离世，享年 45 岁。

导读：

历史上总会出现这样的现象：有的人生前显赫无比，身后无人得知；有的人生前籍籍无名，身后却拥护者众多。王小波就是后者。

其实，王小波在世时并不是毫无影响力的：他的作品已出版多部，还在海内外获得过一些奖项，也得到了文坛的注目。但这些和他去世后得到的关注和荣誉相比，简直不值一提。有人说，这是因为他的超前性，在生前，他注定会是有些寂寞的。二十多年过去了，读罢王小波，我们仍然会有全新的警醒与思索。

王小波的创作本是以小说为主的，他也常以小说作家的身份自诩。他的小说风格独树一帜，常采用多重叙事，故事也往往带有一定的超现实色彩。这种略显前卫的文学表述对一些读者而言接受起来是需要时间的。王小波关注社会与民生，尤其注意文化的动向，在他看来，“对于一位知识分子来说，成为思维的精英，比成为道德精英更为重要”（《思维的乐趣》）。20 世纪 90 年代以来，人们急功近利之心日益迫切，同时也渐渐忽略了精神上的反思和文化上的探求，甚至连思想界都已降低对自身的约束。众多现代人不能思考，也不愿思考，而王小波从未放弃思考的权利，他目睹了这一时期不良风气的蔓延，决定以杂文、随笔这种犀利的方式直破迷雾，重塑清明。《我的精神家园》是王小波的杂文自选集，出版于他逝世后的 1997 年 6 月，集中收录了数十篇文章。这些文章大多篇幅短小，主题鲜明，风格明快，语言轻松，本篇同名散文便是其中的代表。

王小波出生在一个文化底蕴深厚的家庭，他的父亲不希望家中的孩子学文，所以王小波的高校深造生涯一直在理科范畴内。但他内心深处对文学、文化的热爱从未有半点削弱。王小波热爱生活，他曾和妻子游历过西方诸国，也曾深入社会上的弱势群体中为他们发声。他对大千世界充满好奇，对新生事物满怀热情。他曾说过：“我呀，坚信每一个人看到的世界都不该是眼前的世界。眼前的世界无非是些吃喝拉撒睡，难道这就够了吗？还有，我看见有人在制造一些污辱人们智慧的粗糙的东西就愤怒，看见人们在鼓吹动物性的狂欢就要发狂。”他热切地希望每一个人都能在世俗生活之上去创造属于自己的精神家园，这个精神家园，包括人间一切的美好。他赞美智慧、真诚、博爱、美，无比厌恶庸俗、肤浅、愚昧。王小波的身上有股孩子气，这不是幼稚，而是来自他的那颗赤子之心。当他细数那些曾引导他的熠熠星辰时，那纯真的神态总会让我们回到人类最早开始向宇宙发问时那一伟大的瞬间。

王小波的随笔常带着看似随手写来的轻松感觉，因为他的语言自然流畅，毫不做作，没有雕琢之感，这些看似信口说出的日常话语却蕴含着丰富的哲理。他的文章还难能可贵地兼具活泼与平实，文中那一份举重若轻的幽默诙谐，让人读时常常发笑，笑声过后却又不觉陷入深深的思索之中。他的短文更近于杂文，问题意识很强，往往针对具体的文化思想问题进行写作，并在戏谑笑骂之中表现自己的态度。“他的思路十分独特，往往通过一个故事或个人的有趣经历，进入到对于问题的讨论，并随时机敏而生动地插入对相关问题的评点与论述。王小波特别强调写作的‘有趣’，其文章语句幽默，经常夹杂一些北京口语，而形成一种独特的叙述方式。”（洪子诚《中国当代文学史》）在他的精神家园中，我们感受着他对思想，对自己，对写作的真诚，领悟着他思考的姿态、深切的人文关怀、平实豁达而宽容的理性精神。他的爱人兼知己李银河曾这样说道：“有人说，在我们这样的社会中，只出理论家、权威理论的阐释者和意识形态专家，不出思想家，而在我看来，小波是一个例外，他是一位自由思想家。自由人文主义的立场贯穿在他的整个人格和思想之中。”（《浪漫骑士·行吟诗人·自由思想者——悼小波》）有过这样的一位思想家，是时代的幸运，也是所有读到他的作品的读者的幸运。

思考题：

1. 你最喜欢王小波作品的哪个方面？

2. 阅读一篇王小波的作品，完成一篇读书笔记。

3. 你的精神家园建立起来了吗？它建立在怎样的基础之上？请用自己的语言展示出来。

第七章　理想信念

复仇（其一）

鲁　迅

人的皮肤之厚，大概不到半分，鲜红的热血，就循着那后面，在比密密层层的爬在墙壁上的槐蚕[①]更其细密的血管里奔流，散出温热。于是，各以这温热互相蛊惑、煽动、牵引，拼命地寻求偎依、接吻、拥抱，以得生命的沉酣的大欢喜[②]。

但倘若用一柄尖锐的利刃，只一击，穿透这桃红色的，菲薄的皮肤，将见那鲜红的热血激箭似的以所有温热直接灌溉杀戮者；其次则给以冰冷的呼吸，以示淡白的嘴唇，使之人性茫然，得到生命的飞扬的极致的大欢喜；而其自身，则永远沉浸于生命的飞扬的极致的大欢喜中。

这样，所以，有他们俩裸着身体，捏着利刃，对立于广漠的旷野之上。

他们俩将要拥抱，将要杀戮……

路人们从四面奔来，密密层层的，如槐蚕爬上墙壁，如蚂蚁要扛鲞头[③]。衣服都漂亮，手倒空的。然而从四面奔来，并且拼命伸长脖子，要赏鉴这拥抱或杀戮。他们已经豫觉着事后自己的舌上的汗或血的鲜味。

然而他们俩对立着，在广漠的旷野之上，裸着身体，捏着利刃，然而也不拥抱也不杀戮，而且也不见有拥抱或杀戮之意。

他们俩就这样的至于永久，圆活的身体，已将干枯，然而毫不见有拥抱或杀戮之意。

路人们于是乎无聊；觉得有无聊钻进他们的毛孔，觉得有无聊从他们自己的心中由毛孔钻出，爬满旷野，又钻进别人的毛孔中。他们于是觉得喉舌干燥，脖子也乏了；终至于面面相觑，慢慢走散；甚而至于居然觉得干枯到失去了生趣。

于是只剩下广漠的旷野，而他们俩在其间裸着全身，捏着利刃，干枯的立着；以死人似的眼光，赏鉴这路人们的干枯，无血的杀戮，而永远沉浸于生命的飞扬的极致的大欢喜中。

一九二四年十二月二十日

注释：

①槐蚕：生长在槐树上的蛾类幼虫，北方俗称“吊死鬼”。

②大欢喜：佛家语。佛教中的天神“欲天”和“爱神”又名“欢喜天”，作裸身拥抱状。

③鲞（xiǎng）：剖开晾干的海鱼。

背景知识：

鲁迅（1881—1936），原名周樟寿，后改名周树人，原字豫山，后改豫才，浙江绍兴人，中国现代伟大的文学家、思想家和革命家。鲁迅出身于破落封建家庭，青年时代受进化论、尼采超人哲学和托尔斯泰博爱思想的影响。1902 年他去日本留学，其间弃医从文，开始翻译与创作活动。辛亥革命后，他曾任南京临时政府和北京政府教育部部员、佥事等职，兼在北京大学、女子师范大学等校授课，后南迁至厦门大学、中山大学任教。1918 年 5 月，他首次用“鲁迅”的笔名，发表中国现代文学史上第一篇白话小说《狂人日记》，奠定了新文学运动的基石。五四运动前后，他成为五四新文化运动的主将。

1918—1924 年，他陆续出版了小说集《呐喊》《彷徨》，散文诗集《野草》，散文集《朝花夕拾》，杂文集《热风》《华盖集续编》等。1921 年发表的中篇小说《阿 Q 正传》是中国现代文学史上的不朽杰作。1930 年起，他先后参加中国左翼作家联盟和中国民权保障同盟，反抗国民党政府的独裁统治和政治迫害。1936 年 10 月，鲁迅逝世于上海，葬于虹桥万国公墓。1956 年，鲁迅遗体移葬虹口公园，毛泽东为重建的鲁迅墓题字。

鲁迅的小说、散文、诗歌、杂文多篇（首）被选入中小学语文课本。小说《祝福》《阿 Q 正传》《药》等先后被改编成电影。鲁迅的作品充实了世界文学的宝库，被译成英、日、俄、西、法、德、阿拉伯等 50 多种文字，在世界各地拥有广大的读者。鲁迅是 20 世纪中国重要的文学家，也是一生致力于国民性改造的伟大思想家。

导读：

本文选自鲁迅的散文诗集《野草》，是一篇深刻揭示国民精神现象的杰作。“复仇”是鲁迅从早年到晚年一以贯之的一个思绪，是他斗争哲学主题的一个重要组成部分。鲁迅以嫉恶如仇的姿态对旁观者的“看客心理”给予无情的揭露和深刻的批判，并以“毫无动作”作为向看客复仇的独特方式。

全文构思精巧，想象奇特。作者的思绪、意念表现得较为深奥、隐晦。因此，初次读来感觉晦涩、难懂。但是细细探寻，行文脉络又清晰可见。

首先，作者以医学上人体皮肤的生理结构为切入点，具体解析热血的生命力和人性于情感上渴求依托、慰藉的内涵，并进一步向读者昭示出人类不同于动物的社会价值属性。其次，作者以独特的思维方式为读者塑造了一对裸衣男女的形象，集中而深刻地表现了以“毫无动作”向愚昧麻木的看客进行复仇这一主题。在鲁迅看来，中国国民具有双重劣根性：一是阿 Q 的“精神胜利法”；二是庸众的“看客心理”。两相比较，后者更为普遍和让人讨厌。生活里的庸众无聊时总是喜欢将他人的举动“事件化”“戏剧化”，并旁观鉴赏，以满足其渴血的欲望。而被鉴赏者的爱与死——这生命中最为庄严神圣的举动，均在看客的围观中成了表演作秀。其生命的尊严、人生的价值均被无情的目光扭曲、消解掉了。为此，被鉴赏者要复仇！最后，作者写了看客们因无戏可看而变得更加空虚、无聊，甚至于干枯得失去了生趣。于是，先前的“鉴赏者”最终变成了“被鉴赏者”。复仇者因“无血的杀戮”而后快。

然而，鲁迅撰文的目的不是停留在复仇的表面，其深层意涵可理解为对蒙昧者的“疗救”和“启蒙”。这种复仇方式恰好彰显出作者对“群众”“哀悲而疾视”式的大爱！

本文语句描写细腻、尖新，运用了大量的比喻、象征以及回环复沓等手法，意蕴含蓄，只可意会难以言传。在意象创设上，想象奇崛高超，串联巧妙不露痕迹，为后学者所不能及。

思考题：

1. 首段里的“生命的沉酣的大欢喜”因何而来？谈谈你的看法。
2. 文中的“裸者”对峙的结果是什么？这结果对于人生的价值有何意义？
3. 篇中两次写到“永远沉浸于生命的飞扬的极致的大欢喜中”，有何不同？

相信未来[①]

食　指

当蜘蛛网无情地查封了我的炉台，
当灰烬的余烟叹息着贫困的悲哀，
我依然固执地铺平失望的灰烬，
用美丽的雪花写下：相信未来。

当我的紫葡萄化为深秋的露水，
当我的鲜花依偎在别人的情怀，
我依然固执地用凝霜的枯藤，
在凄凉的大地上写下：相信未来。

我要用手指那涌向天边的排浪，
我要用手掌那托住太阳的大海，
摇曳着曙光那枝温暖漂亮的笔杆，
用孩子的笔体写下：相信未来。

我之所以坚定地相信未来，
是我相信未来人们的眼睛——
她有拨开历史风尘的睫毛，
她有看透岁月篇章的瞳孔。

不管人们对于我们腐烂的皮肉，
那些迷途的惆怅、失败的苦痛，
是寄予感动的热泪、深切的同情，
还是给以轻蔑的微笑、辛辣的嘲讽。

我坚信人们对于我们的脊骨，
那无数次的探索、迷途、失败和成功，
一定会给予热情、客观、公正的评定。

是的，我焦急地等待着他们的评定。

朋友，坚定地相信未来吧，
相信不屈不挠的努力，
相信战胜死亡的年轻，
相信未来、热爱生命。

注释：

①本诗依据《食指的诗》，人民文学出版社 1999 年版。

背景知识：

食指（1948— ），当代著名诗人，原名郭路生，山东鱼台人。中学就读于北京第五十六中学，1969—1971 年到农村插队落户，1971 年入伍，1973 年退伍后一直在北京工作。其诗歌创作开始于 20 世纪 60 年代。食指的诗，特别是早期作品广泛传诵于知青及城市青年中，但直到 20 世纪 90 年代，其创作成就才得到公认。他是一位成绩巨大却差点被埋没的天才诗人。出版有诗集《相信来来》《食指、黑大春现代抒情诗合集》《食指的诗》等。2001 年，食指获“第三届人民文学奖”。2004 年人民文学出版社出版《中国当代名诗人选集·食指》。

导读：

《相信未来》写于 1968 年。在那个史无前例的狂热的年代，许多年轻人面对现实环境的恶劣与内心理想的冲突，陷入迷惘失望、痛苦困顿、徘徊挣扎中。面对严酷的现实环境，年轻的诗人食指以异乎寻常的坚定和执着写下了这首思想深刻、撼人心魄的《相信未来》。在阴云密布的时代，它像一道希望的光投射在了人们心灵的最深处。

诗的开头一、二小节结构相同，句式相似。第一小节诗人用“蜘蛛网”“炉台”“余烟”等意象，给人们描绘出了那个荒芜、穷困、艰难时代的景象。诗人尽管有失望，但并没有绝望，“依然固执地铺平失望的灰烬，用美丽的雪花写下：相信未来”。尽管物质生活极端贫困，但仍然对未来存有不灭的希望和信心。第二小节用了“紫葡萄”“深秋的露水”“鲜花”等几个意象，诗人表达的是精神、心灵缺少滋养的情形，这诗人对恶势力横行、人的希望破灭、收获的果实被窃的残酷现实的痛斥。但“我”还可以找寻一枝“凝霜的枯藤”“在凄凉的大地上写下：相信未来”。无论精神受到怎样的打击，仍然对未来存有不灭的希望和信心。这表现出诗人对信念是何等忠诚！尽管万物凋零，大地冰封，但诗人的内心依然坚守着希望，坚守着信念！第三小节笔锋一转，一反前两小节阴冷的色调，意境陡然开阔，“我要用手指那涌向天边的排浪，我要用手掌那托住太阳的大海”，以强烈的气势，表现了诗人的满腔豪情和对未来坚定的信念。接着诗人又极富想象力地写道“摇曳着曙光那枝温暖漂亮的笔杆，用孩子的笔体写下：相信未来”。“曙光”是“温暖漂亮的笔杆”，定会穿透阴云密布的天空书写对未来的憧憬。这是诗人内心升起的信念，是诗人对未来抱有的美好的向往和执着的期盼。

接下来的三节显示出诗人深刻的思想。诗人将自己对“未来”的“相信”和对人类的清醒认识结合起来，表明了相信未来的原因。在第四小节中，诗人相信“未来人们的眼睛”能“拨开历史风尘”，“看透岁月篇章”。“睫毛”“瞳孔”都是“眼睛”的组成部分，以此喻指未来的人有一双明辨是非的眼睛，能够不为假象所迷惑，能看到历史的真相，能还历史以本来面目，这是相信未来的依据与基础。第五、第六小节在于说明“相信未来”是因为未来会作出公正的评定。对于现实中人们的种种苦态：“腐烂的皮肉”“迷途的惆怅”“失败的苦痛”，人们是寄予“感动的热泪”“深切的同情”，还是给以“轻蔑的微笑”“辛辣的嘲讽”，诗人都“不管。”因为“腐烂的皮肉”相对于“我们的脊骨”是次要的、表层的，所以诗人不在意人们对此作何评价，而在意人们对“我们的脊骨”，对精神追求的评价。诗人坚信未来“人们对于我们的脊骨”“一定会给予热情、客观、公正的评定”，“脊骨”就是“那无数次的探索、迷途、失败和成功”中所表现出来的战胜困难的信念和坚忍不拔、百折不回的战斗精神。在这三节中，诗人曲折地挖掘了人类内心深处对未来的共同信念，这是对人性回归的呼唤，对人的价值的肯定，也正是基于这种认识，诗人才毫不怀疑地“相信未来”，并且“焦急地等待着他们的评定”。历史不可抹去，未来将会作出公正的评价。相信未来有人能够看清历史，辨明真相，相信历史会给中国的脊梁以公正的评价。在最后一小节中，诗人直抒胸臆，以异乎寻常的坚毅、执着呼告和鼓舞人们：“朋友，坚定地相信未来吧，相信不屈不挠的努力，相信战胜死亡的年轻，相信未来、热爱生命。”

这首诗构思巧妙。“相信未来”四个字贯穿全篇，前三小节写“我”是怎样“相信未来”的，后三节写为什么要“相信未来”，最后一节呼唤人们带着对未来的信念去努力，去热爱，去生活。

意象是诗意的载体，这首诗运用寓意丰富深刻的比喻构成意象，使诗歌呈现出独特的意象美。如在第二节中，紫葡萄——成熟的果实，深秋的露水——失望的眼泪，鲜花——美好的东西，凝霜的枯藤——没有收获但又孕育着新的希望。这些意象，看似信手拈来，实则颇具匠心。诗人撷取的这些意象极富创新性，摒弃了司空见惯的物象，令人产生耳目一新的独特的审美感觉。

在艺术形式上，全诗结构整饬，用语质朴，明白如话；句式长短兼用，整饬中寓变化，灵动中见统一，隔行押韵，读来节奏鲜明，和谐流畅，富有音乐美。此外，诗中反复手法的运用也起到了强化诗歌的抒情气氛的作用。诗中抒发了对光明的向往，对真理的追求，凸显出强烈的忧患意识、内省意识和复杂的生命体验，感情是极为真挚、凝重和深沉的。

思考题：

1. 请梳理本诗的结构脉络，并体会本诗的思想内容。
2. 请找出作者在本诗中用到的诗歌意象并体会这些意象所表达的意思。
3. 通过阅读本诗，你认为作者相信未来的依据是什么？
4. 谈谈你读完这首诗的感受。

西风颂[①]

［英］雪　莱

1

哦，犷野的西风，秋之实体的气息！
由于你无形无影的出现，万木萧疏，
似鬼魅逃避驱魔巫师，蔫黄，魆黑，

苍白，潮红，疫疠摧残的落叶无数，
四散飘舞；哦，你又把有翅的种籽
凌空运送到他们黑暗的越冬床圃；

仿佛是一具具僵卧在坟墓里的尸体，
他们将分别蛰伏，冷落而又凄凉，
直到阳春你蔚蓝的姐妹向梦中的大地

吹响她嘹亮的号角（如同牧放群羊，
驱送香甜的花蕾到空气中觅食就饮）
给高山平原注满生命的色彩和芬芳。

不羁的精灵，你啊，你到处运行；
你破坏，你也保存，听，哦，听！

2

在你的川流上，在骚动的高空，
纷乱的乌云，那雨和电的天使，
正像大地凋零枯败的落叶无穷，

挣脱天空和海洋交错缠接的柯枝，
漂流奔泻；在你清虚的波涛表面，
似狰狞女妖[②]头上扬起的明亮发丝，

从那茫茫地平线阴暗的边缘
直到苍穹的绝顶，到处散布着
迫近的暴风雨飘摇翻腾的发卷。

你啊，垂死残年的挽歌，四合的夜幕
在你聚集的全部水汽威力的支撑下，
将构成他那庞大墓穴的拱形顶部。

从你那雄浑磅礴的氛围，将迸发
黑色的雨、火、冰雹；哦，听啊！

3

你，哦，是你把蓝色的地中海
从梦中唤醒，他在一整个夏天
都酣睡在贝雅湾[③]一座浮石岛外，

被澄澈的流水喧哗声催送入眠，
梦见了古代的楼台、塔堡和宫闱，
在波涛汹涌的日夜，不住地抖颤，

全都长满了蔚蓝色苔藓和花卉，
馨香馥郁，如醉的知觉难以描摹，
哦，为了给你让路，大西洋水

豁然开裂，而在浩淼波澜深处，
海底的花藻和枝叶无汁的丛林，
哦，由于把你的呼啸声辨认出，

一时都惨然变色，胆怵心惊，
战栗着自行凋落；听，哦，听！

4

我若是一朵轻捷的浮云能和你同飞，
我若是一片落叶，你所能提携，
我若是一头波浪能喘息于你的神威，

分享你雄强的脉搏，自由不羁，

仅次于，哦，仅次于不可控制的你；
我若能像在少年时，作为伴侣，

随你同游天际，因为在那时节，
似乎超越你天界的神速也不为奇迹；
我也就不至于像现在这样急切，

向你苦苦祈求。哦，快把我飏起，
就像你飏起波浪、浮云、落叶！
我倾覆于人生的荆棘！我在流血！

岁月的重负压制着的这一个太像你，
像你一样，骄傲，不驯，而且敏捷。

5

像你以森林演奏，请也以我为琴，
哪怕我的叶片也像森林的一样凋谢！
你那非凡和谐的慷慨激越之情，

定能从森林和我同奏出深沉的秋乐，
悲怆却又甘冽。但愿你勇猛的精灵
竟是我的魂魄，我能成为剽悍的你！

请把我枯萎的思绪播送宇宙，
就像你驱遣落叶催促新的生命，
请凭借我这韵文写就的符咒，

就像从未灭的余烬飏出炉灰和火星，
把我的话语传遍天地间万户千家，
通过我的嘴唇，向沉睡未醒的人境，

让预言的号角奏鸣！哦，风啊，
如果冬天来了，春天还会远吗？

注释：

①本诗依据《雪莱诗选》，江枫译，湖南人民出版社 1981 年版。

②女妖：原文为 Maenad，指神话中酒神的女祭司。

③贝雅湾：Baiae's bay，位于意大利那不勒斯附近。在古罗马时代，罗马皇帝曾将此地作为旅游胜地，所以这里以奢华、堕落甚至残酷知名。此地区曾有火山爆发，多白色浮石。雪莱以此暗示在这海湾的暂时平静之下蕴藏着翻天倒海的巨变（如革命）。

背景知识：

波西·比希·雪莱（Percy Bysshe Shelley 1792—1822），英国著名作家、浪漫主义诗人，世界文学史上最出色的抒情诗人之一。雪莱出身于英格兰一个古老的贵族家庭，12 岁时进入伊顿公学，在学校里他不像一般学生那样忍受学长和教师的虐待，而是公然反抗。18 岁时他就读于牛津大学，1811 年，因散发自己创作的《无神论的必然性》，雪莱被学校开除，因为拒绝了父亲对他“声明这篇文章与自己无关”的要求，他被逐出家门。此后一段时间内雪莱在两个妹妹的帮助下生活，由此结识了妹妹的同学哈丽特·威斯布鲁克，虽然二人只见过几面，但因女孩在给他的信中称受到父亲虐待，雪莱便毅然带她私奔到爱丁堡结婚。1812 年，雪莱为了支持爱尔兰天主教徒的解放运动，携妻前往都柏林，在那里发表慷慨激昂的演说，并发布了《告爱尔兰人民书》，号召当地人民反对英国的统治。1813 年，他发表了著名长诗《麦布女王》，在诗中批判了封建统治的罪行。这首诗歌的出版与雪莱发表的其他政论大大激怒了英国的统治阶级，他们抓住雪莱和他所崇拜的哲学家葛德文的女儿玛丽的婚外恋情大做文章，迫使他离开英国，去了欧洲大陆。1815 年雪莱的祖父去世后，按照当时的长子继承法他获得了一笔年金，但他拒绝独占而是与妹妹们分享。1816 年雪莱与玛丽同游欧洲，在瑞士与拜伦有了密切的交往，两位诗人就此结下深厚友谊并延续一生。同年 11 月，雪莱的妻子自杀，因为他的政治主张，法庭剥夺了他对两个孩子的教养权，这带给他极大的痛苦和愤怒。在与玛丽结婚后，为了保住孩子，雪莱最终于 1818 年正式移居意大利。

在意大利的几年中，雪莱创作了很多优秀的诗作，如抒情诗剧《解放了的普罗米修斯》《钦契》《希腊》，政治诗歌《暴政的假面游行》《献给英国人民的歌》《1819 年的英国》；抒情诗《西风颂》《赞智性美》《致——》等。1821 年 2 月诗人约翰·济慈逝世，雪莱写了《阿多尼斯》为之祭奠，诗中也控诉了造成诗人早逝的英国文坛和当时的社会现状。这些作品和做出的行动使得雪莱这个名字深深地与自由、平等、仁爱及抗争联系在一起。1822 年 7 月 8 日，雪莱驾驶着他与拜伦一起购置的“唐璜号”出海，遇上海难身亡。意大利法律规定所有从海上漂来的东西都必须烧掉，所以雪莱的遗体被火化在海边。朋友们在他的墓碑上刻下了他生前最喜欢的莎士比亚的《暴风雨》中的一段诗句：

他并没有消失
不过是感受了一次海水的变幻
化成了富丽而珍奇的瑰宝而已。

导读：

18 世纪末到 19 世纪初，受法国大革命、民主运动等影响，欧洲文艺界出现了浪漫主义思潮，同时诞生了浪漫主义文学。英国早期浪漫主义作家是以华兹华斯、柯勒律治和骚塞为代表的“湖畔派”，属于消极浪漫主义，继之而起的则是积极浪漫主义诗人拜伦和雪莱。在短暂的一生中雪莱从未动摇过对未来的坚定信念，他极富社会责任感，在思想上，既继承了启蒙思想家伏尔泰、卢梭等的精神，也深受葛德文的自由主义和空想社会主义学说的影响，所以他认为诗人应负有唤醒人民、改造社会的重任。浪漫主义创作最突出的特点是抒发强烈的个人情感，其次便是歌颂美好的大自然，雪莱将这些特点融合在一起，经常在自然景象中寄托自己的情感和理想，他将自然视作有生命的人格，用超凡的想象力去描述它们的神采。革命热情和对自然的热爱相结合，使他创作出了被称为“三颂”的不朽名篇：《云》《致云雀》《西风颂》。

《西风颂》全诗共分 5 节，诗中场景变幻，意象繁多，但都紧紧围绕西风加以歌颂。诗人注明：“本诗构思于佛罗伦萨附近阿尔诺河畔的一处树林中，并基本上在那里写成。那一天狂风骤起，它温暖又爽人，收尽了将倾泻为秋雨的氤氲水汽。不出我所料，到了日落时分，暴风雨开始了，起先夹有冰雹，还伴有阿尔卑斯山以南地区所特有的声势浩大的雷鸣电闪。”这种自然景观触动了诗人，在他看来，西风的摧枯拉朽不正像浩大的革命运动一般吗？所以在诗的第一节中，诗人便写出西风如何扫尽落叶又送出种子，它既是旧世界的破坏者也是新世界的创造者。在第二节中诗人则用瑰丽的想象、对自然科学的了解描绘出西风如何在高空中形成狂暴的风雨。在第三节中他将视角转向大海，写西风如何唤醒了沉睡的地中海。前三节都在描述西风，在第四节中诗人开始抒发自己的心声，倾诉对西风的种种向往。在第五节中，诗人更进一步点明他的愿望和决心，并在最后用反问的句式表现出他对革命胜利的乐观预言。这首诗歌充溢着空灵美好的想象，主观情感和自然景象完美交融，每一个意象都象征了现实社会中的一种事物或现象，生动而深刻。全诗实际上是由五首十四行诗组成的，它们虽有一定的独立性，但从内容到思想都紧密结合、不可分割，各部分均有所侧重，内在又循序渐进，使诗歌的情感始终绵延不断。作为十四行诗，诗歌节奏有致，韵律严谨又富有变化，实现了完美的统一。从艺术到思想，《西风颂》都达到了英文诗歌的至高境界，正如诗人穆旦所说：“它将永远是世界诗歌宝库中的一颗明珠”。

对于雪莱诗歌的成就，他的夫人、女作家玛丽·雪莱曾如此分析：“雪莱诗歌的首要特征是温柔的、诚实的优美，这种优美是与脉脉温情和有益的同情融为一体的。他诗歌的另一个特征是为人类幸福和人类进步事业所表现出的炽热情感，为阐述类似主题所显示出的激昂的雄辩，以及包容了诗化思想和哲理见解的美丽的语言。”这就是他既被视作英国最出色的诗人之一也被马克思、恩格斯赞为“真正的革命家”“天才的预言家”的原因吧。

思考题：

1. 试着分析《西风颂》中的意象，分析作者投注其中的情感。
2. 这首诗和一般的抒情诗歌有何不同？
3. 雪莱在描述西风时都遵循了哪些自然科学的规律？

侠之大者（节选）①

金　庸

众人又饮数碗，站起身来。蒙古武士牵过马匹，杨过、小龙女、金轮法王等一齐上马，跟在忽必烈之后，疾趋南驰，往襄阳而来。

沿途但见十室九空，遍地尸骨，蒙古兵见到汉人，往往肆意虐杀，杨过瞧得恼怒，待要出手干预，却又碍着忽必烈的颜面，寻思："蒙古兵如此残暴，将我汉人瞧得猪狗不如，待我刺杀郭靖、黄蓉之后，必当击杀几个蒙古最歹恶的军汉，方消心中之气。"

不数日抵达襄阳郊外。其时两军攻守交战，已有月余，满山遍野都是断枪折矛、凝血积骨，想见战事之惨烈。

蒙古军中得报四大王忽必烈亲临前敌，全军元帅、大将迎出三十里外。随从军卫怒马腾跃，铁甲锵锵，军容极壮。各将帅遥遥望见忽必烈的大旗，一齐翻身下马，伏在道旁。

忽必烈驰到近处，勒马四顾，隔了良久，哼了一声，道："襄阳城久攻不克，师老无功，岂不堕了我大蒙古的声威？"众帅齐声答道："小将该死，请四大王治罪。"忽必烈扬鞭一击，坐骑向前疾奔而去。诸将帅久久不敢起身，人人战栗。

杨过见忽必烈对待自己及金轮法王等甚是和易，但驾御诸将却这等威严，心想："蒙古军兵强马壮，纪律严明，大宋如何是其敌手？"不自禁的皱起了眉头。

翌晨天甫黎明，蒙古军大举攻城，矢下如雨，石落似雹，纷纷向城中打去。接着众军架起云梯，四面八方地爬向城头。城中守御严密，每八名兵士合持一条大木，将云梯推开城墙。攻拒良久，终于有数百名蒙古兵攻上了城头。蒙古军中呼声震天，一个个百人队蚁附攀援。猛听得城中梆子声急，城墙后闪出一队弓手，羽箭劲急，迫得蒙古援军无法上前，接着又抢出一队宋兵，手举火把，焚烧云梯，梯上蒙古兵纷纷跌落。

城上城下大呼声中，城头闪出一队勇壮汉子，长矛利刃，向爬上城墙的蒙古兵攻去。这队汉子不穿宋军服色，有的黑色短衣，有的青布长袍，攻杀之际也不成队形，但身手矫捷，显然身有武功。攻上城头的蒙古兵将均是军中勇士，自来所向无敌，但遇上这队汉子，搏斗数合，即被一一杀败，或横尸城头，或碎骨墙下。宋军中一个中年汉子尤其威猛，此人身穿灰衣，赤手空拳，纵横来去，一见宋军有人受厄，立即纵身过去解围，掌风到处，蒙古兵将无不披靡，直似虎入羊群一般。

忽必烈亲在城下督战，见这汉子如此英勇，不由得呆了半晌，叹道："天下勇士，更有谁及得上此人?"杨过站在他身侧，问道："王爷可知他是谁?"忽必烈一惊，道："难道便是郭靖?"杨过道："正是!"

此时城头上数百名蒙古兵已给杀得没剩下几个，只有最勇悍的三名百夫长手持矛盾，兀自在城垛子旁负隅而斗。城下的万夫长吹起角号，又率大队攻城，想将城头上三名百夫长接应下来。

郭靖纵声长啸，大踏步上前。一名百夫长挺矛刺去，郭靖抓住矛柄向前一送，跟着左足飞出，踢在另一名百夫长的盾牌之上。两名百夫长虽勇，怎挡得住这一送一踢的神力？登时几个跟斗翻下城头，筋断骨折而死。

第三名百夫长年纪已长，头发灰白，自知今日难以活命，挥动长刀，直上直下的乱砍，势若疯虎。郭靖左臂探出，抓住他持刀的手腕，右掌正要劈落，忽地一怔。那百夫长也已认出郭靖面目，叫道："金刀驸马，是你!"原来他是郭靖当年西征时的旧部，黄蓉计取撒麻尔罕，此人即是最先飞降入城的勇士之一。

郭靖忆及旧情，叫道："嗯，你是鄂尔多?"那百夫长见郭靖记得自己名字，不禁热泪盈眶，叫道："正是，正是小人。"郭靖道："好，念在昔日情分，今日饶你一命。下次再给我擒住，休怪无情。"转头向左右道："取过绳子，缒他下去!"两名健卒取过一条长索，缚在鄂尔多的腰间，将他缒到城下。

鄂尔多是蒙古军中赫赫有名的勇士，突被城头宋军用绳索缒下，城下蒙古兵将都好生奇怪，不知是何变故，一齐后退数十丈，城头也停了放箭，两军一时罢斗。鄂尔多到了城下，对着郭靖拜伏在地，朗声叫道："金刀驸马既然在此，小人万死不敢再犯虎驾。"

郭靖站在城头，神威凛然，喝道："蒙古主帅听着：大宋与蒙古昔年同心结盟，合力灭金，你蒙古何以来犯我疆界，害我百姓？大宋百姓人数多你蒙古数十倍，若不急速退兵，我大宋义兵四集，管教你这十多万蒙古军死无葬身之地。"他这几句话说的是蒙古语，中气充沛，一字一句送向城下。城墙既高，两军相距又远，但这几句话数万蒙古兵将却俱都听得清清楚楚，不由得相顾失色。

一名万夫长引着鄂尔多来到忽必烈跟前，禀报原由。鄂尔多述说当年跟随郭靖西征，金刀驸马如何用兵如神，如何克敌制胜，说得有声有色。忽必烈脸色一沉，喝道："拿下去砍了!"鄂尔多大叫："冤枉!"那万夫长道："四大王明见，这鄂尔多颇有战功……"忽必烈手一挥，四名卫士早将鄂尔多拉下，斩下首级，呈了上来。诸将无不震恐。

忽必烈向万夫长道："鄂尔多以阵亡之例抚恤，另赏他妻子黄金十斤，奴隶三十名，牲口三百头。"万夫长大惑不解，应道："是，是。"忽必烈道："我既杀此人，却又赏他家属，你们不明白这中间的道理，是也不是?"诸将一齐躬身道："请四大王赐示。"忽必烈朗声道："这百夫长向郭靖跪拜，夸说郭靖厉害，动摇军心，是否当斩？但他奋勇先登，力战至最后一人，岂非当赏？”诸将尽皆拜伏。

但这么一来，蒙古兵军心已沮。忽必烈知道今日即使再拚力攻城，也是徒遭损折，决然讨不了好去，眼见城下蒙古积尸数千，尽是身经百战的精锐之士，心中大是不忿，然见襄阳城墙坚固，守备严密，实是无隙可乘，不禁叹了口气，当即传令退军四十里。

左右两名卫士互视一眼，齐道：“小人为四大王分忧，也折一折南蛮的锐气。”翻身上马，驰到城下，拉动铁弓，两枝狼牙雕翎急向郭靖射去。

这二人骑术既精，箭法又准，正是马奔如风，箭去如电。城上城下刚发得一声喊，飞箭已及郭靖胸口小腹。眼见他无法闪避，却见郭靖双手向内一拢，两手各已抓着一枝羽箭，举手一扬，向下掷出。两名蒙古卫士尚未回马转身，突然箭到，透胸而过，两人倒撞下马。城头宋军喝彩如雷，擂起战鼓助威。

忽必烈闷闷不乐，领军北退。大军行出数里，杨过道：“王爷不须烦恼，小人这便进城去取郭靖性命。”忽必烈摇头道：“那郭靖智勇兼全，果然名不虚传，今日一见，更觉此事棘手之极。”杨过道：“小人在郭靖家中住过数年，又曾为他出力，他对我决无防范之心。常言道明枪易躲，暗箭难防。”忽必烈道：“适才攻城之时，你站在我身旁，只怕他在城头已然瞧见。”杨过道：“小人已防到此着，攻城之时，与龙姑娘均以大帽遮眉、皮裘围颈，他决计认不出来。”忽必烈道：“既是如此，盼你立此大功，封赏之约，决不食言。”

杨过随口道谢一声，正要转身与小龙女一齐辞出，却见金轮法王、潇湘子、尹克西诸人脸上均有异色，心念一动：“这些人均怕我此去刺死郭靖，得了蒙古第一勇士的封号，定要从中阻挠，使我难竟大功。”向忽必烈道：“王爷，小人有一事告禀。小人去刺郭靖，乃是为报私仇，兼之要以他的首级去换救命丹药，如能托王爷之福，大事得成，那蒙古第一勇士的封号却万万不敢领受。”忽必烈问道：“这却为何？”杨过道：“小人武功远不及在座诸位，如何敢称第一勇士？王爷须得应允此事，小人方敢动身。”

忽必烈见他言辞诚恳，确是本意，又见了旁人神情，已猜到他的心意，说道：“既是如此，人各有志，我也不便勉强。”法王等听忽必烈如此说，果然均有欣慰之色。

杨过圈转马头，与小龙女并骑向襄阳驰去，在途中摔去了大帽皮裘，回复汉人打扮，到得城下时天已向晚，只见城门紧闭，城头一队队兵卒手执火把，来去巡逻。杨过大声叫道：“我姓杨名过，特来拜见郭靖郭大爷。”城上守将听得呼声，见他只有一名女子相从，当即向郭靖禀报。

过不片时，两个青年走上城头，向下一望，一人叫道：“原来是杨大哥，只你们两位吗？”杨过见是武氏兄弟，心想：“郭靖害我父亲，不知武氏兄弟的父亲曾否在旁相助？”说道：“武大哥，武二哥，郭伯伯在不在城内？”武修文道：“请进来罢。”命兵卒打开城门，放下吊桥，让杨过与小龙女入城。

二武引着二人来到一座大屋之前。郭靖满脸堆欢，抢出门来，向小龙女一揖为礼，拉着杨过的手笑道："过儿，你们来得正好。鞑子攻城正急，两位一到，我平添臂助，真乃满城百姓之福。"小龙女是杨过之师，郭靖对她以平辈之礼相敬，客客气气的让着进屋，对杨过却是十分亲热。

杨过左手被他握着，想起此人乃杀父大仇，居然这般假惺惺作态，恨不得拔出剑来立时刺死了他，只是忌惮他的武功，不敢贸然动手，脸上强露笑容，说道："郭伯伯安好。"他满腔愤恨，终于没跪下磕头。郭靖豁达大度，于此细节也没留心。

到得厅上，杨过要入内拜见黄蓉。郭靖笑道："你郭伯母即将临盆，这几天身子不适，日后再见罢。"杨过暗喜："黄蓉智计过人，我只担心被她看出破绽，此人抱恙，真是天助我成功。"

说话之间，中军进来禀道："吕大帅请郭大爷赴宴，庆贺今日大胜鞑子。"郭靖道："你回禀大帅，多谢赐宴。我有远客光临，不能奉陪了。"中军见杨过年纪甚轻，并无特异之处，不知郭靖何以对他如此看重，为了陪伴这个少年，竟推却元帅的庆功宴，不由得满心奇怪，回去禀知吕文德。

郭靖在内堂自设家常酒宴，为小龙女与杨过接风，由朱子柳、鲁有脚、武氏兄弟、郭芙诸人相陪。朱子柳向杨过连声称谢，说亏得他从霍都处取得解药，治了他身上之毒。杨过淡淡一笑，谦逊几句。

郭芙见了他却神情淡漠，叫了声："杨大哥。"郭靖责道："芙儿，先日你为金轮法王所擒，若不是杨大哥舍命相救，你自己失陷不用说，连你妈妈也要身遭大难，怎不好好谢过了杨大哥？"郭芙站起身来，说道："多谢杨大哥日前相救。"杨过道："大家自己人，何必言谢？"郭芙一言不发地坐下。酒席之间，只见她双眉微蹙，似有满腹心事，武氏兄弟也一直避开她的目光。鲁有脚与朱子柳却兴高采烈，滔滔不绝地纵谈日间大胜鞑子之事。

席散时已是初更，郭靖命女儿陪小龙女入内安寝，自己拉杨过同榻而眠。小龙女入内时向杨过望了一眼，嘱他务须小心，神色之间，深情殷殷，关念无限。杨过只怕露出心事，将头转过，竟是不敢与她正面相视。

郭靖携着杨过的手同到自己卧室，赞他力敌金轮法王，在酒楼上与乱石阵中救了黄蓉、郭芙和武氏兄弟，随后问他别来的经历。杨过生怕言多有失，于遇见程英、陆无双、傻姑、黄药师等情由一概不提，只道："侄儿受伤后在一个荒谷中养伤，后来遇到师父便同来相助郭伯伯。"

郭靖一面解衣就寝，一面说道："过儿，眼前强虏压境，大宋天下当真是危如累卵。襄阳是大宋半壁江山的屏障，此城若失，只怕我大宋千万百姓便尽为蒙古人的奴隶了。我亲眼见过蒙古人残杀异族的惨状，真是令人血为之沸。"杨过听到这里，想起途中蒙古兵将施虐行暴诸般可怖可恨的情景，也不禁咬得牙关格格作声，满腔愤怒。

郭靖又道："我辈练功学武，所为何事？行侠仗义、济人困厄固然乃是本分，但这只是侠之小者。江湖上所以尊称我一声'郭大侠'，实因敬我为国为民、奋不顾身地助守襄阳。然我才力有限，不能为民解困，实在愧当'大侠'两字。你聪明智慧过我十倍，将来成就定然远胜于我，这是不消说的。只盼你心头牢牢记着'为国为民，侠之大者'这八个字，日后名扬天下，成为受万民敬仰的真正大侠。"

这一番说诚挚恳切，杨过只听得耸然动容，见郭靖神色庄严，虽知他是自己杀父之仇人，却也不禁肃然起敬，答道："郭伯伯，你死之后，我定会记得你今晚这一番话。"

郭靖哪想得到他今夜要行刺自己，伸手抚了抚他头，说道："是啊，鞠躬尽瘁，死而后已。国家若亡，你郭伯伯是性命难保了。听说忽必烈善于用兵，今日退军，自必再来，这数日中定有一场大厮杀。咱们轰轰烈烈地大干一场。时候不早，咱们睡罢。"

杨过应道："是。"当即解衣就寝，将从绝情谷中带出来的那柄匕首藏在贴肉之处，心想："我待你睡熟之后，在被窝中给你一刀，你武功便再强百倍，又岂能躲避？"

郭靖日间恶战，大耗心力，着枕即便熟睡。杨过却是满腹心事，哪里睡得着？他卧在里床，但听得郭靖鼻息调匀，一呼一吸，相隔极久，暗自佩服他内功深厚。过了良久，耳听得四下里一片沉静，只有远远传来守军的刁斗之声，于是轻轻坐起，从衣内摸出匕首，心想："我将他刺死之后，再去刺杀黄蓉，谅她一个待产孕妇，济得甚事？大事一成，即可与姑姑同赴绝情谷取那半枚丹药了。此后我和她隐居古墓，享尽人间清福，管他这天下是大宋的还是蒙古的？"

想到此处，极是得意，忽听得隔邻一个孩子大声啼哭起来，接着有母亲抚慰之声，孩子渐渐止啼入睡。杨过心头一震，猛地记起日前在大路上所见，一名蒙古武士用长矛挑破婴儿肚皮，高举半空为戏，那婴儿尚未死绝，兀自惨叫，心想："我此刻刺杀郭靖，原是举手之事。但他一死，襄阳难守，这城中成千成万婴儿，岂非尽被蒙古兵卒残杀为乐？我为了报一己之仇，却害了无数百姓性命，岂非大大不该？"

转念又想："我如不杀他，裘千尺如何肯将那半枚绝情丹给我？我若死了，姑姑也决不能活。"他对小龙女相爱之忱，世间无事可及，不由得把心横了："罢了，罢了，管他什么襄阳城的百姓，什么大宋的江山？我受苦之时，除了姑姑之外，有谁真心怜我？世人从不爱我，我又何必去爱世人？"当下举起匕首，劲力透于右臂，将匕首尖对准了郭靖胸口。

室中烛火早灭，但杨过暗中视物，亦能隐约可见，匕首将要刺落之际，向郭靖脸上瞧去，但见他脸色慈和，意定神闲，睡得极是酣畅，自己少年时郭靖的种种爱护之情，猛地涌上心来：桃花岛上他如何亲切相待，如何千里迢迢的送自己赴终南山学艺，如何要将独生女儿许配于己，不由得心想："郭伯伯一生正直，光明磊落，实是个忠厚长者，以他为人，实不能害我父亲。莫非傻姑神志不清，胡说八道？我这一刀刺了下去，若是错杀了好人，那可是万死莫赎了。且慢，这事须得探问一下清楚再说。”

于是慢慢收回匕首，将自遇到郭靖夫妇以来的往事，一件件在心头琢磨寻思。他记起黄蓉对自己时时神色不善，有好几次他夫妇正在谈论什么，一见到自己便转过话题，他夫妇有件要紧事情瞒过了自己，那是决计无疑的，又想：“郭伯母收我为徒，何以只教我读书，不肯传我半点武艺？郭伯伯待我这么好，难道不是因为害了我父亲，心中自咎难安，待我好一些，就算补过？可是他如真的害死我父，又怎能对我毫不提防，与我共榻而眠，任由我一刀刺死了他？”眼望帐顶，思涌如潮，烦躁难安。

注释：

①本文依据金庸：《神雕侠侣》，生活·读书·新知三联书店1994年版。

背景知识：

金庸（1924—2018），本名查良镛，作家、新闻学者、政治评论家。查氏家族是海宁著名的书香门第，历史上人才辈出，海宁近代名人中的蒋百里和徐志摩都是查家的亲戚，所以金庸从小就在家中接受了良好的教育。他7岁开始进入新式学堂学习，国文老师兼班主任陈未冬很喜欢这个学生，常把他的作文当作范文评析，还让他一起编级刊，金庸后来回忆道：“数十年来编报，老师之指点，固无时或敢忘也。”查家是个大家族，家里兄弟姐妹很多，又都喜欢读书，所以各种风格、内容的小说都会在家中流传，小时候的查良镛便读过多种小说和期刊，觉得自己还是喜欢古典文学作品胜过新文学，8岁时他读到了顾明道的《荒江女侠》，这是他生平第一次接触武侠小说，想不到世上还有这样好看的书，就此对武侠小说入了迷，自己儿童时期的零用钱也大部分都用在了这些作品上。1936年，查良镛考入嘉兴中学，第一次离开故乡，可单纯美好的校园时光没过多久便被日寇入侵的炮火打断了，1937年8月19日嘉兴沦陷，学校的师生开始了流亡生活。他们风餐露宿，跋涉千里近两个月，终于平安到达丽水。此时故乡的查家人也踏上了逃难之旅，路上查良镛的母亲和一个弟弟先后去世。日军的侵略使得查家的家产几乎散尽，孩子的学业也因此中断，很多基础要靠后来的自学补上，但这也磨炼出了查良镛的心性，使他更坚强了。在初三时，查良镛和两名同学合编了一本针对小学升初中的参考书，简捷实用，大受欢迎，不仅解决了他当时经济上的窘迫处境，而且还让他掌握了一种洞悉读者心理的直觉能力。1942年，查良镛以优异的成绩于衢州中学毕业后，考取了西南联大外文系，但考虑到遥远路途的花费，他还是选择了不收费的中央政治学校外文系，一年多以后，他因与学校理念不合而退学。接下来他先后在中央图书馆和湘西的农场工作过，直到抗战结束回到海宁家中。1946 年，查良镛进入杭州东南日报社当翻译，1947 年转投上海《大公报》，1948 年《大公报》创办香港分社，查良镛被调派过去，本以为几个月后就回来，却没想到从此在这座城市扎下了根。虽然他曾在 1950 年应梅汝璈之邀来到北京，但因未能进入外交部工作，不久又回到了香港。

1952 年，查良镛转调《新晚报》编副刊，写了大量影评，也开始创作电影剧本。1954 年，香港举办了一场轰动性的武术比赛，受市民高涨的热情影响，《新晚报》立刻决定增刊武侠小说，查良镛的同事兼好友陈文统化名梁羽生开始连载《龙虎斗京华》，一炮而红。1955 年，报社急需另一篇武侠小说救场，查良镛不得不应允下来，报了个《书剑恩仇录》的书名，将自己名字的最后一个字拆开作为笔名，在责编的催促下动笔写起，从此武侠小说作家金庸横空出世，在接下来的十几年间共创作了十五部武侠小说，被公认为新武侠小说届最优秀的作家，作品在华人群体中流传极广，畅销至今。此外，查良镛在 1957 年进入长城电影公司做专职编剧，创作过大量剧本。1959 年，他参与创办了《明报》。在晚年时，他的主要身份是社会活动家。

导读：

武侠小说在中国历史上有着深远的源流，如果将司马迁的《史记·游侠列传》视为起源的话，中国武侠小说至今已有两千余年的历史。唐传奇的三大表现题材之一即为“豪侠”，其中侠客们的形象继承自司马迁笔下的游侠，但唐传奇逐渐开始将“侠义”“情感”“武艺”这些侠客特质进一步发扬光大起来。到了清代，侠义小说已成一大派，也形成了成熟的写作规范。20 世纪以来，随着新文学的发展，武侠小说也与时俱进，进化为与旧派相区别的新派武侠。20 世纪 50 年代以后，港台地区的武侠小说蓬勃发展，进入了高峰时期，名家辈出，金庸便是其中的佼佼者。

金庸一生共创作了三部中篇、十二部长篇武侠小说，其中创作于 1957—1961 年的《射雕三部曲》是他最有代表性的作品之一，三部小说人物互相关联，情节又相对独立，故事背景设置在南宋末期到元朝初年，为读者们展现了一个风起云涌、荡气回肠的武侠世界，课文即选自三部曲中第二部《神雕侠侣》的第二十回。在首部曲《射雕英雄传》中，郭靖和杨康本为结义兄弟，但杨康是非不分，认贼作父，还想杀死郭靖等人，最终中黄蓉的计策自取灭亡。《神雕侠侣》的主人公杨过为杨康之子，他不知父亲死亡的真相，一心想要为父报仇，还误将郭靖视作杀父仇人，为了报仇，他甚至放下民族大义，暂时性地与当时来侵略南宋的蒙古统帅忽必烈合作，潜入襄阳城刺杀郭靖。郭靖年少时与母亲一起生活在蒙古，还得到了铁木真的赏识，曾被封作金刀驸马，在蒙古军中立下了赫赫战功，但后因忠于故国，不愿随铁木真攻打南宋而离开。他生性憨厚质朴，甚至被人讥为愚钝，其实本性极为正直忠义，在是非曲直上绝不含糊，正因为这样的特质，他才从一个“傻小子”成长为令天下人叹服的侠之大者。在元军攻宋之时，他不顾个人安危，坚守襄阳多年，最终战死沙场，实现了个人理想的升华。选文中郭靖对杨过述说“侠”之精神的一段话，为推心置腹之语，语言朴实无华，却真挚动人，让人们看到了他内在的满腔赤忱，也理解了作者所想传达的真正的侠义精神。杨过此时虽然对他充满偏见，满怀仇恨，但也不自觉地被这种伟大的精神折服，也为他后期了解真相、破除偏见，进一步加入抗元的斗争中埋下了伏笔。

金庸精读历史，善于将虚构的故事嵌入历史背景，巧妙地与历史上的真人真事相结合，甚至使人产生出在读历史故事的感觉，但他也将真实与虚构的界限划清，不愿让读者发生混淆。金庸曾说：“我写武侠小说，只是塑造一些人物，描写他们在特定的武侠环境中的遭遇。”“历史上的事件和人物，要放在当时的历史环境中去看。……小说所想描述的，是当时人的观念和心态，不能用后世或现代人的观念去衡量。”武侠小说虽以武为名，但武只是躯壳，侠才是灵魂。什么是侠？司马迁解释为：“其言必信，其行必果，已诺必诚，不爱其躯，赴士之厄困。”随着时代变迁，侠的含义也几经变动，如今，人们对之又有了新的理解和认识，金庸就希望能在自己的小说中传达出爱国、和平、尊重他人、秉持正义、重情重义等主旨。时代在变化，侠的含义也会随之发展，以适应人们心中对公平正义的向往和追求，而武侠小说作为“成人的童话”，也会因这种美好的向往和追求在百花齐放的当代文学中保有自己的一席之地。

思考题：

1. 你最喜欢的金庸小说中的人物是谁？说说你喜欢他（她）的理由。
2. 你认为“侠”的精神应如何理解？
3. 介绍一部你曾读过的其他表现侠义精神的作品。

第八章　文化探寻

鸭窠围的夜[①]

沈从文

天快黄昏时落了一阵雪子，不久就停了。天气真冷，在寒气中一切都仿佛结了冰。便是空气，也像快要冻结的样子。我包定的那一只小船，在天空大把撒着雪子时已泊了岸，从桃源县沿河而上这已是第五个夜晚。看情形晚上还会有风有雪，故船泊岸边时便从各处挑选好地方。沿岸除了某一处有片沙咀宜于泊船以外，其余地方全是黛色如屋的大岩石。石头既然那么大，船又那么小，我们都希望寻觅得到一个能作小船风雪屏障，同时要上岸又还方便的处所。凡是可以泊船的地方早已被当地渔船占去了。小船上的水手，把船上下各处撑去，钢钻头敲打着沿岸大石头，发出好听的声音，结果这只小船，还是不能不同许多大小船只一样，在正当泊船处插了篙子，把当作锚头用的石碇抛到沙上去，尽那行将来到的风雪，摊派到这只船上。

这地方是个长潭的转折处，两岸是高大壁立千丈的山，山头上长着小小竹子，长年翠色逼人。这时节两山只剩余一抹深黑，赖天空微明为画出一个轮廓。但在黄昏里看来如一种奇迹的，却是两岸高处去水已三十丈上下的吊脚楼。这些房子莫不俨然悬挂在半空中，藉着黄昏的金光，还可以把这些希奇的楼房形体，看得出个大略。这些房子同沿河一切房子有个共通相似处，便是从结构上说来，处处显出对于木材的浪费。房屋既在半山上，不用那么多木料，便不能成为房子吗?半山上也用吊脚楼形式，这形式是必需的吗?然而这条河水的大宗出口是木料，木材比石块还不值价。因此，即或是河水永远长不到处，吊脚楼房子依然存在，似乎也不应当有何惹眼惊奇了。但沿河因为有了这些楼房，长年与流水斗争的水手，寄身船中枯闷成疾的旅行者，以及其他过路人，却有了落脚处了。这些人的疲劳与寂寞是从这些房子中可以一律解除的。地方既好看，也好玩。

河面大小船只泊定后，莫不点了小小的油灯，拉了篷。各个船上皆在后舱烧了火，用铁鼎罐煮红米饭。饭焖熟后，又换锅子熬油，哗的把菜蔬倒进热锅里去。一切齐全了，各人蹲在舱板上三碗五碗把腹中填满后，天已夜了。水手们怕冷怕动的。收拾碗盏后，就莫不在舱板上摊开了被盖，把身体钻进那个预先卷成一筒又冷又湿的硬棉被里去休息。至于那些想喝一杯的，发了烟瘾得靠靠灯，船上烟灰又翻尽了的，或一无所为，只是不甘寂寞，好事好玩想到岸上去烤烤火谈谈天的，便莫不提了桅灯，或燃一段废缆子，摇晃着从船头跳上了岸，从一堆石头间的小路径，爬到半山上吊脚楼房子那边去，找寻自己的熟人，找寻自己的熟地。陌生人自然也有来到这条河中来到这种吊脚楼房子里的时节，但一到地，在火堆旁小板凳上一坐，便是陌生人，即刻也就可以称为熟人乡亲了。

这河边两岸除了停泊有上下行的大小船只三十左右以外，还有无数在日前趁融雪涨水放下形体大小不一的木筏。较小的木筏，上面供给人住宿过夜的棚子也不见，一到了码头，便各自上岸找住处去了。大一些的木筏呢，则有房屋，有船只，有小小菜园与养猪养鸡栅栏，还有女眷和小孩子。

黑夜占领了全个河面时，还可以看到木筏上的火光，吊脚楼窗口的灯光，以及上岸下船在河岸大石间飘忽动人的火炬红光。这时节岸上船上都有人说话，吊脚楼上且有妇人在黯淡灯光下唱小曲的声音，每次唱完一支小曲时，就有人笑嚷。什么人家吊脚楼下有匹小羊叫，固执而且柔和的声音，使人听来觉得忧郁。我心中想着，"这一定是从别一处牵来的，另外一个地方，那小畜生的母亲，一定也那么固执的鸣着吧。"算算日子，再过十一天便过年了。"小畜生明不明白只能在这个世界上活过十天八天?"明白也罢，不明白也罢，这小畜生是为了过年而赶来，应在这个地方死去的。此后固执而又柔和的声音，将在我耳边永远不会消失。我觉得忧郁起来了。我仿佛触着了这世界上一点东西，看明白了这世界上一点东西，心里软和得很。

但我不能这样子打发这个长夜。我把我的想象，追随了一个唱曲时清中夹沙的妇女声音，到她的身边去了。于是仿佛看到了一个床铺，下面是草荐，上面摊了一床用旧帆布或别的旧货做成的脏而又硬的棉被，搁在床正中被单上面的是一个长方木托盘，盘中有一把小茶盏，一个小烟盒，一支烟枪，一块小石头，一盏灯。盘边躺着一个人在烧烟。唱曲子的妇人，或是袖了手捏着自己的膀子站在吃烟者的面前，或是靠在男子对面的床头，为客人烧烟。房子分两进，前面临街，地是土地，后面临河，便是所谓吊脚楼了。这些人房子窗口既一面临河，可以凭了窗口呼喊河下船中人，当船上人过了瘾，胡闹已够，下船时，或者尚有些事情嘱托，或有其他原因，一个晃着火炬停顿在大石间，一个便凭立在窗口，"大老你记着，船下行时又来。""好，我来的，我记着的。""你见了顺顺就说：'会呢，完了；孩子大牛呢，脚膝骨好了。细粉带三斤，冰糖或片糖带三斤。'""记得到，记得到，大娘你放心，我见了顺顺大爷就说：会呢，完了。大牛呢，好了。细粉来三斤，冰糖来三斤。""杨氏，杨氏，一共四吊七，莫错账!""是的，放心呵，你说四吊七就四吊七，年三十夜莫会要你多的！你自己记着就是了!"这样那样的说着，我一一都可听到，而且一面还可以听着在黑暗中某一处咩咩的羊鸣。我明白这些回船的人是上岸吃过"荤烟"了的。

我还估计得出，这些人不吃"荤烟"，上岸时只去烤烤火的，到了那些屋子里时，便多数只在临街那一面铺子里。这时节天气太冷，大门必已上好了，屋里一隅或点了小小油灯，屋中土地上必就地掘了浅凹火炉膛，烧了些树根柴块。火光煜煜，且时时刻刻爆炸着一种难于形容的声音。火旁矮板凳上坐有船上人，木筏上人，有对河住家的熟人。且有虽为天所厌弃还不自弃年过七十的老妇人，闭着眼睛蜷成一团蹲在火边，悄悄的从大袖筒里取出一片薯干或一枚红枣，塞到嘴里去咀嚼。有穿着肮脏身体瘦弱的孩子，手擦着眼睛傍着火旁的母亲打盹。屋主人有为退伍的老军人，有翻船背运的老水手，有单身寡妇，借着火光灯光，可以看得出这屋中的大略情形，三堵木板壁上，一面必有个供奉祖宗的神龛，神龛下空处或另一面，必贴了一些大小不一的红白名片。这些名片倘若有那些好事者加以注意，用小油灯照着，去仔细检查检查，便可以发现许多动人的名衔，军队上的连副，上士，一等兵，商号中的管事，当地的团总，保正，催租吏以及照例姓滕的船主，洪江的木簰[①]商人，与其他各行各业人物，无所不有。这是近一二十年来经过此地若干人中一小部分的题名录。这些人各用一种不同的生活，来到这个地方，且同样的来到这些屋子里，坐在火边或靠近床边，逗留过若干时间。这些人离开了此地后，在另一世界里还是继续活下去，但除了同自己的生活圈子中人发生关系以外，与一同在这个世界上其他的人，却仿佛便毫无关系可言了。他们如今也许早已死掉了；水淹死的，枪打死的，被外妻用砒霜谋杀的，然而这些名片却依然将好好的保留下去。也许有些人已成了富人名人，成了当地的小军阀，这些名片却仍然写着催租人、上士等等的衔头。除了这些名片，那屋子里是不是还有比它更引人注意的东西呢？锯子，小捞兜，香烟大画片，装干栗子的口袋，……

提起这些问题时使人心中很激动。我到船头上去眺望了一阵。河面静静的，木筏上火光小了，船上的灯光已很少了，远近一切只能藉着水面微光看出个大略情形。另外一处的吊脚楼上，又有了妇人唱小曲的声音，灯光摇摇不定，且有猜拳声音。我估计那些灯光同声音所在处，不是木筏上的簰头在取乐，就是水手们小商人在喝酒。妇人手指上说不定还戴了水手特别从常德府捎带来的镀金戒指，一面唱曲一面把那只手理着鬓角，多动人的一幅画图！我认识他们的哀乐，这一切我也有份。看他们在那里把每个日子打发下去，也是眼泪也是笑，离我虽那么远，同时又与我那么相近。这正是同读一篇描写西伯利亚的农人生活动人作品一样，使人掩卷引起无言的哀戚。我如今只用想象去领味这些人生活的表面姿态，却用过去一分经验，接触着了这种人的灵魂。

羊还固执的鸣着。远处不知什么地方有锣鼓声音，那一定是某个人家禳土酬神还愿巫师的锣鼓。声音所在处必有火燎与九品蜡照耀争辉。眩目火光下必有头包红布的老巫师独立作旋风舞，门上架上有黄钱，平地有装满了谷米的平斗。有新宰的猪羊伏在木架上，头上插着小小五色纸旗。有行将为巫师用口把头咬下的活生公鸡，缚了双脚与翼翅，在土坛边无可奈何的躺卧。主人锅灶边则热了满锅猪血稀粥，灶中正火光熊熊。

邻近一只大船上，水手们已静静的睡下了，只剩余一个人吸着烟，且时时刻刻把烟管敲着船舷。也像听着吊脚楼的声音，为那点声音所激动，引起种种联想，忽然按捺自己不住了，只听到他轻轻的骂着野话，擦了支自来火，点上一段废缆，跳上岸往吊脚楼那里去了。他在岸上大石间走动时，火光便从船篷空处漏进我的船中。也是同样的情形吧，在一只装载棉军服向上行驶的船上，泊到同样的岸边，躺在成束成捆的军服上面，夜既太长，水手们爱玩牌的各蹲坐在舱板上小油灯光下玩天九，睡既不成，便胡乱穿了两套棉军服，空手上岸，借着石块间还未融尽残雪返照的微光，一直向高岸上有灯光处走去。到了街上，除了从人家门罅里露出的灯光成一条长线横卧着，此外一无所有。在计算中以为应可见到的小摊上成堆的花生，用哈德门长烟盒装着干瘪瘪的小橘子，切成小方块的片糖，以及在灯光下看守摊子把眉毛扯得极细的妇人（这些妇人无事可作时还会在灯光下做点针线的），如今什么也没有。既不敢冒昧闯进一个人家里面去，便只好又回转河边船上了。但上山时向灯光凝聚处走去，方向不会错误。下河时可糟了。糊糊涂涂在大石小石间走了许久，且大声喊着，才走近自己所坐的一只船。上船时，两脚全是泥，刚攀上船舷还不及脱鞋落舱，就有人在棉被中大喊：“伙计哥子们，脱鞋呀！”把鞋脱了还不即睡，便镶到水手身旁去看牌，一直看到半夜，——十五年前自己的事，在这样地方温习起来，使人对于命运感到十分惊异。我懂得那个忽然独自跑上岸去的人，为什么上去的理由！

等了一会，邻船上那人还不回到他自己的船上来，我明白他所得的必比我多了一些。我想听听他回来时，是不是也像别的船上人，有一个妇人在吊脚楼窗口喊叫他。许多人都陆续回到船上了，这人却没有下船。我记起“柏子”[②]。但是，同样是水上人，一个那么快乐的赶到岸上去，一个却是那么寂寞的跟着别人后面走上岸去，到了那些地方，情形不会同柏子一样，也是很显然的事了。

为了我想听听那个人上船时那点推篷声音，我打算着，在一切声音全已安静时，我仍然不能睡觉。我等待那点声音。大约到午夜十二点，水面上却起了另外一种声音。仿佛鼓声，也仿佛汽油船马达转动声，声音慢慢的近了，可是慢慢的又远了。像是一个有魔力的歌唱，单纯到不可比方，也便是那种固执的单调，以及单调的延长，使一个身临其境的人，想用一组文字去捕捉那点声音，以及捕捉在那长潭深夜一个人为那声音所迷惑时节的心情，实近于一种徒劳无功的努力。那点声音使我不得不再从那个业已用被单塞好空罅的舱门，到船头去搜索它的来源。河面一片红光，古怪声音也就从红光一面掠水而来。原来日里隐藏在大岩下的一些小渔船，在半夜前早已静悄悄的下了拦江网。到了半夜，把一个从船头伸在水面的铁篮，盛上燃着熊熊烈火的油柴，一面用木棒槌有节奏的敲着船舷各处漂去。身在水中见了火光而来与受了柝声吃惊四窜的鱼类，便在这种情形中触了网，成为渔人的俘虏。当地人把这种捕鱼方法叫“赶白”。

一切光，一切声音，到这时节已为黑夜所抚慰而安静了，只有水面上那一分红光与那一派声音。那种声音与光明，正为着水中的鱼和水面的渔人生存的搏战，已在这河面上存在了若干年，且将在接连而来的每个夜晚依然继续存在。我弄明白了，回到舱中以后，依然默听着那个单调的声音。我所看到的仿佛是一种原始人与自然战争的情景。那声音，那火光，都近于原始人类的战争，把我带回到四五千年那个“过去”时间里去。

不知在什么时候开始落了很大的雪，听船上人细语着，我心想，第二天我一定可以看到邻船上那个人上船时节，在岸边雪地上留下那一行足迹。那寂寞的足迹，事实上我却不曾见到，因为第二天到我醒来时，小船已离开那个泊船处很远了。

注释：

①本文依据沈从文：《湘行散记》，江苏人民出版社 2014 年版。

②簰（pái）：同“排”，大的木筏或竹筏。

③“柏子”：作家著名短篇小说《柏子》中的主人公，也是作者《湘行散记》等作品中多次写到的“无数水手柏子”的共名。

背景知识：

沈从文（1902—1988），中国现代著名作家、文物学家。原名沈岳焕，湖南凤凰人，苗族。他 14 岁在湘西土著军队当兵。1921 年，他离开湘西，只身来到陌生的北京，以自修获得文学创作能力。1924 年开始以“休芸芸”的笔名在北京《晨报》副刊、《现代评论》和《小说月报》等报刊发表作品，是“京派”作家代表人物。1934 年，他发表著名中篇小说《边城》和散文《湘行散记》。代表作有中篇小说《边城》，长篇小说《长河》，散文长卷《湘行散记》《湘西》《从文自传》，以及众多短篇小说及文学评论等。其作品以湘西题材为主，文体多样，风格独具，内蕴深刻，影响深远。

导读：

沈从文曾说：“我虽然离开了那条河流，我所写的故事，却多数是水边的故事。故事中我所满意的文章，常用船上水上作背景，我故事中人物的性格，全为我在水边船上所见到的人物性格。我文字中一点忧郁气氛，便因为被过去 15 年前南方的阴雨天气影响而来。”沅水及其支流辰河带给沈从文经验、灵感和智慧。在水中或岸上讨生活的剽悍水手、靠作水手生意谋生的吊脚楼妓女、携带农家女私奔的兵士、开小客店的老板娘、终生漂泊的行脚人……纷纷来到沈从文笔下，给他的创作增添了鲜明的地域色彩。

1934 年，沈从文重返故里湘西，他乘船由常德沿沅水溯流而上，于沿途将千里沅水及各支流流经的湘西乡村的景物人事记录下来，写成给妻子张兆和的信件，后经整理结成一部系列散文《湘行散记》，成为现代散文的名作。那是一部连续性的长篇散文，由十一个单篇组成。本文就是其中一篇。

全文可分为四个部分。第一部分（从开头至“地方既好看，也好玩”）：写阴历年前某天夜晚，航行在沅水上的渡船泊于鸭窠围岸边，水手歇夜及湘西特有的吊脚楼景观。第二部分（从“河面大小船只泊定后”至“灶中正火光熊熊”）：通过作者的想象，叙写水手们到岸上吊脚楼吃“荤烟”或烤火歇息的情景。第三部分（从“邻近一只大船上”至“也是很显然的事了”）：由邻船一位水手的举动引起回忆，“温习”了十五年前自己经历的相同情形。第四部分（从“为了我想听听那个人上船时那点推篷声音”至结尾）：写午夜时分水面上渔人“赶白”的古怪声音及由此引起的对湘西人历史命运的思考。

本文中写到的吊脚楼，是湘西特有的建筑奇观；而它所着重描写的“水上人”（水手及随船旅行者）和“妇人”（妓女）的关系，也是一种带有湘西地方色彩和时代色彩的特异的生活。本文通过对湘西下层民众这些生活情状具体细微、极富实感的描写，表现了他们在艰难处境中对人生的顽强与执着，被压抑、被摧残的生命力的坚韧与强悍以及掺和着泪与笑的生活的庄严。

本文在内容的叙写上具有很强的独特性，透过这些文字，我们看到的是，他们担负了自己那份命运，从不逃避为求生而应做的一切努力，勇敢地为生存而搏战，同时在畸形的形式中追求着真挚缠绵的情与爱。

作者在记叙上述人和事的时候，没有作简单的道德评判，也超越了普通的“同情”，更没有丝毫的猎奇之意。他把自己的生命融入其中，感同身受地“认识他们的哀乐”，深切地感到“这一切我也有份”。“看他们在那里把每个日子打发下去，也是眼泪也是笑，离我虽那么远，同时又与我那么相近。这正同读一篇描写西伯利亚的农人生活动人作品一样，使人掩卷引起无言的哀戚。我如今只用想象去领味这些人生活的表面姿态，却用过去一分经验，接触着了这种人的灵魂。”

本文体现了作者独到的艺术表现手段和美学追求。本文在记人叙事状物写景时，没有舍弃生活中本有的原生态的充满生命活力的元素。吊脚楼中男子吃荤烟的情景，楼屋中的场面，水手和妇人短暂相聚构成的“每一幅图画”，都被作者不加修饰地、传神地记录了下来。作者的追求是“始终保持那个物性天然的素朴”，本文的另一个感人之处是在展示那种自然和人生的景观时，既是严格写实的，又是渗透了主观色彩的，就像作者所说的：“注入他个人的想象与感情”。

作者用心灵之笔绘出“动人的画图”，发出生命的感喟，用想象和感情使作品充满诗的气息。从对平凡的人生现象的描写中自然流溢出诗意的潜流，可谓作品的最大成功之处。

本文以叙述为主，将描写、抒情、议论自然融入。文章以洗练、恬淡的语言勾勒了湘西的普通一夜。在精彩的景色描写中，作者自然地将自己的议论编织进去。如开篇第一、二自然段：“天快黄昏时落了一阵雪子，不久就停了。天气真冷，在寒气中一切都仿佛结了冰。便是空气，也像快要冻结的样子。”“两岸是高大壁立千丈的山，……这时节两山只剩余一抹深黑，赖天空微明为画出一个轮廓。”着意渲染了寒夜中鸭窠围河两岸迷蒙而充满生气的氛围，使人如临其境，如睹其景，历久不能忘怀。在这种叙写中，环境的严酷而美丽，人的渺小而顽强形成了鲜明的对比。特别是对河岸房子的描述，为整篇文章奠定了环境的基调。这些在湘西水道上挣扎求生的人们，抗争着严酷的环境，顽强地活着，追寻着那一点点可以说是卑微的欢乐。这些无知、粗鲁的普通人在作者的笔下闪现出了光彩——体现出了生命最本色的光彩。又如船只泊定后水手们做饭、吃饭、歇息、上岸的场面，想象中归船水手与吊脚楼妇人叮嘱对话的场面，岸上临街铺子中屋主人与船上人等默坐烤火的场面，禳土酬神还愿巫师在锣鼓声中作旋风舞的场面等，均是以朴素而有表现力的语言，略作勾勒，场面即骤然生动起来，极见功力。

思考题：

1. 你如何看待本文所描述的湘西水手的生活形态？这种粗糙的生活，何以能与一种优美的审美风格联系起来？

2. 作者在本文中寄寓了怎样的人生感喟？有何意义？

3. 体会作者在平凡人生事相中发掘诗意、保持生活原生态的叙写方式。

秦腔①

贾平凹

山川不同，便风俗区别，风俗区别，便戏剧存异；普天之下人不同貌，剧不同腔；京，豫，晋，越，黄梅，二黄，四川高腔，几十种品类。或问：历史最悠久者，文武最正经者，是非最汹汹者？曰：秦腔也。正如长处和短处一样突出便见其风格，对待秦腔，爱者便爱得要死，恶者便恶得要命。外地人——尤其是自夸于长江流域的纤秀之士——最害怕秦腔的震撼；评论说得婉转的是：唱得有劲；说得直率的是：大喊大叫。于是，便有柔弱女子，常在戏台下以绒堵耳，又或在平日教训某人：你要不怎么怎么样，今晚让你去看秦腔！秦腔成了惩罚的代名词。所以，别的剧种可以各省走动，唯秦腔则如秦人一样，死不离窝；严重的乡土观念，也使其离不了窝：可能还在西北几个地方变腔走调的有些市场，却绝对冲不出往东南而去的潼关呢。

但是，几百年来，秦腔却没有被淘汰，被沉沦，这使多少人大惑而不得其解。其解是有的，就在陕西这块土地上。如果是一个南方人，坐车轰轰隆隆往北走，渡过黄河，进入西岸，八百里秦川大地，原来竟是：一抹黄褐的平原；辽阔的地平线上，一处一处用木椽夹打成一尺多宽墙的土屋，粗笨而庄重；冲天而起的白杨，苦楝，紫槐，枝干粗壮如桶，叶却小似铜钱，迎风正反翻覆……你立即就会明白了：这里的地理构造竟与秦腔的旋律惟妙惟肖的一统！再去接触一下秦人吧，活脱脱的一群秦始皇兵马俑的复出：高个，浓眉，眼和眼间隔略远，手和脚一样粗大，上身又稍稍见长于下身。当他们背着沉重的三角形状的犁铧，赶着山包一样团块组合式的秦川公牛，端着脑袋般大小的耀州瓷碗，蹲在立的卧的石磙子碌碡上吃着牛肉泡馍，你不禁又要改变起世界观了：啊，这是块多么空旷而实在的土地，在这块土地挖爬滚打的人群是多么"二愣"的民众！那晚霞烧起的黄昏里，落日在地平线上欲去不去的痛苦的妊娠，五里一村，十里一镇，高音喇叭里传播的秦腔互相交织，冲撞，这秦腔原来是秦川的天籁、地籁、人籁的共鸣啊！于此，你不渐渐感觉到了南方戏剧的秀而无骨吗？不深深地懂得秦腔为什么形成和存在而占据时间、空间的位置吗？

八百里秦川，以西安为界，咸阳，兴平，武功，周至，凤翔，长武，岐山，宝鸡，两个专区几十个县为西府；三原，泾阳，高陵，户县，合阳，大荔，韩城，白水，一个专区十几个县为东府。秦腔，就源于西府。在西府，民性敦厚，说话多用去声，一律咬字沉重，对话如吵架一样，哭丧又一呼三叹。呼喊远人更是特殊：前声拖十二分的长，末了方极快地道出内容。声韵的发展，使会远道喊人的人都从此有了唱秦腔的天才。老一辈的能唱，小一辈的能唱，男的能唱，女的能唱；唱秦腔成了做人最体面的事，任何一个乡下男女，只有唱秦腔，才有出人头地的可能，大凡有出息的，是个人才的，哪一个何曾未登过台，起码也能吼一阵乱弹呢！

农民是世上最劳苦的人，尤其是在这块平原上，生时落草在黄土炕上，死了被埋在黄土堆下；秦腔是他们大苦中的大乐，当老牛木犁疙瘩绳，在田野已经累得筋疲力尽，立在犁沟里大喊大叫来一段秦腔，那心胸肺腑，关关节节的困乏便一尽儿涤荡净了。秦腔与他们，要和“西凤”白酒，长线辣子，大叶卷烟，牛肉泡馍一样成为生命的五大要素。若与那些年长的农民聊起来，他们想象的伟大的共产主义生活，首先便是这五大要素。他们有的是吃不完的粮食，他们缺的是高超的艺术享受，他们教育自己的子女，不会是那些文豪们讲的，幼年不是祖母讲着动人的美丽的童话，而是一字一板传授着秦腔。他们大都不识字，但出奇地能一本一本整套背诵出剧本，虽然那常常是之乎者也的字眼从那一圈胡子的嘴里吐出来十分别扭。有了秦腔，生活便有了乐趣，高兴了，唱“快板”，高兴得像被烈性炸药爆炸了一样，要把整个身心粉碎在天空！痛苦了，唱“慢板”，揪心裂肠的唱腔却表现了多么有情有味的美来，美给了别人的享受，美也熨平了自己心中愁苦的皱纹。当他们在收获时节的土场上，在月在中天的庄院里大吼大叫唱起来的时候，那种难以想象的狂喜、激动、雄壮，与那些献身于诗歌的文人，与那些有吃有穿却总感空虚的都市人相比，常说的什么伟大的永恒的爱情是多么渺小、有限和虚弱啊！

我曾经在西府走动了两个秋冬，所到之处，村村都有戏班，人人都会清唱。在黎明或者黄昏的时分，一个人独独地到田野里去，远远看着天幕下一个一个山包一样隆起的十三个朝代帝王的陵墓，细细辨认着田埂土，荒草中那一截一截汉唐时期石碑上的残字，高高的土屋上的窗口里就飘出一阵冗长的二胡声，几声雄壮的秦腔叫板，我就痴呆了，猛然发现了自己心胸中一股强硬的气魄随同着胳膊上的肌肉疙瘩一起产生了。

每到农闲的夜里，村里就常听到几声锣响：戏班排演开始了。演员们都集合起来，到那古寺庙里去。吹，拉，弹，奏，翻，打，念，唱，提袍甩袖，吹胡瞪眼，古寺庙成了古今真乐府，天地大梨园。导演是老一辈演员，享有绝对权威，演员是一家几口，夫妻同台，父子同台，公公儿媳也同台。按秦川的风俗：父和子不能不有其序，爷和孙却可以无道，弟与哥嫂可以嬉闹无常，兄与弟媳则无正事不能多言。但是，一到台上，秦腔面前人人平等，兄可以拜弟媳为帅为将，子可以将老父绳绑索捆。寺庙里有窗无扇，屋梁上蛛丝结网，夏天蚊虫飞来，成团成团在头上旋转，薰蚊草就墙角燃起，一声唱腔一声咳嗽。冬天里四面透风，柳木疙瘩火当中架起，一出场一脸正经，一下场凑近火堆，热了前怀，凉了后背。排演到什么时候，什么时候都有观众，有抱着二尺长的烟袋的老者，有凳子高、桌子高趴满窗台的孩子。庙里一个跟头未翻起，窗外就哇的一声叫倒好，演员出来骂一声：谁说不好的滚蛋！他们抓住窗台死不滚去，倒要连声讨好：翻得好！翻得好！更有殷勤的，跑回来偷拿了红薯、土豆，在火堆里煨熟给演员作夜餐，赚得进屋里有一个安全位置。排演到三更鸡叫，月儿偏西，演员们散了，孩子们还围了火堆弯腰踢腿，学那一招一式。

一出戏排成了，一人传出，全村振奋，扳着指头盼那上演日期。一年十二个月，正月元宵日，二月龙抬头，三月三，四月四，五月五日过端午，六月六日晒丝绸，七月过半，八月中秋，九月初九，十月一日，再是那腊月五豆，腊八，二十三……月月有节，三月一会，那戏必是上演的。戏台是全村人的共同的事业，宁肯少吃少穿也要筹资集款，买上好的木石，请高强的工匠来修筑。村子富不富，就比这戏台阔不阔。一演出，半下午人就找凳子去占地位了，未等戏开，台下坐的、站的人头攒拥，台两边阶上立的卧的是一群顽童。那锣鼓就叮叮咣咣地闹台，似乎整个世界要天翻地覆了。各类小吃趁机摆开，一个食摊上一盏马灯，花生，瓜子，糖果，烟卷，油茶，麻花，烧鸡，煎饼，长一声短一声叫卖不绝。锣鼓还在一声儿敲打，大幕只是不拉，演员偶尔从幕边往下望望，下边就喊：开演呀，场子都满了！幕布放下，只说就要出场了，却又叮叮咣咣不停。台下就乱了，后边的喊前边的坐下，前边的喊后边的为什么不说最前边的立着；场外的大声叫着亲朋子女名字，问有坐处没有，场内的锐声回应快进来；有要吃煎饼的喊熟人去买一个，熟人买了站在场外一扬手，“日”的一声隔人头甩去，不偏不倚目标正好；左边的喊右边的踩了他的脚，右边的叫左边的挤了他的腰，一个说：狗年快完了，你还叫啥哩？一个说：猪年还没到，你便拱开了！言语伤人，动了手脚；外边的趁机而入，一时四边向里挤，里边向外扛，人的旋涡涌起，如四月的麦田起风，根儿不动，头身一会儿倒西，一会儿倒东，喊声、骂声、哭声一片；有拚命挤将出来的，一出来方觉世界偌大，身体胖肿，但差不多却光了脚，乱了头发。大幕又一挑，站出戏班头儿，大声叫喊要维持秩序；立即就跳出一个两个所谓“二干子”人物来。这类人物多是头脑简单，四肢发达，却十二分忠诚于秦腔，此时便拿了枝条儿，哪里人挤，哪里打去，如凶神恶煞一般。人人恨骂这些人，人人又都盼有这些人，叫他们是秦腔宪兵，宪兵者越发忠于职责，虽然彻夜不得看戏，但大家一夜满足了，他们也就满足了一夜。

终于台上锣鼓停了，大幕拉开，角色出场。但不管男的女的，出来偏不面对观众，一律背身掩面，女的就碎步后移，水上漂一样，台下就叫：瞧那腰身，那肩头，一身的戏哟！是男的就摇那帽翎，一会双摇，一会单摇，一边上下飞闪，一边纹丝不动，台下便叫：绝了，绝了！等到那角色儿猛一转身，头一高扬，一声高叫，声如炸雷豁啷啷直从人们头顶碾过，全场一个冷颤，从头到脚，每一个手指尖儿，每一根头发梢儿都麻酥酥的了。如果是演《救裴生》，那慧娘站在台中往下蹲，慢慢地，慢慢地，慧娘蹲下去了，全场人头也矮下去了半尺，等那慧娘往起站，慢慢地，慢慢地，慧娘站起来了，全场人的脖子也全拉长了起来。他们不喜欢看生戏，最欢迎看熟戏，那一腔一调都晓得，哪个演员唱得好，就摇头晃脑跟着唱，哪个演员走了调，台下就有人要纠正。说穿了，看秦腔不为求新鲜，他们只图过过瘾。

在这样的地方，这样的环境，这样的气氛，面对着这样的观众，秦腔是最逞能的，它的艺术的享受，是和拥挤而存在，是有力气而获得的。如果是冬天，那风在刮着，像刀子一样，如果是夏天，人窝里热得如蒸笼一般，但只要不是大雪、冰雹、暴雨，台下的人是不肯撤场的。最可贵的是那些老一辈的秦腔迷，他们没有力气挤在台下，也没有好眼力看清演员，却一溜一排地蹲在戏台两侧的墙根，吸着草烟，慢慢将唱腔品赏。一声叫板，便可以使他们坠入艺术之宫，“听了秦腔，肉酒不香”，他们是体会得最深。那些大一点的，脾性野一点的孩子，却占领了戏场周围所有的高空，杨树上，柳树上，槐树上，一个枝杈一个人。他们常常乐而忘了险境，双手鼓掌时竟从树杈上掉下来，掉下来自不会损伤，因为树下是无数的人头，只是招致一顿臭骂罢了。更有一些爬在了场边的麦秸积上，夏天四面来风，好不凉快，冬日就趴个草洞，将身子缩进去，露一个脑袋，也正是有闲阶级享受不了秦腔吧，他们常就瞌睡了，一觉醒来，月在西天，戏毕人散，只好苦笑一声悄然没声儿地溜下来回家敲门去了。

当然，一次秦腔演出，是一次演员亮相，也是一次演员受村人评论的考场。每每角色一出场，台下就一片嘁嘁喳喳：这是谁的儿子，谁的女子，谁家的媳妇，娘家何处。于是乎，谁有出息，谁没能耐，一下子就有了定论。有好多外村的人来提亲说媒，总是就在这个时候进行。据说有一媒人将一女子引到台下，相亲台上一个男演员，事先夸口这男的如何俊样，如何能干，但戏演了过半，那男的还未出场，后来终于出来，是个国民党的伪兵，还持枪未走到中台，扮游击队长的演员挥枪一指，“叭”的一声，那伪兵就倒地而死，爬着钻进了后幕。那女子当下哼一声，闭了嘴，一场亲事自然了了。这是喜中之悲一例。据说还有一例，一个老头在脖子上架了孙孙去看戏，孙孙吵着要回家，老头好说好劝只是不忍半场而去，便破费买了半斤花生，他眼盯着台上，手在下边剥花生，然后一颗一颗扬手喂到孙孙嘴里，但喂着喂着，竟将一颗塞进孙孙鼻孔，吐不出，咽不下，口鼻出血，连夜送到医院动手术，花去了七十元钱。

但是，以秦腔引喜的事却不计其数。每个村里，总会有那么个老汉，夜里看戏，第二天必是头一个起床往戏台下跑。戏台下一片石头、砖头，一堆堆瓜子皮、糖果纸、烟屁股，他掀掀这块石头，踢踢那堆尘土，少不了要捡到一角两角甚至三元四元钱币来，或者一只鞋，或者一条手帕。这是村里钻刁人干的营生，而馋嘴的孩子们有的则夜里趁各家锁门之机，去地里摘那香瓜来吃，去谁家院里将桃杏装在背心兜里回来分红。自然少不了有那些青春妙龄的少男少女，则往往在台下混乱之中眼送秋波，或者就悄悄退出，相依相偎到黑黑的渠畔树林子里去了……

秦腔在这块土地上，有着神圣的不可动摇的基础。凡是到这些村庄去下乡，到这些人家去做客，他们最高级的接待是陪着看一场秦腔，实在不逢年过节，他们就会要合家唱一会乱弹，你只能点头称好，不能耻笑，甚至不能有一点不入神的表示。他们一生最崇敬的只有两种人：一是国家领导人，一是当地的秦腔名角。即是在任何地方，这些名角没有在场，只要发现了名角的父母，去商店买油是不必排队的，进饭馆吃饭是会有座位的，就是在半路上挡车，只要喊一声：我是某某的什么，司机也便要嘎地停车。但是，谁要侮辱一下秦腔，他们要争死争活地和你论理，以至大打出手，永远使你记住教训。每每村里过红白丧喜之事，那必是要包一台秦腔的，生儿以秦腔迎接，送葬以秦腔致哀，似乎这人生的世界，就是秦腔的舞台，人只要在舞台上，生，旦，净，丑，才各显了真性，恶的夸张其丑，善的凸现其美，善的使他们获得美的教育，恶的也使丑里化作了美的艺术。

广漠旷远的八百里秦川，只有这秦腔，也只能有这秦腔，八百里秦川的劳作农民只有也只能有这秦腔使他们喜怒哀乐。秦人自古是大苦大乐之民众，他们的家乡交响乐除了大喊大叫的秦腔还能有别的吗？

1983 年 5 月 2 日草于五味村

注释：

①本文依据贾平凹：《秦腔》，作家出版社 2012 年版。

背景知识：

贾平凹（1952— ），当代著名作家。原名贾平娃，陕西丹凤人。1975 年毕业于西北大学中文系，曾任陕西人民出版社文艺编辑、《长安》文学月刊编辑，现为西安市文联专职作家、陕西省作家协会主席。著有小说集《兵娃》《山地笔记》《商州散记》《小月前本》《腊月·正月》《天狗》《贾平凹获奖中篇小说集》，长篇小说《商州》《浮躁》《废都》《白夜》《秦腔》《高兴》，自传体长篇《我是农民》，散文集《月迹》《心迹》《爱的踪迹》《贾平凹散文自选集》等。其作品多次获得国内外大奖，并被翻译成多种外文在外埠市场发行。贾平凹的小说描写新时期的西北农村，特别是改革开放后的变革，视野开阔，具有丰富的当代中国社会文化心理内涵，富于地域风土特色，格调清新隽永。

贾平凹在散文领域颇有建树，早期的《月迹》《一棵桃树》，书写儿童眼睛中美丽单纯的世界，注重诗意境界的酝酿。在 20 世纪 80 年代中期，他转而写陕西的风土人情，展示当地的人文风景和生活情态。贾平凹的散文无论在思想意蕴、文化趣味还是语言表达上，都倾向吸取中国文学传统因素，崇尚简单古朴的风趣和静虚境界的营造。

导读：

“合阳的踅面，陕西的秦腔”。秦腔作为中华地方戏曲的一个剧种，千百年来一直深受关中人民喜爱，已经成为关中地区的民间艺术精粹。秦腔演员高亢激越、猛烈粗砺的吼声，给外地人的感受是呕哑嘲哳难为听，可是带给关中人的却是麻酥酥、熨熨帖帖的美的享受。

本文是一篇侧重民情风俗的文化性散文。行文一改作者早期散文阴柔之美的主体风格，语言表述亦如秦腔的唱腔一样火爆热烈、粗犷豪放，充满了蓬勃向上的生命力。秦腔高亢响亮，震撼人心，它是黄土地上老百姓生生不息的命运之声。

秦腔是富有地域特色的文化艺术，它的产生与秦地的地理人文环境密不可分。正如西方文艺理论家丹纳在《艺术哲学》中所指出的那样：“精神文明的产物和动植物界的产物一样，只能用各自的环境来解释。”秦川大地厚重、开阔的地貌，秦人独特的生活和娱乐方式，使得秦腔成为秦地天籁、地籁、人籁的共鸣。秦腔是关中百姓的精神寄托，已经同“西凤”白酒、长线辣子、大叶卷烟、牛肉泡馍一样，成了他们生命中的必备元素。

本文题目为“秦腔”，却并未从正面来描述秦腔艺术。文章集中写了与秦腔有关的地理、人文、演出环境，重点描述了人们看秦腔的态度、演出效果以及演员的社会地位等。但我们读完全文，却能对秦腔有极为真切、深刻的印象和认识。作者反复强调秦腔这种地方戏曲在秦地的盛行，就在于它扎根于秦人的一种独特的生活方式。至此，我们可以看出作者的真意在于写秦人，写他们的生活状态和精神面貌。

作者行文态度平实，在语言表述上能把传统古文、现代白话文以及农民的方言口语很自然地融合在一起，在质朴、平淡的叙述中不乏生动传神的细节刻画。语言风格既幽默风趣，又不失庄重质朴。这种大巧若拙的行文笔法，蕴含着一个作文大家对社会、人生和文学艺术通达洞明的理解。

思考题：

1. 作者是直接描述秦腔唱腔的吗？文章是从哪些方面来描写秦腔的，重点写的又是哪一部分？

2. 请你找出课文第一部分中最能表现秦腔与秦地秦人关系的句子，并加以分析。

3. 在第五自然段里，作者为什么“发现了自己心胸中一股强硬的气魄随同着胳膊上的肌肉疙瘩一起产生了”？

4. 你听过秦腔吗？请你向同学描述听完秦腔后的感受。

道士塔①

余秋雨

一

莫高窟大门外，有一条河，过河有一溜空地，高高低低建着几座僧人圆寂塔。塔呈圆形，状近葫芦，外敷白色。

从几座坍弛的来看，塔心竖一木桩，四周以黄泥塑成，基座垒以青砖。历来住持莫高窟的僧侣都不富裕，从这里也可找见证明。

夕阳西下，朔风凛冽，这个破落的塔群更显得悲凉。

有一座塔，由于修建年代较近，保存得较为完整。塔身有碑文，移步读去，猛然一惊，它的主人，竟然就是那个王圆箓！

历史已有记载，他是敦煌石窟的罪人。

我见过他的照片，穿着土布棉衣，目光呆滞，畏畏缩缩，是那个时代到处可以遇见的一个中国平民。他原是湖北麻城的农民，逃荒到甘肃，做了道士。

几经周折，不幸由他当了莫高窟的家，把持着中国古代最灿烂的文化。他从外国冒险家手里接过极少的钱财，让他们把难以计数的敦煌文物一箱箱运走。

今天，敦煌研究院的专家们只得一次次屈辱地从外国博物馆买取敦煌文献的微缩胶卷，叹息一声，走到放大机前。

完全可以把愤怒的洪水向他倾泻。但是，他太卑微，太渺小，太愚昧，最大的倾泻也只是对牛弹琴，换得一个漠然的表情。

让他这具无知的躯体全然肩起这笔文化重债，连我们也会觉得无聊。

这是一个巨大的民族悲剧。

王道士只是这出悲剧中错步上前的小丑。一位年轻诗人写道，那天傍晚，当冒险家斯坦因装满箱子的一队牛车正要启程，他回头看了一眼西天凄艳的晚霞。那里，一个古老民族的伤口在滴血。

二

真不知道一个堂堂佛教圣地，怎么会让一个道士来看管。中国的文官都到哪里去了，他们滔滔的奏折怎么从不提一句敦煌的事由？

其时已是20世纪初年，欧美的艺术家正在酝酿着新世纪的突破。罗丹正在他的工作室里雕塑，雷诺阿、德加、塞尚已处于创作晚期，马奈早就展出过他的《草地上的午餐》。他们中有人已向东方艺术家投来羡慕的眼光，而敦煌艺术，正在王道士手上。

王道士每天起得很早，喜欢到洞窟里转转，就像一个老农，看看他的宅院。他对洞窟里的壁画有点不满，暗乎乎的，看着有点眼花。

亮堂一点多好呢，他找了两个帮手，拎来一桶石灰。草扎的刷子装上一个长把，在石灰桶里蘸一蘸，开始他的粉刷。

第一遍石灰刷得太薄，五颜六色还隐隐显现，农民做事就讲个认真，他再细细刷上第二遍。

这儿空气干燥，一会儿石灰已经干透。

什么也没有了，唐代的笑容，宋代的衣冠，洞中成了一片净白。道士擦了一把汗憨厚地一笑，顺便打听了一下石灰的市价。

他算来算去，觉得暂时没有必要把更多的洞窟刷白，就刷这几个吧，他达观地放下了刷把。

当几面洞壁全都刷白，中座的雕塑就显得过分惹眼。在一个干干净净的农舍里，她们婀娜的体态过于招摇，她们柔柔的浅笑有点尴尬。

道士想起了自己的身份，一个道士，何不在这里搞上几个天师、灵官菩萨？他吩咐帮手去借几个铁锤，让原先几座雕塑委屈一下。

事情干得不赖，才几下，婀娜的体态变成碎片，柔美的浅笑变成了泥巴。

听说邻村有几个泥匠，请了来，拌点泥，开始堆塑他的天师和灵官。泥匠说从没干过这种活计，道士安慰道，不妨，有那点意思就成。

于是，像顽童堆造雪人，这里是鼻子，这里是手脚，总算也能稳稳坐住。行了，再拿石灰，把他们刷白。画一双眼，还有胡子，像模像样。道士吐了一口气，谢过几个泥匠，再作下一步筹划。

今天我走进这几个洞窟，对着惨白的墙壁、惨白的怪像，脑中也是一片惨白。我几乎不会言动，眼前直晃动着那些刷把和铁锤。“住手！”我在心底痛苦地呼喊，只见王道士转过脸来，满眼迷惑不解。

是啊，他在整理他的宅院，闲人何必喧哗？我甚至想向他跪下，低声求他：“请等一等，等一等……”但是等什么呢？我脑中依然一片惨白。

三

1900 年 5 月 26 日清晨，王道士依然早起，辛辛苦苦地清除着一个洞窟中的积沙。没想到墙壁一震，裂开一条缝，里边似乎还有一个隐藏的洞穴。王道士有点奇怪，急忙把洞穴打开，呵，满满实实一洞的古物！

王道士完全不能明白，这天早晨，他打开了一扇轰动世界的门户。一门永久性的学问，将靠着这个洞穴建立。无数才华横溢的学者，将为这个洞穴耗尽终生。中国的荣耀和耻辱，将由这个洞穴吞吐。

以前，他正衔着旱烟管，扒在洞窟里随手翻检。他当然看不懂这些东西，只是觉得事情有点蹊跷。为何正好我在这儿时墙壁裂缝了呢？或许是神对我的酬劳。

趁下次到县城，捡了几个经卷给县长看看，顺便说说这桩奇事。

县长是个文官，稍稍掂出了事情的分量。不久甘肃学台叶炽昌也知道了，他是金石专家，懂得洞窟的价值，建议藩台把这些文物运到省城保管。但是东西很多，运费不低，官僚们又犹豫了。只有王道士一次次随手取一点出来的文物，在官场上送来送去。

中国是穷，但只要看看这些官僚豪华的生活排场，就知道绝不会穷到筹不出这笔运费。中国官员也不是没有学问，他们也已在窗明几净的书房里翻动出土经卷，推测着书写朝代了。但他们没有那副赤肠，下个决心，把祖国的遗产好好保护一下。他们文雅地摸着胡须，吩咐手下："什么时候，叫那个王道士再送几件来！"已得的几件，包装一下，算是送给哪位京官的生日礼品。

就在这时，欧美的学者、汉学家、考古学家、冒险家，却不远万里、风餐露宿，朝敦煌赶来。他们愿意变卖自己的全部财产，充作偷运一两件文物回去的路费。他们愿意吃苦，愿意冒着葬身沙漠的危险，甚至做好了被打、被杀的准备，朝这个刚刚打开的洞窟赶来。他们在沙漠里燃起了股股炊烟，而中国官员的客厅里，也正茶香缕缕。

没有任何关卡，没有任何手续，外国人直接走到了那个洞窟跟前。洞窟砌了一道砖、上了一把锁，钥匙挂在了王道士的裤腰带上。外国人未免有点遗憾，他们万里冲刺的最后一站，没有遇到森严的文物保护官邸，没有碰见冷漠的博物馆馆长，甚至没有遇到看守和门卫，一切的一切，竟是这个肮脏的王道士。他们只得幽默地耸耸肩。

略略交谈几句，就知道了道士的品位。原先设想好的种种方案纯属多余，道士要的只是一笔最轻松的小买卖。就像用两枚针换一只鸡，一颗纽扣换一篮青菜。要详细地复述这笔交换账，也许我的笔会不太沉稳，我只能简略地说：1905 年 10 月，俄国人勃奥鲁切夫用一点点随身带着的俄国商品，换取了一大批文书经卷；1907 年 5 月，匈牙利人斯坦因用一叠银元换取了 24 大箱经卷、5 箱织绢和绘画；1908 年 7 月，法国人伯希和又用少量银元换去了 10 大车、6000 多卷写本和画卷；1911 年 10 月，日本人吉川小一郎和橘瑞超用难以想象的低价换取了 300 多卷写本和两尊唐塑；1914 年，斯坦因第二次又来，仍用一点银元换去 5 大箱、600 多卷经卷……

道士也有过犹豫，怕这样会得罪了神。解除这种犹豫十分简单，那个斯坦因就哄他说，自己十分崇拜唐僧，这次是倒溯着唐僧的脚印，从印度到中国取经来了。好，既然是洋唐僧，那就取走吧，王道士爽快地打开了门。这里不用任何外交辞令，只需要几句现编的童话。

一箱子，又一箱子。一大车，又一大车。都装好了，扎紧了，吁——，车队出发了。

没有走向省城，因为老爷早就说过，没有运费。好吧，那就运到伦敦，运到巴黎，运到彼得堡，运到东京。

王道士频频点头，深深鞠躬，还送出一程。他恭敬地称斯坦因为“司大人讳代诺”，称伯希和为“贝大人讳希和”。他的口袋里有了一些沉甸甸的银元，这是平常化缘很难得到的。他依依惜别，感谢司大人、贝大人的“布施”。车队已经驶远，他还站在路口。沙漠上，两道深深的车辙。

斯坦因他们回到国外，受到了热烈的欢迎。他们的学术报告和探险报告，时时激起如雷的掌声。他们在叙述中常常提到古怪的王道士，让外国听众感到，从这么一个蠢人手中抢救出这笔遗产，是多么重要。他们不断暗示，是他们的长途跋涉，使敦煌文献从黑暗走向光明。

他们是富有实干精神的学者，在学术上，我可以佩服他们。但是，他们的论述中遗忘了一些极基本的前提。出来辩驳为时已晚，我心头浮现出一个当代中国青年的几行诗句，那是他写给火烧圆明园的额尔金勋爵的：

我好恨
恨我没早生一个世纪
使我能与你对视着站立在
阴森幽暗的古堡
晨光微露的旷野
要么我拾起你扔下的白手套
要么你接住我甩过去的剑
要么你我各乘一匹战马
远远离开遮天的帅旗
离开如云的战阵
决胜负于城下

对于这批学者，这些诗句或许太硬。但我确实想用这种方式，拦住他们的车队。对视着，站立在沙漠里。他们会说，你们无力研究；那么好，先找一个地方，坐下来，比比学问高低。什么都成，就是不能这么悄悄地运走祖先给我们的遗赠。

我不禁又叹息了，要是车队果真被我拦下来了，然后怎么办呢？我只得送缴当时的京城，运费姑且不计。但当时，洞窟文献不是确也有一批送京的吗？其情景是，没装木箱，只用席子乱捆，沿途官员伸手进去就取走一把，在哪儿歇脚又得留下几捆，结果，到京城已零零落落，不成样子。

偌大的中国，竟存不下几卷经文！比之于被官员大量糟践的情景，我有时甚至想狠心说一句：宁肯存放于伦敦博物馆里！这句话终究说得不太舒心。被我拦住的车队，究竟应该驶向哪里？这里也难，那里也难，我只能让它停驻在沙漠里，然后大哭一场。

我好恨！

四

不只是我在恨。敦煌研究院的专家们，比我恨得还狠。他们不愿意抒发感情，只是铁板着脸，一钻几十年，研究敦煌文献。文献的胶卷可以从外国买来，越是屈辱越是加紧钻研。

我去时，一次敦煌学国际学术讨论会正在莫高窟举行。几天会罢，一位日本学者用沉重的声调作了一个说明："我想纠正一个过去的说法。这几年的成果已经表明，敦煌在中国，敦煌学也在中国！"

中国的专家没有太大的激动，他们默默地离开了会场，走过了王道士的圆寂塔前。

注释：

①本文依据余秋雨：《文化苦旅》，山东教育出版社 2014 年版。

背景知识：

余秋雨，1946 年出生于浙江余姚，当代艺术理论家、文化史学者、散文家。他从小就喜欢读法国作家雨果的作品，所以对人生的悲剧性、人生中的苦难有深刻的认识；同时他又喜欢苏东坡，颇受其达观个性的影响，有追求隐于田园的理想。现任上海戏剧学院教授、上海写作学会会长。1987 年，他被授予"国家级突出贡献专家"荣誉称号。主要散文著作有《文化苦旅》《山居笔记》《文明的碎片》《行者无疆》《千年一叹》等。课文《道士塔》是《文化苦旅》的第一篇。

导读：

余秋雨曾说过："我把我能想明白的交给了学术，我把我能想明白的交给了课堂，我把我想不明白的交给了散文。"从这里我们知道余秋雨的身份：不仅是学者、教师，也是作家。余秋雨的历史文化散文，突破了传统散文的规格模式，在构思与表达技巧上融入小说、戏剧的文体要素，开创了当代散文写作的新样式。写法上既有小品文"独抒性灵，不拘格套"的自由，又有新时代散文的创新。余秋雨的散文联想丰富，境界开阔，对历史和文化见微知著，领悟深刻，能够做到历史与现实相沟通，哲理与形象相交融，蕴含着大智慧，开启了大境界，彰显出大气魄。行文中虚构画面，为情造境，情感表达真切自然，令人信服。其散文大都篇幅宏大，气势磅礴，含有深厚的文化底蕴，读起来令人荡气回肠。《文化苦旅》《一个王朝的背影》等皆是选取大题材、大场景，表现大主题的散文佳作。《文化苦旅》更是把沉重的文化反思和秀丽的自然山水艺术融合一处，营造了游历山水之后的文化苦思。余秋雨说："希望自己笔下的文字能有一种苦涩后的回味，焦灼后的会心，冥思后的放松，苍老后的年轻。"读罢《道士塔》，我们品尝了弱国子民愚昧无知、被人欺骗戏耍的苦涩味道，我们也为目光短浅、自私自利又不作为的政府官员而灼痛激愤。在作者历史造像的情境中我们警醒了：中国人要自强自尊，要勇于承担起历史文化传承的重任。

在《道士塔》这篇散文中，作者以沉重的情感讲述了敦煌文化被破坏、被盗取的历史，对中华民族文化的悲剧给以深刻的反思，表现出了强烈的忧患意识。本篇文章在内容上把历史中的人、景、物象融合一处，以戏剧式的结构、散文化的笔法构思谋篇，以“开端、发展、高潮、结局”四个层次安排情节。开端——概述事件，介绍人物王道士；发展——描述罪人毁坏文物的情形；高潮——王道士出卖文物，官员、“强盗”抢掠文物；结局——牢记耻辱，保护文化遗产。文中有三处细节描写：一处生动形象地刻画出罪人王圆箓愚昧无知的可悲形象；一处叩问执政官员庸政懒政不作为的丑恶灵魂；一处揭露斯坦因研究佛经骗取道士信任的卑鄙行径。在情感表达上，行文以“恨”与“痛”为线索，对于不懂艺术，为一己之利出卖文物的王道士抒发的是哀怨之“恨”，是哀其不争；对于知道文物价值却不加以保护，又不作为的政府官员抒发的是激愤之“恨”，是怒其不作为；对骗取无知道士，抢掠文物的斯坦因之辈是切齿之“恨”，是对其罪恶的批判揭露。王圆箓们已经化作历史尘埃，可象征着耻辱的“道士塔”还在。敦煌文明的衰落究其根源在于政府的腐朽无能，是政府官员的贪婪无知、社会的动荡不安才造成这一民族文化上的巨大悲剧。佛经文物被抢掠已是事实，我们唯有牢记耻辱反思历史，才能更好地开创未来。

本文在语言表达上富有特色。首先，综合运用叙述、描写、议论、抒情多种表达方式，在散文化的描述中融入小说、戏剧笔法，既烘托了主题，又深化了文章内涵。其次，在遣词造句上语言朴实精练，通俗易懂，特写镜头式的细节描写生动形象；善于借助虚拟的情景抒发真实的感情。最后，在诗性的描写中插入“呼告式”抒情，易于引发读者情感共鸣；字里行间处处进行理性的思考，议论、抒情融合得恰到好处。

思考题：

1. 对于敦煌文明的劫难，作者的愤恨之情体现在哪里？试详细阐述之。

2. 余秋雨的散文在叙事上带有小说、戏剧化特点，以《道士塔》为例加以分析说明。

3. 学完这篇文章，结合课堂上的理解以“谁是敦煌的罪人”为题写一篇随笔。

普罗米修斯①

［德］古斯塔夫·施瓦布

天和地被创造出来，大海起伏波动，鱼儿在海水里嬉游，群鸟在空中飞翔歌唱，地面上挤满各种动物，但还没有那种体内有灵魂并能统治世间的造物。这时，普罗米修斯踏上了大地，他是被宙斯废黜神位的老一代神的后裔，是地母与乌剌诺斯所生的伊阿珀托斯的儿子。他清楚地知道，上天的种子就蛰伏在泥土里，于是他就掘了些泥土，用河水把泥土弄湿，然后按照世界的主宰天神的形象揉捏成一个人体。为了让这泥做的人体获得生命，他从各种动物的心里取来善与恶的特性，再把这善与恶封闭在人的胸中。在天神之中他有一个朋友，这就是智慧女神雅典娜。雅典娜很欣赏这个提坦之子的创造，便把灵魂即神灵的呼吸吹进这仅有半个生命的泥人心里。

这样，就产生了最初的人，不久他们便四处繁衍，充满了大地。但是在很长的时间里他们都不知道如何使用他们高贵的四肢和神赐的精神。他们视而不见，听而不闻，像梦中的人形一样四处奔走，不知道如何利用世间万物。他们不会采石凿石，不会用黏土烧砖，不会把森林里砍伐来的木料做成大梁和椽子，并用这些材料修建房屋。他们像终日忙忙碌碌的蚂蚁一样聚居在地下，生活在不见阳光的地洞里，不能根据可靠的标志分辨冬季、繁花似锦的春天和丰收在望的夏日。他们所做的一切都杂乱无章，毫无计划。

于是普罗米修斯便来照料他们：他教他们观察星辰的升降；他发明了计算的方法，创造了拼音文字；他教他们把牲口套在轭上，使它们承担人的一份劳动；他让马匹养成上套拉车的习惯；他发明了适于海上航行的船和帆。他也关注人类的生活起居：从前，一个人生病，便束手无策，不知道吃什么喝什么有益于健康，不懂得服药减轻自己的痛苦，由于没有医药而凄惨地死去。现在，普罗米修斯告诉他们如何调制药剂来驱除各种各样的疾病。他又教他们预言的本领，给他们解释先兆和梦，说明鸟雀的飞翔和牺牲的陈列；他引导他们勘察地下，发现地下的矿石、铁、银和金，一句话，他把生活需要的一切技能和一切减轻辛苦的工具都向他们作了介绍。

不久前，宙斯夺取了他父亲的神位，罢黜了老一代神明，现在是他和他的儿子们统治着天国。而普罗米修斯则是老一代神明的后裔，因此新的神明注意到这刚刚产生的人类并要求人类敬奉他们，以此换取他们很愿意向人类提供的保护。

在希腊的墨科涅，人和神举行了一次聚会，共同确定了人类的权利和义务。普罗米修斯以人类保护人的身份参加了这次会议，他提出，诸神不要因为负有保护的责任而让人类承担过重的义务。

普罗米修斯聪颖过人，决计愚弄一下众神，他以他的造物的名义宰杀了一头大公牛，请天神们选取自己所喜欢的那一部分。他把宰杀后的牛切开分成两堆：堆在牛皮底下的是肉、内脏和很多脂肪；后一堆要大些，但里面却是巧妙地裹在牛板油里的光秃秃的骨头。

众神的君父，全知全能的宙斯一眼就看穿了他的骗局，说道："伊阿珀托斯的儿子啊，尊贵的王子，我的好友，你分配得多么不公平啊！"普罗米修斯以为他能骗过宙斯，便暗自微笑着说："尊贵的宙斯，永恒众神中最伟大的神，请选取你中意的一堆吧！"宙斯心中勃然大怒，便故意用双手抓住那块白色的板油，剥开板油后就看见了光秃秃的骨头，但他装出刚刚才发现自己上当受骗的样子，气愤地说："我看得很清楚，你还没丢掉你骗人的伎俩。"

宙斯决定报复普罗米修斯的欺骗，拒绝给人类为实现文明所急需的最后的赠品：火。但机智的伊阿珀托斯的儿子想出了办法加以补救：他拿了一个易燃的大茴香枝，到天上去靠近太阳车，然后他把这个木枝往那闪光的火焰里一杵便得到了火种。他带着这火种降到大地上，柴堆燃烧的熊熊火光随即直冲云霄。

当宙斯看见人间竟有照得如此灿烂的火光升起时，他的灵魂深处都感到钻心刺骨的疼痛。既然人类已经用火，他就不能从他们手中把火夺走了，但他立刻想出一个新的灾害来代替禁止人类用火：他要求因技艺高超而闻名遐迩的火神赫淮斯托斯为他造出一个美丽少女的形象。

雅典娜由于嫉妒普罗米修斯，已对他不抱好感，所以她前来帮助宙斯，给这个少女形象披上了闪亮的白色外衣，并让那姑娘两手撑着罩在脸上的面纱，头上戴着饰以鲜花的花冠，束着一个金发带。神的使者赫耳墨斯让这迷人的姑娘获得说话的能力，爱神阿佛洛狄忒则使她具有一切妩媚可爱的姿态。宙斯就这样创造了一个出色的害人精，他给她取名潘多拉，意思就是"获得一切天赐的女子"，因为每一个神都给了她一件使人类遭灾受难的赠品。

随后，宙斯把这个少女带到人与神共同愉快漫步的大地上。人们都对这无与伦比的女子赞不绝口。而她走向普罗米修斯过分天真的兄弟厄庇墨透斯，把宙斯的赠品送给他。

普罗米修斯曾警告过他的兄弟，不要接受奥林帕斯山上的宙斯的赠品，以免人类遭到灾难。但这警告没有起到作用，厄庇墨透斯对这警告连想都没去想，就接纳了美丽的少女潘多拉。这个少女双手捧着赠品——一个有盖的大盒子，来到厄庇墨透斯身边，就立刻揭开了盒盖，盒子里立刻飞出一大群灾害，就如闪电一般迅速扩散到大地上。这些赠品里唯一对人类有益的，即希望，却被潘多拉按照众神之父的旨意，锁在了盒子内。

在此之前，人类的生活从没有遭受灾难的侵扰，没有过繁重的劳动，也没有折磨人的疾病。但从潘多拉打开盒子之后，灾难以各种各样的形式充满大地、天空和海洋；疾病在人群中四处乱窜，日夜不停又悄无声响，各种各样的热病围攻大地；从前缓步潜行在人类中的死神如今也快步如飞地奔跑起来。

此后，宙斯便立刻向普罗米修斯复仇。他把这个罪人交给了赫淮斯托斯和两个仆人——号称强制和暴力的克剌托斯和比亚。他们奉命把普罗米修斯拖到斯库提亚的荒野，用挣不断的铁链把他锁在高居深渊之上令人目眩的高加索山的峭壁上。赫淮斯托斯很不愿意完成父亲所交付的任务，因为他钦佩这个提坦之子，他知道普罗米修斯是他曾祖父乌拉诺斯的子孙，是与他出身相同的神的后裔。为此，他说了几句无限同情的话，不料竟受到粗野的仆从们的谴责，他出于无奈，只好让仆从们完成了这个残酷的任务。

这样，普罗米修斯就令人悲哀地被吊在悬崖绝壁上，直挺挺地悬着，不能睡觉，也从来不能弯一弯疲惫的双膝。“你将白白地发出多少哀怨和悲叹啊，”赫淮斯托斯对他说，“宙斯的意志是不可改变的，不久前才夺得天国统治权的新神都是冷酷的。”

这个囚徒的痛苦也真的将是永久的，或将延续三万年之久。尽管他大声悲叹，他呼唤风、江河、大海的波涛、万物之母大地和洞察一切的太阳为他的苦难作证，但他的意志却始终坚定不移：“一个人只要认识到了必然的不可抗拒的威力，”他说，“他就必定会忍受命中注定的一切。”他曾预言：新的婚姻将使诸神的主宰者堕落和毁灭。但不管宙斯怎样威胁他，他也不肯详细说明这似明犹暗的预言。

宙斯是说一不二的。他派出一只鹰每天啄食这个囚徒的肝脏，而那肝脏被吃去多少就又重新长出多少。在没有一个人出来自愿受死，替他受罪之前，这种痛苦是不会停止的。

这个不幸者得到解救的一天终于来了。普罗米修斯被吊在悬崖上忍受可怕的痛苦数百年之后，赫剌克勒斯为了寻找金苹果正好路过这里，当他正希望向普罗米修斯请教良策时，他又对被囚禁者的命运起了怜悯之心，因为他看见一只凶鹰立在被囚禁者的膝头啄食那不幸者的肝脏。于是他把木棒和狮皮甩在身后，弯弓搭箭，一箭就把那只凶鹰从受苦者的肝脏上射了下去。接着，他解开锁链，把被解放了的普罗米修斯带走了。但为了满足宙斯的条件，他让自愿放弃永生而去受死的马人喀戎做了普罗米修斯的替身。但为了维持宙斯把普罗米修斯永远吊在悬崖上受苦的判决，必须让普罗米修斯永远戴着一个铁环，铁环的另一端拴上一小块高加索山崖的石头。这样，宙斯才能自豪地说，他的敌人还一直被锁在高加索山上。

注释：

①本文依据古斯塔夫·施瓦布《古希腊神话与传说》，高中甫、关惠文、高翚译，中国友谊出版公司 2014 年版。

背景知识：

古斯塔夫·施瓦布（Gustav Schwab，1792—1850），德国著名的浪漫主义诗人。他曾是席勒的老师，曾创作过诗歌、民谣，编辑过德国民间故事，在 1840 年将古希腊时期的神话传说整理出版为《古希腊最美的传说》三卷。20 世纪 40 年代，著名翻译家楚图南先生将此书译为中文版本，题为《神祇和英雄》，中华人民共和国成立后改题目为《希腊的神话和传说》。

古希腊时期大约为公元前 12 世纪至公元前 8 世纪。公元前 12 世纪末，希腊半岛南部地区的阿开亚人和小亚细亚北部的特洛伊人之间展开了一次历时十年的战争，最终希腊人毁灭了特洛伊城。战争结束后，在小亚细亚一带流传着许多歌颂这次战争中部族首领的英雄事迹的歌谣，民间的吟游诗人在一代代传诵的过程中，又将英雄的传说与神话故事交织在一起，歌谣内容越来越丰富。约在公元前 8 世纪时，一位盲诗人荷马将这些歌谣整理为情节完整、风格相对统一的两部史诗《伊利亚特》和《奥德赛》。这是对古希腊神话最为完整的记录，其后漫长历史中对希腊神话的种种整理、编辑、改写都以此为基础。

导读：

神话诞生于古老的原始社会，尚处于蒙昧时期的原始人对于自然现象和自身起源充满了好奇，但又苦于没有科学解释，于是便用想象力将之形象化、人格化，这种对于世界的解释形成了神话。神话是人类文明的源头，它凝聚着人类孩童时期朴素天真的智慧。古希腊神话是世界上保存最完整、脉络最清晰、内容最丰富的神话。西方文明的源头来自“二希”，即古希腊和古希伯来，希伯来人的历史记载在《圣经》中，而希腊的祖先则用丰富多彩的神话故事影响了整个西方的文学艺术。

因为希腊地区多山依海，由众多岛屿组成，所以当地人民大多无法发展农耕业，而需出海经商或掳掠，这就造就了古希腊人自由奔放、富于想象力的特征。希腊半岛上分布着众多城邦，由不同部族统治，每地都有自己的神明信仰及历史传说，这些故事被口头传诵，在长期流传中渐渐形成规模。所以希腊神话支脉庞杂，内部具有一定矛盾性，但总体来看，仍存在一个基本的血缘脉络，主要由神的故事及人类英雄传说构成。在希腊神话谱系中，最早出现在宇宙中的神是卡俄斯（混沌），卡俄斯生出大地女神该亚，接着生下厄瑞玻斯（黑暗）和尼克特（夜晚），后两者生下光亮和白昼。该亚生下乌拉诺斯（天空）后与他结合生下六男六女，即十二提坦巨神。乌拉诺斯讨厌子女，将他们囚禁起来不见光明，在该亚的保护和支持下，小儿子克洛诺斯推翻了父亲，统治世界，这便是旧神体系的构成。克洛诺斯和妹妹瑞亚结合后生下六个儿女，因为惧怕被儿女推翻，他将他们一一吞下，瑞亚保护了最小的儿子宙斯，宙斯长大后迫使父亲吐出其他兄弟姐妹后联合他们与旧神作战，并取得了胜利，自己也成为新一代主神，由此确立了新神体系，希腊神话的大部分内容都是新神的故事。新神们主要居住在奥林匹斯山上，这里生活着十二位主神和一些略次要的神灵，大地和海洋中也有很多神存在。他们各有各的名字、身份、职能、性格，彼此之间还有着错综复杂的关系，由此可见古希腊人具有泛神论观念。古希腊神话最大的特点便是神人同形同性，古希腊人注重现世生命的价值，享受生活，所以神话中的神祇们也都具有鲜活的个性特征和欲望，受着与人类别无二致的七情六欲的驱动，从而产生了各种各样的故事。

普罗米修斯的故事是古斯塔夫·施瓦布编写的希腊神话故事的第一篇，主要讲述了普罗米修斯用泥土造出人类，教导他们，又违背主神宙斯的旨意盗取火种送到人间，因此招来宙斯的报复，被锁在山壁上由鹰每天不断地啄食内脏的故事。这个故事在希腊神话中具有重要的意义，为人所熟知。故事中解释了人类的起源，这是古希腊人对自身生命源头的探索想象，在欧亚大陆另一端的古中国也诞生了女娲氏抟土造人的神话，相隔万里的两个古文明不约而同地用同一种物质作为生命的缘起，似乎可以从中看到人类文明发展史上不同地域间存在着一些共性的现象。随着时间的流逝，人类文明渐渐发展起来，各种早期科学慢慢奠定了基础，“普罗米修斯”在古希腊语中是先知的意思，他被视为早期人类的引导者，也承载了古希腊人在探索大自然、战胜挑战这一艰难过程中的一些体验。普罗米修斯的故事最动人心魄之处便在于他为人间盗来圣火，还为此承受了难以想象的痛苦折磨。火对人类是极为重要的，火的使用是人类文明发展史上一次伟大的飞跃，从此我们的祖先正式迈出了征服大自然的脚步。而原始社会中火的发明使用必要经历一番艰苦的过程，所以后人将这一过程作了不自觉的艺术加工，神话中也要提到人们为此所付出的高昂代价。普罗米修斯虽经受苦难，却仍不屈服，他并不是为自己而活着，而是为了全人类的幸福。这一形象在古希腊文学创作中为人看重，希腊悲剧家已将他塑造为一个为了人类文明而受到宙斯（统治者）残酷迫害的英雄，据说在雅典人们会在崇拜他的仪式上举着火炬游行，以表现人类社会必会不断进步的决心。在其后的西方文学史上，取材于普罗米修斯故事，赞美他大无畏精神的作品也数不胜数，如歌德、拜伦、雪莱都以此创作过著名的诗歌。普罗米修斯爱护人类、反抗权威和压迫的精神已成为全人类精神文明中的宝贵财富，还将随着人类历史的延续而代代流传。古希腊神话所具有的主要特征在这一故事中也得到了全面的展现：想象力丰富、故事性强、富有哲理性。

思考题：

1. 概括故事中普罗米修斯的人物特征。
2. 你对这个故事的结局有何看法？
2. 将古希腊神话中你最喜欢的一个故事改写为剧本。

第九章　美的吸引

《世说新语》五则[①]

刘义庆

玉山倾倒（容止门）

嵇康身长七尺八寸[①]，风姿特秀。见者叹曰："萧萧肃肃，爽朗清举。[②]"或云："肃肃如松下风，高而徐引。[③]"山公曰："嵇叔夜之为人也，岩岩若孤松之独立[④]；其醉也，傀俄若玉山之将崩[⑤]。"

嵇康绝调（雅量门）

嵇中散[⑥]临刑东市，神气不变，索琴弹之，奏《广陵散》[⑦]。曲终，曰："袁孝尼[⑧]尝请学此散，吾靳固[⑨]不与，《广陵散》于今绝矣！"太学生三千人上书，请以为师，不许。文王[⑩]亦寻悔焉。

以德折夫（贤媛门）

许允妇是阮卫尉女[⑪]，德如妹[⑫]，奇丑。交礼竟[⑬]，允无复入理，家人深以为忧。会允有客至，妇令婢视之，还，答曰："是桓郎[⑭]。"桓郎者，桓范也。妇云："无忧，桓必劝入。"桓果语许云："阮家既嫁丑女与卿，故当有意[⑮]，卿宜察之。"许便回入内，既见妇，即欲出。妇料其此出无复入理，便捉裾停之[⑯]。许因谓曰："妇有四德[⑰]，卿有其几？"妇曰："新妇所乏唯容尔。然士有百行[⑱]，君有几？"许云："皆备。"妇曰："夫百行以德为首。君好色不好德[⑲]，何谓皆备？"允有惭色，遂相敬重。

雪夜访戴（任诞门）

王子猷居山阴[⑳]，夜大雪，眠觉，开室，命酌酒，四望皎然[㉑]。因起彷徨[㉒]，咏左思《招隐诗》[㉓]。忽忆戴安道[㉔]。时戴在剡[㉕]，即便夜乘小舟就之。经宿[㉖]方至，造门不前而返[㉗]。人问其故，王曰："吾本乘兴而行，兴尽而返，何必见戴？"

阮籍葬母（任诞门）

阮籍当葬母[㉘]，蒸一肥豚[㉙]，饮酒二斗，然后临诀[㉚]，直言："穷矣[㉛]！"都得一号[㉜]，因吐血，废顿良久[㉝]。

注释：

①嵇康：字叔夜，三国樵郡（今安徽亳县）人，曹操之子沛王曹林的孙女婿。七尺八寸：古代的尺寸，长度没有现代那么长，不过七尺八寸也表明身材高大。

②萧萧肃肃：萧萧形容举止萧洒脱俗，肃肃形容清静。举：挺拔。

③肃肃：象声词，形容风声。徐引：舒缓悠长。

④岩岩：形容高峻挺拔。

⑤傀俄：同“巍峨”，形容高大雄伟。

⑥嵇中散：嵇康，因其官至中散大夫，世称“嵇中散”。

⑦《广陵散》：琴曲名。嵇康善弹此曲。现存《广陵散》谱最早见于《神奇秘谱》，题解称所录为隋宫所收，后流传于民间。

⑧袁孝尼：袁准，晋陈郡阳夏（今河南太康）人，字孝尼。忠信正直，淡于仕途。晋武帝泰始中，官给事中。

⑨靳固：吝惜而坚决。

⑩文王：司马昭（211—265），字子上，三国河内温县（今属河南）人。司马懿之子。死后谥“文”，故追尊“晋文王”。

⑪许允：（？—254），字士宗，三国魏高阳（今属河北）人。累官侍中、尚书、中领军。与中书令李丰、太常夏侯玄友善。时司马师、司马昭兄弟专政，丰、玄等谋刺司马氏以存魏室。事泄，丰、玄等被杀。许允徙镇北将军，复以事免职徙乐浪，为司马氏追杀于中途。阮卫尉：阮共，字伯彦，三国魏陈留尉氏（今河南尉氏）人。官至卫尉卿。

⑫德如：阮侃，字德如。阮共子，有俊才。与嵇康为友，官至河内太守。

⑬交礼：行交拜礼，即拜堂。

⑭桓郎：即桓范，字元则，三国魏沛国（今安徽宿县）人。有文才。正始中为大司农，以廉约名于时。为司马懿所杀。

⑮故当：自然、当然。有意：有意识的。

⑯捉裾：抓住衣襟。

⑰四德：旧时认为妇女应当具备的四种德行：妇德、妇言、妇容、妇功。见于《周礼》。

⑱百行：各种好品行。

⑲好色不好德：语本《论语·子罕》：“子曰：‘吾未见好德如好色者也。’”

⑳王子猷：王徽之，东晋人，号子猷。王羲之的儿子，王献之的哥哥。山阴：今浙江绍兴。

㉑皎然：洁白貌，此形容雪色。

㉒彷徨：徘徊，走来走去。

㉓左思：字太冲，西晋临淄（今山东淄博）人。他貌丑口讷而博学能文，作《三都赋》，时人竞相传写，洛阳为之纸贵。《招隐诗》：凡二首，歌咏隐居乐趣。诗见《昭明文选》。

㉔戴安道：戴逵，东晋人，字安道。精通音乐，善于鼓琴，也善于铸造佛像和雕刻。

㉕剡（shàn）：县名。今浙江嵊州市，地有剡溪，为曹娥江上游，自山阴可溯

流而达。

㉖经宿：经过一夜。

㉗造门不前而返：（王徽之）到了戴逵的家门口，没有去拜访，就返回了。造，去，到。

㉘阮籍：(210—263)，三国时期魏国诗人。字嗣宗。陈留尉氏（今河南开封）人。竹林七贤之一。曾任步兵校尉，世称阮步兵。

㉙豚：小猪。

㉚临决：到遗体前作最后的告别。

㉛穷：穷尽，完了，走投无路了。是孝子哭丧语，按照晋时习俗，孝子遭受父母之丧时循例要哭唤“奈何”或“穷已（矣）”，是一种习俗。

㉜都：总共。号：大声哭。

㉝废：指身体损伤。

背景知识：

1. 编者介绍

刘义庆（403—444），字季伯，彭城（今江苏徐州）人，南北朝文学家。刘义庆是南朝宋武帝刘裕之侄，袭封临川王，官至尚书左仆射、中书令，谥康王。他“性简素，寡嗜欲”，爱好文学，喜欢与文学之士交游，“招聚文学之士，远近必至”。有《世说新语》《徐州先贤传》《幽明录》等书传世。

2. 作品介绍

《世说新语》本名《世说》《世说新书》，是我国最早一部文言志人小说集，由南朝宋刘义庆编纂，梁刘孝标注。全书共三卷，按内容分类，计有“德行”“言语”“政事”“文学”等36门，主要记载魏晋时期一些文人士大夫的遗闻逸事和玄虚清谈，从多个角度展示出当时士族名流的生活方式和精神面貌。语言凝练隽永，品评人物简约传神，被鲁迅先生评价为“记言则玄远冷隽，记行则高简瑰奇”。

导读：

魏晋之际是一个“人的觉醒”和“文的自觉”的时代，同时，也是一个自觉地追求“美”、盛产“美”、探讨“美”、展现“美”的时代。在这个时代，“美”成为人们展现自身气度的载体，也成为人们品藻人物的重要标准，更成为魏晋风度的主要体现形式。《世说新语》就从多个角度、层次，展现、探讨、品评这些魏晋名士的“美”。

美在形体。在魏晋之前的历史中，关于男性的品评多在其言行、品德、功绩，很少涉及男性的形体容貌。而到了魏晋时代，士人的自我意识觉醒，其标志之一便是人们开始以自身的形体容貌作为审美对象，以此来张扬与众不同的个性，体现自我的价值。《世说新语》中专设“容止”一门，记载当时士人的形体容貌、举止风范之美。《世说新语》中记载了许多容貌出众、风姿特出的名士，“竹林七贤”之一的嵇康就是当时一个有名的美男子。嵇康“身长七尺八寸，风姿特秀。”他举止潇洒，神态爽朗清逸，站姿如松树挺拔，醉姿如玉山将倾，形体容貌之美令士人倾倒。与敷粉的何晏不同，嵇康的美并不是取决于他的外貌，而是由于他如孤松如玉山的风姿，这既是一种自然美的境界，又是一种人格美的境界。如孤松如玉山的外表之下，是嵇康风格独秀、挺拔傲俗、潇洒高逸的人格美。可见，魏晋士人对于人物的审美不仅仅停留在容貌、姿态等外在形态上，更重要的是透过外在形态展现人物的内在风骨与精神面貌。

美在气度。魏晋名士特别注重人的气韵风度，讲求雅量，追求一种宠辱不惊、气量超群、优雅从容、喜怒忧惧不形于色的风度，并由此构成了当时人物品藻的一个重要尺度。嵇康因拒绝与篡权者司马氏合作，而惨遭杀害；临刑东市，他索琴演奏了一曲《广陵散》。面对死亡，嵇康神色不变，从容不迫，他所想到的不是自己神采飞扬的生命即将终止，而是一首美妙绝伦的乐曲后继无人。嵇康这种“泰山崩于前，而色不变”的超脱旷达的雅量之举，不仅是气度美的最高体现，也是魏晋风度的重要体现。

美在才智。魏晋时代，士人个体的感性意识觉醒，他们强烈的自我意识，引发出对人的才干、才情本质的探索，对人物的品评由传统的重“德”转向重“才”。对于女子的评价标准也受此影响，曾经在男权话语的掌控下，“女子无才便是德”的标准，把女子的德与才对立起来，在德的束缚下，女性自身的才智被忽略被掩盖了。魏晋时期，士人对女性美的理解和观照发生了重大变化，才华重于妇德是这一时期对女子价值的重新定位。而此时期，受到魏晋名士风度的浸染，女性呈现出和以往不同的特色，她们机智、风雅、有识见、有操守、有聪明才智，不仅为人称奇赞叹，亦载入《世说新语》这部男性之书，与男子分庭抗礼。许允妇就是这样一位见识卓越、话锋机敏、才华横溢的女性。她虽然貌丑，但在同丈夫争论德色的重大问题时，凭借自己的才智赢得了丈夫的敬重和自己的幸福。

美在性情。魏晋时代，由于道教与玄学清谈的流行，人们在思想上冲破了儒家礼教对人行为的种种束缚和规范，开始讲求任情、通达、自由、真实的自然心态。这种变化反映到审美观上便是追求清俊淡泊、放纵任我的自然风韵，显现出一种率真适意、卓荦不羁、唯真是尚、去虚饰、不矫情的性情之美。在“雪夜访戴”中，王子猷被皎洁纯净的雪夜美景所触动，连夜去拜访隐居在剡县的好朋友戴安道。经过一夜的冒雪航行，却“造门不前而返”，这出人意表的举动，与那句“吾本乘兴而行，兴尽而返，何必见戴”都体现了王子猷任情率意、自由洒脱、放达不羁的独特性格。像王子猷这样率意行返、无拘无束、不滞于物、超脱功利的性情之美，正是当时士大夫所崇尚的任其“自然”，是魏晋风度的一种体现。

美在深情。魏晋是一个重情的时代，宗白华先生曾说：“晋人向外发现了自然，向内发现了自己的深情。”儒家的传统礼教要求“发乎情，止乎礼义”，这种规范一旦陷入绝对化、极端化，就会成为束缚人性的桎梏，乃至成为虚伪的借口。魏晋士人处在人性的大觉醒时期，不仅发现了自身的价值和意义，而且发现了自己久被压抑的深情。而这深情的表现则是魏晋士人对自己的真情实感不加伪饰的流露，对“礼”和所谓“名教”的不屑和反抗。他们率真、放达地表达着自己的真情、挚情、深情。阮籍的母亲去世，他完全不顾世俗礼仪，“蒸一肥豚，饮酒二斗”，然后临穴永诀，举声一号，呕血数升，废顿良久。喝酒吃肉只是表面形式，与阮籍内心椎心泣血的悲恸毫不相干！阮籍这种藐视礼法陈规，按自己内心的意愿和感受行事的行为，正代表了魏晋时期人们所追求的“真情”，也是他们行为的最高准则。

明朝人胡应麟曾说：“刘义庆《世说》十卷，读其语言，晋人面目气韵，恍惚生动，而简约玄澹，真致不穷，古今绝唱也。”《世说新语》在创作中，不仅选择人物生活中最富有戏剧化、最能体现人物神情气韵的片段来展现和品评人物的“美”；而且在艺术上也体现出简约、自然、含蓄、幽默的语言之美。

思考题：

1. 仔细品味文中的五则故事，揣摩一下这五则故事分别从哪几个角度展现了魏晋名士的“美”。

2. 结合本课的学习内容，浅谈一下你对“美”的理解。

3. 对于魏晋士人，你还知道哪些有趣的故事？

4. 阅读《世说新语》中其他有关嵇康、阮籍、王徽之的故事，结合《晋书》中的相关史料，分析一下他们的性格特征。或从《世说新语》中自选一个人物来作类似的研究。

人间词话（节选）

王国维

（一）词以境界为最上。有境界则自成高格，自有名句[①]。五代、北宋之词所以独绝者在此。

（二）有造境，有写境，此理想与写实二派之所由分。然二者颇难分别。因大诗人所造之境，必合乎自然，所写之境，亦必邻于理想故也。

（三）有有我之境，有无我之境。“泪眼问花花不语，乱红飞过秋千去”[②]，“可堪孤馆闭春寒，杜鹃声里斜阳暮”[③]，有我之境也。“采菊东篱下，悠然见南山”[④]，“寒波澹澹起，白鸟悠悠下”[⑤]，无我之境也。有我之境，以我观物，故物皆著我之色彩[⑥]。无我之境，以物观物，故不知何者为我，何者为物[⑦]。古人为词，写有我之境者为多，然未始不能写无我之境，此在豪杰之士能自树立耳。

（四）无我之境，人唯于静中得之。有我之境，于由动之静时得之。故一优美，一宏壮也。[⑧]

（五）自然中之物，互相关系，互相限制[⑨]。然其写之于文学及美术中也，必遗其关系限制之处，故虽写实家亦理想家也。又虽如何虚构之境，其材料必求之于自然，而其构造亦必从自然之法律。故虽理想家亦写实家也。

（六）境非独谓景物也，喜怒哀乐，亦人心中之一境界。故能写真景物、真感情者，谓之有境界。否则谓之无境界。

（七）“红杏枝头春意闹”[⑩]，著一“闹”字，而境界全出。“云破月来花弄影”[⑪]，著一“弄”字，而境界全出矣。

（八）境界有大小，不以是而分优劣。“细雨鱼儿出，微风燕子斜”[⑫]，何遽不若“落日照大旗，马鸣风萧萧”[⑬]？“宝帘闲挂小银钩”[⑭]，何遽不若“雾失楼台，月迷津渡”[⑮]也。

（九）严沧浪《诗话》谓：“盛唐诸公，唯在兴趣。羚羊挂角，无迹可求。故其妙处，透澈玲珑，不可凑拍。如空中之音、相中之色、水中之影、镜中之象，言有尽而意无穷。”[⑯]余谓北宋以前之词，亦复如是。然沧浪所谓“兴趣”，阮亭所谓“神韵”，犹不过道其面目；不若鄙人拈出“境界”二字为探其本也。

注释：

①王国维《人间词话附录》：“原夫文学之所以有意境者，以其能观也。出于

观我者，意余于境。而出于观物者，境多于意。然非物无以见我，而观我之时又自有我在。故二者常互相错综，能有所偏重，而不能有所偏废也。文学之工不工，亦视意境之有无与深浅而已。”

②欧阳修《蝶恋花》：“庭院深深深几许？杨柳堆烟，帘幕无重数。玉勒雕鞍游冶处，楼高不见章台路。雨横风狂三月暮。门掩黄昏，无计留春住。泪眼问花花不语，乱红飞过秋千去。”

③秦观《踏莎行》：“雾失楼台，月迷津渡，桃源望断无寻处。可堪孤馆闭春寒，杜鹃声里斜阳暮。驿寄梅花，鱼传尺素，砌成此恨无重数。郴江幸自绕郴山，为谁流下潇湘去？”

④陶潜《饮酒（其五）》：“结庐在人境，而无车马喧。问君何能尔，心远地自偏。采菊东篱下，悠然见南山。山气日夕佳，飞鸟相与还。此中有真意，欲辨已忘言。”

⑤元好问《颍亭留别》：“故人重分携，临流驻归驾。乾坤展清眺，万景若相借。北风三日雪，太素秉元化。九山郁峥嵘，了不受陵跨。寒波澹澹起，白鸟悠悠下。怀归人自急，物态本闲暇。壶觞负吟啸，尘土足悲咤。回首亭中人，平林澹如画。”

⑥叔本华《世界是意志和表象》：“在抒情诗和抒情的心境中，……主观的心情，意志的影响，把它的色彩染上所见的环境。”

⑦叔本华《世界是意志和表象》：“每当我们达到纯粹客观的静观心境，从而能够唤起一种幻觉，仿佛只有物而没有我存在的时候，……物与我就完全溶为一体。”

⑧王国维《叔本华之哲学及其教育学说》：“美之中又有优美与壮美之别。今有一物，令人忘利害之关系，而玩之而不厌者，谓之曰优美之感情。若其物不利于吾人之意志，而意志为之破裂，唯由知识冥想其理念者，谓之曰壮美之感情。”

⑨原稿本后有“故不能有完全之美”句。

⑩宋祁《玉楼春》：“东城渐觉风光好。縠皱波纹迎客棹。绿杨烟外晓寒轻，红杏枝头春意闹。浮生长恨欢娱少。肯爱千金轻一笑。为君持酒劝斜阳，且向花间留晚照。”

⑪张先《天仙子》：“水调数声持酒听，午醉醒来愁未醒。送春春去几时回？临晚镜，伤流景，往事后期空记省。沙上并禽池上暝，云破月来花弄影。重重帘幕密遮灯。风不定，人初静，明日落红应满径。”

⑫杜甫《水槛遣心》（其一）：“去郭轩楹敞，无村眺望赊。澄江平少岸，幽树晚多花。细雨鱼儿出，微风燕子斜。城中十万户，此地两三家。”

⑬杜甫《后出塞五首》（其二）：“朝进东门营，暮上河阳桥。落日照大旗，马鸣风萧萧。平沙列万幕，部伍各见招。中天悬明月，令严夜寂寥。悲笳数声动，壮士惨不骄。借问大将谁，恐是霍嫖姚。”

⑭秦观《浣溪沙》："漠漠轻寒上小楼，晓阴无赖似穷秋。淡烟流水画屏幽。自在飞花轻似梦，无边丝雨细如愁。宝帘闲挂小银钩。"

⑮见注释③。

⑯严羽，字仪卿、丹丘，号沧浪逋客，南宋诗论家，著《沧浪诗话》："夫诗有别材，非关书也；诗有别趣，非关理也。然非多读书，多穷理，则不能极其至。所谓不涉理路，不落言筌者，上也。诗者，吟咏情性也。盛唐诸人惟在兴趣，羚羊挂角，无迹可求。故其妙处透澈玲珑，不可凑泊，如空中之音，相中之色，水中之月，镜中之象，言有尽而意无穷。"

背景知识：

王国维（1877—1927），字静安，号观堂，浙江海宁人，中国近现代相交时期著名学者。清光绪三年（1877），王国维出生在海宁一个中小地主家庭，父亲是县衙的幕僚。他七岁发蒙，在私塾熟读八股程式，十五岁时第一次参加科举考试便夺得海宁州第二十一名。其后，他在1892年、1893年两次赴考，均未中，此时他的兴趣开始发生转变，自学起了文史研究。1894年王国维考进杭州的崇文书院，但当年爆发了甲午中日战争，他失去了乡试的机会，但也发现了"新学"这门学问。1898年，王国维到上海的时务报馆任职，期间大量阅读了梁启超、严复等人的著作，并结识了罗振玉，就此结下几十年的友谊。《时务报》关闭后，王国维在罗振玉创办的东文学社工作，同时学习哲学、数学、物理、化学、外语等。1901年，他在罗振玉的资助下赴日留学，但因病几个月后便被迫回国，回国后在学校任教之外主要研究哲学和美学，德国哲学家康德、叔本华、尼采给了他极大的影响。1904年，他套用叔本华哲学分析《红楼梦》，完成了红学研究史上第一篇系统的专题论文《〈红楼梦〉评论》。王国维喜好填词，将自己的词集命名为《人间集》，1906—1909年，他撰写了《人间词话》共六十四则，构成了一部具有极高审美价值的词学论著。辛亥革命之后，王国维随罗振玉到日本避乱，其间二人对甲骨文进行了深入研究，王国维更完成了《宋元戏曲考》一书，这部作品与鲁迅的《中国小说史略》被郭沫若并誉为"中国文艺史研究上的双璧"。

1916年王国维再次回国，在胡适的大力推荐下，蔡元培几次向他发出邀请，但都被谢绝了，后在蔡元培的精心安排下，他短暂地担任过北京大学的通讯导师一职。1923年，他应召任逊帝溥仪的南书房行走，食五品禄，这让未取得过功名的王国维很是欣喜，但也在不觉间被卷入政治斗争，身心俱疲。1924年11月冯玉祥将溥仪驱赶出宫，王国维忧愤不已，几次想跳神武门御河自杀，因被家人严密监视未果。时任清华大学校长的曹云祥亲自登门请他出山，又派吴宓延请，终于打动了王国维，他于1925年4月进入清华国学研究院，与梁启超、赵元任、陈寅恪共事，被世人并称为清华四导师。1927年国民革命军北伐，部队逼近北京，时局动荡，王国维深感紧张焦虑，1926年他最疼爱的长子病逝，给他带来沉重的打击，这之后多年好友、儿女亲家罗振玉和他的关系也出现了极大裂痕，二人友谊几近断绝，这一切都使性格内向的王国维处于崩溃的边缘。1927年6月2日，王国维处理过日常事务后，驱车前往颐和园，投入昆明湖自尽身亡。

导读：

王国维是我国近代以来最重要的思想家之一，他的成就表现在多个方面，如史学、文学、美学方面，这是因为他的研究兴趣随着时间推移、思想发展而发生转移。几十年间他的学术理论随研究日深而不断进化，他广泛吸收各种学说，终于集合成独特的“王氏理论”。《人间词话》创作于1906—1909年，在这之前的几年里，王国维系统地学习了西方哲学史，西方哲学家中叔本华的理论尤为令他信服。叔本华的哲学是主观唯心主义、唯意志论哲学，恩格斯曾说这是种“适合于庸人的浅薄思想”，但对当时的王国维而言这种学说大大启发了他对艺术评价的研究角度和方法，于是一段时间内他深浸其中。但随着研究日深，王国维也发现了这种学说的内在矛盾，于是他放弃了继续对哲学的研究，将精力转移到诗词创作及研究上。深厚的中国传统诗学素养，再加上西方的美学和文学理论，王国维在思辨后将两种不同的学说融合起来，从而提出自己的新见解，开辟了一方全新的研究领域。

《人间词话》前九则是关于词之境界的，境界（或意境）说是王国维美学思想的核心理论。关于这一概念的论述，他先肯定了词应以境界为上，然后研究了境界的形成，“造境”即虚构之境，“写境”即写实之境。王国维认为造境不是臆造，而是要合乎自然；写境不是机械复制，而是要有所提炼选择，也就是艺术境界应该是现实和理想的统一。接下来他将境界分成两种：“有我之境”和“无我之境”。对于这两种境界的特点他参照叔本华的学说解释为：诗人带着强烈的主观感情观察外物，并把这种感情投射到外物上就产生了有我之境；诗人以冷静理智的态度观察外物，为外物原本的面目所吸引以至达到了忘我境地，似乎与物融为一体，就产生了无我之境。也就是说，有我之境抒发的是诗人强烈的感情，所以“宏壮”；而无我之境是诗人用平静淡泊的感情理智观察自然人生，所以“优美”。王国维还曾用“意余于境”和“境多于意”来概括这两种境界，他还提出“二者常互相错综，能有所偏重，而不能有所偏废”。王国维将艺术创作中强烈的情感和冷静的理智既加以区别又联系起来，他又提到理想和现实的关系，即艺术应该来自对现实的真实观照，又要经由创作者自身的理念加以提炼升华。为了解释境界中的“真景物、真感情”，王国维举了几个例子，这几句词出色地体现了中国传统诗歌中抒情与写景互相依存、互相渗透的关系，即情景交融。在中国传统诗歌中，抒情和写景应该是辩证统一、不可分割的，王国维将之作为判断作品是否有境界的基本标准，这也是中国诗学的基本审美标准之一。境界有不同，这不是判定词作水平高低的标准；境界也并不仅存在于词，诗中同样有，王国维将之分别举例证明。境界一词本为佛家名词，后被美学及文学理论引用，从唐代以来已有多位研究者运用过这一概念。王国维的境界说遵循了中国古典美学原则，又吸收了很多西方文艺研究理论，尤其是叔本华的美学观，这才形成了被他自矜为超越了严羽的“兴趣”说、王士祯的“神韵”说的“探其本”说法。

王国维是中国近代最后一位重要的美学和文学思想家，他是中国文艺研究史上第一个兼论东西、构成新体的学者。在中国美学和文学思想史上，他集前代之大成，又开后代之先声，是承前启后的重要桥梁，他的《人间词话》更为我们贡献出了一个条理清晰、自我圆合的词学体系，对中国词学研究影响深远。

思考题：

1. 试着举出中国古诗词中情景交融的优秀句子，不少于十句。
2. 试着分析你最喜爱的一首词的境界。
3. 你听过王国维的“三种境界”说吗？对此有何看法？

吉檀迦利（节选）[①]

［印度］泰戈尔

1

你已经使我永生，这样做是你的欢乐。这脆薄的杯儿，你不断地把它倒空，又不断地以新生命来充满。

这小小的苇笛，你携带着它逾山越谷，从笛管里吹出永新的音乐。

在你双手的不朽的按抚下，我的小小的心，消融在无边快乐之中，发出不可言说的词调。

你的无穷的赐予只倾入我小小的手里。时代过去了，你还在倾注，而我的手里还有余量待充满。

20

莲花开放的那天，唉，我不自觉地在心魂飘荡。我的花篮空着，花儿我也没有去理睬。

不时地有一段的幽愁来袭击我。我从梦中惊起，觉得南风里有一阵奇香的芳踪。

这迷茫的温馨，使我想望得心痛，我觉得这仿佛是夏天渴望的气息，寻求圆满。

我那时不晓得它离我是那么近，而且是我的，这完美的温馨，还是在我自己心灵的深处开放。

60

孩子们在无边的世界的海滨聚会。头上是静止的无垠的天空，不宁的海波奔腾喧闹。在无边的世界的海滨，孩子们欢呼跳跃地聚会着。

他们用沙子盖起房屋，用空贝壳来游戏。他们把枯叶编成小船，微笑着把它们飘浮在深远的海上。孩子在世界的海滨做着游戏。

他们不会凫水，他们也不会撒网。采珠的人潜水寻珠，商人们奔波航行，孩子们收集了石子却又把它们丢弃了。他们不搜求宝藏，他们也不会撒网。

大海涌起了喧笑，海岸闪烁着苍白的微笑。致人死命的波涛，像一个母亲在摇着婴儿的抓篮一样，对孩子们唱着无意义的歌谣。大海在同孩子们游戏，海岸闪烁着苍白的微笑。

孩子们在无边的世界的海滨聚会。风暴在无路的天空中飘游，船舶在无轨的海上破碎，死亡在猖狂，孩子们却在游戏。在无边的世界的海滨，孩子们盛大地聚会着。

78

当鸿蒙初辟，繁星第一次射出灿烂的光辉，众神在天上集会，唱着“啊，完美的图画，完全的快乐！”

有一位神忽然叫起来了：“光链里仿佛断了一环，一颗星星走失了。”

他们金琴的弦子猛然折断了，他们的歌声停止了，他们惊惶地叫着：“对了，那颗走失的星星是最美的，她是诸天的光荣！”

从那天起，他们不住地寻找她，众口相传地说，因为她丢了，世界失去了一种快乐。

只在严静的夜里，众星微笑着互相低语说：“寻找是无用的，无缺的完美正笼盖着一切！”

100

我跳进形象海洋的深处，希望能得到那无形象的完美的珍珠。

我不再以我的旧船去走遍海港，我乐于弄潮的日子早已过去了。

现在我渴望死于不死之中。

我要拿起我的生命的弦琴，进入无底深渊旁边，那座涌出无调的乐音的广厅。

我要调拨我的琴弦，和永恒的乐音合拍，当它呜咽出最后的声音时，就把我静默的琴儿放在静默的脚边。

注释：

①本文依据泰戈尔：《吉檀迦利》，冰心译，中国国际广播出版社 2007 年版。

背景知识：

罗宾德拉那特·泰戈尔（1861—1941），印度著名文学家、社会活动家。他生于加尔各答市一个富有的贵族家庭，作为家中最小的第 14 个孩子，泰戈尔的家人对他的成长影响很大。他的父亲是著名的宗教改革家和社会活动家，哥哥姐姐们在文化上也都有一定的成就。因为不喜欢学校教育，泰戈尔基本上是在家里由兄长们教导和自学成才的，14 岁时就发表了爱国诗歌《给印度教徒庙会》。1878 年，他去往英国，先学习法律，后转入伦敦大学学习英国文学和西方音乐。1880 年，他未完成学业便回到祖国，专门从事文学活动。1884 年，他应父亲的要求去管理家族地产，那时他常住在一条船上到处漫游，除了深入大自然以外他也了解到农民的生活情况，这段经历使他的创作开始进入成熟期。1901 年，泰戈尔在圣地尼克坦创办了一所学校以从事儿童教育实验（这所学校在 1921 年发展为亚洲文化交流的著名国际学校）。1902 年泰戈尔的妻子病逝，第二年他的一个女儿也死于疾病，1905 年他的父亲去世，这一系列打击使得泰戈尔对生命的认识更加深刻，文学创作的风格也更加深沉了。

1905 年，在英国政府的孟加拉分割方案之下，印度掀起了民族解放运动的第一个高潮，泰戈尔积极投入反英的人民运动中，他发表演说，撰写文章，领导示威游行，同时还创作了很多鼓舞人民斗志的爱国歌曲，其中《我金色的孟加拉》后成为孟加拉国的国歌，《人民的意志》成为印度的国歌。这一时期是他创作上的黄金时期，共有八部孟加拉文诗集和八部英文诗集出版，包括《园丁集》（1913）、《新月集》（1915）、《飞鸟集》（1916）等，其中《吉檀迦利》（1912）为他赢得了世界性的声誉。因为既不赞同国大党激进派的暴力主张，也反对保守派的妥协政策，所以泰戈尔在 1907 年就退出了人民运动，过着隐居生活，但终其一生，他始终关注着印度和世界上的大事。1919 年，印度掀起了第二次民族解放运动的高潮，阿姆利则惨案发生后，泰戈尔充满愤慨地写信给英国总督表示抗议，并公开放弃了英国政府授予他的爵士称号。这之后泰戈尔结束了避隐生活，开始周游世界，他在 1924 年和 1929 年两次来到中国，从而实现了自幼便存在的一个心愿。数年内，泰戈尔先后访问了多个欧洲国家，还有美国、日本、印度尼西亚、苏联等，他一贯同情各国人民的正义事业，支持人类的进步事业，对帝国主义、法西斯等加以深刻的谴责。

1913 年，“由于他那至为敏锐、清新与优美的诗；这诗出之以高超的技巧，并由他自己用英文表达出来，使他那充满诗意的思想业已成为西方文学的一部分”，泰戈尔获得了诺贝尔文学奖，成为第一位获得此奖的东方作家。他的一生共创作了五十多部诗集，十二部中长篇小说，一百余部短篇小说，二十余种戏剧，大量有关文学、哲学、政治的论著，还有数量不菲的游记和书简等，此外他还创作了两千余首歌曲和一千五百余帧画，留下了印度乃至世界文化史上罕见的丰厚著述。

导读：

泰戈尔的作品中有两部《吉檀迦利》，一部是他用孟加拉文写成的格律体诗集，一部是他用英语翻译成的自由体诗集。1912 年，泰戈尔应画家朋友威廉·罗森斯坦之请，将自己用孟加拉文创作的一些颂神诗选译为英文自由体诗拿给他欣赏，罗森斯坦读后激动不已，将这些诗转给了爱尔兰诗人叶芝，叶芝读了诗后同样非常兴奋，又将诗转给庞德，在庞德的推荐下，美国《诗刊》杂志发表了其中的几首作品。同时在罗森斯坦的举荐下，伦敦的印度协会于当年 11 月出版了这部英文版的《吉檀迦利》，叶芝为之作序。这部诗集立刻在西方文学界引起了一阵旋风，在第二年的诺贝尔文学奖评选会上，委员们以 12 比 1 的投票比例将奖项颁给了泰戈尔，这个当时对很多西方媒体来说还是个“名字拗口，不见经传”的亚洲作家迅速用自己的作品征服了西方的读者，在世界文坛上取得了崇高的地位。

“吉檀迦利”在孟加拉语和印地语中含义相同，“吉檀”意为歌曲，“迦利”是“双手合十”，合为“歌之献（献歌）”之意。印度文学中一直存在着古老的颂神诗传统，但泰戈尔的这部诗集并不是一般宗教意义上的颂神诗，他所敬献的实为生命之歌，他歌唱生命与死亡、欢乐与悲哀，诗中的“神”也被他称为“主人”“朋友”“父亲”“国王”，无形无影，但又无处不在。这个“神”是从印度哲学中的抽象概念“梵”演化而来的有人格的宗教神，是万物化为一体的、人人可以亲近的、具有浓厚平民色彩的泛神。一位教师曾问泰戈尔："关于神你讲了那么多话，莫非你真相信？"泰戈尔沉吟片刻，回答道："不相信。我只能说，只有当我沉浸于一首新歌里的时候，我格外深刻和亲切地感受到他的存在。"因此，他诗中的"神"更像是一个艺术象征，是美学中的神。在诗集中，泰戈尔通过对神的敬仰和追求，表现的其实是人类对自由和永恒的向往。

诗集共103首诗，各自独立，也组成了一个整体，诗中的脉络是诗人的情感波涛。诗集可分为三部分。前40首为第一部分，集中表现了诗人对神的敬仰、追求和渴望合一的心愿。接下来的近30首是第二部分，表达了与神相会的狂喜和与神合一的欢乐。最后的第三部分则是对生与死的思索，诗人认为死亡是生命对永久家乡的回归。从追寻到领悟，诗集完整地展现了诗人对生命历程的理解和感受。印度传统哲学中有梵我一体的说法，泰戈尔在深入了解传统文化的基础上又结合自己的全新探索，最终认识到人存在的意义。泰戈尔在《人的宗教》中说："我感到我终于找到了我的宗教——人的宗教，在这种宗教中，无限在人性中变得有限，并与我逐渐接近，于是也需要我的爱恋和合作。"所以在诗中，这个"神"的踪迹出现在爱情、儿童、自然、苦难、死亡等之中。如第20首中用印度传统中象征圣洁与崇高的莲花来表达诗人的向往与渴望，也用对自然景物的描写歌颂了自然本身。第60首的内容是童趣，泰戈尔创作过大量的儿童诗，还被誉为儿童诗人，他在诗中展现给人们纯洁、天真的童心童语，这美好的景象也寄托了他对世界的希望。

英文版《吉檀迦利》代表了泰戈尔诗歌创作的最高水准，在美学上具有极高的成就。诗中质朴的语言、温婉的情调、和谐的韵律是思想、情感与艺术的相互交融。诗的形式虽是自由体，但在韵律上仍体现出泰戈尔一贯的追求，他说："韵律就是运动，就是和谐的限制所造成的和所制约的运动。……只要语言表现为非韵律的散文形式，它就不能创造出多少对实在的永恒感觉。但是只要一赋予它以韵律，它就会使自己的完美性闪闪发光。……韵律不单单表现为词汇的搭配，而且表现为思想的统一，表现为排列次序的难以定论的原则中所产生的思维的音乐。"在泰戈尔的诗歌传入中国后，很多中国诗人在创作上受到了他的影响，如郭沫若、徐志摩、冰心等。冰心在读到英文版的《吉檀迦利》后深受震撼，她在一生中曾多次提到这是她极为喜爱的一本书，并在泰戈尔诗歌的影响下创作出《繁星》和《秋水》。1955年，冰心将《吉檀迦利》英文版译成汉语，同样作为诗人和作家，她深刻而全面地理解了原作，用清丽婉转、自然生动的语言将原诗的神韵展现给中国读者，这部名家名译也成为珠联璧合之作。

思考题：

1. 你是怎样理解泰戈尔的生命观的？你认为生命中最值得歌颂的是什么？
2. 对照诗歌的英文原文和汉语译本，说说它们之间存在的不同之处。
3. 用自己的语言谈一谈泰戈尔诗歌的美学特点。

沙扬娜拉

徐志摩

最是那一低头的温柔，
像一朵水莲花不胜凉风的娇羞，
道一声珍重，道一声珍重，
那一声珍重里有蜜甜的忧愁。
沙扬娜拉①！

注释：

①沙扬娜拉：日语“再见”的音译。

背景知识：

徐志摩（1897—1931），中国现代著名诗人、散文家，原名徐章垿，长大后自己改名字为志摩，意为“志在摩诘”。他出生在浙江省海宁县（现为海宁市）硖石镇，其父徐申如曾任硖石商会会长，在沪杭一带金融界很有地位。作为家中独子，徐志摩从小过着优渥的生活，他儿时曾接受过私塾教育，11 岁时进硖石开智学堂，1910 年考入杭州府中学堂（后改称浙江一中），时任兴武督理浙江军务朱瑞秘书的张嘉敖奉命视察学校，非常欣赏徐志摩的才志，主动托人向徐家求亲，1915 年 10 月徐志摩遵父命与张幼仪结婚。

1916 年，徐志摩到天津北洋大学预科读法科，翌年他所读的法科并入北京大学，他也随之转入北京大学，后来又由妻兄介绍拜梁启超为师。1918 年徐志摩赴美留学，在克拉克大学历史系取得学士学位后又进入哥伦比亚大学研究院经济系，受五四运动的风潮影响，他的兴趣逐渐转向文学，并取得了文学硕士学位。1920 年，为拜英国哲学家罗素为师，徐志摩来到英国，以特别生的资格进入剑桥大学皇家学院，在这里他结识了忘年交林长民的女儿林徽因。在剑桥的两年徐志摩深受西方教育的熏陶及欧美浪漫主义和唯美派诗人的影响，思想发生了重要转变。1922 年 3 月，徐志摩冲破家庭、社会的阻力，与张幼仪正式离婚，并于 10 月回到上海。1923 年，徐志摩与朋友们在北京建立了新月社，后进入北京大学任教。1924 年印度诗人泰戈尔访华时他任翻译，全程陪同。1926 年 10 月 3 日，徐志摩与陆小曼在北京北海举行婚礼，同年，他主编《晨报》副刊《诗镌》，与闻一多、朱湘等人开展新诗格律化工作。1927 年，徐志摩与妻子移居上海，在光华大学、大夏大学和南京中央大学担任教授，还创办新月书店，创编《新月》月刊。1930 年冬，他回到北京大学任教。1931 年 11 月 19 日，徐志摩由南京乘飞机到北平，飞机因雾撞上济南开山失事，徐志摩去世。

徐志摩是新月派的代表诗人，作品具有鲜明的艺术个性。他的诗歌字句清新，韵律谐和，比喻新奇，想象丰富，意境优美，神思飘逸，富于变化，并追求艺术形式的整饬、华美。他一生共出版了四部诗集：《志摩的诗》(1925)、《翡冷翠的一夜》(1927)、《猛虎集》(1931)、《云游》(1932)。此外他还著有散文集《落叶》《巴黎的鳞爪》《自剖》《秋》，小说散文集《轮盘》，戏剧《卞昆冈》（与陆小曼合写），日记《爱眉小札》《志摩日记》，译著《曼殊斐尔小说集》等。

导读：

1924 年泰戈尔访问中国时，徐志摩作为好友兼翻译一直陪同着他，诗翁的下一站是日本，他向徐志摩发出了邀请，徐志摩也欣然应允，与之同游。在日本的所见所闻让徐志摩感到欣喜好奇，每当离开一地时，他便会用一首小诗作别，这些诗歌格式相同，均以“沙扬娜拉”结尾，这组诗歌共有 18 首，为一个整体。回国后徐志摩出版自己的第一部诗集《志摩的诗》时便将它们收录在内。后来诗集再版，作者进行了大刀阔斧地删减：组诗的前 17 首全部删去，只保留了最后离开日本时所创作的这一首，他还为之加了一个副题：赠日本女郎。

全诗仅有五行，短小精练，而又意味无穷。诗中所记的是日本女郎向徐志摩告别时瞬间的神态与动作，这稍纵即逝的一刻深印在了徐志摩的心中，并用文字将之镌刻成永久的印记。第一行让人们记住了她的“温柔”，这“温柔”在“一低头”间不经意地流露出来，“那”字读来有种亲切熟悉之感，仿佛这景象我们也曾经遇见。在第二行中诗人以“一朵水莲花”来喻女郎，莲花的清丽、淡雅一向为人所熟知，于是联想到水莲花的空灵精致，女郎的“娇羞”之态也跃然纸上，更显楚楚动人。在第三、四行中，诗人运用了复沓叠唱这一诗歌最古老的抒情方式，一唱三叹，音节既回旋悦耳，别情更依依难舍。忧愁本是离别难免，但女郎的温柔多情、娇羞妩媚又给诗人以美的愉悦和陶醉，于是这忧愁中竟也掺入一丝醉人的“蜜甜”。第五行直道再见，但诗人特意选用日文音译，显出日本风情，音节也更错落别致。短短的四个字表现的是最热烈、真挚的感情。全诗采用的都是浅白的语言，明白晓畅。但意象运用别具匠心，音韵和谐，富有音乐性。这是一首优美婉转的告别之歌。

徐志摩是一个感情丰富的浪漫诗人，但他的诗做到了有节制的表现，虽然深受西方文艺理论的影响，但他在深层审美上还是继承了我国自古以来的“温柔敦厚”的诗教传统，“乐而不淫，哀而不伤”。《志摩的诗》明确提出要“用理智来节制情感”，主张和谐、含蓄、蕴藉，反对感情的一泻无余。徐志摩去世后，胡适在

《追悼志摩》中说："他的人生观真是一种'单纯信仰'，这里面只有三个大字：一个是爱，一个是自由，一个是美。他梦想这三个理想的条件能够会合在一个人生里。"这三个理想的条件引导了徐志摩的一生，也让我们从他的这首小诗中窥见了他创作的精髓。

思考题：

1. 找出《沙扬娜拉》在语音节奏上的特点。
2. 你觉得徐志摩的"单纯信仰"在这首诗中是否有体现？
3. 读一读徐志摩的其他诗歌，找找他在诗歌中常用的意象。

第十章　时代之音

微　神

老　舍

清明已过了，大概是；海棠花不是都快开齐了吗？今年的节气自然是晚了一些，蝴蝶们还很弱；蜂儿可是一出世就那么挺拔，好像世界确是甜蜜可喜的。天上只有三四块不大也不笨重的白云，燕儿们给白云上钉小黑丁字玩呢。没有什么风，可是柳枝似乎故意地轻摆，像逗弄着四外的绿意。田中的清绿轻轻地上了小山，因为娇弱怕累得慌，似乎是，越高绿色越浅了些；山顶上还是些黄多于绿的纹缕呢。山腰中的树，就是不绿的也显出柔嫩来，山后的蓝天也是暖和的，不然，大雁们为何唱着向那边排着队去呢？石凹藏着些怪害羞的三月兰，叶儿还赶不上花朵大。

小山的香味只能闭着眼吸取，省得劳神去找香气的来源，你看，连去年的落叶都怪好闻的。那边有几只小白山羊，叫的声儿恰巧使欣喜不至过度，因为有些悲意。偶尔走过一只来，没长犄角就留下须的小动物，向一块大石发了会儿愣，又颠颠着俏式的小尾巴跑了。

我在山坡上晒太阳，一点思念也没有，可是自然而然地从心中滴下些诗的珠子，滴在胸中的绿海上，没有声响，只有些波纹走不到腮上便散了的微笑；可是始终也没成功一整句。一个诗的宇宙里，连我自己好似只是诗的什么地方的一个小符号。

越晒越轻松，我体会出蝶翅是怎样的欢欣。我搂着膝，和柳枝同一律动前后左右的微动，柳枝上每一黄绿的小叶都是听着春声的小耳勺儿。有时看看天空，啊，谢谢那块白云，它的边上还有个小燕呢，小得已经快和蓝天化在一处了，像万顷蓝光中的一粒黑痣，我的心灵像要往那儿飞似的。

远处山坡的小道，像地图上绿的省份里一条黄线。往下看，一大片麦田，地势越来越低，似乎是由山坡上往那边流动呢，直到一片暗绿的松树把它截住，很希望松林那边是个海湾。及至我立起来，往更高处走了几步，看看，不是；那边是些看不甚清的树，树中有些低矮的村舍；一阵小风吹来极细的一声鸡叫。

春晴的远处鸡声有些悲惨，使我不晓得眼前一切是真还是虚，它是梦与真实中间的一道用声音作的金线；我顿时似乎看见了个血红的鸡冠：在心中，村舍中，或是哪儿，有只——希望是雪白的——公鸡。

我又坐下了；不，随便的躺下了。眼留着个小缝收取天上的蓝光，越看越深，越高；同时也往下落着光暖的蓝点，落在我那离心不远的眼睛上。不大一会儿，我便闭上了眼，看着心内的晴空与笑意。

我没睡去，我知道已离梦境不远，但是还听得清清楚楚小鸟的相唤与轻歌。说也奇怪，每逢到似睡非睡的时候，我才看见那块地方——不晓得一定是哪里，可是在入梦以前它老是那个样儿浮在眼前。就管它叫作梦的前方吧。

这块地方并没有多大，没有山，没有海。像一个花园，可又没有清楚的界限。差不多是个不甚规则的三角，三个尖端浸在流动的黑暗里。一角上——我永远先看见它——是一片金黄与大红的花，密密层层；没有阳光，一片红黄的后面便全是黑暗，可是黑的背景使红黄更加深厚，就好像大黑瓶上画着红牡丹，深厚得至于使美中有一点点恐怖。黑暗的背景，我明白了，使红黄的一片抱住了自己的彩色，不向四外走射一点；况且没有阳光，彩色不飞入空中，而完全贴染在地上。我老先看见这块，一看见它，其余的便不看也会知道的，正好像一看见香山，准知道碧云寺在哪儿藏着呢。

其余的两角，左边是一个斜长的土坡，满盖着灰紫的野花，在不漂亮中有些深厚的力量，或者月光能使那灰的部分多一些银色，显出点诗的灵空；但是我不记得在哪儿有个小月亮。无论怎样，我也不厌恶它。不，我爱这个似乎被霜弄暗了的紫色，像年轻的母亲穿着暗紫长袍。右边的一角是最漂亮的，一处小草房，门前有一架细蔓的月季，满开着单纯的花，全是浅粉的。

设若我的眼由左向右转，灰紫、红黄、浅粉，像是由秋看到初春，时候倒流；生命不但不是由盛而衰，反倒是以玫瑰作香色双艳的结束。

三角的中间是一片绿草，深绿、软厚、微湿；每一短叶都向上挺着，似乎是听着远处的雨声。没有一点风，没有一个飞动的小虫；一个鬼艳的小世界，活着的只有颜色。

在真实的经验中，我没见过这么个境界。可是它永远存在，在我的梦前。英格兰的深绿，苏格兰的紫草小山，德国黑林的幽晦，或者是它的祖先们，但是谁准知道呢。从赤道附近的浓艳中减去阳光，也有点像它，但是它又没有虹样的蛇与五彩的禽，算了吧，反正我认识它。

我看见它多少多少次了。它和“山高月小，水落石出”，是我心中的一对画屏。可是我没到那个小房里去过。我不是被那些颜色吸引得不动一动，便是由它的草地上恍惚的走入另种色彩的梦境。它是我常遇到的朋友，彼此连姓名都晓得，只是没细细谈过心。我不晓得它的中心是什么颜色的，是含着一点什么神秘的音乐——真希望有点响动！

这次我决定了去探险。

一想就到了月季花下，也许因为怕听我自己的足音？月季花对于我是有些端阳前后的暗示，我希望在哪儿贴着张深黄纸，印着个朱红的判官，在两束香艾的中间。没有。只在我心中听见了声“樱桃”的吆喝。这个地方是太静了。

小房子的门闭着，窗上门上都挡着牙白的帘儿，并没有花影，因为阳光不足。里边什么动静也没有，好像它是寂寞的发源地。轻轻地推开门，静寂与整洁双双地欢迎我进去，是欢迎我；室中的一切是“人”的，假如外面景物是“鬼”的——希望我没用上过于强烈的字。

一大间，用幔帐截成一大一小的两间。幔帐也是牙白的，上面绣着些小蝴蝶。外间只有一条长案，一个小椭圆桌儿，一把椅子，全是暗草色的，没有油饰过。椅上的小垫是浅绿的，桌上有几本书。案上有一盆小松，两方古铜镜，锈色比小松浅些。内间有一个小床，罩着一块快垂到地上的绿毯。床首悬着一个小篮，有些快干的茉莉花。地上铺着一块长方的蒲垫，垫的旁边放着一双绣白花的小绿拖鞋。

我的心跳起来了！我决不是入了复杂而光灿的诗境；平淡朴美是此处的音调，也不是幻景，因为我认识那只绣着白花的小绿拖鞋。

爱情的故事往往是平凡的，正如春雨秋霜那样平凡。可是平凡的人们偏爱在这些平凡的事中找些诗意；那么，想必是世界上多数的事物是更缺乏色彩的；可怜的人们！希望我的故事也有些应有的趣味吧。

没有像那一回那么美的了。我说“那一回”，因为在那一天那一会儿的一切都是美的。她家中的那株海棠花正开成一个大粉白的雪球；沿墙的细竹刚拔出新笋；天上一片娇晴；她的父母都没在家；大白猫在花下酣睡。听见我来了，她像燕儿似的从帘下飞出来；没顾得换鞋，脚下一双小绿拖鞋像两片嫩绿的叶儿。她喜欢得像清早的阳光，腮上的两片苹果比往常红着许多倍，似乎有两颗香红的心在脸上开了两个小井，溢着红润的胭脂泉。那时她还梳着长黑辫。

她父母在家的时候，她只能隔着窗儿望我一望，或是设法在我走去的时节，和我笑一笑。这一次，她就像一个小猫遇上了个好玩的伴儿；我一向不晓得她“能”这样的活泼。在一同往屋中走的工夫，她的肩挨上了我的。我们都才十七岁。我们都没说什么，可是四只眼彼此告诉我们是欣喜到万分。我最爱看她家壁上那张工笔百鸟朝凤；这次，我的眼匀不出工夫来。我看着那双小绿拖鞋；她往后收了收脚，连耳根儿都有点红了；可是仍然笑着。我想问她的功课，没问；想问新生的小猫有全白的没有，没问；心中的问题多了，只是口被一种什么力量给封起来，我知道她也是如此，因为看见她的白润的脖儿直微微地动，似乎要将些不相干的言语咽下去，而真值得一说的又不好意思说。

她在临窗的一个小红木凳上坐着，海棠花影在她半个脸上微动。有时候她微向窗外看看，大概是怕有人进来。及至看清了没人，她脸上的花影都被欢悦给浸渍得红艳了。她的两手交换着轻轻地摸小凳的沿，显着不耐烦，可是欢喜的不耐烦。最后，她深深地看了我一眼，极不愿意而又不得不说地说，“走吧！”我自己已忘了自己，只看见，不是听见，两个什么字由她的口中出来？可是在心的深处猜对那两个字的意思，因为我也有点那样的关切。我的心不愿动，我的脑知道非走不可。我的眼盯住了她的。她要低头，还没低下去，便又勇敢地抬起来，故意地，不怕地，羞而不肯羞地，迎着我的眼。直到不约而同地垂下头去，又不约而同地抬起来，又那么看。心似乎已碰着心。

我走，极慢的，她送我到帘外，眼上蒙了一层露水。我走到二门，回了回头，她已赶到海棠花下。我像一个羽毛似的飘荡出去。

以后，再没有这种机会。

有一次，她家中落了，并不使人十分悲伤的丧事。在灯光下我和她说了两句话。她穿着一身孝衣，手放在胸前，摆弄着孝衣的扣带。站得离我很近，几乎能彼此听得见脸上热力的激射，像雨后的禾谷那样带着声儿生长。可是，只说了两句极没有意思的话——口与舌的一些动作：我们的心并没管它们。

我们都二十二岁了，可是五四运动还没降生呢。男女的交际还不是普通的事。我毕业后便作了小学的校长，平生最大的光荣，因为她给了我一封贺信。信笺的末尾——印着一枝梅花——她注了一行：不要回信。我也就没敢写回信。可是我好像心中燃着一束火把，无所不尽其极地整顿学校。我拿办好了学校作为给她的回信；她也在我的梦中给我鼓着得胜的掌——那一对连腕也是玉的手！

提婚是不能想的事。许多许多无意识而有力量的阻碍，像个专以力气自雄的恶虎，站在我们中间。

有一件足以自慰的，我那系在心上的耳朵始终没听到她的定婚消息。还有件比这更好的事，我兼任了一个平民学校的校长，她担任着一点功课。我只希望能时时见到她，不求别的。她呢，她知道怎么躲避我——已经是个二十多岁的大姑娘。她失去了十七八岁时的天真与活泼，可是增加了女子的尊严与神秘。

又过了二年，我上了南洋。到她家辞行的那天，她恰巧没在家。

在外国的几年中，我无从打听她的消息。直接通信是不可能的。间接探问，又不好意思。只好在梦里相会了。说也奇怪，我在梦中的女性永远是“她”。梦境的不同使我有时悲泣，有时狂喜；恋的幻境里也自有一种味道。她，在我的心中，还是十七岁时的样子：小圆脸，眉眼清秀中带着一点媚意。身量不高，处处都那么柔软，走路非常的轻巧。那一条长黑的发辫，造成最动心的一个背影。我也记得她梳起头来的样儿，但是我总梦见那带辫的背影。

回国后，自然先探听她的一切。一切消息都像谣言，她已作了暗娼！

就是这种刺心的消息，也没减少我的热情；不，我反倒更想见她，更想帮助她。我到她家去。已不在那里住，我只由墙外看见那株海棠树的一部分。房子早已卖掉了。

到底我找到她了。她已剪了发，向后梳拢着，在项部有个大绿梳子。穿着一件粉红长袍，袖子仅到肘部，那双臂，已不是那么活软的了。脸上的粉很厚，脑门和眼角都有些褶子。可是她还笑得很好看，虽然一点活泼的气象也没有了。设若把粉和油都去掉，她大概最好也只像个产后的病妇。她始终没正眼看我一次，虽然脸上并没有羞愧的样子，她也说也笑，只是心没在话与笑中，好像完全应酬我。我试着探问她些问题与经济状况，她不大愿意回答。她点着一支香烟，烟很灵通地从鼻孔出来，她把左膝放在右膝上，仰着头看烟的升降变化，极无聊而又显着刚强。我的眼湿了，她不会看不见我的泪，可是她没有任何表示。她不住地看自己的手指甲，又轻轻地向后按头发，似乎她只是为它们活着呢。提到家中的人，她什么也没告诉我。我只好走吧。临出来的时候，我把住址告诉给她——深愿她求我，或是命令我，作点事。她似乎根本没往心里听，一笑，眼看看别处，没有往外送我的意思。她以为我是出去了，其实我是立在门口没动，这么着，她一回头，我们对了眼光。只是那么一擦似的她转过头去。

初恋是青春的第一朵花，不能随便掷弃。我托人给她送了点钱去。她留下了，并没有回话。

朋友们看出我的悲苦来，眉头是最会出卖人的。她们善意的给我介绍女友，惨笑地摇首是我的回答。我得等着她。初恋像幼年的宝贝永远是最甜蜜的，不管那个宝贝是一个小布人，还是几块小石子。慢慢的，我开始和几个最知己的朋友谈论她，他们看在我的面上没说她什么，可是假装闹着玩似的暗刺我，他们看我太愚，也就是说她不配一恋。他们越这样，我越顽固。是她打开了我的爱的园门，我得和她走到山穷水尽。怜比爱少着些味道，可是更多着些人情。不久，我托友人向她说明，我愿意娶她。我自己没胆量去。友人回来，带回来她的几声狂笑。她没说别的，只狂笑了一阵。她是笑谁？笑我的愚，很好，多情的人不是每每有些傻气吗？这足以使人得意。笑她自己，那只是因为不好意思哭，过度的悲郁使人狂笑。

愚痴给我些力量，我决定自己去见她，要说的话都详细的编制好，演习了许多次，我告诉自己——只许胜，不许败。她没在家。又去了两次，都没见着。第四次去，屋门里停着小小的一口薄棺材，装着她。她是因打胎而死。

一篮最鲜的玫瑰，瓣上带着我心上的泪，放在她的灵前，结束了我的初恋，开始终生的虚空。为什么她落到这般光景？我不愿再打听。反正她在我心中永远不死。

我正呆看着那小绿拖鞋，我觉得背后的幔帐动了一动。一回头，帐子上绣的小蝴蝶在她的头上飞动呢。她还是十七八岁时的模样，还是那么轻巧，像仙女飞降下来还没十分立稳那样立着。我往后退了一步，似乎是怕一往前凑就能把她吓跑。这一退的工夫，她变了，变成二十多岁的样子。她也往后退了，随退随着脸上加着皱纹。她狂笑起来。我坐在那个小床上。刚坐下，我又起来了，扑过她去，极快；她在这极短的时间内，又变回十七岁时的样子。在一秒钟里我看见她半生的变化，她像是不受时间的拘束。我坐在椅子上，她坐在我的怀中。我自己也恢复了十五六年前脸上的红色，我觉得出。我们就这样坐着，听着彼此心血的潮荡。

不知有多么久。最后，我找到声音，唇贴着她的耳边，问：

“你独自住在这里?”

“我不住在这里；我住在这儿，”她指着我的心说。

“你始终没忘了我，那么?”我握紧了她的手。

“被别人吻的时候，我心中看着你!”

“可是你许别人吻你?”我并没有一点妒意。

“爱在心里，唇不会闲着；谁教你不来吻我呢?”

“我不是怕得罪你的父母吗？不是我上了南洋吗?”

她点了点头，“惧怕使你失去一切，隔离使爱的心慌了。”

她告诉了我，她死前的光景。在我出国的那一年，她的母亲死去。她比较得自由了一些。出墙的花枝自会招来蜂蝶，有人便追求她。她还想念着我，可是肉体往往比爱少些忍耐力，爱的花不都是梅花。她接受了一个青年的爱，因为他长得像我。他非常地爱她，可是她还忘不了我，肉体的获得不就是爱的满足，相似的容貌不能代替爱的真形。他疑心了，她承认了她的心是在南洋。他们俩断绝了关系。这时候，她父亲的财产全丢了。她非嫁人不可。她把自己卖给一个阔家公子，为的是供给她的父亲。

“你不会去教学挣钱?”我问。

“我只能教小学，那点薪水还不够父亲买烟吃的!”

我们俩都愣起来。我是想：假使我那时候回来，以我的经济能力说，能供给得起她的父亲吗？我还不是大睁白眼地看着她卖身?

“我把爱藏在心中，”她说，“拿肉体挣来的茶饭营养着它。我深恐肉体死了，爱便不存在，其实我是错了；先不用说这个吧。他非常的妒忌，永远跟着我，无论我是干什么。上哪儿去，他老随着我。他找不出我的破绽来，可是觉得出我是不爱他。慢慢的，他由讨厌变为公开地辱骂我，甚至于打我，他逼得我没法不承认我的心是另有所寄。忍无可忍也就顾不及饭碗问题了。他把我赶出来，连一件长衫也没给我留。我呢，父亲照样和我要钱，我自己得吃得穿，而且我一向吃好的穿好的惯了。为满足肉体，还得利用肉体，身体是现成的本钱。凡给我钱的便买去我点筋肉的笑。我很会笑：我照着镜子练习那迷人的笑。环境的不同使人作退一步想，这样零卖，到是比终日叫那一个阔公子管着强一些。在街上，有多少人指着我的后影叹气，可是我到底是自由的，有时候我与些打扮得不漂亮的女子遇上，我也有些得意。我一共打过四次胎，但是创痛过去便又笑了。

“最初，我颇有一些名气，因为我既是作过富宅的玩物，又能识几个字，新派旧派的人都愿来照顾我。我没工夫去思想，甚至于不想积蓄一点钱，我完全为我的服装香粉活着。今天的漂亮是今天的生活，明天自有明天管照着自己，身体的疲倦，只管眼前的刺激，不顾将来。不久，这种生活也不能维持了。父亲的烟是无底的深坑。打胎需要花许多费用。以前不想剩钱；钱自然不会自己剩下。我连一点无聊的傲气也不敢存了。我得极下贱地去找钱了，有时是明抢。有人指着我的后影叹气，我也回头向他笑一笑了。打一次胎增加两三岁。镜子是不欺人的，我已老丑了。疯狂足以补足衰老。我尽着肉体的所能伺候人们，不然，我没有生意。我敞着门睡着，我是大家的，不是我自己的。一天二十四小时，什么时间也可以买我的身体。我消失在欲海里。在清醒的世界中我并不存在。我的手指算计着钱数。我不思想，只是盘算——怎能多进五毛钱。我不哭，哭不好看。只为钱着急，不管我自己。”

她休息了一会儿，我的泪已滴湿她的衣襟。

“你回来了!”她继续着说：“你也三十多了；我记得你是十七岁的学生。你的眼已不是那年——多少年了？——看我那双绿拖鞋的眼。可是，你，多少还是你自己，我，早已死了。你可以继续作那初恋的梦，我已无梦可作。我始终一点也不怀疑，我知道你要是回来，必定要我。及至见着你，我自己已找不到我自己，拿什么给你呢？你没回来的时候，我永远不拒绝，不论是对谁说，我是爱你；你回来了，我只好狂笑。单等我落到这样，你才回来，这不是有意戏弄人？假如你永远不回来，我老有个南洋作我的梦景，你老有个我在你的心中，岂不很美？你偏偏回来了，而且回来这样迟——”

“可是来迟了并不就是来不及了。”我插了一句。

“晚了就是来不及了。我杀了自己。”

“什么?”

“我杀了我自己。我命定的只能住在你心中，生存在一首诗里，生死有什么区别？在打胎的时候我自己下了手。有你在我左右，我没法子再笑。不笑，我怎么挣钱？只有一条路，名字叫死。你回来迟了，我别再死迟了：我再晚死一会儿，我便连住在你心中的希望也没有了。我住在这里，这里便是你的心。这里没有阳光，没有声响，只有一些颜色。颜色是更持久的，颜色画成咱们的记忆。看那双小鞋，绿的，是点颜色，你我永远认识它们。”

“但是我也记得那双脚。许我看看吗?”

她笑了，摇摇头。

我很坚决，我握住她的脚，扯下她的袜，露出没有肉的一支白脚骨。

“去吧!”她推了我一把。“从此你我无缘再见了！我愿住在你的心中，现在不行了；我愿在你心中永远是青春。”

太阳已往西斜去；风大了些，也凉了些，东方有些黑云。春光在一个梦中惨淡了许多。我立起来，又看见那片暗绿的松树。立了不知有多久。远处来了些蠕动的小人，随着一些听不甚真的音乐。越来越近了，田中惊起许多白翅的鸟，哀鸣着向山这边飞。我看清了，一群人们匆匆地走，带起一些灰土。三五鼓手在前，几个白衣人在后，最后是一口棺材。春天也要埋人的。撒起一把纸钱，蝴蝶似的落在麦田上。东方的黑云更厚了，柳条的绿色加深了许多，绿得有些凄惨。心中茫然，只想起那双小绿拖鞋，像两片树叶在永生的树上作着春梦。

背景知识：

1. 作者介绍

老舍（1899—1966），原名舒庆春，字舍予，笔名老舍，满族正红旗人，生于北京，中国现代小说家、作家，杰出的语言大师、人民艺术家，新中国第一位获得"人民艺术家"称号的作家。1921 年，老舍在《海外新声》上发表最早的一篇作品《她的失败》。1924 年，赴英国留学，任伦敦大学亚非学院讲师。在英国，他创作发表了三部长篇小说《老张的哲学》《赵子曰》《二马》。英国的教书生涯使老舍成为一名合格的作家。1929 年夏，他绕道回国。1930 年 7 月，老舍到济南齐鲁大学任教，1934 年秋，他改任青岛大学教授，课余继续从事创作，期间著有长篇小说《离婚》《牛天赐传》等。老舍的代表作品有：长篇小说《小坡的生日》《猫城记》《牛天赐传》《骆驼祥子》等，短篇小说《赶集》《微神》等，戏剧作品《茶馆》《龙须沟》《方珍珠》《春华秋实》等，散文《济南的冬天》《我热爱新北京》等。

2. 作品风格

老舍的作品大多取材于市民生活，善于描绘城市贫民的生活和命运，尤其擅长刻画浸透了封建宗法观念的保守落后的中下层市民，在民族矛盾和阶级斗争中，表现出鲜明的反帝爱国题旨。老舍的作品语言俗白精致，雅俗共赏，朴实无华，通俗易懂又幽默诙谐，具有较强的北京韵味。在文学创作上，老舍认为"使人欣喜是艺术的目的"，"文学是认识生命的，解释生命的"。老舍主张"文以气为主"，强调以表达自我为主，不使文学变成传道的教科书。

美学大师朱光潜先生在谈到中国作家的世界影响时说："据我接触到的世界文学情报，全世界得到公认的中国新文学家也只有沈从文与老舍。"

樊骏这样评价老舍作品的语言风格："在某种意义上，失去了幽默，就没有了老舍，更谈不上他在文学史上取得那样的成就与地位。"

胡风评价老舍时说："舍予是经过了生活的甜酸苦辣的，深通人情世故的人，但他的'真'不但没有被这些所湮没，反而显得更凸出，更难能而且可爱。所以他的真不是憨直，不是忘形，而是被复杂的枝叶所衬托着的果子。他的客客气气，谈笑风生里面，常常要跳出不知道是真话还是笑话的那一种幽默。"

导读：

《微神》是老舍小说创作中唯一的一篇以爱情为题材的短篇小说，讲述了一个凄美的爱情悲剧故事。故事取材于老舍早年的初恋经历，带有鲜明的自叙传色彩。整篇文章都是通过现实和梦幻的交错描述，来抒写主人公内在的爱情思绪与情感感受的。《微神》字里行间浸透着作者强烈的情感体验，是一篇充满纯情和诗意的自叙体小说。

行文采用限知性叙述视角，以“我”与女主角为第一人称叙述人，并在两个限知性第一人称间巧妙转换，构成全知性视角展开故事情节。本文以核心意象“小绿拖鞋”为行文线索，分为五个部分来叙写主人公的初恋情感与爱情遭遇。第一部分，“清明春色”，写“我”在土坡上晒太阳见到的春天四野景色：燕儿的飞，柳儿的绿，天儿的暖，“三月兰”的娇弱，小白羊的伤感叫声，公鸡的悲鸣。小说的叙述由实转虚，为下文叙写回忆与梦境作了铺垫。第二部分“梦前幻象”，描述了“我”朦胧状态下潜意识里所见到的“三角地带”——一个鬼艳的小天地。“小天地”最接近“我”视线的一角，那里“是一片金黄与大红的花，密密层层”，在季节上似乎是盛夏；其余两角“左边是一个斜长的土坡，满盖着灰紫的野花”，这花似乎被霜弄暗了，令人联想到秋天；“右边的一角是最漂亮的”，“一架细蔓的月季，满开着单纯的花，全是浅粉的”，浅粉月季花的出现预示着春天。“时候倒流”的三个角上的花与图案，它们在时间上的顺序应该是：浅粉——红黄——灰紫，象征着女主人公生命“由盛而衰”的三个阶段。第三部分“梦中回忆”，由“小绿拖鞋”引发“我”对现实生活里初恋经历与爱情悲剧的回忆。这部分生动细腻地描述了受旧礼教束缚的少男少女的初恋心理，描摹了爱之潮水袭来时的美妙感受，同时交代了男女主人公爱情的悲剧结局。第四部分“梦境相会”，叙写男女主人公纯真质朴、相依相恋的美好情感，托梦补叙前情，交代女主人公真实的人生遭遇。“我心中看着你”，女主人公即使沦落风尘也把爱藏在心中，怀着一份纯真的爱走向人生末路。在梦中，男女主人公互诉衷肠，情感凄切哀怨，缠绵悱恻，读来细腻真实，荡人心魄，催人泪下。有情人难成眷属，终归是缘尽情未了。第五部分“走出梦境”，写男主人公梦醒后的内心感受。虽生死两隔，心中凄凉茫然，但“爱入骨髓”，美好的初恋已在心中永存。

《微神》在创作上极富艺术特色。首先，结构安排呈现散文化的特点，各部分间既松散自由，又巧妙关联。行文以“梦境”描写为核心，以“小绿拖鞋”为线索，叙写梦前、梦中、梦后所见景象时的爱情思绪与情感体验。其次，善于设置奇妙意象营造氛围。带有绿意的柳枝，青绿的田野，黄中带绿的山顶，胸中的绿波，暗绿的松林——饱含生命力的绿色正是那段美好爱情的象征。小绿拖鞋的反复出现，象征着主人公永恒的青春与爱情。最后，细节描写带有浓厚的感情色彩。梦境中“三角地”的色彩描写寄寓着作者深切的情感体验：妖艳的浅粉是少女的纯情、美丽，灿烂的红黄是女主人公青年时代的挥霍，暗淡的灰紫是她沦落风尘的悲哀。“我们”的初恋充满了浪漫色彩，当美好的情感来临时，女主人公“红润的胭脂泉”“两片绿叶儿般的小绿拖鞋”“腮上的两片苹果”“白润的脖儿”不仅让“我”怦然心动，也让读者想入非非。还有那沿墙的细竹、醉人的海棠花、酣睡的大花猫，在叙写爱情时这些醉人的细节描写增添了浓郁的抒情氛围。可以说，《微神》是作者早年真实的爱情情感长期发酵后的美味佳酿，它带给读者的感受是既五味杂陈，又唯美甘纯，它融注了作者青少年时期“情感动荡”的各种真实体验，它是浸透着作者艺术心血的经典之作。

思考题：

1. 分析“我”与女主人公爱情悲剧的原因。
2. 文中“梦境对话”的描写在情节结构与主旨表达上有什么作用？
3. 观看电影《魂断蓝桥》后，对比《微神》写一篇观后感。

白鹿原（节选）[1]

陈忠实

第五章　创办学堂

二月里一个平淡宁静的早晨，春寒料峭，街巷里又响起卖罐罐馍的梆子声。马驹和骡驹听见梆子声就欢叫起来，拽着奶奶的衣襟从上房里屋走出来。白赵氏被两个孙子拽得趔趔趄趄，脸上却洋溢着慈祥温厚的笑容。两只手在衣襟下掏着铜子和麻钱。嘉轩跷出厦屋门槛，在院庭里挡住了婆孙三人的去路："妈，从今日往后，给他俩的偏食断了去。"白赵氏慈和的脸顿时沉阴下来，瞅着儿子，显然是意料不及而愣住了。嘉轩解释说："不该再吃偏食了，他俩大了。人说'财东家惯骡马，穷汉家惯娃娃'。咱们家是骡马娃娃都不兴娇惯。"白赵氏似有所悟，脸上泛出活色来，低头看看偎贴在腰上的两颗可爱的脑袋，扬起脸对儿子说："今个算是尾巴巴一回。"嘉轩仍然不改气："当断就断。算了，就从今个断起。"白赵氏把已经码到手心的铜子和麻钱又塞进大襟底下的口袋，愠怒地转过身去："你的心真硬！"

马驹和骡驹窝火委屈得哭丧着脸，被奶奶拽着手怏怏地往上房里屋走去。

街巷里的梆子声更加频繁地敲响，乾散清脆的吆喝声也愈加洪亮："罐罐儿馍——兔儿馍——石榴儿馍——卖咧——"仙草从织布机上转过头说："你去把那个卖馍客撵走，甭叫他对着门楼子吆喝了，引逗得娃们尽哭。"嘉轩反而笑说："人家在街巷里吆喝，又没有钻到咱们院子里来吆喝，凭啥撵人家？吆喝着好，吆喝得马驹骡驹听见卖馍卖糖的梆子铃鼓响，就跟听见卖辣子的吆喝一样就好了。"仙草咬着嘴唇重复一遍婆婆的话："你真心硬！"

两个孩子已经长到该当入学的年龄。这两个儿子长得十分相像，像是一个木模里倒出一个窑里烧制的两块砖头；虽然年龄相差一岁，弟弟骡驹比哥哥马驹不仅显不出低矮，而且比哥哥还要粗壮浑实。他们都像父亲嘉轩，也像死去的爷爷秉德，整个面部器官都努力鼓出来，鼓出的鼻梁儿，鼓出的嘴巴，鼓出的眼球以及鼓出的肩骨，尽管年纪小小却已显出那种以鼓出为表征的雏形底坯。随着年龄的增长，这种鼓出的脸部特征将愈来愈加突出。

白嘉轩太喜欢这两个儿子了。他往往在孩子不留意的时候专注地瞅着那器官鼓出的脸，却说不出亲热的话也做不出疼爱亲昵的表示。孩子和奶奶形影不离，日夜厮守，他几乎没有背过抱过他们，更不会像一般庄稼汉把儿子架在脖子上逛会看戏了。现在，看看儿子已经该当读书了，他就不能再撒手由奶奶给他们讲猫儿狗儿了。白嘉轩正在谋划确定给白鹿村创办一座学堂。白鹿村百余户人家，历来都是送孩子到七八里地的神禾村去念书，白嘉轩就是在那里早出晚归读了五年书。他想创办学堂不全是为了两个儿子就读方便，只是觉得现在应该由他来促成此举。学堂就设在祠堂里。那座祠堂年久失修，虽是祭祀祖宗的神圣的地方，却毕竟又是公众的官物没有谁操心，五间大厅和六间厦屋的瓦沟里落叶积垢，绿苔绣织，瓦松草长得足有二尺高；椽眼里成为麻雀产卵孵雏的理想窝巢；墙壁的泥皮剥落掉渣儿；铺地的方砖底下被老鼠掏空，砖块下陷。白嘉轩想出面把苍老的祠堂彻底翻修一新，然后在这里创办起本村的学堂来。他的名字将与祠堂和学堂一样不朽。

祠堂和村庄的历史一样悠久，却没有任何竹册片纸的典籍保存下来。搞不清这里从何年起始有人迹，说不清第一位来到这原坡挖凿头一孔窑洞或搭置第一座茅屋的始祖是谁。频频发生的灾祸不下百次把这个村庄毁灭殆尽，后来的人或许是原有的幸存者重新聚合继续繁衍。灾祸摧毁村庄摧毁历史也摧毁记忆，只有荒诞不经的传说经久不衰。泛滥的滋水河把村庄从河川一步一步推移到原坡根下，直到逼上原坡。相传有一场毁灭性的洪水发生在夜间，有幸逃到高坡上的人光着屁股坐到天亮，从红苕地里扯一把蔓子缠到腰际，遮住男女最隐秘的部位，在一片黄汤中搜摸沉入淤泥里的铁锹镢头和斧头；祠堂里那幅记载着列祖列宗显考显妣的宽大的神轴和椽子檩条，一齐被洪水冲得无影无踪，村庄的历史便形成断裂。

传说又一年二伏天降流火，大如铜盆小如豆粒的火团火球倾泻下来，房屋焚为灰烬；人和牛马猪羊犬全被烧焦，无法搭救无计逃遁自然无一幸免；祠堂里的神轴和椽子檩条又一齐化为灰烬，村庄的历史又一次成为空白。至于蝗虫成精，疫疠滋漫，已经成为小灾小祸而不值一谈了。活在今天的白鹿村的老者平静地说，这个村子的住户永远超不过二百，人口冒不过一千，如果超出便有灾祸降临。

这个村庄后来出了一位很有思想的族长，他提议把原来的侯家村（有胡家村一说）改为白鹿村，同时决定换姓。侯家（或胡家）老兄弟两个要占尽白鹿的全部吉祥，商定族长老大那一条蔓的人统归白姓。老二这一系列的子子孙孙统归鹿姓；白鹿两姓合祭一个祠堂的规矩，一直把同根同种的血缘维系到现在。据说白鹿原当时掀起了一个改换村庄名称的风潮，鹿前村、鹿后村、鹿回头村、鹿鸣村、鹿卧村、鹿噙草村、鹿角村、鹿蹄村，不一而足。一位继任的县官初来乍到，被这些以鹿命名的村庄搞得脑袋发胀，命令一律恢复原来的村名，只允许保留白鹿村和白鹿镇两个与鹿有关的名字，白鹿村的村民感到风光，更加珍惜自己的村名。

改为白姓的老大和改为鹿姓的老二在修建祠堂的当初就立下规矩，族长由长门白姓的子孙承袭下传。原是仿效宫廷里皇帝传位的铁的法则，属天经地义不容置疑。

老族长白秉德死后，白嘉轩顺理成章继任族长是法定的事。父亲过世后的头几年里，每逢祭日，白嘉轩跪在主祭坛位上祭祀祖宗的时候，总是由不得心里发慌尻子发松；当第七房女人仙草顺利生下头胎儿子以后，那种两头发慌发松的病症不治自愈。现在，白嘉轩怀里揣着一个修复祠堂的详细周密的计划走进了鹿子霖家的院子。

这是白鹿村乃至整个白鹿原最漂亮的一座四合院。它是鹿子霖的老太爷的杰作。

那位老太爷过烂了光景讨吃要喝流逛到了西安城里，在一家饭铺先是挑水拉风箱，后来竟学成了一手烹饪绝技。一位南巡的大官路经西安吃了他烧的葫芦鸡，满心欢喜脱口赞叹："天下第一勺。"于是就发了财，于是就在白鹿村置买田地，于是就修建起白鹿原第一流的四合院。他的巨大成功启发着诱惑着一茬又一茬庄稼汉的后人，撂下镢头犁杖操起铁勺锅铲，由此掀起的学炊热历经一个世纪，白鹿原以出勺勺客闻名省城内外。然而自老太爷之后，到鹿子霖的四辈人当中，鹿家却再没有一个男人执勺弄铲，外人万万料想不到"天下第一勺"谢世时，竟然留下这样的遗嘱："我一辈子都是伺候人，顶没出息。争一口气，让人伺候你才荣耀祖宗。中一个秀才到我坟头放一串草炮，中了举人放雷子炮，中了进士……放三声铳子。"鹿子霖的老爷爷爷爷父亲和他本人都没有实现老太爷的遗愿，除了雇来长工做务庄稼，均未成为让人伺候的人，尽管一代一代狗推磨儿似的居心专意供给子弟读书，却终究连在老太爷坟头放一串草炮的机运也不曾有过。老太爷的尸骨肯定早已化作泥土，他的遗言却似窖藏的烧酒愈久愈鲜。鹿子霖在儿子刚交七岁的那年正月就送他到神禾村学堂去启蒙，翻查了一夜字典才选定兆鹏作为儿子的学名，那寓意是十分殷切，也十分明朗的。二儿子兆海这年正月刚送去学堂，两个儿子每天麻麻亮就被他吼喊起来去上学。兆鹏兆海的脸冻皱了，手脚冻得淌黄水。做娘的抱怨孩子太小上学太早，鹿子霖不动摇地鼓着劲说："我等着到老太爷的坟地放铳子哩!"

鹿子霖在厢房里听见一阵陌生的脚步声就走到庭院，看见白嘉轩进来，便忙拱手问候。白嘉轩停住脚说："我找大叔说件事。"鹿子霖回到厢房就有些被轻贱被压低了的不自在。白嘉轩走进上房的屏风门就叫了一声："叔哎!"鹿泰恒从上房里屋踱出来时左手端着一只黄铜水烟壶，右手捏着一节冒烟的火纸，摆一下手礼让白嘉轩坐到客厅的雕花椅子上。鹿泰恒坐在方桌另一边的椅子上，细长的手指在烟壶里灵巧地捻着金黄绵柔的烟丝，动作很优雅。白嘉轩说："大叔，咱们的祠堂该翻修了。"鹿泰恒吹着了火纸，愣怔了一下，燃起火焰的火纸迅速烧出一节纸灰。鹿泰恒很快从愣怔里恢复过来，优雅地把火纸按到烟嘴上，优雅地吸起来，水烟壶里的水的响声也十分优雅，直到'噗'的一声吹掉烟筒里的白色烟灰，说："早都该翻修了。"白嘉轩听了当即就品出了三种味道："应该翻修祠堂；祠堂早应该翻修而没有翻修是老族长白秉德的失职；新族长忙着娶媳妇埋死人现在才腾出手来翻修祠堂。"白嘉轩不好解释，只是装作不大在乎，就说起翻修工程的具体方案和筹集粮款的办法。泰恒听了几句就打断他的话说："这事你和子霖承办吧，我已经老了。"白嘉轩忙解释："跑腿自然有我和子霖。你老得出面啊！"鹿泰恒说："你爸在世时，啥事不都是俺俩搭手弄的？现在该看你们弟兄搭手共事了。"随之一声唤，叫来了鹿子霖："嘉轩说要翻修祠堂了，你们弟兄俩商量着办吧。"

整个一个漫长的春天里，白鹿村洋溢着一种友好和谐欢乐的气氛。翻修祠堂的工程已经拉开。白嘉轩请来了第五房女人的父亲卫木匠和他的徒弟。整个工程由白嘉轩和鹿子霖分头负责。鹿子霖负责工程，每天按户派工。白嘉轩组织后勤，祠堂外的场院里临时搭起席棚，盘了锅台支了案板。除了给工匠管饭，凡是轮流派来做小工打下手的人，也一律在官灶上吃饭。厨师是本村里最干净最利落的几个女人。男人们一边围在地摊上吃饭一边和锅台边的女人调笑打诨，欢悦喜庆的气氛把白鹿两姓的人融合到一起了。

白嘉轩提出的一个大胆的方案得到了鹿子霖爽快的响应：凡是在祠堂里敬香火的白姓或鹿姓的人家，凭自己的家当随意捐赠，一升不少，一石不拒，实在拿不出一升一文的人家也不责怪。修复祠堂的宗旨要充分体现县令亲置在院里石碑上的'仁义白鹿村'的精神。不管捐赠多少，修复祠堂所需的粮款的不足部分，全由他和鹿子霖包下。白嘉轩把每家每户捐赠的粮食记了账，用红纸抄写出花名单公布于祠堂外的围墙上，每天记下花销的粮食和钱款的数字，心里总亮着一条戒尺：不能给祖宗弄下一摊糊涂账。整个预算下来，全体村民踊跃捐赠的粮食只抵全部所需的三分之二，白嘉轩和鹿子霖两家合包了三分之一。

整个工程竣工揭幕的那天，请来了南原上麻子红的戏班子，唱了三天三夜。川原上下的人都拥到白鹿村来看戏，来瞻仰白鹿村修造一新的祠堂，来观光县令亲置在祠堂院子里的石碑，来认一认白鹿村继任的族长白嘉轩。那个曾经创造下白鹿原娶妻最高纪录的白嘉轩原本没长什么狗球毒钩，而是一位贵人，一般福薄命浅的女人怎能浮得住这样的深水呢？

这年夏收之后，学堂开学了。五间正厅供奉着白鹿两姓列宗列宗显考显妣的神位，每个死掉的男人和女人都占了指头宽的一格，整个神位占满了五间大厅的正面墙壁。西边三间厦屋，作为学堂，待日后学生人数发展多了装不下了，再移到五间正厅里去。东边三间厦屋居中用土坯隔开来，一边作为先生的寝室，一边作为族里官人议事的官房。

白嘉轩被推举为学董，鹿子霖被推为学监。两人商定一块去白鹿书院找朱先生，让他给推荐一位知识和品德都好的先生。朱先生见了妻弟白嘉轩和鹿子霖，竟然打躬作揖跪倒在地："二位贤弟请受愚兄一拜。"两人吃了一惊，面面相觑忙拉朱先生站起，几乎同声问："先生这是怎么了？"朱先生突然热泪盈眶："二位贤弟做下了功德无量的事啊！"竟然感慨万端，慷慨激昂起来："你们翻修祠堂是善事，可那仅仅是个小小的善事；你们兴办学堂才是大善事，无量功德的大善事。祖宗该敬该祭，不敬不祭是为不孝，敬了祭了也仅只尽了一份孝心，兴办学堂才是万代子孙的大事；往后的世事靠活人不靠死人呀；靠那些还在吃奶的学步的穿烂裆裤的娃儿，得教他们识字念书晓以礼义，不定那里头有治国安邦的栋梁之材呢。你们为白鹿原的子孙办了这大的善事，我替那些有机会念书的子弟向你们一拜。”白嘉轩也被姐夫感染得热泪涌流，鹿子霖也大声谦和地说：“朱先生看事深远。俺俩当初只是觉得本村娃娃上学方便……”

朱先生的同窗学友遍及关中，推荐一位先生来白鹿村执教自然不难，于是就近推荐了白鹿原东边徐家园的徐秀才。徐秀才和朱先生同窗同庚，学识渊博却屡试不中，在家一边种地一边读书，淡泊了仕途功利，只为陶冶情性。两人拿着朱先生亲笔写的信找到徐家园，徐秀才欣然出马到白鹿村坐馆执教了。

辟作学馆的西边三间厦屋里，摆满了学生从自家屋里抬来的方桌、条桌、长凳和独凳。白嘉轩的两个儿子也都起了学名，马驹叫白孝文，骡驹叫白孝武，他们自然坐在里边。鹿子霖的两个儿子鹿兆鹏和鹿兆海也从神禾村转回本村学堂。男人们无论有没有子弟就学，却一齐都参加了学堂开馆典礼。

典礼隆重而又简朴。至圣先师孔老先生的石刻拓片侧身像贴在南山墙上，祭桌上供奉着时令水果，一盘沙果、一盘迟桃、一盘点心、一盘油炸馃子。两支红蜡由白嘉轩点亮，祠堂院庭里的鞭炮便爆响起来，他点了香就磕头。孩子们全都跪伏在桌凳之间的空地上，拥立祠堂院子里的男人们也都跪伏下来。鹿子霖和徐先生依次敬了香跪了拜，就侍立在祭台两边，关照新入学的孩子一个接一个敬香叩头，最后是村民们敬香叩首。祭祀孔子的程序完毕，白嘉轩把早已备好的一条红绸披到徐先生肩上，鞭炮又响起来。徐先生抚着从肩头斜过胸膛在腋下系住的红绸，只说了一句话作为答辞：“我到白鹿村来只想教好俩字就尽职尽心了，就是院子里石碑上刻的‘仁义白鹿村’里的‘仁义’俩字。”

按预定的程序本该结束，院里走进了两位老汉，手里托着一只红色漆盘，盘里盘着两条红绸。俩老汉走上祭台，把一条红绸披到白嘉轩肩上，把另一条披到鹿子霖肩头。老者说：“这是民意。”

傍晚，白嘉轩脱了参加学堂开馆典礼时穿的青色长袍，连长袖衫和长裤也脱了，穿着短袖衫和半截裤，一身清爽地走进了暮色四合的马号，晚饭前必须给牲畜铡好青草。鹿三用独轮小推车从晒土场往牲畜圈里推土垫圈，脸上眉毛上扑落着黄土尘屑，他见白嘉轩走来，忙扔下小推车揭起了铡刀。白嘉轩在铡墩前蹲下来，把青草一把一把扯过来，在膝头下捋码整齐再塞到铡口里去。鹿三双手按着铡把，猫腰往下一压，“咔嚓”一声，被铡断的细草散落下来，铡刀刃上和铡口的铁皮士都染上一层青草的绿汁。“应该让娃娃去念书。”白嘉轩说。“那当然。念书是正路嘛！”鹿三说。“我说黑娃应该去念书。”白嘉轩说。“喔！你说的是黑娃？”鹿三说，“快薅草！甭只顾了说话手下停了薅草。”白嘉轩薅进青草说：“叫黑娃明早上就去上学。给徐先生的五升麦子由我这儿灌。先生的饭也由我管了。桌子不用搬，跟马驹骡驹伙一张方桌，带上一个独凳儿就行了。”鹿三嘲笑说：“那个慌慌鬼生就的庄稼坯子，念啥书哩!”“穷汉生状元，富家多纨绔。你可不要把娃娃料就了，我看黑娃倒很灵聪哩!”白嘉轩笑着说，“日后黑娃真的把书念成了，弄个七品五品的，我也脸上光彩哩!”鹿三说：“黑娃上了学，谁来割草呢?”“你割我割，咱俩谁能腾出手谁去割。先让黑娃去上学。”白嘉轩说，“秋后把坡上不成庄稼的‘和’字地种土苜蓿，明年就不用割草了。”

黑娃天不明又被父亲吼喊起来，他正要持笼提镰去割青草，却听鹿三说：“把草镰和草笼撂下，扛上板凳上学去。”黑娃愣在院子里，似乎不大情愿地丢下笼和镰，说：“拿啥念哩？没有书，没有笔，也没有纸。”鹿三说：“你先坐到学堂盘一盘你的野性子。笔咧纸咧书咧缓两天再买。你要是盘不下性子，还是窝不住的野鹁鸽，花钱买书买纸我就白撂钱了。”

黑娃把一只独凳扛上肩膀，走进祠堂大门。徐先生穿着褐色长袍背抄着手在院子里踱步，他看见徐先生就不知所措。鹿三拉住儿子的手说：“给先生行礼。”黑娃弯腰低头鞠躬时，肩上的凳子摔了下来，正好砸了徐先生的脚背。鹿三顺手抽了黑娃一个抹脖子，骂道：“我把你这慌慌鬼……”徐先生忍着疼不在意地说：“送进去。嘉轩给我说过了。”鹿三拉着儿子进入学堂，找到马驹和骡驹的方桌，在一侧放下凳子。马驹把一摞仿纸、一根毛笔递给黑娃：“俺爸叫我给你。”鹿三竟然心头一热，鼻腔酸酸的，又狠狠地说：“黑娃你要是再不好好念书，我把你狗日……”

黑娃捏着那支毛笔，拔下笔帽，紫红的笔头使他想到了狐狸火红的皮毛。在山坡上割草记不清多少次撞见狐狸，有一次他猛然甩出手里的草镰，偏巧挂住了狐狸的后腿。那狐狸有一条火焰似的蓬松的粗尾巴。他拼命追赶，却眼看着它从崖坎里一条狭缝中跑掉了。他总是惦念着那只狐狸的跛腿好了没好。现在，他突然想到要是抓住那只狐狸，能栽多少毛笔呀！他的左手染着青草的绿汁，指头肚儿变成紫黑色，捏着光滑的笔杆和绵软的黄色仿纸总觉得怯怯的。徐先生进来，领着学生念书。

黑娃没有书本，就跟着徐先生愣念：“人——之——初，性——本——善。”

学堂里坐的全是本村的娃娃，没有同学间的陌生，只有对于念书生活的新鲜。

三五天后，随着新鲜感的消失，黑娃就觉得念书不再是幸事而是活受罪。母亲几乎天天晚上都要给他敲一次警钟：“黑娃，你要是不贪念书光贪耍，甭说对不住你大你妈，单是你白家叔叔的好心都……”黑娃不耐烦地说：“干脆还是叫我去割草。”

平日在村子里割草砍柴、浮水、掏雀蛋时建立的友谊，很快又在学堂里重现，孩子们自然地围拢到猴王黑娃的周围。黑娃对这种崇拜已经没有兴趣而且失掉自信，原因是他自己也崇拜起另一个人来，那是鹿兆鹏。鹿兆鹏是从神禾村转回本村学堂的，他年龄不算最大，书却读得最高。徐先生把他叫到自己的寝室单个儿面授，已经是《中庸》了。他很随和，一双深眼睛上罩着很长很黑的眼睫毛，使人感到亲近。

他的弟弟鹿兆海也是这种深眼睛和长睫毛。他爸鹿子霖，他爷鹿泰恒都是这种长条脸深眼窝长睫毛。鹿兆鹏自小在神禾村念书，黑娃难得和他接触，现在坐到相邻的两个方桌跟前，他就无法摆脱那个深眼窝里溢出的魅力。黑娃不由得在心里将鹿兆鹏兄弟和白孝文兄弟进行比较，鹿兆鹏鹿兆海兄弟使人感到亲切，甚至他们的父亲鹿子霖也使人感到亲切。鹿子霖常常在街巷里猛不防揪住黑娃头上的毛盖儿，另一只手就抓住了他裆里的那个东西，哈哈大笑着胁逼他叫叔："黑娃你崽娃子叫叔不叫？我把你这碎牛牛拔了去喂猫！"而白嘉轩大叔却总是一副凛然正经八百的神情，鼓出的眼泡皮儿总是使人联想到庙里的神像。黑娃知道白家对自家好却总是怯惧，他每天早晨和后晌割两笼青草，匆匆背进白家马号倒在铡墩旁边又匆匆离去，总怕看见白嘉轩那张神像似的脸。他坐在白家兄弟的方桌上，看看孝文孝武的脸还是联想到庙里那尊神像旁的小神童的脸，一副时刻准备着接受别人叩拜的正经相。孝文孝武念书写仿很用功，人也很灵聪，背书流利得一个栗子也不磕巴，照影格描写的大字满纸都被徐先生画上了红圈儿。黑娃已经取下一个文雅的学名叫鹿兆谦，名字是父亲求白嘉轩给取的。父亲说这娃儿野，又骚（顽皮），让他改改。白嘉轩说："他养成了谦逊的品行，就不野也不骚了。谦谦君子嘛！他在鹿姓里属兆字辈，就叫兆谦，叫起来也顺口着哩！"徐先生点名鹿兆谦背书时，黑娃竟然毫无反应，惹得娃子们哄然大笑。学生们仍然叫他黑娃，兆鹏也叫他黑娃，只有孝文孝武记住了他爸起下的名字，每唤必是兆谦。每听到孝文孝武称呼的兆谦，黑娃就觉得增加了一分对白家兄弟的敬重，正像他惧怕白嘉轩而仍不失尊敬他一样。他终于耐不住白家兄弟方桌上的寂寞，把自己的独凳挪到鹿家兄弟的方桌边去了。

他一扬手接住鹿兆鹏扔过来的东西，以为是石子，看也不看就要丢掉。鹿兆鹏喊"甭撂甭撂！"他看见一块白生生的东西，完全像沙滩上白色的石子，放在手心凉冰冰的。他问："啥东西？"鹿兆鹏说："冰糖。"黑娃捏着冰糖问："冰糖做啥用？"鹿兆鹏笑说："吃呀！"随之伸出舌头上正在含化的冰糖块儿。黑娃把冰糖丢进嘴里，呆呆地站住连动也不敢动了，那是怎样美妙的一种感觉啊：无可比拟的甜滋滋的味道使他浑身颤抖起来，竟然哇的一声哭了。鹿兆鹏吓得扭住黑娃的腮帮子，担心冰糖可能卡住了喉咙。黑娃悲哀地扭开脸，忽然跳起来说："我将来挣下钱，先买狗日的一口袋冰糖。"

隔了几天鹿兆鹏又把一块点心小心翼翼地放到黑娃的手心里说："水晶饼。比冰糖比平常的点心都好吃。"黑娃瞅着手心里的圆圆的水晶饼，酥松的白得像雪似的皮儿上缀着五个红色的俏花点儿，手心里已经落着松散的皮屑。他觉得身上又开始颤栗，而且迅速传导到全身。他咬一咬牙却把那水晶饼扔到路边的草丛里去了。鹿兆鹏惊呆了，水晶饼在他也是稀罕的吃食儿，他省下一个来让给黑娃，却遭到如此野蛮的回报。他一把揪住黑娃的衣襟："黑娃，你狗日的给我捡回来！"

黑娃一伸手也揪住兆鹏的领口："财东娃，你要是每天都能拿一块水晶饼一块冰糖来孝敬我，我就给你捡起来吃了。"他随之突然气馁了瓦解了："我再也不吃你的什么饼儿什么糖了，免得我夜里做梦都在吃，醒来流一摊涎水……"

鹿兆鹏松了手，似乎也颤栗了一下，就把一只手搭到黑娃肩头拥着走了。

冰糖给黑娃留下了难以磨灭的美好而又痛苦的向往和记忆，他愈来愈明晰，只有实践了他"挣钱先买一口袋冰糖"的狂言才能解除其痛苦。后来他果然得到了一个大洋铁桶装着的雪白晶亮的冰糖，那是他和他的弟兄们打劫一家杂货铺时搜到手的。弟兄们用手抓着冰糖往嘴里填往袋里装的时候，他猛然颤栗了一下，喝道："掏出来，掏出来！把吞到嘴的吐出来！"他解开裤带掏出生殖器，往那装满冰糖的洋铁桶里浇了一泡尿。

除了兆鹏的冰糖，还有徐先生拍的一顿板子也给他留下了记忆。背不过书写错了字挨徐先生的板子已不算什么耻辱，学堂里几乎找不出一个侥幸者，兆鹏兄弟孝文兄弟虽然全是好学生，也照样被板子抽打手掌，只不过次数少些而已。那天后晌，徐先生指派黑娃到河滩柳林里去砍一根柳树股儿。黑娃能被徐先生委以重任心里觉得很荣耀，又可以到柳絮吐黄的河滩里畅快一番。他看见兆鹏朝他挤眼儿，就向徐先生提出："让兆鹏一块去给我搭马架儿，柳树太高爬不上去。"徐先生应允了。

他忽然觉得也应该让孝文分享一下这种幸运，就说："俺屋没有斧头，孝文家有一把，快得跟剃头刀一样。"徐先生又点头默许了。三个伙伴走出白鹿村村口，看见独庄庄场里围着一堆人，黑娃说："那儿给牛打犊给马配驹，看看热闹去。"

他们从围墙破缺的塌口看见，一头皮毛油光乌亮的黑驴正和一匹枣红马咬仗，咬脖子咬尻子咬嘴又不像是真咬，红马和黑驴都张着嘴露出宽扁的牙齿，又掉下一串串黏稠的涎水。庄场的主人白兴儿，伸出可笑的手把枣红马拽进围栏，拴住了缰绳，黑驴跟过来钻进围栏的敞口，就跳上了枣红马的脊背。三个人都瞪圆了眼睛，屏住了呼吸，胸膛里开始发憋发闷。黑驴的前蹄踏在红马的背上，张口咬住了红马脖子上的长鬃。白兴儿伸手托起黑驴后裆里的一条二三尺长的黑黝黝的家伙，随之就消失了，红马浑身颤抖着咴儿咴儿叫起来。孝文惊奇地说："看看那只手！"黑娃用眼睛禁斥了孝文一下。

白兴儿的手指，像鸭子的脚掌一样，由一层薄皮连结在一起。白兴儿的爷爷是这种手，他的儿子生下来还是这种手，人叫白连指儿。据说这连指儿最适宜做牲畜配种的事。

三个人默默地离开庄场朝河滩走去，谁也不说话。黑娃突然伸出手在兆鹏裆里抓了一把："噢呀！硬得跟驴球一样！"兆鹏红了脸也在黑娃裆里报复了一下："你也一样！"他们不好意思动手试探孝文，孝文比他们都小，只是逼问："孝文你自个说实话，硬不硬？"孝文哇的一声哭了："硬得好难受！"

他们轻而易举地砍了一根柳树股儿，又折了一堆柔软的柳条儿，捋下皮来，用白生生的柳枝编织蚂蚱笼儿，把黑驴压着红马的令人不舒服的事忘记了。回到学堂，已经放学，徐先生又让黑娃把那根柳木棍儿用斧头削平刮光，然后接到手里掂了掂说：

“你三个跪下，把手伸出来！”徐先生不偏不倚，一人一板，从左边挨个儿打到右边，再从右边挨个儿打到左边。三个人谁也不招认在去河滩以前曾经到庄场看过黑驴和红马配驹儿的事，黑娃因此佩服孝文也是个硬头货。徐先生打了每人十个板子，说：“你们啥时候说了实话再起来。”就背抄着手在庭院里悠悠然踱着方步。三个人偷偷交换一下眼色，黑娃悄悄说：“咋么也没想到砍柳树股儿是为做板子。”天擦黑时，三个人的家长不约而同找到学堂，看见了一排溜儿跪在祠堂台阶下的儿子。

刚直不阿的徐先生背抄着手冷着脸说：“问问你们的娃子到啥场合去了？”白鹿村三个最珍爱面子最要脸皮的人一下子气得脸孔蜡黄，手直哆嗦。随和可亲的鹿子霖率先抽了兆鹏一记耳光。这完全出乎黑娃的意料，他想绝对应该是火暴脾气的父亲先动手揍他，或者是令人敬畏的白嘉轩大叔先教训孝文……继兆鹏被连续几个耳光击倒之后，黑娃觉得自己屁股上挨了重不可负的一击就狗吃屎似的趴下了，眼前霎时一片金光又一片黑暗。

当他醒来时，已经是一个温馨的早晨，睁开眼看见了白嘉轩大叔的脸，和蔼地笑着。这是黑娃第一次看到白嘉轩大叔的笑颜，不禁奇怪起来，这张脸原来也会笑，笑起来也十分动人。母亲破例给他煮了三个荷包蛋，催他吃下。白嘉轩笑着说：“黑娃，夹上书上学去。”父亲在旁边说：“算了算了，这东西不成器不说，倒把孝文给引坏了！”白嘉轩收了笑容说：“我说让他弄个五品七品是说笑，念些书扎到肚子里却是实情，你该明白‘知书达理’这话，知书以后才能达理。”说着就抓住黑娃的手，拽着走了。黑娃无法拒绝那只粗硬有力的手，一直把他拽进学堂。那只手给他留下了复杂的难忘的记忆。

这年冬天，兆鹏兆海兄弟俩离开白鹿村，到朱先生坐馆的白鹿书院念书去了，刘谋儿赶着青骡拉着的木轮大车，车上装着被卷和一口袋面粉，鹿子霖坐在车厢里亲自送儿子去高等学馆。徐先生也来送行。兆鹏兆海恭恭敬敬地向徐先生作揖鞠躬。兆鹏跑过来抓住黑娃的手捏了捏，就上车去了。黑娃又感到一阵痛苦的颤栗，兆鹏把一块冰糖留在他的手心里了。两年之后，孝文孝武兄弟俩也坐上父亲鹿三赶着的黄牛拽着的大车到白鹿书院去了，车上照样装着铺盖卷和一口袋面粉。他送他们上路以后，就从学堂里提着独凳走出来，同徐先生深深地鞠躬，很诚恳地说：“先生啥时候要砍柳树股儿，给我捎一句话就行了。”徐先生嘴巴两边的肌肉扭动了两下，没有说话。黑娃扛起独凳就走出祠堂的大门。

第十六章　诱情与复仇

麦子收罢新粮归仓以后，原上各个村庄的“忙罢会”便接踵而来，每个村子都有自己过会的日子。太阳冒红时，白鹿原的官道小路上，庄稼汉男女穿着浆捶得平展硬峥的家织布白衫青裤，臂弯里挎着装有用新麦子面蒸成的各色花馍的竹提盒笼儿，乐颠颠地去走亲访友，吃了喝了谝了，于日落时散散悠悠回家去，今年的“忙罢会”过得尤其隆重尤其红火，稍微大点的村庄都搭台子演大戏，小村小寨再不行也要演灯影耍木偶。形成这种盛况空前的热闹景象的原因不言而喻，除了传统的庆贺丰收的原意，便是平息了黑娃的农协搅起的动乱，各个村庄的大户绅士们借机张扬一番欢庆升平的心绪。

俟到贺家坊的“忙罢会”日，贺耀祖主持请来了南原上久负盛名的麻子红戏班连演三天三夜，把在贺家坊之前演过戏的大村大户压倒了苫住了，也把原上已经形成的欢乐气氛推到高潮。这是一年里除开过年的又一个轻松欢乐的时月，即使像白嘉轩这样严谨治家的大庄稼主户，也表现出十分通达贤明的态度。日头还未落下原去，白嘉轩站院庭里宣布：“今个喝汤喝早些。喝了汤都去贺家坊看戏。我在屋看门。”他又走出大门走进牲畜圈场，对刚刚背着一笼苜蓿回来的鹿三说：“三哥，今黑你去看戏，我来经管牲口。麻子红今黑出台唱的是拿手戏《葫芦峪》。”鹿三推让说：“你去你去，你也爱看戏咯！”白嘉轩说：“我跟麻子红已经说妥，给贺家坊唱毕接着到咱村唱，咱白鹿村的会日眼看也就到了嘛！咱村唱起戏来我再看。”鹿三把缀着一串串紫色花絮的苜蓿从笼里掏出来，码齐摞堆在铡墩跟前。白嘉轩揭起铡刀刃子，鹿三跪匐下一条腿，把一撮撮苜蓿拢起来喂到铡刀口里去。白嘉轩双手压下铡刀，咔嚓一声，切断的苜蓿齐刷刷扑落到脚面上，散发出一股清香的气味，从土打围墙上斜泄过来的一抹夕阳的红光照在主仆二人的身上，鹿三接着给水缸里挑满了水，然后推了几车晒干的黄土垫了圈，再把牲口牵回圈里，拌下一槽苜蓿，拍打了肩头前襟后背上的土屑到前院屋里去喝汤。鹿三是个戏迷，逢着哪个村子唱戏，甚或某户人家办理丧事有吹鼓手为死人安堂下葬唱乱弹，他都要赶去看一场听一回过一过戏瘾。牛犊念书不开窍，整日价跟鹿三犁地种庄稼务弄牲畜，也就跟着鹿三染上了戏瘾。喝毕汤以后，暮色苍茫里鹿三咂着烟袋，胯骨旁边跟着牛犊走出白鹿村看戏去了。

白孝文也是个戏迷。白鹿原上百分之九十以上的男人无论贫富贵贱都是秦腔戏的崇拜者爱好者。看戏是白孝文唯一的喜好、唯一的娱乐。白孝文已经被确立为白鹿两姓族长的继任人，他主持修复祠堂领诵乡约族规惩罚田小娥私通的几件大事树立起威望，父亲白嘉轩只是站在后台为他撑腰仗胆。孝文出得门来从街巷里端直走过来，那些在荫凉下裸着胸膛给娃娃喂奶的女人，慌忙拉扯下衣襟来捂住了奶子躲回屋去；那些在碾道里围观公狗母狗交配的小伙子，远远瞧见孝文走过来就立即散开。白孝文开始替代族长父亲到那些弟兄们闹得不可开交的家庭里去主持分家事宜，到那些为地畔为墙根为猪拱鸡刨打得头破血流的族人家里去调解纠纷。他居中裁判力主公道敢于抑恶扬善，决不两面光溜更不会恃强凌弱。他说话不多却总是一句两句击中要害，把那些企图在弟兄伙里捞便宜的奸诡之徒或者在隔壁邻居之间要弄心术的不义之人戳得翻肠倒肚无言以对。他比老族长文墨深奥看事看人更加尖锐，在族人中的威信威望如同刚刚出山的太阳。他的形象截然区别于鹿兆鹏，更不可与黑娃同日而语。他不摸牌九不掷骰子，连十分普及的纠方狼吃娃媳妇跳井下棋等类乡村游戏也不染指，唯一的娱乐形式就是看戏。白孝文喝毕汤先礼让父亲去看戏，声言由自己看门兼侍弄牲口；白嘉轩朗然说："你去看去。你叫你屋里人也去，天热睡不下喀！"白孝文再到上房问奶奶去不去，然后又问母亲去不去，奶奶和母亲既然都不去，他就再没有去问自己的屋里人。他拿了一把竹皮扇子出门上路了。

贺家坊的戏楼前人山人海，浓烈的旱烟气儿和着汗酸味儿在戏台下形成一个庞大的气团，令人窒息。戏楼两边的台柱上挂着两个盛满清油的大碗，碗沿上搭着一条粗捻，上冒着滚滚油烟，炽红的灯火把台子上的演员照得忽明忽暗。本戏《葫芦峪》之前加演折子戏《走南阳》，被王莽追赶着的刘秀慌不择路饥渴交困，遇见一位到田里的送饭村姑，戏剧便在刘秀与这位村姑之间展开。刘秀此时没有了皇帝的架势纯粹是一个死皮赖娃，不仅哄唆得村姑向他奉献出篮子里的蒸馍和瓦罐里的麦仁汤，而且在吃饱喝胀有了精神之后便要骚使拐调戏起村姑来了："今日里吃了你半个馍，我封你昭阳坐正宫。"刘秀唱着许诺着就伸手去摸村姑的脸蛋儿。"今日里吃了你两个半个馍，我封你昭阳坐正宫。"刘秀唱着许诺着又撩起腰带摔打到村姑的前裆里。麻子红出演村姑，天生的娇嫩甜润的女人嗓音特富魅力，人们已经忘了他厚厚的脂粉下打着摞儿的大小麻窝儿，被他的表演倾倒了。村姑对刘秀死乞白赖打诨骂俏动手动脚的骚情举动明着恼暗着喜噘嘴拒斜眼让半推半就实际上好的那个调调儿，麻子红把个村姑演得又稚又骚。台下一阵阵起哄叫好打唿哨，小伙子们故意拥挤着朝女人身上蹭。白孝文站在台子靠后人群稍微疏松的地方，瞧着刘秀和村姑两个活宝在戏台上打情骂俏吊膀子，觉得这样的酸戏未免有碍观瞻伤风败俗教唆学坏，到白鹿村过会时绝对不能点演这出《走南阳》。他心里这样想着，却止不住下身那东西被挑逗被撩拨的疯胀起来，做梦也意料不到的事突然发生了，黑暗里有一只手抓住了他的那个东西，白孝文恼羞成怒转过头一看，田小娥正贴着他的左臂站在旁侧，斜溜着眼睛瞅着他，那眼神准确无误明明白白告示他：你要是敢吭声我也就大喊大叫说你在女人身上耍骚！白孝文完全清楚那样的后果不言而喻，聚集在台下的男人们当即会把他捶成肉坨子，一个在戏台下趁黑耍骚的瞎熊不会得到任何同情。白孝文恐慌无主，心在胸膛里突突狂跳双腿颤抖胸子里一片昏黑，喊不敢喊动不敢动，伸着脖子僵硬地站着佯装看戏。戏台上的刘秀和村姑愈来愈不像话的调情狎昵。那只攥着他下身的手暗暗示意他离开戏场。白孝文屈从于那只手固执坚定的暗示，装作不堪沤热从人窝里挤出去，好在黑咕隆咚的戏场上没有谁认出他来。那只手牵着他离开戏场走过村边的一片树林，斜插过一畛尚未翻耕的麦茬地，便进入一个破旧废弃的砖瓦窑里。

钻进破烂的砖瓦窑白孝文才感到真正的恐惧，砖瓦窑，大土壕，猪狗猫。他和他惩罚过的白鹿村最烂脏的女人竟然钻进猪狗猫交配的龌龊角落里来了，一旦被某个拉屎尿尿的人察觉了就不堪设想其后果。他很自然地想到逃跑，逃离破砖窑一踏上大路就万事大吉了，和这个女人多在一会儿都潜伏着毁灭的危机。他转过身抬肢就跑，脑门碰撞到低矮的窑门上也顾不得疼了，刚跑出窑外几步，田小娥就在后边大叫起来："来人哟，救命呀，白孝文糟蹋我哩跑了……"白孝文吓得腿发软急忙收住脚，立时听不见她喊叫了。跑不了了！这狗东西把人缠死了！白孝文猛地转过身又走进破砖窑的门洞，抡开胳膊抽了田小娥一记耳光。田小娥却顺势抱住他的胳膊，不还手也不反抗，扬起头瞅着他的脸，低声嗔气地说："哥呀你打，你打死妹子妹子也不恼。"瓦罐似的砖窑顶口泻下朦朦的星光，田小娥的眼里透出两束亮晶晶的光点柔媚动人，一缕奇异的气息刺激他的鼻膜，凝聚在胳膊上拳头上的力量悄悄消融，两条胳膊轻轻地垂落下来。田小娥说："哥呀，你看我活到这地步还活啥哩？我不活了我心绝了我死呀：我跳涝池我不想在人世栽了，我要你亲妹子一下，妹子死了也心甘了！"白孝文的心开始颤抖，斥责道："你胡吣乱呔些啥！"田小娥说："哥呀你正经啥哩！你不看看皇帝吃了人家女人的馍喝了人家的麦仁汤还逗人家女子哩！"说着扬起胳膊勾住孝文的脖子，把她丰盈的胸脯紧紧贴压到他的胸膛上，踮起脚尖往起一纵，准确无误地把嘴唇对住他的嘴唇，白孝文的胸间潮起一阵强大的热流。这个女人身上那种奇异的气味愈加浓郁，那温热的乳房把他胸脯上坚硬的肋条熔化了，他被强烈的欲望和无法摆脱的恐惧交织得十分痛苦。在他痛苦不堪犹豫不决的短暂僵持中，感觉到她的舌尖毫不迟疑地进入他的口中。那一刻里，白孝文听到胸腔里的筋条如铁笼的铁条折断的脆响，听见了被囚禁着的狼冲出铁笼时的一声酣畅淋漓的吼叫。白孝文咂住那美好无比的舌头，双手揽住了田小娥的后腰，几乎晕昏了。……

白孝文重新来到贺家坊戏台下。《葫芦峪》正演到热闹处，台下一片静默。白孝文小心翼翼地插进人窝里，却怎么也听不进去看不进去，哐哐啷啷的梆子声锣钹声失去了魅力令人心烦。他心不在焉地站了一会儿又退出人窝，干脆回家去了。清爽的夜风抚拂着他的脸，脑子里浮现着田小娥那光亮的胸脯和大腿，鼻腔里残留着那身体里散出的奇异的气味儿，相比之下，自己那个婆娘简直就是一堆粗糙无味的豆腐渣了。甭看都是女人，可女人跟女人大不一样。他走进白鹿村村口时开始懊悔，离家门愈近愈觉心底发虚。他硬着头皮走进街门时感到一种异样的气氛，他的豆腐渣似的女人急慌慌走到院中，看见他失声叫道："哎呀你才回来……土匪打抢了……"白孝文像当头挨了一棍差点栽倒，立即奔进上房，父亲白嘉轩躺在奶奶的炕上呼吸微弱，连呻唤都很艰难，冷先生正在桌子上的油灯下配制药膏。孝文像从火的热炕上跌入冰窖，眼前一黑栽倒在地上不省人事了。

这场洗劫干得十分干净利落，时机的选择再好不过，村子里十室九空，男人女人引着孩子看戏去了。白嘉轩给牛马拌了第二槽草料，一个人坐在圈场上摇着扇子乘凉。今年收成不错，老天爷许是看到黑娃们搅动的动乱而有意赐惠庄稼人连下了两场好雨，麦子豌豆在农协狂妄的喧嚣中蓬蓬冒起来孕穗结英。牛马吞嚼草料的优雅的声音从敞开的窗孔传出来，比戏台上弦索声美妙悦耳。堆积在铡墩前铡碎的苜蓿散发的清香在夜风中弥漫。村子里十分静谧。仙草走来了，一手端着一盘鸡蛋一手提着酒壶，放到鹿三夜晚露宿乘凉的木板上。白嘉轩舒悦地笑笑，善知人意的妻子恰到好处地送来他想吃想喝的东西，贤淑地斟上一杯酒就走出圈场去了。白嘉轩喝一杯酒浑身都活络起来，吱儿吱儿咂得酒盅响着。这当儿从背后伸过一双手卡住他的脖子把他从木板上拽翻到地上，另一双手扭住他的双手，一块烂布塞住了嘴巴。他的双手被捆在背后，随之就被人提起来，才看见他面前站着三个人。他们拽着他走出圈场进入街门，他看见院子里还站着两三个人；他被推推搡搡拉到上房正厅，看见一根明柱上绑着妻子仙草，母亲白赵氏被一个土匪扭着手压着头按在祭祖的方桌边上，两个桌腿上绑着他的两个儿媳。他们把他的双腿捆到一起让他站着，然后就把一把明晃晃的鬼头刀横到他的脖子前，问他银元在哪儿藏着，白嘉轩揣摩对方是纯粹要钱还是既要钱又要命。如果是前者不是后者，那他就准备折财保命，如果是后者不是前者，那么他就准备折命保财，不至于人财两空。在他准备进一步猜测土匪们的真实目的时，一个土匪用刀尖挖掉他口里的烂布又挑破他的裤裆："你不说话我先把你阉了！"白嘉轩怒骂道："老子老命都不要了还要老二？割了拿回去敬你祖宗去！"土匪却不恼，转过身用刀尖挑破仙草的裤子，仙草羞怯地喊："他爸……"白嘉轩骂："小人才欺侮女人！"白赵氏在方桌边上招供了："在南墙上你们挖去！"土匪进入里间，铁器挖凿土坯墙壁和土块跌落的杂乱的响声使白嘉轩不忍卒听就闭上了眼睛。土匪们得手以后大摇大摆从后门出去了。他们告别之前没有忘记留给他一个永久性的纪念，用那根顶后门用的榆木杠子在他的腰上抽击了一下，他顿时眼前金星迸溅栽倒了。

同时遭到抢劫的还有鹿家，劫难发生的过程大同小异。那阵鹿子霖被贺耀祖邀去坐在戏楼的礼宾席上观赏麻子红的精彩表演，不无担心地算计着白孝文钻进圈套的过程。鹿子霖女人娘家在贺家坊，午饭后跟着前来叫她的侄儿回娘家看戏去了。

屋里只剩下鹿泰恒以及常年守着活寡心灰意冷的兆鹏媳妇。土匪们把鹿泰恒背缚着用皮绳绕过大梁吊到空中，却对兆鹏媳妇十分客气地说："嫂子，你睡你的觉，甭害怕没有你的事。"他们用刀尖在鹿泰恒脸上划一道口子，再逼问银元藏在哪里。鹿泰恒叫着喊着骂着却终不说银元的藏处，直到老汉脸膛胳膊胸脯脊背大腿被刀尖拉成像碎布条一样稀烂。土匪们把所有墙壁都挖得坑坑洼洼，把箱子柜子都翻得乱七八糟，把铺地的方砖揭起来挖下去，仍然没有找到银元。土匪们仿效田福贤鹿子霖整死贺老大的弄法，把鹿泰恒从屋梁上蹾下来，再拉皮绳吊起来又松开皮绳蹾下来，反复蹾了几次，直到蹾得鹿泰恒骨头断裂，尻子里涌出一堆鲜血搅和的粪便，又在当胸戳了一刀。

白鹿原刚刚潮起"忙罢会"的庆贺气氛和升平景象一下子低落了，一些准备演戏的村庄纷纷改变了主意，没有心思和兴趣组织唱戏的事了。"忙罢会"开始笼罩上恐怖的气氛。白狼的传闻再度神秘地流传。遭劫后的第二天早晨，鹿家和白家的街门上都发现了土匪留下的手迹："白狼到此。"新老亲戚见面以后没有多少兴致交谈收成，白狼的种种传闻在酒席茶桌上成为热门话题。抢劫白鹿两家的白狼和烧毁白腿乌鸦兵粮台的白狼以及几只吮血不食肉的白狼被连结在一起，有人说在峪道里看见过一对脱皮掉毛的老白狼引着一大群狼子狼孙，骚扰抢劫时像两腿的人，遇到抵抗打击时全现出四条腿逃窜了。

漩涡的中心反倒是平静的，白嘉轩已经清醒过来，接受冷先生的悉心治疗。

治疗分两套措施同步进行，每天早晨空腹时和睡觉前煎服汤药，间隔一天由冷先生亲自给腰部伤位上裹缠膏药。白嘉轩不能翻身转腰，死死地仰躺在炕上接待前来看望他的亲戚好友和乡邻族人，他没有愤恨没有伤感甚至连剧烈的痛楚也不呻唤出来，平静淡漠地接受热切意诚的问候和安慰。七八天以后，腰伤刚见明显好转，背上和臀部压出的褥疮红肿化脓引起高烧，白嘉轩几次烧得昏迷。仙草整天侍候在炕边端屎端尿擦洗身子，仍然没有能够阻止褥疮的发生。冷先生重新开了药方主治高烧，给褥疮配制了外敷药面儿，白嘉轩终于从又一次危机里缓活下来，显然变得十分虚弱了。他微微喘着气对孝文说："你整天立在炕跟前做啥？该死的话你立在这儿也不顶啥咯！你该弄啥快弄啥。"孝文显得忧愁而又恓惶，那个破烂砖瓦窑的景象像克化不开的积食整得他心虚神移痛苦不堪。白嘉轩以为儿子为自己煎熬操心，就问："咱村过会的日子快到咧。给戏班子磨面买菜的事安顿停当了没？"白孝文说："现在还演啥戏哩！我跟麻子红把戏退咧。"白嘉轩瞪着眼问："谁叫你退戏？"孝文解释说："咱家遭了难，子霖叔家刚刚过罢丧事，谁还有心演戏凑热闹？我跟子霖叔商量了就说算咧不演戏咧。"白嘉轩摆一下头嘲弄地笑了："说定要演的戏就要演不能退。你把你子霖叔叫来我跟他说。"

鹿子霖头上缩着守孝的白布圈来了。白嘉轩说："子霖，你听我一句话，这戏一定要演，底里嘛缓后我再给你说。"鹿子霖还陷在深沉的悲痛和仇恨里，对演戏仍然提不起兴趣。白嘉轩说："土匪正是想看你我的哭丧脸儿哩！明白吧？偏给他个不在乎的笑脸。明白吗？"

所有亲朋好友包括田福贤前来看望的时候，白嘉轩都保持着一种不失体面的大家风范，惟有姐夫朱先生走进来时他显得难以抑制的动情。他不顾朱先生和家人的百般劝阻，硬是要坐起来，疼得他渗出一头虚汗，才在妻子仙草垫给他的被子上斜倚起来。白嘉轩开门见山地说："哥呀，你甭听人说白狼长白狼短的混话！不是白狼是黑狼——"朱先生虽然明智，却一时解不开白狼黑狼的隐喻。白嘉轩就一语道破："这是黑娃做的活！"朱先生不由一惊。

白嘉轩清清白白记得，土匪得手后大摇大摆走出后门时，一个土匪像记起一件未办完的事一样返身又走进后门，顺手从后门背后捞起了那榆木杠子走到他的跟前，在抡起杠子之前，那个土匪说："你的腰挺得太硬太直了！"对这句似乎耳熟的话来不及回忆对证，他腰里就挨了致命的一击昏死了。白嘉轩经冷先生抢救活来后的第一个反应，就是那个土匪拦腰抽击之前的那句话，他努力追寻关于这句话的记忆，终于想到了鹿三。等到在他炕前只有鹿三一个人的时机里，白嘉轩像聊闲话那样不经意地问："三哥，你记得不记得有这回事？黑娃逃学，我给他买了笔墨纸砚叫他念书，他给你说了一句'我嫌嘉轩叔的腰挺得太硬太直'。有这话没这话？""有有有，那驴日说过不止一回哩！"鹿三说："我叫他来给牛割草他说过这话。我叫他替我来顶工，他硬要跟嘉道到渭北去熬活就是不上这儿来，还是那句话：'我嫌嘉轩叔腰挺得太硬太直我害怕。""你这会儿咋想起这话了？"白嘉轩闭上眼睛似乎很疲惫地说："我躺在炕上脑子闲了乱想哩！"……白嘉轩向姐夫朱先生详细说了他的确凿无疑的证据："土匪白狼就是黑娃！"

"噢！这下是三家子争着一个鏊子啦！"朱先生超然他说："原先两家子争一个鏊子，已经煎得满原都是人肉味儿；而今再添一家子来煎，这鏊子成了抢手货忙不过来了。"

白嘉轩听着姐夫的话，又想起朱先生说的"白鹿原这下变成鏊子啦"的话。

那是在黑娃的农协倒台以后，田福贤回到原上开始报复行动不久，白嘉轩去看望姐夫企图听一听朱先生对乡村局势的判断。朱先生在农协潮起和潮落的整个过程中保持缄默，在岳维山回滋水田福贤回白鹿原以后仍然保持不介入不评说的超然态度，在被妻弟追问再三的情况下就撂出来那句："白鹿原这下成了鏊子啦"的话。白嘉轩后来对田福贤说这话时演绎成"白鹿村的戏楼变成鏊子啦"。白嘉轩侧身倚在被子上瞧着姐夫，琢磨着他的隐隐晦晦的妙语，两家子自然是指这家子国民党和那家子共产党，三家子不用说是指添上黑娃土匪一家子。白嘉轩说："黑娃当了土匪，我开头料想不到，其实这是自自然然的事。"

黑娃确已成了土匪。

习旅长从古关道口转移时做了周密的部署和最坏的打算：队伍一直沿着山根行进，在遭到围击时万不得已可以进山周旋。在开赴预定集结地点之前，习旅长在战前动员中讲述了"七步诗"的历史故事。他说："老掌柜的死了，大哥要拿家事了。大哥想到六七岁的小兄弟现时虽则撞不动他的壮腿粗腰，可小兄弟总是一年一年往大的长哩，长大了即使不跟他争掌柜的权力，也得平分一半家业呀！大哥痛恨他妈为啥要多生这个祸害……"台下的士兵腾起一片笑声，黑娃也笑了。习旅长接着说："大哥就想，干脆趁他还没长大把他掐死算了！同志们，中国现在就是这个样子。我们就是那个要被黑心的哥哥掐死的小兄弟，他的手已经掐到我们的脖子了。我们能像曹植那样唱一诗乖乖儿地送死？"

这支队伍到达一个原上就驻扎待命。那原和白鹿原十分相像，那里的几十个村子同样闹过农协而且现在还挂着农协白地绿字的牌子，许多村子的农协头儿领着农协会员给部队送来了米面猪肉蒸熟的馍馍压好的面条。三天后的一个夜晚，中国北方最大的一次共产党领导的军事暴动发生了。那是一场从一开始就注定失败的战争，开头的小小的胜利和接连着的彻底溃灭都是无法改易的。从打响第一枪到枪声在整个战场冷寂下来，习旅长的指挥部不断向战争的前沿推进，黑娃从只听得枪响到看见战壕，枪弹曳出的火光交织成一幅美丽的网，像阳春三月母亲在地上绷着的经线，看着倒在扬花孕穗的麦田里的各种姿势的尸体和一张张扭曲得面目全非的脸孔，黑娃没有愤怒没有悲伤也没有一丝害怕，战争原来就是这个样子，战争不过就是这个样子。直到习旅长下令让他把全部警卫一个不留带上去进入战壕时，黑娃似乎才有了知觉才感到某种难过："习旅长，你跟前不能一个不留啊!""我现在已经不重要了，重要的是这场仗。"习旅长吼起来，"同志们，把你们的能耐用到前沿上去，黑娃你不是有三只眼吗？把三只眼都盯紧大哥的黑心窝打！打不死他也要砸断他一条腿!"黑娃就决定不再争辩，决定服从命令率领警卫排进入人手稀少的战壕。

习旅长挥了挥手说："同志们，把能耐可甭用到唱'七步诗'上去哇!"那一刻黑娃看见习旅长眼中有一缕绝望的柔情和一缕绝望的悲哀掺和着的动人的神光；这是他最后看见习旅长的一眼，那神光就永久地留在他的记忆里。

进入战壕里头的战斗远不及他的逃亡印象深刻。进攻和溃败时都没有害怕而逃亡时却如惊弓之鸟，那原因是端枪瞄准大哥的士兵时他已经豁出去了，而逃亡时他不想豁出去了，他率领的警卫排谁死了谁活着谁伤了谁跑了习旅长死了活了撤走了到哪里去了一概不明，黑娃被露水激醒时看见满天星光，先意识到右手里攥着的折腰子短枪，随之意识到左手抓着一把湿漉漉黏糊糊的麦穗，最后才意识到肩膀挨了枪子儿受了伤，伤口正好与上次保护习旅长被黑枪子射的相吻合。他站起来摇摇手臂似乎还不要紧，就绕过一个个横竖摆列着的尸体朝东南方逃去，脚下是绵茸茸的被攘践倒地的麦子的青秆绿穗儿，辨不清大哥的士兵和战友的尸体，反正都像夏收时割倒捆束的麦个子摆在田野里。他走着跑着直到看不见尸体直到站立着的麦子挡阻脚步时才又放缓下来，从黑夜终于走到黎明。齐腰高的麦田小路上走来一位拉牛扛犁的老汉，在甜润润的晨风里唱着乱弹，兴致很好嗓门也很好，黑娃跳到老汉当面，老汉一句乱弹卡在肚子里扔了肩上的犁杖软软地瘫倒了，紫红色的大犍牛扬起尾巴跑进麦田里去了。黑娃这才看到自己被血浆染红了的衣裤。他从老汉身上剥下一件蓝衫留下底下的白衫，脱下老汉的青色夹裤留下里边套着的单裤，把自己的衣裤脱下来揉成一圪垯塞到麦地里，再把老汉的蓝衫青裤穿起来，把短枪掖进裤腰，一下子变成他在渭北熬活时的长工装束了。临走时，他从腰里摸出一块银元，塞进老汉僵硬的手心就匆匆走掉了。

涉过一条河沟时，黑娃脱光衣裤洗刷了凝结在身上的血痕，晌午时分走进一个叫做侯家铺的村子，问到一户正在场上碾大麦的人家雇不雇工，主人留下他顺手把一把木杈交给他翻搅碾过的大麦秆子，午饭算是有着落了。他和主人刚刚端起麻食饭碗，两个背着枪的士兵从大门走进来，追问黑娃的来路，而且一口咬定他是暴乱的逃亡分子。黑娃装作傻愣嘎嘣的神气说："老总你的话我连听都听不懂。我屋里青黄不接出来混口饭吃倒惹下麻达了，你们不信我也没法，我跟你们走，那也得叫吃一碗麻食，我干了一晌活饿得……”主人是个厚道人也说起情来：“二位老总就让小伙吃一碗饭，反正他又跑不了嘛！”那当儿黑娃一只手端着自己的碗另一只手端起主人搁在桌子上的碗，准确无误地把两碗刚出锅的热烫麻食扣到两个老总脸上，转身从后门逃走了，出后门的时候他感到了极度的恐惧和害怕。

天老黑时黑娃走进秦岭峪口浅山的一个镇子，十数家人家全都关死了店门，只有两家小栈门板虚掩，门上方吊着一个油纸糊的灯笼。黑娃在镇子上溜了一遭踏查了进山出山的路径，就走进一家小栈，青石垒的柜台上铺着一块黑色光亮的生漆漆过的木板，柜台里头有幽微的烧酒的香气儿。一个佝偻着腰的瘦老汉问他吃哩还是住哩？黑娃说想吃也想住。佝偻老汉说你先住下再消停吃，随之领他走进里间，一排大炕，炕洞里的火呼呼啦啦燃烧着，屋里一股很浓的松烟气味。炕上坐着躺着的几个人，全是山民们烟熏火燎得乌秋秋的脸。佝偻栈主向他介绍有野猪肉獾肉野鸡肉，征询他的意愿要吃碗子还是吃大块子。黑娃问啥叫碗子啥又叫块子，才得知下一块蘸盐面吃叫块子，烩了汤的叫碗子。黑娃又饥又渴自然要了碗子，一只大如小盆的粗瓷碗里盛着满满一碗野猪肉，其实不过四五块，筷子挟不起来就动手抓起来撕咬，又吃了四个在炕洞里烤得焦黄酥脆的黄包谷馍，便觉得浑身困惫不堪躺倒在炕上，佝偻店主赶过来说：“客官付了账再睡，臭行道的臭礼行。”黑娃摸了摸没有零钱就交给他一枚银元。夜半时分，黑娃醒过来时已被捆死了手脚，听见有人在黑间里说：“客官甭惊，我认得你。你去年到咱寨上叫咱改号换旗你记得不？”

“兄弟你演了一出‘二进宫’。”土匪头子说。黑娃被放开手脚解去蒙在眼上的裤子，强烈的灯光耀得他睁不开眼睛。土匪头子说：“亏得我没跟你挂上共产党的牌号，要不咱俩而今都没有个落脚之地了。”黑娃这时才看清土匪头子的脸，比一年前没有多大变化。去年鹿兆鹏差他来这山寨企图说服这股土匪转成共产党。游击队失败了，现在自己流落到此，自然心境全非了。他站在灯火通明的大厅里，咧了咧嘴角说不出话。土匪头子说：“兄弟你放心住下，没人敢碰你一指头。你好好吃好好睡先把伤养好，要革命了你下山再去革命，革命成功了穷人坐天下了我也就下山务农去呀！革命成不了功你遇难了就往老哥这儿来，路你也熟了咯！”土匪头子唤人来给黑娃肩头的伤口敷了药面，就摆了几碗菜和一坛酒。黑娃喝得脸红耳赤，伏在桌边放声大哭起来。他痛痛快快哭了几声，猛地站起来嘲笑说：“堂堂白鹿村出下我一个土匪啰！”

土匪头子拔刀在手上刺出血滴入酒碗里，黑娃接过刀也割破中指，俩人喝了血酒，又在香案前焚香叩拜，黑娃抬头一看香案后的崖壁上画着一只涂成白色的狼。拜叩完毕，黑娃说：“白鹿原没见出个白鹿，倒是真个出了个白狼。”土匪头子喝道：“拿宝罐子来。”有人立即送上一只半大的青釉瓷罐，土匪头子把罐儿翻过来，倒出两朵一模一样的木刻黑白牡丹花，要黑娃用手摸出一个来。黑娃问其用意，土匪头子说：“你先摸了再说。”黑娃伸手到瓷罐子里随便拈出一朵来，正是白的。土匪头子笑道："兄弟有福。"接着告诉，山寨里养着两朵牡丹，由弟兄们抓阄儿平等享用。这个白牡丹是用重金从城里开园寺买来的，人是绝了。那个黑牡丹的来历向一切人保密而且不许打听，只管享用就是了。黑娃皱皱眉头嘴里啰啰嗦嗦说自己还不习惯弄这号事。土匪头子笑着大声说："兄弟呀，土匪就是土匪，土匪就享这号福，想享旁的啥福享不上。你顾虑啥哩?"

黑娃和白牡丹睡了，后来也和黑牡丹睡了；白牡丹白得好看，黑牡丹黑得漂亮。肩伤掉痂以后黑娃参与了第一次抢劫活动。他手脚利索枪法特好脾气随伙儿，三五次抢劫后就深得弟兄们拥戴，土匪头子给他加冕为二拇指。土匪们的组织五花八门称谓也别出心裁，土匪头子被尊称为大拇指，二头目黑娃自然就是二拇指了。有一次抢劫令黑娃难忘，那是在盘龙镇抢劫一家药材收购店铺时，他从装着中药的麻包垛子里揪出年轻的掌柜，竟是白嘉轩的老二白孝武。他揪着他的领口拘得他直翻白眼儿，随手就压到地上面朝脚地，紧接着交给一个弟兄，自己就退到店铺门口来，对守在门口的一个弟兄说："你进去我来守门，我蹬到一条裤子里了。"抢劫碰见熟人是土匪的忌讳，叫做蹬一条裤腿或者说撞到舅家门板了。黑娃在衢口听见孝武挨打时的惨叫，忽然想起和他以及他哥哥孝文坐他家方桌念书的情景。

洗劫白鹿村白嘉轩和鹿子霖两家的具体行动方案是黑娃一手设计的，纯粹是为了报复白嘉轩在祠堂用刺刷惩治小娥的事。黑娃作了区别对待，要求他的弟兄务必处死鹿子霖，如果时间充足就蹴死他，不料鹿子霖命大侥幸逃脱了，让那个老棺材瓤子当替身；黑娃对打劫白家的那一路弟兄说："那人的毛病出在腰里，腰杆儿挺得太硬太直。我自小看见他的腰就难受。"弟兄们一个个情绪高涨，这是替二拇指报仇雪恨的机会。黑娃向弟兄们最后叮嘱一句"弟兄们活儿做得干净点!"

黑娃随后就到贺家坊看戏去了。他戴着一顶破草帽遮住了半个脸挤在人窝里，瞧见贺耀祖和鹿子霖体体面面坐在戏楼上。他在戏楼下瞥见好多熟悉的面孔，却没有发现白孝文和田小娥。那阵儿田小娥大约正牵着白孝文走进破烂砖瓦窑，黑娃重新走到白鹿村，走进他的窑院，门板上挂着铁锁，他在鸡窝里看看鸡没有了，猪圈的栅栏门儿撇在地上没有猪了；他坐在窑院里一块石头上陷入柔情似水的回味，从腰里摸出一把银元从门道底下塞进去；最后在窑院接村路处站住脚，回头再瞥一眼破旧的窑洞的门板和窗户，踏上慢坡的小路离去了。

白鹿村的"忙罢会"弥散着浓厚的悲怆气氛。农历七月初三是会日，麻子红的戏班初二晚上就敲响了锣鼓家伙，白孝文通前到后主持着这场非同寻常的演出，忙得奔来颠去。鹿子霖端坐在戏台前角，侧着身子对着台下，头上缩着的那一圈白色孝布，向聚集在台下来自十里八村的男人女人显示着悲怆也显示着强硬。初三的午场戏开锣以后，白嘉轩来到戏台下，掀起了一阵喧哗，白嘉轩拒不听从家里任何人的劝阻要到戏场上来，显然不是戏瘾发了而是要到乡民聚集的场合去显示一下。孝文用独轮叫蚂蚱车推着父亲走进戏场，屁股下垫着一方麦秸秆编织的蒲团儿。男人女人们围追着车子，想亲睹一眼从匪劫手中逃生的德高望重的族长，认识的和不认识的人都向他抛出最诚挚的问候："白先生好咧？"白嘉轩平静地坐在蒲团上，双手扶在小车车头的木格上，脸色平和慈祥，眼神里漾出刚强的光彩。他不回答追逐着他的热诚的问候，端直坐着被孝文推到戏台底下，完全是想来过一过戏瘾的样子。他坐到戏台下看戏这个举动本身，已经充分显示了他的存在和他的性气，脸色和言语上再不需要任何做派了。白嘉轩看见田福贤走上戏楼坐在鹿子霖旁边，和鹿子霖说了两句什么话，俩人一起走到台口向他伸出了手，邀请他到戏楼上就座。白嘉轩说："看戏可就兴坐在台子下头才看得好！"

白嘉轩头戴一顶细辫儿草帽，进入了剧情。午场一般都是折子戏，晚场才拉开本戏，麻子红得知白嘉轩晌午要来看戏，有意改换原先的安排出演《金沙滩》，把白鹿村悲怆的气氛推向高潮。白嘉轩特别喜好杨家将的戏，腰伤和褥疮的疼痛也为之减轻了。他的眼角扫到了台角上鹿子霖的举动，鹿子霖正向田福贤介绍一个浑身戎装的军人。那军人谦和地笑着伸出右手，田福贤也伸出右手。戏台下的庄稼人被那种新奇的握手动作所吸引，窃窃议论着那个脸色红润气宇不凡的军人。白嘉轩终于从嘈嘈的窃议声中逮住一个熟悉的名字：鹿兆海。他不由得心里一震。田福贤在演员进入后台的过场中走向台前："乡亲们，这位是鹿乡约的二子鹿兆海，刚刚从保定陆军学校毕业，在国民革命军里任排长。这是咱白鹿原上头一个国民革命军人。"鹿兆海立正之后一个举手礼，随之又弯腰连鞠三躬。这是一个真正的军人，在白鹿原乡民眼里和心中第一个留下崭新印象的军人。白腿子乌鸦兵无异于土匪，白鹿原保安队的团丁怎么看都更像一伙子笨手笨脚的庄稼汉。鹿兆海戎装整洁举止干练，脸色红润牙齿洁白，尤其是神态谦和彬彬有礼，就把军人和土匪明朗地划清了界线。

这个站在戏楼上向父老乡亲们敬礼又鞠躬的军人，谦和的微笑下面掩饰着难以排解的痛苦，他和白灵的婚恋发生了意料不及的裂变。鹿兆海走进皮货铺子，嗅到一股熟悉亲切的毛皮的熏臭。他的到来使皮匠夫妇惊诧愣呆。他羞怯地微笑着把手里提着的京津糕点孝敬给白灵的二姑和二姑夫，一直等到关门就寝时分，白灵才走进门来。窄巴的铺店作坊无法提供一个能使他们倾吐热烈思念的地方，俩人便向皮匠夫妇告辞出门，刚刚拐过街角躲开站在台阶上的皮匠夫妇的视角，鹿兆海就紧紧携住了白灵的手，猛然把她揽到胸前。白灵就伏在他的怀抱里，不由自主地呻唤出来："兆海哥！人想你都想死了……"

兆海和白灵偎依着踱过纵横交叉的小街小巷，在一块开阔的场地上停住步，俩人都不禁哑了口陷入回忆。这是他俩抛掷铜元的地方。白灵牵着兆海的手，示意他在砖砌的花坛上倚坐下来，贴着他的耳根说："兆海哥，我和你一样了。"兆海不经意地问："你啥和我一样了？"白灵悄悄说："我也入了共产党，和你一样了。"兆海不由得"啊"了一声就愣住了，猛然抓住白灵的双臂："我已经退出共产党入了国民党了……你怎么正好跟我弄下个反翻事儿呀？"白灵听了也愣呆在那儿说不出话。两个久久思念的情人很快清醒过来，便陷入辩论色彩浓烈的争执之中，谁一时也说服不了谁，各自低下头揌着手瞧着脚下的土地。一枚铜元当啷响了一声在地上转了一圈停下来，俩人嘻嘻笑着蹲下来猜谜。现在回忆那个朦朦月光的夜晚，不再轻松不再欢愉而令人痛苦。“这样好吗？你再想想，后日晚我们在这儿再见面。”兆海说。这一提议得到白灵的呼应：“兆海哥，你也好好想想，我盼着后日晚见你时……能得到我想得到的话……”白灵已经喉噎，猛然抱住兆海说：“我等着你的好消息啊兆海哥……”

鹿兆海按照约定的时间来到他们抛掷铜元的那块街巷空园里，没有等到白灵却等见了哥哥兆鹏。悬赏缉捕的共产党要犯一身商人打扮，浑身抖动着绸衣绸裤，优哉游哉地摇着一把折叠扇子，走到弟弟跟前时眉毛一扬嘴唇一噘，做出一个不要惊讶的暗示，亲昵地攀着弟弟的肩膀离开了：“走吧别等了。她来不了托我来了”。鹿兆海不悦地说：“她说好来怎么不来了，刚入了共产党就得下不守信义的毛病了！”兆鹏说：“你刚刚揣上国民党证就口大气粗起来了？告诉你，她担心你不会改变才没来。他说她来了要是俩人都不改变怎么收场？她珍惜与你的感情才不来，她要我来劝你，盼着再见到你时是一个皆大欢喜的结局。好兄弟，你有啥话跟哥说吧！”兆海痛苦地叹口气：“完了。到此为止。”兆鹏说：“兄弟，没有完。在我看，一切尚未开始，怎么就完了？你太悲观！”兆海说：“我已无法改变。我指望她作改变。她委托你来，就证明她不会改变了。她要是会改变，你也不必来找我了，你肯定是她的领导吧？”兆鹏说：“你们两个都指望对方改变，可以坐下来好好谈谈，心平气和地谈谈，不要一见面先逼对方改变自己的信仰，暂且谈不到一块也不要紧，等三年两年也未尝不可，三两年里大家都经见得更多了，判断和认识是非的能力也提高了，也许就会发生变化。”兆海说：“那好吧！你告诉她，我后天想回乡下看看父母，只能待一天。回来后部队就要开拔了。”兆鹏说：“白灵一定要见你一面，让我跟你约定时间。既然你后日要回原上，你们明晚会面吧，你说在哪儿方便些？”兆海说：“算了不见了。既然谁也改变不了谁，见了也没个好结果，反倒叫人难受。你告诉她，我等待她的话。”

兆海从原上探视回到城里，改变了和白灵不再见面的打算，当晚又一次找到皮匠的铺子。白灵以为兆海有了转机而欣喜，当即和兆海走出二姑的铺店，俩人又转到那个抛掷铜元的园子里。白灵动情地说：“我以为再见不到你了哩！兆海哥，你也太倔了，一回谈不拢二回连面也不见了？真有点国民党翻脸不认人的通病！”兆海却火起来：“算了吧白灵！我不说远处的事，你回咱原上走走看吧！共产党在原上搞了一场啥样的革命你去看看吧！兆鹏用了一杆子啥人你打听打听一下吧！鹿黑娃贺老大白兴儿田小娥之流尽是一帮死猫赖狗，凭这些人能完成国民革命？他们懂得革命的一分意思吗？他们趁着革命的风潮胡成乱整，充其量不过是荒年灾月饥民‘吃大户’的盲动……”白灵的那一缕温情顿然冷寂，忽闪闪蹿上一股火气，她的强盛的气性迅速恢复，迅即作出反应：“兆海哥，一年多不见，你长了身体长了知识，也长了不少的贵族口气啊！”兆海说：“你用列宁的理论判我为贵族并不过分。列宁就是把穷人煽动起来打倒富人消灭富人，结果是富人被消灭了穷人仍然受穷。兆鹏学苏俄在白鹿原上煽动穷汉打倒财东，结果呢？堂堂的农协主任鹿黑娃堕落成了土匪，领着土匪抢银元，蹾死砍死了俺爷又砸断了嘉轩叔的腰杆子……作为农协主任没有达到的目的，当了土匪却轻而易举地达到了。你叫我还能信还能再入共产党吗？黑娃们干不成共产党的革命可以当土匪，我可不行呀！”白灵说：“你听没听到贺老大怎么死的？你听过你见过把人从高空蹾下来的蹾刑吗？共产党就要发动被压迫者推翻压迫者，建立一个没有剥削没有压迫的自由平等的世界。”兆海说：“我们走着瞧吧！看看谁的主义真正救中国。”俩人不欢而散。思想上的尖锐对立，减轻了他和她感情上的依恋，分手的时候远不及第一次那样沉重如焚。

鹿兆海紧走几步又停住脚，回过头去，看见白灵也站在那儿伫立不动。他走过去对她说：“我明天就要开拔了……”她已忍不住滚下泪珠来：“兆海哥……我还是等着你回来……”

注释：

①本文依据陈忠实：《白鹿原》，人民文学出版社 1997 年版。

背景知识：

陈忠实（1942—2016），陕西西安灞桥区霸陵乡西蒋村人。1962 年 9 月参加工作，高中学历，中国当代著名作家，曾任中国作家协会副主席。《白鹿原》是其成名作，其他代表作有短篇小说集《乡村》《到老白杨树背后去》，文论集《创作感受谈》，中篇小说集《初夏》《四妹子》《陈忠实小说自选集》，散文集《告别白鸽》等。《白鹿原》1997 年荣获中国长篇小说最高荣誉——茅盾文学奖。后被改编成秦腔、话剧、舞剧、电影等多种艺术形式，在中国当代艺术文化领域产生了深远影响。《白鹿原》被教育部列入“大学生必读”系列，已发行逾 160 万册。海外评论者梁亮说：“《白鹿原》比之那些获得诺贝尔文学奖的小说并不逊色，是中国当代文学史上的一朵鲜亮的艺术奇葩。”著名评论家何西来说：“《白鹿原》是九十年代初在社会主义长篇创作领域所出现的难得的艺术精品，经得起反复阅读、反复咀嚼、深入批评。”

陈忠实的小说作品，充满浓郁的生活气息，小说中人物的思维、行为方式鲜明地体现了人物所处时代的生活特点，有助于我们解读和研究那个时代的现实生活和精神文化特征。

导读：

陈忠实的长篇小说《白鹿原》，以陕西关中平原上素有“仁义村”之称的白鹿村为背景，细腻地描述了白鹿两姓家族祖孙三代的恩怨纷争。白鹿两姓原本是一个祖宗，可是后代子孙却为争夺白鹿原的统治权争斗不已，上演了一幕幕惊心动魄的画面：巧取风水地，恶施美人计，孝子为匪，公公杀媳，兄弟相残，情人反目……生动形象地再现了辛亥革命、国共合作、抗日战争、解放战争、自然灾害、镇反运动等社会时局的大风云大变幻。全书浓缩着深沉的民族历史内涵，有令人震撼的真实感和厚重的史诗风格，尤其是主人公白嘉轩身上践行的“耕读传家”“学好为人”的儒家传统文化精神，对当代大学生如何立身行事，做一个合格的中国人具有重要的启示意义。

课文节选部分着重讲述“礼待长工”“新族长树威”“小娥诱情”“黑娃复仇”“恋人分道”等故事。主人公白嘉轩礼待下人鹿三，与长工同吃同睡，一起劳动，他恪守祖宗家法，秉持儒家“仁义至上”的人伦标准，为人仁义宽厚、勤劳节俭，尤其是遇事冷静，不惧怕困难，他身上那种自强不息、率先垂范的人格魅力令人敬佩。白孝文是父亲选定的族长继承人，前期他处处以“仁义礼智信”的儒家规范约束自己的言行，在日常族人生活中认真践行族长的权力：惩罚偷情的小娥，调解邻里纠纷，不玩低俗的乡村游戏，看戏时自觉抵制“下流”的风俗折子戏。白孝文恪守祖宗家法、勤奋用心的做事风格赢得了父亲的赞赏，却遭到白鹿原上权力争夺者鹿子霖的忌恨。为此，鹿子霖阴险地设计了“美人计”把白孝文拉下了水。田小娥出身书香门第，纯朴善良的她开始只想过正常人的生活，然而当时的社会却难以满足女性最基本的要求。小娥先是被父母“卖”给郭举人成为一个可怜的性奴；后来为了追求爱情，毅然决然地选择了跟随黑娃；无助的她，为救黑娃成了鹿子霖的猎物，又受鹿子霖指使诱情白孝文，成为千夫所指的“荡妇”，最终被自己的公公鹿三杀死。田小娥是新生代女性的代表，是封建社会伦理道德的牺牲品。黑娃也是作者着力刻画的人物，他是长工的儿子，与白鹿两家儿女不同，从小顽皮好动，无法忍受读书的枯燥，性格倔强、执着、桀骜不驯，凡事皆率性而为，敢于与既成的家族规范相抗衡，与白嘉轩恪守的“学为好人”的儒家伦理道德产生了激烈的冲突。他追求婚姻自由，先是迎娶“不干净”的田小娥，又砸了象征封建社会思想文化的核心场所——祠堂，参加“农民协会”随同鹿兆鹏干革命，再加入共产党领导的习旅长的队伍，革命失败后上山当了土匪，到白鹿原上打家劫舍，打伤白嘉轩的腰，蹾死鹿子霖的父亲，为小娥报了仇。最后他皈依传统道德礼教，回乡祭祖时被白孝文设计杀害。

白灵与鹿兆海是一对恋人，都是追求进步的青年。两个人都参加了革命，不同的是信仰不同，白灵加入共产党，兆海加入国民党。鹿兆海单纯、专情，为人正直善良，待人真诚，毕业于保定军校，是一名真正的军人。为了自己的理想信仰，他最后舍弃了最亲密的爱人。白灵是白嘉轩的女儿，白鹿精灵的化身。她美丽、善良、活泼大方，有很强烈的正义感，从小性格倔强，有较强的反叛意识：“拒不裹足”，离家出走进新学堂学习，打破“女子无才便是德”的封建观念，反对父亲的包办婚姻，反叛没有共同理想的爱情，后来舍弃鹿兆海，和有着共同信仰的鹿兆鹏结婚。白灵最后死于共产党内部运动，被追认为革命烈士。

整篇小说具有鲜明的艺术特色。首先，结构上大开大阖具有恢宏的气势。小说以社会的动荡变化为纵线，以人物的命运变化为横线，把家族叙事与革命事件融合一处，相互交错，相互衬托，描述了一系列惊心动魄的故事场景，带给读者视觉上的冲击和心灵深处的震撼。其次，象征主义手法的运用增添了小说的神秘色彩。比如“白鹿”的意向贯穿小说始终，是美和善的象征；“鏊子”象征着历经社会变革运动的白鹿原遭受的痛苦。最后，语言运用上既生动传神，又通俗易懂，富有浓郁的地方特色和乡土气息。比如“咋了”“做啥”“弹嫌”“狗日的”“去球”等地域俚语俯拾即是，表面上感觉比较粗俗，仔细品味却能深切地感受到秦人粗犷豪放、厚重大气、酣畅淋漓的性格特点。这些原汁原味的地域语言充分地呈现了关中人独特的生命感觉、色彩、质地和力度，拉近了读者与作品的距离，增强了小说对读者的吸引力，也引发了读者的情感共振和心灵共鸣，增加了作品的艺术感染力。

思考题：

1. 结合小说原著分析文中人物白嘉轩、黑娃、田小娥的形象。
2. 小说《白鹿原》有哪些特点？试加以具体阐述。
3. 阅读原著分析造成黑娃与田小娥爱情悲剧的原因。

平凡的世界（节选）[①]

路　遥

1975年二三月间，一个平平常常的日子，细蒙蒙的雨丝夹着一星半点的雪花，正纷纷淋淋地向大地飘洒着。时令已快到惊蛰，雪当然再不会存留，往往还没等落地，就已经消失得无踪无影了。黄土高原严寒而漫长的冬天看来就要过去，但那真正温暖的春天还远远地没有到来。

在这样雨雪交加的日子里，如果没有什么紧要事，人们宁愿一整天足不出户。因此，县城的大街小巷倒也比平时少了许多嘈杂。街巷背阴的地方，冬天残留的积雪和冰溜子正在雨点的敲击下蚀化，石板街上到处都漫流着肮脏的污水。风依然是寒冷的。空荡荡的街道上，有时会偶尔走过来一个乡下人，破毡帽护着脑门，胳膊上挽一筐子土豆或萝卜，有气无力地呼唤着买主。唉，城市在这样的日子里完全丧失了生气，变得没有一点可爱之处了。

只有在半山腰县立高中的大院坝里，此刻却自有一番热闹景象。午饭铃声刚刚响过，从一排排高低错落的石窑洞里，就跑出来了一群一伙的男男女女。他们把碗筷敲得震天价响，踏泥带水、叫叫嚷嚷地跑过院坝，向南面总务处那一排窑洞的墙根下蜂拥而去。偌大一个院子，霎时就被这纷乱的人群踩踏成了一片烂泥滩。与此同时，那些家在本城的走读生们，也正三三两两涌出东面学校的大门。他们撑着雨伞，一路说说笑笑，通过一段早年间用横石片插起的长长的下坡路，不多时便纷纷消失在城市的大街小巷中。

在校园内的南墙根下，现在已经按班级排起了十几路纵队。各班的值日生正在忙碌地给众人分饭菜。每个人的饭菜都是昨天登记好并付了饭票的，因此程序并不复杂，现在值日生只是按饭表付给每人预订的一份。菜分甲、乙、丙三等。甲菜以土豆、白菜、粉条为主，里面有些叫人嘴馋的大肉片，每份三毛钱；乙菜其他内容和甲菜一样，只是没有肉，每份一毛五分钱。丙菜可就差远了，清水煮白萝卜——似乎只是为了掩饰这过分的清淡，才在里面象征性地漂了几点辣子油花。不过，这菜价钱倒也便宜，每份五分钱。

各班的甲菜只是在小脸盆里盛一点，看来吃得起肉菜的学生没有几个。丙菜也用小脸盆盛一点，说明吃这种下等伙食的人也没有多少。只有乙菜各班都用烧瓷大脚盆盛着，海海漫漫的，显然大部分人都吃这种既不奢侈也不寒酸的菜。主食也分三等：白面馍，玉米面馍，高粱面馍；白、黄、黑，颜色就表明了一种差别；学生们戏称欧洲、亚洲、非洲。

从排队的这一片黑压压的人群看来，他们大部分都来自农村，脸上和身上或多或少都留有体力劳动的痕迹。除过个把人的衣装和他们的农民家长一样土气外，这些已被自己的父辈看作是“先生”的人，穿戴都还算体面。贫困山区的农民尽管眼下大都少吃缺穿，但孩子既然到大地方去念书，家长们就是咬着牙关省吃俭用，也要给他们做几件见人衣裳。当然，这队伍里看来也有个把光景好的农家子弟，那穿戴已经和城里干部们的子弟没什么差别，而且胳膊腕上往往还撑一块明晃晃的手表。有些这样的“洋人”就站在大众之间，如同鹤立鸡群，毫不掩饰自己的优越感。他们排在非凡的甲菜盆后面，虽然人数寥寥无几，却特别惹眼。

在整个荒凉而贫瘠的黄土高原，一个县的县立高中，就算是本县的最高学府吧，也无论如何不可能给学生们盖一座餐厅。天好天坏，大家都是露天就餐。好在这些青年都来自山乡圪崂，谁没在野山野地里吃过饭呢？因此大家也并不在乎这种事。通常天气好的时候，大家都各自和要好的同学蹲成一圈，说着笑着就把饭吃完了。

今天可不行。所有打了饭菜的人，都用草帽或胳膊肘护着碗，趔趔趄趄穿过烂泥塘般的院坝，跑回自己的宿舍去了。不大一会功夫，饭场上就稀稀落落的没有几个人了。大部分班级的值日生也都先后走了。

现在，只有高一（1）班的值日生一个人留在空无人迹的饭场上。这是一位矮矮胖胖的女生，大概是小时候得过小儿麻痹一类的病，留下了痼疾，因此行走有点瘸跛。她面前的三个菜盆里已经没有了菜，馍筐里也只剩了四个焦黑的高粱面馍。看来这几个黑家伙不是值日生本人的，因为她自己手里拿着一个白面馍和一个玉米面馍，碗里也像是乙菜。这说明跛女子算得上中等人家。她端着自己的饭菜，满脸不高兴地立在房檐下，显然是等待最后一个姗姗来迟者——我们可以想来这必定是一个穷小子，他不仅吃这最差的主食，而且连五分钱的丙菜也买不起一份啊！

雨中的雪花陡然间增多了，远远近近愈加变得模模糊糊。城市寂静无声。隐约地听见很远的地方传来一声公鸡的啼鸣，给这灰蒙蒙的天地间平添了一丝睡梦般的阴郁。

就在这时候，在空旷的院坝的北头，走过来一个瘦高个的青年人。他胳膊窝里夹着一只碗，缩着脖子在泥地里蹒跚而行。小伙子脸色黄瘦，而且两颊有点塌陷，显得鼻子像希腊人一样又高又直。脸上看来才刚刚褪掉少年的稚气——显然由于营养不良，还没有焕发出他这种年龄所特有的那种青春光彩。

他撩开两条瘦长的腿，扑踏扑踏地踩着泥水走着。这也许就是那几个黑面馍的主人？看他那一身可怜的穿戴想必也只能吃这种伙食。瞧吧，他那身衣服尽管式样裁剪得勉强还算是学生装，但分明是自家织出的那种老土粗布，而且黑颜料染得很不均匀，给人一种肮肮脏脏的感觉。脚上的一双旧黄胶鞋已经没有了鞋带，凑合着系两根白线绳；一只鞋帮上甚至还缀补着一块蓝布补丁。裤子显然是前两年缝的，人长布缩，现在已经短窄得吊在了半腿把上；幸亏袜腰高，否则就要露肉了。（可是除过他自己，谁又能知道，他那两只线袜子早已经没有了后跟，只是由于鞋的遮掩，才使人觉得那袜子是完好无缺的。）

他径直向饭场走过来了。现在可以断定，他就是来拿这几个黑面馍的。跛女子在他未到馍筐之前，就早已经迫不及待地端着自己的饭碗一瘸一跛地离开了。

他独个儿来到馍筐前，先怔了一下，然后便弯腰拾了两个高粱面馍。筐里还剩两个，不知他为什么没有拿。

他直起身子来，眼睛不由得朝三只空荡荡的菜盆里瞥了一眼。他瞧见乙菜盆的底子上还有一点残汤剩水。房上的檐水滴答下来，盆底上的菜汤四处飞溅。他扭头瞧了瞧：雨雪迷蒙的大院坝里空无一人。他很快蹲下来，慌得如同偷窃一般，用勺子把盆底上混合着雨水的剩菜汤往自己的碗里舀。铁勺刮盆底的嘶啦声像炸弹的爆炸声一样令人惊心。血涌上了他黄瘦的脸。一滴很大的檐水落在盆底，溅了他一脸菜汤。他闭住眼，紧接着，就见两颗泪珠慢慢地从脸颊上滑落了下来——唉，我们姑且就认为这是他眼中溅进了辣子汤吧！

他站起来，用手抹了一把脸，端着半碗剩菜汤，来到西南拐角处的开水房前，在水房后墙上伸出来的管子上给菜汤里搀了一些开水，然后把高粱面馍掰碎泡进去，就蹲在房檐下狼吞虎咽地吃起来。

他突然停止了咀嚼，然后看着一位女生来到馍筐前，把剩下的那两个黑面馍拿走了。是的，她也来了。他望着她离去的、穿破衣裳的背影，怔了好一会。

这几乎成了一个惯例：自从开学以来，每次吃饭的时候，班上总是他两个最后来，默默地各自拿走自己的两个黑高粱面馍。这并不是约定的，他们实际上还并不熟悉，甚至连一句话也没说过。他们都是刚刚从各公社中学毕业后，被推荐来县城上高中的。开学没有多少天，班上大部分同学相互之间除过和同村同校来的同学熟悉外，生人之间还没有什么交往。

他蹲在房檐下，一边往嘴里扒拉饭，一边在心里猜测：她之所以也常常最后来取饭，原因大概和他一样。是的，正是因为贫穷，因为吃不起好饭，因为年轻而敏感的自尊心，才使他们躲避公众的目光来悄然地取走自己那两个不体面的黑家伙，以免遭受许多无言的耻笑！

但他对她的一切毫无所知。因为班上一天点一次名，他现在只知道她的名字叫郝红梅。

她大概也只知道他的名字叫孙少平吧？

孙少平上这学实在是太艰难了。像他这样十七八岁的后生，正是能吃能喝的年龄。可是他每顿饭只能啃两个高粱面馍。以前他听父亲说过，旧社会地主喂牲口都不用高粱——这是一种最没营养的粮食。可是就这高粱面他现在也并不充足。按他的饭量，他一顿至少需要四五个这样的黑家伙。现在这一点吃食只是不至于把人饿死罢了。开学这些天来，还没正经地上过什么课，全班天天在教室里学习讨论无产阶级专政理论。当然发言的大部分是城里的学生，乡里来的除过个别胆大的外，还没人敢说话。

每天的劳动可是雷打不动的，从下午两点一直要干到吃晚饭。这一段时间是孙少平最难熬的。每当他从校门外的坡底下挑一担垃圾土，往学校后面山地里送的时候，只感到两眼冒花，天旋地转，思维完全不存在了，只是吃力而机械地蠕动着两条打颤的腿一步步在山路上爬蜒。

但是对孙少平来说，这些也许都还能忍受。他现在感到最痛苦的是由于贫困而给自尊心所带来的伤害。他已经十七岁了，胸腔里跳动着一颗敏感而羞怯的心。他渴望穿一身体面的衣裳站在女同学的面前；他愿自己每天排在买饭的队伍里，也能和别人一样领一份乙菜，并且每顿饭能搭配一个白馍或者黄馍。这不仅是为了嘴馋，而且是为了活得尊严。他并不奢望有城里学生那样优越的条件，只是希望能像大部分乡里来的学生一样就心满意足了。

可是这绝对不可能。家里能让他这样一个大后生不挣工分白吃饭，让他到县城来上高中，就实在不容易了。家里实际上只有大哥一个全劳力——可他也才二十三岁啊！亲爱的大哥从十三岁起就担起了家庭生活的重担；没有他，他们这家人不知还会破落到什么样的境地呢！他在眼前的环境中是自卑的，虽然他在班上个子最高，但他感觉他比别人都低了一头。

他现在还养成了一种看课外书的习惯。这习惯还是在上初中的最后一年开始的。有一次他去润生家，发现他们家的箱盖上有一本他妈夹鞋样的厚书，名字叫《钢铁是怎样炼成的》。起先他没在意——一本炼钢的书有什么意思呢？他随便翻了翻，又觉得不对劲。明明是一本炼钢的书，可里面却不说炼钢炼铁，说的全是一个叫保尔·柯察金的苏联人的长长短短。他突然对这本奇怪的书产生了强烈的好奇心。他想看看这本书倒究是怎么回事。润生说这书是他姐的——润生他姐在县城教书，很少回家来；这书是润生他妈从城里拿回来夹鞋样的。

润生妈同意后，他就拿着这本书匆匆地回到家里，立刻看起来。

他一下子就被这书迷住了。记得第二天是星期天，本来往常他都要出山给家里砍一捆柴；可是这天他哪里也没去，一个人躲在村子打麦场的麦秸垛后面，贪婪地赶天黑前看完了这书。保尔·柯察金，这个普通外国人的故事，强烈地震撼了他幼小的心灵。

从此以后，他就迷恋上了小说，尤其爱读苏联书。在来高中之前，他已经看过了《卓娅和舒拉的故事》。

现在，他在学校和县文化馆的图书室里千方百计搜寻书籍。眼下出的书他都不爱看，因为他已经读过几本苏联小说，这些中国的新书相比而言，对他来说已经没什么意思了。他只搜寻外国书和“文化革命”前出的中国书。

渐渐地，他每天都沉醉在读书中。没事的时候，他就躺在自己的一堆破烂被褥里没完没了地看。就是到学校外面转悠的时候，胳膊窝里也夹着一本——转悠够了，就找个僻静地方看。后来，竟然发展到在班上开会或者政治学习的时候，他也偷偷把书藏在桌子下面看。

不久，他这种不关心无产阶级政治，光看“反动书”的行为就被人给班主任揭发了。告密者就是离他座位不远的跛女子侯玉英。这是一位爱关心别人私事的女同学。生理的缺陷似乎带来某种心理的缺陷：在生活中她最关注的是别人的缺点，好像要竭力证明这世界上所有的人都是不完整的——你们的腿比我好，但另外的地方也许并不如我！侯玉英讨论时常常第一个发言，像干部们一样头头是道地解释无产阶级专政理论。劳动时尽管腿不好，总是抢着干。当然也爱做一些好人好事；同时又像纪律监察委员会的书记一样监督着班上所有不符合革命要求的行为。

那天班上学习《人民日报》社论《领导干部带头学好》的文章，班主任主持，班长顾养民念报纸。孙少平一句也没听，低着头悄悄在桌子下面看小说。他根本没有发现跛女子给班主任老师示意他的不轨行为。直等到老师走到他面前，把书从他手里一把夺过之后，他才猛地惊呆了。全班顿时哄堂大笑。顾养民不念报了，他看来似乎是一副局外人的样子，但孙少平觉得班长分明抱着一种幸灾乐祸的态度，看老师怎样处置他呀。

班主任把没收的书放在讲桌上，先没说什么，让顾养民接着往下念。

学习完了以后，老师把他叫到宿舍，意外地把书又还给了他，并且说：“《红岩》是一本好书，但以后你不要在课堂上看了。去吧……”

孙少平怀着感激的心情退出了老师的房子。他从老师的眼睛里没有看出一丝的谴责，反而满含着一种亲切和热情。这一件小小的事，使他对书更加珍爱了。是的，他除过一天几个黑高粱面馍以外，再有什么呢？只有这些书，才使他觉得活着还是十分有意义的，他的精神也才能得到一些安慰，并且唤起对自己未来生活的某种美好的向往——没有这一点，他就无法熬过眼前这艰难而痛苦的每一个日子。而在他眼下的生活中，实际上还有一件令他无法言明的、给他内心带来一丝温暖和愉快的小小的事情。这件事实际上我们已经知道了，这就是：每天吃饭的时候，在众人散尽而他一个人去取自己那两个黑馍——每当这样的时候，他总能看见另外一个人做同样一件事。

当然，在起先的时候，他和那个叫郝红梅的女生都是毫不相干地各自拿了自己的馍就离开了。

不知是哪一天，她走过来的时候，看了他一眼。他也看了她一眼。尽管谁也没说话，但实际上说了。人们在生活中常常有一种没有语言的语言。从此以后，这种眼睛的“交谈”就越来越多了。

孙少平发现，郝红梅实际上是班里最漂亮的女生。只是因为她穿戴破烂，再加上一脸菜色，才使得所有的人都没有发现这一点。这种年龄的男青年，又刚刚有了一点文化，往往爱给一些“洋女生”献殷勤。尤其是刚从农村来的男生，在他们的眼里，城里干部的女儿都好像是下凡的仙女。当然，这般年龄的男女青年还说不上正经八板地谈恋爱，但他们无疑已经浮浅地懂得了这种事，并且正因为刚懂得，因此比那些有过经历的人具有更大的激情。唉，谁没有经过这样的年龄呢？在这个维特式的骚动不安的年龄里，异性之间任何微小的情感，都可能在一个少年的内心掀起狂风巨浪！

孙少平目前还没有到这样的地步。他只是感到，在他如此潦倒的生活中，有一个姑娘用这样亲切而善意的目光在关注他，使他感到无限温暖。她那可怜的、清瘦的脸颊，她那细长的脖项，她那刚能遮住羞丑的破烂衣衫，都在他的内心荡漾起一种春水般的波澜。

他们用眼睛这样“交谈”了一些日子后，终于有一天，她取完那两个黑面馍，迟疑地走到他跟前，小声问他：“那天，老师没收了你的那本书，叫什么名字？”

“《红岩》。我在县文化馆借的。”他拿黑面馍的手微微抖着，回答她。她离他这么近，他再也不敢看她了。他很不自在地把头低下，看着自己手里的那两个黑东西。“那里面有个江姐……”她本来不紧张，但看他这样不自在，声音也有点不自然了。

他赶忙说：“是。后来牺牲了……很悲壮！”他加添了一个自认为很出色的词，头仍然低着。

“还有一个双枪老太婆。”她又说。

“你也看过这书？”他现在才敢抬起眼皮看了她一眼。“我没看过。以前听我爸说过里面的故事。”

“你爸？你爸看过？”

“嗯。”

“你爸在？……”少平显然有点惊讶这位穿戴破烂的女生，她父亲竟然看过《红岩》，因此弄不明白她父亲是干什么的了。“我爸是农民，成分不好，是地主，不，我爷爷是地主，所以……”

“那你爸上过学？”

“我爸没上过。我爷上过。我爸的字是我爷教的。我爷早死了……我没看过《红岩》小说，但我会唱《红岩》歌剧里的歌。我的名字就是我爸从这歌词里面取的。那歌剧里有一句歌词是：红岩上，红梅开……”

她这样轻声慢语地说着，他呆呆地听着。

她突然红着脸说：“你的书还了没有？”

他说：“还没。”

“能不能借我看一下？”

“能！”他爽快地回答。

于是，第二天他就把书交到了她的手里。在这以后，只要孙少平看过的书，就借给郝红梅看。无论是他给她借书，还是她给他还书，两个人不约而同地都是悄悄进行的。他们都知道，一个男生和一个女生这样过分亲密的交往，如果让班里的同学们发现了，会引起什么样的反响——那他们也就别想安宁地过日子了！[②]

在我们这个星球上，每天都要发生许多变化，有人倒霉了，有人走运了，有人在创造历史，历史也在成全或抛弃某些人。每一分钟都有新的生命欣喜地降生到这个世界，同时也把另一些人送进坟墓。这边万里无云，阳光灿烂；那边就可能风云骤起，地裂山崩。世界没有一天是平静的。

可是对大多数人来说，生活的变化是缓慢的。今天和昨天似乎没有什么不同，明天也可能和今天一样。也许人一生仅仅有那么一两个辉煌的瞬间——甚至一生都可能在平淡无奇中度过……

不过，细想过来，每个人的生活同样也是一个世界。即是最平凡的人，也得要为他那个世界的存在而战斗。从这个意义上说，在这些平凡的世界里，也没有一天是平静的。因此，大多数普通人不会像飘飘欲仙的老庄，时常把自己看作是一粒尘埃——尽管地球在浩渺的宇宙中也只不过是一粒尘埃罢了。幸亏人们没有都去信奉“庄子主义”，否则这世界就会到处充斥着这些看破红尘而又自命不凡的家伙。

普通人时刻都为具体的生活而伤神费力——尽管在某些超凡脱俗的雅士看来，这些芸芸众生的努力是那么不值一提……

不必隐瞒，孙少平每天竭尽全力，首先是为了赚回那两块五毛钱。他要用这钱来维持一个漂泊者的起码生活。更重要的是，他要用这钱帮助年迈的老人和供养妹妹上学。

他在工地上拼命干活，以此证明他是个好小工。他完全做到了这一点——现在拿的是小工行里的最高工钱。

去年和“萝卜花”一块上那个工时，他曾装得一个字也不识。现在他又装成了个文盲。一般说来，包工头不喜欢要上过学的农村青年。念书人的吃苦精神总是令人怀疑的。

孙少平已经适应了这个底层社会的生活。尽管他有香皂和牙具，也不往外拿；不洗脸，不洗脚，更不要说刷牙了，吃饭和别人一样，端着老碗往地上一蹲，有声有响地往嘴里扒拉。说话是粗鲁的；走路拱着腰，手背抄起或筒在袖口里；两条腿故意弄成罗圈形。吐痰像子弹出膛一般；大便完和其他工匠一样拿土坷垃当手纸。没有人看出他是个识字人，并且还当过“先生”呢。

虽然少平看起来成了一个地道的、外出谋生的庄稼人，但有一点他却没能做到，就是在晚上睡觉时常常失眠——这是文化人典型的毛病。好在别人一躺下就拉起了呼噜，谁知道他在黑暗中大睁着眼睛呢？如果大伙知道有一个人晚上睡不着觉，就像对一个不吃肥肉的人一样会感到不可思议。是的，劳筋损骨熬苦一天以后，孙少平也常常难以入眠，而且在静静的夜晚，一躺进黑暗中，他的思绪反而更活跃了。有时候他也想一些具体的事，但大多数情况下思想是漫无边际的，像没有河床的洪水在泛滥；又像五光十色的光环交叉重叠在一起——这些散乱的思绪一直要带进他的梦中。

当然，不踏实的睡眠并不影响他第二天的劳动；他终究年轻，体力像拉圆的弓弦那般饱满……转眼间，一个月过去了。

清明之前，天气转暖，大地差不多完全解冻。黄原河岸边的柳枝，已经萌生起招惹人的绿意。周围山野里向阳的坡坂上，青草的嫩芽顶破潮润的地皮，准备出头露面。在工艺厂的工地上，干活的人已经穿不住棉衣，一上工便脱下撂在了一边。现在，宿舍楼起了第一层；楼板安好后，开始砌第二层的屋墙。少平的工作是把浇过水的湿砖用手一块块往二层上扔——这需要多么大的臂力和耐力啊！这无疑是小工行里最苦的活；可是他应该干这活，因为他拿的是这一行的“高工资”。

这工地站场监工的是包工头胡永州的一个侄子，他年龄不大，倒跟上他叔叔学得有模有样，嘴里叼根黑棒卷烟，四处转悠着，从早到晚不离工地，指手画脚，吆吆喝喝。胡永州本人一般每天只来转一转，就不见了踪影——他同时包好几个工程，要四下里跑着指挥。晚上他是回这里来住的。胡永州和他侄子分别住在工地旁厂方腾出来的闲窑里。紧挨着的是灶房。做饭的除过那个雇来的小女孩，还有一位六十多岁的老汉，也是胡永州的亲戚；这老汉和胡永州的侄子住在了一孔窑里；那个小女孩晚上就单独在灶房里睡觉。其他工匠在这里吃完晚饭，就回到坡下那个垃圾堆旁的窑洞里去了。

工程大忙以后，需要的人也多了。胡永州陆续从东关大桥头又招回一些工匠；同时也打发走了几个干活不行的人。

人手一多，一老一小两个做饭的就应付不过来。他们光做饭还可以，但那个老汉还兼管采买，大筐的土豆和白菜，五十斤一袋的面粉，老汉一个人拿不动。胡永州突然决定由少平帮助老汉出去采买东西。对于工匠们来说，这是个轻松活，人人巴不得去干。但胡永州念少平是一个县的老乡，把这好差事交给了他。

少平就像被“提拔”了一样高兴。他现在每天只在工地上干半天活，另外半天就和做饭的老汉一块到街上去采买东西；一天下来，感觉当然比过去轻松多了。

活路稍微一轻松，他突然渴望能看点什么书——算一算，他又很长时间没见书的面了。正月里返回黄原到现在，他也没有去找田晓霞借书，因为他一直装个文盲，借回来书也没办法看。再说，他口袋里空空如也，想专心干活积攒一点钱，好给家里和县城的妹妹寄，根本没心思想其他的事。

就是现在，他也不能暴露他的文盲身份。正因为他是个只会卖力气的“文盲”，包工头才信任他，让他去干采购工作。要是胡永州知道他是个学生出身的人，又在他这里清闲得看起了书，说不定马上会把他打发走。他舍不得离开这个工程啊！一天赚两块半工钱不说，现在还不要像其他工匠一天顶到头地出死力。

但读书的愿望一下子变得如此强烈，使他简直无法克制。

他思谋：能不能找个办法既能读书又不让人发现呢？

只有一个途径较为可靠，那就是他晚上能单独睡在一个地方。

主意终于有了。他准备和胡永州说一说，让包工头同意自己住在刚盖起的那一层楼房里。虽然那楼房还正在施工，新起的一层既没安门窗，更不可能生火，但现在天气已经转暖，可以凑合，就是冷一些也不要紧，只要一个人住着能看书就行了。

胡永州并不反对他挪地方住——只要你小子不怕冷，就是愿意住在野场地里和我胡永州也不相干！

孙少平搬到没门窗的楼房后，才想起这里晚上没灯。他就在外出采购东西的时候，捎带着给自己买了一些蜡烛。

条件一具备，他就打算到晓霞那里去借几本书回来。

过罢清明节，少平在一个星期六的傍晚，破例拿出牙具和香皂，偷偷到小南河里洗刷了一番，又换上自己的那身“礼服”，就满有精神地去地委找田晓霞。

在地委田福军的办公室和晓霞相会后，她又高兴又抱怨地问他为什么这么长时间不来找她。

少平吞吞吐吐解释了半天。

一段时间没见晓霞，少平吃惊地发现她的个码似乎蹿高了一大截——他一时粗心，没有留意她换了一双高跟鞋。

两个人像往常那样，一块吃了晓霞从大灶上买回来的饭菜，接着热烈地议论了许多话题。

临走时，晓霞给他找了一本艾特玛托夫的《白轮船》。她告诉他，这是她很喜欢的一本书，是前几年内部发行的；父亲买回来后，她看完就偷偷地占为己有了。

少平打开书，见书前有“任犊”写的一篇批判性序言。晓霞说，那“畜生”全是胡说八道，不值得理睬。

少平很快和晓霞告辞了——既然这本书他的“导师”如此推崇，他就迫不及待地想读它。

回到“新居”以后他点亮蜡烛，就躺在墙角麦秸草上的那一堆破被褥里，马上开始读这本小说。周围一片寂静，人们都已经沉沉地入睡了。带着凉意的晚风从洞开的窗户中吹进来，摇曳着豆粒般的烛光。

孙少平一开始就被这本书吸引住了。那个被父母抛弃的小男孩的忧伤的童年；那个善良而屡遭厄运的莫蒙爷爷；那个凶残丑恶而又冥顽不化的阿洛斯古尔；以及美丽的长鹿母和古老而富有传奇色彩的吉尔吉斯人的生活……这一切都使少平的心剧烈地颤动着。当最后那孩子一颗晶莹的心被现实中的丑恶所摧毁，像鱼一样永远地消失在冰冷的河水中之后，泪水已经模糊了他的眼睛；他用哽咽的音调喃喃地念完了作者在最后所说的那些沉痛而感人肺腑的话……这时，天已经微微地亮出了白色。他吹灭蜡烛，出了这个没安门窗的房子。

他站在院子里一堆乱七八糟的建筑材料上，肿胀的眼睛张望着依然在熟睡中的城市。各种建筑物模糊的轮廓隐匿在一片广漠的寂寥之中。他突然感到了一片荒凉的孤独；他希望天能快些大亮，太阳快快从古塔山后面露出少女般的笑脸；大街上重新挤满了人……他很想立刻能找到田晓霞，和她说些什么。总之，他澎湃的心潮一时难以平静下来……本来，这本书他准备在一个星期内看完，想不到一个晚上就看完了。他只能等到星期六才可以找晓霞——平时她不回家来。

星期六好不容易到了。

这天下午他耐到收工，就匆匆地拿了那本《白轮船》，到地委去找她。

他见到晓霞后，一时倒不想说什么了。他本来急切地想和她谈论看过的书，但他又感到自己很难说清楚。这本书更多的是引起他情绪上的大波动——一个人是很难把自己的情绪说明白的。真的，这是一种无法用语言概述的感受，因为它太巨大太复杂了！

田晓霞看出了这本书给孙少平带来的震动；她自己也曾被它强烈地感染过。她高兴的是，少平和她一样理解并喜欢这本书。

吃完下午饭，晓霞突然提议他们一块去爬一次麻雀山。这正合少平的心意。

于是，两个人一同相跟着出了地委大门，向麻雀山走去。

走在路上的时候，少平才有点拘束起来。和晓霞一块呆在房子里说话，他觉得很自然；可是，两个人一块相跟到野外去溜达，他就感到情调有点太温馨——不过，这种温馨是任何一个青年男子都不会反感的！

麻雀山就在地委的后面。他们顺着一道缓坡慢慢向山上走。快到山顶时，晓霞顽皮地离开路径，专意在一些荒地里行走；少平就愉快地迁就她的任性，紧撵着她在没有路的地方向上攀行。

一道土塄坎挡住了去路。少平敏捷地一扑就跳上去了。晓霞立在塄坎下，笑着摇了摇头；然后向他伸出一只手，要让他拉她。少平顿时有点慌乱，脸红得像水萝卜一样。晓霞被他的窘态逗得大笑，手却固执地伸着，非让他拉不行。

少平只好伸出一只颤抖的手，把她拉上了土塄坎。这是他第一次拉一个姑娘的手。他感到自己的那条胳膊僵硬得像条棍子；手掌如同被烧红的铁烫过一般。

到山顶了。两个人在一个斜坡上坐下来。

黄原城就在他们眼皮底下。街道上熙熙攘攘的行人像忙碌的蚁群。他们的背后，太阳正在沉落。对面的九级古塔在夕阳中闪耀着光辉，看起来似乎像发射架上的一枚巨型火箭，格外雄伟。初春蓝色的黄原河将城市分割成两半后，弯弯曲曲地流向远方的群山深谷之中……两个人先顾不上说话，惊奇而兴奋地观赏夕阳晚照中的大自然景象。

城市渐渐沉浸在阴暗中，景物开始模糊起来。黄原河上新老两座大桥首先亮起了灯火；紧接着，全城的灯火一批跟着一批亮了。

这时候，晓霞才转过脸，问少平看过《白轮船》后，有什么感想。

少平断断续续，结结巴巴说了一些，好像也没能把自己的感受充分表达出来。

说实话吧，这会儿他思想不能集中起来！是呀，黄昏中，在一个荒山野地里，单独和一个姑娘呆在一块，使他浑身的血液不由得沸沸扬扬……内心的骚动让他坐立不安，他索性仰面躺在一片枯草上，两只手垫在脑后，茫然地望着暮色中的天空。天空已经亮出几颗星星。

晓霞也就不再出声，静静地坐在离他不远的地方，两只手抱着膝头，凝望着远方的山峦。这是一个美妙的时光。小树林中，归窠的鸟雀扇动着扑棱棱的羽翅。没有风，空气中流布着微微的温暖。春天的黄昏呀，使人产生无尽的遐思和深远的联想，也常常叫人感到一种无以名状的忧伤！躺在地上的孙少平，不知为什么突然眼里涌满了泪水。他深深地向夜空中吐出一声叹息，嘴里竟然喃喃地念起了《白轮船》中吉尔吉斯人的那首古歌——有没有比你更宽阔的河流，爱耐塞，有没有比你更亲切的土地，爱耐塞，有没有比你更深重的苦难，爱耐塞，有没有比你更自由的意志，爱耐塞，晓霞仍然保持着她那雕像似的凝望远山的姿势，接着他轻轻地念道——

有没有比你更宽阔的河流，爱耐塞，有没有比你更亲切的土地，爱耐塞，有没有比你更深重的苦难，爱耐塞，有没有比你更自由的意志，爱耐塞。

少平猛一下从地上坐起来。一种强烈的冲动，使他真想伸开双臂，把田晓霞紧紧地抱住！

山下的大街上传来一声刺耳的汽车喇叭的鸣叫。孙少平叹了一口气，抬起软绵绵的胳膊，用手掌揩掉额头的一层冷汗，对田晓霞说："咱们回去吧……"

晓霞没有说话，对他点点头。两个人就沉默地起身下山。

山下，繁密灿烂的灯火，组成了一个无比辉煌的世界。

孙少平在南关的大街上和田晓霞分了手，胳膊窝里夹着一本新借来的《简·爱》，就回他那个门户洞开的住处去了。

注释：

①本文依据路遥：《平凡的世界》，华夏出版社 1997 年版。

②因为"文化大革命"，高中毕业后大部分同学回乡务农，除田晓霞、顾养民考上大学外，全班其他同学都回到自己家乡自寻出路。孙少平借了田润生的光儿当上了村办中学民办教师，后来 1980 年农村"生产责任制"推行后，分田到户，大部分同村孩子回到土地上务农，中学因为没有了学生而解散。孙少平不甘于农村生活现状，决定外出闯世界干一番事业。

背景知识：

路遥（1949—1992），原名王卫国，陕西清涧人。中国当代作家。他出身于一个贫困的农民家庭，7 岁时过继给延川县大伯。曾在延川县立中学学习，1969 年回乡务农，其间做过一年农村小学教师。1973 年入延安大学中文系。毕业后先后在《陕西文艺》和《延河》编辑部工作。20 世纪 70 年代中期以后，他发表了一些影响较大的作品，1982 年加入中国作家协会。路遥的小说多为农村题材，描写农村和城市之间发生的人和事。1986 年后，他推出长篇小说《平凡的世界》第一、第二部。1992 年他积劳成疾，在写完《平凡的世界》第三部后不久逝世。路遥代表作品有中篇小说《惊心动魄的一幕》（1980 年，获第一届全国优秀中篇小说奖）、《人生》（获第二届全国优秀中篇小说奖，并被改编成同名电影），短篇小说《姐姐》《风雪腊梅》等，以及长篇小说《平凡的世界》（1991 年，获得第三届茅盾文学奖）。其全部作品收在《路遥文集》中。

《平凡的世界》是路遥的长篇小说，分一、二、三部。2003—2004 年，在大陆 7 所高校“大学生信仰状况”问卷调查中，该书在“对你影响最大的书”中名列首位。《平凡的世界》第一部于 1986 年由中国文联出版公司出版。1988 年，当第三部还在创作之中时，中央人民广播电台开始播出这部小说，由李野墨演播，引起听众强烈反响。这部小说被誉为“茅盾文学奖皇冠上的明珠”和“陕北史诗”。

导读：

关于《平凡的世界》，陈忠实这样评价：《平凡的世界》是茅盾文学奖皇冠上的明珠，是激励千万青年的不朽经典，是最受老师、学生喜爱的必读书。路遥获得了这个世界上数以亿计的普通人的尊敬和崇拜，他沟通了这个世界的人们的感情。2015 年暑假，清华大学校长邱勇将《平凡的世界》作为礼物送给入校新生。清华大学人文学院教授、第九届茅盾文学奖得主格非认为，《平凡的世界》是同学们认识当代中国社会的一扇窗口，年青一代阅读《平凡的世界》有助于重新调整自身的价值观，重新思考人生的目标和意义。《平凡的世界》是路遥给中国文学创造的神话，它已经成为当代青年人成长历程中的精神食粮。

小说以“文化大革命”和党的十一届三中全会为背景，以孙少安和孙少平两兄弟改变自身与家族命运的奋斗故事为主线，以两兄弟与田润叶、田晓霞的恋爱故事为补充，全景式地展示出了中国从 1975 年到 1985 年这十年间城乡转型变革的历史画卷，故事叙述生动感人，情境描写大气磅礴，动人心魄。

课文选篇以孙少平为主线，细腻真实地描述了他贫苦的高中生活，为青春梦想“闯荡世界”成为“揽工汉”的奋斗经历，同时也描述了他的爱情故事，可以说上演了一出完整的人生三部曲。作者笔下的孙少平是位有知识的现代农民。他不甘于农村闭塞的生活现状，心中有理想有抱负，面对生活的磨难，他有着可爱的执拗和顽强不屈的韧劲儿。在炼狱般的生活考验里，他敢于承受苦难，勇于反抗和超越苦难，以高贵的人格和道德操守赢得陌生人的赞许，也赢得了田晓霞的爱情。在田晓霞的心目中，少平是能够适应一切恶劣环境且不屈服于苦难的英雄，是苦难打不倒的男子汉，是平凡世界里的精神斗士。他独立、自强、真诚、自尊，重情义、敢担当、有责任心，他的身上有许许多多其他青年没有的人生正能量！诸多美好的品格汇聚一身，这与孙少平在苦难中坚持读书，读书时深刻思考和在生活中追求进步是分不开的。文中对孙少平与田晓霞爱情故事的描写真挚唯美，催人泪下。他们一个是农民，一个是地委书记的千金，身份不同，但是他们在精神上是平等相通的。他们拥有同样的胸怀，同样有智慧有勇气有抱负，在读书心得体会上认识深刻，感受一致，称得上“志同道合，三观相投”。历经磨难的孙少平身上，处处闪耀着高尚圣洁的人性美、人情美。他在洪水中冒险救助同学侯玉英，在黑恶势力面前帮助打工少女，给家里寄钱供妹妹上学，节衣缩食独自承受苦难。“人生可以平凡，但绝不能平庸”，孙少平身上自始至终昂扬着的那种不屈不挠的奋斗精神令读者震撼！《平凡的世界》向我们展现的既是一部人生苦难史，又是一段人生奋斗的历程。

小说在艺术风格上，运用现实主义写作手法，史诗般宏大的叙事结构，全景式展现20世纪七八十年代中国城乡社会生活的历史变迁过程。人物刻画生动形象，心理活动描写细腻真实，符合人物的身份；小说语言朴实平淡，幽默风趣，达到了语言与幽默浑然一体；其中穿插古朴豪放的陕北民歌以及陕北方言，带有浓厚的地方色彩，“俗中有雅，雅中有趣”的语言风格增强了小说语言的艺术魅力。人物独白富有哲理，语言看似平淡无奇，实则处处闪现着作者对生活的真知灼见。

思考题：

1. 概括小说《平凡的世界》每一部的故事梗概。
2. 分析孙少平、田晓霞这两个人物形象。
3. 你怎样评价小说里孙少平与田晓霞、孙少安与田润叶的爱情？

这是一片神奇的土地[①]

梁晓声

那是一片死寂的无边的大泽，积年累月浮盖着枯枝、败叶、有毒的藻类。暗褐色的凝滞的水面，呈现着虚伪的平静。水面下淤泥的深渊，沤烂了熊的骨骸、猎人的枪、垦荒队的拖拉机……它在百里之内散发着死亡的气息。人们叫它“鬼沼”。

我到北大荒后，听了许多关于“鬼沼”的传说：没有月亮也没有星星的深夜，荒原在静谧的黑暗中沉睡的时候，可以看见那里有绿荧荧的忽闪的“鬼火”飘动，可以听到当年被“鬼沼”吞陷的熊的巨吼、猎人求救的枪声和其他不幸遇难者绝望悲惨的哀呼……还可以听到一种怪异的鸟叫声，那声音仿佛一个女人在凄凉地哭嚎着：“多可怜、多可怜……”然而谁也没有见过这种鸟什么样子。鄂伦春人把这种鸟叫做“收魂鸟”，说它们是大地之神变化的精灵，在深夜招收并抚慰那些丧命于“鬼沼”的人和动物的幽魂。“鬼火”是它们打的灯笼。

“鬼沼”像希腊神话传说中令人恐怖的九头恶龙，霸占着它身后的万顷沃土。一马平川，只要春天播下种子，秋天便能收回千万吨粮食。然而没有人敢涉过“鬼沼”，去播下一粒种子。据说当年日本关东军的一个大佐，对那片沃土发生了兴趣，幻想在那里创建个农场，将来做个大农场主，曾亲自率领一个勘查小队在冬季越过了“鬼沼”。他们如泥牛入海，一去未返。北大荒的老人们，有说他们被狼群吃掉了的，有说他们被零下四十多摄氏度的严寒冻死了的，有说他们给养不足饿死了的，有说他们被鄂伦春部落消灭了的，也有的说他们春天回返时，连人带车陷没在沼底……鄂伦春人把那万顷沃土叫做“满盖荒原”。“满盖”是鄂伦春语魔王的意思。冬季他们偶尔也出现在那荒原上，但绝不猎杀那里任何一只动物，惧怕受到“满盖”的惩罚。

恐怖的“鬼沼”！神秘的“满盖荒原”！

我到北大荒的第三年冬季，我们连队由十几个知识青年组成了一支垦荒先遣小队，向那里进发了！

我们这个连队，由于当初选点错误，耕地有限、低洼，麦收时一碰上雨季，收割机就陷在麦地里，像一只只瘫痪的大蛤蟆，无法作业。因此，连年歉收。那一年更惨，连种子都没有收回来。团里决定解散我们这个连队。全连二百多朝夕相处的知识青年，将被分插到各个兄弟连队去。这意味着，我们不但不能向国家贡献粮食，而且也养活不了自己了！我们刚到北大荒三年呀！许多人还要在战天斗地中大有作为呢！屯垦戍边的信念还没有动摇呢！艰苦创业的精神和热情还没有泯灭呢！

还有什么能比团里这个决定更令我们感到耻辱?！许多人听老连长羞惭地宣布了决定后，当场哭了。副指导员李晓燕，首先站起来激烈地坚决地反对接受这个耻辱的“解散令”。

她说：“连队绝不能解散！我们可以去开垦‘满盖荒原’！我们离它最近，早就应该想到开垦它了！我们要把连队重新建设在那里！要在‘满盖荒原’上留下第一行垦荒者的足迹！要向团里提出保证，当年开荒！当年打粮！第二年建新点！我们立军令状！”

我们听惯了甚至听厌了副指导员在任何场面说出的豪言壮语。可她说出的这番话，是怎样地激动了我们鼓舞了我们啊！我觉得那是她说出的最豪迈最有力量的话！许多人和我有同样的看法。

团里收回了已经下达的决定，接受了我们的军令状。

几天之后，我们连队的两台最新的五十四马力的拖拉机，披红戴花，拽着赶制的木爬犁，在全连人的列队送行下，驶向茫茫雪原。

希望、信赖、寄托、无言的叮嘱，从一双双默默注视着我们的眼睛里表达出来。我们每一个垦荒队员都从这些眼睛里体验到了责任感。我们每一个人都哭了。

哦！我们这些年轻人！

我们是多么珍重责任感啊！

我们是多么容易激动和被感动啊！

第一辆爬犁装载着粮食和行李。第二辆爬犁上搭着帐篷。我们十几个垦荒队员，一个紧挨一个地挤在帐篷里。我坐在扣着的破脸盆上，用膝盖夹着一本翻开的《虹南作战史》。我猜想，它是我们这一行人唯一的精神食粮。不过我并不靠它充塞头脑和思想。我两眼注视着书页上的铅字，却在回忆我所读过的《战争与和平》《约翰·克利斯朵夫》《悲惨世界》《红与黑》……内心深处被书中人物的命运暗暗感动。

身旁坐着我妹妹，她怀里抱着一个柳条编的小笼子，笼子里关着一只小松鼠。一路上，她一句话都没有说，像个哑巴。她的脸色那么苍白，表情那么呆滞，眼神那么凄凉！我没有兄弟也没有姐姐，就只有这一个妹妹。我从小爱她，可是我当时可怜她又恨她，不久前她败坏了自己的名誉，令我丢尽了脸。

对面坐着副指导员李晓燕，身旁坐着铁匠王志刚。他黑，健壮魁梧，有一张线条粗犷的脸，给人一种意志坚定、力大无穷的堂堂男子汉的印象。他使人联想到莎士比亚悲剧中的人物奥赛罗，因此获得了一个“摩尔人”的绰号。他性格孤独，为人正直，敢于主持公道，不喜欢出风头，但一言一行都在知青中具有潜在的影响力。我嫉妒他在我们知青中那种无形的任何人不能匹敌的威信。他暗暗爱着我们的副指导员李晓燕。这一点许多男知青都知道，他自己也在大宿舍里公开承认过。但没有一个人敢在这一点上开他一句玩笑。我钦佩他公开承认爱情的勇气和惊人的坦率。从那天起，我把他看成了我的对头。因为我也暗暗地爱着我们的副指导员。他参加到我们这支垦荒队，是副指导员指名道姓点的将。这尤其使我嫉妒极了！而更加使我嫉妒的是，李晓燕此刻竟将头靠在他宽厚的肩膀上，似睡非睡地打盹！

我瞧着她，心中不禁又一次暗问自己：我为什么会爱她？她身上究竟具有什么吸引我的魅力？是因为她美么？不错，她美。她是个上海姑娘，有一张清秀妩媚的脸，脸上的皮肤白净，五官俊俏，一双眼睛很大，很明亮。眉毛又细又长，和眼睛之间的距离略宽了些，这就使她的脸上永远呈现了一种扬眉凝睇，惊诧不已的表情。自从我第一次见到她，就再也不能不注意她。她太自然地使我联想到了意大利画家包尔第尼的杰作《玛尔波公爵夫人肖像》。我甚至不能判断究竟是那幅肖像更酷似她，还是她更酷似那幅肖像。她的身材也很优美，修长，苗条，亭亭玉立。据说她是上海芭蕾舞学校小班的尖子学员，许多部队文工团和地方文艺单位争着招收过她，她都拒绝了，却自愿报名来到北大荒。我见过、接触过、结识过的容貌美丽的姑娘，绝不只她一个。我不是那么容易被姑娘们的外表美所迷惑、所倾倒、所动心的人。越是在美丽的姑娘们面前，我越会表现出一种孤傲的清高来。我的座右铭是：绝不轻率地做爱情的俘虏。那么，是不是她那严肃庄重的性格引起了我的好感呢？也不。我更喜欢性格热情爽朗的姑娘，我甚至认为她那种严肃和庄重是做作的虚伪的，我曾因此而极端地轻蔑过她。她一到北大荒就立下了誓言，为了自觉考验自己扎根边疆的坚定性，三年之内不探家。她对全连女青年提出倡议：不照镜子，不抹香脂，不穿花衣服。她的倡议得到了一致的响应，是否真诚，大可怀疑。据女青年们透露，她经常深为自己的脸那么白嫩而苦恼，夏天里，曾偷偷地跑到小河边，独自躺在僻静的河滩曝晒过，但只能使她的脸色白里透红，而不能进一步红里透黑。因此她故意在穿着方面比所有的姑娘更男性化，以弥补在“晒黑了皮肤才能炼红了心”这一“接受再教育”标准上的先天不足。她还有意干和男青年们同样劳累的活儿，想使自己的体形改造得更符合“劳动者的美”。遗憾的是成效甚微，三年来虽然健壮了些，但还是那么修长，那么苗条，那么亭亭玉立，像一株挺拔的小白桦。她果真三年没有探家。第一年里她当上了排长，第二年里她入了党，第三年里她当上了我们的副指导员，成了全团知识青年扎根边疆的光荣榜样。

就在第三年的夏季，团里任命她为副指导员不久后的一天傍晚，我支着自制的简易画夹在河边写生，忽然听到小河上游有人在轻轻地唱歌：

九九那个艳阳天那哎嗨哟，

十八岁的哥哥呀坐在小河边……

这首歌当时是列入“黄色歌曲”一类，绝对禁止唱的。是哪一个姑娘在唱呢？她也太忘情太大意了！如果让我们的副指导员听到，少不了又要开展一场“思想意识领域内的斗争”。然而她唱得多好听呵！嗓音那么甜、那么圆润、那么婉转。我完全是出于好奇心，收起画夹，悄悄地顺着河沿朝上游寻声觅去。在一株歪脖子老柳树下，在一丛蒿草的掩蔽处，隔着小河我瞧见了唱歌的姑娘，竟是我们副指导员！她坐在河边一块光滑的大青石上，两只赤脚探入水中，裤筒卷在膝盖以上，裸露着一段洁白的小腿。她正在洗衣服，那好听的甜而圆润的歌声，就是她一边洗衣服一边唱出来的：

九九那个艳阳天那哎嗨哟，

十八岁的哥哥惦记着小英莲……

我，痴痴地隔岸望着她，完全呆住了。

她三搓两揉，一淘一漂，洗完了最后一件衣服，拧干，从大青石上站起身，踏上河岸，踮着脚尖，小心翼翼地走过一片鹅卵石，将衣服晾在灌木枝丫上。由于她怕卵石硌脚，因此她的脚抬得高，放得轻，步子很碎，使她小心翼翼走的那几步路，很像芭蕾舞《天鹅湖》里的一段小天鹅舞。她晾好衣服，又以那样的步子走回河边，她随手在河边摘了几朵野花，闻了闻，欣赏地玩弄了一会儿，左三朵右二朵，插进鬓发里了。她蹲下身去，久久地注视着水面。她在欣赏她自己！她在欣赏她的美！她对她自己欣赏了那么久才缓缓地直起身。忽然，她轻盈地跃到那块光滑平坦的大青石上，伸展双臂，优美地旋转了半圈，竟跳起节奏欢快热情而急促的墨西哥民间舞来！

画夹从我手中脱掉，掉进河里顺水漂流！画夹落水发出的轻微声响，令她倏然停止了舞蹈，警觉地朝对岸看来，发现了我，便顿时僵立在大青石上。那姿态像一头疑惑的小鹿，又像一只受惊欲飞的仙鹤。

隔着小河，她望着我，我望着她。

我们都呆愣住了。

我首先恢复了常态，跳到河里，把我的画夹抢救到手，涉着浅浅的河水，装出若无其事的样子，蹚到了对岸。这时，她插在鬓发里的几朵野花已经不见了，卷起的裤筒也放了下来。

“你，你到河边干什么来了？”她主动问我，分明想在心理上先发制人，显出非常自然的样子，竭力掩饰着窘态，竭力保持一个庄重的姑娘在小伙子面前的矜持，竭力保持一个副指导员的尊严。然而，她却没有来得及扣上她那件洗白了的兵团服的衣扣，敞露出了短小而紧束的浅粉色的衬衣。那是一件鸡心领的质地很薄的衬衣。我无意地瞥见了她那雪白的颈子，雪白的一部分前胸和同样雪白而浑圆的肩膀，瞥见了她那在紧束的衬衣下高耸的双乳的优美轮廓。我迅速地移开了目光。在那一瞬间我的心怦怦跳动，脸一阵火热，我竟莫名其妙地产生了一种可耻的罪过感，我竟觉得我亵渎了她、也亵渎了我自己。虽然我可以对天发誓，那一瞬，我心里绝没有萌发一点点邪念，哪怕是一个小伙子对于一个动人的姑娘那种可以原谅的倏忽间的本能的冲动，而这种冲动，是上帝创造的亚当对夏娃也曾萌发过的。

她太敏感了！我的目光仅仅从她身上一掠而过，她就像接受了电子讯号的仪器，立刻下意识地用两只手掩上了衣襟，并且马上转过身去。当她再转过身来的时候，站在我面前的，又是我所熟悉的一位副指导员了。她连外衣的领钩都勾上了，只不过还赤着一双脚。就连这双赤脚，她也在使劲踩陷在河边的泥沙里去，用泥沙掩埋住。

她这些接连的举动，令我感到受了莫大的侮辱！

我想找一句话打破这尴尬的局面，但说出口的却是一句愚蠢之极的话："你……太美了！"

"什么？……"她的脸红得像一朵彤云。由于我的意外出现，使她从刚才那种自我陶醉的忘情境界之中，陷入眼前这种无法掩饰的窘迫地步，我顿感内疚地从内心深处对她可怜起来。

"我……我是说，你刚才跳的那段舞，真美极了！如果我没说错的话，那该是一段墨西哥的民间舞吧？"

"墨西哥舞？我?！别开玩笑了，我不过是做了一套中学生广播体操！"她伪装出一种迷惑的模样，用那么严肃那么认真的口气加以解释。

"这么说，你也要否认你刚才唱过歌啦？"

"唱歌？我刚才是唱过歌的。这有什么必要否认呢？"她脸上的表情，在伪装的迷惑之外，又增添了伪装的坦率。

一道清河水，一座虎头山，

大寨就在那个山那边……

她又唱了两句，说："我刚才就是唱这支歌，怎么，你听到了？……"

这时，她脸上的绯红已消失，神态也变得自然了。我感到她简直是在把我当成一个瞎子一个聋子加以公然的愚弄！我愠怒了，冷冷地说："不！我听到你唱的不是这支歌！你唱的是'十八岁的哥哥惦记着小英莲'！""十八岁的哥哥？什么小英莲？你别瞎说！我听都没有听到过这支歌！"她那两条又细又长的眉毛扬了起来，使她本来有一种诧异表情的脸，显出不但诧异而且惊愕的表情来。仿佛我当面说她是一个贼！

这么富有魅力的动人的一张脸，几次虚伪的变化的表情就浮现在这张脸上。

我惊怪地凝视着这张脸，在她面前僵立了。我对她再也无话可说。她在我眼中仿佛是埃及的狮身人面怪物斯芬克司（Sphim），斯芬克司也要比她坦白！因为斯芬克司对所有的人都说同一句话："猜不中我的谜，我将吃掉你！"斯芬克司也要比她知道羞耻！因为斯芬克司被俄狄浦斯猜中了谜语后，毕竟从巍峨的岩石上跳下去摔死了！

而她，竟要使一个神经正常的人相信自己大白天活见鬼！

我几乎是恶狠狠地对她说出这两个字："虚伪！"我猛转身，怀着对她似乎永远也无法消除的鄙视，悻悻地大步走了。“等等!”她叫住了我。我站下，并没有转过身，但想象得出她是怎样慌张急促地追到了我身后，也感觉到了她那惴惴不安的呼吸。

“你，你要汇报给连里知道么？……”她呐呐的语调中，带着难于明言的苦苦哀求。我心软了，背对着她，摇摇头，我走出很远，情不自禁地回头望了一下。她，她仍站在小河边，像一尊石雕，一动也不动……

我没有对任何人说过这件事。

我还不至于那么卑劣!

从那以后，过每一次团组织生活，当她诲人不倦地对我们进行种种思想意识方面的教育时，一接触我的目光，语调和神态就不自然起来……

这倒使我觉得有些对不住她了。

不久，我收到了母亲病重的电报。连里没有批假，理由很简单——正值夏收季节，我是康拜因手。其实我知道，主要的原因是，连长不相信这封电报的真实性。某些想父母想得厉害的知识青年或者他们的父母，曾用父母病重、病危，甚至病故之类的电报，使我们的连长上了好几次当。连长是个典型的经验主义者，对这样的人，解释和哀求都是没有用的，效果只能适得其反。但我却不能对这封电报无动于衷。我父亲去世得早，母亲是街道小五七厂的工人。她在困苦的生活中把我和妹妹拉扯大是多么不容易，谁也不能比我更体谅她为我们兄妹操碎了的那颗心。如今我和妹妹都来到了北大荒，将她一个人孤苦伶仃地撇在了家里。她是个刚强的女人，无论多么想念我和妹妹，她都不会采取欺骗手段的……

我必须立刻回到母亲身边!

我在当天就悄悄地离开了连队……

呵！我的母亲！这一辈子受尽了生活的辛酸磨难的女人！她太刚强太爱她的孩子了！她明明已经病得奄奄待毙，自知将不久于人世了，却只给她的儿子拍了一封“病重”的电报，她怕“病危”这样严峻的字眼儿会惊吓她的孩子。母亲活在人世的最后五天，我给予了她老人家一个儿子所能给予的最大限度的爱和孝心，也代替我的妹妹，报答她把我们带到这个世界上来并抚养成人的恩情。五天，短短的五天啊！无论我在这五天内给予她老人家多少爱多少孝心，那也只能仅仅算是一个儿子对母亲的象征性的报答啊！而这种报答却成了永恒的抵消！母亲死前给我留下的最后一句话是：“照顾好你妹妹！她就你一个亲人了!”我带着一颗悲哀得麻木的心回到了连队。

回去当天，团支部按照连长的指示，讨论给我这个“逃跑主义者”以什么样的处分。事先有人向我透露，要拿我当典型，杀鸡给猴看；处分早已确定——开除团籍。讨论不过是走个组织形式。

而我，却根本对任何处分都无所谓了。

副指导员主持讨论。我想，她这下子该称心如意了！可以堂而皇之地对我实行报复了。我准备一言不发地听她大发一通议论，一言不发地接受她对我的批判。

她让我先谈谈对自己的错误的认识。

我，谁都不看，只漠然地喃喃说了一句："我母亲……死了……三天前……"说完这句话，便低下头，用双手捂住了脸。我凭感觉肯定，所有的人的目光都一下子投注到了我身上。刹那间，似乎每一个在场的人都停止了呼吸，宁静得令人窒息，好像空气都凝固了！许久许久，我听到副指导员用极其低微的刚刚能使人听到的声音说了两个字："散会……"

她第一个起身离开了。

当我迈动机械的步子经过连部时，听到里面传出了副指导员和连长激烈的争吵声，她对连长的"指示"从来是奉若神明的，我不禁停下了脚步。

"我是一连之长，难道没有处分一个战士的权力?!"是连长恼怒的四川口音。"我是团支部书记，如何处分一个犯了错误的团员，这是团组织的权力!"指导员的声音也那么激动。

"你这样做，是袒护一个逃兵!"

"逃兵？他是从战场上逃跑的吗？他逃到黑龙江对岸去了吗？你知道吗？他母亲已经死了！他在母亲死后第三天就回到了连队！……"

"哦！死了？……"

"连长！我也是一个知识青年，我也有老父老母，他们日夜思念我，我也日夜思念他们。要不是我受自己誓言的约束，我也想立刻就回到父母身边去，但……我不能够！我不同意开除他的团籍！连长！请你设身处地想一想！……"

我听到了她的哭声。

我站在连部外面，顿时泪如泉涌！

我心里对她充满了感激！不是因为她代替我辩护，而是因为她说的那句话："我也是一个知识青年……"

这一句话，完全消除了在此之前我对她的种种误解和偏见。凭这一句话，就足以令我心甘情愿地去为她赴汤蹈火。

这句话，使我看到了一个姑娘高尚的本性！一颗富有同情的心！然而，又是她，亲口告诉了我一件如雷轰顶的事，在两天后……

"我们一块儿走好吗?"

收工之前，她接着我锄完了最后一条漫长的田垄。当我们锄碰锄的时候，她对我说了上面那句话。这是三年来她第二次主动跟我说话。第一次，就是不久前在那条小河边。她脸上阴沉的严峻的表情，令我产生了不祥的预感。

所有的人都扛着锄头列队时，她又当众大声对我说了一句："你留一步，我们一块儿走!"男女青年，都用异样的目光看着她，也看着我。

当他们走远，她盯着我说："我没有得到你的同意，就把你妹妹调到我们连队来了。"

“啊！她……她怎么了？快告诉我！”

“在你回家期间，她……”

“说！”

“她做了一次人工流产……”

我的身子摇晃了一下，险些栽倒！

她上前一步，双手扶住了我。

我粗暴地推开她大吼：“你胡说！”

她踉跄着倒退一步，恐惧地瞧着我，从颤抖的嘴唇间挤出两个可怕的字：“真的。”

我觉得自己朝脚下的土地陷了进去！我想可怕地喊叫出什么，却似乎又有团东西堵住了喉咙！我张大了嘴，只发出一种嘶哑的类似呻吟的声音。我瞪大了眼睛怪异地看着她，她却在我眼前模糊起来。

我突然发了疯似的朝连队飞跑……

那天夜里，当大宿舍响着此起彼伏的鼾声时，我将头蒙在被子里，咬着被角无声地哭了一夜。我想起了母亲弥留之际的叮嘱，而我还没有将母亲的死告知妹妹，她却做出了这种身败名裂的事，还有脸调到我所在的连队来，企图得到我的庇护，不！我要严惩她，以一个哥哥的权力！替死去的母亲！

第二天，我被副指导员叫到连部，在那里见到了妹妹。我当时一定是恶魔附体了！我像凶猛的豹子一样朝妹妹扑过去，双手抓住她的头发，使劲把她的头接连地朝土墙上撞、撞、撞……

“住手！”我听到副指导员变了调的嗓音喝止，冲上前来掰我的手。

我对她大吼：“滚开！”

我折磨的是妹妹，但又像是我自己，我在这种歇斯底里的发作中感到了一种痛快。

“啪！”我脸上挨了一记狠狠的耳光。我终于松开了手。

第二记耳光比第一记耳光更狠。这两记耳光顿时把我打清醒了，我不禁倒退数步，下意识地摸着火辣辣的脸颊。妹妹，从始至终，一声没有吭，没有呻吟，没有叫喊，没有哀求。被我抓得凌乱的头发，遮掩了她那张毫无血色的苍白的脸，那张泪水涟涟的脸，那忍辱吞声的深陷在眼窝中的大眼睛。

副指导员的脸色像妹妹的脸色一样苍白，她紧紧地把妹妹搂在怀里，胸脯剧烈地起伏着，欲以命相搏地瞪着我。

“畜生！”

这是我第一次从她口中听到的一句骂人话。

从那一天起，我爱上了她……

她现在就坐在我对面。搭着帐篷的爬犁，被疲倦的铁牛拖着，在茫茫雪原上挺进……篷帘卷着，灌进来被西北风扬起的雪粉，我们冻得缩手缩脚，但谁也不想把帐篷帘放下来。从帐篷口望去，始终是白色……白色的大地，白色的山峦，白色的河，白色的林。“大烟泡刮起来了”，如万千头发了疯的野牛齐头奔突，示威地追逐在大爬犁后面。

副指导员默默环视着每一个人，自言自语地说：“谁来讲个故事？要不就大家一块儿唱支歌！”

没有谁对她的提议做出任何反应。大家疲劳了。

副指导员把目光停在我脸上。

我清了一下嗓子，唱起了《兵团战士之歌》：

兵团战士，胸有朝阳，

一手拿枪，一手拿镐……

没有一个人随声附和，我只得唱了开头两句，便知趣地打住了。

这时，“摩尔人”王志刚吹起了口哨。他唱歌不行，口哨却吹得相当好。令我暗吃一惊的是，他吹的竟是著名的俄罗斯民歌《三套马车》，这个“摩尔人”！简直不把副指导员的存在当成一回事。可他那口哨声真令人着迷，像黑管，又像小号，节奏、曲调吹得准确无误，流露出淡淡的感伤和深沉的忧郁。

不知是谁，竟低声和着口哨唱了起来，接着，第二个，第三个……终于，非常自然地形成了小合唱。

我的妹妹抬起头，瞪大了黑眼睛，愕然的目光不安地瞧瞧这个，瞅瞅那个，又很快地垂下了头。她暗暗发出一声深长的叹息，使我的心灵恻然一动。

我，面对面地注视着副指导员，猜想她立刻就会严肃地加以制止了！

她，却无动于衷。头，仍靠在“摩尔人”肩上。

她竟闭上了眼睛，装出睡意蒙眬的样子。我发现，她放在腿侧的手，分明在偷偷点着拍子！我的自尊心被刺伤了，紧紧地咬住了嘴唇。

冰雪遮盖着伏尔加河，

冰河上跑着三套车，

有人在唱着忧郁的歌，

唱歌的是那……

夜幕悄悄降临了，暴虐的“大烟泡”不知是自甘屈服，还是被全速挺进的拖拉机远远甩到了后面，荒原那么沉静！

黑暗完全替我们垂下了篷帘……

我们的拖拉机像远迁的鄂伦春部落，在茫茫的雪原上奔驶了整整两天两夜。当我们打开地图，一致确信拖拉机履带已经碾在积雪覆盖的“鬼沼”的冰面上时，正是荒原庄严而肃穆的黎明时分。

呵！“鬼沼”！它并非像传说中那么恐怖，也许因为它处在冬眠状态，雪被罩住了它那狰狞的真实面目吧。我们看到了什么？仿佛看到了世界最大的湖泊被冻结在眼前，“满盖荒原”——它平坦得令我们这批垦荒者难以置信，直铺到遥远的地平线。

“魔王！你在哪里？你出来！”我们的一个伙伴大声呼喊。

“魔王”没有出现。

铁匠王志刚突然朝不远处一指：“你们看！”——一根从正中间劈开的圆木桩钉进土地，倾斜地立在那里。

我们都好奇地走了过去。副指导员拂掉木桩上的雪，我们看到了一块木碑，累累斧痕粗糙砍平的劈面上，刀刻的字迹被风雨所侵蚀，只能依稀认出“死于此……”三个歪扭的字。

我相信，我们每个人当时都和我一样，倒吸了一口冷气。

“那里，还有一个！”我的妹妹又发现了同样的不祥之物，她第一个朝拖拉机退去。副指导员低声说：“我们走吧，别搅扰他们安息了。”如果有人问我：“你在北大荒感到最艰苦的是什么？”我的回答是：“垦荒。”如果有人问我：“你在北大荒感到最自豪的是什么？”我的回答还是：“垦荒。”

为了寻找有水源有林子的理想地点，我们的足迹几乎踏遍了“满盖荒原”。在我们发现了一条在地图上没有标出来的小河，它是“满盖荒原”上唯一洁净的水源，被我们命名为“流浪者”。在我们发现它之前，它像流浪汉在荒原上不知徘徊了多少岁月，现在我们在它身边扎下了帐篷。当冰雪消融的时候，当“流浪者”唱起了《拉兹之歌》的时候，我们闪亮的犁头劈进了“满盖荒原”的胸膛。若非垦荒者，谁能体会拖拉机翻起第一垄处女地时那种喜悦？这荒原上有那么多的狼，光天化日之下，它们三五成群，大模大样地尾随在我们的拖拉机后面，捕食被犁头翻出的肥大的土拨鼠。夜晚，它们就在我们的帐篷四周嗥叫。创业的艰苦，使垦荒队的每一个小伙子都变成了圣徒。副指导员跟我的妹妹，和我们同住在一顶帐篷里。一块毯子分隔开了她们的狭小天地，毯子后面是神圣不可侵犯的“巴黎圣母院”。

一天深夜，我从睡梦中偶然醒了一次，却没有听到拖拉机翻地的轰响。我一下子跳起，来不及多想，只穿着短裤，就闯进了“巴黎圣母院”，将副指导员从被窝里捅了起来。

“你，你要干什么?!”

“拖拉机不响了！‘摩尔人’在翻地！”

“啊！”副指导员顺手就操起了步枪。

拖拉机不响，意味着“摩尔人”出了事。所有的人都惊醒了！正当大家要奔出帐篷时，“摩尔人”从外面钻了进来。马灯光下，我们见他身上背着一只狼，两手拽着狼的两只前爪，头顶住狼脖子；那只狼朝天张大着嘴，两只后腿抓在他的腰胯。

“摩尔人”大声说：“快动手！它还活着！”

我们各自操家伙，棍棒齐下，将那只狼在他背上打死了，好大的一只白毛老苍狼！“摩尔人”一下子坐在地铺上，喘息了半天，才说：“拴大犁的钢丝绳断了，我回来换钢丝绳，这东西跟上了我，出其不意地将两只前爪搭在我肩上……”他的脸上、手上尽是血痕，棉衣被撕成碎片。他拧着眉脱下棉衣，里面的绒衣和皮肉被狼的后爪抓得稀烂！

副指导员命令我的妹妹：“快，拿医药箱来！”

这时，我们才发现，她仅穿着衬衣衬裤，光着一双腿。她也意识到了什么，在我们的目光下一时显得不知所措。随即，她镇定了下来，从容地说：“都瞪着我干什么？没你们的事了，全睡觉去！”

大家都一个个顺从地钻进了被窝，我没有。我将马灯举在“摩尔人”头顶。

副指导员第一次那么柔情地看了我一眼，一句话也没有说，立刻从妹妹手中接过医药箱，替“摩尔人”小心翼翼地包扎伤处……

我妹妹是垦荒队员的“内务大臣”，给我们做饭、洗衣服。从连队带来的冻菜吃光了，任何一种野菜还都没有从荒原上生长出来。为了使我们能吃得稍微满足点，她对剩下的两袋面粉发挥了充分的创造性：馒头、发糕、花卷、烙饼；甜的、咸的、又甜又咸的、先蒸后烙的……

如果说我是因为副指导员而参加垦荒队的，妹妹则是因为我才来到“满盖荒原”上的，我是她唯一的亲人。我走到天边地角，她会追随我到天边地角。我那么凶狠地对待过她，她却依然在心理上对我希求着荫庇和保护。我表面上对她仍旧冰冷异常，可感情上早已彻底饶恕了她。

只有自己罪恶深重的人，才不肯饶恕别人。

何况她是我的妹妹，唯一的妹妹！

我有责任保护她。无论在那件可耻的事情发生之后或者之前，我对她尽到过一个哥哥的责任了吗？没有！到北大荒的第一天，当我们经过鹿场，她被鹿群迷住了，她请求我和她一块儿留在鹿场。只要我愿意，那是完全可以的，我却没有留在她身边。为什么？我不愿和妹妹在一个连队。我觉得她太娇气又太任性，同在一个连队会给我添无尽的麻烦。为洁身自好，我逃避一个哥哥的责任，而在她成为舆论和道德严厉谴责的对象后，我首先想到的又是她败坏了我的名声。因此我憎恨她，不肯给予她半点怜悯和同情……

在“满盖荒原”上无数个不眠之夜里，我内心进行着深刻的反省，我认识了自己的真实面目。我忏悔我是一个多么自私的哥哥，一个多么可鄙多么卑劣的人！

有一天，当帐篷里只有我和妹妹的时候，我叫了她一声：“小妹！”

她正在案板上揉面，听到我叫她，立刻抬起头。她怔怔地望着我，脸上浮现出无比激动的表情，一双黑眼睛里顿时充满了泪水。

“小妹，你还生我的气吗？”我轻轻走到她身边。

泪水，大颗大颗的泪水，慢慢从她的黑眼睛里淌出来，顺着她苍白的脸颊滴落到案板上，被她的双手一下一下地揉进了面团里。

“小妹！……”我的声音哽咽了。

她倏地转过身，扑在我身上，沾满面粉的双手紧紧抱住我的脖子，头偎在我怀里，放声大哭起来。泪水从我眼中簌簌而落。许久，她才止住了哭声。她问我的第一句话是：“妈妈的病好了么？”我的心像被捅了一刀！哦，母亲！如果你在九泉之下听到了妹妹这句话，肯定也会老泪纵横的吧！但愿你听不到这句话，但愿你不再为你的儿女们伤心，可我又多么希望你能够听到这句话呀！妹妹比我更爱您呵！我没有勇气实告小妹，母亲已不在人世了！她那脆弱的情感、脆弱的心灵是经不起重击的。我低声回答小妹：“妈妈没有生病，妈妈太想念太惦记我们了，我告诉她我们都很好，她就放心了。”妹妹嘴角挂上了一丝笑容，一丝苦涩的笑容，几天来的第一次笑，如果那种惨然的表情也能算是笑容的话。

“告诉我，那个人是谁？我要教训他！”妹妹坚决地摇了摇头。

“你……爱他？……”妹妹无语地点了一下头。

“他呢？……他也爱你吗？……”妹妹又点了一下头。

我注视着妹妹。她脸上呈现出一种天使般圣洁的表情，那是心灵的反射。我茫然了。

妹妹忽然肯定地问：“哥哥，你爱她？”

“谁?！……”

“副指导员。”

“你听什么人胡说的？”

“我看出来了。她……也挺喜欢你的！”

“真的?！……”我双手紧紧抓住了妹妹的两条胳膊。

“真的。”

“不，我知道她喜欢的是‘摩尔人’！”

“她只是信任他，我也信任他，他是一个值得信任的人，任何一个姑娘都会信任像他那样的人。但她喜欢的是你！她说你是个具有诗人气质的小伙子，是个雪莱型的小伙子。她说她喜欢雪莱，不喜欢拜伦，虽然他们都是天才的诗人。她还说拜伦只能评定一个女性外表的美丑，而雪莱却能窥察一个女性内心的善恶。她也知道你在爱她……”妹妹突然住口了。

我们几乎同时发现副指导员不知何时呆呆地站在帐篷门口，她显然听到了我和妹妹的谈话内容。

“哎呀，我晾在河边的衣服还没收回来！”我找了个借口逃出帐篷，在荒野上盲目地奔跑，我觉得“满盖荒原”成了世界上最美好的地方。

当天，吃过晚饭以后，我们又围聚在帐篷里，讲起故事来，这成了我们精神生活的唯一方式。我们什么故事都讲：神、鬼，荒诞的、恐怖的、风趣的……我们每个人，包括副指导员在内，都摆脱了在连队的种种束缚，真正成了“满盖荒原”上“顶天立地”的人。

副指导员娓娓动听地讲了希腊神话《奥德赛》中的一段故事：伟大的俄底修斯攻打下了特洛伊城以后，率领他手下的勇士们从海上返回家乡伊塔克，结果被逆风吹到了一个孤岛上。岛上的居民专靠吃一种“忘忧果”度日，他们热情地把“忘忧果”捐送给俄底修斯和他的勇士们吃。勇士们吃了“忘忧果”，完全被那种诱人的果实的甘美迷惑住了。他们忘记了自己的家乡和父母，忘记了兄弟姐妹和妻子，忘记了一切朋友，竟无忧无虑地长久留在了孤岛上……

我惊讶地发现，她讲故事的水平超过我们所有的人，她并不绘声绘色，只是娓娓道来。但那语调中流露出来的感情，是能够打动到人的心灵深处的。

她讲完了，我们都陷入沉思。只有妹妹叹息了一声，自言自语地说：“我真想获得许多许多那种‘忘忧果’……”

副指导员，又是和“摩尔人”坐在一起，又是那样的将头靠在他的肩上。大铁炉子里的火光，将她的脸映照得那么红。火光一闪一闪，她那张美丽的脸忽明忽暗，浮现着一种虚幻的憧憬和淡淡的愁思。

我不禁对她充满了同情。如果不是三年前她立下了誓言束缚了她，她早该回家探家了，三年呵！她一定比我们每一个人都更加思念她的父母和亲友。

我打开画夹，说：“别动，‘摩尔人’，我给你们画张像！”我的本意是，要给她画一张肖像。因为此时此刻的她，那么美丽那么楚楚动人，但我没有勇气坦白说出。“摩尔人”显然错误地认为我的话是对他的当众揶揄，他顶不能容忍的就是这个。所以，当副指导员下意识地将头从他肩上移开时，他一把抓住了她的手，冷冷地盯着我，说：“别动！叫他画，别扫他的兴！”语势中隐含着挑衅。副指导员，又顺从地将头靠在了他肩上，微微一笑，也注视着我。

我再没说什么，认真地画了起来。我看她一眼，画一笔，暗想，我一定要画得十分像。我从来没有画得那么好过，真的！最后一笔，我存心一顿，把笔尖顿折了。

“没画好！”我把画夹递给了副指导员。

大家都围拢来欣赏，赞叹：

“像！像极了！”

“嘿！没看出来你还有招不露！什么时候也给我画一张？”

“咦，你就画了我自己呀！”副指导员看了“摩尔人”一眼。

“我的笔尖断了。”我脸上微微一红。

副指导员拿着肖像端详了一会儿，问：“送给我？”

“送给你！”我大胆地盯着她。

她垂下了眼睑，说：“我会仔细保存它的。”

这时，“摩尔人”站了起来，一声不响地钻出了帐篷。从那一天起，他更加沉默寡言了……然而，什么都可以转让，唯独爱情。我要执着地追求，绝不弃她别爱，绝不……

第一场春雨降临了。

我们开垦的乌油油的沃土，贪婪地吸吮着大自然母亲的乳汁。人们都习惯把春天比作花枝招展的少女，可是当她在“满盖荒原”上旅行时，却更像一位庄重的夫人，脚步懒散而从容，带着唯一的颜色——淡绿，所到之处，漫不经心地随意点染，画出了绿的世界。

副指导员有一天昏倒在“流浪者”河边，她病了。她接连两天昏迷不醒。在昏迷中，她时时念叨着两个字：“麦种，麦种……”医药箱里所有的药，都不能减退她的高烧。第三天，她稍微清醒了一些，首先把妹妹唤到地铺前，问：“还有多少粮食?”

妹妹回答：“只剩一点点了。”

她亲切地环视着我们，微笑了，说：“伙计们，我代表连队谢谢大家。我要建议党支部，给大家都记一功，放进档案里。现在，这里留下几个人就够了，其余的全部回老连队去，帮助老连队迁移来……一定要赶在‘鬼沼’开化之前!”她轻轻地拉着妹妹的一只手，“你留下吧，没有你在身边，我会寂寞的。”

妹妹说：“副指导员，我留下!”

我说：“我也留下。”

“摩尔人”看着副指导员，问：“如果你同意，我也留下。”

副指导员默默地点了点头。

“满盖荒原”上就留下了我们四个人。

一天，二天……四天过去了，连队没有到达。整整一个连队，几百口人，搬迁到这里来不是一次简单的行动，会有许许多多的困难。在这四天之内，“鬼沼”彻底开化了!“流浪者”河，这条我们在“满盖荒原”上信任的朋友河，它出卖了我们！它跟“鬼沼”卑鄙地联合了起来，向我们示威！当我、妹妹、“摩尔人”第四天早晨走出帐篷时，都被惊慑得呆住了！清可见底的“流浪者”河，不知从哪里汇集了那么多水，隔夜之间变成了一匹脱缰的野马，浊流湍急，打着漩涡，夹杂着雪坨、冰块儿、枯枝断树，甩了一个直角弯，奔泻而下，河水溢出河床，灌进沼地，“鬼沼”一片汪洋!

妹妹忧愁地说：“今天连队再不到达，我们就一点吃的也没有了。”

我和“摩尔人”同时看了她一眼，都没说什么。我们担心着更严峻的事情——连队将如何涉过“鬼沼”?

妹妹一声不响地又钻进帐篷里去了，我和“摩尔人”也跟进帐篷，见她坐在副指导员的地铺旁，瞧着昏迷中的副指导员垂泪。我们进来，她赶紧抹去眼泪站起来，拿上一把镰刀和一个小土篮，说：“我去挖野菜。”

将近中午，妹妹的喊声突然从远处传进帐篷：“哥哥，哥哥，快来呀！……”

我和“摩尔人”同时跳了起来，奔出帐篷，但见妹妹像一只小猎犬，在追赶一头弱小的狍子。她一扬手，将镰刀飞抛出去，砍中了狍子后腿，狍子一头栽倒。

她猛扑上去，却扑了个空。那小动物挣扎着跳了起来，带着伤向沼地里逃窜，妹妹跟在后面紧追不舍。小狍子在沼地边沿停了一下，似乎还回头看了她一眼，跃进了沼地，一拐一拐地向沼地深处逃去。

“站住!”

“小妹!”

我和“摩尔人”对妹妹大声喊。

妹妹追到沼地边，欲罢难舍，焦急地来回奔跑。她终于停住了，望着陷住四蹄寸步难移的狍子，迟疑了一下，小心翼翼地向“鬼沼”迈出了一步。

“回来！危险！……”“摩尔人”高吼一声。我和他同时朝妹妹跑去。

妹妹回过头来望了我们一眼，挥动了一下手臂，好像是在任性地说：“你们别管我！……”她跑进了“鬼沼”。

当我和“摩尔人”追到沼边时，她已捕住了小狍子。她和那小动物在沼泥中扑斗了几下，一眨眼间，忽然深陷了下去，一下子被吞陷到胸部！还没等我和“摩尔人”有所反应，沼泽中便只露出了她的一只小手。那小手也只来得及在空中抓了几下，倏忽间便从眼前消失了！

“哥哥！别过来……”她留在这世界上的最后一句话，击响我的耳鼓！

“小妹！……”我发出一声可怕叫喊，不顾一切地向沼泽冲去。

“摩尔人”两条有力的手臂，从后面紧紧将我搂抱住了。我挣动了几下，眼前一黑，昏倒在他怀里。

当我醒来的时候，已经躺在帐篷里了。妹妹的那只小手像电影中的叠印镜头一样，重复地在我眼前出现。我耳边又响起了母亲临终的叮嘱，泪水刷地一下子淌了出来。我硬撑起身，看见“摩尔人”那高大的身躯，一动也不动地伫立在帐篷外。惨白的月光照在大地上，将他的身影衬托得格外分明。“鬼沼”那边，传来了令人毛骨悚然的怪异的鸟叫，也许是“收魂鸟”将妹妹的魂灵收走了吧？我虽然并不迷信，但这种迷信的思想却在我头脑中闪过。我盯着“摩尔人”的身影，心中突然对他产生了强烈的憎恨！甚至思路狂乱起来。如果不是他搂抱住我，我相信我是一定可以救出妹妹的！对小妹的死他是有罪过的！

我站了起来，一步一步走出帐篷。“摩尔人”听到我的脚步声，缓缓地转过身来。他骇然地瞪大了眼睛，也许他看到了我怒不可遏的狂乱的脸色，本能地朝后退了一步。

我霍然对他扬起了拳头。

“你！……”他惊愕地朝后退了一步。

“我恨你!”我咬牙切齿地说出了这三个字。

他的目光，盯在我脸上，低沉地说：“如果是因为你的妹妹，那我有权替自己辩护。你以为我有一颗魔鬼的心吗？你以为我就不为你妹妹的死难过吗？如果当时我的生命能换取她，甘愿躺在沼底的是我！如果你是因为她……”他朝帐篷里看了一眼，“那你尽管动手！只要我活着，只要她还没有宣布做你的妻子，我就有权爱她，并且追求她！”

他的话，令我的双手发抖了。好像为我的小妹志哀，我垂下了头。宁静的夜晚，荒原显得更加沉寂，连“收魂鸟”那种怪异的叫声也听不到了。

“摩尔人”注视了我一瞬间，慢慢朝我背转了高大的身躯，朝荒原黝黑的深处走去，消失在黑夜的巨口中。

“你们吵嚷什么?”

我扭回头，见副指导员站在帐篷口。四天内，她病得虚弱不堪，如果她松开拽着帐篷帘的那双手，一定会无力地瘫软在地。

我半天才从双唇间挤出了一个字：“狼……”

“狼？……”她怀疑的目光久久地审视着我，追问，“你一定有什么事情瞒着我！‘摩尔人’呢？你妹妹呢？他们到哪儿去了？快告诉我，发生了什么事?!”

“我妹妹……她、她、她死在‘鬼沼’里了！……”我双手捂住脸，克制不住巨大的悲痛，失声号啕了。

副指导员像被猛击了一锤，发出短促的一声“啊”，昏倒在帐篷口。

深夜，“摩尔人”还没有回来，他到哪里去了？在我缺乏理智地对待了他之后，他会不会也恨我呢？他还会回来跟我同住在一顶帐篷里吗？他会不会遭到什么不幸呢？如果他真遭遇到了什么不幸，那杀害他的就是我了……

我后悔极了，不安极了，我感到黑夜的漫长。我守护着昏迷中的副指导员，第一次体验了在这广袤无垠的荒原上，孤独是一种多么可怕的处境。我整夜没有合眼。

黎明时，一阵急促的马蹄声由远而近。我奔出帐篷，“摩尔人”已经在帐篷外跳下了马背。

“马？哪来的马？……”我忘记了我们之间发生过的一切不愉快的事，亲切地跟他说话。

他说：“前几天，我曾在树林中发现了被猎刀砍断的树枝，断定这附近可能有鄂伦春猎人。昨天夜里我找到了他们，向他们借了这匹马。副指导员怎么样?”

“还是昏迷不醒。”

“鄂伦春猎手们说，可能染上了出血热。”

“出血热?! ……”

我的心顿时冷却了。我听说过这种病，夺走一个人的生命，像秋风吹落一片树叶。

“摩尔人”又说：“你立刻骑上这匹马，顺着我们的来路护送副指导员回去！你一定能迎到我们的连队，副指导员就有救了！”他完全是命令的口气。

“不！你护送她，我留在这里!”

“我的身体太重，半路上非把这匹马压垮不可。它已经跑得够累了！由此向西五十里，可以绕过‘鬼沼’，你们沿沼地向西走吧！”

再争执就是卑劣的虚伪。

“摩尔人”用行李绳将昏迷中的副指导员缚在我后背，扶我跨上了马鞍。

“把枪带上。”他把步枪递给了我。

“你留下。”

“你带上，以防万一。”他将步枪挂在马鞍上，拉着马缰掉转马头，用充满信赖的目光看了我一眼，在马屁股上猛擂了一拳。

那马嘶叫一声，撒开四蹄，朝西疾驰而去。

朝西虽然比朝东少绕三十里路，但要经过一片“塔头”甸子。幸亏那马是纯种鄂伦春猎马，在“塔头”地里也行走如飞。这种马体形矮小，其貌不扬，但能吃苦耐劳，是猎人之友，是荒原上的骆驼。

绕过“鬼沼”，仍一路不停地踢着马腹。那马仿佛体谅我的心情，速度毫不懈慢。又疾驰了大约三十里路，我的棉裤被马身上的汗湿透了。突然它打了几个响鼻，四腿发抖，蹄步摇摆起来，它似乎还想全力奔驰，但前蹄却跪倒了。我的双腿刚刚离开马鞍，在地上站稳，它便侧身一卧，伸长了脖子——它彻底累垮了！马腹忽起忽落，鼻孔喷出热气，嘴里吐出白沫来。这有灵性的动物，在倒下时，也绝不用身子压住骑者的腿，它那双琉璃眼，歉意地悲哀地望着我。

“放下我，放下我！这是什么地方？我们为什么在这里？你要把我背到哪儿去？……”

副指导员从昏迷中清醒过来了，她在我背上挣动着被缚住的身子。

我解开绳子，将她轻轻放在地上，让她的头和肩靠在我的胸前。

我轻轻地对她说：“副指导员，我要护送你迎接连队，你病得很严重！”

她喃喃地问：“我要死了，是么？”

听我所爱的人说出这种话，我如万箭穿心，难受极了！我大声回答她：“不，你不会死的！”

她吃力地微笑了一下：“我不怕死，真的。你忘了，我们的扎根誓言中，不是有这样两句话么，‘埋骨何须故土；荒原处处为家’。遗憾的是，我再有几个月就可以回家探望我的爸爸妈妈了，我真想他们啊！他们想我，大概都想疯了呢。我已经给他们写了信，保证我们在‘满盖荒原’上秋收之后……”

我呜咽了，眼泪一滴一滴落在她脸上。

“别哭”，她轻轻握住了我的一只手，“如果我真的死了，就把我埋在‘鬼沼’旁，我要和你的妹妹做伴。她是个好姑娘，我喜欢她。我只有一点请求，在我的碑上，在我的名字前面，刻上‘垦荒者’三个字……”一大滴泪水，从她的眼角慢慢淌了出来。

我紧紧搂抱着她，放声大哭。

“你看，那是什么？多像书上写的那种忘忧果！你给我折一枝来，好么？”她那双美丽的大眼睛忽然闪亮闪亮的，盯着附近的什么东西。

我顺着她的目光，发现了一丛紫红的尚未开放的达子香花。我将她靠在马鞍上，站起身去折那丛达子香。待我折了一束花回到她身边时，她已经闭上了眼睛。

她和那匹鄂伦春猎马同时停止了呼吸！

大地在我脚下旋转，蓝天变成了黑色。

我擦干了眼泪，将那束达子香别在她衣扣里，跪了下去，在她渐渐消失着血色的双唇上，长久地亲吻着。我相信，她若有灵，是不会嗔怪我的。

我又背起她，继续朝前走。

这时，在地平线上，我看到了我们搬迁的连队的带状的影子……

全连队为副指导员默哀了许久许久。

每一个人都流出了真诚的眼泪。

当我们全连队的马车、爬犁、拖拉机和团里支援我们搬迁的卡车所组成的车队行进到“鬼沼”前时，冥冥的暮色开始在荒原上织成了帏幔。有人发现了一顶棉帽子，挂在倾斜的作为坟碑的木桩上，还压着一块石头。我首先走过去取下那顶帽子，认出是“摩尔人”的狗皮帽。帽兜里有一张纸，上面写着这样几行字：“我探出了一条涉过‘鬼沼’的路，以树枝为标记，由此向东，一里远处……”

当天晚上，我们将可能陷没的车辆停在了原地，全连队的人都平安地涉过了“鬼沼”。可是我们却到处也找不见“摩尔人”。

第二天黎明，在“流浪者”河边，我们发现了“摩尔人”的血迹斑斑的衣片，一柄大斧，三只死狼……周围的一切，都无声地向我们作证，这里曾进行过怎样触目惊心的人与兽的搏斗！可以想见，强壮勇猛的“摩尔人”是怎样拼搏尽了最后的气力才倒下去的……

我们在悲痛的日子里，开始在“满盖荒原”上播种。

按照副指导员的遗嘱，我们将她埋葬在“鬼沼”旁。我们从百里外的驼峰山上运回了一块大青石，连队的老石匠将它凿成了石碑，碑文上刻着：垦荒者李晓燕和她的战友王志刚、梁珊珊长眠于此。

我们从驼峰山上伐下了上千棵义气松，沿着“摩尔人”做的标记，在“鬼沼”上铺了一条垦荒者之路。第二年，又有好几个连队建点在“满盖荒原”上。

“鬼沼”，它终于被征服了！

当我带着垦荒者的胜利，在一个黄昏默默走到“垦荒者”墓前凭吊的时候，一个陌生的青年也在那里。我发现墓碑上放着一束达子香花；那是妹妹生前最喜爱的花。我立刻明白，他是妹妹生前所爱并爱过妹妹的那个人！他脸上的表情令我深信，他是永远也不会离开“满盖荒原”的了！

我们对望了一眼，他便掉头缓缓离去了。

我没有叫住他，没有问他的姓名，甚至没有想到问问他是哪一个城市的青年……

他是我们那一代中的一个，这一点足够了。

我们经历了北大荒的“大烟泡”，经历了开垦这块神奇的土地的无比艰辛和喜悦，从此，离开也罢，留下也罢，无论任何艰难困苦，都决不会在我们心上引起畏惧，都休想叫我们屈服……呵，北大荒！

注释：

①本文依据梁晓声：《这是一片神奇的土地》，新华出版社 2010 年版。

背景知识：

梁晓声，1949 年出生于黑龙江哈尔滨市，祖籍山东荣成。原名梁绍生。现在居住于北京，任教于北京语言大学人文学院汉语文学专业。他曾创作出版过大量有影响的小说、散文、随笔及影视作品。他 1968 年下乡赴黑龙江省生产建设兵团，1974 年入上海复旦大学中文系，1977 年毕业后分配至北京电影制片厂，1988 年调至中国儿童电影制片厂，2002 年调至北京语言大学，任人文学院教授。他是中国作家协会会员，第十届、十一届全国政协委员（民盟）。他 1979 年开始发表作品，著有短篇小说集《天若有情》《白桦树皮灯罩》《死神》，中篇小说集《人间烟火》，长篇小说《浮城》《一个红卫兵的自白》《从复旦到北影》《雪城》等。近年发表有长篇小说《一亿六》《生非》。其短篇小说《这是一片神奇的土地》《父亲》《年轮》及中篇小说《今夜有暴风雪》分获全国优秀小说奖。文章《慈母情深》（《母亲》的节选）、小说《为了收获》《学者之死》《一只风筝的一生》《双琴记》分获《小说月报》百花奖。他于 2017 年创作的长篇小说《人世间》书写了跨世纪的三代人的人生故事，于 2019 年获得第十届茅盾文学奖。

导读：

“农村广阔天地，在那里可以大有作为”。20 世纪 60、70 年代，为缓解城市就业压力，党中央在全国范围内组织了一场“上山下乡”运动，号召城市知识青年到农村去，到边疆去，参加农业生产劳动。这些知识青年被称作“知青”。他们来到边疆、农村组建农场，垦荒屯田，为缓解城市紧张的就业形势和发展农村农业生产，作出了突出的贡献。

著名作家梁晓声，从北大荒知青生活的亲身经历取材创作小说，描写了知青生活及知青返城后的命运遭遇。他的知青系列作品一反同时期“伤痕文学”小说的凄切、悲怆格调，肯定了知青的人生追求和劳动创业价值，赞颂了青年人在暴虐大自然面前所表现出的不屈意志，褒扬了知青为祖国乐于吃苦、勇于献身的英雄主义精神，为知青题材小说注入了一股阳刚之气。《这是一片神奇的土地》讲述了李晓燕等有为知识青年，不安于现状、不屈服于命运，在寒冷的北大荒“满盖荒原”上激昂壮烈的垦荒故事。小说集中描写了李晓燕、王志刚、“我”及“我”

妹妹在垦荒生活中美好而辛酸的爱情，以及因爱情而引发的情感纠葛。其中写得颇有特色的是李晓燕和王志刚。副指导员李晓燕，为了替连队洗刷“养活不了自己”的耻辱，带领一支垦荒先遣小队勇敢地越过阴森恐怖的“鬼沼”，在幻化为“魔王”的荒原上进行着艰苦的开拓。她有着强烈的革命事业心和社会责任感，虽有某些违心的行动，但并不泯灭真诚和纯洁的天性。她性格坚毅、顽韧却又不失却美好的同情心。她为实现自己的誓言献出了年轻的生命，不愧为这片神奇土地的灵魂，垦荒者中的精英。铁匠王志刚有伟岸的体魄、铁一般的意志和奇勇的性格，坦荡和无私又使他深受战友的信任。在“满盖荒原”，他只身为连队探寻涉过“鬼沼”的路径，在与恶兽血的搏斗中谱写了一首壮勇的青春之歌。

这片土地之所以“神奇”，在于泥淖荒原“吃人”魔性的神秘；在于垦荒者们征服恶劣自然环境过程中所迸发出的革命斗志；更在于知青们在实现理想道路上对真实人性——“爱、美、自由”的真挚追求！“满盖荒原”环境险恶，这里的水泽泥淖“鬼火”荧荧闪动，涉足者难于生还，人们还没有揭开它的面纱，故而称其为“鬼沼”。但这片危机四伏的土地激发了知青们昂扬的革命斗志，他们敢于进入前人不敢涉足的“满盖荒原”，克服重重险阻，在这片土地上犁耕播种，收获粮食。“神奇的土地”第一次被开垦出来了，李晓燕、梁珊珊、王志刚等垦荒者却献出了生命，知青们的英雄主义精神焕发出神圣夺目的光彩！知青们来到这里，实现了自身的人生价值，因此这片土地有了神奇的光环！在那个极“左”的年代，垦荒中个人为完成工作任务，必须“洁身自好”，要多谈革命理想信念，要规避“爱、美、自由”等充满浪漫情趣的小资产阶级生活。作为连队副指导员李晓燕在知青集体中迫于政治压力，也不得不自觉抵制正常的人性：对全连女知青倡议，不照镜子，不抹香粉，不穿花衣服。然而，正常的人性驱使她私下里“犯忌”：在小河边动情地唱《九九艳阳天》，跳节奏欢快的墨西哥民间舞，将花朵插进鬓发里，如醉如痴地欣赏自己水中的影子。这些充满小资情调的美好天性与真情，虽说与主流意识要求相背离，却真实地表现出一个有朝气有理想的垦荒女青年向善向美的美好人性。还有陷入爱之情网不小心怀孕的梁珊珊，她承受着各种流言蜚语，甚至哥哥也惩罚她，但她坚守忠贞不渝的爱情，至死也不出卖自己的男朋友——神奇的土地演绎着人性的美好，磨难灾祸映射出知青品格的光辉。在挽救指导员的事件中，同样爱着李晓燕的“摩尔人”把护身枪支让给了“情敌”“我”，甘愿独自承受危险，一个人坚守岗位，与狼共舞，在与恶兽血的搏斗中谱写出一首壮美的人性之歌。

这是一片神奇的土地，她真实地记录了一代有为青年追求理想，心向集体，在逆境中不屈服、不退缩、战天斗地的壮烈的垦荒足迹。在那个非常年代，知青们跟暴躁的大自然冲突抗争，暗地里也以“爱、美、自由”的真性情向极“左”政治挑战，演绎着痛苦与欢乐、希望与失望、失落与收获的悲喜剧。这些有为青年，他们的身躯和灵魂至今都还闪耀着革命英雄主义的伟大光辉！

本篇小说艺术构思精巧，布景宏大壮阔，境界宽广深邃，风格雄奇瑰丽。第一人称的视角叙事生动形象，给人以身临其境之感。温情化的叙事，波澜起伏的情节，个性鲜明的人物形象等能够深深打动读者。行文语言瑰丽温婉，又细腻质朴，充满温暖的人性关爱，极富艺术感染力。

思考题：

1. 本篇小说塑造了哪几个人物形象？试简要分析每个人物的性格。

2. 标题“这是一片神奇的土地”包含着怎样的意蕴，神奇在何处？试作简要分析。

3. 结合课下阅读，简要概括梁晓声“知青小说”的主题特色。

阅读推荐：

散文《父亲》《我的小学语文老师》，小说《今夜有暴风雪》《人世间》。